Josep

Narratives of the Expulsion of the English from Normandy

SALZWASSER
VERLAG

Joseph Stevenson

Narratives of the Expulsion of the English from Normandy

Reprint of the original, first published in 1863.

1st Edition 2022 | ISBN: 978-3-37500-130-8

Verlag (Publisher): Salzwasser Verlag GmbH, Zeilweg 44, 60439 Frankfurt, Deutschland
Vertretungsberechtigt (Authorized to represent): E. Roepke, Zeilweg 44, 60439 Frankfurt, Deutschland
Druck (Print): Books on Demand GmbH, In de Tarpen 42, 22848 Norderstedt, Deutschland

NARRATIVES

OF THE

EXPULSION OF THE ENGLISH FROM NORMANDY,

M.CCCC.XLIX.—MCCCC.L.

NARRATIVES OF THE EXPULSION OF THE ENGLISH FROM NORMANDY,

M.CCCC.XLIX.—M.CCCC.L.

ROBERTUS BLONDELLI DE REDUCTIONE NORMANNIÆ,

LE RECOUVREMENT DE NORMENDIE, PAR BERRY, HERAULT DU ROY.

CONFERENCES BETWEEN THE AMBASSADORS OF FRANCE AND ENGLAND.

EDITED, FROM MANUSCRIPTS IN THE IMPERIAL LIBRARY AT PARIS,

BY

THE REV. JOSEPH STEVENSON, M.A.,

OF UNIVERSITY COLLEGE, DURHAM.

PUBLISHED BY THE AUTHORITY OF THE LORDS COMMISSIONERS OF HER MAJESTY'S TREASURY, UNDER THE DIRECTION OF THE MASTER OF THE ROLLS.

LONDON

1863.

CONTENTS.

PREFACE.

PREFACE.

THERE could be no more appropriate accompaniment to the volumes which treat of "The Wars of the English "in France," which have already appeared in the present series of Chronicles, than the works now given to the public. They contain authentic materials for an account of the final issue of the invasion of Henry the Fifth, for they enable us to trace, step by step and day by day, the expulsion of our countrymen from Normandy and their retreat homewards.

The present volume consists of the following pieces:—

"Robertus Blondelli[1] de Reductione Normanniæ."

Robert Blondel, the author of this work, was descended from a family which had settled in Normandy, between Cherbourg and Valognes,[2] as early as the thirteenth century. Upon the invasion of France by Henry the Fifth, his relatives refused to submit to the conqueror, and they were consequently deprived of their property and driven into exile. They found an asylum in Brittany, where they preserved their independence. The author of the present narrative was born about the year 1390. Nothing is known of his

---

[1] I gladly accept the earliest opportunity which presents itself of acknowledging my obligations to the Memoir upon the life and writings of Blondel which forms a part of the ninth volume of the second series of the "Mémoires de "la Société des Antiquaires de "Normandie." Its author is M. Vallet, the accomplished professor of the École des Chartes at Paris.

[2] Upon the expulsion of the English, Charles restored their hereditary possessions to the family of Blondel. They were situated at Ravenoville, in the arrondissement of Valognes, in the department of La Manche.

early years. When we become acquainted with him in 1420, we find him employed in writing a work entitled "Complanctus bonorum Gallicorum," which was speedily translated into French by another Norman clerk called Robinet. This poem is addressed to Charles the Seventh, whom the author urges to take up arms for the purpose of throwing off the yoke imposed upon them by the invading Englishmen. In February 1436 Blondel held an appointment in the household of Queen Yolande of Sicily.[1] He lived to record the triumph of the national independence in 1449. In that year he produced his treatise called the "Oratio historialis," which recounts at considerable length the miseries inflicted upon France by England. He next establishes as an historian, a jurist, and a politician, the independence of his own country against the claims of superiority advanced by Henry the Sixth. His work appears to have had an immediate influence upon the nation to which it was addressed, for in the course of the same year began the campaign which terminated in the overthrow of the English power at the decisive battle of Formigny, and which forms the subject matter of the narrative contained in the present volume. From this period the greater portion of Blondel's life was spent at the court of France. He was entrusted, about 1454, by Charles the Seventh with the education of his second son Charles, duke of Bury, and he was also chaplain to Queen Mary of Anjou. The exact period of his death is uncertain; but we know that he was alive in the year 1460.

This work, "De Reductione Normanniæ," now for the first time printed, is the most important narrative which we possess upon the subject to which it relates. It records, with considerable minuteness and precision, the incidents which occurred in Normandy, Britanny,

[1] Comptes des recettes de la Reine Yolande de Secille, KK. 244, fol. 12 b., in the Imperial Archives at Paris.

and France from the capture of Fougères, when the truce between England and France was broken, to the defeat and final expulsion of the English after the loss of Cherbourg. Due allowances being made for a little pardonable acerbity of expression, we may accept the author's narrative as a fair and honest statement of the incidents which he professes to record. He was familiar with the localities in which these occurrences took place; many of the actors were upon intimate terms with him, and doubtless supplied him with the information which he required.[1] The result is a work of great importance and of considerable interest, supplying as it does the fullest as well as the fairest account of the disastrous issue of the wild and unjust attempt to deprive France of her national independence.

This work is here printed from three manuscripts, all of which belong to the Imperial Library at Paris. They are the following:—

Fonds Lat. 6,198 (formerly numbered 1,814 and 10,392), a MS. consisting of 111 leaves, or 222 pages, in quarto, upon paper, written in a clear hand about the year 1455, and therefore contemporary with the author. The water-mark of the paper is an anchor. It formerly belonged to Henry the Second of France, and on its beautiful binding of black and red panneling occur the double D. and the three entertwined crescents of that sovereign and Diana of Poitiers. The back is covered with fleurs-de-lys. It is by far the best copy extant, and has therefore been adopted as the text of the present edition. In the transcription of this MS., blanks have been left at first which have been filled up upon revision, and the rubrics were added after the completion of the text. This copy is distinguished in the notes as MS. A.

Fonds Lat. 6,197 (formerly numbered 10,318), a MS. consisting of 143 leaves, or 246 pages, in quarto,

---

[1] See §§ 21 and 170.

written upon paper, of which the water-mark for the most part is a shield, charged with three fleurs-de-lys, surrounded by a border; but a dolphin occurs on the leaves numbered 93, 96, 101, and 104. It is more neatly executed than MS. A., but is infinitely inferior in value. Although a nearly contemporaneous manuscript and copied from A., or a source nearly identical, it is disfigured by numerous misreadings, some of which exhibit such a degree of ignorance and carelessness as to be worth recording. In very few instances it corrects the text of A. Its readings are here marked B.

Fonds Lat. 5,964, a transcript made for Baluze from A., with a few variations, which, if not conjectural emendations, have been derived from some copy now no longer extant. Its readings are here marked C.

Next follows "Le Recouvrement de Normandie, par "Berry, Herault du Roy;" a narrative which in its arrangement and details closely follows that of Blondel. It contains, however, some particulars not recorded by that writer; and the two narratives, when they mention the same general facts, frequently illustrate each other.

This work of Jacques le Bouvier, surnamed Berry, the first king-of-arms of Charles VII., attained considerable popularity shortly after it was written. Besides being incorporated by the author himself in his general history,[1] it was transferred almost entire into the anonymous continuation of Monstrelet,[2] the Chronicle of Matthew d'Escouchy,[3] and that of Jean le

---

[1] Histoire de Charles VII. . . . par Denys Godefroy, p. 432, ed. fol., Paris, 1661. A copy of this chronicle is to be found in the Imperial Library at Paris (Colbert, 6,976, 3, 3), and another in the British Museum (Addit. 10,045), formerly Heber's, in whose sale catalogue it is numbered 834.

[2] Chroniques de Monstrelet, tom. iii. fol. 6 b., edit. Paris, 1603.

[3] Chronique de Mathieu d'Escouchy, par G. du Fresne de Beaumont, i. 154, ed. 1863, an edition to the accuracy and learning of which I desire to bear willing testimony, and from which I have derived many advantages.

Clercq.[1] It is now printed for the first time in its original form from the following MSS., all of which have been furnished by the Imperial Library at Paris. MS. Franc. 5,028, formerly Colbert 9,669, 2, 2, and Colbert 1,416. It is in small folio, written in the fifteenth century, upon two kinds of paper, the former having for its water-mark a bull's head, with a star between the horns; the latter, beginning on fol. 193, is an unicorn. This present history extends from fol. 152 b. to 177 b., and is written in an even and bold hand. At the end occurs the signature "Marie de "Luxembourg," that doubtless of the widow of Francis, count of Vendôme, who died in 1495, and whom she survived until 1546.[2] The text of this manuscript is upon the whole so far satisfactory that it is here adopted as the basis of the present edition. It is distinguished as A. in the notes.

MS. Franç. 5,035 (formerly Colbert 9,675, 2), fol. 257 in fol., upon paper of the fifteenth century. The variations are marked B.

Colb. 1810 (formerly 9,775, 3, 3). This manuscript formerly belonged to De Thou. It is a contemporaneous copy, written upon strong and thick paper, with rough edges, of which the water-mark is apparently a stag. It extends from fol. 125 to 143. The contents of this copy relate for the most part to the affairs of Bretagne, in which province it appears to have been transcribed. Its readings are marked C.

Franç. 2,682 (formerly 8,346), a transcript, upon vellum, appended to the second volume of a copy of Monstrelet, remarkable for its strong Picard spelling. It is here marked D.

Another copy, upon paper, of the latter part of the fifteenth century, is extant in the Library of S. Gene-

---

[1] Chronique de Jehan le Clerq, ed. Buchon, 8vo., Paris.

[2] Art. de Vérif. les Dates, ii. 713, ed. 1784.

viève at Paris, No. 1,155, but it does not furnish any variations of importance.

Although these manuscripts mutually agree in their subject-matter, yet they differ in arrangement and expression from each other so widely that it would be most laborious, even if it were expedient, to record their variations. A few of the chief of these, however, have been noticed, while all those that affect the sense have been carefully preserved.

" Negotiations between the Ambassadors of France " and England, A.D. M.CCCC.XLIX."

These negotiations, extending from 20 June to 4 July, are referred to by Blondel and Berry, and form an important source of information respecting the history of the time. They have been already printed by Morice, in his " Mémoires pour servir de preuves à l'Histoire de Bretagne," 11, 1454 (fol. Paris, 1744), from the attested notarial copy in the Chambre des Comptes at Paris. Failing to discover the original in the Archives de la France, I have availed myself of a transcript upon paper in the Imperial Library (Supplém. Franç., 98, 18), which has corrected a few errors which had crept into the text of Dom Morice.

In conclusion, I desire to offer my thanks for the facilities afforded me at the Imperial Library at Paris by the courtesy of its distinguished keepers, M. Claude and M. Léopold Delisle. Further, I am indebted to M. Vallet for the use of his own annotated copy of his masterly essay upon the writings of Blondel, which has supplied me with information to which I could not easily have otherwise obtained access.

JOSEPH STEVENSON.

NARRATIVES

OF THE

EXPULSION OF THE ENGLISH FROM NORMANDY,

M.CCCC.XLIX.—M.CCCC.L.

ROBERTUS BLONDELLI
DE REDUCTIONE NORMANNIÆ.

Exordium in Normaniæ[1] *Reductione per regem Karolum Septimum fere unius anni decursu prospere consummata, et a Roberto Blondelli edita, feliciter incipit.*

1. QUANQUAM illustrium virorum provide, sedulo ac strenue gesta non parum generosos oblectant animos, et ad ornate instituendum[2] vitæ humanæ cursum, quid honestum, quid utile, imitari, quid turpe, quid obfuturum, vitare mortales deceat, salutari doctrina instruunt; attamen domestica jucundiorem[3] voluptatem et ampliorem fructum indigenis afferre et ferventioris virtutis ardore ad præclaros avorum mores imitandos nepotum affectus, quam externa, inflammare solent. Profecto si quid generositatis juvenum animis insit, nedum splendido parentum exemplo accensi, eximiis actibus pares, verum alacriores egregia virtute suorum majorum probitatem superare, summa ope[4] nitentur. Quæque enim viro forti indigna, paternæ virtutis, sapientiæ et gloriæ æmulus contemnet infima; ardua laude perenni celebranda, ni degener sit, amplexurus; nec vitam, quæ fato debetur, pro salute omnium mortis

The history of the past a stimulus to future exertion.

---

[1] *Normaniæ*] Northmanniæ. B. And so throughout.

[2] *Instituendum*] Instituendæ. C.

[3] *Jucundiorem*] Locupletiorem. C.

[4] *Summa ope*] Summopere. B.

discrimini[1] objectare recusabit. Ac etsi publici negotii arduitate occumbat, æternæ et gloriosæ famæ celebritas posteris illustrior elucescet, quod summa generosis existit hæreditas. Erubescent quidem degeneres, inerti[2] otio marcentes et voluptate potiti, vilissimam[3] corporis partem, ventrem, colere, veluti pecudes, absque præclari facinoris memoria, dies transigere suos, quorum post humum, si non fama ignavorum decoleretur turpium relatione, memoria cum vita extinguitur; quod de utroque silere eligibilius foret, quam ob morum insolentiam fœda de se commemorari.

The importance of the subject.

2. Igitur ego Robertus ex Normania cretus, si pene divina et incredibilis Normaniæ reductio, plus quam annis triginta asperrimæ jugo servitutis oppressæ, scriptis consecrata posteritati commendetur, exemplum totius bellicæ strenuitatis imitatione dignum et belli prospere expediti admiratione plenissimum arbitror, et ingenti cum delectatione memorabile, si varietate styli, ut diversa rei gestæ materia postulet, decorata apposite contexatur. Si enim immensa rei gestæ dignitas attendatur, nihil justi belli suscipiendi, nihil providentiæ incœpti cautius ducendi, nihil acris celeritatis fortiter exsequendi, nihil periculi magnitudinem tolerandi, nihil felicitatis consummatæ belli perpetrati, in magnifico principe triumphanti, fama dignum commendatur, quod non, velut in limpidissimo summæ probitatis speculo, perluceat in Karolo rege omnium excellentissimo, atque simul militum[4] ducibus invictissimis. Quid justius hoc belli exordio quam accuratius hostem treugarum violatorem[5] postulare quæque adversus earum tenorem ab utraque parte sub pacis spe componendæ in pristinum statum reponi, ut horrenda ferri sævitia citra

---

[1] *Discrimini*] Discrimen. B.
[2] *Inerti*] Inherti. A.
[3] *Vilissimam*] B. Villissimam. A.
[4] *Militum*] B. Millitum. A.
[5] *Violatorem*] An interlineation in A.

cruoris effusionem quiescat? Quid scelestius quam juste et sancte oblatis dare repulsam? Nullum cautius, nullum celerius, nullum felicius isto bellum geritur; quo non ferro, sed plenitudine commissorum abolitionis indulta et fortunarum abstinentia, populi reducendi corda sibi adversa suæ obedientiæ reconciliantur;[1] quo reconciliati[2] arma sumentes absque[3] strage hostium intrusorum ferocitatem expellunt et sui majestatem supremi domini feliciter introducunt; quo militum alacritate tot villæ, tot urbes, arte et loco munitissimæ, tot castra prævalida feroci barbarorum acerbitate[4] defensa, unius anni lapsu expugnantur; quo tria Anglorum robore valentium millia et septingenti cum quatuordecim uno conflictu cæsa exspirarunt, et ex parte Gallorum victrice duntaxat undecim viri, non genere sed virtute clari, ceciderunt; quo mille et quingenti capti carceribus infestissimis detruduntur. Pars enim Gallorum victrix tria pugnatorum non, sed Anglorum victa, septem virorum millia, excedebat.

3. Felicissimus ergo Karolus plus divina quam humana virtute, populo tamen ad nutum sibi favente, absque gravi patriæ incommodo, sine suorum cæde et cum maxima hostium strage, a torva barbarorum servitute[5] ereptum suum ducatum sibi vendicat, clarissimo trophæo potitus. Normaniæ enim Reductionem, (ad quam sumendam providissimum omnium principem[6] Karolum regem, alia mea oratio impensius[7] exhortatur,) scripturus, primum ex insperato de tenebrosa Fulgeris captione, quæ absconso dolo treugas infregit, exinde orti duplici belli de genere, unius insidiosi conspicua arte gesti, alterius aperti, fere decursu anni absque

Outline of the following narrative.

---

[1] *Reconciliantur*] Reconsiliantur. A.B

[2] *Reconciliati*] Reconsiliati. A.B.

[3] *Absque*] Absque ab. B.

[4] *Acerbitate*] Atrocitate. B.

[5] *Barbarorum servitute*] Servitute barbarorum. C.

[6] *Principem*] Above the line in A.

[7] *Impensius*] Added in the margin of A., but in the text of B.

intermisso armorum labore, summa enim providentia regis Karoli et animi magnitudine[1] feliciter peracti, verius quam potero absolvam.

Incipit liber primus; de bello insidioso.

Capitulum Primum.

Qualiter Franciscus de Surienne, Arrago, auctoritate ducis de Sombresset, absconsa et palam falso negata, et magno regis Angliæ sigillo munita, et postea ab ipso rata, nocturnis insidiis contra tenorem treugarum scalis castrum subripiens et Fulgeris villam miseranda rapina deprædatus est.

Capture of Fougères.

4. Cum diurnum pacis otium immortales Anglorum inimicitiæ cum Gallis non ferunt, treugas, quas fideliter servare juraverant, per alienigenam sibi fœderatum rumpunt, ut sub advenæ exauctorizati nomine belli fraus insidiosi[2] lateret, et quam virtute armis apertis invadere non possunt, villam per nocturnas insidias dolo aggredi moliuntur;[3] et ad hoc scelus conspiratum furtim exsequendum, non modicum scalarum apparatum construentes, delectam[4] satellitum multitudinem Vernolii advocant. Hinc Anglicos machinari fortilatium clam surripere, sed qua plaga ignotum est, rumor vulgaris decurrit. Erat enim inter Anglicos belligerans[5] Franciscus de Surienne, miles[6] Arrago, vir calidissimus, ex raptu cruentam solitus agere vitam, ac impius regionum direptor, qui ad omne populi exitium[7] præceps, adunatis sexcentis[8]

---

[1] *Magnitudine*] Fortitudine. C.
[2] *Insidiosi*] Insidiose. C.
[3] *Moliuntur*] Molliuntur. B.
[4] *Delectam*] Deletam. B.
[5] *Belligerans*] Belligerens. B.
[6] *Miles*] Milles. A.
[7] *Exitium*] Excicium. A.B. Excidium. C.
[8] *Sexcentis*] Secentis. A. Secentibus. B.

satellitibus, castrum Fulgeris, (aperto insultu inexpugnabile, dum tamen suppetunt alimenta,) et dehinc villam in Britania sitam, Normaniæ finibus opulentissimam, sub treugarum protectione, nocte silenti, scalis appensis, usurpat, dum annus millesimus quadringentesimus quadragesimus octavus, in vigilia celeberrimæ Dominicæ Annunciationis, sacratissimo Quadragesimæ tempore, perageretur; quo furor omnis et hostiles insidiæ a rapina inter Christianos torpescere, et quilibet purissimo Jesu sanguine redemptus ab humani cruoris effusione divinis Christianæ religionis institutis cessare jubetur. Sed quanto tam sacratissimi temporis sanctitas inviolabiliorem populis largiebatur securitatem, eo crudior perditissimorum prædonum rapacitas sævit; et huc illuc ferro prætenso furens, auro incredibili, argento infinito, multa divite suppellectili [1] et mercibus preciosissimis cumulatissimas Fulgeris facultates prorsus exhausit. Fulgerenses enim inopina clade obruti, sorte non humili et genere potentiores, infesto carcere detruduntur; cæteri vero cunctorum extorres proprios Lares fugiunt. Alii quidem infortunatissimi, quibus nihil præter vitam calamitosam barbari relinquunt, in natali origine sævissimis hostibus servire coguntur. Nedum scelerati divinarum humanarumque rerum [2] prædones privatas villatensium gazas sed sacra [3] rapiunt, stuprant virgines, castas violant, agros vastant, colonos vinclis et carcere afficiunt, et si aurum petitum inter pressuras extorti non vomant, inhumane cruciatos perimunt. Hæc locupletissima præda inter omnes bellorum duces, etiam absentes, et suos stipendiarios distributa partim citra mare castris reconditur, partim transvehenda in

---

[1] *Suppellectile*] Superstitili. A.B.
[2] *Humanarumque rerum*] Humanarum rerumque. A.
[3] *Sacra*] Sacras. B.

Angliam navigio commendatur; nam nonnulli hanc prædam tanti valoris fuisse asserunt, rapta Fulgeris spolia viginti centum millia vera æstimatione posse appretiari.

at the instigation of the English.

5. Nec funestus iste prædo absque jussu suorum majorum hanc perditam rapinam exercuit, quod fraude et dolo absconsum nostros principes latebat. Verum postea hic deditus, objectum prædæ privatæ crimen diluens, publicis documentis detexit. Ubi enim dux de Sombresset, vi usurpata Normaniæ gubernacula tenens, per alieniginam consultum clam habuit in Britaniam excitare bellum, ut non principes Angliæ treugas infringere putarentur ne Galli militantibus obviam irent, Francisco Arragoni calidissimo istud tam nefandum scelus exsequendi litteras titulo confectas regiique impressione sigilli authenticas paulo ante fertur dedisse.[1] Quo patrato, idem Arrago (ut in futura pericula providus erat,) per Guillermum[2] de Insula, ejus secretarium, Fulgeris captionis modum regi Angliæ et patriæ principibus annunciat, si casu acri Britonum obsidione coarctari hunc contingeret, promptum succursum ab Anglia petiturus. Recepto enim cum ingenti gratia nuncio, velut præclari triumphi auctoris, eximia tanti militis industria, qui nedum aperto verum absconso insultu castra hostium subjicere didicit, ad cœlum extollitur; et barbari principes ac concilium regis Angliæ Arragoni, viro sanguinolento, miserrimam[3] Fulgeris subactionem rem immortali laude dignam fecisse ascribunt, censentque tanti sceleris artifici in arcto posito paratissimis armis succurrendum; ac nuncius lætus ab insula rediens ad Franciscum Arragonem ratihabitionis et pacti subsidii chirographum refert. Gens enim ferox Anglica rapinam affectans, subrepta

---

[1] *Fertur dedisse*] Dedisse fertur. C.

[2] *Guillermum*] Guillelmum. C.

[3] *Miserrimam*] Om. C.

Fulgeris villa, exultantibus lætitat[1] animis; totaque insula feroci gaudio perfusa citharis et choreis non minus ovat, et publicis facibus accensa relucet, quam si strenue pugnando magna clade hostes contrivisset.

6. Tum in Britania nullum isto castrum inexpugnabilius tutissimam eorum rapacitati confert munitionem; tum in Normaniæ præsidiis constructum, ejus resistit invasoribus; tum in superiore ducatus Britaniæ aditu situm, ad amplissimam prædam raptandam,[2] quam extorquere conspiraverant, per universam Britaniam facilem præstat ingressum. Rapacitate quidem inaudita villa Fulgeris ad tantam inopiam redacta totam Britaniam stupefactam crudelitate tyrannidis et circumvicinos pavor subitus invasit. Nempe[3] unusquisque in se, in uxores, in liberos, in resfamiliares, ne eadem ferocia eandem improvisam rapinam protendat, perterritus dolore anxio summe veretur.

Capitulum Secundum.

De antiqua fractionis promissorum in Gallos Anglorum infidelitate; de increpatione negligentis custodiæ castrorum tempore treugarum.

7. Si priscarum Anglorum cum Gallis conventionum recorderis, Anglorum promissis genus infidum et eorum treugarum exitum novas prædas raptum iri compertum habebis. Quid igitur mirum, ubi ignavia ad murorum custodiæ negligentiam resolveris, et voluptate inerti potiris,[4] aut prava habendi libidine captus pecuniæ lucro intendis, si hostes insomnes studio rapiendi excitati vigilibus vacua in mœnia repentinum impetum

The English a faithless nation.

[1] *Lætitat*] Lætificat. B.
[2] *Raptandam*] Captandam. B.C.
[3] *Nempe*] Nampe. A.B.
[4] *Potiris*] Potius. C.

agant, et dormientes unum vinculans, alium jugulans, et omnes fortunas perscrutans, effrenis licentia ferri huc illuc decurrat? Hujus ignaviæ opportunitas spe pinguioris[1] prædæ consequendæ Anglos ab æquo transversos et sacratæ fidei temeratores facit; et quo ampliorem arbitraris securitatem, eo perniciosius incurres discrimen, cui improviso minus obviabis. Igitur hostes urbium, spoliorum captatores in caput habere, et infidelium treugarum securitati custodiam corporum et fortunarum committere, nec latentes insidias prævidere, resupina vecordia est. Hoc nisi præcaveris, ne irruptio hostium absconsa te torpentem obruat, ubi prosilierit frustra valvas claudes, incassum amicorum præsidium implorabis. Nempe[2] cunctis fortunis exhausta Fulgeris villa in exemplo est quod[3] insatiata hostium libido tali infortunio victis omniumque[4] bonorum nihil residui facit.

8. Expergisce ergo et ad murorum custodiam attentius invigila, ne idem infortunium, ut pluries Gallos victores, cibum aut somnum capientes incauta securitate,[5] te remissum opprimat. Si enim casus adversus tibi ignavo contingat, non fortunam, sed tuam inertiam accusa. Verum si impensiorem custodiæ curam addas, pervigiles excubias, quas crebro circuibis, nocturnos hostium aggressus cognosces; perque fidos exploratores conflatas insidias, antequam irrumpant, prævidebis, et prævisas (si sollers es) effugies.

---

[1] *Pinguioris*] Originally pignoris in A.

[2] *Nempe*] Nampe. A.B. Namque. C.

[3] *Quod*] Quia. C.

[4] *Omniumque*] Omnium (?).

[5] *Securitate*] Securitas. A.B.

Capitulum Tertium.

Qualiter rex Karolus eques, relata Fulgeris captione, Bituris profecturus iter Caenonem deflectit ut casui adverso provideat; et deliberatione[1] *concilii habita, ambaciatores Rothomagum propere transmittit, qui cum omni instantia ipsum ducem summant ut Franciscum Arragonem duci Britanniæ Fulgeris villam et castrum ac damna burgensibus illata restituere compellat; quibus sinistre respondet quod*[2] *Franciscum exauctorizat, nullam operam ad villam restituendam daturus.*

9. Profecto miseranda Fulgeris calamitate comperta, Karolum regem clementissimum sub publica treugarum[3] securitate tantam proditionem conflatam[4] fuisse incredibilis cepit admiratio. Nec minor super casu ruinæ tam potentis villæ adverso pietas valde et misericordia adegit condolere. Propterea[5] ut celerem conferret opem rex Karolus, ad suam urbem Bituris profecturus, Caenonem impigros flectit gressus, atque citato itinere ex matura concilii[6] deliberatione heroem de Culento, tunc magnum regiæ domus magistrum, atque Guillermum Cosineti,[7] in legibus licentiatum, suum conciliarium, ad ducem de Sombresset, vice regis Angliæ Normaniam gubernantem, transmisit, quem super fractarum treugarum reparatione summando alloquuntur.

Charles sends an embassy to the duke of Somerset.

---

[1] *Deliberatione*] Liberatione. B.

[2] *Quod*] Quia. C.

[3] *Publica treugarum*] Treugarum publica. B.

[4] *Conflatam*] Conflatum. A.B.

[5] *Propterea*] In the margin of A. occurs this observation, written by a contemporaneous hand:
" Nota in hoc primo libro qualiter
" rex Karolus justo, legitimo et mo-
" derato processu de insidioso in
" apertum bellum contra hostes,
" treugarum infractores, progressus
" est."

[6] *Concilii*] Above the line in A.

[7] *Cosineti*] Cosinoti. B.

Their speech.

10. "Noster[1] supremus dominus, rex piissimus, nefandæ Fulgeris depopulationis injuriam, quam minime "ignoratis, in divinæ et suæ majestatis contemptum "perpetratam, ægerrimo[2] portat animo; cujus opes "immoderata vestrorum avaritia summas in nudos "parietes radicitus exarsit. Nec enim nepotem suum, "Angliæ regem, hanc funestam nequitiam molitum "fuisse et proditorie conspiratam placuisse arbitratur; "nec immanissimos tanti sceleris artifices approbare "vix creditum iret. Duobus vero regnis eorumque "fœderatis[3] concessas et nominato expresse ducatui "Britaniæ inducias, sub spe futuræ pacis componendæ, ambo[4] reges se fideliter servaturos jurarunt, "et earum violatores severius plecturos insimul pacti sunt. "Promissa enim regum, ut legem[5] perpetuam, rata et "inviolabilia permanere, facit publica regum auctoritas. "Noster dominus rex, veluti legem sempiternam, pacta "treugis inserta servare statuit, quod in fidei promissis "a nepote suo reposcit, ut princeps justus sibi mutuum[6] "gerat morem. Regiam enim majestatem raro jurare "decet, nisi salus universi urgeat; sed nunquam fœdera "infringere, nunquam fidem mentiri, fas est. Et quamquam treugarum infractio ex nunc violatoribus "aliquid lucri afferat, tamen exitialis finis infidelitatis "artificem impunitum non relinquit. Quid igitur "perniciosius si infidas et rei publicæ nocituras in "regum fide treugas inierunt? Juxta Ciceronis sententiam,[7] 'Fundamentum est autem justitiæ fides,' "id est, dictorum conventorumque constantia et veritas. "Ergo qui subdolum et treugarum infidele pactum

---

[1] *Noster*] "Oratio ambaciatorum "regis Franciæ ad ducem de Sombresset." A. in the margin.

[2] *Ægerrimo*] Ægerrime. B.

[3] *Fæderatis*] Confœderatis. B.

[4] *Ambo*] Ambos. MSS.

[5] *Ut legem .... publica regum*] This clause is accidentally omitted in B.

[6] *Sibi mutuum*] Mutuum sibi. C.

[7] *Ciceronis sententiam*] De Officiis, i. s. 23, opp. xvi. 1080, ed. Delph. Lond. 1830.

" conflat omnem legum firmitatem labefactat et sta-
" bile justitiæ fundamentum subvertit; quo sublato,
" principis infidi et versuti imperium collabi solet.
" Ex enim fidei principum inconstantia fortuna reg-
" norum instabilis efficitur, et casu inopinato in per-
" petuam ruinam versatur. Nec ulla callida, nec ulla
" sinistra interpretatione contra treugarum tenorem
" per vestros Fulgeris direptio perpetrata non fuisse
" denegari posset.

11. " Igitur, ad integram damnorum restitutionem
" Angliæ regem publicæ fidei vinculum constringit. Si
" natione Arrago hujus sacrilegæ depopulationis prin-
" ceps [1] exstiterit, est officio publico tamen Anglicus,
" bellorum dux, ac militari [2] ordine insignitus, inter
" omnes domesticos regis Anglicæ familiarissimus.
" Linquitur ergo in ipsum delinquentem vos, ejusdem
" principis vicem gerentem, severitatis habere coercio-
" nem.[3] Profecto sub jurata treugarum securitate, fraude
" cruenta hanc sceleratissimam istius villæ prædam
" rapuisse, quæ hostilem non suspicabatur aggressio-
" nem, et non aperto indito bello pugnam [4] expetere,
" nefarium proditionis extitit facinus. Profecto [5] villæ,
" castra et regni urbes, ac Britaniæ in treugis com-
" prehensæ, publicam earum protectionem rebus et
" corporibus firmissimam, popularis securitatis pignus
" attulisse [6] minus dubitabant. Rem ob hanc nullas
" sibi præparari insidias, in quas nullum vigilum
" armatorum opus, nullam excubantium sollicitudinem
" diu ac noctu adhiberi, opinabantur. Igitur treu-
" garum amborum regum confidentia, si tantæ ini-

---

[1] *Princeps*] Above the line in A.

[2] *Militari*] Millitari. A.

[3] *Coercionem*] Cohercionem. A.B.

[4] *Pugnam*] An addition in the margin of A., but in the text of B., where, however, the words are introduced in the wrong place.

[5] *Profecto*] An interlineation in a different ink, in A.

[6] *Pignus attulisse*] Attulisse pignus. C.

" quitatis conspiratores supplicio non deputantur acri, " sua castra, suas urbes, suos populos sanguinolentæ " depopulationi tradere videretur.[1]

12. " Ea propter, ne dominus rex noster hujus publicæ " traditionis[2] particeps labe sceleris inficiatur, vos, vos, " dux de Sombresset, cum omni instantia requirit, " vos summat, nomine regis Angliæ Normaniam guber- " nantem, ut carissimo nepoti, Britaniæ duci, suo[3] fideli " et ligio[4] vassallo, castrum per vos surreptum et Fulgeris " villam occupatam reddere, et ab integro singula damna " burgensibus illata restaurare, invasores vestra aucto- " ritas compellat. Quid magis reipublicæ nociturum si " principum fœdera, quæ ad humanæ societatis utilitatem " ordinantur, si in hominum cladem et civitatum " subversionem reflectantur? ubi publica regum fides " non custoditur et violentia[5] non reparatur, communis " subditorum salus[6] deperditur, et a ferarum crudelitate " perversorum immanitas non differt; quæ, assumpta " sæviendi audacia, ad vim, ad insidias, ad raptum, " ad civitatum direptionem et ad hominum stragem " excitatur. Nunc unius, nunc alterius partis furtim " castra surbipientur, et tandem truculentius primo " bellum orietur; quo excitato, tanta omnium rerum " confusio et tanta mortalium conturbatio exsurget, " quod nunquam inter duo regna pax reformari valebit.

13. " Si velitis igitur firma vestri regni ut maneat " incolumitas, firma vestrorum dictorum[7] veritas et sta- " bilis conventorum perseveret constantia, nec ulli præ- " claræ dignitatis publicæ fidei violatori, licet multitu- " dini, parcendum est. Satius enim esset plures egregios

---

[1] *Videretur*] Viderentur. MSS.

[2] *Traditionis*] Proditionis. C.

[3] *Suo*] Om. C.

[4] *Ligio*] Ligitimo. C.

[5] *Violentia*] Violenta. B. Violata. C.

[6] *Salus*] Om. B., which also appears to read *cominus*, instead of *communis*.

[7] *Vestrorum dictorum*] Dictorum vestrorum. B.

"perire, quam exemplo criminis inulti pernicioso rei-"publicæ afferre nocumentum. Quid plura oratione "eloquar? Etiam si dominus noster, justi amantissi-"mus, debitam istius sceleris reparationem non exigat, "et si vestra auctoritas nefas istud execrabile[1] in rei-"publicæ necem perpetratum ulcisci postponat, opina-"minine quod[2] tanta nequitia Dei ultionem effugere "possit? Minime decet credi. Summa enim Justitia "perjuria, potissime regum, sibi invisa abhorret et "vehementi odio persequitur. Et merito. Nam qui "in societatis humanæ eversionem juramento abuti "non formidat se reipublicæ ferocem constituit "hostem, cui protectio deputatur, et summam sacra-"menti religionem, quam in veritatis assumit testem, "ausu contemnit sacrilego. Quid inde? Nonne cœ-"lestis ira contemptu lacessita gravem pœnam inferre "quiescit? Demum, quanquam pigre, vindicta supremi "Judicis acerrima, dum placata creditur eo quod "supplicium dejeranti non intulit, juramenti teme-"ratorem severissime ulciscitur; et principis mendacis "imperium, quod perfidis armis in sublime evexit, ob "infidelitatis sacrilegium inopina clade subvertit in-"felici."

14. Ad quam[3] summationem instantissimam cum insidioso bello dux de Sombresset, cujus auctor subdolus erat, (jam animo cupido totam Britaniam invaserat), ab incœpto divertere mentem non haberet, idcirco callida ejus simultas sinistre fertur respondisse sua auctoritate Fulgeris villam captam non fuisse, et quod exauctorisat viros arma sequentes qui ipsam subreptam occupabant; nec exinde ut hanc[4] faceret restitui

They obtain no redress from the duke.

[1] *Execrabile*] Ineffabile. C.

[2] *Quod*] Quia. C.

[3] *Ad quam*] "Responsio ducis de "Sombresset ad ambassiatores regis "Franciæ." A. in the margin.

[4] *Ut hanc*] Above the line in A., but in the text of B.

ullam daret operam. O scelus, virtuoso principe indignissimum! publica fides, ut in scelesta regni libidine solet, novæ captatæ prædæ gratia, fallaci mendacio temeratur; et imperii cupido ab æquo et honesto in pravum et turpe principem adducit et sempiterna infamiæ labe dejerantis coinquinat[1] honorem.

Capitulum Quartum.

Qualiter dux de Sombresset idem sinistrum responsum nuncio ducis Britaniæ ipsum summanti dat; quo accepto, idem dux ad regem Karolum ambaxiatores pro sua villa recuperanda armorum subsidium petituros mature delegat, et quod accuratius postulant ab ipso rege facile obtinent.

The duke of Bretagne sends ambassadors to king Charles.

15. Et idem palliatum responsum publico ducis Britaniæ nuncio ipsum[2] summanti eructare contigit. Quo accepto, Franciscus, sancta et voluntate egregia Francus, Britonum dux, indignam suæ villæ calamitatem prospectans, cujus iniqua perditio nullo tempore reparanda suo ducatui damna et forsan universam[3] cladem esset allatura, ni sceleris exordio sollerti cura provideretur, paucis diebus interjectis, magistrum Robertum de Riparia,[4] virum optimum, episcopum Redonensem, et baronem de Gaimine,[5] suum cancellarium, erga regem Franciæ, suum supremum dominum, transmittit, in subitam hostium aggressionem salubre armorum subsidium petituros. Ac[6] unde oratores, ut favore benigno recepti fuerint, gravi et tristi vultu regiam majestatem reverenter alloquuntur:

[1] *Coinquinat*] B. Conquinat. A.
[2] *Ipsum*] Ipso. B.
[3] *Universam*] Universalem. B.
[4] *Riparia*] Ripparia. B.
[5] *Gaimine*] Graiinine. B.
[6] *Ac*] At. B. We should perhaps read, Perinde ac oratores.

16. "A vestra[1] non excidit memoria, princeps illustris- "sime, ut ducem Britaniæ, vestrum nepotem et fide- "lissimum vassallum, ac villarum, urbium, castrorum, "totiusque ducatus hominum universitatem, expressus "treugarum tenor declarat comprehendi; nec earum "protectio, nec fides publica, nec verenda[2] nominis "vestri celsitudo, perditissimorum prædonum libidinem "cohibere potuit quin eorum insatiata vorago latebris "inopinatis prorumpens locupletissimas Fulgeris "copias absorbuerit, et ni lapides miseris incolis nihil "residui fecerit. Nefando in hoc sacrilegio divina et "vestra majestas subdola conspiratione offensa con- "temnitur, circumventum publicæ fidei sacramentum "fraude violatur; sacratissimas armorum leges infide- "lium calumnia confundi et insontes nocentium "rapacitate excruciari, certum est. Sentiant igitur "inhumani tantorum scelerum auctores justissimam "vestræ severitatis ultionem. Ideo quod Britaniæ "dux regiæ majestatis fidissimus extitit vassallus, in "eum perfidissimi hostes dolo conflatum ferrum "mortiferum vibrant. Vibratum igitur odio vestræ "severitatis[3] invicta[4] dextera retundat. Inviolabile "fidelitatis juramentum præcipit ut ligii adversus "perfidos hominis aggressores dominus superior suc- "currentia portet arma, supremus princeps invaso "vassallo debitum gerat auxilium. Proh dolor! "Nuper jucundissima Fulgeris civilitatis hominum "habitatio et tutissimum mercatorum profugium cui- "libet patebat; et nunc teterrima ferocium prædonum "spelunca et perniciosum latronum receptaculum, "nedum Britaniæ, sed toti regno, latam direptionem

Their speech.

---

[1] *A vestra*] "Oratio ambaciatorum ducis Britaniæ ad regem "Franciæ." A. marg.

[2] *Verenda*] Veneranda. B.

[3] *Severitatis*] Originally serenitatis in the text of A., but altered to the present reading by the first hand. The correction is in the text of B.

[4] *Invicta*] Munita. C.

"minatur; quo[1] ferocissimi latrunculi in bonorum "prædam, in ædificiorum flammam, in hominum "stragem ruent; qui omnium agrorum spolia raptabunt,[2] vinculis,[3] carceribus, cæde, colonos afficient; "domos, grangias, maneria exurent; publica itinera "tenebunt obsessa; nec huc, nec illuc, absque rerum "deprædationis et stragis periculis, cuilibet mortalium "ab urbibus exire fas erit.

17. "Vestrum[4] armorum ergo præsidium humiliter "exploramus, princeps clementissime, ut vestra strenuitas furibundum, nedum in Britones sed in "cunctos, inimicorum impetum propulset. Summe "cavendum ne crudelitas barbarorum, in Fulgeris "calamitate experta, in Gallos late longe[5] progrediatur. "Perfida hostium ferocia tranquillam[6] securitatem "populo insidiis ademit, quam vestra præstantissima "virtus apertis armis restauret. Tyrannorum[7] sævitia "hominum communitas obruitur, cui humanitas vestra "pietatis remedio succurrat. Si casus adversos sorte "meliori commutet, regale officium omni laude celeberrimum exercebit, quo apud homines immortalem "honorem et apud Deum æternam gloriam consequetur."

The king's answer.

18. At rex[8] benignissimus ambaciatoribus perorantibus ait, "Nobis permaxime cordi existit fixa nostri nepotis dilectissimi ducatus defensio, atque suæ personæ rebusque injuriam nostræ et propriis illatam "censemus. Omnem favorem, petitum auxilium et "promptissimum succursum dabimus ad suam villam "nostramque Fulgeris ab hostium intrusione recu-

---

[1] *Quo*] Ex quo (?).
[2] *Raptabunt*] Captabunt. B.
[3] *Vinculis*] Vinclis. B.
[4] *Vestrum*] In B. this occurs in a contracted form, which admits of the reading, Vestrorum.
[5] *Longe*] Longeque. C.
[6] *Tranquillam*] Transquillam. A. B.
[7] *Tyrannorum*] Om. B.
[8] *At rex*] "Responsio regis Franciæ ad ipsos ambaciatores." A. marg.

"perandam. Cæterum nostrorum ambaciatorum[1] adven-
"tum[2] exspectare convenit, quos rem ob istam Rotho-
"magum, et in Angliam Johannem Havart,[3] nostrum
"scutiferum in mensa scindentem, ex nostra parte
"summaturum regem Angliæ ut captam villam per
"suos et damna illata reddat, delegare celerem curam
"habuimus."

Capitulum Quintum.

De moribus quos nobiles Britaniæ insequebantur tempore Fulgeris invasionis. De effeminato curialium luctu intellecta Fulgeris captione. De forti animi ducis patientia in adversis, et suis curialium lugentium increpatione, et exhortatione ad virtutem militarem capessendam, et periculo quo ob defectum armorum exercitii Britania versabatur ni rex Karolus celerem succursum dedisset.

19. Nec est prætereundum, non ut malevolus gloriæ et honori Britonum detrahere velim, sed persuadeam ut generosa nobilium posteritas pacis otio honestati studeat et domi armorum usum addiscat, nec se inertiæ[4] et voluptati dedat corrumpendam; sed si[5] rei militaris indocta et rudis juventus[6] prœlium aggrediatur, paratior est ab hoste cædi quam cædere hostem. Cum enim[7] ferox et immanis rex Henricus Normanos et regnum crudelissime affligeret, Johannes Britonum dux pace longa[8] armis dissuetus, magis op- Condition of Bretagne under duke John.

---

[1] *Ambaciatorum*] Ambassiatorum. B.

[2] *Adventum*] Eventum. MSS.

[3] *Havart*] Avart. B.

[4] *Inertiæ*] Inhertiæ. A.B.

[5] *Si*] Added, upon revision, above the line in A. and C. In the text of B.

[6] *Juventus*] Juventutis. B.

[7] *Enim*] An interlineation in A.; in the text of B.

[8] *Longa*] Longua. A.

portunus pati quam injuriam inferre, invasis auxilio non fuit, nec martia virtute, cæterum inermi [1] belli abstinentia, et plus in adversis fortunam quam justitiam sequens tandem falso pacis simulachro a prædonicis hostium incursionibus Britaniam salvam fecit; et dum universum regnum atrociter impugnaretur, et bellorum asperitas a Normanis et Gallis mollitiem corporis et animi inertiam [2] abdicaret, atque diurnum rei militaris exercitium induta ferri duritia egregios pugnatores decussaret, infida securitas armis soluta Britonibus voluptatis licentioris et rebus prosperis laute fruendi fiduciam concessit, ac ocium iners [3] robur corporis et animi virtutem in desidiam cordis muliebrem adduxit; atque (ut in rebus secundis evenit) mores depravati in voluptatem et luxuriam defluunt, simul et omnis rei militaris oblivio Britones armis ineptos capit. Nec strenuitate militiæ corruente, muris urbium integris, potita deliciis Britania tuta quiescit. Non enim mœnia comparata ignavos, sed militum virtus bello instructa urbes et castra tutatur.[4]

and under his son, duke Francis.

20. Duce enim Johanne, rerum prosperarum plenitudine et deliciarum voluptate freto, ab humanis subducto, Franciscus ejus primogenitus, egregii et ingentis animi, in universa ducatus jura succedit, omnique neutralitate despecta homagio, ligio et sacramento fidelitatis præstitis, (quæ rex Angliæ ex paterna [5] promissione recipere prætendebat,) Karolum Francorum regem in supremum dominum acceptat; hostesque, concepta odii amaritudine et accensa vindice flamma æstuantes, dolis latentibus in principatum, quem jam crudeliter invadunt, animo moliri solicitantur. At diebus illis, et potissime nocte qua insidiis Fulgeris capta, dux Britonum nihil periculi metuens, veluti

---

[1] *Inermi*] Inhermi. A.
[2] *Inertiam*] Inhertiam. A.B.
[3] *Iners*] Inhers. A.B.
[4] *Tutatur*] Tueatur. B.
[5] *Paterna*] Paternæ. B.

tenere in deliciis educatus erat, cum dominabus petulantiæ muliebri indulgens lascivos plausus et choreas ineptas agitabat; et, ut pater insuevit, lucem in tenebras et tenebras in lucem confundere, noctem intempestam vigilare, diem operum factivum dormitare, gallicantu cœnam et post meridiem prandium sumere, adhuc filius humanis institutis abutebatur. Et cum primum ad ducem, in lecto voluptatis torpentem, sole radiante, captio Fulgeris delata fuit, viri barbati aularii, si modo viri sint, pavidis mulieribus imbecilliores, in luctum effeminatum et gemitum anxium, non in arma virilia, prorumpunt, et exsangues effecti, miserum cum lacrymis femineis[1] plangorem miscentes, singultu sermonem intersecante, exclamant, "Perditi ex integro "sumus."

21. At dux somno excussus, solus forti animo nova excepit adversa. Consorte enim lecti relicta, in diversorium Arturi de Monte Albano, sibi familiarissimi, nedum vestimentis ornatus descendit; inflammatusque, venis frontis ebullienti sanguine repletis, luctus suorum muliebres aspere increpat. Ille inquit, "Vestra in adversis constantia in spem optimam me[2] "erigere[3] deberet; et effeminatior mentis ægritudo, si "molles[4] gemitus reciperem, in desolationem adduceret. "Heu![5] nobis voluptate[6] et deliciis affluentibus omnis "animi virtus, omnis corporis[7] industria evanescit; nihil "enim otio marcentes, multum quidem armis exer- "citati, valemus. Hæc hostium invasio materiam vir- "tutis exercendæ nobis ministrat. Si enim hostes

His behaviour on hearing of the capture of Fougères.

---

[1] *Femineis*] An interlineation in A.; in the text of B. Femineum. C.

[2] *Optimam me*] In A. the former of these words has been altered by erasure, the second in an interlineation by another hand. The reading is confirmed by B.

[3] *Erigere*] Exigere. B.

[4] *Molles*] Moles. A.B.

[5] *Heu*] He. A.B.

[6] *Voluptate*] Volutata. B.

[7] *Corporis*] Om. B.

" unam villam conspiratis insidiis usurpaverint,[1] duas[2] " suarum, vice versa, haud longe exspectato, capiemus." Et cum statum principatus in ambiguum versari cognosceret a rejecto pigritiæ thoro expergiscitur, et recessurus Venetis ut in Fulgeris hostes militum præsidia constituat, Redonis profecturum, duntaxat (ut a secretario præsenti[3] accepi,) tres viri lanceis armati et quam plurimi[4] inermes[5] ducem concomitantur. O stoliditas! quæ nunquam ante casum infortunii sapiens existis, plusquam triginta annis in gremio hostes habuisti et nondum[6] super innatum eorum dolum prudens es ut meditatas insidias prævideres, ne latenter et furtim erumpentes aliquid conspirati damni tibi et tuis afferrent? Et cum tuam villam obruerint, nulla bellorum industria, nulla arma militaria, nulli equi acres ducatum præparati juvabant, ut obviam iretur ne in totius principatus perniciem ulteriorem protenderent furorem! Tunc igitur temporis, propter ignavam guerræ abstinentiam, quam longo et inerti[7] quietis otio consecuta fuerat, nobilitas Britaniæ, armis minus docta, ad tantum inimicorum furorem refellendum imbecillis erat, quamvis membris nervosis robusta, attamen magis in pugna quam innatæ vires [et] diurnus bellorum usus ad obtinendum triumphum conferre solent.[8] Nam in exordio omnis armatæ militiæ aditus terribilis et periculosus existit; nempe[9] tyro rudis adhuc ferri asperitatem tristis refugit et insuetum prœlium, quo primum formido mortis artus[10] constipat, pavide aggreditur,

[1] *Usurpaverint*] Usurparunt. C.

[2] *Duas*] In A. the word *ac* is written before *duas*, but apparently erased. It occurs, however, in B., but should be cancelled as interrupting the sense.

[3] *Præsenti*] Added above the line in A. In the text of B.

[4] *Plurimi*] Pluri. B.

[5] *Inermes*] Inhermes. A.

[6] *Nondum*] Nundum. A. Imdum. B.

[7] *Inerti*] Inherti. A.

[8] *Solent*] Solet. MSS.

[9] *Nempe*] Nampe. A.B.

[10] *Artus*] Originally arctus in A.; but corrected by erasure.

quod exercitatus miles lætus appetit et constanti excipit animo. Antequam ista juventus usu bellorum indigesta firmam pugnandi[1] audaciam sortita fuisset, tota Britania ignave defensa subversionis extremæ periculo fortasse succubuisset, nisi celerato succursu rex providissimus invasioni obviam isset. Hic tricentos equites manu lanceisque prævalidos suo nepoti, ære stipendiatos proprio, accommodat; cuilibet equiti adjunctis uno gladiatore et duplici sagittario, spada arcuque mortiferis; atque regis præcepto Pregens de Coitivi, in mari bellorum Franciæ princeps, et marescalus de Loheac, ambo Britones, egregii milites, ut duci auxilientur, cæterique Britones armis instructi qui regis bella gerebant, celeres accurrunt. In Fulgeris hostes intrusos armatorum bello præstantissimorum præsidia ordinantur, qui barbaris impigri resistunt ne Britaniam cursibus prædonum rapinam agentibus infestent, ut jam agros a suo fortalicio in viginta millia vastam in direptionem adduxerunt, post Gallorum adventum a frequenti invasionum repetitione inimicorum rapacitas arcetur, ac necessariorum munitione arctiori in fortalitii custodia noctu diuque accuratius invigilant hostes.

Charles sends help.

Capitulum Sextum.

De juramento ducis et baronum Britaniæ, quod per dominum Dunensem et dominum de Priscigniaco receptum regi Karolo præstiterun, se subsidium[2] armorum laturos si casu[3] in Anglicos bellum excitari contingeret, et de succursu comitis[4] Panitievre eidem duci dato.

22. Paucis post diebus injectis,[5] solemni pascha habente, rex Karolus providissimus, a reversis ambaciatori-

Charles apprehends war.

[1] *Pugnandi*] Bellandi. B.
[2] *Subsidium*] Subdium. A.
[3] *Si casu*] Si in casu. B.
[4] *Comitis*] Comitis de. B
[5] *Injectis*] Interjectis. C.

bus responso dolis involuto regis Angliæ et ducis de Sombresset intellecto, non velle subreptam Fulgeris villam restituere compertum habuit. Protinus [1] ingenti lacessitus injuria in ipsos hostes pugnam se gesturum suspicatur; et ut securius, præstito a duce Britonum et suis proceribus fidelitatis sacramento, belli negotium ageretur, ab ipso principe ejusque baronibus per comitem Dunensem, Aurelianis Bastardum, militia et consilio virum præstantissimum, ac dominum de Priciniaco,[2] ad hanc rem specialiter transmissos in Britaniam, curavit juramentum exigi quod [3] si ipsum regem in Anglicos guerram excitare contingeret, in ipsa excitata idem dux et barones se promptissima sumpturos arma et fidelissimum præsturos famulatum voverunt.[4] Et ad securiorem promissorum firmitatem propriis chirographis regi datis se obnoxios constrinxerunt.

Preparations in Bretaigne.

23. Post hæc illustris [5] dux Britonum jucundo animo et hilari facie jubet suos proceres et juvenes ex plebe electos impigre ferrum assumere; ac fœderatis et sibi amicitia junctis, ut ad injuriam sibi illatam ulciscendam ferant auxilia, varias litteras scribit. Præcipua in adverso temporis articulo Johannis de Britania, comitis de Paintievre, et vicecomitis Lemovicensis, apparuit humanitas, quamquam pater ducis defuncti [6] et Karolus [7] de Blesis, religiosissimus ejus avus, pro ducatus jure cruentum bellum gesserint, et post eorum obitum ipse dux Johannes ejusque fratres ex una, et altera parte Olivarius tunc comes ejus germanus primogenitus gravissimum discidium exercuerint; attamen vehementissimis injuriis pace sepultis, [et] ex odio animorum affectibus in firmissimam amicitiam conversis, ipse comes heroem de Sancta Severa, ejus nepotem, egregium

---

[1] *Protinus*] C. Pro cujus. A.B.
[2] *Priciniaco*] Prescigniaco. B.
[3] *Quod*] Quia. C.
[4] *Voverunt*] Noverunt. B.
[5] *Illustris*] Written upon an erasure in B.
[6] *Defuncti*] Deffuncti. A.
[7] *Karolus*] Karoli. A.B.

militem, ad Britaniam in auxilium cum quingentis[1] strenuis pugnatoribus transmisit, qui duci in extremo laboranti quamplurimum et fidelius subsidium armorum tulit.

Capitulum Septimum.

De modo captionis Pontis-Archæ, et per quos nomine ducis Britaniæ reducta fuit.

44. Tum[2] strenuitas totius regni nobilium, indigne ferens[3] illustrem ducem Britonum latentibus hostium fallacium insidiis circumventum, ad vindicandum opprobrium, quædam in Normania, alia in Vasconia, omne ingenii convertit acumen. Inter quos Robertus de Floques (vulgariter Floquetus dictus), vir acer, in armis perdoctus, ac dominus de Malonido, ambo de Normania creti, necnon Johannes de Bressiaco, miles strenuus de Andegavia natus, Jacobus de Bello-Monte, de Delphinatu ortus, bellis instructus,[4] in urbe Ebroica et Locoveris desidientes,[5] non apertum sed artibus absconsum in hostes bellum gerere consilium ceperunt; ut qui ruptis fraude treugis Britones fefellerunt inimicos, conspectiori ingenio deceptum irent, castrum et villam Pontis-Archæ, munitionem fortissimam, quatuor leucis a Rothomagi urbe super amnem Secanam constructam, subtili et arguto ingenio capere statuunt. Et ad hanc rem exsequendam Floquetus equo præpotens cum quadringentis prævalidis equitibus, ex parte Locoveris, in quadam silva satis prope Pontis-Archam[6] de nocte insidias construit; et ex parte Vulcasini pedites se

Project for the capture of Pont-de-l'Arche.

[1] *Quingentis*] Quingentibus. B.
[2] *Tum*] Cum. A. Dum. B.
[3] *Ferens*] Ferret. C.
[4] *Instructus*] Instructis. B. Instructi (?).
[5] *Desidientes*] So corrected from Desidentes; unless Residentes be preferred.
[6] *Pontis-Archam*] Pontisarchæ. A.B.

abscondere in abditis jubentur, quorum Johannes de Bressiaco ductor erat. Nautæ simulati ratem frumento onustam a Locoveris in amnem Secanam subtus Pontis-Archam transducunt, assumpta fictione hanc Rothomagum vecturi. In flumen farris onus ejiciunt; sed [1] pedites armatos sub noctis silentio versus portum Sancti Audoeni transfretant, et transvecti humi in cujusdam nemoris opaci latebris se abscondunt. Et ecce, quidam mercator, Guillermus Hoel, Locoveris oriundus, vir ingentis audaciæ et miræ astutiæ, ex rebus quas Rothomagum ducere solitus erat quadrigam onerat, et per Pontisarcham transmeans castri janitorem attentius orat ut cras summo mane alias mercaturas Locoveris quæsitum reparaturo portam aperiat; ut liberaliter consueverat sibi promisit amplum vinum soluturum; et pollicitis [2] Anglus avaritia illectus in sui [3] capitis lethale periculum, et omnium suorum perniciem se facturum promisit. A loco insidiarum Galli latitantes de luce egredi non poterant quin de castro vel de ponte ab Anglis percipi oporteret; et ob hoc mercator Gallos introducturus et pars insidiantium a latebris exeunt, et prope castri antemurale in hospitio nocte media [4] se in abditis conferunt.

Its progress and execution.

25. At rutilante aurora, hic mercator cum duobus insidiatoribus quadrigam variis rebus confertam revehens, promissam sibi fieri aperturam supplex janitorem exorat, quam primo aggressu propter duorum assistentiam Anglicus dare formidat. At Guillermus Hoel ait; "Nihil pericli; hi socii sunt de Locoveris, duo probi "mercatores." Ac janitor, formidine posthabita, dicit, "Or, bene! introite." Mercator vero supra ligneum antemuralis pontem rhedam sistit, donec a bursa duos Britones et unam placam, in Normania monetam

---

[1] *Sed*] Om. B.
[2] *Pollicitis*] Policitis. A.
[3] *Sui*] Suis. B.
[4] *Media*] Here begins a new hand, which has copied the rest of B.

currentem, trahens janitori[1] tradiderit; at janitor ampliorem pecuniam se habiturum debere pro tanto beneficio, nec vinum fore sufficiens, affirmat. Tunc mercator, velut tristis, ut promptum et liberiorem transitum consequatur, bursam excutiendo monetam humi projicit. Hoc acto, janitor, præceps ad sua pericula, hanc projectam pecuniam recolligens, se curvum prosternit, et illico ferro desub chlamyde extracto, Guillermus Hoel janitorem confodit, et equo veredo tibias abscidit et una cum rheda, gravi rerum pondere onusta, supra pontem corruit.

26. Audito tumultu, Anglici castro soporantes a somno territi excutiuntur. Unus ipsorum, robustus et pulcherrimus juvenis, in camisia nudus accurrens pontem castri erigere nititur, sed Guillermus gladio ruens ipsum adolescentem occidit. O præclara avaritia! castrum quod improbus labor militum armis apertis vix expugnasset, temporis instanti vincis; et pro tam insigni facinore tuo auctori mortis stipendium, id quod avarus[2] existit, præmium impendisti. Tum pedites e latebris in pontem, in villæ portam, ingenti clamore excitato, prorumpunt, quam Anglicus, vir bellicosus, robusto corpore et constanti animo longa pugna tuetur, sed tandem facile unus a pluribus consternitur. Et altero latere[3] Floquetus et heros de Malonido, bello strenuissimi, cum suis acribus equitibus portas accurrunt. Hoc ingenio, hac probitate, villa subacta, fores recluduntur et equites intrant. Tuba recurvi et directi æris hostibus infesta reboans hostes terret, alta et jucunda voce clamitans, "Sanctus Yvo, nostræ victoriæ aspirans, gloriose extollatur. Illustrissimus Franciscus, dux Britonum, feliciter vivat." Hic Anglus confoditur, alter vinclis retruditur. Anglorum major quam centum numerus

---

[1] *Janitori*] Janitorem. B. Janitatori. C.

[2] *Avarus*] So corrected from Avaro, which is the reading of the MSS.

[3] *Latere*] Om. B.

vel morti vel captivitati addicitur,[1] inter quos vir potens comes de Foucamberge carceri mancipatur. Cuilibet incolæ Franco integra sua fortuna reservatur; illa Anglorum sola in prædam communem inter victores distribuenda venit. Portis villæ ducis Britonum insignia loco eminentiori divite ornatu depinguntur. At pavefactus quidam barbarus, qui ut nudus jacebat a lecto surgit, saltu præcipi pericula inopinata per muros evadens, Rothomagum decurrit, nunciansque Pontis-Archæ captionem, universam urbem et præcipua formidine ducem de Sombresset territum, necnon cæteros Anglicos, admodum concussit. Tum animadvertunt instanti discrimine Rothomagum, ducatus apicem, tum alia castra supra Secanam, perditionis confinio versari.

Capitulum Octavum.

De furore ducis de Sombresset quo insanit, captione Pontis-Archæ per nuncium relata; de ipsius nuncii incarceratione; de mœrore ducissæ et erga medicum pietate; de seriosa nuncii ducis delusione; de consilii ipsius ducis et herois de Talbot mutatione Pontis-Archam obsidendi; de Normanorum lætitia; de Britonum mœrore.

The fury of the duke of Somerset on the occasion.

27. Attamen ipse dux, ut primum infausta referentem nuncium accepit, implacabili accensus furia super castri perditione, ipsum interrogat, cui[2] asserit per Gallos esse occupatum. At ipse rei tantæ incredulus obloquitur. "Tu, ingens proditor, perversum refers mendacium. Hora diei hesternæ decima a Pontis-Archa me contigit abscessisse; tunc de hostium aggressu nullus adversi rumor, nulla sinistri trepidatio, sed omnia in tuto erant. Tantas villæ, oppidi et pontis

[1] *Addicitur*] Additur. B. | [2] *Cui*] Qui (?).

"munitiones uno instanti amissas, negat facti impos-"sibilis executio."

28. Tum dux furibundus acerbum nuncio capitis supplicium inferre minatur, hunc in tetrum carcerem rapi jubet. Constantique animo nuncius propositique tenens, non formidat assuere; "Si[1] rei gestæ veritas ut "enuncio manifesta non elucescat plagis mille, frustis[2] "mille corpus lacerandum vestro arbitrio submitto." Squalor[3] enim incredibilis et mœror inauditus tantæ rei novitate ducissam et universam familiam oppressit. Hæc thori ducis consors adhuc lecto accubans, velut phrenesi arrepta et matronalis pudoris oblita, nuda in camisia, absque secreta tunica, a cubili prosiliit et anxio dolore commota exclamat, "Hujus ducatus omnia "possessa hæc ærumnosa villæ captio in miserandam "perditionem cuncta non expectata trahet." Et quanquam adversa sorte non mediocriter Gallis infesta cruciaretur, tamen hæc erga magistrum Johannem Tyffeigne,[4] medicum Gallum, tunc hanc in thalamo visitantem, egregiam retinuit pietatem. Hæc maritum cognoscens adversis insanum, si usquam huic forte[5] occurreret medicum crudeliter necaturum, quamobrem inter cortinas thori latitare, ut saluti consuleret, et abscondi jussit, donec furibundus conjux aliorsum a conclavi evaserit. Anglia[6] enim impios viros et malefidos, feminas vero pietate insignes et benefidas parit.

29. Tunc temporis ipse dux Anglus insidias conflans, laternam ad castra noctis conticinio surripienda accommodatam, atque balistas ad murorum custodiam præter modum iniquo tractu fatificas, in diversorio conclavis mercari fertur, et sic sua arte, qua deludere alios conspirabat, doli inventor merito infeliciter deluditur. Hoc

---

[1] *Si*] Se. A.B.

[2] *Frustis*] Frustris. B., and so A. originally.

[3] *Squalor*] Scalor. A.B.

[4] *Tyffeigne*] Tiffeigne. B.

[5] *Forte*] Sorte. A.

[6] Here in the margin of A. occurs the word 'Nota.'

accepto dux vesanus machinas inemptas projecit; et ipse frendens velut aper penetrale conjugis egressus[1] purpuram a tergo rejecit, vestem militarem induit, ferrum corvirostrum rapit, ebullienti nudatoque capite in curtem castri sese præcipitans huc illuc flamma iræ ardentes oculos volutat. Magna enim Anglorum circumseptus caterva de casu hunc et alterum inquirit. Alloqui nullus barbarorum ipsum audet, ni fuerit primus interpellatus. O rabies vecors! non vis nisi cæco affectu concupita tibi referri; et si libidini furiosæ adversa, quanquam vera, fideliter nuncientur, furentem ægro animo concipis indignationem, et ingrati latorem iracundia accensus inhumane, velut[2] capitis hostem, persequeris, atque furor immoderatus mentis consilium absorbet ne rebus labentibus succurrat, quod in belli negotio, ut occurrat necessitas, statim promptum et expeditum haberi oportet, ut ducis providentia in adversis retenta animi constantia instanti periculo salubriter opituletur. Ac etsi optata falso commententur, inani voluptate raptus supra vires animum superbum erigis, ac temeraria fiducia præcipitatus tuæ potentiæ inconcessa aggrederis, vel hostium invasioni opportunus incaute custodiam relaxas. Unde elatus superbia veritatis inimicus, dum stabilem tibi fortunam retinere putas, in exitialem calamitatem corruis.

A messenger despatched to Pont-de-l'Arche.

30. Hic dux quendam equitem sibi fidissimum ad explorandam casus Pontis-Archæ veritatem transmittere voluit; quod idem eques recusat. "Non enim unum "equestrem, sed cohortem hastis exercitissimam ad tam "ancipitem casum investigandum deputare vix con- "grueret. Profecto Galli ad raptum non segnes modo "haud in fortaliciis quiescunt; verum acerrima equitatus "celeritate horrendi nunc circumquaque effusi regionem "Pontis-Archæ subjectam evertunt. Si unus nostrorum "pergat explorator, relaturus quid invenerit non reme-

---

[1] *Egressus*] Aggressus. B. | [2] *Velut*] Veluti. B.C.

"abit; vel hunc lancea transfodi, vel in vincula detrudi, "continget." Sed tandem ad investigandum quis, vel cujus auctoritate, Pontis-Archam occupat, dux, gubernator Normaniæ, celerem armorum nuncium transmittit, cui, ut ludicro jocoso ejus inquisitio illuderetur, barbarico Britonum sermone Anglico respondere quemdam Britonum lingua materna Britonisantem Floquetus cæterique Gallorum duces jussisse vulgo putantur. Non enim intellecta responsione Britannico idiomate delusa,[1] infestus Anglus dixit, "Vestra verba non capio; certum "me reddatis, domine, qui fuerunt illi, qui contra "treugarum securitatem istam villam sibi usurpare "audent?" Quo instantius Brito ab Anglico interrogatur, eo magis, non absque jucundo risu astantium, Britonisare conatur; et velut barbari dolo conspirato, bellorum jura confundendo, sacram[2] treugarum fidem illudebant, et non aliter Galli serioso ridiculo[3] confusam et illusam eorum summationem fecisse dicuntur. Tandem responso non apprehenso, nuncius ludibrio habitus inanis ad suos principes revertitur.

The difficulty of the position of the English.

31. At dux de Sombresset nec non heros de Talbot derisi ebullienti ira acrius inflammantur, et Pontis-Archa suæ ditioni subtracta,[4] longe sibi affore pejora verentur; et si fidei burgensium Rothomagi custodiam deputare securum arbitrarentur, protinus in armatos Pontis-Archam occupantes irruerent, quanquam graves et difficillimi insultus ad tantam munitionem aggregiendam imminerent. Profecto non minor quam duarum egregie pugnantium legionum copia ad Pontis-Archam oppugnandam sufficeret. Una castrum validum Vulgasino constructum, altera villam munitissimam ponte intermedio obsidens, neutra subsidium mutuum alteri deferre valeret. Anglici ideo verentes, si urbis claustra exire contingeret, ne redeuntes

---

[1] *Delusa*] Delusus (?).

[2] *Sacram*] Om. B.

[3] *Ridiculo*] Rudiculo. A.

[4] *Subtracta*] Substracta. A.

ipsos cives excluderent, ab invasione Pontis-Archæ divertunt propositum. At egregia belli fortuna vices suas varians æquo ludo Pontis-Archæ captione illam Fulgeris compensat, et partim injuriam duci illatam ulciscitur. Nam si Anglicis in ducatu fraude surripi unam permiserit villam, nomine Britonum in eorum obedientia præclaro ingenio capi concessit alteram. Hinc jucundissimum proverbium decurrit, "Ictus alapæ "celer in barbarorum genas reflectitur." Manus ejus vivat in æternum, quæ tam apposite novit mutuum colaphum referre.

32. Illa tempestate mœror et gaudium insimul miscentur; nam intrinseca tristitia unam nationem afficit, at ingens lætitia reficit alteram. Profecto Fulgeris villæ subreptio munitissimum hostium receptaculum toti Britaniæ furore conspirato, in miseros acerbissimam captivitatis et stragis cladem minatur. Et felix Pontis-Archæ villæ reductio, castri in hostes prævalida munitio, toti Normaniæ concupitam libertatem et jucundissimam vitæ securitatem pollicetur. Illa infestissimos hostes, hæc dulcissimos amicos introduxit. Illa incolas fraude subactos a cunctis extorres laribus propriis expellit, hæc ab immanissimis inimicis arte redemptos incolas omnium bonorum suorum possessores integro statu in natali origine retinet. Surrepta Fulgeris villa Britones sub crudele jugum adituri, ni Summus avertat,[1] gemitu et mœrore amarissimis conficiuntur; hac[2] reducta sub rege suo Pontis-Archa, Normani a durissima tyrannorum servitute exituri lætitia ingenti et risu interno perfunduntur.[3]

---

[1] *Avertat*] Advertat. A.B.
[2] *Hac*] At (?).
[3] *Perfunduntur*] Profunduntur. A.B.

Capitulum Nonum.

De[1] *captione fortaliciorum Cogniaci et Sancti Magrini per Verdunum in Vasconia, et Patuli-Regis et oppidanorum occisione per heroem de Moy in Belvaco; de villæ castrique*[2] *Concharum, et de Anglorum ignominiosa expulsione per Robertum de Floques in Normania; et de instabilitate fortunæ armorum.*

33. Dum hæc feliciter aguntur ob dignum ducis Britonum furorem, quidam nobilis de Vasconia, Verdunus nomine, cum scalarum machinis fortalicia de Cogniaco et[3] de Sancto Magrino, Burdegalis versus plagam erepta, a barbaris in naturalem Gallorum communitatem retraxit. Ad quæ regis Anglorum nomine eorum capitaneus, Mondotus de Lansac, a Burdegalis urbe reversurus, adhuc sub manu Anglorum fore arbitrans, in Verduni potestatem captivus decidit. Et eo Marte heros de Moy, militaris rei non ignarus, Belvacensis patriæ protector, castrum Patuli[4]-Regis latrunculis cumulatum expugnat, et quotquot Anglici inibi reperti, qui[5] innocentium guttura solvere consueverant, sontes ferro transacti occumbunt. Ab hac enim non immerita punitione eorum capitaneus, Johannes Herpe, Anglicus, tunc pago Gorniachi[6] absens, solus intactus evasit. Et cum fortuna anceps et instabilis casu adverso præcipitem cœperat volvere rotam, et ut libet fragili tyrannorum prosperitate ludens violentum sistere[7] nescit impetum donec nedum unum sed plures in excelso vectos gravissimo lapsu obruerit,[8] quos mari, terræ, formidolosos, modo armis potentes extulerit, nunc

Progress of events in various parts of France.

---

[1] *De*] Qualiter de. B.
[2] *Castrique*] Castri. B.
[3] *Et*] Om. B.
[4] *Patuli*] Partuli. B.
[5] *Qui*] Quoniam. C.
[6] *Gorniachi*] Gorniaci. B.C.
[7] *Sistere*] Insistere. B.
[8] *Obruerit*] Obrueret. B.

inermes, velut effectos ex viris mulieres, ludibrio patentes expellit, ecce ille Floquetus, armis paratissimus, Concharum repente transcendit muros, ac hostes terrore mortis in castro exactos obsidet, impigre fatifico tormenti fulgure densam[1] muralem perforat congeriem. Inclusi perterriti et salutis inexpertes, ad purum Floqueti arbitrium se dedere compelluntur; quos sub hoc pacto accipiens, omnes pedites exire cogit, quemlibet baculum ut colum dextera enixum, non hastam gerentem.

The instability of fortune.

34. Proh dolor! quam fallax belli tyrannorum gloria; in summo rerum culmine superbos erigit, ut ab excelso[2] honoris gradu prolapsi opibusque exuti[3] tristitiam ferant amarissimam. Cur igitur splendore triumphorum, Anglia, superbis? Initium tuorum bellorum præclarum, magnificum et omni laude extollendum a cunctis mortalibus censebatur; exitus vero pusillanimis, ignominiosus, et omnium ludibrio respersus[4] non indigne propatulo cunctis habetur. Profecto, nec propter aliud crudelibus armis insatiabilis dominandi Anglorum libido Normaniam occupasse videtur, quam ut ereptam ignominiose perditum iret. Et ut prospera fortuna tot excelsas de Gallis victorias Anglicis adjecit, nunc adversa, velut ad ostensionem humanæ fragilitatis, subito demoliens quod longo et gravi labore cumulaverat, victores in fœdam adversus Gallos pugnam ignave superandos modernis diebus attrahit. Nec dum res postulat ut cæca versutia rebus periclitantibus consuleret benignius, oblatas pacis arrhas[5] acceptare permisit. O Martia juventus, quæ rerum gestarum magnitudine animos extollis, cognosce in manu Dei invictissimi divitiæ, honores, sceptra, diademata, triumphorum nitor concluduntur; et quæ elargiri potest, sui arbitrii est illa preciosa mortalium æstimatione

[1] *Densam*] Dempsam. A.B.
[2] *Excelso*] Excelsu. B.
[3] *Exuti*] Adjuti. C.
[4] *Respersus*] Repersus. A. Repensus. B. by alteration.
[5] *Arrhas*] Erras. A.B.

ut et quando vult auffere. Justum enim erat ut tendiculis[1] factionis absconsis, quibus fracta fide innocentes gravissimo damno[2] fefellerunt, Anglici irretiti sontes illaqueentur.[3] Nec ulla lex est justior ista, quod flagiosi insidiarum artifices copiosas subeant vices, atque ad hominum securitatem turbandam inventores subdolæ artis nequitia pereant.

CAPITULUM DECIMUM.

De responsione regis Karoli nuncio archipræsulis Burdegalensis et ambaciatoribus ducis de Sombresset, magistro Johanni Infantis et cuidam Anglico, ejus collegæ, fortalitia in Vasconia et Pontis-Archam regi Angliæ restitui instantissime postulantibus, nulla Fulgeris reparatione per eos oblata.

35. NON multis diebus interjectis, nuncius armorum ex parte archiepiscopi et civium Bordegalis transmissus Karolum regem aditum propensius orat ut fortalitia de Cogniaco, de Sancto Magrino, Anglicis Vasconibus reddere intrusos jubeat, et deinceps ut præfato archiepiscopo salvum conductum annuere dignetur; quo obtento, ipsum archipræsulem ad regem enunciat gressu celeri accessurum. Quibus super fraude petitis, nuncius inanis et vacuus recessit.

The answers of Charles VII. to various ambassadors.

36. Deinde magister Johannes Infantis, ducis de Sombresset et deinde de Talbot ambaciator, natione Normanus, et quidam Anglicus ejus collega, Karolum regem adeunt, Pontis-Archam et castrum Patuli-Regis, nulla per eos usurpata reparari offerentes, Anglorum ditioni restaurari accuratius postulant. Ad

---

[1] *Tendiculis*] Tendiculus. B.

[2] *Gravissimo damno*] Gravissimis damnis. C.

[3] *Illaqueentur*] Iilaqueantur. A., B.

quæ Karolus rex justissimus orsus est. Si villam Fulgeris arte proditoria surreptam, et omnia incolis ablata, grassatores Anglici ab integro refundant, se tantam daturum operam ut carissimus ejus nepos, dux Britonum, et sua sequentes arma, oppida petita in Anglicam potestatem reponerent. Alias, ut iniqua et æquitati dissona, petitio eorum minus erat admittenda. At ambaciatores super facto Fulgeris quidquam tractare nullam a suis principibus sibi concessam potestatem asserunt. Propterea ut rex fraudulentam[1] cavillantium astutiam rogantem regno nocituram, velle dolis ipsum circumvenire prospexit, absolutam dat ipsis repulsam; et frustati spe captionis ambaciatores, nulla super petitis impetrata sortiti, Rothomagum tendunt.

37. O Anglica versutia! qua fronte, quo jure, postulare sumis audaciam ut castra ad naturalis[2] domini obedientiam juste redacta prætextu treugarum tibi restituantur, et tu aspernaris[3] oppidum, contra treugarum fidem per te proditorie usurpatum, vero domino restaurare? Divina ac humana justitia tuam petitionem summæ iniquitatis arguit; si ut quod ab altero tibi fieri requiris, dum idem alteri æqua lance metiaris.[4] Iniquitas tibi summa fuit, villa Fulgeris surrepta, juratam treugarum fidem infringere; et æquitas summa est tibi injusta petenti juris auctoritate eandem inficiari fidem.

---

[1] *Fraudulentam*] Om. B.
[2] *Naturalis*] Natalis. C.
[3] *Aspernaris*] Aspergaris. B.
[4] *Metiaris*] The latter part of the sentence is faulty; *ut* should be cancelled, and *haud* or *non* inserted before *metiaris*.

Capitulum Undecimum.

De ambaxiatorum[1] regum Franciæ et Angliæ in abbatia Boni Portis conventione; de oblatione per ambaxiatores regis Franciæ illis Angliæ pro bono pacis componendæ summa æquitate facta, et de ejus injusta per Anglicos denegatione.

38. Reiterata demum ad pium Francorum regem versuti ducis de Sombresset legatione, ad instantem sui postulationem heros de Culento et magister Guillermus Cosineti transmissi ad Locumveris proficiscuntur. Et deinceps in Boni-Portis abbatia juxta Secanam convenientes, Pontis-Archam, Conchas, et Patuli-Regis castrum, omniaque spolia in eis per Gallos ablata, necnon Anglum comitem de Faucamberge[2] captivum, ex parte regis Karoli, quanquam belli fortuna hoste superior esset, legatis Angliæ se facturos restituere offerunt; attamen optima lege, si præscriptus dux nomine regis Angliæ duci Britaniæ læso villam et Fulgeris oppidum, cunctaque inibi per agressores rapta, quæ[3] (communi æstimatione xx. centum aureorum millia valuere,[4]) reintegrare curam agat.[5] Et si parata manu omnia petita, forsan propter eorum consumptionem, restituendi facultas abesset, pro securitate idonea, castra, aut in vades, quousque satisfactio secuta foret, viri locupletes traderentur. Et insuper, ut nulla rei inconsultæ occasio tractatum dilatare aut impedire valeret, si super aliis damnis illatis Angliæ ambaciatores queremoniam agitare contingeret, Franciæ legatis cuncta reparari[6] faciendi concessa potestas erat. His vero in pristino statu repositis, et omnibus ab utraque parte ferri ex- Further negotiations.

---

[1] *Ambaxiatorum*] Ambassiatoribus. B.

[2] *Faucamberge*] Focamberge. B.

[3] *Quæ*] Om. A.B.

[4] *Valuere*] Valere. A.

[5] *Agat*] Agant. A.

[6] *Reparari*] Reparare. A.B.

cessibus ad nihilum redactis, rex humanissimus inter duo regna treugas inviolatas fideliter se observaturum pollicitur; quæ oblata, tanquam justissima et plus parti adversæ quam offerenti profutura, Anglica protervia, pacis hostis, in sui principatus usurpati necem acceptare recusat.

39. O cæca[1] regni libido! qua[2] vesania tam humanum, tam tibi salutiferum pacis tractatum renuis? O vecors! oblata enim quæ abjicis armis assequi et usurpata quæ reparare contemnis ferro tutari non vales. Est tibi atrox et fœdum bellum potius, ut miserrima belli clade pereas, et universa, nedum cismarina sed trans[3] pontum detenta, amittas, quam pax sancta, ut felicior pacis tranquillitate vivas et majori in parte male parta ac regum integrum conserves. Cæterum, recto Dei judicio hæc aguntur ut sors fatalis tua iniqua imperia ad subitam ruinam, et te, humano cruore fœdatam, ad sanguinis macellum trahat. Nec manu potenti, nec mortalium industria, obviam itur, ut conditio tyrannorum fragilis et principatus injusti in nullo stabilita diuturna prosperitate consistat; verum flatu fortunæ violento huc illuc impulsa, quos variis triumphis gloriosos et florentibus opibus opitulatos sustulerit, mox improviso recursu in summæ[4] profundum calamitatis demergit. Vis igitur, demens, propter denegatam unius villæ reparationem casibus fortunæ volubilis universas opes committere et incerta pro certis optare? Verum enim bellum unusquisque, etiam ignavus, facile excitat,[5] sed incœptum non absque maxima hominum et rerum clade geri nec ferri potest,[6] et postremo

[1] *O cæca*] Here in the margin of A. occurs the note, "Invectiva ad- " versus Anglos adversarios, injusti " belli auctores."

[2] *Qua*] Quo. B.

[3] *Sed trans*] Sed et trans. C.

[4] *Summæ*] Summo. B. Summum profundæ. C.

[5] *Excitat*] Excitatur. B.

[6] *Ferri potest*] These two words have been altered to their present reading by a second hand: B. confirms it.

ægorrime relinquitur, nec illius cujus cruentum bellum fuit incipere excitatum deponere. Cæterum plerumque temerario belli auctore domito, et cunctis fortunis ereptis, victoris arbitrii est.

Capitulum Duodecimum.

Qualiter Karolus rex, post varias ambaxiatorum impensas frustra consumptas ab hostibus, suos consiliarios in unum congregari jussit, et in præsentia duorum notariorum primo cancellarium, deinde cancellarius alios, jurare fecit ut sibi fidele consilium, favore et metu posthabitis, darent, an sine detrimento honoris juste contra hostes apertum bellum movere poterat.

40. Post varias ambaciatorum impensas inani [1] labore sæpius repetito consumptas, rex Karolus justissimus, ut accepit qua simultate, quibus dolis, in treugarum prosecutione erga rempublicam inimici utebantur, in duorum præsentia notariorum suum magnum concilium accersiri jussit, cui mentis secretum, fere post quatrimestrem lapsum a misera Fulgeris direptione, aperuit,[2] protestans ut pacta treugis inserta inviolabiliter observare, nec aliquid sinistri nec subdoli contra earum fidem volebat moliri, quod in sui honoris dignitatem a posteris impingi [3] posset.[4] Deum et homines attestatur quod cum suo nepote Angliæ firmam pacem componere quam guerram cruentam gerere mallet, si hostes juratæ [5] conventionis fidem servarent. Sed cum ab inimicis se delusum videret, rebus suorum subjectorum afflictis, aperto bello, (si absque famæ detrimento jus armorum pateretur,) succurrere votis flagrantibus gere-

Charles deliberates whether he may justly make war with the English.

[1] *Inani*] Jam. B.
[2] *Aperuit*] Om. C.
[3] *Impingi*] Impingui. A. B.
[4] *Posset*] Possit. B.
[5] *Juratæ*] In ratæ. B.

bat. Quam ob rem virum clarissimum Franciæ cancellarium per se idem rex, deinceps ipse cancellarius cæteros conciliatores, stricto religionis sacramento astrinxit, ut omni metu et favore posthabitis, suæ majestatis æstimatione non offensa, fideliter consulerent an juste, non repugnantibus treugis, bellum hostibus inferre valeret.

The chancellor in his speech,

41. Ac cancellarius, vir summæ auctoritatis, responsum dedit: "Ut vestra[1] majestas jussit, an bellum cum Anglicis sit gerendum, disserens absolvam. Eo vestra superillustris majestas potestatis fastigio sublimata regno universo principatur ut sollerti animi virtute et exactissima corporis opera procellosos bellorum turbines tranquillam in pacis beatæ serenitatem primo, si possit, mitti concordia; sin autem extremo compulsa rigido ferro commutet, et populum fidei creditum a pestiferis hostium incursibus contritum[2] eximat,[3] et ab omni nedum periculo verum bellorum formidine reddat securum. Profecto non tam præclari fulgor generis, non tam coruscantibus illustrata gemmis corona, quam excellens animi magnitudo et stricta justi observantia dignum principatu regem ostendit. Bello enim, si pro urgente reipublicæ succursu propriam salutem in mortis discrimen offere non formidet, si violentos prædonum raptus cohibeat, si rabidam hostium infestationem propulset; pace vero, si subjectos mansueto et leni imperio regat, potissimum si a fortunis eorum, ni necessitas universi postulet,[4] modeste abstineat; si spectatos scientia, fide et rerum experientia, munerumque spretores super populum judices instituat; si æque inter omnes proportionatam (gratia, odio, posthabitis), justitiam ser-

---

[1] *Ut vestra*] "Oratio domini cancellarii in concilio ad regem." A. in the margin.

[2] *Contritum*] An interlineation in A.

[3] *Eximat*] Exunat. B.

[4] *Universi postulet*] Universas postuletur. B.

vet,[1]—tunc hoc opus non humanum sed divinum, Deo non absimilem, plusquam mortalem, velut quoddam Numen, hunc in terris facit venerari, et a terreno imperio in æternam regni cœlestis gloriam transferri. Magnopere enim, citra horrendam cruoris humani effusionem, lacerantem rempublicam hostilem rabiem compescere vestra sollicitudo, non absque gravi labore et auri temporisque ingenti dispendio, nixa fuit. Idcirco vestris legatis sollenni more stipulantibus, vester hostis treugarum otio in Franciam transfretare regiam fidem astrinxit, ut inter duo potentissima regna furiosa[2] discidii inveterati clades celesti fœderum numine placaretur, quod Anglica fraude imbutus minus fideliter adimplevit, verum mendax astutia juratam[3] fidem fefellit, nec quidquam promissorum consummato opere fecit. Haud enim referta dolo barbarorum calliditas, præmiditata treugarum concessione veram pacem, cæterum[4] suo regi sacro lilio cretam thori præclaram dari consortem, et occupatas urbes annonæ penuria exinanitas recreare captabat. Uxorem vero illustrissimam ex treugarum pretio sibi matrimonio adjunxit, et alimentorum copia urbium inopiam abunde refecit. Quid inde? Infida regni ambitio et insatiabilis rapinæ ardor treugarum pacta servare minus curat, quæ hosti fidem negligenti fieri æqua[5] juris ratio non dictat. Fides enim facienda adest, dum inter utrumque consummate[6] promissa fiunt; si a fide[7] pacta unius pravo ingenio corruptus decidat, alterum rupto vinculo fidei solutum publica juris decernit potestas, et delusa fides inanis per aera evanescit. Igitur ubi salutem vario labore repetito quæsitam populo bellorum anxietate op-

---

[1] *Servet*] Serves. B.

[2] *Furiosa*] Written upon a blank space left in the text of B.

[3] *Juratam*] Jurata. B.

[4] *Cæterum*] Et cæterum. B.

[5] *Æqua*] E contra. B.

[6] *Consummate*] Consummato. B.

[7] *Fide*] Fide. C.

presso concordia afferre[1] non potest, necesse cogit vestram majestatem ex officii debito regno invisa calamitate afflicto justis armis comparare securitatem.

after enlarging upon the crimes of the English,

"42. Et si majores Angliæ transversa fides sceleris perfidiæ damnet, an vulgus immune a tanta labe infidelitatis absolvat considerate. Vulgus Anglum vulgus crudum[2] et incultum; nihil mansueti, nihil firmi habet. Ubi maxime princeps fidei contemptor nec recti cultor existit, facile perversum exemplum sequens in scelus et nefas labitur,[3] quamplurima flagitiosa perpetraturus.[4] Et si induciarum otio per Anglicos acta intime scrutentur,[5] infidam eorum simultatem, (quæ unum in lingua prætendit, aliud opere semper exsequitur,) nedum juratas treugas violasse, verum promissam sacramento fidem nunquam adimplevisse, certum apparebit. Ac tametsi Anglica barbaries palam regnicolas infestare non habuit, verumtamen absconse ex abditis nemorum ruens, ut itinerantibus obviat, unum rapto spolio robore alligat, alterum excruciatum interficit. Verum enim navalem apertam pugnam in Hispanos, necnon campestrem in Scotos, antiqua fœderum compage Gallis amicissimos, treugis inscriptos, crudelior exercuit, ac sanguinolenta immanitas spoliorum appetens et Gallorum jugulis semper intenta, nunc de Rupella, de Depa, nunc de Britania, piratica rapacitate preciosis onustam negotiatorum classem expugnavit, raptas mercaturas abstulit, expugnatorum corpora in hiantem pelagi voraginem submersit. Et si non per altum navigantes,[6] nonne per terram, ob regum majestatum reverentiam mercatores cæterosque incolas de una in alteram urbem profecturos, publica treugarum securitas a con-

---

[1] *Afferre*] Afferri. MS. Or we may read, Salus..quæsita..afferri.

[2] *Vulgus crudum*] Vulgum crudum. A.B.

[3] *Labitur*] Labem. B.

[4] *Perpetraturus*] Perpetraturum. A.B.

[5] *Scrutentur*] Scrutatur. B.

[6] *Navigantes*] Navigans. B.

sueta Anglorum incursione protexit? Minime. Profecto ferocissimi latrunculi Meduntæ, Vernolii, Longiaci, Anglorum præsidiis absconditi, humano habitu exuto, larvas dæmonum deformitate[1] horrendas, vultus superinducti, publicum Parisiense iter Aurelianis tendens, ac illi de Patulo-Regis, de Novo-Castro, de Gorniaco, stratam Remis in Parisiam urbem directricem, assiduis insidiarum latebris obsident, et lethali mucrone itinerantium guttura resolvunt, merces, aurum, argentum, deprædantur. Et si egregii bellatores treugarum confidentes immunitati vel rei familiaris aut recreationis gratia se rure conferant, infidus Anglicus furor, vindictam sitiens illorum qui præstantia virtutis in Anglicos mortifera gesserunt prœlia, inhumana strage jugulant. Anglorum vero treugæ minus[2] quam apertum bellum Gallis securitatis afferunt. Furenti Marte nemo campis confidit; nam armis, vel salvo conductu, saluti consulit. Treugis gladius in pharetram reconditur; alterum in latrunculos minime prodest. Hæc nefanda maleficia rebus et corporibus illata rex Angliæ atque sui officiarii, treugarum conservatores in Normania, instanter summati reparare callide dissimulant.

"43. Ergo ipsum bellum apertum in fœderatos, variaque per mare et terram latrocinia atque strages hominum, ac Fulgeris direptionem, fraudulenta scelerum inultorum dissimulatione, perpetrasse censentur.[3] Cruor igitur innocentium ex fractionis industria tyrannide effusus, et publica patriæ[4] direptio ad Divinam justitiam in perditissimos sicarios ultionem exclamant, et a vestra majestate in famosissimos grassatores condignam tantorum scelerum reparationem poscunt. Profecto gentium jura et omnis severa legum sanctio

decides that war may be declared.

---

[1] *Deformitate*] Difformitate. A.

[2] *Treugæ minus*] Treugæ non minus. C.

[3] *Censentur*] Sencentur. B.

[4] *Patriæ*] Patris. B.

in istos armatos, in crudelissimos piratas, in ferocissimos prædones rerum et cruoris hominum exhaustores, vobis ferri vindictam exercere præcipiunt, ut vestra manus armata tyrannorum furorem propulset apertum, latebrosas grassatorum restringat insidias, a mucrone sanguinolento homicidarum jugulos vestrorum fidelium eripiat, atque prædonum crebris ab incursionibus maria et terras reddat securitati. Haud torpere licet treugarum occasione protectionem reipublicæ debitam impendere; nam fidem treugis promissam nedum fregerunt sed nec usquam hostes servare contingit; nec subdolis igitur [et] perfidis auctoribus in perniciem reipublicæ mutuam fidei vicem referre quam non observant. Vult sacri juris auctoritas, si publica fides jurata scelestam[1] nocendi voluntatem hostibus extorquere non potuit, saltem vindex perjurii gladius in rempublicam ulterius sæviendi facultatem abscindat. Fœderatis enim et subjectis afflictis opitulari, debellareque tyrannos publica commoda vastantes et ab immani[2] eorum crudelitate populum sibi creditum redimere, præclara res justitiæque plenissima et summa principis laus est. Si vestra majestas in hostes dimicare non putet, (quibus crudeliter deprædandi[3] magis per dies æstuat affectus,) nunquid insontes exitio traditura est quæ in tyrannos non insurgit multorum necem conspirantes? Et[4] ex adverso, si vestra manus eorum furorem exstirpet, nonne diræ servitutis vincula dissolvet, carceres tetros franget inclusis, ab exilio profugos et peregrinam pacem feliciter in patriam revocabit? Si enim [ad] tantorum scelerum vindictam assumendam nos pigros et desides diurna moretur incuria, ista pestis Anglica, Gallorum gloriæ et prosperitati ab ævo insidiosa, per

---

[1] *Scelestam*] Çelestem. B.
[2] *Immani*] Inani. B.
[3] *Deprædandi*] Deprædanti. B.
[4] *Et*] Etiam. B.

dies et dies dilata, acrior ingravescet.[1] Non modo unam patriam cæterum universum regnum incommodis, quæ nulla reparabit ætas, inficiet.[2] Et quid aliud futurum erit, nisi quod[3] unusquisque prædo, quantum insidiis et ferro potentior erit, tantum imperii avare et impune[4] alienis principatibus[5] usurpare audebit et se crudelissimis armis in regem efferre. Ne ergo hujus flagitii inulti libido in omnes principum fortunas progrediatur, et ne effræna[6] ferri licentia omnem regni quietem turbatum et omne perditum eat,[7] hanc severissima animadversione ulcisci oportet.

"44. Non est igitur amplius immorandum[8] ut subdolæ Anglorum calliditati obviam non eamus, nec falso promissis eorum reipublicæ tuitionem relaxare fas est. Nempe versutia Anglica solam conspirat occasionem ut clandestinis latebris, quod aperte nequit, nos Gallos negligentes et plus æquo credulos opprimere maturet. Fœdera cum Gallis, bello non indicto, semper ruperunt. In treugis nunquam fidi fuerunt reperti. Gallicos agros inopina clade millesies deprædati sunt. Munitiones in Normania non solum, sed in Britania etiam exspectantes in alias regni partes dilatare proposuerunt.[9] Quid temporis jacturæ induciarum laxamento,[10] quid periculi dilatando bello adjiciunt, videamus. Toties legatio egregiorum virorum inaniter repetita spe componendæ pacis incassum semper itura, tot maris procellis, tot terræ discriminibus versata, quid secreto[11] rex Angliæ animo an pacem vel bellum

---

[1] *Ingravescet*] Ingravescent. B.
[2] *Inficiet*] Efficiet. A.B.
[3] *Quod*] Quia. C.
[4] *Avare et impune*] Avere et impugne. A.B.
[5] *Alienis principatibus*] Alienos principatus. A.B. Originally, Alios in A., but altered by the first hand.
[6] *Effræna*] Affrena. B.
[7] *Eat*] Eras. B.
[8] *Immorandum*] Morandum. B.
[9] *Proposuerunt*] Opposuerunt. A. B.
[10] *Laxamento*] Laxamenta. A.B.
[11] *Secreto*] Secreti. A. B.

gerat;—minorem certitudinem ultima quam prima ad vestram majestatem retulit.

"45. Quid plura? Fulgeris inhumanæ depopulationis,[1] jugulorum resolutionum, latrociniorum, piratarum et prædonum experientia, et istorum scelerum dissimulata reparationis denegatio, in Anglorum crudelitatem nos arma capescere cogunt. Cur igitur in reipublicæ perniciem, consciam fidei treugarum læsæ, in Anglicos bellum movere veremur, et nostra ignavia per latebrosam eorum simultatem rempublicam pati absorbere? Conscientiæ scrupulum non habemus. Si Anglica versutia, fracta fide, Deum et honorem[2] offendere non formidat, cur, si adversus ejus infidelitatem armis insurgamus, summum rerum Patrem lædere et nostræ famæ nitorem maculare justo bello veremur? Summus enim honor, summa laus, summum præmium, viris illustribus debetur, qui fœderum violatores cum acerrima severitate exterminant et publicas injurias acrius ulciscuntur. Et ne absque justo titulo remorati dimicare vereamur, nostri belli et hostium inscitiam cognoscere fas est. Diversa enim pugnæ necessitudo nos et hostes ad arma rapienda[3] impellit. Nos invasos natalis pietas pro salute populi, pro regni tuitione, in crudos aggressores certare cogit. Hostes enim invasores torva dominandi ambitio, pro rapina spoliorum, pro imperii libidine, exagitat ferro insanire. Pugnamus vero, non ut pugnam jugiter agamus, sed ut justo bello rebus afflictis pacem comparemus. At ex adverso hostes certant uti in armis continuo ex raptu ferinam ducant vitam; quo audacius, si recta intentio nostra arma[4] dirigat, prœlium aggrediamur. Nam ubi justa certaminis ratio belligerantes[5] adjuvat, caritas patriæ desolatæ

[1] *Inhumanæ depopulationis*] Inhumane depopulavit. C.

[2] *Honorem*] Hominem. B.

[3] *Rapienda*] Capienda. B.

[4] *Arma*] Above the line in A., in the text of B.

[5] *Belligerantes*] Belligerentes. B.

" compatiens arma induit. Juste et recte pugnanti " cœlestis victoriarum Princeps solet gloriosum conferre " triumphum."

46. His et aliis persuasionibus unanimis omnium conciliariorum[1] sententia fuit quod absque fidei et famæ illesæ conscientia rex in Anglicos bellum gerere, immo sine gravi conscientiæ et regni discrimine amplius differre non poterat. He carries his point.

Capitulum Decimum et Tertium.

Qualiter rex Karolus, deliberatione magni concilii habita, se in hostes apertum bellum moturum conclusit, et pro ejus expeditione comitem Dunensem generalem locumtenentem instituit; qualiter Joachim Rouault et Britones in præsidiis Sancti-Albini militantes quandam Anglorum turmam de præsidio Fulgeris, detectis eorum insidiis, debellaverunt.

47. Deinceps rex Karolus, sanctissima intentione pro reipublicæ salute mature digesta, concilii magni deliberatione fretus, in hostes a Normania depellendos se bellum suscepturum decrevit; et illustrissimum Johannem Aurelianis bastardum, comitem Dunensem, armorum ducem strenuissimum generalem pro felici guerræ expeditione, data omni regia potestate, locumtenentem constituit; qua tam prudentis et sollertis animi constantia et tam continui laboris opera fretus est, quod ejus præclarissima gesta non minori quam Pompeii aut Cæsaris laude gesta digna videntur. Charles's arrangements for the war.

48. Interea quidam equestres Anglici armis instructi Fulgeris egressi, Joachim Rouaudi,[2] unius turmæ Gal-

---

[1] *Omnium conciliariorum*] Concilariorum omnium. C.

[2] *Rouaudi*] Roandi. B

lorum equestrium ductori, cæterisque in castro de Sancto-Albino des Cormiers pro Britonum duce præsidia tenentibus, insidias tendere maturant; sed detectæ in miseram tendentium stragem et fœdam eorum fugam procedunt. Ecce Galli de Sancto-Albino et quidam Britones, acribus vecti equis, Anglicas insidias subito ac virili impetu aggrediuntur. Anglici repente invasi terga dant fugæ;[1] ast Galli, equis calcaribus adactis et cuspidibus ferri prætentis, dejectos Anglicos fugientes consternunt; quosdam stratos mucrone jugulant, aliosque captivos vinciunt, cæterosque, ferro tergis fugientium inhærente, in Fulgeris januas prosequuntur. Heu quidam strenuus miles,[2] nimis audax, in valvis capitur, et inter manus captivantis ab Anglo, pro nece cujusdam consanguinei cæsi recenter, irritato confoditur gladio. Centesimum cum denobino Anglorum numerum alacris Gallorum victoria aut cæde vel captivitate ab hostili Fulgeris præsidio secernit.

Capitulum Decimum et Quartum.

Qualiter rex Karolus longius ante in ordine militum certum modum, certam legem imposuerat, et de novo sagittarios ex plebe electos in rusticos Angliæ pugnaturos[3] instituit.

A standing army raised in France.

49. Longius ante rex Karolus prudentissimus in ordine militum certum modum, certam legem apposuerat, quæ levi vix penetrabili armatura et absque raptu vivendi genere omnem priscorum illustrium disciplinam antecellunt.[4] In quindecim strenuorum bellatorum turmas et præstantissimos[5] armorum ductores equestrem distri-

[1] *Anglici .... fugæ*] Written in the margin of A., but by the first hand in the text of B. The passage does not occur in C.

[2] *Miles*] Milles. A.

[3] *Pugnaturos*] Pugnatores. B.

[4] *Antecellunt*] Antecellit. B.

[5] *Præstantissimos*] Præstantissimorum. B.

buit exercitum. Quælibet turma ex centeno virorum armis electorum numero, acri equorum impetu et lethifico lancearum aggressu prævalidorum, cum unius gladiatoris ictu et duorum sagittariorum armatorum jaculis, ut prælii necessitas requirit, ad necem utentium, in qualibet lancea, adjunctione constituta, velut unum corpus, unus animus, hostem alacris petit, vel ejus invasioni strenue resistit. Hæ turmæ bellicosæ pacis otio vel guerræ induciis, ut si subita necessitas urgeat, regno paratissima succurrant arma, non dissolvuntur, verum integræ sub militari disciplina et bellorum duce per pagos et municipia qualibet distributæ[1] omni regni parte gregatim mansuetam et sobriam, absque alterius oppressione, agunt vitam, stipendiis quolibet mense a populis[2] solutis. Mira res! Postquam arma sequentes stipendia a principe constituta perceperunt, quoad[3] omnem raptum et invisam reipublicæ direptionem mites[4] effecti ab omni violentia et consueta populi oppressione manus continent innocuas, et conversi in alteros viros cunctam abjiciunt rapacitatem, atque[5] inter vulgus cum omni humanitate civiliter conversantur, neminem angariant, neminem deprædantur. Tum publica itinera, absque rerum et corporum discrimine, frequentare videres. Tum omne hominum genus, potissime negociatores, crumenas auro refertas, quod paulo ante in secretis naturæ visceribus prædonum metu recondebantur, tutissimum palam deferre,[6] et de una in alteram patriam proficisci lætitant. Nedum sub regia ordinatione stipendiis et publici[7] nutriti,[8] verum a militari ordine sequestrati, cunctam rapiendi libidinem prorsus obliviscuntur, nec ullus istorum qui deposuerunt arma

[1] *Distributæ*] Distributa. A.B.
[2] *Populis*] Populo (?).
[3] *Quoad*] Qui ad. B.
[4] *Mites*] Mittes. A.B.
[5] *Atque*] Et. C.
[6] *Deferre*] Differre. B
[7] *Publici*] Puª. B.
[8] *Et publici nutriti*] We should probably read, with C., e publico nutriti.

grassator effectus itinerantibus insidiatur. Hic colit[1] agrum, ille navigat, quidam[2] mercatur,[3] plures ad pristinum artificium redeunt, omnes juste vivendi studio vacare nituntur.[4] Non humana sed divina hæc subita et incredibilis morum emendatorum in virtutis actum existit conversio. Nempe[5] asperrima ferri licentia, summo vindice relaxata, enormi scelerum magnitudine, rapina, flamma et strage ubique populos crudelissimum afflixit; et cum satis punitum est, rigor Divinæ justitiæ, ut sibi gratum fuerit,[6] armatorum crudelitatem, sui furoris[7] flagellum, retraxit.

50. Aliud novum bellatorum peditum genus reipublicæ salutiferum et in rusticos Angliæ sagittarios necessarium, in quibus Angliæ ducum maxima victoriæ spes est, rex Karolus providissimus erigit. Profecto inter quadraginta plebeios[8] unum virum, membris elegantiorem et jaculorum usu magis instructum, universa totius regni parochiarum communitas in sagittarium elegit, cui arcum aut balistam et pharetram missilibus refertam, aliamque armaturam sagittario idoneam, principis jussu comparat. Et quia a publica tributorum functione immunes edicto perpetuo eximuntur, Francos Sagittarios vulgus appellat.[9] Hi[10] pacis otio domi degentes operæ rusticæ, aut artificio, instare non cessant; et dum publica regni tuitio pugnatores invitat ad arma, promptissimum veluti equestres, nunc a rege vocati, et isti pedites jussi ferri gerunt auxilium. Coadunatis enim maxima in copia equitum et peditum aciebus, Karolus rex justissimus, pro hostium expulsione a Normania pugnaturus, cuilibet militanti, ut ordo et dignitas expostulat, stipendia quolibet mense absque

---

[1] *Colit*] Tollit. B.
[2] *Quidam*] Quidem. A.
[3] *Mercatur*] Mercantur. C.
[4] *Nituntur*] Nitantur. B.
[5] *Nempe*] Nampe. A. Namque. C.
[6] *Fuerit*] Fuit. B.
[7] *Sui furoris*] Facinoris. B.
[8] *Plebeios*] Plebeos. A.B.
[9] *Appellat*] Appellatur. B.
[10] *Hi*] In B.

defectu impendi jubet. Et ne aliquis suorum militantium quemlibet hominem, licet sub Anglorum obedientia commorantem, captivaret, ne pecus aliquod abigeret, ne vulgi alimentis absque pretio vesceretur, capitis supplicio transgressori imposito jubens decrevit. Solum hostes ac illos qui pro parte adversa belli actu pugnarent capi, eorumque[1] facultates armorum jure occupantibus acquiri censuit. Tantus armorum disciplinæ rigor in Karoli regis acie, potissime[2] sub comite Dunensi militante, strictius observatur, quod nullus colonus, nullus negociator, nec sacerdos ullus, furti, ambigiatus, concussionis, et sacrelegii criminum militantem accusare posset.

Capitulum Decimum Quintum.

Descriptio Normaniæ situs et morum Normanorum.

51. Res postulare videtur ut Normaniæ situm et mores incolarum scriptis hic inseram. Et ne videar plus favore patriæ illectus quam veritate persuasus natalis originis dignitatem extollere, paucissima egregii auctori descriptioni adjungam. Description of Normandy.

52. Normania a priscis patribus Neustria rerum naturalium ubertate quondam appellata fuit, et diebus hodiernis a propriis Normanis nomen sortita est, qui navigio vecti de Nouruegia,[3] sub Rolone duce militantes, littus oceani Gallici armis obtinuerunt, qui tandem[4] provinciam totam in circuitu possidentes, eam Normaniam vocarunt. Habet autem oceanum Britanicum ad eurum et sinum[5] maris ad occidentem, Galliam ad meridiem et oceanum ad aquilonem. Est enim ejus gleba frugum uberrima, pinguis

---

[1] *Capi, eorumque*] Captivorumque. B.

[2] *Potissime*] Potissima. B.

[3] *Nouruegia*] Northuegia. B.

[4] *Tandem*] Tandam. B.

[5] *Sinum*] Summi. B.

agris, pastura pecorum opima, nemoribus et pratis fœcunda, ferarum et volatilium varietate referta, fluminibus et portubus marinis locuples, fructiferis arboribus consita,[1] urbibus insignioribus decorata et prævalidis oppidis[2] munita; cujus metropolis existit Rothomagum, urbs antiqua populo et divitiis potens, super fluvium sita qui Secana dicitur. Cujus gens est populosa, fortis et bellicosa, urbana in habitu, modesta in affatu, pia in affectu, pacifica in convictu, laboris patiens, opum augendarum industria sagax, circa divinum cultum devota, decimarum solutione fidelis, prælatis obsequens, et in vitæ extremum Supremi Principis amantissima. Nemini vult injuriari, sed illatas injurias ulcisci. Hæc sub hostium tyrannide gravissime oppressa, ab æmulis acerbissima improperia, ab inimicis severitatem invisam, stragem inhumanam, et tricesimo secundo anno vilius[3] objecta inter exteros indignissimum exilium passa est, et per Karoli regis, sui supremi domini, virtutis præstantiam cum summo honore et famæ integritate a crudelissimo Anglorum imperio erepta, reductis feliciter ab exilio profugis, hostibus expulsis, antiqua fruitur libertate.

Capitulum Decimum et Sextum.

Qualiter quidam molendinarius a quodam Anglico cæsus, nocte excubans, et ejus socius infra Vernolium Robertum de Flocques[4] et Pictaviæ Senescalum introduxerunt; ac Galli introducti vi magna castrum ceperunt, in turrem fortissimam Anglos fugantes.

Narrative of the capture of Verneuil.

53. Ecce cujusdam molendinarii in municipio Vernolii oriundi persuasio, naturali instinctu ardens in hostium

---

[1] *Consita*] Concita. B.
[2] *Oppidis*] Opibus. B.
[3] *Vilius*] Villius. A.B.
[4] *Flocques*] Floques. B.

vindictam, ad prosequendam[1] Normaniæ expeditionem, militum audaciam Gallorum, modico temporis intervallo sopitam, acrius excitavit. Profecto Vernolium infra Normaniæ terminos in præsidiis Franciæ constructum, circuitu murorum amplissimum, ædificiis tenue repletum, satis forte castrum et munitissimam turrim continet. In fossas diversorum fontium rivuli[2] jocoso murmure labuntur; deinde aqua profluens per muri fenestram, infra Vernolii clausuram stagnum[3] arte confectum implet, et extra juxta mœnia duo construuntur molendina. At unius istorum molendinarius de nocte muris excubans, ut frequenter accidit, dormitans ab Anglo pervigili atrocius excruciatur. Aliam fuisse excruciatus occasionem non ab indignis accepi. Profecto zelotypus Anglicus ne cum ganea sua[4] moleret[5] ipsum juvenem molendinarium vehementius suspectum habebat; et quidem, dum se casus obtulit, colore publicæ custodiæ exquisito, zelotypus juveni infensus molendinarium[6] cum scorto suo[7] molentem verbere severissimo cædit. At cæsus enim Normannus repositam[8] mente altius defixit injuriam, cujus implacabilis et sævus dolor ad vindictam injuriæ exquirendam per dies et dies magis ac magis animum indignatum accendebat; et nedum injuriantem, sed omne Anglorum genus sibi invisum occultius vehementissimo prosequebatur odio. Secretius animadvertit pulcherrimo facinore suam injuriam fore vindicandam si[9] Vernolium manibus Gallorum tradere valeret, et suæ mentis conceptum cuidam alteri molendinario sibi fidissimo detexit. Hic multa secum agitans ad ballivum Ebroicensem,

---

[1] *Prosequendam*] Prosequendum. A.B.

[2] *Rivuli*] Et muli. B.

[3] *Stagnum*] Stannum. A.B.

[4] *Sua*] Om. B.

[5] *Moleret*] Molet. B.

[6] *Molendinarium*] Molendinariam. A. The correct reading occurs in B.

[7] *Suo*] Sua. A.C.

[8] *Repositam*] Reposita. B.

[9] *Si*] Om. B.

Robertum de Floques, se profecturum conclusit; cui, consilio aperto liberalius obtulit infra Vernolium ipsum Robertum facilius introducturum, si gratum acceptaret. Atque[1] ballivus prudentissimus neque eum repellendum neque admittendum censuit, quam an quid subdolum et fictum, vel quid fidum aut verum sit, variis conjecturis cognosceret. Et demum molendinarius propositi tenax super moram nimiam[2] graviter conquestus, trina vice Robertum alloquens dixit, "Vel vos, quem "præ cæteris malo,[3] vel alter egregius capitaneus, ad "publicas meas injurias ulciscendas in breve mihi in "auxilium erit." Deinceps ballivus maxima precis instantia compulsus, petit quid pro tam præclari et periculosi laboris præmio, et quale beneficium consequi optaret. Et ipse respondit "Nullum: sed si "promissa fideliter egero,[4] concupita regis gratia et "vestra benevolentia pro pretio amplissimo satis mihi "cara est."

54. Et postquam idem ballivus egregiam molendinarii nulla muneris irretitam[5] cupiditate, sed dumtaxat ad licitam hostium vindictam expellendorum voluntatem inflammatam cognovit, cum ipso pactionem votum ardentissimum exsequendi confidentius inivit, certis conditionibus adjectis, potissimum una sanctissima, ne quis incola Francigena in corpore læsionem, vel in rebus detrimentum, introitus occasione consequeretur.

55. Tum ballivus hujus rei[6] occultam seriem Dunensi comiti oretenus reserat, senescalloque Pictavensi mandat propere ad ipsum venturum, ut executioni tam difficili[7] hujus felicis negotii fidum armorum gerat ju-

---

[1] *Atque*] Atqui (?).
[2] *Nimiam*] Nimia. B.
[3] *Malo*] Mallo. A.B.
[4] *Egero*] Ego. B.
[5] *Irretitam*] Irretita. B.
[6] *Hujus rei*] Om. C.
[7] *Difficili*] Difficilis. A.B.

vamen. Ambo simul juncti, ut otiosi et ab armis penitus remissi viderentur, ingentem venationis apparatum construunt; et in Concharum silva, ut velamen fugandi cervos, absque suspicione, hoste[1] animadvertente, maxima in multitudine Conchis accedere possent, (quæ[2] quatuor leucis a Vernolii municipio distat,)[3] illuc[4] ab Ebroicensi urbe conjuges senescalli et ballivi, sorores germanæ, hujus arcani penitus ignaræ,[5] ut venationi[6] ferarum intersint, jocosæ veniunt, quas lætissima puellarum et juvenum turba, frondosi nemoris amœnitate gaudens, muliebriter comitatur. Latibulis vero silvæ trina vice ingressis,[7] delectabilem venationis mollitiem[8] cum Diana venatrice[9] dominabus teneris cedunt, et rigidi Martis ferri asperitatem induunt. Intempestaque nocte ballivus eques et senescallus pedes Vernolio insidias, ut feros hostes, non cervos dulces, venantur, astute tendunt.

56. Tum excruciatus molendinarius atque ejus socius, quem hoc non latet secretum, vindices injuriæ prope sentientes adesse, locum, tempus, diem, et horam conventos fideli pacto et sollerti cura vigilantius observant, atque decima nona Julii, (ideo quod luce sequenti celebris Dominicæ sollennitatis sua molendina fore præcepit otiosa), diruptione aquarum facta, e fossis profluentem faciunt elabi; atque sollerter capta loci et temporis opportunitate, supra mœnia in molendinorum aspectu pariter ambo ejusdem artis socii insomnes, unus excubans, alter per abdita nemorum taciturnasque solitudines et secretiora loca Gallos insidiantes conducit; atque rubescente Aurora, cæteri in excubiis pernoctantes arguti molendinarii persuasionibus devicti

---

[1] *Hoste*] Hostes. A.B.
[2] *Quæ*] Qui. B.
[3] *Distat*] Distant. B.
[4] *Illuc*] Illud. B.
[5] *Ignaræ*] Inganæ, B., but corrected by an early hand.
[6] *Venationi*] Venationem. B.
[7] *Ingressis*] Ingressus. B.
[8] *Mollitiem*] Moliciem. A.B.
[9] *Venatrice*] Venapice. B.

mane ocius quam vigilum consuetudo erat, a propugnaculis murorum descendunt, ut Missam in solis ortu celebrandam audirent. Et cum devotus sacerdos sacrato verbo divinum conficeret mysterium, solers molendinarius circumspectiori ingenio inhumanos conficit hostes. Senescallus Pictavorum pedestrium director late ocreatus in alveum molendinorum lutosum[1] se, duobus sagittariis antecedentibus, primus infert. Tanto luti pondere onustas retrahere ab alvo ocreas non potuit, quas in cœno[2] dimittens evulsos pedes nudus mœnia ascendit, ac planta inermis[3] sed strenua voluntate armatus in expellendo hostes egregie militat. Insidiantes vero scalas dirigunt, ac illi directas muro adaptant, nemine partis adversæ intelligente. Galli subtus armati, tunicis[4] talaribus[5] superinducti, Vernolium subintrant per magnum vicum sine strepitu ac murmure, gladiis tamen evaginatis, satis submissa voce dicunt, "Nemo "villatensis propriam domum exeat. Nil in corpore "et rebus a vobis petituri venimus." Unus tamen incola temerarius non fideliter se bello ingessit,[6] qui ob resistendi pertinaciam gladio fossus resupinus humi ruit. Fores Vernolii serris[7] fractis aperiuntur, equestres Galli equitatu celeri e latebris affluunt. Anglici centeni et bideni inconsulta clade obruti, quidam[8] ferro supra pavimentum necatur, alter vinculis conjectus astringitur. Plures a Gallorum gladiis erepti præcipiti cursu ad castrum fugiunt.

57. Postero die nondum satiatus Anglorum cruore[9] molendinarius ad bellorum duces exclamat, "Nil dignum "victoriæ egimus, sed solum crudelissimum Anglorum

---

[1] *Lutosum*] Lutuosum. A. Luctuosum. B.

[2] *Cœno*] Sceno. A.B.

[3] *Inermis*] Inhermes. A.B.

[4] *Tunicis*] Tuncis tunicis. B.

[5] *Talaribus*] Tallaribus. A.B.

[6] *Ingessit*] Originally *gessit*, A., which is also the reading of B.

[7] *Serris*] Ferris. B.

[8] *Quidam*] Quidem. B.

[9] *Anglorum cruore*] Cruore Anglorum. C.

"furorem in nostram perniciem irritavimus, nisi cas-
"trum et turris, saltem oppidum capiatur. Maximo
"impetu principes Angliæ istis inclusis furia vecti
"auxiliari maturabunt, qui vos introductos, ut alias,
"ab ista villa, nullius[1] defensionis absque castro, fero-
"citer ejicient." Humanissima corporum et facultatum integra salvatio villatensium animos in fidum regis Karoli amorem et in æternum Anglorum odium vehementius inflammavit. Gallis auxiliaria rapiunt arma burgenses animosi; exosos prorumpunt in hostes, a fossatis[2] castri maximam aquarum munitionem tollunt, et mirum! persuasi Galli alacres ferrum induti sine scalarum auxilio muris irrepentes incredibili virtute pessumdant castrum. Inter quos unus acer miles pontem ligneum erectum armatus transcendit, et lapsus in area castri viriliter dimicat in hostis. Et e converso, invasi Anglici manu valida furentem Gallorum insultum retrudunt, molares ab alto ingentes humi[3] evolvunt, saxa ruentia nonnullos Gallos humi consternunt. Ab utraque parte præclarissimum agitur prœlium. Demum infatigatum Gallorum aggressum ferre non valentes, devicti Anglici fortissimam turrim occupant. Hæc turris ampla, sublimis, miro artificio constructa, adeo cæmento[4] et calce compacta quod nullo tormentorum fulmine dissolvi, vel insultu aut alia arte, nisi languore famis anxio, capi posset.

---

[1] *Nullius*] Nullus. B.

[2] *A fossatis*] Affossatis. B.

[3] *Humi*] Added above the line in A., but in the text of B.

[4] *Cæmento*] Scemento. A.; segento. B.

Liber Secundus. De aperto Bello.

Capitulum primum.

Qualiter comes Dunensis, castro insultu subacto,[1] *succursurus Vernolio accessit, et mox turrim obsedit; et qualiter completo Vernolii villa a Gallis capta, heros*[2] *de Talbot maximo exercitu ex præsidiis collecto, Anglicis opitalaturus in pago Breteliaco bina luce consedit, et deinceps, nulla ostensione ante Vernolium tentata, recedens, suas acies versus Haricuriam ductat. Exinde idem locumtenens cæterique bellorum duces eundem Talbot, ut cum eodem conflictum agant, ingenti celeritate prosequuntur. Hoc cognito, non expectata Gallorum incursione, clam ad Haricuriam et dehinc Rothomagum fugit.*

Talbot ineffectually attempts to relieve the English.

58. Castro insultu subacto, comes Dunensis in armis prudentissimus, generalis Francorum regis guerræ locumtenens, postera luce ingenti armorum exercitu Gallis Vernolii introductis succursurus, appulit; nec mora diurna solertem et consultum[3] bellorum principem in voluptatis otio detinet. Extemplo, caballis[4] adhuc sudore sparsis, cohortes equestrium et peditum ordine circumspectius disposito locatæ, undique fortissimam turrim obsident. Comperto enim villam Vernolii esse a Gallis subactam,[5] heros de Talbot apud Bellum-Montem-Rogerii armis asperrimus, cujus mediocris sævitia animi[6] probitatem excedit, velut leæna[7] fœtu rapto furiosius insanit. Ab omnium præsidiorum et ducatus

---

[1] *Subacto*] Subito. B.

[2] *Heros*] So corrected from *heroe* in A.

[3] *Solertem et consultum*] Solertam et consultam. B.

[4] *Caballis*] Cabalis. A.B.

[5] *Esse a Gallis subactam*] A Gallis esse subactam. C.

[6] *Animi*] At. B.

[7] *Leæna*] Lena. A.B.

parte copias ingentes armatorum congerit oppido et arci Vernolii opem celerem laturus. Cæterum, cum ad Vallem-Ruolii suum exercitum ductasset, per quamdam mulierem campestrem sibi relatum est castrum violento Gallorum insultu esse pessumdatum, et inibi comitem Dunensem cum maxima bellatorum multitudine accessisse; quod tam amaro et iniquo animo recepit, ut ira ebulliens verinunciam et fraudis expertem[1] veluti malificam et perfidam extemplo concremari fecisset, si non quidem Anglus superveniens, uti testata fuerat, oppidi captionem affirmasset. O furor, in suorum et proprium caput exitium reflexurus! qua insania mulierculæ simplici, quæ adversum tuorum casum detexit, tam turbulenta ira succenses?[2] Nihil enim commodius cauto bellorum duci scrutari expedit quam hostium dispositionem et suorum casus, et plus infaustos quam secundos exploratos haberi; ut, ne suo impetu actus in hostium labyrinthum corruat, quo irretitus vix aut nunquam valet incolumis explicari, et si casus patiatur ut juvari periclitantibus possit, commilitonibus celeriter et repente succursum eatur; sin autem, ab infortunio se salvum et intactum eximat.

59. Deinceps a Valle-Ruolii in pagum Breteliacum ultima Julii idem dux Anglus suas acies transduxit, ubi nulla ante Vernolium in Gallos aggressione tentata, luce bina consedit. Ab expertis quidem et peritis bellorum ductoribus persuasum habuit, si cum Gallis campestre bellum[3] tanti anceps belli fortuna sibi adversari contingeret, universa villarum et Normanniæ agrorum communitas, hostile ferrum raptans,[4] Anglicos trucidare et expellere conaretur; ac ex uno

---

[1] *Expertem*] Expertam. B.

[2] *Succenses*] Succensos. B.

[3] *Bellum*] The sense is incomplete. We should probably read "Campestre bellum ageret, et tanti "anceps."

[4] *Hostile ferrum raptans*] Above the line in A. in the text of B.

conflictu adverso totius ducatus irrecuperabilis perditio rueret. Propterea securitati patriæ expedientius erat in defensionem[1] urbium et castrorum prævalidas munitiones intromittere et succursum Angliæ quem sperabant venturum operiri, quam in hostes dubium pugnæ certamen temerarie aggredi. Et quamquam heros de Talbot, ut aper infensus spuma fluente, Gallos intersecare frenderet,[2] attamen impensius a Normannis diffidens, a suis consultus patrandi prœlii proposito decessivit; atque suas acies quam arctissime ire cogens, ut ab improviso Gallorum concursu incolumes servaret, versus patentem Novi-Burgi planitiem incedit. Tum assertus Anglorum recessus Gallorum Vernolii adunatorum in iram animos vehementius incessit. Sexcentis[3] armorum viris pro Vernolii custodia et turris obsidione dispositis, quorum militare gubernaculi onus Florentius de Yliaco, miles[4] armis expertus, assumpsit comes enim[5] Dunensis, (nedum bello strenuus, verum in omni politico actu, consilio et morum honestate præcipuus,) cæterique bellorum principes animo et manu præstantissimi, ut in Anglicos campestre bellum agant Vernolium egressi, heroem de Talbot assequuntur in loco satis munito inter Bellum-Montem et Haricuriam; a quo cum signa Gallorum in aere ventis agitata ostenderent, Anglicus belli dux se et acies in alium[6] non longe a Haricuria, a tergo munimine silvæ et ab utroque latere pomorum variarumque arborum sepe vallatum, transduxit, et in modum fossarum a fronte terram egerit, sudibusque acutis rhedisque, quarum vectura tractum commeatum, ferramenta maxima in copia gerebat, suum exercitum circumvallat; et tam valide quod pars adversa vix aut

[1] *Defensionem*] Defensione. A.B.

[2] *Frenderet*] Fraudere. B.

[3] *Sexcentis*] Secentis. A. Sencentis. B.

[4] *Miles*] Milles. A.

[5] *Enim*] This word interrupts the sense and should be cancelled.

[6] *In alium*] Malum. B.

nunquam circumdatos superinvadere posset. Pedites turmas rectius exorditur arcus lentos et mortiferas sagittas suis rusticis partiri, et ad viriliter resistendum suos commilitones magnopere hortari videres.

60. Et ex adverso providus comes Dunensis summa cum rei militaris peritia ad certamen patrandum Gallicas cohortes præparat; ad quod securius ineundum summi bellorum Imperatoris et justi belli fiducia, necnon honoris præmio, Gallorum militum virtutem inflammat. Primæ cohortis sagittariorum peditum Robertum de Floques, ballivum Ebroicum, ductorem præposuit, qui armatus incredibili cum corporis agilitate ante hostium turmas equitans voce terrifici et aspero verbere compositum ordinem tenere et non transgredi pedites cogit. Tanta sibi inest alacritas quod ad jussa impigre exsequendum quam propellendum[1] vultu interrito sese paratiorem ostendit; et nedum in periculis immota consulti[2] et virtuosi[3] bellorum ducis constantia militibus sibi creditis audaciam, sed hostibus terrorem infundit. Ut Galli bellorum duces in loco hastis inexpugnabili hostes circumseptos, publicum conflictum refutantes, accipiunt, et quod nox superinducta ipsis dimicandi facultatem distrahebat,[4] ac lassitudo diurni equitatus ab aurora in hostium prosecutione absque cibo sumpto jejunos[5] recreari urgebat, in duas villas campestres brevi[6] leuca ab hostibus remotas suum exercitum fame et longo itinere fatigatum divertunt.

61. At cum postero die ambos exercitus in campestrem pugnam concursuros arbitraretur, heros de Talbot, nocte, recessu[7] inopinato in castrum Haricuriæ properans sese contulit et in ejus pago recollectæ[8] acies

Talbot retires to Rouen.

---

[1] *Propellendum*] Propallandum. A.B.
[2] *Consulti*] Consultu. B.
[3] *Virtuosi*] Virtuosi in. B.
[4] *Distrahebat*] Detrahebat. B.
[5] *Jejunos*] Rem. B.
[6] *Brevi*] Bina. C. Vinci. B.
[7] *Recessu*] Recessit. B.
[8] *Recollectæ*] Recolletæ. A.B.

Anglicæ pernoctant. Luce sequente sub auroræ ortu, refectione non accepta, uno equitatu properantes Anlicæ acies Rothomagum convolant. At hoc cognito, spe confligendi cum hoste frustratæ Gallicæ turmæ Ebroicas ad Locumveris et Pontisarcham tendunt, ac itinerando acie soluta, Gall Logenti[1]-pratum, quoddam fortalitium nomine herois de Talbot detentum, quinque leucis a Rothomago constructum, vi[2] armorum capiunt.

Capitulum Secundum.

Invectiva, recessum herois de Talbot nimis acceleratum,[3] conflictu Gallorum oblato et per ipsum non accepto, increpans.

Reflections upon the conduct of Talbot.

62. O PRINCEPS bellorum Anglus, tua animositate plus quam animi fortitudine formidolosus, qua mente vel pavida aut consulta certamen publicum cum Gallis instantibus recessu nimis accelerato declinasti? Vere non est mihi compertum. Sed certum scio, te non ut rei militaris[4] peritum et firmissimum adversus periculum tuas acies rexisse. Profecto ab universis præsidiis maximum collectum et bellatoribus electis constructum exercitum in campum publicum, ut videbatur, in hostem ruiturum, et congressu hostium te insequentium non exspectato, in castrorum abditis tuas acies recondere satis pensi non habuisti. Verum aut omnibus rebus usui belli necessariis affatim præsidia munire et vigilantius castra per te[5] occupata custodire, vel educto[6] a præsidiis in campum exercitu, acerrime hostilem aciem aggredi, vel impavide eorum congressum operari[7] invasionis exordio, impendens patriæ subactæ conser-

---

[1] *Logenti*] Longenti. B.
[2] *Vi*] In B.
[3] *Acceleratum*] Aceleratum. B.
[4] *Militaris*] Millitaris. A.
[5] *Per te*] Parte. C.
[6] *Edu co*] Edicto. C.
[7] *Operari*] Operiri. A.B.

vatio te constitutum defensorem urgebat. Tuus exercitus quam maxime instructus, prior a castris in campum egressus, te magnanimum velle cum hoste acrius dimicare ostendit; atque subitus[1] et cohortum in castra recessus, conflictu ab hoste oblato et non accepto, te animo fractum, pusillanimem, pavidum et victoria desperatum manifestat. Hinc mentita ac ficta animi virtute tuis commilitoribus, prius animis erectis in Gallos virilius dimicandi, decidit animositas; et ubicunque adversus hostes ab Anglicis, sive in campo sive in castris, certare nititur, assiduo infortunio male pugnatum est, atque tuis hostibus certissima ac uberrima vincendi crescit fiducia. Hinc quæcumque oppida per te occupata Gallorum acies in maximæ victoriæ spe adductæ invadunt, incredibili fortitudine acerrime impugnant, nec est tam prævalida munitio, quamquam impensius defensa, quæ Gallorum impetum valeat propulsare. Etenim recessu insperato fuga præsumpta, Normanus populus, jamque affectu cordis inflammatus, adversus te pavefactum et tremebundum arbitrari lætitat.[2] Hinc metu posthabito, maxima cum audacia in tuam exosam ditionem rapiunt arma gravissimas oppressiones acerbe vindicaturi, et se corpore et animo cum Gallis jungunt, quos bello præstantiores vident. Ideoque[3] tuum exercitum ad conflictum publicum provocare non dubitant, quem mire trepidus et tuis rebus diffidens formidas.

63. Et si censebas hostes bello potentiores, aut fortunam belli tibi adversari, ideo certamen publicum te evitare et tuorum salus urgebat, itaque te firmum et impavidum adversus belli sortem ostendere decuit, ut pedetentim et caute recedendo, non fugere, sed mutato bello aperto, latentes insidias omni ingenio,

---

[1] *Atque subitus*] We should probably read "Atqui subitus tui et "cohortum."

[2] *Lætitat*] The MSS. read "Inflammato tibi, adversus—lætitant."

[3] *Ideoque*] Ideo quod. A.B.

omni astutia, parare, et contra hostes acrius dimicare interrita tua voluntas ardebat, et mox exactissima cura hostium secretum et eorum itinera explorare modo in campis dispersos, aut gravi armorum labore fatigatos, somno et cibo artus reficientes, improviso aggressu invadere, et invasos maxima vi fundere, cædere et fugare; nunc ad fluviorum et pontium transitus, modo ad montium[1] præcipitia, nunc ad districtus paludum, modo ad nemorum angustias et viarum anfractus ex abditis repente hostibus occurrere, maximo congressu hostium ordines turbare, frangere, et disjunctos acri impetu opprimere; nihil intactum, nihil inquietum relinquere, tui ex officio solertis[2] et probi bellorum ducis intererat;[3] ac omni virtute in fortunam belli quanquam adversam eniti, et non pusillanimiter absque virili resistentia infortunio succumbere. Et ubi aperte[4] bello facile vinceretur, providus et in adversam fortunam firmus numero et viribus inferior, per insidias egregiam victoriam sæpe reportat.

64. O Talbot! ductor bellorum, nuperrime cunctis formidolosus, ut canis rabidus acriter hostes cæterosque tibi suspectos invadens, inclementer cruorem fundebas; ubi illam cruentam animositatem, ubi illam funestam consuetudinem, amisisti? Opinor justus Deus, demeritis urgentibus, invictissimum tuum furorem in nos, legis Dei transgressores, relaxare permisit, ut asperrimo tui furoris flagello afflictos nos ab errato revocaret, et tu furibundus non ad exsequendum divinum mysterium, sed libidinem animi explendam, perditissimis satellitibus abusus, Gallorum sanguine saturari affectasti; et dum divina bonitas insatiabilem tuam crudelitatem et suum populum inhumana clade direptum vidit, intolerabili afflictioni condolens sanguinolentum tuum furorem retraxit; et qui tyrannorum spiritum aufert

---

[1] *Ad montium*] Om. B.

[2] *Solertis*] Originally *sollertis* in A., but altered by erasure.

[3] *Intererat*] Interreat. B.

[4] *Aperte*] Aperto (?).

pusillanimitatis tempestate tuam animositatem absorbuit. Profecto cum diebus hodiernis ad publicum conflictum te petant hostes, exanimatus[1] potius hostiles congressus fugiens, nulla invasione super aggressores reflexa, murorum clausura cum dedecore te salvum fieri quæris, quam manu aperto bello, vel insidioso, invasoribus strenue obviam eas, et[2] tandem ab omni castrorum clausura[3] turpiter de castro in castrum fugatus, ad Angliam ingloriosus habes profugium. Si invasor aperte, vel dolis, hostibus virilius resistisses, mutua essent prœlia; varia ab utraque Gallorum et Anglorum parte victoria varia materia scriptoribus styli et laudis et lectoribus voluptatis varietatem attulisset. Dumtaxat una conflictuum evasio, ubique deditione inita, te[4] muris clausum a bellorum fortunis exemit. Propterea in tuorum varias prœliorum laudes rem gestam dilatare non possum. Hinc si de te bellorum præconia, quæ mihi desunt, non extollam, malevolus et tui[5] honoris invidus censeri non mereor.

Capitulum Tertium.

Qualiter rex Karolus, ab urbe Turonensi maximis exercitu et rebus belli usui comparatis, suis principibus in Normania bellum gerentibus opem laturus recessit. Qualiter dux de Sombresset, volens Karolo regi obviam ire, capitaneos Angliæ Rothomagum[6] convocavit, Pontulimaris fortalitium evertere deliberans, cui Fulco Ethon resistit, et idem fortalitium comes Dunensis quamprimum subjugandum conclusit.

65. Rex Karolus providissimus strenuorum bellantium peditum et equitum turmas, proceres atque prin- Charles's movements

[1] *Exanimatus*] Ex inanimatis. B.
[2] *Et*] Ut. B.
[3] *Clausura*] Om. B.
[4] *Inita, te*] Initate. B.
[5] *Tui*] Tuis. B.
[6] *Rothomagum*] Rothomago. A.B.

cipes, accersit; arma, jacula, tormenta, cæteraque impedimenta, quæ in bello militum usui sunt necessaria, inviso a retro-bellantibus apparatu,[1] secum ferre jubet.[2] A Turonensi urbe, sexta Augusti, ut in Normaniam suas electas acies transducat, Vernolii turrem obsidentibus auxilium quamprimum daturus, Ambasiam[3] proficiscitur.

The siege of Pontaudemer resolved upon by the French.

66. Interea dux de Sombresset, aperto Karoli regis bello nitens obviam ire et in Gallorum aggressum munire fortalitia, castrorum custodes et tributorum quæstores, magnumque thesaurarium Rothomagum evocat; ut tutelæ[4] villarum et urbium, necnon stipendiis militantibus[5] impendendis, provisum eat. Et inter cætera, Pontulimaris fortalitium, (non firma mœnium compage, sed fixura[6] pallorum circumvallatum,) funditus demoliri censet, ne a Gallis forsan captum quamplurima incommoda patriæ securitati offerat. Sed Foquetus Ethon, ejus capitaneus, provido consilio resistens, adversus omnem Gallorum impetum se fortalitium defensurum uti temerarius superbe jactat; et dum obsidione fera circumdatus fuerit, si auxiliaria non succurrant arma, tunc,[7] nec ocius, ante ab obsidentibus stipulari deditionem temporis articulus ipsum urgebit, quam ad votum non dubitat a Gallis consecuturum. Hæc enim munitio Rila amne rapido et satis alto circumfusa,[8] et fossis amplis[9] tutissima, a peditum insultu non expugnabilis defendi, nequaqua merueri debet; et quanquam saxea mœnia non circumstant,[10] attamen[11] jugis aqua[12] rigide circumlabens et sudes altius fixæ[13] pro muro valido hanc

---

[1] *Apparatu*] Apparatum. B.
[2] *Jubet*] Om. B.
[3] *Ambasiam*] Ambaciam. B.
[4] *Tutelæ*] Tutellæ. B.
[5] *Militantibus*] Millitantibus. B.
[6] *Fixura*] Firma. B.
[7] *Tunc*] Some such word as *redditurum* is here required to complete the sense of the passage.
[8] *Circumfusa*] Circumfuso. A.B.
[9] *Amplis*] Amplius. B.
[10] *Circumstant*] Circumstant. B.
[11] *Attamen*] Actum. B.
[12] *Aqua*] A qua. B.
[13] *Fixæ*] Fixo. B.

invictam tuentur. Et ex adverso comes Dunensis, dux bellorum circumspectus, Pontulimaris fortalitium quamprimum invadi[1] et subigi fore Normaniæ reductioni perutile expertos guerræ capitaneos consultat. Profecto cum hæc munitio, fere[2] medio Normaniæ constructa, capta fuerit, ibidem Galli strenue militantes[3] ab inferiori Normania armorum subsidium, tributorum delationem et commeatum, ad urbem Rothomagum aliasque villas superiores transmeandos impedient, et universam Algei patriam pessumdabunt. Et ut comes Dunensis, solertissimus[4] Gallorum exercituum ductor, proceres et[5] inclitos bellorum principes consuluerit, octava Augusti ab Ebroica urbe duo egregiorum pugnatorum millia et quingentos eduxit, atque de partibus Caleti et Picardiæ, de Ango Normannus et Sancti-Pauli Picardus comites, secum quamplurimi[6] proceres, trecentorum[7] virorum spectatæ probitatis lanceas milleque et quingentos sagittarios, jaculorum ictu doctissimos, per Pontis-Archam meantes in Normaniam ductant.

Capitulum Quartum.

Qualiter senescallus Pictavorum et ballivus Ebroicus a Pontis-Archa recedunt ut fortalitium Pontulimaris subjugatum irent, et ab oppidanis[8] repulsi sunt; et qualiter comites[9] Dunensis, de Ango et Sancti-Pauli simul juncti vi idem fortalitium Pontulimaris oppugnaverunt.

67. Ac decima Augusti Pictavorum senescallus Ebriocariumque ballivus ac quamplurimi bellorum docti Progress of the siege.

---

[1] *Invadi*] Invadiret. B.
[2] *Fere*] Fore. A.B.
[3] *Militantes*] Millitantes. A.B.
[4] *Solertissimus*] Originally *sollertissimus* in A., but altered by erasure.
[5] *Et*] Above the line in A.
[6] *Quamplurimi*] Quamplurimis. A.
[7] *Trecentorum*] Tricentorum. A. B.
[8] *Oppidanis*] Opidanis. A.B.
[9] *Comites*] B. Comitum. A.

ut Pontulimaris fortalitium, nocte sequente certis fautoribus illos intro ducentibus, captum irent, a Pontis-Archa recedunt. Primo enim ingressu senescallus Pictavorum cum paucis suæ cohortis in Rilæ alveum ebulienti spiritus ardore et magna vi dilabitur. Nam alii commilitones,[1] ipso inconsulte deserto, ad prædam suburbio rapiendam et quosdam Anglos in porta qua tenditur Rothomagum, extra hospites vinciendos, a signo divertunt. At idem senescallus profundam Rilæ transgrediens, clausurum pallorum acriter irrumpit, quibusdam prævalida manu evulsis, ad villam subito patefacit aditum. Tum hostes undique ruentes ad impetum propellendum ocius affluunt, quos strenui milites[2] præstantia, (si[3] integra suorum turma, ad spolium non effusa, secum pugnasset,) cum maximo triumphi splendore superasse,[4] et villam petitam conflictus exordio cepisse putantur; sed quia suorum avaritia male derelictum, vix[5] periculum gravissimum evadentem retrogradi ab hostibus viriliter oppressum oportuit.

The importance of military discipline.

68. Tua arctissima disciplinæ severitas, Manli Torquate, nunc exsurgat, qua filium apprime dilectum gladio feriri jussisti, idcirco quod ab hoste provocatus, duce[6] inconsulto, juvenili impetu dimicandi audaciam sumpserit; quamquam pretiosa spolia et splendidam victoriam reportasset. Nonne illos acerrimo supplicio afficies qui turpissimum lucrum honori, quo nihil præstantius, et fidei publicæ, qua nil strictius servandum, prælatum habent, atque sui ducis salutem et universum exercitum produnt? Nunquam talibus parcendum; verum acerbissimum excruciandos censes, qui, derelicto ductoris signo, non ad hostem expugnandum,

---

[1] *Commilitones*] Commillitones. A.
[2] *Milites*] Militis (?).
[3] *Si*] Sic. A.B.
[4] *Superasse*] Superasset. B.
[5] *Vix*] Et vix. B.
[6] *Duce*] Dulce. B.

sed (ordine præpostero,) ad prædam amplectendam, ruunt. Ubicumque enim prœlium agitur, exercitu in unum[1] recollecto, signum sequenti primum hostem aggredi, et demum, ipso triumphato, captivos vinclis trudere et spolia auferre[2] decet; et non ante. Profecto nihil magis ad victoriam obtinendam confert quam jussibus ducis promptius obsecundare,[3] et militaria[4] insequi signa. Itaque, nec aliter, nihil magis ordinatas confundit acies quam miles[5] indevotus a signo in lucri captionem declinans, ubi alias hostis facile superaretur, hæc prædæ avida militantium[6] insolentia, non robur corporum, non vigor animorum, hunc facit victorem. Hanc ob rem strenui antiqui bellatores, dum gloriosis triumphis imperium Romanorum per universum orbem celebratum decoraverunt, nec amicorum gratia, nec inimicorum odio, nec paterna pietate flexi, tenacissimum disciplinæ nervum ruperunt. Et quamdiu incorruptus legum armorum rigor inter ipsos viguit, tamdiu ipsorum decus imperii stabile felicitatis victoriarum incrementis perseveravit; et fracto rigoris vinculo, speciosissimus bellorum triumphus corruit, excelsus militiæ totius honor et præclarissimum gloriæ lumen. Propterea ubi pro salute publica certatur, nulli transgressori disciplinæ indulgendum est. Nam convenientius [in][7] turbationis prœliorum temerarios auctores severissime vindicatur, ut paucos supplicium et omnes pœnæ formido terreat, quam ut neglecta[8] delinquentium impunitio universum militum agmen eat perditum. Rectius est igitur insolenti milite carere, quam disciplina exercitus careat. Nec incommode. Si enim bellorum princeps disciplina sit severus, acrem et obse-

[1] *Unum*] B. Uno. A.C.
[2] *Auferre*] Aufferre. A.
[3] *Obsecundare*] Obsequium dare. B.
[4] *Militaria*] Millitaria. A.
[5] *Miles*] Milles. A.
[6] *Militantium*] Millitantium. A.
[7] *In*] Supplied to complete the sense.
[8] *Neglecta*] Negglecta. B.

quentem, si remissus ignavam et insolentem conflat militiam. Prima animosa rempublicam conservat et feliciter triumphat hostem; secunda iners[1] agros vastat, villas deprædatur, et tandem[2] ipsa miserrima est præda[3] hostium.

69. Nec istud fortalitium tunc ingenti armatorum copia, a cohortibus illo transmissis armis imparibus, nisi sorte[4] belli favente, poterat subjugari. Nam Mandefordus, magnus Nordmaniæ thesaurarius, et Fulco Ethon, de Calidorostro capitaneus, pro militum solutione Rothomagum pecunias exactas laturi,[5] de quadringentis ad quingentos viris prœliorum exercitatissimis,[6] sero die illo appulerunt, quod nostros latebat. Ideo fracta suæ intentionis exsecutione, constructa obsidione, hoc fortalitium infestare præparavit.[7] Propterea ad comites Dunensem, de Ango et Sancti-Pauli, ut ad hanc rem conficiendam propere accedant, literas transmittunt. Et literis acceptis, ambæ Gallorum acies, absque recti tramitis divortio sensim equitantes, ante Pontulimaris villam in uno exercitu duodecima Augusti junguntur. Et mature consulto, ex una parte versus Cadomum strenuissimi comites de Ango et Sancti Pauli, Caletensium et Picardorum ardentissimi animi ductores, castra ponunt, et comes Dunensis cæterique exercitatissimi bellatores versus Rothomagum latus comprimunt.

The town stormed and taken.

70. Ecce quidam adolescens ex comitis Sancti-Pauli familia, sive ludere, ut insolentia juvenes[8] agit, seu more ingenii humani[9] difficilia faciendi avidus, quid Græcus ignis potest experiri vellet, fusum sulphure ignitum, ducibus bellorum inconsultis, ad quamdam domum Pontulimaris, stipula et stramine coopertam,

---

[1] *Iners*] Inhers. A.B.
[2] *Tandem*] Tandam. A.
[3] *Est præda*] Om. B.
[4] *Sorte*] Forte. B.
[5] *Laturi*] Acturi. B.
[6] *Exercitatissimis*] Exercutissimus. B.
[7] *Præparavit*] Properavit. C.
[8] *Juvenes*] Juvene. B.
[9] *Humani*] Humani in B.

maximo impetu traxit. Iterum, aliud et aliud[1] transjecit, acriori incendio ædes accensæ concremantur. Ingens clamor ac ubique subitus pavor exoritur. "Ad arma! ad ignem!" simul conclamant, et villa igne sulphureo ardet. Incendio villa ferro lethali impetitur. Perterriti conturbantur hostes. Incolæ ad incendium propere[2] ruunt. Inimici vero, quidam ad pallos defendendos, alteri perplexi ad ignem iter præcipitant. Concrematio ædium Picardorum animos incendit; strepitu[3] hostium excitantur ad arma, inconsulti cursu præcipiti in fossam aqua cumulatam sese projiciunt. Clamor insultus et clangor tubarum in aere sublati in arrectas Dunensis comitis cæterorumque procerum aures deferunt[4] Caletenses et Picardos invadere hostes. Et mox[5] omni periculo naufragii posthabito, duces armati et stipendiarii in amnem rapidum prosiliunt, unus renibus, alter scapulis, alius mento tenus transvadendo Rilæ fluminis alveum immergitur. Nec unum aqua violentior absorbuerit, si mea sententia me non fallat. Summus aquarum Conditor per fluvii Rilæ profundum, ut supra undarum campum currere potest, Gallicas acies transvexit. Ab undæ alveo exeuntes aggerem, ad instar dorsi asini constructum, irrepentes scandunt. Exinde quidam fortissimi aggressores clausuram pallorum solidam protenus evertunt; alii enim vallum lanceæ altitudine unius erectum hastarum præsidio fulti transcendunt, et intus fortalicium saltu dilabuntur, ubi armorum patentem soli planitiem adipiscuntur. Adversus invasores virilius Anglici pugnant, et ut vires ferre suppetunt Gallorum impetum[6] obsistunt. Cæterum, postremo alacri invasorum[7] strenuitate circumfusi, thesaurarius et quingenti

---

[1] *Aliud et aliud*] Alium et alium. A.B.

[2] *Propere*] Propric. B.

[3] *Strepitu*] Strepitus. A. Strepidus. B.

[4] *Deferunt*] Deferuntur. B.

[5] *Mox*] Post. B.

[6] *Impetum*] Impetu. B.

[7] *Invasorum*] Invasori. B.

Anglici in extremis villæ ad quamdam fortem domum diffugiunt. Galli, acerrimi victoriæ prosecutores, domum circumstant; et, ut paratissimo impetu in ipsam prorumpere vellent, Anglici, in æde[1] conserti, ut oves in stabulo conculcatæ, instante Lichaone, humanissimo bellorum principi, comiti Dunensi, sese captivos dedunt;[2] quos, ne a Gallorum furore trucidarentur, humanitus præservavit. Deinceps Anglici captivi per optimum belli ducem distributi, et bona villatensium mobilia cuilibet militanti juxta virtutis præstantiam, in prædam ceduntur, et corpora incolarum a captivitate necnon eorum immobilia a proscriptione[3] recta regis locumtenentis sententia exemit.

Capitulum Quintum.

Qualiter fortalicio Pontulimaris subacto, urbs Lexoviarum et fere tota diœcesis per eodem principes, comitem Dunensem, de Ango et Sancti-Pauli, episcopo ejusdem urbis favente, sub regis obedientia redacta fuit.

The French advance upon Lisieux.

71. Sollertissimus bellorum ductor, ubi felix guerræ expeditio prospere succedit, ad alia oppida festinans pergit, et quamplurima, hostibus parum resistentibus, longa non expectata mora capit.[4] Ecce Gallorum acies militari ordine decenti constructæ Lexovias proficiscuntur ut ipsam urbem repentino[5] insultu subjugent, aut obsidione dura vires atterant;[6] quam martia juventus non per valvas apertas sed muros vi superatos intrare captabat, ut omnia prædæ cupitæ[7] cedant.

---

[1] *Æde*] Thesaurarius et quingenti Anglici in æde conserti, B. omitting the intermediate passage.

[2] *Dedunt*] Om. B.

[3] *Proscriptione*] Originally præscriptione in A.

[4] *Capit*] Cepit. A.B.

[5] *Repentino*] Repento. A.B.

[6] *Atterant*] Atterent. B.

[7] *Cupitæ*] Cupidæ. B.

Hoc enim comperto, ingenti metu perculsi[1] formidant hostes, potius ad miseram necem quam ad dirum conflictum parantur; cives quidem rerum, liberorum, uxorum, corporum perditionem fore propinquam non mediocriter[2] verentur.

72. Tum episcopus, inter pericula vir consultus, ardens urbis suæ impendenti calamitati studiosius[3] obviare, et fidelitatis integritatem quam ad regiam majestatem gerebat ostendere, inimicos elegans[4] orator alloquitur. The bishop advises the garrison to capitulate.

73. "Viri egregii, regis vestri Henrici probitas hanc urbem vestræ ditioni subegit; atque cives devincti[5] vobis fidem sacramento, et rex vester vosque ipsis adversus invasores virilius tueri promisistis. Nunquam fidem juratam vobis civis unus perniciosius infregit, nec quidquam sinistri et subdoli in vestri securitatem molitus est; cæterum vestram dignitatem, uti supremam sui domini majestatem, fideli obsequio et summa reverentia hæc urbs subacta semper coluit. Et si vires vestræ modernæ ipsam invasam ab hostium direptione præservare non valeant, nec hæc urbs obnoxia fidem pactam in sui subversionem continuare vobis astringitur; verum aliunde suarum fortunarum, liberorum, uxorum et propriam corporis salutem naturali jure vigilantius sibi procurare tenentur. Ecce innumeri hostes in valvis assunt, qui vos Anglicos et nos cives parato insultu obruere sæviunt. Et nunc extrema necessitas vestram virtutem tutari hanc urbem cogit, vel sese integram reddere Gallis oportebit. Et si quingenti bellicosi viri armis electi apud Pontulummaris Gallorum insultu obruti fuerint, pensate quo vigore, quibus armis, vos pauci tantæ multitudini, tanto furori adversari, et eorum impetum cohibere poteritis.

---

[1] *Perculsi*] Percussi. B.
[2] *Mediocriter*] Above the line in A. in the text of B.
[3] *Studiosius*] Studiosus. B.
B.
[5] *Devincti*] Devicti. B.

Vos primo aggressu obruti uti pecudes trucidabimini, vel[1] tetris carceribus prolapsi trudemini, quos anxia fame et vermibus corrosos misere exspirare[2] aut in lacum demergi continget. Quid auxilii isti calamitosi et cives inermes, et nos viri ecclesiastici imbelles, vobis feremus? Nos jam horrenda mortis imagine confecti nullam geremus opem. Cæterum communis omnium nostrorum[3] inermium fuga, salus una, ad sacrum decurret templum, vel nos jam hostium telis et facibus constrati occisori prona colla submittemus, aut complosas manus victor improbus captivas strictius alligabit. Universas facultates invasores funditus rapient, vel acerbissimus ignis Græcus ab extra transmissus nostra et vestra[4] conflagrabit universa, et forsitan cives, liberos, uxores concremabit. Et si nos ecclesiasticos et incolas vita non spolient,[5] attamen cunctis fortunis absorptis,[6] officiis, proventibus et dignitatibus privabunt. Et si clementia principis salva supersint corpora, verumtamen nuda uti materno ventre nascentia remanebunt. Et satius nobis esset miserrimis nos simul omnes mori, quam ad tam calamitosam inopiam belli infortunio devenire."

74. "Idcirco, viri egregii, vestram humanitatem devotissimus obtestor et instantissime requiro, ut dum adhuc res opportuna sinit, nostræ et vestræ in maximo periculo versatæ consulamus saluti."

The English surrender.

75. His et aliis Anglici persuasionibus inducti, quanquam ægre, assentiunt ut prælatus[7] vir optimus et cives super urbis deditione cum illustri comite regis locumtenenti compositionem ineant, quam ad[8] civium et reipublicæ utilitatem et cupitam[9] hostium expul-

---

[1] *Vel*] Nos. C.
[2] *Exspirare*] Expicare. B.
[3] *Nostrorum*] Nostrum. A.B.
[4] *Vestra*] Vestras. B.
[5] *Spolient*] Spoliant. B.
[6] *Absorptis*] Absortis. A.B.
[7] *Prælatus*] Om. B.
[8] *Ad*] Om. B.
[9] *Et cupitam*] Concupitam. B.

sionem admodum conficiunt,[1] uti hostes, rebus et corporibus salvis, abcederent.[2] Cleri et cives, personatuum, dignitatum, officiorum et rerum quieta possessione conservati, elargita principis gratia potiuntur. Urbe reducta ad regis obedientiam, sexdecim circumfinitima castra et fere universa diocesis et Algei patria reducti lætitant. Tum barbaris exactis, veteres domini profugi ad lares paternos et rerum proprietatem jucundissimi redeunt. Tum populus gravi belli onere non oppressus et commeatu pugnatorum leviori exactus, regem Karolum summo amore complecti et ad cœlum plus quam mortalem et suos bellorum principes extollere cœpit; milites certosque guerræ bellum[3] agentes vultu hilari domi tutoque hospitio recipere, liberalioríque manu solvere volenti, pretio recusato, alimenta gratis erogare, Lexoviarum cives gaudent; moreque castrorum humanissima reductio partibus ab obsidiis armorum subsidium muneraque ferialia ferendi Rothomagum facultatem barbaris detraxit, eorumque non modicum potentiam abstraxit.

Capitulum Sextum.

Qualiter per heroem de Aurivalle insultu villa Gaciaci capta et deditione turris subacta fuit.

76. Tanta in Gallorum exercitu viget animositas quod omnes militum cohortes certatim nituntur armorum probitate una superare aliam. Ecce heros de Aurivalle, natalibus illustris, sed animi præstantia clarior, seorsum aliquod facinus laude dignum agere concupiscit. Ideo solus et a publico exercitu sepositus, cum sua[4] cohorte vehementi cum impetu villam Gaciaci, satis arte, na- Further successes of the French.

---

[1] *Conficiunt*] Consciunt. B.
[2] *Abcederent*] Obsedunt. B. Abscedunt. C.
[3] *Guerræ bellum*] Bellum guerræ. B.
[4] *Sua*] Una. B.

tura [1] et Anglis munitam, aggreditur. Invasi oppidani robustum Gallorum insultum studiosius extrudere conantur. Sed quo Galli audacius sese repelli sentiunt, eo alacriores honoris gloria pugnæ instant; et tandem indefessi, continuo aggressu municipium, et deditione turrim, ab hostibus devictis arripiunt.

Capitulum Septimum.

Qualiter heros de Loheac, Gaufridus de Couuren, miles, Joachim Rouault,[2] et heros de Bricquebecco,[3] pro captione oppidi Sancti-Jacobi de Breuon,[4] et oppidani pro ejus defensione, a solis ortu in[5] occasum atrocissimum conflictum mutuis plagis sese sauciantes, egerunt. Et postero die, secundo insultu non exspectato, iidem[6] oppidani Gallis deditione facta castrum tradiderunt.

Siege of S. James de Beuvron.

77. Cum hæc feliciter aguntur, heros de Loheac, illustris comitis de Lavalle germanus, Gauffridus [7] de Couuren, miles strenuus, et Joachim Rouaudi,[8] manu valens scutifer, armatorum [9] Franciæ trium cohortum ductores, et heros de Briquebeco, magnanimus generosi domini Destoutevilla secundus natus, Sancti-Michaelis fortalitii armatorum dux, et egregius Britaniæ marescalus, vi maxima furioso impetu oppidum Sancti-Jacobi de Brevando,[10] contra treugarum fidem per Anglos nuper refulcitum, invadunt. Ac ex adverso barbari, armis exercitissimi, invasi, manu prævalida et forti animo ingressores acerbissimos retrudunt. Hinc inde una

---

[1] *Arte, natura*] Artenam. B.
[2] *Rouault*] Rouaud. B.
[3] *Bricquebecco*] Briquebec. B.
[4] *Breuon*] Beuron. C., by correction. Brenon. B.
[5] *In*] Usque in B.
[6] *Iidem*] Idem. A.
[7] *Gauffridus*] Om. B.
[8] *Rouaudi*] Ruaudi. B.
[9] *Armatorum*] Armorum. B.
[10] *Brevando*] Beurando. C., by correction.

pars indefessa aliam sagittis grandine pluribus, lancearum cuspide, gesis, tormentorum verberibus, mutuis plagis, lethaliter ad invicem infestat; et a nona hora matutinali jugiter in solis occasum atrocissimum et cruentum inter ipsos certamen committitur.

78. Et cum postera die, in majoris animi vehementiam respirantes, Galli invictissimi continuato insultu oppidanos[1] superare vel mortem pati proposuissent, Anglici, gravissimis[2] sauciati plagis et hesterni conflictus lassitudine nimium cassati, repetitum Gallorum insultum excipere non audent; verum certamen mox iterandum, deditione fortalitii habita, dirimunt,[3] uti castro Gallis cesso, quæque sua castrensia[4] recessuri afferunt.

Capitulum Octavum.

De forti et egregia Gallorum insultus per quatuordecim Anglos a turre et fortalitio de Mortegniaco repulsione, et postea de ejusdem turris compositione.

79. Cum dux de Sombresset, prosperis bellorum casibus elatus, non sibi verum hosti, ut bona fortunæ de uno in alterum assiduo pulsu in invicem[5] volvuntur, ornatam turrim de Mortegniaco et magnificam in præcisa rupe sumptuosius erexisset, et validis pallis foveisque castrum circumdedisset, ac fabri diurno operi instantes muros calcis et sabuli mixtione compactos solidarent, ecce heros de Loheac, unus Franciæ marescalorum, gemella proles generosi domini Destouteville, marescalus Britaniæ, Gauffridus de Couuren et Joachim Rouault, cum fortalitium Sancti-Jacobi de Brevando[6] copiosam

Gallant conduct of the English.

---

[1] *Oppidanos*] Opidanos. A.B.

[2] *Gravissimis*] Gravissimi. B.

[3] *Dirimunt*] The scribe of B. has been unable to read this word, and has left a blank.

[4] *Castrensia*] Castransia. B.

[5] *In invicem*] Inimicum. C.

[6] *Brevando*] Beurando. C., by alteration.

suorum commilitonum multitudinem vix continere posset cum ingenti vi armorum hanc turrim accerrime impugnant, et subacto fortalitio, suorum partem armatorum in præsidiis collocant.[1] At oppidani Anglici, dumtaxat quatuordecim strenui bellatores, cum latomorum suffragio, magna animi virtute et robusto corporis vigore, furiosum Gallorum insultum ter repetitum expellunt; ac feri Galli fatigati, castro inexpugnato, abscedere[2] mente habuerunt; sed pudor hos a paucis vinci reprehendit. At Galli cum parva manu durissimam multorum invasionem viriliter excipere Anglorum probitatem mirantur, et ob singularem ipsorum virtutem deditionem, quam Anglici petunt, libenti animo consequuntur. Ab oppido cesso abeuntes, quæque sua mobilia, arma, equos et bellorum impedimenta secum ut libet vehunt.

80. Interea Johannes Curti,[3] de Mortegniaco capitaneus, erga Franciscum ducem Britaniæ pro Fulgeris compositione ambaciator,[4] de celeberrima loci amœnitate, de inexpugnabili castri munitione, curialibus speciosa quamplurima et egregia referens, copiosos sermones facit. At capitaneus Dentreing[5] inquit: "Tu singularem castri "formositatem, tu prævalidam ejus constructionem "mira laude attentius extollis. Pono centum auri "scuta, ut commissa tibi acquirantur, si reversurus[6] "tuum oppidum, hoste non intruso, liberius intres." Ac Anglicus cerebrosus: "Ego totidem aureos ut tibi "acquisiti fiant, si remeantem meo castro ad libitum "potiri me non contingat." Anglicus vero temerarius jactator aurum et castrum non absque dolore anxio perdit.

---

[1] *Collocant*] Collocent. A.B.
[2] *Abscedere*] Obsedere. B.
[3] *Curti*] Curci. B.
[4] *Ambaciator*] Ambassiator. B.
[5] *Dentreing*] De Treing. B.
[6] *Reversurus*] Reversus. C.

Capitulum Nonum.

Qualiter rex Karolus, vicesima secunda[1] Augusti Carnotum intrat;[2] et qualiter die sequente Anglici in turre Vernolii obsessi ad purum arbitrium regis Karoli se captivos dederunt.

81. Vicesima secunda Augusti Karolus rex clementissimus, præclaro principum, baronum et nobilium splendore illustratus, urbem Carnotum intrat. Charles enters Chartres.

82. Postera luce turre Vernolii munitissima obsessi, quos anxia fames exinanaverat,[3] ad liberum humanissimi regis arbitrium sese captivos mancipant. Nec Anglorum numerus mancipiorum triginta excedit. Profecto ob culpam latam, seu verius (ut fertur) pecunia corruptorum vigilum facinus, nonnulli famosissimi itinerum grassatores, quos rex justus propter scelerum[4] immanitatem plectere severius intendebat, noctu funibus[5] demissi maxima cum auri quantitate ad Anglicos evaserant. Incuriam hanc ignavissimam,[6] seu turpissimum crimen, rex Karolus indigne gessit, cum antea per armorum nuncium ad turre inclusorum custodiam exactissimas adhiberi vigilum excubias jusserat.[7] Rem ob istam Florentus de Yliaco, obsidentium director, non modice a viris expertis inculpatus fuit. Verneuil surrenders.

---

[1] *Vicesima secunda*] 21 B.

[2] *Carnotum intrat*] Intrat Carnotum. B.

[3] *Exinanaverat*] Exmamueras. B.

[4] *Scelerum*] Celerum. B.

[5] *Funibus*] Sumibus. B.

[6] *Ignavissimam*] Severissimam, originally in the text of A., but the correction has been added in the margin or revision : Ingravissimam B.

[7] *Jusserat*] Gesserat. B.

Capitulum Decimum.

Qualiter rex Karolus ob induratam[1] burgensium infidelitatem villam Medontæ ad aratum demolitam[2] redigere proposuit, et qualiter Medontæ major, nomine communitatis, pro villæ salute per gardianum Fratrum Minorum ad regem Karolum litteras scribit, et mutato consilio, idem rex eidem villæ plenissimam omnium criminum abolitionem fecit.

The misconduct of the inhabitants of Mantes.

83. Hac tempestate Karolus rex clementissimus, qui dum flagitiosos severitatis gladio, scelerum ultore, sævire cogitur gravissimum dolet, ob nefandum regis et comitis Dunensis contemptum, blasphemiæ sacrilegium et pertinacem induratis animis cum hostibus inhærentiam, Meduntam supra amnem Secanam constructam ad aratrum solo æquatam redigi proposuerat. Parum antea præpositus Parisiensis manu armata, et deinceps ballivus Ebroicus, altera vice paratis insidiis, ad regis obedientiam submittere conati sunt, cæterum detectæ minus feliciter processerunt. Nempe Meduntenses hostilem induti[3] animum in Gallos acerbiori protervia quam Anglici pugna sævientes,[4] ingressum non rebus, non corporibus nociturum, crudelissime propulsarunt. Nec tanta contenti rebellione, cum nuper ut ad suum supremum principem redirent benigno jussu summarentur, maledici sacrilegam relaxantes linguam, in sacratissimorum regis natalium puritatem et in comitis dedecus, quamplurima falsa et mendacissima probosa[5] obloqui non verentur. Ob quorum immanem facinorum atrocitatem criminis læsæ majes-

---

[1] *Induratam*] Obdurantem. B.
[2] *Demolitam*] Demollitam. B.
[3] *Induti*] Inducti. B.
[4] *Pugna sævientes*] Pugna sementes. A. Pugnam sumentes. C.
[5] *Probosa*] Probrosa. A.B.

tatis rei indigni[1] gratia nedum bonorum universorum, cæterum personarum confiscationem incurrerunt. Et ut solet inter perversos, saltem unus justus et bonus incola reperitur, tunc temporis Meduntæ major, proximæ originis suæ villæ subversioni condolens,[2] ad regem Karolum nomine communitatis litteras scribit, quas (assumpta itineris occasione cum assensu barbari capitanei, ut exploraret an exercitus Gallorum Meduntam invasurus esset,) vir religiosus Fratrum Minorum gardianus ad regis concilium Carnotum defert. Quibus lectis, Karolus rex omnium clementissimus princeps, ne humanum cruorem effundere cogatur (quod natura ejus ut divina permaxime abhorret,) lætitia ingentiori quam decem aureorum millia lucratum esse, afficitur, omnium perpetratorum criminum abolitionem more authentico propere fieri jubet, ac oblita propria injuria, universos in famæ, honoris integritatem, in fortunas, beneficia et dignitates, summa regiæ auctoritatis plenitudine restituit. Atque Frater Minor reversus secreto majori Maduntæ principis indulgentiam, et palam capitaneo et Anglicis acies Gallorum cum omni furore, mora non exspectata, in Meduntam ruituras nunciat; quo audito, formidine mortis exsangues inimici perterrentur.

84. Major vero et burgenses, quibus elargitæ principis abolitionis secretum detexerat, ingenio arguto sedulam dant operam ut hostes deditioni assentire cautius inducant, quos pavido animo et voce tremula ac tristi alloquuntur, "Proh dolor! "Ecce "furor Gallorum vindictæ flamma accensus una necis "ferrum alteraque manu ignem ferens, in vestrum "et nostrum exitium gladiis protensis[3] accurit. Aut "nos in furibundos dimicare, vel dedita villa, nostram "vitam periculo mortis proximam redimere necesse

The mayor urges them to surrender to the French.

[1] *Rei indigni*] Rei indignam. A. Rendignam. B.

[2] *Subversione condolens*] Subversio incondolens. B.

[3] *Protensis*] Prætentis. A.

est. Si contra geramus arma in tantam multitudinem nobis inimicissimam vires nobis nullæ sunt. Nam si alveus unda rapida cumulatus, si prævalida quingentorum dextera, ferocium Gallorum impetum coercere non potuit quin in Pontulomaris nostros fortes obruerent, quo præsidio, qua virtute, arida nostra fossata et impotens nostra manus efferum [1] istorum insultum arcebit? Tanta enim moles rabie concita nos ferro et flammis aggressos consternet.[2] Villa vero subacta sanguinolenta victoria, nec sexui, nec ævo, nec dignitati indulgebit. Universos [3] cujuscumque sortis, etiam pupillaris aut muliebris sexus, seu sacrati ordinis, cruentus gladius consternet. Frustra domus fortis, frustra sanctum templum,[4] nos profugos capiet. Pestifer iste furor cunctos penates cremare anhelans [5] uno incendio nostrum cruorem effundet, et universa nostra devorabit. Armis nemo nostrum incolumis discrimina capitis ruentia evadet. Igitur hostibus villam, quam laxato [6] furoris impetu moliuntur funditus evertere, offeramus, ut a flammis jam incensis, a gladio evaginato, vitæ nostræ, uxorum, liberorum et rerum incolumitatem redimamus."

The surrender of Mantes.

85. Burgenses enim et [7] barbari unanimes, mortis terrore perculsi Gallis comitibus, sex egregiorum pugnatorum millia ductantibus, valvas Meduntæ liberas patefaciunt. Generalis enim in suum statum nihilo diminutum burgenses abolitio restaurat. Villæ vero deditio, expulsis hostibus (qui centum sexaginta, quorum capitaneus unus prædo vocatur Sancta-Barba), prædam raptu quæsitam et corpora variis facinoribus obnoxia

---

[1] *Efferum*] Offerum. B.

[2] *Consternet*] Om. B.

[3] *Universos*] Originally in A. In universos, a reading which, however, is preserved in C.

[4] *Sanctum templum*] Templum sanctum. C.

[5] *Anhelans*] Hanelans. A.B.

[6] *Laxato*] Lassato, A.B.

[7] *Et*] Ut. C.

illæsa conservat. Medunta vero Bacchi[1] naturæ amicissima,[2] verum populi austeri nutrix, pratis, nemoribus et Cerere locuples,[3] inhumanissimis latrunculis, qui Franciam, Belciam et Vastinum[4] destruxerunt, penitus evacuatur; atque Meduntenses, quorum proavi scelestam[5] regis Navarræ seditionem, et eorum patres dirum ducis Burgundiæ schisma,[6] atque ipsi liberi ferocissimam regis Anglorum crudelitatem, obstinatis animis secuti sunt, summa regis Karoli clementia vita et fortunis condonatis potiuntur.

Capitulum Undecimum.

Qualiter rex Karolus per burgenses Vernolii honorifice receptus fuit, et qualiter Guillelmus de Spatulis, de Constantino ortus, gener Francisci Arragonis, subtili et cauto ingenio castrum Longiaci sub regis obedientia reduxit.

86. Ac illa luce vicesima Augusti, Karolus rex clementissimus, splendidissimo principum et nobilium cœtu stipatus, Carnoto recessit, Vernolium profecturus; cui clerus sancto ornatu[7] redimitus, et burgenses utriusque sexus, ac tenelli eorum pueri alta et dulci voce nova gaudia præcinentes, composito processionum ordine, cum hymnorum et melodia canticorum campis occurrunt. Campanæ enim templorum vacuum aerem verberantes, jucundissimum regis Karoli adventum[8] ubique præconisant. Ingenti lætitia profusi exultant animi; præ nimio gaudio suum supremum regem conspicien-

Charles's reception at Verneuil.

[1] *Bacchi*] Bachi. A.B.

[2] *Amicissima*] Amicissimi. A.B.

[3] *Locuples*] Locuplex. B.

[4] *Vastinum*] Vastinem. B.

[5] *Scelestam*] Scelestani. A.C. Seneschali. B.

[6] *Schisma*] Cisma. A.B.

[7] *Ornatu*] Ornatus. B.

[8] *Adventum*] Eventum. A.B.

tia rivulis lacrimarum tenere fluentium complentur lumina, Vernolium flammis et jucunditatis facibus accensum relucet.

Longny surrendered to the French.

87. Et ut regia majestas celeberrima honorficentia et reverendo cultu Vernolii recepta fuerit, quidam nobilis, De Spatulis cognomine, Constantino cretus, ibidem mediocre patrimonium possidens, gener Francisci Arragonis[1] ac castri Longiaci capitaneus, Anglorum rebus diffidit. Et si pertinacibus armis in regem Karolum oppidum defendat, verenti animo cognoscit castrum, vitam et omnia possessa amissurum. Et ne tanta sibi consurgant adversa, barbaros a turre munitissima fortilatio prædominanti astutus expellit, et inferiori curia expulsos Anglicos ad castri defensionem collocat, ac deinceps sedulo studio præcavet ut non quisquam barbarorum arcem salutis et fortunarum conservatricem intret. Cum senescallo Pictavensi, quem sanguis materni necessitudo sibi amicum fecerat, certam et secretam pactionem habuit, qua secuta, socru,[2] Francisci Arragonis lecti consorte, et Anglicis ignaris, infra turrem munitissimam non imbecillem electorum Gallorum copiam[3] occultius introduxit. Fragor armorum Francigenarum barbaros in curia soporantes[4] expergefecit, qui cum gladiis arreptis,[5] Gallis introductis[6] obstare niterentur. Inconsulto terrore obruti ducenti pugnatores a Gallis capti vinculis adduntur; et volucrum equorum, castrensiumque peculiorum opulenta præda victores ample ditavit. Uxor vero Francisci Arragonis Gallorum intrusione[7] nulla bonorum, genero procurante, amisit, verum cuncta reservantur intacta. Attamen ira succensa, socrus valde indignata generum[8] exosum habuit.

---

[1] *Arragonis*] Arraganis. B.
[2] *Socru*] Socrus. B.
[3] *Copiam*] Coppiam. B.
[4] *Soporantes*] Seperat. B.
[5] *Arreptis*] Areptu. B.
[6] *Introductis*] Introductas. B.
[7] *Intrusione*] Intrusionem. B.
[8] *Generum*] Generosum. B.

CAPITULUM DUODECIMUM.

Qualiter per eosdem principes Gallos bicastra et villa Vernonis sub Karoli regis imperio rediguntur.[1]

88. REBUS enim Meduntæ compositis, strenuissimi comites Dunensis, de Augo, et Sancti-Pauli alacres Gallorum exercitus ad conflictum paratissimos Vernonem transferunt, qui ex uno latere magno fluvio Secana inaccessibilis et bicastro fortissimo fossis præcipitantibus et ponte admodum tutatus, sese mortalium æstimatione inexpugnabilem ostendit; cujus capitaneus, comitis de Auromontis Illandiæ[2] natus, ducentos electos pugnatores regebat, ac sibi creditos pervigiles excubias vigilantius observare coegit. Hostes abinde fessis Gallorum acrium turmis, (qui per arrupta murorum fastigia ferro quam pacto per demissam valvarum aperturam sibi iter vindicare mallent,) circumfusi[3] invasorum terrore in hanc legem devenisse compelluntur ut sabbato sequente prima lucis hora, si campestri pugna armis præstantiores non essent, se Vernonem Francorum regis locumtenenti[4] cessuros pacti sunt. Oppidani enim obsessi ad ducem de Sombresset et heroem de Talbot referre maturant, ut cum principibus Franciæ bellorum pactum deditionis Vernonis inirent,[5] quibus impensius[6] rogati nulla petita succurrentia tulerunt arma, quamquam Angliæ bellorum duces exercitatos pugnatores numero[7] Gallis pares in pugnæ campum ductare possent. Attamen sollicitus timor dubios rebellionis in Anglicum principatum animos exagitabat. Si exercitus suspectæ urbis Rothomagi claustra exeant compertum

Vernon attacked and reduced by the French.

---

[1] *Rediguntur*] B.C. Dediguntur. A.

[2] *Illandiæ*] Claudiæ. B.

[3] *Circumfusi*] Circumfessi. A.B.

[4] *Locumtenenti*] Locumtenentem. B.

[5] *Inirent*] Inierant. A.B.

[6] *Impensius*] Appensius. A.B.

[7] *Numero*] A.B. Imo. C.

habent Anglorum imperium burgensibus invisum et ad Francorum regis obedientiam reditus fore concupitos ; qua de re verentur, occasione absentiæ armatorum, ne Rothomagenses in relictam custodiam bello intestino excitato sæviant.[1] Hinc urbe barbarorum copiis destituta, publico certamine cum nostris[2] dimicare non audent.

89. O furor Anglus ! quid demens agis ? Visne furentibus armis totius multitudinis tam potentis urbis voluntatem arcere ne ad Karolum regem redeat, quem summus rex pater[3] supremum sibi principem jure natalium legitimo constituit ? O vesanus furor ! contra naturæ instinctum temerarium luctamen assumis, ut non devotissimi cives ad suum regem, omnium clementissimum, veluti liberiori fluxu ad oceanum Secana non decurrat ? Eo audacius fidelium corda vi et metu compressa in tuam tyrannidem irrumpent,[4] quo acerbiori jugo contra proprium arbitrium et innatum[5] amorem arces, ut non desiderata regis obedientia potiantur.[6] Nec tandem obsistes quo minus potito voto fruatur, verum irruptione exosæ servitutis, veluti scamnorum,[7] fracta, toto furoris impetu in te, ferocissimum libertatis hostem, violentissimam vindictæ inundationem effundet, quem[8] procelloso intra urbis mœnia naufragio mersum absorbebit. Nulla enim pestis capitalior ad principatum subvertendum quam subjectos et domesticos cives tyrannica crudelitate sibi effecisse inimicos, quorum conspiratio immeditata[9] et assultus inevitabilis vix aut nunquam præcaveri aut retundi[10] potest. Gallis siquidem principibus Verno redditur. Inde[11] Anglici suarum rerum sarcinulis onusti Rotho-

---

[1] *Sæviant*] Sæviat. B.
[2] *Nostris*] Vestris. B.
[3] *Rex pater*] Pater rex. B.
[4] *Irrumpent*] Irrumpet. A. Rumpet. B.
[5] *Innatum*] Ignatum. B.
[6] *Potiantur*] Potiatur. A.B.
[7] *Scamnorum*] Stannorum. C.
[8] *Quem*] Quæ. B.
[9] *Immeditata*] Immediata. C.
[10] *Retundi*] Recondi. B.
[11] *Inde*] In te. B.

magum accedunt. Burgenses vero fidi, novo sui regis dominio et retentis possessis [1] freti, profusius [2] lætantur.

Capitulum Tertium Decimum.

Qualiter comites de Augo et Sancti-Pauli Gorniacum et capitaneum sub regis fidelitate, et Dunensis obsidione Haricuriam, et de Claromonte, et heros [3] Aurivallis Cambriacum, sub Karoli ditione redigerunt.

90. Nec [4] multum post egregii bellorum duces Gallicas acies seponunt, trans amnem Secanam comites de Augo et Sancti-Pauli suas pugilum [5] turmas agentes, patriam Caleti fere ad solitudinem [6] redactam, ab hostibus evacuandam adeunt. Comitum Gallorum adventum capitaneus Anglicus, certo tractatu [7] composito, suam personam et Gorniachum [8] regis Francorum obedientiæ effecit. [9] Verum citra flumen Secanæ strenuissimus comes Dunensis cohortes armatorum sibi commissas retentat, nec solers bellorum dux milites inerti [10] otio marcescere dimittit. Instructa enim obsidione castrum Haricuriæ, nobilitatis antiquæ et comitatus opulenti caput, omnibus belli rebus munitum nec non magnificum, tormentis apte collocatis, circumsonat; [11] ac oppidani invasi adversos arcus, balistas et colubrinas obtendunt. Ictu tormenti ab oppido fulminati quidam bellicosus Gallicus ex sorte præsidii Locumveris exactus

---

[1] *Possessis*] Pocessis. B.
[2] *Profusius*] Perfusius. B.
[3] *Heros*] Herox. A.
[4] *Nec*] Hoc. B.
[5] *Pugilum*] Pugillum. A.
[6] *Solitudinem*] Solicitudinem. A.B.
[7] *Tractatu*] Originally *tractu* in A.
[8] *Gorniachum*] A.B. Gorniacum. C. by correction.
[9] *Effecit*] Fecit. B.
[10] *Milites inerti*] Millites. A. Inherti. A.B.
[11] *Circumsonat*] Circumsanat. B.

vita defungitur. Nec mora, ex pestifero colubrinæ tractu Anglus temere detectus super infimæ curiæ portale trajectus excubuit. Fulmine repetito saxea glande densa [1] fortalitii inferioris mœnia concussa perforantur; et tam subita et inopinata murorum fortium ruina metu incredibili perculsos Anglorum custodum animos terrefecit ut hi, propriæ salutis dubii, cum præclarissimo regis locumtenenti in compositionem adducuntur,[2] uti si exercitus Anglorum, campum conflictus publicum certa luce concursuri, tueri non valerent, vacans castrum egrederentur. Nec attentius imploratum auxilium heros de Talbot nec cæteri capitanei obsessis inferunt, qui toto ingenio, toto conanime,[3] suas vires consumebant [4] ne cives, ne burgenses, ægerrime Anglorum ferentes imperium, bellum intestinum excitarent.[5] Succursu enim defecto, hostes expulsi cum ingento mœrore castrum ornatissimum dimittunt, et centum quadraginta abeuntes barbari sua castrensia deditionis pacto secum apportant. Ac pari Marte idem egregius locumtenens et illustrissimus comes de Claromonte, necnon clarus heros de Aurivalle,[6] a [7] Cambriaco castro expellunt.

---

[1] *Densa*] Dempsa. A.B.

[2] *Adducuntur*] C. Adducunt. A. B.

[3] *Conamine*] Cognamine. A.B.

[4] *Consumebant*] Consummebant. A.B.

[5] *Excitarent*] Excitaverunt. B.

[6] *Aurivalle*] Haurivalle. B.

[7] *A*] Et. B.

Capitulum Decimum et Quartum.

Qualiter cives Ebroicarum et burgenses Locumveris summo cum honore regem Karolum receperunt. Qualiter dux Alenconii Essiacum, suum castrum, et Galli Diepe militantes fortilacium abbatiæ Fiscanni inconsulto assultu, et succursum ab Anglia transfretantem in navis descensu, captivant. Et comites de Augo et Sancti Pauli, interfectis Anglicis, violento impetu[1] villam de Nidocuriæ usurpant. Qualiter capitaneus Rupis Guidonis[2] naturali domino castrum reddidit,[3] et se vassallum regis Franciæ reddidit.

91. Serenissimus enim rex Karolus, (quo pietate nullus secundus[4] nec armis fortunatior unquam fuit,) stipante nobilium cœtu refulgens, cum celeberrimo civium honore et profusa lætitia suam Ebroicam urbem, ditiori apparatu ornatam, receptus adiit. Et deinceps profecturus ad fidelissimum Locumveris municipium, omni laude sempiterna dignum, honorificentia non minori, tripudio non impari, veneratus accessit. Hac tempestate fortuna belli anceps barbaris infesta, quocumque[5] seu per terras sive per altum perrexerint hostes, ipsis velut invisis adversatur. Ecce Anglici custodes villæ, castri de Esseiaco, paterno jure illustrissimo duci Allaconii[6] competentis,[7] velut nihil periculi[8] rure verentes, instantem[9] dant operam ut quoddam stagnum,[10] satis longe a fortalicio constructum, irruptione aquarum facta piscibus inibi natantibus evacuarent. Hoc comperto,

Successes gained by the French in different places.

[1] *Impetu*] Insultu. B.
[2] *Rupis Guidonis*] B.C. Rupisgidonis. A.
[3] *Reddidit*] Reddit. B.
[4] *Secundus*] Sodus. B.
[5] *Quocumque*] Quos cumque. A.B.
[6] *Allaconii*] Allenconii. C.
[7] *Competentis*] Competenti. A.B.
[8] *Periculi*] Pericli. B.
[9] *Instantem*] Instante. B.
[10] *Stagnum*] Stannum. A.B.

Anglicos capturæ[1] piscium morose intentos diligentissimus dux secretiori et citato itinere profectus singulos piscantes, velut milvus prædæ avidus detectos pullos rapit, et raptis ante villæ januas[2] transductis,[3] necem minanti vero domino duci Essiacum restituitur.

92. Cum enim Galli Dyepæ militantes certum haberent abbatiam[4] venerabilem Fiscanni, turribus et muris[5] altis defensam, a pauca barbarie custoditam[6] inconsulto assultu recuperant. Et mox quamdam ratem nonaginta[7] et septem viros vehentem, ut debilem armatorum munitionem restaurarent, ab oris Angliæ per fretum adventare Galli prospiciunt, quam ad navale[8] liberam remis infelicibus subduci permittunt. Et protinus appulsos[9] sors iniqua seducens inopinatos[10] suam partem jocoso succursu consolari, ferocium Gallorum manibus prodit; et qui[11] inhumani captos variis tormentis excruciare consueverant, infra Fiscanni abbatiam compedibus asperis et strictis vinculis detruduntur. At fortuna indignata non[12] quiescit ut serenos vultus adverterit, alumnos, quos tot prosperis triumphorum successibus illexit, nunc invisos affligere; strenui enim comites de Augo et Sancti-Pauli vi et armorum impetu villam de Nidocuria Anglicis refertam non absque cruore sparso occupant. Hic necatur Anglus, funibus contortis alter ligatur, cæteri fusi turpiterque fugati se castro salvos faciunt, quod postremo dura obsidione coacti comitum arbitrio resignant. Post hæc simulac Johannes Edouardi, Anglus Valigena, Rupis-Guidonis, fortissimi oppidi supra Secanam ædificati, capitaneus, fortunam belli Anglorum continuis

---

[1] *Capturæ*] Captura. A.B.

[2] *Raptis ante villæ januas*] Raptus ante villam januas. A.B.

[3] *Transductis*] Tranductis. B.

[4] *Abbatiam*] Abbassiam. B.

[5] *Muris*] Muribus. B.

[6] *Custoditam*] Custodiam. B.

[7] *Nonaginta*] Nonoginta. A.

[8] *Navale*] Navalle. A.B.

[9] *Appulsos*] Apulsos. A.B.

[10] *Inopinatos*] Opinatos. B.

[11] *Qui*] Altered (conjecturally) to quoniam in C.

[12] *Non*] Added above the line, upon revision, in A., in the text of B.

cladibus involvi prospexit, rebus afflictis diffidens, (consortis lecti Francigenæ persuasu, quæ in regno ampla dominia possidet,) fidelem regis Francorum se fore vassallum solemniter[1] jurat, patrimonio uxoris gratia principis concesso investitur, et heroi Rupis-Guidonis castrum vacuum tradit.

INCIPIT TERTIUS LIBER.

CAPITULUM PRIMUM.

De ingressu exercitus ducis Britaniæ in Normania inferiori, et qualiter urbem Constantiarum obsedit et sub regis obedientia, hostibus expulsis, reduxit. Et qualiter heros de Radiis sub ipso duce militans castrum[2] Regnivillæ obsidione subegit.

The campaign opened in Lower Normandy.

93. DUM hæc ad singularem coronæ Franciæ exaltationem, Numine favente divino, feliciter gererentur, præclarissimus Britonum dux Franciscus, ejusque patruus Arturus Richemondiæ[3] comes, constabularius Franciæ, egregiam pugnatorum multitudinem, uti sex millia, coadunant; et ad custodiam Britaniæ versus Abrincarum[4] et Fulgeris fines inclitum fratrem germanum, dominum Petrum de Britania cum tricentis bellatorum lanceis dimittunt. Profecto spectatissimus comes de Lavalle, ejusque germanus heros de Loheac, unus Franciæ marescallorum, ac dominus Radiorum, et de Coitivi, navalium bellorum Franciæ dux, maximaque quiritum copia, lilifera Francorum regis vexilla et signa ducis Britonum sequuntur. Atque potens et consultus propositique tenax heros Destouteville, generosis et materna sorte locupletissimis duobus ejus liberis illustratus, exercitatissimos bello nomine[5] supra commilitones, qui

---

[1] *Solemniter*] Sollenniter. A.
[2] *Castrum*] Castra. B.
[3] *Richemondiæ*] Rechimondiæ. A. Richmondiæ. B.
[4] *Abrincarum*] A. Britarum. B.
[5] *Nomine*] Neminem. A.B.

tot labores, qui tot per mare et terras pericula, pro sacratissimæ rupis Sancti-Michaelis conservatione tulerunt, cum Britonum exercitu adjunxit. Hic dubios viarum anfractus, hic varios Nordmannorum mores, hic singularia hominum vota, hic varias castrorum munitiones, quodve quod non facile capi possit, multo usu intime noverat. Ad hoc sua prudentia[1] innumeris casuum eventibus doctissima, in reductione Northmaniæ Inferioris auxilium fructuosum attulit. Hic dux magni et liberalissimi animi cum exercitu militum alacri hostes per occiduas Nordmaniæ partes virilius invadit. Tanta enim bellorum multitudine turbati inimici tremescunt. Universa regio desideratissimo Gallorum aggressu exultantibus animis lætatur. Unusquisque vicino invidens certat quis primo a barbara servitute colla excutiat.[2] Bellicosæ enim acies ducis Britonum circumfusæ Constantiam[3] urbem opulentem, Virgini Genetrici consecratam, obsident. Heros Destouteville, magnus Franciæ pincerna,[4] et heros Radiorum, navalium bellorum princeps, qui anteriori exercitus tutela præerant, ut quamprimum appulerunt Constantienses jubent Karolo regi suam urbem liberam apertis valvis dare.

Siege of Coutances.

94. Extemplo[5] tormentum horriferum in hortis Fratrum Prædicatorum in muros aptant, atque saxearum[6] glandium fulmine hos dejicere et robusto insultu expugnare aggrediuntur. Hoc acto, solers cleri circumspectio civium providentia trepide ab Anglicis seorsum consilium occultius ineunt.[7] Considerant enim si pertinaci animo monitionem injunctam abjurant, et Gallis invasoribus improbe resistere contingat, regi Francorum prospere bellanti se infidos et capitales inimicos prodent; et ex adversa[8] belli Anglorum sorte, cunctis beneficiis

---

[1] *Prudentia*] Providentia. B.
[2] *Excutiat*] Excusat. B.
[3] *Constantiam*] Circumstanciam. B.
[4] *Pincerna*] Piscerna. A.B.
[5] *Extemplo*] Extimplo. A.
[6] *Saxearum*] Saxeorum, B.
[7] *Ineunt*] Iniunt. A.
[8] *Adversa*] B. Adverso. A.

et officiis juri[1] regali inhærentibus, quæ hostes usurpata promotione occupant, destitui summa formidine verentur. Jamque fortunam vident hostium nihil firmum habere; hinc si suam ancipitibus eorum belli eventibus miscere sinant, maximo in periculo rerum et propriam salutem versari. Quamobrem a sorte hostium, quorum largitione magistratus et proventus acceperant, sequenda se[2] advertere et Karolo regi urbis veram deditionem facere concludunt.

95. Interea Constantienses ad ambos bellorum duces armorum pondere gravatos domi Fratrum receptos optimi vini poculentum transvehi supplices curant; nec mora,[3] tristi vultu et voce submissa barbaros alloquuntur: "Videtis enim quanta Gallorum agmina nos inermes "et vos paucissimos undique prætentis mucronibus "aggrediuntur. Aut valvas demissas patefieri ipsis "nostræ salutis necessitas expostulat, aut crastino in-"sultu nobis rebellantibus mœnia illos transcendere "certum est. Nedum universas facultates rapient,[4] sed "uniuscujusque nostrum jugulum[5] acumine ferri inhu-"mane[6] resolvent. Inita igitur compositione a discri-"mine necis misere impendenti vitam eximamus."

96. Barbari quamprimum detrectant[7] urbem detentam componi, asserentes in breve potentem ab Anglia succursum venturum; persuadent enim ut clerus et cives partitam inter ipsos urbem defendendam acceptent;[8] at illi arma se in Francorum regem non assumpturos respondent; et si Anglici obsessa mœnia tutari velint, soli in Gallos dimicabunt. Postremo cum Anglici intelligerent Constantienses suam partem relictum ire[9] et illam

---

[1] *Juri*] Viri. B.
[2] *Se*] Om. B.
[3] *Nec mora*] Nemora. B.
[4] *Rapient*] Rapiunt. B.
[5] *Jugulum*] Vigilum. B.
[6] *Inhumane*] Inhumani. B.C.
[7] *Detrectant*] Detractans. B. Detractant. A.
[8] *Acceptent*] Attemptant. B. Acceptant. A.
[9] *Ire*] Added above the line in A. upon revision; in the text of B.

Franciæ amplexum velle, non parum timent ne a civibus[1] transversis proditi, aut repentino insultu obruti, hostium sævitia truncentur; hinc de urbis compositione quamquam ægre interloqui assentiunt. Itaque diversis legationibus ad ducem Britonum, regis partibus in occiduis locumtenentem, sæpius iteratis, pactio conficitur, qua ecclesiastici regis Angliæ titulo instituti, seu verius intrusi, beneficiorum, et sæculares promoti magistratuum, et Anglici castrensium possessores intacti conservantur, atque promittunt se locumtenenti urbem daturos.

97. O fortuna variabilis humanarum rerum gubernatrix, quanta vis tua potest! ambitiosos dignitatum adversis facis inimicos et secundis amicos ostendis, quorum bellis prospere faves. Hi pro eorum parte induunt arma a quibus felices cursus advertis; in eorum castra protinus hostile convertunt ferrum. Sedulo enim Constantienses[2] exhortatus heros Radiorum Regnivillam, validum oppidum et marinum portum, circumsidet; ac intentus Gallorum exercitus varia et crebro repetita tormentorum infestatione compacta oppidi mœnia contundit. Oppidani vero acerrime invasi arcubus, balistis et colubrinis obtentis aggressores non segnius afficiunt. Hinc inde acerbum luctamen invalescit; Galli enim obsessores assultu[3] improbo fortalicium, quamquam prævalidum et ab Avano ejus capitaneo, crudo tyranno, acre[4] defensum, subjugare præparant. Hac de causa fasciculos magna in quantitate ad fossata cumulandum viri agrestes jussi festinant[5] componere. Tandem atra mortis formidine perterriti, ipse capitaneus et secum interclusi, deditione facta, castrum[6] libere exire cum suis fortunis pacti sunt, a quo idem belli princeps et[7] Constantienses in armis,

---

[1] *Timent ne a civibus*] Timens nec a quibus. B.

[2] *Constantienses*] Constantiensium. A.B.

[3] *Assultu*] Affultu. B.

[4] *Acre*] Acriter. B.

[5] *Festinant*] Fofinant. B.

[6] *Castrum*] Castra. B.

[7] *Et*] Om. B.

stricto ferro, barbaros excludunt. Et cum anterior ordo exercitus Gallorum Constantias[1] rediret, agricolas ingentem lignorum struem ad fossas oppidi complendum rhedis vehentes obviam habent, quibus asseritur castrum, expulsis hostibus, esse subactum: "Nil ligno isto opus "est; deferte domum." At populares odio vehementi accensi in ipsum capitaneum et suos gladiatores, omnium Inferioris Northmaniæ crudelissimos, inquiunt, "Ni "viderimus oculo horum prædonum expulsionem, vix "iremus creditum; usque in locum nostras quadri-"garias celeres devehimus; si adhuc hostes nobis invisi "occupent castrum, ejus cumulabimus fossata. Si "fuerint exacti gaudio non modico afficiemur; ligna "enim delata ad foci usum Gallorum inibi militantium "cedemus."

Capitulum Secundum.

Qualiter communitas villæ Sancti-Laudi, primo baillivo Anglo et quibusdam officiariis obstantibus, sese in regis Franciæ obedientiam reducens, duci Britaniæ ejus locumtenenti ultro portas fortalicii liberas aperuerunt; et qualiter Matthæo Goth, minanti sua suburbia comburere, tributum quater[2] in anno impendere respuerunt,[3] et vi armorum adversus ejus tyrannidem se et pagos præservaverunt.

98. Exinde cum lanifica plebs Sancti-Laudi, suburbiis amplissimis ornatissimi, fidelis et supremi principis amantissima, circaque divinum cultum perdevota, hostes invisos haberet ante petitum ducis in Nordmaniam accessum, ut arma sumere properaret in Capture of Saint-Lo.

---

[1] *Constantias*] Constantia. B.
[2] *Quater*] Qualiter. B. Contra. C.
[3] *Respuerent*] B. Despuerunt. A. C.

Britania prece secreta attentius rogatum inerat et profecturus acie structa liberum suæ villæ aditum reperiret. Nec plebis caruit fide policitatio. Turmæ armatorum flamantia sanctissimi lilii vexilla sequentes, suburbia a castro saxis et tractu facile tutanda[1] sine resistere adipiscuntur. Et ut Laudigena plebs acies Gallicas appulisse[2] prospexit, non ut hostili irruptione exsanguis obriguit, sed calore in spiritu languido[3] refuso,[4] domini naturalis adventu gratulans percaluit animosa, ac hilari facie accensa unanimis valvas debere duci aperire protestatur; et quia[5] aliud nihil felicius quam[6] sub Francorum regis obedientia reliquam vitæ partem agere et spiramen extremum exhalare petunt.

99. At baillivus Constantini Anglus, et Northmani quidam officiarii plebi obsistere nituntur; asserunt absque prævalida repulsa municipium, loco et omnibus rebus[7] munitissimum populoque refertum, hosti tradere fore scelus immensum[8] et dedecus in ævum duraturum. Ac plebs animosa e contra; "Karolum Francorum "regem nostrum supremum dominum, et non alium, "profitemur, et dum prospera ad ipsum redeundi "facultas se offert, nedum ipsam omittere,[9] verum "quispiam differre, sceleratissimæ infidelitatis est; et "absque concusso et explorato consilio, dum secura "opportunitas feliciter evenit, paratissimis animis cum "summa reverentia ipse princeps in suam villam existit "recipiendus; et hoc votum interna mente jugiter in-"clusum gessimus."

100. Tum baillivus voluntati plebis ulterius reluctari non ausus fuit, ne coorta seditio funesta irrumpat; sed dumtaxat humanitatis legum, quibus isto principante

---

[1] *Tutanda*] Tuenda. B.
[2] *Appulisse*] Appulsisse. B.
[3] *Languido*] Languidos. A.B.
[4] *Refuso*] Refusos. B.
[5] *Quia*] Quod. B.
[6] *Quam*] Apparently to be cancelled.
[7] *Rebus*] Om. B.
[8] *Immensum*] Immense. A.B.
[9] *Omittere*] Dimittere. B.

benignius hanc tractavit, recordari velit, attentius orat; et[1] hunc suæ deditionis et commilitones in antiquæ familiaritatis memoriam fieri participes non postponant, quod idcirco tempore sui præsidatus satis humane, satis benigne, hanc rexerit, liberius annuit illum non pejorem sua compositionem habiturum; et decima septima Septembris strenuus Britonum dux, strenuissimi regis Francorum gloriose triumphantis nomine, quietam oppidi Sancti-Laudi possessionem cepit,[2] a quo barbari ducenti lege deditionis, facultatibus necnon personis intactis, expulsi abeunt.

101. Matthæus Goth, Anglus, Baiocarum capitaneus, cæterique munitionum circumvicini, ferro in præcordiis merso, burgensium cruorem effundere et ornatissma longe lateque constructa Sancti-Laudi suburbia flammis interjectis conflagrare minantur, "si non," inquit, "quater in anno tributis auri gravissimis solutis, "ignes jam accensos extinguant, gladium jam vibratum "retineant." Gallus enim novus oppidi custos, Mathæi Goth compater, ideo valde populo suspectus, pro personarum securitate et pagorum conservatione hoc onus fieri acceptum persuadet; cui vulgus indignans torvis tyrannis, quibus belli fortuna adversatur, fore tributarium resistit ac inquit; "Sex annorum lustris et "plusquam dimidio asperrimo iniquæ servitutis jugo "contriti[3] istam tyrannidem nostrorum parentum cæde "cruentam, facultatibus funditus exhaustis, aluimus "iterum ut jugum excussum subjiciamus nequaquam "colla excessu ponderis rapinæ confracta, et nunc "erepta prosternemus? Nostræ enim pro libertatis[4] "pagorumque[5] tuitione[6] sanctissimum mortis genus adire "mallemus[7] quam repetitas exactiones crudelissima præ-

[1] *Et*] Ut. B.

[2] *Cepit*] Capit. B.

[3] *Contriti*] Contricti. B.

[4] *Libertatis*] Liberalitatis. B.

[5] *Pagorumque*] Pagorumque pro. A.B.

[6] *Pagorumque tuitione*] Pagorumque pro tuitione. A.B.

[7] *Mallemus*] Valemus. B.

" donum pabula hostibus impendere, quæ semel, si concessa fuerint, ob[1] elapsi unius termini defectum ista tyrannis, quæ ex odio corde fixo in nostram et rerum salutem crudelitatem anhelat, captata occasione nostra suburbia comburet et manus ferocissimas nostro sanguine cruentabit. Satius igitur exactissima custodia subitas hostium invasiones præcavere, et in ipsas virilius arma sumere, quam sub inani spe securitatis in nostram perniciem tributis illatis tyrannidem nutrire et remissa vigilum ac armorum cura inopinatis cursibus opprimi. Si quisquam nostrum pro libertate et pro patriæ salute vitam amittat, ipsum æternæ " gloriæ præmium laurea coronandum præstolatur."

102. Unus Laudigena inter cæteros, vir nobilis, Becheuel Goherii hæres,[2] populares alloquitur. " Necessitas salutis nostræ nunc ingruit aut nostram libertatem valida manu defendendam aut tributum gravissimum hosti durius extorquenti fore impendendum. Præstantius censeo nostris stipendia, quorum virtute egregia acerbam irruptionem hostium expellamus, quam torvis hostibus vectigal inferre, quibus nos tributarios barbari acrius expugnabunt. Idcirco partim ex auro, quod vi[3] prædonica a nobis extorquere hostis nititur, militaria comparemus arma, et ex residuo robustos juvenes in agris delectos, quibus idoneam dabimus armaturam, ad nostram tutelam conducamus. Hac enim agresti juventute aspere nutrita, si instructo sub duce dimicet, tyrannidis incursionem virilius retrudere " et nostra suburbia a flammis illæsa preservare poteri" mus." Hæc sententia plebi gratissima fuit; minis enim hostium spretis, ad solicitam pagorum defensionem denas vulgi armatas et vigilum custodes instituunt; suburbia accuratissime custodita universa communitas armis illæsa conservat.[4]

---

[1] *Ob*] Ab. A.
[2] *Hæres*] Heros. B.
[3] *Vi*] In B.
[4] *Conservat*] Conservant. A.B.

Capitulum Tertium.

De reductione fortalicii Hayæ-Putei, et de robusta Anglorum insultus unius diei per sexdecim Scotos a turre campestris ecclesiæ de Barneville repulsione.

103. A Sancto-Laudo curracibus equis novem itinere leucarum non repastis provecti Odo[1] Dadye et Mala-Urtica (ferri punctura acrior nullus magis), infra Hayæ-Putei pagum strictis gladiis tam repentino impetu sese et suam cohortem ingerunt, quod[2] antequam de concursu rumor aures perstringat inferius fortalicium occupant, turris altæ catenam mox capturi ni quidam oppidanus jacentem pontem raptim elevasset.[3] Quosdam Anglos in caupona sese gurgitantes ex voluptate demergunt in carcerem. Inconsulto armorum terrore stupefacti trina hora labenti ab invasione oppidani Gallis arcem satis munitam concedunt. Luce Gallis arce introductis anxius vulgi clamor in decem latrunculos ferrum sumere sex nostrorum animos incendit, qui anserum cæterorumque volatilium guttura torquent mulieresque excruciant. Hi latrunculi invasi, præda relicta, in quoddam nemus dumis et viminibus et cæduis arboribus consitum diffugiunt. Nostri et mulieres excruciatæ, uti canis aprum in nemoris densitate, istos prædones venantur. Uno interfecto, duo funibus constringuntur. Una mulierum cæsa suum excruciatorem vinctum agnovit, ac inquit, "Tu me nuper atrociter verberasti;" protinus dextera explosa ab unaquaque genarum parte ipsum acriter colophizat, ac volatilibus extorsis onustus ludibrio habitus in atrum carcerem adducitur.[4] Gallorum enim alacritas

Occurrences at La Haye-des-Puits.

---

[1] *Odo*] Odio. B.

[2] *Quod*] Et. B.

[3] *Elevasset*] Originally in A. erexisset.

[4] *Adducitur*] Adducit. B.

latrunculos persequens a patria sibi reducta prædonicam rapacitatem excludit.

and at the church of Barneville.

104. Ab ista cohorte Scoti quatuordecim animosi quamdam campestris ecclesiæ, Barneville, turrim juxta maris littus sibi vendicant; ut contra Anglos Cæsarisburgi et Sancti-Salvatoris castris militantes munitionem constituant, quam præstantissima virtute hostes defendunt. Profecto barbari valde infensi paucorum intrusione suos fines coarctari, ex præsidiis præfatorum oppidorum quingenti viri electi arcu, ligone et colubrina Scotos et turrim aggrediuntur, atque robusta paucorum animositas immani furente[1] ira multorum ferocissimorum unius diei impetum et lætifica eorum jacula viriliter obtundunt. Paries enim templi fossoriis dejectus barbaris ingressum aperit. Unus barbarorum introiturus a Scoto caput emergens abscinditur, et alter insecuturus, inspecto socio truncato, pedem retrahens telo conjecto et in plaga retento altius infigitur, atque Scotus Anglo illudens exclamat, "Meam gavelinam, quam tecum oneratus "apportas, mihi restitue." Demum barbari ex præsidiis Constantiarum et abinde[2] subitam Gallorum ingressionem verentes, diurno certamine fatigati, turrim tenue munitam inexpugnatam relinquunt.

---

1 *Furente*] Furentem. B. | 2 *Abinde*] Abunde. A.B.

Capitulum Quartum.

Qualiter campestres undique affluentes ducis exercitum maxima in multitudine augent et iter agenti alimenta ministrant. Et qualiter villatenses Carentonii Laudigenis maledicunt, minantes pagos conflagrare. Exinde qualiter idem dux, ad instantissimam Laudigenarum postulationem, Carentonium, burgensibus fronte hostili resistentibus,[1] obsedit, et tandem ipsi burgenses et oppidani ad purum necis et vitæ arbitrium ducis se dederunt.

105. Atque campestres ferrum induti ad hostium impulsionem undique affluentes, ducis Britonum exercitus augent, et dum spectatissimus princeps ab uno castro in aliud acies in ordine bellorum compositas cogit, ex ypepis magalibus et pagis omni parte vulgus surgit, et in transitu itinerum hic panem, ille carnem, unus siceram,[2] alter avenam, et pauperrimæ matronæ una pullam, hæc anserem, altera poma exercitui ministrat. Penes divitum lares præparata abunde milites alimenta reperiunt. Carentonium enim, quinque leucis distans a Laudigenis, in suum principem nefandum perfidiæ scelus commisisse improperat, vocatque genus infidum, genus molle, genus muliebre, lanificum, cui potius pensa quam arma tractare congruit; qui sine virili armorum luctamine hosti suas valves ultro patefecerunt; nec illa Carentonii, nisi supra eorum pectora stricto ferro resupinata, intrabit; minasque flammarum jugiter suburbia flagraturi.[3] Opprobriisque infensi Laudigenæ vehementi ira excandescunt atrocissimas injurias severius

The inhabitants of Saint-Lo attack Carenton.

[1] *Resistentibus*] Desistentibus. B.
[2] *Siceram*] Sinceram. B.
[3] *Flagraturi*] Minansque flammis se igitur suburbia flagraturos (?).

vindicaturum iri; ardenti animo ducem obsecrant ut impigre expedito exercitu Carentonium invadat,[1] et in ejus expugnatione ipsos fidos ac viros non ignavos probitatis vigor ostendet. Itaque indulto communitas Sancti-Laudi accensa magna in multitudine et armorum præstantia ducem belligerantem comitatur; atque Carentonium exclamatorium litium tribunal, hostibus officiariisque eorum et negociatoribus in Anglia mercaturam agentibus occupatum, fronte inimica componi detrectat,[2] ducique Francorum regis auctoritate summanti[3] valvas patefieri clausum jaculis grandine multis et tormentis fulminantibus introitum obturat. Magnanimi vero ducis infida denegatio iram exagerat.

106. Extemplo agrestes, quorum in armis erecta multitudo decem millia virorum excedit, quemlibet unum fasciculum componere et propere afferre jubet, ut præcipitantibus fossis[4] cumulatis, ferocissima Gallorum et Britonum gens insultu Carentonium inimicum oppugnare valeat. Nec ulla vulgus jussu mora tenuit. Unusquisque humeris onusculum defert; quidam colonus amplam lignorum quadrigatam binis bobus et equis vectam adducit, ac inquit: "Ecce "meum fasciculum, princeps optime, fossas comple; si "jubeas iterum aliam ista majorem afferam. Pomos "quidem fructiferas, quas cariores habeo, abscindere "mallem[5] quam ad tam felix opus idonea materia va-"cares." Dux enim humanissimus et nobiles inibi astantes super egregia rustici voluntate et ardore nimio, quem ad hostium ejectionem gerit, risum continere non potuerunt, et in uno ferventem ac fidam[6] totius patriæ intentionem cognoscere gaudent. Signo enim insultus dato, burgenses et barbari terrore mortis constipati, tantæ militum alacritatis et totius patriæ sibi adversæ

---

[1] *Invadat*] Invadit. B.
[2] *Detrectat*] Detractat. A.B.
[3] *Summanti*] Summati. A.B.
[4] *Fossis*] Focis. B.
[5] *Mallem*] Malam. B.
[6] *Fidam*] Fidem. A.B.

invasionem exspectare non audent; verum ad vitæ et necis arbitrium regis Francorum animas et corpora castrumque duci ejus locumtenenti tradunt. Atque dux nobilissimus, regius nepos, avunculi Karoli summæ clementiæ imitator, admodum crudelis Henrici Angliæ more[1] tyrannidis gesta (qui Gallos strenue pugnantes suspendi vel perpetuo in carcere retrudi[2] jubebat),[3] Anglorum corpora non dat patibulo crucianda. Cæterum prædonica[4] barbarorum protervia, qui phaleris equorum superbi cervicibus erectis equites a plebe venerati intraverant, omni pomparum ornatu exuto, spoliis prædarum jure belli retentis, pedites baculo cortice eruta[5] nixi, ludibrii[6] spectaculo digitis ostenti, demissi vultibus Carentonium exeunt; necnon indulto læsæ majestatis crimine, in pristinis omnium possessionibus fisco, jure quæsitis, officiorumque statu et beneficiorum dignitatibus burgenses restituit.[7]

107. Qua ratione Carentonium pro hostibus contra tuum regem Karolum ferrum induis, et cætera tuæ viciniæ municipia pro Karolo in Anglicos arma sumunt? Unde tam singulare et perfidum certamen procedit, ut te et tua obstinatis animis perditum eas? Communis enim vulgi, quod duris exactionibus et fraudibus exquisitis vexas, ut queritur, opinio asserit te copiosam officiarorum, apparitorum, cauponum, vectigalium, impositorum et conductorum multitudinem nutrire. Quid inde? Remne ob hanc suum regem impugnatum iri persuadetur? "Immo," ait vulgus, "hæc turba alieni appetens "ex privatis et publicis rapinis et extorta populari "substantia sub Anglorum imperio præda pinguiori ali- "tur.[8] Igitur cupiditatis cæcitas tetra[9] erroris caligine

---

[1] *More*] Morte. B.

[2] *In carcere retrudi*] The words *in* and *retrudi* have been added in A. upon revision, but they occur in the text of B.

[3] *Jubebat*] Jubeat. B.

[4] *Prædonica*] Perdomita. B.

[5] *Eruta*] Erecta. A.B.

[6] *Ludibrii*] Ludibri. A.B.

[7] *Restituit*] Instituit. B.

[8] *Aliter*] Aliter. B.

[9] *Tetra*] Terra. B.

intellectum obnubilans, et tabes avaritiæ lethali infidelitatis veneno animas corrumpens, ne lucrum ex præda [1] captatum perderent in suum principem Anglorum tyrannidem retinere solicitavit. Inviolatam [2] tuo principi fidem serva, et ejus immensa beneficia perpetua habe memoria, qui nedum beneficia, officia et fortunas intactas, verum honorem, famam et vitam tibi, reo læsæ majestatis criminis, indulsit."

Capitulum Quintum.

Qualiter conestabularius et Priandus de Coetivy vi armorum arcem Pontis-Ouve subjugarunt, et qualiter oblatis clavibus oppidani territi Valloniarum fortalicium duci reddiderunt, et qualiter ad populi instantiam precum dux in Britaniam rediturus Gaverium priscis assultu inexpugnabile durissimo conflicitu expugnavit.

Success of the French at Gavray and Valognes.

108. Interea Arturus Britaniæ, Franciæ conestabularius et Priandus de Coitivi, navalium bellorum dux, in opimum Constantini septum, arce Pontis-Douve fluvii et pelagi amne circumdata, vi armorum capta, strictum aditum nanciscuntur. Extemplo Valloniarum oppidum libere patefactum oblatis clavibus Karolum regem in supremum dominvm accepit, et plus quam quindecim prævalida castra in Constantiarum præsidatu veteres, ejectis barbaris intrusis, profugos dominos recipere lætantur. Postremo cum dux strenuissimus in Britaniam acies se rediturum decrevit, ad instantissimum populi clamorem vulgo irrumpente, Arturo duce, a Britonibus Gaverium in prærupto saxo constructum insultu domatur, quo castri sedes in arido Nordmaniæ solo conspectior et subjici difficilior nulla reperiri putatur. Profecto

---

[1] *Præda*] Om. B. | [2] *Inviolatam*] Immolatam. B.

mons[1] natura velut opera circumquaque præceps,[2] supra quem oppidum construitur, hostium invasioni et tormentorum glandibus importunus existit; ad quod semita[3] angusta, artificio dumtaxat aperta, difficilem patefacit accessum, qui pugna leviori hostibus vetari potest. Hoc enim oppidum loci iniquitate nec insultu aggredi, nec manu capi, nec machinis conquati, verum alimentorum inopia posse solum evelli, usquequo antiquis visum fuit. Hinc Andreas Trolot, ejus præfectus, bellator improbissimus ac ferri cuspide inter Gallos et Anglos nullus magis lethifer,[4] castri insolentia, et[5] exercitatissimis satellitibus secum pugnantibus, omnis generis annona cumulate oppidum farsit ac rapina circumvicinæ agrorum spolia castro intercludit, et variarum constructione machinarum non parum munimenti validis mœnibus superaddit. Hic Anglus robusti corporis[6] et vasti animi in tantam præsumptionem evasit, quod audet sese superbissimum jactasse nedum contra ducis Britonum verum omnem Gallorum exercitum, dum Cereris suffragium assit, istud castrum in ævum defensurum; nec, ut alii Anglici, qui pusilli animi ignave[7] territi hostibus fortalicia male defensa tradiderunt, Gaverium, si non fames acrior vires exinaniat, in deditionem unquam adducet; vehementissima enim cupido potiendi Gaverio vi domito belli gloria Gallos invadit. Ecce alacres rem bello gravissimam et a priscis nunquam insultu aggressam tentant.

109. Omnibus vero paratis, circumquaque montis aditum cingunt; mirum! armati gladios, lanceas, arcus, sagittas, supra terga gestientes collis præcisi summum ascendere nituntur. Pede et manu irrepunt, radici ac vimini inhærentes parum sublevati sursum progrediuntur; ac ubi herbarum deest fragile juvamen, gladiis in terra conjectis sese sustentant, pedetentim continuo ascensu

---

1 *Mons*] Modos. B.
2 *Præceps*] Preces. B.
3 *Semita*] Semitta. A.
4 *Lethifer*] Legifer. B.
5 *Et*] Om. B.
6 *Corporis*] Corporalis. B.
7 *Ignave*] Inane. B.

ulterius procedunt. Agilitas enim Gallorum incredibilis diu et multum fatigata, demum, hostibus irruente lapidum evolutione repugnantibus, montis cacumen adeptum esse hilari animo lætitat. Ac difficillimo et secundo assultu strenue provecti Galli audaciores effecti prævalido impetu jaculis et lanceis muros acerrime impetunt, ac vitam in aperta mortis pericula mittere non verentur. Nam oppidani omnis sexus intus dextera ac læva ira inflammati ad murorum defensionem assunt,[1] ac in Gallos vehementi conamine et violento jactu saxa fundunt, concussa fatiscunt arma. Contusi[2] enim mole lapidum gravi robusti consternuntur, sed oppressi virili animo in murorum aggressionem resurgunt; supra quos pinguedo ebulliens et sulphur ignitum evolvuntur. Fractis enim fictilibus sulphurea olentia et liquantium[3] fœtidorum anhelitum tabefacit et obturat spiritus, adeo infecti vigorem respirandi libere vix habent, et sparsos invadentium exurit artus.[4] In virorum auxilium, crinibus humeris dejectis, mulieres accurrunt; pulveribus ignitis Gallos mœnia ingressuros aspergunt; densa[5] enim pulverum rubescenti[6] nube oculos tenebris involutos vix possunt aperire. Jacula ignea cutem Gallorem tactam graviter ulcerant. Verum quanto ignitorum missilium acrimonia Gallos crebrius infestat, eo magis exasperati acerbiorem hostes invadendi vigorem assumunt, ac robustiori insultu muros ascendere nituntur. His vero telis exhaustis oppidani[7] conculsi alia rapiunt jacula, faces gelimarum frumenti ardentes in Gallos jaculantur. Tædas flammeas cuspide lancearum in ipsos casuras quoad possunt[8] a se Galli detorquent.[9] Utrique atrocissimo prælio intenti, Galli pro murorum ascensu et belli

[1] *Assunt*] Assistunt. B.
[2] *Contusi*] Contunsi. A.B.
[3] *Et liquantium*] Aliquantium. B.
[4] *Artus*] Arctus. A.B.
[5] *Densa*] Dempsa. A.B.
[6] *Rubescenti*] Rubescendi. B.
[7] *Oppidani*] Oppidum. B.
[8] *Quoad possunt*] B. Coappossunt. A.
[9] *Detorquent*] Quoad possunt capescunt a se Galli detorquere. C.

gloria, Anglici pro castri tutela et propria salute, ab aurora in vesperam sese mutuis telis acerbius sauciantes ferocissimum conflictum agunt; quem nox superinducta in sequentem lucem protrahit.

110. Verum Galli, magis ac magis acerbiore repulsa accensi, alium insultus modum, non constantem invadendi audaciam mutant; ac nocte, in rigido montis ascensu usque in summum varios gradus ac speluncas et scissuras subtus solum in murorum radicibus approximantes construere quamplurimum laborant, ac trabes in uno extremo mœnibus et altero humi jacentes erigunt.[1] Scalas, ostia et fenestras domorum ab omni parte populares impigri, barbarorum tyrannidem exosi, afferunt. Aurora lucem reducente, alacres Galli, graduum constructione adjuti, saxorum a missilibus ostiorum et fenestrarum velamine cooperti, cursim[2] prærupti collis fastigium ascendere prospectantibus maxima in admiratione videntur. Foveis absconsi et sub panda lignorum strue ab ignitis jaculis protecti, juxta oppidi portam subterraneo tramite gradientes, improbo et assiduo insultu cum ligonibus et fossoriis mœnium bases demoliturі in oppidanos sæviunt. Perforatis enim muris et ingressu terræ visceribus ad pugnandum cum hoste manu aperto, et ad conflictum vulgo furibundo undique propere affluenti, oppidani ingenti terrore pavefacti omni præliorum industria, omni militum robore, præparatam Gallorum invasionem exspectare non audent; sed ut ipsi animos a virtute resistendi lapsos Gallis[3] ostenderent, militare signum, insultus exordio superbe erectum et in exitu pugnæ mortis formidine depressum, a mœnibus projectum inter Gallos collapsum est. Tum ab ulteriori aggressu acerbissimus Gallorum mox impetus retrahitur, ac Andreas Trolot[4] supplex sibi et suis fieri deditionem rogat, quam Britones eidem Andreæ tertia

---

[1] *Erigunt*] Exigunt. B.
[2] *Cursim*] Cursum. B.
[3] *Gallis*] Gallos. B.
[4] *Trolot*] Trobot. B.

insultus die domito sub certa forma annuunt. Hujus munitissimi castri reductio absque tormentis, animorum prestantia et ingenti corporis vigore expedita, summo honori victoribus cedit.

111. Inclitus ille Bertrandus, sui ævi omnium militum clarior, novem mensibus decursis, arietibus, petrariis et crebris insultibus Gaverium, tunc regis Navarræ castrum Gallis inimicissimum, infestavit, nec tamen armatorum impetu, verum fame ingravescente, deditione facta subactum, et post esse [1] demolitum constat; quod, ut adversus ineluctabile magnæ villæ fortalicium prævalida munitio certaret, solers Anglorum industria fortius prisco restauravit. Nec modica me capit admiratio modernam antiqua bellis asperiorem Martiam juventutem tam natura et arte munitum capi, necnon trina luce uno aggressu sine tormentis castrum subjugasse. Cæterum nihil populo extremis laboranti arduum inexpugnabile, qui ut perosum duræ tyrannidis jugum excutiat pro recuperanda libertate varium certamen adit.

112. O tu Andrea, qui perpetuo, dum tibi subvenirent alimenta, te defensurum jactaveras, quarto die victualibus confertum oppidum inexpugnabile Gallis, deditione facta, tradis! Itaque prœlia ferro geri et exitu concludi videntur; paucitas enim armatorum in Dei suffragio confidentium multitudinem elatam propriis viribus ac validis mœnibus præsumentem facile vincit et castra domat inexpugnabilia. Robustum enim corpus tuum laboris patiens, vastus [2] et ferox animus belli non ignarus, et oppidum loci iniquitate, artificio, et omnibus rebus munitum, te superbum a Gallorum expulsione tutari non valuere. Miraris, Andrea, unde defectus potentiæ processit? tua cesset admiratio. His tribus,[3] elato et tibi arroganti, Divinum auxilium, superborum præsumptioni semper reluctans, deerat. Cognosce ergo

---

[1] *Esse*] Factam. B.
[2] *Vastus*] Justus. B.
[3] *Tribus*] Rebus. B.

quamquam nervosa membrorum valeat agilitas, si non vires robustæ Divina potentia adjuventur; naturalis mortalium vigor et militum industria incassum munitissima castra defendere et quid arduum producere in effectum conantur. Tuas igitur jactare, Andrea, et aliorum vires aspernari desine, dum absque hostis[1] infestatione castrum insultu, ut opinaris, indomabile, te superbum et plus æquo præsumentem tuetur. Audacia et fortitudine cæteros oppidorum custodes ex arroganti jactantia anteire ostentas; et cum asperior hostium insultus supervenit, contemptor aliorum virtutum in pusillanimitatem delabitur animus, et effeminatiori luctamine[2] quam cæteri alia castra non æque munita Gaverium inexpugnabile protegis. Quam gravis et periculosa obsidionum infestatio sit ferenda, et quam moleste circumdatos cruciet, nemo nisi fulminis, tormentorum et insultuum asperitatis ac famis inediæ expertus cognoscit[3] quid tanta Gallorum alacritate invasi agere valeant, an fortalicia debile munita cum parva manu contra tantam multitudinem tutari et vitam negligere, an hosti castra cedere debebant. Castrorum enim custodiam ea fide accepisse videntur, ut quoad possint[4] virilius defendant; et si obsessum eminenti captionis periculo castrum versetur, facta deditione, se fieri incolumes et salvos, non est pusillanimitas nec rei militaris transgressio.

Capitulum Sextum.

De bino conflictu a quibusdam capitaneis Franciæ, uno in Anglicos Sancti-Salvatoris, et altero ex præsidiis Viriæ strenue obtento.

113. Anglici centum et circiter quinquaginta ex præsidiis collecti, Odonem et Malam-Urticam absentes The English defeated at

[1] *Hostis*] Hostium. C.

[2] *Et effeminatiori luctamine*] In effeminatior luctamen. B.

[3] *Cognoscit*] Agnoscit. B.

[4] *Quoad possint*] B. Coapossint. A.

Saint-Sauveur and Vire.

rati, in vasto saltu,[1] nomine Fuga-latronem,[2] confectas e barbaris octoginta et sexdecim insidias moliuntur. Ac quinquaginta equestres gladiis evaginatis ad pagum Hayæ-Putei cursitantes, subitum terrorem inferunt, ut clamor insurgens a fortalicio oppidanos excutiat; deinceps lento gressu versus suos in abditis latitantes revertuntur. Oppidani hostium infestatione lacessiti furentibus animis ignescunt. Et extemplo comperto strepitu impigri hastas, bipennes et arcus rapientes in equos acres prosiliunt; vibratis lanceis, arcubus intensis, et sagittis nervo aptatis barbaros insequuntur. Et cum loco insidiarum eminus appropinquant, Anglicos dèmissarum humilitate arborum non satis absconsos percipiunt, mox hostibus visis in ipsos[3] magna vi ruunt. Nostri alacres equis acumine calcarium exactis, fulmineo ingressu lanceantes a quadrupedibus Anglicos dejiciunt, violento impetu ordines rumpunt. Tanta Gallorum acerbitas intento concursu furit, quod, minori quam unius horæ spatio, quinquaginta et duo barbari manus captivas funibus constringenti præbent, et octoginta equi hostibus dejectis subtracti[4] in novorum stabula jure belli dominorum adducuntur. Cæteri barbari turpiter fusi, huc illuc dispersi, quidam ad paludes, alii ad cæduam silvam fugiunt.

114. Hujus occasione rei strenue gestæ impulsi, ne muliebrem deliciarum voluptate et commilitones duram in armis vitam agere videantur, Gauffridus de Couuren Constantiarum, et Joachim Rouault,[5] Sancti-Laudi præfectus, ducentis equestribus delectis et stipendiariis de Torigneio secum accersitis, a Sancto-Laudo media nocte foras abeunt, ac militari ordine instructi hostes quæsituri, cum quibus strenue dimicare, et opulentam prædam referre valeant, circiter

---

[1] *Saltu*] Saltem. B.

[2] *Fuga-latronem*] Fugulatronem. B.

[3] *In ipsos*] Om. C.

[4] *Subtracti*] Substracti. A.

[5] *Rouault*] Roault. B.

octava diei hora appulsi in valvas Viriæ equitant, atque improvisum janitorem lanceæ acumine infixum unus Gallorum in fossata detorquet, ac alteri barbaro nitenti portam volantem erigere manum truncat. Cæterique oppidani armorum strepitu excitati. Gallis irruentibus fores objiciunt. Galli enim pedites pagi hospitia scrutantes duos barbaros in taberna fere perpotatos comprehendunt; ac duces bellorum secrete interrogantes obtestantur Deum illos acceleratam[1] mortem passuros ni supra oppidanorum dispositione veritatem detegant. Et quamquam ipsis captis gravissimum sit hostibus suorum arcanum explanare, tamen ultimi supplicii formidine exacti inquiunt; "Tricenti nostræ gentis nocte "hesterna versus Sanctum-Guillermum de Mortegniaco[2] "profecturi istam villam egressi sunt, ut quoddam "fortalicium a nostro imperio defertum recuperarent." Interrogati de itinere asserunt per quemdam saltuosum locum, satis insidiis opportunum, quem nominant, ipsos reversuros. Retentis enim barbaris, nostri se in abditis idoneis abscondunt. Ecce hostium insidiarum exploratores in tenebras Gallorum incidunt. Et mox turba Anglorum conserta incedens, citiori itinere in saltu emergit quam nostri et eorum detectores rati sunt. Collata enim nostra ad hostium potentiam, Joachim Rouault ait; "Nostræ vires tantos viros armis excer-"citatissimos ad conflictum operiri, vel ipsos inva-"dere, non valent; quamobrem quid propter nostram "salutem agendum sit mature deliberemus." At Gauffridus de Couuren inquit: "Nos urgens instantis "periculi necessitas diu consulere et ordines construere "non patitur. Optimum est antequam hostes de forma "pugnæ disposuerint, accelerato congressu adhuc equis "incedentes turbare facultatem consultandi et prœlium

---

[1] *Acceleratam*] Ad sceleratam originally in A., but corrected upon revision. B. gives the second reading.

[2] *Mortegniaco*] Nortegniaco. B.

" instruendi ipsis auferre, ac fortunam, sive prosperam, " sive adversam, tentare. Et quicunque pulcherrimam " amicam habet, hanc quanto zelo amet corporis agili- " tate et animi magnitudine nunc ostentet."[1] Ac ille acerrimus et firmus in pericula emergentia calcaribus acutis exigens celerem equum, hasta prætenta mediam hostium in turbam furibundus irrumpit. Ac alii Galli eundem vehementissimum impetum ferunt, acerrimo equitatu hostilem turmam consertam disgregant. Ac Galli firmioribus[2] animis hostes turbatos ab equis præcipitant, et ad dexteram et sinistram manu cruenta quidam[3] bipenni Anglos excerebrant, alteri lanceis fodiunt, quidam[4] cum sica jugulant. In hoc durissimo conflictu victores Galli Anglos octoginta robustos trucidant ac totidem captivos in vinclis superadductis constringunt. Cæteri perterriti, ut possint se fieri salvos, armis abjectis, huc illuc diffugiunt. Asperrima Gallorum celeritas barbaros inconsultos et turbatos contrivit; "Qui- " cunque miles Anglicis[5] obvias, nequaquam permitte " ut invicem consilium habeant, sed in ipsos ut furia " vectus rue, repentino congressu pavefactos et exinani- " mes prosternes. Si secum te moroso deliberent, te " pigrum debellabunt."

115. Confecta enim pugna, quidam egregius adolescens, Ludovicus de Rosenivillain,[6] Gauffridi de Couuren nepos, Anglico secum captivo, ut gravissimo conflictus labore sudantem se paululum refrigeraret, galeam deponit. Mox Anglicus, gladio Ludovici arrepto, nudatas cervices confodiens ipsum Ludovicum minus cautum proditorie interfecit. Ob cujus cædem perfidus occisor et ferme triginta captivi ultimum talionis supplicium luunt. "Hac[7] " cæde edoctus, miles captivo et judex sicario nunquam

---

[1] *Ostentet*] Ostendat. B.
[2] *Firmioribus*] Furoribus. B.
[3] *Quidam*] Quidem. A.
[4] *Quidam*] Quidem. A.
[5] *Anglicis*] Anglicus. B.
[6] *Rosenivillain*] Rosemvillam. B.
[7] *Hac*] Ac. A.B.

" arripiendi gladium facultatem incautus permittas, ne " salute desperatus mortem quam sibi vel vincula præ-" paras, ferro a te vel ab alio erepto[1] tibi inferat."

Capitulum Septimum.

Qualiter Constantinenses super recessu ducis graviter conquerentes persuadent ut castra Sancti-Salvatoris et Cæsarisburgi subjugando incœptam reductionem consummare velit; et qualiter ipse dux benigne respondens se rediturum eisdem supplicantibus promisit. Et qualiter post recessum ipsius ducis Anglici barbarico furore colonos occidendo Constantini planitiem vastant.

116. Dum exercitus coguntur, duci Britonum Constantinenses verbis gravissimis conquerentes occurrunt. "Tu prospere, princeps optime, bellum incœpisti, " sed cœptum infeliciter dimittis. Profecto sæpius " tenere educati ex juvenili ardore et lascivo im-" petu bella inchoant; verum dum rigidus hyemis " algor teneros invadit, vel æstivus calor exurit, aut " insueti laboris asperitas membra ferro indomita " gravat, nihil duri ferentes per ignaviam pusillani-" miter infecta prœlia relinquunt. Hæc effeminata " mollities infamiæ dedecus, non triumphi honorem, " propter animi inertiam reportat.[2] Tanta enim ma-" cula tuam præclaram noli denigrare gloriam. Non " igitur qui impetuose inchoant bella, sed qui vir-" tute constantiæ principio feliciter incœpto finem feli-" cius consummatum annectunt, victores[3] sempiternis " laudibus extolluntur. Ergo Sancti-Salvatoris et Cæ-

The inhabitants of Coutances urge further measures upon the duke of Bretagne.

---

[1] *Erepto*] Electo. B.
[2] *Reportat*] Reportant. A.B.
[3] *Victores*] Originally *vires* in A., but the correct reading is given in the margin.

"sarisburgi, duo castra omnis Northmaniæ fortissima, "partem tui laboris extremam,[1] cum aliis subactis viri-"liter oppugnata jünge. Nec ante gloriosus habeberis "triumphator. Sin autem, in necem nostram infausto "bello tyrannos irritasse cognoscas, qui si non in-"choata bella perficias, ideo quod in eorum expulsio-"nem arma induimus, ruent in ferrum, ruent in flam-"mam; feris crudeliores nos omnium miserrimos, uxores, "liberos inhumane necabunt, et nostra conflagrabunt "universa. Nemo satis futuræ calamitatis magnitudi-"nem quam incurremus verbis copiosissimis prosequi "valeret, si nostrum infortunium non miseraris. Igitur "tu, qui securitatis spem dedisti exspectatum, celerem "confer opem, et a rabidis hostium insultibus nos redde "securos. Si enim aurum, ut tui commilitones sti-"pendiantur, tibi non suppetat, apertos[3] nostros cape "thesauros, et quibuscumque volueris effunde univer-"sos. Profecto te hostes invadentem constanti animo "in vitæ extremum prosequemur."

117. Uti dux humanissimus erat, benignum graviter conquerentibus responsum dedit.

The duke's answer.

"Non otiosa quies ad corporis voluptatem, sed me "urgens patriæ necessitas revocat. Revertar enim, "nec segnior paratissimum succursum et salutarem "rebus afflictis exitum felicem, si Summus votis aspi-"ret, laturus. Tempus ad modicum, viri optimi, meam "absentiam æquo animo tolerare libeat; regem erga "dominum meum, veluti magnis et variis tempestati-"bus spectata[4] fuit, vestra fides jugiter firma et incor-"rupta maneat. Ducis enim Britonum recessu, qui "funestus et luctuosus Constantinensibus fuit, adver-"sum belli genus crudele et atrox, alterum benignum "et strenuum geritur. Nam efferata barbarorum acer-

---

[1] *Extremam*] Parem tui Salvatoris laboris extremam. B.

[2] *Nemo*] Ne meo. B.

[3] *Apertos*] Expertos. B.

[4] *Spectata*] A.B. Sperata. C.

bitas rapina, incendio, carcere et strage truculentissimis uberrimam Constantini planitiem vastat et miserrimos colonos excruciatos necat. Hac[1] tyrannis; ista ignavia velut muliebris trepidatio fugit armatos. Martia enim Gallorum alacritas vulgus inerme et negotiatores pacis[2] amantissimos, quamquam sub Anglorum ditione constitutos, nec in rebus nec in personis quidpiam infestat; et dumtaxat armis sceleratis patriam opprimentes Anglicos persequitur, nec tam eorum cruorem effundere quam ab injuste occupatis tyrannidem propulsare certat. Propter enim crebram Anglorum irruptionem Constantini[3] sub rege Karolo redactæ agricultura deseritur; aut cæsi, vel tetris carceribus detrusi, seu coloni profugi vacantia arma relinquunt universa. Alteram vero ab Anglis captivatam tuta rusticitas a Gallorum incursionibus inhabitat colitque, et satos fructus recolligit. Planities Constantini ab occasu serva antiqua, ab Aquilone Oceano, a solis ortu magnis fluminibus, et a meridie palustribus aquis defensa, divina scelerum vindicta cæteros plectenti, nullam incursionem, nullam deprædationem passa est; et nunc in bellorum exitu Dei severitas hanc forsan ingratam, hanc divini beneficii oblitam, suo flagello, barbarorum asperitate, modicum castigat. Nec diu summa Dei bonitas, quæ misereri ut paternus ad filium amor non obliviscitur, istam tyrannidem in populum furere permittet; verum extemplo per subitam tyrannorum dejectionem condolens vulgi calamitati superna clementia incredibilem tranquillitatem rebus miseris adducet."

[1] *Hac*] Ac. B.
[2] *Pacis*] Passis. B.
[3] *Constantini*] Contemptum. B.

Capitulum Octavum.

Qualiter Allaconienses armorum probitate binas introitus villæ arces occupantes, hostibus exactis, duci suo domino naturali januas patefecerunt; et qualiter ipse ingressus a castro expulit hostes.

The duke of Alençon regains Alençon.

118. Interea dux Allaconii in Northmania potentissimus copiosa baronum et nobilium profugorum, quos exules aula propria nutriverat, multitudine associatus, meridialem ejus ducatus plagam optimam aggressus est. Ardore non parvo Allaconienses et totius principatus incolæ, desideratum ejus reditum exspectabant. Tum ejus proavos comites et genitorem ducem, omni pietate et justitia insignes, olim rexisse, nec ab eis aliquid pro quotidianis sumptibus extortum aut debitum injuste retentum habuisse commemorant; tum ipsum modernum ducem, cum a principatu exspoliatus fuerit, in extraneis laudandæ suorum majorum consuetudinis imitatorem fuisse vident; tum in suos studio non minori affuturum, dum in amplissimo dominio restitutus erit; tum quidquid commeatus a subditis ceperit, fore soluturum non dubitant. Hinc ferventissimus subditorum amor; in tyrannos pro domino absenti et inscio burgenses Allaconii strenue dimicant. Binas suæ villæ introitus, exactis hostibus, turres occupare non formidant. Burgensium subsidio fidelius adjuvante, valvis per ipsos apertis, sub aurora dux in armis strenuissimus Allaconii villam ejus principatus majoritatem liberius intrat. Tum terrore ingenti et metu concussi, a facie ducis Anglici fugientes se in castrum recolligunt; quos impiger crebra et dura obsidionis asperitate molestat, et tandem afflicti barbari domino ingredienti oppidum reddunt.

CAPITULUM NONUM.

Qualiter comes de Fuxis, in partibus Vasconiæ regis locumtenens, cum maximo nobilium et balistariorum exercitu collecto, villam Mali-Leonis et castrum obsidet, et primo burgensibus pavefactis deditione villam subegit. Exinde rex Navarræ cum maximo exercitu Vasconiam intrat oppidanis Anglicis obsessis succursurus; deinceps cum ipso comite, ejus genero, familiarem sermonem habuit, cui gener socero respondens non se moturum donec campo victus vel victor esset. Hoc responso rex Navarræ ad propria et comes ad suos commilitones rediens tandem oppidum fortissimum subegit obsidione.

Progress of the French arms in Gascony.

119. ILLA tempestate in Vasconiæ partibus clarus et potens comes de Fuccis, regius locumtenens præfixus, egregios comites de Cominges, de Lesdrac et vicecomitem de Leutrec, ejus germanum, et quammultos alios proceres, ac sexcentos[1] equites hastarum cuspide validos, atque decem virorum millia ballistis mortiferis horrendorum armavit; quorum fultus præsidio ductor egregius Mali-Leonis villam asperrimo congressu oppugnavit. Verum burgenses durissimum invasi tristi doloris spiritu verentur ne a tanta pugnatorum mole obruantur, petitam ferro villam regio locumtenenti tradunt; gressuque præcipiti Anglici fortissimum omnium ducatus Aquitaniæ castrum occupant. Nam hoc oppidum, super præruptam et altissimam cautem conjectum, non vi armorum, cæterum languida famis inedia dumtaxat venit expugnandum. Et quia illud annona necessaria vacuum et inane bellicosus et providus comes agnovit, ne intus deferantur alimenta armis properantibus circumvallat. Hoc audito,

[1] *Sexcentos*] Secentos. A.

rex Navarræ, Lilio ab antiquo adversus et Leopardo confœderatus, omni parte exercitu sex millium virorum collecto, Anglicis succursurus Vasconiam intrat; et cum a loco castri obsessi quatuor milliaribus distaret, suas acies in unum coegit. Nec propius equidem potentem et admodum instructum fossa agere valloque circumdatum comitis de Fuccis cohortes audet invadere, quamquam antea ipsum obsidentem sui fœderati regis Angliæ oppidum se expulsurum arbitraretur.

120. Hanc ob rem nuncium publicum ad eumdem comitem ut secum loquatur celeri itinere transmittit, et salvo conductu recepto, rex socer et comes gener ab obsidione non longe nisi quarta unius leucæ parte conveniunt. Et tum socer ad generum familiarem sermonem habuit; ac inquit ipse rex quod ipse castri invasi custos et ejus pro ipso connestabularius capitaneus erat; quod inimicos adversus omnes regis Angliæ fideliter custodire et virilius tutari se facturum promiserat. Ideo maxima ipsum admiratio cepit quo ausu supra custodiam sibi creditam ipsum castrum obsiderat, potissimum attento quod ejus filia dilectissima sui lecti consors existit, a qua pulcherrimam prolem generis et nominis sui propagatricem receperat, ratione cujus affinitate contracta perpetuo fœdere amoris ad invicem jungi debebant, nec unum contra alterum perniciosum aliquid moliri fas erat.

121. Ad quem paucis et graviter dictis gener comes respondit. "Superillustris regis Francorum ligius vassalus "clarissimoque ejus genere procreatus et sua auctori- "tate inter amnem Garonam et montes Pyrenæos "locumtenens præfixus patriæ defensor sum; tum "fidelitatis sacramento, tum sanguinis necessitudine, "tum officio publico meo principi supremo astringor, "et nemo magis. Cara est mihi tua affinitas; carior "est tua filia mihi sponsa; cæterum omnium istorum "est mihi carissima fides publica, quam ad meum su- "premum regem et communem patriæ, utilitatem con- "secravi. Tuæ enim hanc caritatem, cæteris tuam ante-

ponam; et ab hujus obsidione castri me perseverantem cognosce non moturum donec mortem expectaturus pugna campestri victus ero,[1] vel victor ad mei regis obedientiam reduxero."

122. Ut rex Navarræ sinceram generi fidem, quam ad regiam majestatem gerit, violari non posse, et potentiam illius imparem esse certum tenet, acies ex diverso hominum genere coadunatas dispersit ad propria rediturus. Oppidani vero succursu et victualibus prorsus destituti strenuum comitem de Fuccis dediti castri obsessi, regis Karoli nomine, possessorem efficiunt. Paucis diebus post exactis, heros de Luceyo, castri reducti proprietarius, quem sexcentorum turba pugilum rubra cruce signatorum comitantur, Francorum regis fidelitatem in locumtenentis manibus præstitam ut ligius vassalus se inviolabiliter servaturum sacramento vovit. Tum projecta sanguinea et nivea cruce Francorum signo assumpta, ipse heros de Luceyo et ejus præclara nobilium comitiva jucundi ad lares paternos redeunt Exinde crux alba a patribus et maritis delata ingentem admirationem et terrorem pavide intuentibus liberis et uxoribus attulit, ut hæc viros et parentes effectos sibi inimicos verissimum indicaret; sed narrata facti serie, trepidans sanguinis conturbatio quievit, quamquam non omnibus hæc conversio propter inveteratam hostilitatis habitudinem grata fuit.

---

[1] *Ero*] Added above the line in A. upon revision, but in the text of B.

Capitulum Decimum.

Qualiter comites Dunensis, de Claromonte et Niversensis castrum Oxoniarum antiquitus urbem, terrore fractis oppidanis cum suis fortunis recedentibus, in regis deditionem accipiunt; proinde ipsos bellorum principes burgenses ultro infra Argentaneum[1] *intromittunt, ac Galli principes, partim vi muris dejectis, castrum subeuntes Anglicos in munitissimam turrem fugant, a qua tandem ad locumtenentis nutum dediti, omnibus fortunis exuti, baculo nixi turpiter et ignominiose recedunt.*

Exmes and Argenton surrender to the French.

123. Ad incœptam a Northmania hostium depulsionem revertor. Strenuissimi comites Dunensis, de Claromonte, Niversensis, occupatum ab Anglicis castrum Oxoniarum ferri metu concussum eximunt; pacto tamen deditionis præservata corporum salute, castrensia barbari recedentes apportant. Deinceps propere iidem bellorum duces præparatissimam obsidionem ac fidissimum et ornatissimum Argentanei oppidum transvecturi accedunt. Anglici alacri bellatorum manu circumdati, seclusis burgensibus, occultum consilium ut in Gallos[2] repugnarent seorsum ineunt; at inquilini, cum certis argumentorum conjecturis barbarorum secretum animadverterent, nostris petito et dato signo convento, Anglicis consultantibus super forma obsidentibus resistendi et ignaris, Gallos intromiserunt. At villa subacta, Anglica custodia properans ad castrum decurrit; et tanto mox tormenti fulmine compacta oppidi mœnia quatiuntur, quod patefactum muri lapsi foramen quadrigæ amplissimum præberet ingressum. Hujus hiantis foraminis apertura bellipotens Gallorum celeritas oppidum intrat, ac flagrante impetu turrem in excel-

---

[1] *Argentaneum*] B. Argentane. A.

[2] *Gallos*] Originally Anglicos in A.

sam barbaros fugat. Extemplo quidem, ut vident sub mortis impendenti, seu ad minus capitonis periculo versari, se victos ad purum locumtenentis arbitrium dedunt. Dux enim humanissimus non cruci, non carceri deditos more Henrici Angliæ adaptat, sed quilibet, hasta commutata in colum fragilem, dextera baculum amplectens abscedit. Heu! quam varia et caduca existit armorum potentia! Mane enim tyranni equites furore vecti in miserum populum cruentas manus erigunt, et vulgo rapinam et necem cuspide ferri prætenta truculentissimi minantur; at sero pedites mansueti effecti sanguinolentas dexteras deprimunt, ac tenui baculo sustentati nulli prædæ, nulli mortis terrorem inferunt; cæterum ab humili vulgo quod antea raptis exuviis[1] et cruciatibus graviter illatis deprædati sunt, viatici suffragium mendicant.

Capitulum Undecimum.

Qualiter rex Karolus apud Locum-Veris suam curiam tenebat, et Gailliardum fortissimum castrum per senescalum Pictavensem cæterosque milites egregios obsideri fecit; et qualiter Ricardum Malbery Anglum, certo pacto per senescalum Pictaviæ apposito in fidelitatem et castrum Gisorchii in sui obedientiam recepit.

124. Tunc temporis strenuissimus rex Karolus apud Locum-Veris municipium curiam præsentia excellentis regis Siciliæ[2] ejusque germani Karoli de Andegavia, Cenomaniæ comitis, et quamplurimorum magnatum, procerum, et nobilium illustratam tenebat; et nedum Galliardum, prævalidum castrum in rupe excelsa conjectum supra amnem Secanam, præcisæ cautis iniquitate et artificio munitissimum, nullo tormentorum fulmine labefactandum, in regis Karoli obedientiam venerat,

Château-Gaillard besieged, and Gisors taken by the French.

---

[1] *Exuviis*] Exuis. A.B. | [2] *Siciliæ*] B. Ciciliæ. A.

quamquam illud senescallus Pictavensis et heros de Jalongniaco, unus Franciæ marescalorum, Johannesque de Bressiaco[1] ac Dyonisius de Chalonniaco,[2] ambo strenui milites, obsidione infesta et vi armorum crebro molestant. Ad hæc certamina bellipotens rex Karolus adest bello, ante non armis sed armorum terrore. Tractatu cum Ricardo Malberi, Anglico capitaneo, per Pictavensem senescalum celebrato, a Karolo rege oppidum Gysorchium recuperare contigerat, eo pacto quod idem Ricardus cum quadam nobili Gallicana matrimonio junctus, jurata fidelitate, vassalus Francorum regis effectus non modico uxoris dominio gaudebit, ac duo ejus liberi in Pontulo-Maris capti a carceribus absque auri præstatione immunes liberarentur.

Capitulum Duodecimum.

Qualiter ante Galliardum arce erepta, rex Karolus in Locum-Veris regressus suos exercitus in unum convocat, et deinde in Pontis-Archam sese confert, et inibi cum suis principibus concludit potius pio interventu quam rigido ferro suam urbem Rothomagum se malle[3] recuperaturum. Hinc nuncios armorum summaturos oppidanos ut civitatem sibi reddant, qui per heroem de Talbot et alios variis minis affecti, et literis regis laceratis et humi pede contritis, impediti ad populum sermonem non habent. Post regressum rex Karolus injuriam publicam ægre gerens suos exercitus ante urbem transmisit, qui terna luce urbem circumstantes, tandem nimbo ruente nimium fatigati, publico conflictu hostibus oblato ad Pontis-Archam recedunt.

Negociations before Rouen.

125. Ante Gaillardum arce valida erecta, ut victualibus subtractis fame bellatrice acerrima victi hostes a rupe

[1] *Bressiaco*] Breriaco. B.

[2] *Chalonniaco*] Caloniaco. B.

[3] *Malle*] Male. A.B.

ineluctabili eruantur, armis prudentissimus rex Karolus Locum-Veris repetit, a barbaris equidem Rothomagum opibus et populo urbem potentissimam, ducatusque arcem et provinciæ metropolim eripi desiderans, ad se binos comitum Dunensis et de Claromonte in media pugnantum, necnon de Augo et Sancti Pauli, superiori plaga bellantium exercitus accersiri jussit. Haud vocati morose crastinant. Acies Dunensis Novi-burgi planitiem, altera vero de Augo ultra Secanam juxta Rothomagum campos tenet. Rex enim Karolus rege Siciliæ Renato, aliisque principibus associatus, se in Pontis-Archam confert, quem ingenti lætitia et summo honore colendissimum principem incolarum applausus recepit.

Charles summons Rouen to surrender, but in vain.

126. Pauca post clementissimus omnium rex Karolus, ut recto tramite incœpta bella procedant, et pio magis interventu quam rigido ferro, uti non cruor humanus effundatur, suam urbem sibi vendicare mavult. Quamobrem per publicos nuncios Liliorum insigniis auctorisatos, Rothomagum occupantes summatum transmisit, ut restituta urbe ipsum Karolum Francorum regem in supremum principem habeant. Verum immanis Anglorum feritas obsistit; nec heraudi armorum præcones ad populum injunctam legationem ferant. Et quamquam lege bellorum perpetua inter omnes gentes, etiam Christi nomini inimicas, securitate inviolabili utantur, tamen a barbaris durissimum et insuetum responsum assequuntur, si non propere recedant in eorum jugulos cruentus gladius demergetur. Et ille ferocissimus omnium tyrannorum heros de Talbot, regis litteras a manibus nunciorum ereptas lacerat, et laceratas in contemptum regiæ majestatis, in lutum projectas sacrilegis pedibus conculcat. At sanctissima contra bellorum jura justissimus rex Karolus nuncios legatorum vicem fungentes a barbaris crudelius habitos et securitatem violatam ægerrime tulit. Et juste; nam qui atrocem injuriam publicis nunciis infert, ordinem et bellorum leges conturbat. Ob indignissimum cujus commissum egregii principes

antiqui tam perniciosæ transgressionis reos severissimis armis persecuti sunt.

127. Ut sapientissimus rex Karolus non publico jure, sed ferro cum barbaris certandum erat agnovit, extemplo huc illuc pallantes exercitus coadunari et ante Rothomagum transduci fecit, quorum prudentissimum comitem Dunensem ductorem instituit. Trina luce structæ acies Gallorum urbem circumstant, Anglorum concursum campo publico exspectaturæ. Diebus enim his copiosus imber ab æthere ruens jugi aqua et immundo cœno[1] madentia Gallorum arma fatigat; gravem corporis, gravem equi jacturam patiuntur.

128. Cum dux Anglus et heros de Talbot armis exercitatus viderent quod Galli belli principes ad strictum certamen exercitus Anglicos, pugna campestri oblata, irritarent, tum ad hostium provocationem, ut providi bellorum duces, conflictum inire detrectant.[2] Tum armatis et sagittariis muros complent; tum mœnia vigilantius ab inimicorum impetu tutari et non acies ab urbis claustris educere statuunt. Haud in civibus confidentiam habere, ne se campo publico credere audent. Formidant enim si sors anceps belli campestris ipsis adversaretur, vel si septum urbis egredi contingeret, Anglicis reversuris obversas januas cives objicerent. Dumtaxat quidam quadrupedum cursu præstantes egressi in Gallos equestres ruunt. In adversos quidam Galli alacres, equis calcaribus adactis cum hastis irrumpunt; acrem equum occurrere equo forti pulcherrimum spectaculum delectat astantes. Unus equidem Gallus volucri equitatu doctissimus, bastardus de Sobriaco, cum lancea tergo hæsura fugientem hostem in urbis januas prosequitur. Lubrico enim cœnoso[3] quadrupede præcipitanti, Gallus audacissimus inter conferta hostium[4]

[1] *Cœno*] Sceno. A.
[2] *Detrectant*] Detractant. A.
[3] *Cœnoso*] Scenoso. A.
[4] *Hostium*] Originally *hominum* in A.

agmina corruit, collapsusque ab inimicis ferocissimis captivatur. Casu enim fortissimi equestris iniquo præsentes mœsti intrinsecus afficiuntur. Galli vero bellorum duces in urbis murorum aspectu militari ordine pugnaturas acies instruunt. Postremo jubent ut heraudi cives et Anglicos Rothomagum occupantes summatum irent, ut regi Francorum urbem reddant; cæterum Anglici nequaquam portis appropinquare, nec ad populum sermonem habere concedunt; velut primi capitum minis et injuriis ignominose affecti secundi nuncii redeunt. Cum strenui comites bellatorum ductores Anglicos publicum conflictum recusare, nec Rothomagum Karolo reddere, et jam hyemem rigescere viderent, imbrium tædio fatigati ad Pontis-Archam revertuntur et campestribus villis dispersi[1] armati hospitantur.

Capitulum Tertium Decimum.

Qualiter post comitum recessum, Karolo rege et suis aciebus ante Rothomagum reversis, quidam Galli urbis murum adepti, et temere adeptum custodientes, ab heroe de Talbot crudeliter et misera clade introducti expelluntur. Et qualiter hujus introductionis auctores sub mortis ambiguo considerantes vitam versari, populo arguto et proviso ingenio persuadent ut a rege Karolo, commotione exorta, gubernatores urbis compositionem petant.

The citizens of Rouen attempt to deliver it to the French.

129. Jam horrida hiberni frigoris asperitas cohortum cuneos dissolvi, jam milites armis exutos huc illuc per pagos hyemare cogebat, si non ferventissimus in Karolum civium amor intus contra hostes dimicans arma et exercitus revocasset. Post Gallorum comitum recessum

[1] *Dispersi*] Disparsi. A.

squalida [1] et tristis urbis facies nutat,[2] necnon mens intrinseco dolore confecta nunc in hanc, nunc in illam partem multa et diversa secum volutat. Unusquisque exosum [3] barbarorum jugum abjicere et peroptatissimam Karoleam majestatem armis raptis introducere moliuntur; sed nemo alteri sua detegere nec alterius vota scrutari audet, ne secretum alii confessum hosti prodatur.[4] Tandem præstantissima quorumdam civium confœderatio, fide publica et zelo urbis devicta, binis turribus armatis completis in Anglicos per murum intermedium se Gallos facile introducturam; et hoc summe velle exsequi, apud Pontis-Archam regi Francorum nunciat, Comperto enim hoc [5] voto, ne [6] mora pigritante tam præclarissimus fortissimorum civium conatus [7] felici vacaret [8] effectu, Galli bellorum principes Karolo regi jubenti cursu citato acres Rothomagum reflectunt; et ipse rex Pontis-Archam egressus, rege Siciliæ comitante,[9] armatorum cuneos insequitur. Appulsi vero bipartiuntur exercitus; quidam ducum juxta [10] damnatorum Crucem signa figunt, alii vero inter Cartusienses et urbem ordine bellorum [11] constructo in armis consistunt. Et ecce quidam fidelissimus civis, eques, secreti conscius, cum turma hostili ut ferventiori desiderio ardesceret aliquem Gallorum ferri cuspide impetere, urbis claustra egreditur, et cum liberiori in campo receptus fuerit, non in Gallos prætentam vibrat, verum lanceam præcipitat humum, displosaque manu nostros advocat, et rapide accurens nunc urbem intrandi adesse idoneam opportunitatem Gallis principibus nunciat. Civis equidem optimus omnes attentius

---

[1] *Squalida*] Scalida. A.B.

[2] *Nutat*] Mittat. B.

[3] *Exosum*] Added above the line in A.; in the text of B.

[4] *Hosti prodatur*] Hostii proditur. B.

[5] *Hoc*] Above the line in A.; in the text of B.

[6] *Ne*] Nec. A.B.

[7] *Conatus*] Cognatus. B.

[8] *Vacaret*] Vocaret. B.

[9] *Comitante*] Concomitante. B.

[10] *Juxta*] Justa. B.

[11] *Bellorum*] Bellatorum. B.

interpellat ut unusquisque in tam arduo facinore tot, periculis spectatum corporis vigorem et animorum probitatem ostenderet.

130. Tum impigri strenuissimi comites Dunensis, de Augo, de Claromonte et Sancti-Pauli, necnon senescalus Pictaviæ et ballivus Ebroicus, milites fortissimi, protinus ab equo[1] humum prosiliunt, pedites recto gradu turmas pugnatorum disponunt. Acerrime[2] scenescali et ballivi cohortes murorum aggerem occupant, præcipites altis fossis illabuntur, erigunt scalas, irrepentes ferro onusti ascendunt mœnia; binas arces nanciscuntur animosi, populosam intrant urbem, magnanimique cives ipsius ingressus auctores armati cum Gallis junguntur. Audacia immani nostri muros acriter scandunt, immani vecordia hos partos insulse conservant. Nempe ut fastigium supra astarent, nonnulli nostrorum mox e vestigio sine prava cupiditate cæci, uti[3] vulgo avaritiæ arguuntur, seu ausu temerario communi Gallorum morbo elati, relicta murorum tuitione stricto ferro huc illuc vagantur. Tumultus enim ingens ad cœlum vectus barbaros ad arma excitat; vulgus inconsultum et hujus rei ignarum Gallos introductos urbem diripere et civium opulentiam[4] prædari arbitrantur,[5] ac seductum sententia, cum Anglorum ferocitate ad Gallos expellendos truculenta ministrat arma. Furiosaque in cives hujus facti auctores et Gallos intromissos malignitate concitus heros de Talbot, rapto ferro, caninum signum[6] erigit, quod efferata sagittariorum mortis artificum crudeliumque satellitum furia sequitur. Effrænato enim impetu, strictis gladiis sanguine cruentatis missilibusque lethificis Gallos invadunt. Supra mœnia pugna geritur asperrima. Proh![7] tantum crudorum

The French attempt to enter, but are repulsed.

[1] *Equo*] Equis. B.
[2] *Acerrime*] Acerrimi. B.
[3] *Uti*] Ulti. B.
[4] *Opulentiam*] Opulentium. A. Expulentium. B.
[5] *Prædari arbitrantur*] Arbitrari prædari arbitrantur. B.
[6] *Signum*] Suum signum. B.
[7] *Proh*] Proli. B.

hostium furorem tantamque vulgi multitudinem Gallorum et civium paucitas sufferre non potuit. Anglici vero, forulis exhaustis telorum densitate,[1] grandine ab æthere ruenti multa et vi armorum, a Gallis cæsis[2] fugatisque muros recuperant. Gallus quidam[3] sagitta exactus necatur; hic ferro confoditur; alter jaculis hirsutis a turribus altis in profunditatem fossorum præcipitatur. Corruentium unius ilia cadere, hujus cerebrum effundi, alterius crura frangi, horrendum[4] et miserandum spectaculum, videres. Etiam cor saxeum vix aut nunquam pias lacrimas continuisset. Rex enim Karolus humanissimus super tanta suorum clade uberrimum flevisse comprobatur.

Why the attempt failed.

131. Ille funestus Talbot exhalans pectore infimo crudelitatem, quotquot arma contra sumpsisse suspicatur cives inhumane trucidat. Propter insanam nostrorum dispersionem, quæ res plerumque fœdius quam adversa jacula potentes acies, maxime nostras, captata præda confundit. Cum hoste a Gallis nunc et alias male certatum est. Sane locus per cives acceptus murorum ascensus satis levem ingressum et tutam munitionem nostris, et hostibus gravem[5] ad pugnam introitum aperiebat; hoc tamen cautius proviso, dum intromissi gregatim conglutinati summum adeptum, ut aggressores strenuos decebat, murorum, et non disgressi ad prædam, propensius defendissent, profecto solum adintra muros compactum simul et adæquatum, in modum aggeris præcisum, satis latum longumque ut commode præliorum ordines instrui possent, in ascendentium tutela receptaculum ministrabat. Ad quod turrium constructura, murorum ultra limites protensa, nisi per arcta earum ostia in Gallos concursum excludebat. A fronte vero campus longe seclusa domorum cohærentia subsidit juxta extrusus,[6] in quo si sagittarii ab aggere telorum tractu prohibuissent, hostium

---

[1] *Densitate*] Dempsitate. A.B.
[2] *Cæsis*] Cessis. B.
[3] *Quidam*] Quidem. A.B.
[4] *Horrendum*] Aurandum. B.
[5] *Gravem*] Gravamen. A.B.
[6] *Extrusus*] Extensus. B.

nemo emergere ausus fuisset. Haud dubium in mille robur paucorum hasta et geso angustum turrium transitum coercere poterat. Verum quidam[1] civis carnifex animosus, manu valens, in uno arcium ostio dimicans, intrusos quinque barbaros, unum post alium[2] bipenni trucidat; et cum tam furiosam hostium multitudinem extrudere solus vir strenuus fuerit impotens, ut se ex[3] periculo summo implicitum a tanta clade instanti eximeret, in fossatum prosiluit incolumis. Universæ urbis facies lugubri squalore[4] confecta immutatur et ingenti metu concussa tremescit.[5] Adeo tanta periculi magnitudo per omnes familias ingruentis horridam mortis imaginem cunctorum, etiam hostium,[6] turbans animos incessit, quod neque loco civis neque alterius cuiquam hominum satis tute confidit. Namque cruenta Anglorum immanitas introductionis consortes et inexorabilis Gallorum furor hujus facti ignaros perterret; sed arrectis paulo post animis, quamquam illa dies infausta et luctuosa Gallis introductis et civibus hujus rei auctoribus graviter incommodaverit, attamen occasio civibus in unum adversus inimicos vires uniendi et trumphi honorem consequendi clarior illuxit. In hoc truculentissimo conflictu sexaginta egregii ex Gallis armati et cives occubuerunt.

The citizens resolve to surrender the city to Charles.

132. Cum piissimus rex repulsum suorum ingressum minus feliciter processisse et animos civium non unitos accepit, ad Pontis-Archam, exercitibus in villis campestribus dispersis, cum splendida principum aula remeare decrevit. Cives enim hujus rei participes, et præsertim modernus Rothomagi vicecomes, statim Anglicos insania vectos quotquot istius introductionis auctores reperierint, inhumanis cruciatibus extorturos animadvertunt. Quo

---

[1] *Quidam*] Quidem. A.
[2] *Alium*] Aliud. B.
[3] *Ut se ex*] Se ex. A. Ex se. B.
[4] *Squalore*] Scalore. A.B.
[5] *Tremescit*] Tarismecit. A.B.
[6] *Etiam hostium*] Above the line in A.; in the text of B.

detecto, furibunda eorum crudelitas miseranda civium cæde cruentari non omittit;[1] nec in promptu salubrius ullum habent consilium quam ut[2] populo non propter prædam sed a dura hostium servitute liberationem Gallos intrasse urbis claustra persuadeant; ac ipsi repulsa lacessiti non diu exspectato universum vulgus ferro flammaque perdituri ferocissimos insultus reparabunt. Quamobrem ne urbs impetu subacta cruore humano sparso defluat, cives istius facti conscii populum excitant[3] ut invalescente plebis commotione barbari urbis gubernatores a rege Karolo compositionem petere cogantur.

Capitulum Decimum et Quartum.

Qualiter dux de Sombresset, seditione plebis coorta, cum Karolo rege se petiturum urbis compositionem cogitur, et qualiter ambaciatores regis et Anglorum nec non civium in portu Sancti-Audoeni conveniunt. Quibus armis cives ab urbe hostes in fortalicia fugientes claro triumpho potiuntur.

The duke of Somerset attempts to pacify the citizens and to negotiate with Charles, but in vain.

133. Deinceps postera luce vulgus maxima in copia inflammato corde ruens velut perterritum ingentissimo clamore ducem de Sombresset, infra amœnam urbis domum constructam, non longe a muris stantem, aggreditur. Patefacto, Gallos armatos non ad spolia urbis rapienda, verum ad hostium dejectionem intrasse, amarissima tristitia cives introductionis non participes afflixit et Anglicos in Gallos arma tulisse, et exclamat: "Ecce furor Gallorum illico reversurus nos miserrimos invadet et nullus nostrorum cruentas eorum manus effugiet. Cum ipsis tractatum habere volumus." At dux, ut princeps modestia temperatus ac in

---

[1] *Omittit*] Omitted. A.B.
[2] *Ut*] In. B.
[3] *Excitant*] A.B. Concitant. C.

vulgi commotione prudens, animos populi ira et tremore concitos mulcere et placare[1] arbitrans, dictis blandissimis tumultuantem plebem alloquitur; "Non est trepi-" dandum, amici dilectissimi; nihil pericli existit. Ipsi " abeunt, Deum obtestor, nunquam redituri." At magis et magis turbulenta populi multitudo verbis importunis clamare excitatur, ac si Galli armati in portis urbis igne et ferro universa consumpturi adessent: "Nihil " est? ipsi jamque in nos suorum mucronum cuspidem " retorquent."

134. Cum idem dux populum inexorabilem videret, concitum eorum furorem evitare et ad heroem de Talbot infra castrum suam personam ab impendenti periculo ereptam conferre volens equum ascendit. Extemplo quidam civis lanifex gradarii lora apprehendit et equum sistit ambulantem. Dux vero infensus exclamat: "Vide quid attentas, in principem sacrilegas " manus mittens." Ac inquit circumfuso multa in turba populo et tumultu ingravescente: "In tua per-" sona nullam læsionem patieris; sed retentus mane-" bis donec quæ petimus nobis concesseris, nec nostræ " urbis eversionem nec nostrorum liberorum exitium " volumus exspectare." Tunc temporis densa[2] caligo cœlum nebulosum[3] sic obtegit quod vix ab æthere terra secernitur, nec acres oculi prospectare [possint][4] an Gallorum exercitus cominus assint[5] an longius abirent. Ingenti tremore compulsus dux, ne vulgi seditione coorta in ipsum ruente, gravissimi viri archipræsulis persuaso[6] assentit quod vir elegans officialis et civis quidam, cognomine Ruffi apud supremam Karoli majestatem celeres gressus maturarent. Nihil enim periculosius quam magnæ et potentis urbis in principem

---

[1] *Placare*] Originally *arbitrare* in A.

[2] *Densa*] Dempsa. A.B.

[3] *Nebulosum*] Nebulorum. A.B.

[4] *Possint*] Added to complete the structure of the sentence.

[5] *Assint*] Affuit. B.

[6] *Persuaso*] Persuasa. A.B.

erigi, si non in solido amoris vinculo civium cum principe uniantur animi. Captata quidem opportunitate invitus illud decretum inire[1] cogetur quod turbulenta populi insolentia petit, aut vulgus ignobile, capto ferro, in dominum petita negantem inexorabili furore sæviet. Idem officialis et civis, si rectum iter et tutum arripiant, ne barbari indignati eorum vitæ insidientur, non abs re formidant; ideo consulti ad quemdam monachum leprosorum presbyterum ab urbe non longe rure commorantem secretius accedunt, qui antea pro reductione obsequio fideli et sollerti animo quamplurima nuncia hinc inde detulerat. Hic ferarum abdita cognoscens per nemorum devia nocte intempesta ad Pontis-Archam legatos conduxit; et quam primum legatus accessit, vulgus innocuum super armis non ex odio, sed a præda sua defendendi gratia capitis inconsulto animo excusat. Dehinc fidissimos cives impensius optatum, hostibus exactis, Karoli regimen amplecti ostendit, et ob singularem tractatus componendi causam apud regiam celsitudinem, si eadem salvum conductum elargiatur, seu apud spectatissimos amplissimi concilii viros, cleri, nobilium, majorum civium et etiam Anglorum legatos, populi concione fuisse conclusum, accessuros detexit. Hinc nuncius fidelissimus gravissimis verbis in spem firmissimam lapsum suorum infortunii regis animum erexit, et ad meliora prosequenda quamplurimum excitavit. Fidicius unum animadvertit subsidium armorum ab Anglia in Northmaniam proxime transiturum; quamobrem ante ejus accessum in hoc negotio propere exsequendo solerti et exactissima diligentia opus erat; et quam instanter petit, facile[2] obtinet securitatem ad cives laturus. Sub inviolabili cujus protectione civitas, interna concepta lætitia, fide et sapientia spectatos viros in legationem properat; prius diserte

---

[1] *Inire*] Ire. A.B.

[2] *Facile*] Above the line in A.; in the text of B.

ostenso barbaris urbem varia calamitate oppressam et ne exinanita, ut miserrime alias, famis anxietate pereat, ejus saluti consulere extrema necessitas urget. Anglici vero, prospectata voluntate civium sibi infesta, metu territi et libidine urbem retinendi, diversi inter se agitantur; legatione enim petita populo concessa, urbem amittere summe verentur. Tandem commotio plebis formidolosa, hostibus arcto positis, vincit dominandi cupiditatem.

The citizens themselves apply to Charles.

135. Igitur venerandæ auctoritatis archipræsul et inquilini urbis excellentiores, necnon ex parte ducis de Sombresset transmissi quidam militia insigniti[1] aliique sanguine præclari, ad portum Sancti-Audoeni supra Secanam, a Pontis-Archa leuca distantem, profecti sunt, et inibi consultissimos regis Francorum legatos, strenuum comitem Dunensem, clarumque heroem de Trainel, Guillelmum Juvenalis, militem, Franciæ cancellarium, armisque instructum senescalum Pictavorum, et splendidam militum copiam speciosissimo bellorum ordine distinctam invenerunt. Utriusque regis prudentissimi legati super potentissimæ urbis compositione varium et diversum sermonem habuerunt. In diversam enim partem barbarorum et civium rapiuntur affectus; incolæ ut urbis propere regi Francorum deditio fiat, et hostes ut non dedatur simulate et dolis studio suis intendunt. Postremo Rothomagensis archipræsul et optimi cives, immensæ abolitionis oblatæ magnitudine victi, luce Martis sequenti cum legatis regis Francorum ditioni fideliter seorsum ab Anglicis se tradituros urbem pacti sunt; lege tractatui[2] apposita quod quicunque inquilinus in urbe et diœcesi moram eligens omnia possessa divina sive humana salva retenebit; recedens vero transfuga ad barbaros facultates secum apportabit.

The result of this arrangement.

136. Exinde legati regis Francorum ad Pontis-Archam, Anglici Rothomagum tendunt. Sed quia diei extremo

---

[1] *Insigniti*] Insignita. A.B.

[2] *Tractatui*] Tractatu. A.B.

ambaciatores Rothomagi venerunt, illo sero archipontifex populum alloqui, rem gestam relaturus, nequit; cæterum postera die Sabbati, decima octava Octobris, primo lucis exordio, idem archipresul opulentam regis Francorum affectionem, quam ad urbis utilitatem munificus gerit, et tractatum cum viris amplissimi concilii prolocutum succincte apud communem urbis ædem populo reserat. Relata enim universo populo gratissima nec minus jucunda et Anglicis infesta et tristia fuerunt. Cives autem universi protestantur cum clementissimo rege Francorum sincero mentis affectu veram et non simulatam pacem componere desiderant. Et ut res tam fœcunda celeri effectui demandetur, majoris auctoritatis Anglorum consensum precibus instanter requirunt, quem aperte infensa et subdola calliditas annuere non inficiatur; verum iram accensam, (ut se dissimulando vindicet,) tridui sibi dari petit inducias, ut quid in tam arduo negotio concludendum sit mature animadvertat. Non cruentum consilium sed crudelitatem exsequendi opportunitas deerat. Profecto sanguinolenta barbarorum intentio conclusum habuit universam urbem incendere, et omnes cives, nullo sexus et ætatis discrimine, infra triduum inopino ferro necare. Sed induciarum tempus anticipat Summæ Bonitatis providentia, quæ juste bellantibus favere solet et perversis facultatem intercipit. Deinceps hostes apprime indignati a populi concione recedentes,[1] pars in pontis arces, pars in validum castrum, pars in munitum palatium ab urbe seclusos suas vires recolligunt.

The citizens arm.

137. Extemplo gladiatorius furor civium sanguine dextras cruentari anhelans ferrum induit. Et ut per extrinsecum inimicorum gestum mentem accipiunt, cives consulti in adversam rabiem ocissime salutaria arma capescunt; tabulatis vicos patentes transversis impli-

---

[1] *Recedentes*] Cedentes. A.B.

cant, solaria[1] et excelsa loca saxis muniunt, Sabbati luce et nocte insomnes vigilias agunt. Valde enim infensi Anglici cives rationem petunt, ut eorum voluntatis dubii et incerti essent, quare tantam et adversus quos se muniendi operam adhibere compelluntur. At cives, velut barbarorum perversæ intentionis ignari, respondent: "Ubique laterum torvis hostibus confundimur, "ideo gladios nostros renes accingi et invasoribus "obstantem parari tutelam contingit, ut si in urbem "inimici nostræ vitæ, uxorum et fortunarum exploratores irrumpant, non[2] veluti pecudes misera clade "obruamur."

138. Improvisi ac impigri animi cives et ardentis desiderii ad regem Francorum dubiæ noctis crepusculo celerem nuncium destinant, qui nascente aurora Pontis-Archam ingressus attentius supplex regem orat ut accelerato itinere Rothomagensibus in hostes confligentibus arma succurentia ire jubeat, et in urbem magnanimi cives ipsum regem prospere triumphantem fideli obsequio introducent. Ac hora Dominicæ matutina, decima nona Octobris, gravissimo exorto tumultu in armis robusto et valido Marte, excelsa mœnia et munitissimas portarum arces contra barbaros atrocius repugnantes, strenue victores obtinent, eosque ab urbe dejectos in oppidum, in palatium, in pontis turres fugant. Egregia enim humanissimorum civium virtus, non ut furor civilis et seditiosa rabies in vindictæ flammam prosiliens, sed moderamine inculpatæ tutelæ pro bono urbis jure gentium in armis progressa, absque strage hominum infra amplissima urbis septa in ferocissimos hostes præclarissimum triumphum reportat.

The citizens rise against the English.

[1] *Solaria*] B. Salaria. A. | [2] *Non*] Ut non. A.B.

Capitulum Decimum et Quintum.

Qualiter cognita ab urbe hostium expulsione, comes Dunensis, senescalus Pictaviæ et baillivus Ebroicus propere Rothomagum tendunt, et ictu caballi ejusdem baillivi crus frangitur, appulsoque locumtenenti cives urbis claves tradunt, quas Petro de Breseyo, urbis capitaneo, recepto juramento, tradit. Postea turmæ bellorum apparato ordine militari civitatem intrant.

The French army hastens to the relief of Rouen;

139. Ut cognita ab urbe hostium expugnatio fuit, solertes comes Dunensis, senescalus Pictaviæ et baillivus Ebrocius non longe hospitati admissis equis incedentes, ut civibus in hostes dimicantibus auxilium ferant, volucri cursu Rothomagum petunt; verum idem baillivus, qui (propter vehementissimam itineris celeritatem, uti præclari belli gerendi ardentissimus erat), ocreas induere ferreas omisit, in arcto equitum celerrime incendentium caballi ictu calcitrantis crus frangitur. Vir strenuus latentem animi quam corporis apertam læsionem gravius tulit, propterea quod cruris fractio rem arduam pro patria gerendam dimittere cogebat, cujus auctores æternæ gloriæ et perennis famæ hæreditatem sibi et posteritati sua eximia virtute adipiscuntur. Hac ruptura armorum exercitii impotens turmam bellatorum a rege sibi creditam heroi de Malonido, ejus uxoris germano, ducendam tradidit, quamquam ægerrime ideo rebus præclaris abesset, et apud Pontis-Archam curandus lectica [1] defertur.

its reception,

140. Ad portam Martevillæ magnificus locumtenens comes cæterique bellorum duces cultu ornatissimo, visu hostibus formidabiles, civibus jucundas armatorum cohortes sistunt. Et reverenda cleri gravitas, splendi-

---

[1] *Lectica*] B. Letica. A.

daque nobilium magnificentia et matura civium circumspectio urbis claustra egressæ fronte hilari et animo læto claves urbis legatis offerunt; quas regio nomine acceptas prudentissimus locumtenens Petro de Breseio, strenuo militi, capitaneo a rege instituto, tradidit, et ab eodem fideli et sollerti studio custodiendi urbem sacramentum religionis exegit. Varium post sermonem cives confidentissimi omnibus una et cuilibet armatorum urbis amplissimæ liberum aditum offerunt; offerunt munifici penates atque refertas Baccho et Cerere penus; offerunt equis opima pabula. At locumtenens, uti moderatissimus erat, curialiter civibus gratulans liberalitatis amplæ oblationi temperate respondet: "Non ad nostrum, sed "liberum urbis arbitrium regis milites ejus claustra in-"troeunt. Nemini civium ingressum molestiam gravem[1] "afferre, sed in hostes opitulari venimus." Munifica civium voluntas et modesta beneficii oblati acceptatio animi utriusque partis stabilem confidentiam ingessit. Deinceps ut cohortes compositæ armorum fulgore decoratæ bifrontem civibus admirandam et hostibus fortaliciis intrusis ferocem ostentarent, locumtenens veteris disciplinæ traditionibus imbutus, apparato militari ordine magnificum turmarum ad urbem ingressum illustrat.

141. Tum Petrus de Breseio, bello acerrimus, unius cohortis centum lancearum conductor, primus adit; adornataque pari forma heros de Malonido, cui turmæ ballivi Ebroici directio committitur, urbis claustra secundus ingressus est. Cæterisque armatis, velut in ipsorum mentem venit, civitatem intrandi et ab ipsa libera redeundi facultas patet. Cives enim erga regem benevoli curiali cum omni liberalitate arma sequentes domi recipiunt, et absque gravamine receptionis infessæ sese continentes, introducti milites mutuam benignitatem, vicem hostibus impendunt. Et ut Anglici pontis cus- *and entry into the city.*

[1] *Gravem*] Om. C.

todes frontem armatorum leonino vultu ferociorem paratam cædem minantem viderunt, hac luce hora serotina perterriti turres invadibiles locumtenenti cedunt, quarum custodia fido domino de Harovilla tutanda deputatur.

Capitulum Decimum et Sextum.

Qualiter comperto urbem reductam inimici oppidani immoderata formidine territi Sanctæ-Katherinæ fortalicium locumtenenti reddunt; quibus recedentibus absque viatico occurens rex Karolus ad Montem-Santæ-Katherinæ cum maximo exercitu parato profecturus, eorum inopiæ compatiens centum libras erogare jussit. Infra cujus abbatiam per aliquod tempus residens, super regimine urbis ad se de novo reductæ multa et varia mature disponit.

Mont-S. Catherine surrenders to the French.

142. Postquam oppidani Montis sanctissimæ Katherinæ Rothomagum suæ genti adversari compertum habent, formidine immoderata territi ne insultu obruantur, regio locumtenenti oblatum fortalicium submittunt, nihil fortunarum præter vitam ab eo paciscuntur; quos, ut sunt expulsi, idem locumtenens cuidam nuntio publico armorum ad portum-Sancti-Audoeni ducendos deputat, ut inibi appulsi Secanam amnem transfretarent.

Charles relieves the wants of the English garrison,

143. Interea providissimus rex Karolus, hujus deditionis inscius, omne tormentorum genus et usui tractuum necessarium ad infestandum, ut arbitrabatur, præscriptum fortalicium ocius transvehi jussit. Et ut rex[1] piissimus cœptum iter ageret, in fronte barbaros expulsos obvios habuit, quibus inquit: "Manus continete ne quid a "vulgo accipere contingat, nisi quanti res erit justo "pretio satisfeceritis." At illi humi prostrati: "Nobis

---

[1] *Et ut rex*] Et ut cum rex. A.

"pauperrimis nulla est pecunia qua viaticum tenuissi-"mum empturi simus." Quo audito, interna et pietate divina motus equum gradientem sistit, et hostium inopiæ miserans centum libras ipsis in puram eleemosynam erogare fecit. Hostes vero, quod nunquam petere ausi fuissent, a piissimo rege beneficium accipiunt. O summam principis benignitatem, Patris rerum munificentiæ adæquandam, quæ miserias omnium amplectitur, gratos et liberalitatis acceptæ immemores, habito nullo discrimine, nutrit! Tuorum hostium, qui tot damnis et injuriis rempublicam et majestatem tuam indignissime afflixerunt, humanissimo affectu condoles et amplissimo beneficio subvenis et provides, ne scelerati prædones in vulgi facultates manus rapere assuetas laxent.

144. Apud Sanctæ-Katherinæ-Montem rex strenuissimus nocturnam quietem dies per aliquos moram elegit, et super regiminis dispositione urbis noviter redactæ quid statuendum sit, (quod est valde difficile et omni politia propter assueti regiminis mutationem periculosum,) cum principibus et peritis maturius consultat. Nam dum nova instituta populo feruntur, ad recentia statuta et principum præcepta observanda civium multitudo ex personarum diversitate et mox dissimilitudine collecta vix inducitur. Et quanto potentior urbs et majori populo conferta et diutius sub tyranno principe occupata existerit,[1] eo astutior cautela[2] et sagacius ingenium ad novi domini obedientiam novum vulgus retinendum eminet. Nec aliud beatius quam moderatum novi principis imperium, et in regiminis exordio a reductorum fortunis rectorum continentia in caritatis et fidei inviolatæ vinculo civium animos conciliabit; nec gravissimis tributis exasperanda sed humana benignitate mulcenda in primordio mutationis venit novitas.

and arranges for the government of the city.

---

[1] *Existerit*] Originally *exstiterit* in A.

[2] *Cautela*] Cautella. A.B.

Capitulum Decimum et Septimum.

Qualiter dux de Sombresset in extremo positus regem Karolum adit, supplex orans ut idem abolitione verbi indulta eidem duci et omnibus Angligenis uti concedat; quod tanquam injustum eidem denegat, indulgere affirmans nunquam ipsum ducem cæterosque Anglicos a fortaliciis se permittere recessuros donec Hanofluctum et cætera Caleti fortalicia per Anglicos occupata sibi restituerit. Et tandem infestissima obsidione compressi, fractis animis, sub certa forma promissionis et modo deditionis quinquaginta aureorum millibus Karolo solutis, pacto super fortalitiis restituendis interveniente. Et ob hoc heroe [de Talbot] in obsidem dato, a Rothomago a periculis eruti abscedunt, et in parte permissione non subsecuta, processu confecto, heros de Talbot prisonarius adjudicatur.

The request of the duke of Somerset.

145. Et cum dux Anglus de Sombresset tantum robur virtutis in ipsum protinus ruiturum et urbem ad suum principem reversam totis viribus Anglorum imperio adversari prospexit, immitem[1] Gallorum valitudinem formidans superbum ab ausu temerario animum depressit, et cum serenissimo rege Karolo se locuturum supplex orat; quod immensa Karoli benignitas libenti animo concessit. Idem princeps Anglus a Rothomagi palatio per regios armorum nuncios secure ductus apud dedicatum sanctissime virgini Katherinæ Montem, in amplissimo præsidentem suorum principum prælatorumque, inter quos urbis archipræsul erat (quod sibi summe displicuit), et cæterorum prudentum, regem Karolum adit., Et post barbari ducis impensum reverentiæ regi

---

[1] *Immitem*] Immittem. A.B.

cultum, quem humanissime et plus quam decet hostem Karolus recepit, Anglus immensa precum ope regem benignissimum orat ut ipse dux cum familia, ditissimus auri totius Angliæ, et heros de Talbot inter barbaros principes acerrimus, cæterique Anglia creti urbis fortalitiis inclusi, concessa civibus oblatione freti, tute abirent; quam velut injustam rex æquitissimus petitionem indulgere recusat.

146. "Profecto," inquit rex, "obstinata vestra pertinacia tractatum civibus initum et abolitionem indultam, dum fas fuit acceptare, et urbis fortalitia nostræ ditioni reddere, aspernata est. Imo in quantum vestra invaluit crudelitas armis sceleratis impugnavit ut benevoli in nostram majestatem cives concessionem seu formam indulti beneficii gratam non haberent, et non ut valvas urbis expeditas nostris principibus reserarent; et hodiernum in diem nostrum palatiam et castrum vestra protervia (quæ Gallorum invictam manum, si juberem, evadere non posset), nobis ægre gerentibus occupat. Quove ausu, quave fronte, vestra rogatio postulat nostram auctoritatem, pertinaci animo et sanguinolento ferro beneficio abolitionis impugnato, uti concessuram? Principis enim indulgentia, quam quis viribus efferatis impedire nisus est, jure nullo, ratione nulla, gaudere meretur. Dum tractatus abolitionis vestras personas, vestras facultates salvas amplecti posset, in ipsum ferocitas Anglica furentibus armis insanivit, et postquam ambæ indissolubili laqueo irretitæ preces inanes petunt ut saluti domitæ crudelitatis consulatur. O quam absurdum in abolitionis tractatu cruentum bellum excitare, et in cruento bello excitato abolitionis petere auxilium! Postquam fractio tractatus violati personas et res comprehendere jus non est, incassum a torvis ejus oppugnatoribus imploratur beneficium. Hoc propositum animo fixum gerimus, nullum vestrum a palatio et castro dimittere huc illuc recessurum, donec Haro-

Charles's answer.

" fluctum, necnon Honofluctum et singula Caleti fortalitia, per Angliæ regem usurpata, vestra pertinacia " armis perdomita nostræ majestati restauraverit."

The duke returns.

147. Et ut dux Anglus stabilem regis magnanimi sententiam nullis precibus flectendam intellexit, ultra petita prosequi non audet. Obtenta enim recessus licentia, per illustriores comites de Augo, de Claromonte, eumdem barbarum ducem Karolus rex æqui amantissimus securum in palatium reduci fecit. Et dum per urbem transitum ageret, populum hilari vultu Albam Crucem passim ferentem tristi corde et torvis oculis circumspexit, ac universam urbis faciem suo imperio adversam et in Anglorum exercitum inflammatam animadvertit. Ob hoc nimirum fuoris impetum Gallorum ad modum extimuit.

Charles orders the city to be assaulted,

148. Exinde veluti rex urbis expeditioni invigilans ducis inverecunda petitione lacessitus instantissimum fieri assultum imperat; acerrimus bellorum vigor circumvallans muro hærens appropinquat, et ab infra ferventissima civium animositas se custodem inibi exitum pugnaturam objectat. Ingentes enim terræ scissuras et aggeres tam in urbe quam rure circumquaque effodi, et tormenta hostium animos et palatii fundamentum motura, cubili opportuno adaptari impigre Karolus facit. Et cum paratissimus bellorum insultus ferro et fulmine fatificis indilate palatium petiturus ab hostibus videretur, in quo maxima hostium et rarissima victualium copia erat, nec armis, nec fuga, nec nisi cum Icaro per aerem volatu fatui elabi poterant, fractos hostium animos bellicus furor relinquit.

which thereupon surrenders, and upon what terms.

149. Cum igitur prætaxatus[1] dux barbarus et heros de Talbot in extremum agitati, spei defensionis et subsidii extorres, cum illustrissimi regis concilio super deditionis tractatu se velle compo-

[1] *Prætaxatus*] Prætextus. A.B.

sitionem habituros supplices obtestantur. Hac de causa bellorum inducias hinc inde annui placet, quæ de luce in lucem dierum duodecim intervallo prorogantur. Ideo belligerantes Anglici assentire recusant quod heros de Talbot, asperrimus bellorum ductor, a suis valde metuendus et summe dilectus, pro conventis obses regi traderetur; quod tamen postremo dura obsidione attriti ob ultimum salutis profugium annuere compelluntur. Et quamquam Karolus, rex piissimus, incredibili armorum potentia ducem de Sombresset, auro locupletissimum, uxorem, ejusque liberos cæterosque Angligenas fortalitiis circumventos vinculis captivos constringere posset, capti tamen ducis suorumque commilitonum libertatem compedibus et carcere coarctare, ut aurum extorqueat, principe magnifico indignum arbitrabatur. Hac pactione humanissima hostibus in palatio tanta compressione coacervatis, fæceque equorum et fœtore obvolutis quod vix respirant, et castro intercluso liberum aditum reserare censet, ut dux ipse liberique et alii obsessi, cum suis amplissimis fortunis, ad quemcumque partis adversæ locum[1] quem optare libuerit, securi profisci valeant. Hoc pactis inserto, quod dux Karolo regi forma solemni stipulanti ab obsidionis compede relaxatus, quinquaginta scutorum millia, et quidquid justo titulo cuilibet ipse dux et sui stipendiarii obnoxii debent; et cum hoc Arcarum, Monasterii-Villaris, Insulæ-Bonæ, Honnofluctus et Tancarvillæ fortalitia redditurum promisit. Et ut stabilior securitas promissis inesset, chirographum proprio sigillo roboratum et heroem de Talbot in vadem concedit; et pro ære civibus credito, comitis de Aurimonte filius, heros de Bequegny,[2] et ex domino de Ros et ducissa de Sombresset primogenitus, atque Thomæ Gouel,[3] Cæsarisburgi natus, obsedes Rothomagi detinentur. Hoc acto,

---

[1] *Locum*] Above the line in A.; in the text of B.

[2] *Bequegny*] Bequeqny. B.

[3] *Gouel*] Gauel. B.

dux, non absque gravi gemitu et lacrimis fluentibus, ab urbe insigniori cedens cæterique Anglici Harofluctum, exinde Cadomum proficiscuntur. Auctoritate vero ducis delegata freti Thomas Hou, miles, et Fulco Heton, Angligenæ, pacta fortalitia regi Francorum restauri procurant. Solus magister Curson temerarius promissionem irritat; nam capitaneus instanti præcepto requisitus Honofluctum dedere contemnit, et pactione ex integro non adimpleta, heros de Talbot obses, processu legitime confecto, regi Karolo prisonarius adjudicatur.

Capitulum Decimum et Octavum.

Qualiter dux Britanniæ, maximo suorum nobilium exercitu comparato, suam villam Fulgeris Francisco Arragoni decem millia solvendo contagione pestifera coactus, compositione facta, obsessam recuperavit.

Fougeres besieged by the duke of Bretagne,

150. Antea, et dum in Northmania dux strenuissimus bellum gereret, ejus germanus Petrus de Britania ad restringendum Fulgeris oppidanorum eruptionem, (qui crebris incursionibus, rebus tyrannide ablatis et colonis excruciatis, circumvicinos agros vastabant,) arcem armatorum plenam erexit. Exinde, bello incœpto in Northmania infecto, adversus hostes fratri opitulaturus Franciscus, clarissimus Britonum dux, nobilitate totius ducatus collecta, minus tamen in armis instructa, Fulgeris villam et castrum circumcingit; in quæ, propter saxeas colles paulisper surgentes, machinæ muros fulminaturæ vix adaptari possunt, nec invasoribus facilis patet accessus. Profecto per vallem inter montes extensam torrens quidam unum stagnum[1] implet, villæ introitum

[1] *Stagnum*] Stannum. A.B.

muniens; exinde labens alta castri fossata inundat. Hoc in rigido montis ascensu unicum vicum continens, hac rupe præcisa construitur; ex camporum parte villa densis et mœnibus solidis firmata tormentorum jactum inconcussa retrudit. Nec satis immanes machinæ ad conterendam tam solidam murorum constructuram ducis obsidionem adjuvabant. Tamen ex fulminibus qualiacumque præsto habuit, sæpius iteratis mœnia conquatit. Cohortes armatorum quædam infra fossarum aggeres stationem hospitalem injiciunt; et ex adverso conflictu oppidani Britonum insultus magna vi et exacta diligentia jaculis vibratis obtorquent.

151. Verum alius hostis capitalior, pestifer aer, partim ex obsidionis immunditia corruptus, Britonum exercitum lethaliter infestat; et plures contagiosa labe infecti, subito interitu animas exhalant. Inter quos nobilis heros Leonis, comitis de Rohan primogenitus, et familiarissimus ducis pincerna,[1] mensæ pocula prælibans, venenoso contagio repente exspirant. Unde tanta plaga nullo remedio nisi corrupti loci properata fuga curanda exercitum invasum dux et proceres perterriti obstupuerunt. Tum perplexus[2] vel Fulgeris expeditione infecta, vel cum hoste partim ad inimicorum libitum compositionem tractare anxius compellitur.

but, a pestilence breaking out among his troops,

152. Demum tanto malo circumventus satius arbitratur a crudis prædonibus suam villam redimere quam in publicam patriæ direptionem feris prædonibus cumulatam dimittere. Eapropter, ut a pestilentia suorum militum salutem præservet[3] et futuris ducatus incommodis consulat, dux proceribus humiliter obsecratus Arragoni intruso se daturum decem scutorum millia pollicetur. Et eo auro soluto, Franciscus duci villam et castrum tradit; et oppidani in vim deditionis equos, arma et fardellum pretiosis refertum secum afferunt.

he purchases it from Francis Surienne,

---

[1] *Pincerna*] Piscerna. A.B.

[2] *Perplexus*] Perplexius. A.B.

[3] *Præservet*] Originally *perseveret* in A.

who affirms that he took it by the authority of the English.

153. Et dum compositio ageretur a præclaris militibus, prætexto Francisco improperatur quod absque præcepto et principis auctoritate, non ut strenuus miles ducis belli jussibus obsequens, sed ut insignis latrunculus, prædomita rapiendi libidine ductus, fractis treugis villam Fulgeris furtim surreptam funditus expilasse[1] non formidavit; ideo omni honore et militari dignitate indignus, illustrium virorum monumentis non collocari, sed inscriptus matricula deleri ut infamis meretur. At ille inquit: "Nunquam tanta insania me secordem impulisset "tam potentem ducatum solum invasisse, ac personæ "et meorum commilitonum salutem, ferocissimam inter "gentem mortis periculis objectasse, nisi dux gubernacula "patriæ tenens et supremi domini regis conciliarii armis "Fulgeris pagum me invasurum jussissent. Nec in hac "villa vestros insultus feroces exspectaturus mansissem, "nisi rex Angliæ, patefactam captionem ratam habens, "urgenti obsidione mihi militare subsidium policitus "fuisset. Non verbo loquentis, sed majorum meorum "scriptis credite." Et hic executorias jussus ducis de Sombresset, magno regis Angliæ sigillo roboratas, et ejusdem regis ratihabitationis facti exsecuti et succursus promissi litteras authenticas ostendit.

Capitulum Decimum et Nonum.

De ingressu regis Karoli in suam urbem Rothomagi, et de immenso gloriosi triumphi honore per clerum et cives magnifice impenso.

Charles's entry into Rouen.

154. Rex Christianissimus Karolus religiosissima veneratione in cœnobio sanctissimæ virginis Katherinæ totius cœlestis urbis civium supernorum universalem celebrat solemnitatem, ac Summo radianti Trinitate, Domino

---

[1] *Expilasse*] Expillasse. A.B.

pro felicibus belli auspiciis[1] divinitus obtentis devotissimas agit gratias; non sibi certanti præclaræ victoriæ honorem, cæterum invictissimæ Dei virtuti ascribens, a Cujus supercœlesti imperio, et non ab altero, suum regnum, peculiare Christi patrimonium, perpetuo inviolatæ orthodoxæ fidei cultu tenere profitetur, subsidio e cœlo lapsuro, ejus reliqui usurpati partem, fractis hostium viribus, integritatem recuperaturus. Exactis enim ab insigne Rothomagi urbe barbaris, regiam majestatem egregie triumphantem ac victricem ejus militiam urbem ingressuram, a qua plus quam annis triginta exul dejecta fuit, pretiosissimis et arte laboratis indumentis, et decoris armis ornatam, refulgere decebat. Tum impensiori honorificentia, tum fideliori obsequio, tum majori formidine in posterum a civibus recepta excolenda erit; ac locupletissimo apparatu magnificos cives urbem decorare et ingresso principi thesauros copiosius effundere non inutile fuit. Tum exteriori divite cultu interior locuples animorum fidelitas, quam ad prosperos[2] regis successus jugiter gerunt, ostenditur. Tum opulentis elargitis muneribus principis captatur benevolentia, quæ veram principum ad populum caritatem comparat, quo nihil utilius.

155. Proinde Karolus, clarissimus triumphator, arma nitidissima superindutus, dextrario coopertura vili præfulgentibus liliis intexti speciosissime phalerato[3] incedens, Rothomagum, urbem fidelissimam, commertiis populoque refertam, ingenti cum lætitia hyemalis sanctissimi Martini vigilia ingreditur, illustrissimo Siculorum[4] rege dextra et magnifico Cenomanensi comite, ejus germano, læva, armorum fulgore aureisque bullis decoratis equitantibus. Ac cæteri principes, proceres, et verendus militum aliorumque armatorum

---

[1] *Auspiciis*] Hauspiciis. A.B.

[2] *Prosperos*] Originally *posteros* in A.

[3] *Phalerato*] Falerato. A.B.

[4] *Siculorum*] Ciculorum. A.B.

exercitus, ordine constructo distinctus, multa phalerarum locuplete, tum varietate quidam caballis, uno cristo purpureoque velamine, alii altero auri argentique fabricatura, arte mira expolita, comptis vecti promiscue antecedunt et honorifice regis celsitudinem sequuntur. Illic galearum conos cristis aureisque filorum tremulis lucidoribus sole, ardere videres; illic armorum præcones stemmatibus regum, ducum, procerum, nobiliumque distinctione colorum et rerum imaginum artificiose celatis, atque buccines opulente redimitos tam amplam illustrium virorum adesse multitudinem repræsentare et tam concinnam variorum classicorum harmoniam concrepare miraris. Ac insignem regiæ majestatis apicem tiara purpurea venuste trabeatum, quoddam pallium aureorum splendore liliorum illustratum, magnificis a quatuor civibus gravi et reverenti incessu delatum obnubit; et in celeberrimo regiæ celsitudinis aspectu, miles clarus, Guillelmus Juvenalis, ex patricio antiquæ casæ Urcinorum genere extractus, Franciæ cancellarius, regali prætexta decoratus præcedit. Ac quidam gradarius niveus fræno ductus antecedens, liliis pallio intextis relucens, in quadam non ampla cista, verum divite amictu circumdata, regalia sigilla præcipua vectura defert. Cætera vero imperialia excellentissimi triumphi insignia non desunt. Amplissimo enim suorum principum ac nobilium medio cœtu, gravi et splendido incessu progrediens, regia majestas, quo iter agit, vicos tapetibus extraneis et locupletibus aulæis, pulcherrimisque supellectibus honestissime velatos implet. Summe desiderato regis adventu, triduo omni opere remisso, universa urbis facies exhilarata plausu diverso summe jucundatur. Turbæ enim impuberum innocentiumque lætitantes, nullo mortalium impellente, ut Christus adesset, laxa et voce canora nova[1] regis novi ingressus cantica clamando, "Noel!" concinunt; læta pubertas

[1] *Nova*] Above the line in A.; in the text of B.

varia ludicra tantæ majestatis præsentia non indigna seriose interserit. Hoc unum præpolitum cervi volantis fictitium similacrum, (ut ars cum natura quantum contendere posset, vivum crederes,) ab æthere delabens coronam regiæ majestati flexis genibus reverenter offert. Alii vero cives ævo maturiores, uniformi divite et perpulchro distincti habitu, regiæ majestati supplices occurrunt, humillimum reverentiæ cultum impendentes. Hoc acto, devotissimi cives traditione clavium urbis opulentissimæ regem quietum constituunt possessorem, quas manu grata acceptas, Pictavorum senescallo, urbis capitaneo, egregio militi, regendas committit.

156. Vir præstantissimus Rothomagi archipræsul, nonnulli suffraganei episcopi, abbates, ac viri ecclesiastici, varia dignitate præditi, magno in numero, matura cum veneratione regis celsitudini obviant; obsequio enim more gravi libato honoris ipsum suscepturus archipræsul ad matricem ecclesiam regredi properat. Exinde universus urbis clerus cum devota celebritate cœlestibus hymnis exultans ac sacras sanctorum reliquias, cruces Christi triumphantis insignia deferens, religiose obviam procedit. Et cum ad templum, dulci harmonia diversorum canticorum non intermissa, perventum fuerit, pedestrem regiam majestatem infra sanctissimæ Virginis Mariæ basilicam idem ecclesiæ princeps, archipræsul, tamen super privilegiis sacrosanctis ecclesiis indultis illibate in posterum observandis juramento prius præstito, honorifice introduxit. Votis ardentibus et voce jucunda cleri universitas Deum, qui suæ pacis e cœlo lapsæ principem restituit, immortalem certatim laudant. Expulsis enim hostibus sub Karoleæ majestatis ditione, plena securitate, urbe potita, summe Omnipotenti cives gratulantur. Nam trepidi et solliciti de expulsionis ambiguo hostium eventu, nunc rege suscepto incredibili perfusi gaudio fidelium lætantur animi; nunc mixtis ingenti cum lætitia lacrimis nuper anxio luctu confecti, modo tersi civium rident oculi. Et ut ætheris serenitas jucun-

ditatis inferioris non sit expers campanæ, una certans superare aliam, plausu inaudito longe late summum exhilarant aerem. Sacrificio laudum et devotæ orationis celebrato, regia majestas in archiepiscopi palatium sese hospitandam confert.

157. Postero Martis die ab universitate urbis, cleri et civium, ut Deo regratietur, solemnes processiones devotissimo cultu celebrantur. Ubique faces publice accensæ tanto fulgore coruscant quod nedum universam urbis faciem, sed etiam prata, agros et montes circumquaque vicinos solis non impari claritate perfundunt. Illic citharœdus, illic tympanista[1] ab omni solitudine harmonia melliflua vacuas replet aures, jucundos pariter et animos. Ubique civitas venuste exultans ludos et choreas agit. Ubique mensæ propatulo vesci volentibus exositæ variis pepularum ferculis lautissime cumulantur. Ubique varia generosi Bacchi effunduntur pocula. Et quamquam honor regius et sublimis dignitatis altitudo fuit clara, semper fuit singulari studio veneranda. Attamen hæc omnia Northmanis sunt illustriora, et nunc restituta ardentiori obsequio cariora complectuntur, quam si atris bellorum nebulis obscurata et hostili violentia subtracta nunquam fuissent. Utique recuperata bona valetudo plus voluptatis affert et his jucundior est[2] qui a gravi morbo sani resipiscunt, quam qui nunquam diurna ægritudine vexati languerunt. Non aliter regia majestas visu Normanorum sublata carendo desiderata magis quam oculis conspecta, assidue fruenda delectat.

The author's reflections upon the happy event.

158. Sequenti vero luce locupletissimo apparatu regia majestas solio sublimata sese devotissimo populo palam exhibuit, cui magnifici cives opulenta et maxima auri munera ac multa officiariis largiuntur. Deinceps clerus

---

[1] *Tympanista*] Tympanistra. A. B.

[2] *Est*] Added in the margin of A. upon revision. In the text of B.

et omnis urbis status ad regiam majestatem singulas orationes, verborum venustate redimitas et sententiarum gravitate fœcundas, distinctas habuerunt. Et quamquam diverso stilo confectæ fuerint, verumtamen una earum mens regiam majestatem accuratius exhortari intendit, ut non solerti hominum industria et instructa militum fortitudine præsumat, cæterum e cœlesti Numine perpulchrum palmæ triumphum consecuta profiteatur. Nempe mortales alterius imperii, cupida dominandi libidine, vel aliqua animi ægritudine impulsi, ferro acerbissima inter se prœlia agunt; verum Deus armipotens exercituum Dominus et bellatorum Director, Cui quando et quoties vult, magna cum gloria et summo honore, insperatam victoriam confert. Immensum enim et infinitum est quod hæc civitas obnoxia Deo immortali debet. Qui præter omnium hominum spem urbi sub asperrimo servitutis jugo tritæ majestatem æqui amatricem et majestati expulsæ ab hostibus liberam absque cruore effuso et sine prædæ exitio reddidit. Hæc præclara victoria, hic excellens triumphus, non ab humanis viribus, sed a cœli virtute lapsus, hanc locupletat, hanc decorat urbem. Profecto tanta Dei beneficiorum magnitudo in nos cives relucet, quod non solum omnis calamitatis tenebras detersisse, verum etiam cœlesti trophæo[1] et majestatis splendore assistentis pristinum decorem et dignitatem auxisse et illustrasse videatur. Quales igitur gratiarum actiones Ei referentur, qui sua piissima miseratione primo corda civium hostili potestate subactorum ad suum supremum principem ab urbe dejectum convertit! Exinde flamma in amorem regiæ majestatis accendens desiderium, tantam animi audaciam, tantam corporis fortitudinem infudit, quod cives inter hostium pressuras in ferocissimos et armis exercitatissimos satellites pro domino absente ferrum assumunt, ac ipsos intrusos propulsando absque strage intra mœnium

[1] *Trophæo*] A.B. Originally *triumpho* in B.

claustra humanissimo triumpho potiuntur. Zelo enim reipublicæ, si pro belli gloria victorum animos insolentia non extollat, si in hostes expellendos felix inceptus armorum labor perseveret, divina equidem Summi perseverabunt beneficia, Qui nihil frustra incœpit, nec opus novit imperfectum, nec recte certantibus pro republica subtrahit auxilium, sed justo bello virilius instantes facit palmarios. Hunc et reliquum sudorem regiam majestatem, Divinæ virtutis imitatricem, æquo animo cives debere pati ostentant, dum pro tam necessaria, tam salutari belli[1] expeditione, et pro consummata victoria obtinenda certet; qua captivis libertatem, profugis patriam, et omnibus clade bellorum afflictis pacem adlatura sit. Et e contra si remissus ignave armorum labor prospere incedens acrius non prosequatur, cives ostendunt Deum pusillanimitati et secordiæ infestum et affore iratum; et ubi sedulo justis armis belligerantibus secunde aspiraret, ignavis et remissis sors belli indignata adversatur, ac cœlesti indignatione concitus furor barbarorum lethifer a castris occupatis prorumpens, ira leæ cui fœtus aufertur ferocior raptu, flamma, ferro in patriam a sua ditione defertam sæviet. Et nedum vastabit agros, comburet domos, rapiet armenta, colonos necabit, conflagrabit templa, verum utriusque sexus non solum adultos, sed impuberes materno ubere lactentes, uti obviabit, sanguinolentus gladius confodiet, et inhumana puerorum strage in miserrimos parentes funestus tyrannus sese vindicabit. Ne igitur ista nefanda per sceleratissimos tyrannos patriæ incendio et cruore hominum exhausto efferatam crudelitatem saturantes, in ultimum reipublicæ exterminium perpetrentur,[2] bello accelerato intercludendum est. Ad hanc rem tam salutarem regiæ majestati cives arma a thesauros offerunt.[3]

[1] *Belli*] Above the line in A.; in the text of B.

[2] *Perpetrentur*] Perpetrantur. A.B.

[3] *Offerunt*] The chapter here ends on the middle of a page in A., the rest of which and the whole of the following leaf are left blank.

Capitulum Vigesimum.

Qualiter rex Karolus ab urbe recedens in villa Monastarii-Villaris profectus, per comites Dunensem, de Claromonte, de Augo, et Nivernensem, Harofluctum obsideri jussit, ac mille et quingentis armis exercitatis depulsis, asperrima obsidione mense Januario constricta, in sui obedientiam recepit. Qualiter illa tempestate comes de Fuscis castrum Jacentium obsidens tria millia Anglorum oppidanis succurentia, mille et ducentis interfectis, strenue devicit, exinde ipsum castrum et plusquam quindecim alia fortalitia in patria Beonæ sub regis Karoli imperio reduxit.

159. Post tam jucundam et magnificam receptionem, rebus in urbe compositis, præclarus triumphator ab hac recedens, armis insuper ornatus, veste auro micante, ad Monasterium-Villare proficiscitur, non longe ab Harofluctus fortalitio. Illustres enim omnes principes regiam majestatem comitantes maximo luxu et pretioso cultu incedebant. Et præcipue exquisito et divite apparatu comes Sancti-Pauli, cujus superba equi phalera non minori pretio valere quam viginti scutorum auri millia æstimabatur. Ubi rex,[1] cum ingenti honorificentia receptus fuerit, per inclitos Dunensem, de Augo, de Claromonte, Nivernensem, cæterosque bellorum duces, Harofluctum properatis armis obsideri jubet; quamquam temporis hiberni sævitia et loci asperitate, insuper barbarorum multitudine tutatum, nec circumcingi nec capi vulgo arbitrabatur.

The siege of Harfleur decided upon.

160. Nempe hoc fortalitium, natura et arte munitissimum, in amplo Secanæ amnis nare aquas in pelagus vomenti constructum, invasoribus non facilem

The progress and success of the siege.

[1] *Rex*] Above the line in A.; in the text of B.

permittit accessum; quod tunc mille et quingenti utique viri armis instructi atrociter defendebant. Tunc frigore Decembris sæviente, nunc glacie trita, nunc grandine globata, nunc crebro nimbo insurgenti, nec ulla arbor, nec domus ulla obsidentes tegens maritimorum rabiem ventorum refrænebat. Et si milites Galli speluncas struerent, ut se ab Aquilonis turbine et hostium telis protegerent, fere in qualibet fovea maris unda abunde scaturiebat. Cæterum obsidentium magnanimitas et firma spes præclarum consequendi triumphum aspera omnia facile vincit. Tum alacres Galli frigorum patientes tuguria parvo stramine aut tenui myrice cooperta erigunt; tum evacuant antra, quibus aliquando se recipiunt; tum terræ scissuras et iter subterraneum in murorum aggerem exiturum componunt. Postremo crebris fulminibus repetita tormentorum improbitas fortalitii mœnia et clausorum animos a pede in verticem labefactat. Et deinceps mille et quingenti barbarorum ad hostium repulsionem asperrime pugnantes, obsidionis acerbitate victi, Francorum regi Harofluctum aperiunt; et retenta rerum facultate et corporibus a captivitate exemptis, pars hostium in Northmania moratur, pars in Angliam navigat. Harofluctus enim reductione Karolus rex fortalitii prævalidi et portus maris ad classem Angliæ recipiendum late patentis, non impari gaudio afficitur quam rex Henricus hostis, illo fera obsidione subacto, in Nordmaniam diripiendam primum ingressum ministranti elatius exiliit. Et ne frigore Januario inerti acer bellatorum vigor tepescat, acies versus Rothomagum retorquet, ut ad cætera castra ferro vendicanda citra Secanam transducat; et se rex Karolus in abbatiam de Jumieges, a Rothomago quinque leucis distantem, confert.

Successes of the French in Gascony.

161. Illa hiberna tempestate nedum in Nordmania, verum in Vasconia, aspera bella geruntur. Nempe armipotens comes de Fuccis in belli expeditionem advocat castrum Jacentium, fortissimum ab urbe Beona quatuor

leucis situm, valida obsidione circumvallat. Hoc enim Anglicis comperto, tria pugnatorum millia impigre arma sumunt, quorum Navarræ connestabularius, Beonæ major et Georgius Solithon intempesta nocte supra quoddam flumen Beonam labens se in naves concedunt; et ut obsessis navigio succurant, non longe a castro Gallis circumdato terra potiuntur. Cæterum in Anglorum descensus parum feliciter processit. Nam per exploratores patefacto eorum eventu, Galli obsessores in appulsos hostes tam acri et aspero congressu ex improviso ruunt, quod primo conflictu Anglici fusi Gallis campum cedunt, et immoderata formidine perculsi fœda fuga naves recuperant; sed non omnes. Profecto mille Anglorum et ducenti, tam cæsi quam capti, ad suos non revertuntur. Et cum Georgius Solithon suorum lapsum irreparabilem videret, arbitrans ne rates intrare posset, in eminenti periculo consultus, audacia non improbanda per medium obsidionis consertæ ruens, cum septaginta lanceis cuspide prætenta infra castri antemurale tunc temporis se salvum fecit. Postea secum animadvertens a suis casu adverso pavefactis[1] nullum subsidium consecuturum, cum sua turma in nocte silenti recessit, urbem Beonam, ut æstimabat, recuperaturus. Porro bastardus de Fuccis hunc recessum detectum habuit. Deinceps prædæ avidus cum omni impetu equitans Georgium assequitur, et hunc assecutum et majorem suorum partem vinculis astrinxit. Postera enim luce obsessum castrum et plusquam quindecim alia fortalitia terrore subjugata regis Francorum obedientiam cognoscunt. Et exinde victor comes de Fuccis et sui exercitus proprios lares repetunt.

[1] *Pavefactis*] Pavefactus. A.B.

Capitulum Unum et Vicesimum.

Qualiter Galli bellorum principes, rigente frigoris hiemalis algore, acerbissima obsidione Honnofluctum per magistrum Oursonem asperrime defensum, prævalidum fortalitium marinum egregie expugnant.

Siege of Honfleur,

162. Et cum prospera armorum fortuna bellanti petitum serenet iter, nihil principi utilius quam rejecta mollitie et animi torpore incœptam acriori studio prosequi expeditionem, nec molesta algoris intemperie hanc interrumpere, si reipublicæ impendens urgeat necessitas. Nam duo fortalitia in maris situ priscorum providentia constructa, natura et artificio munitissima, ad quem Secana defluit, Harofluctus ex latere Caleti et Honofluctus ex altero, ut buccam Secanæ duarum leucarum hiantem ab ingressu hostili tutantur, ne classis inimica in Rothomagi urbem subducatur. Hostibus vero a Harofluctu exactis nihilominus Honnofluctus navalem latum et securum descensum ministrat, et gravi impedimento est ne victualium et mercaturarum vectura Rothomagum potentem urbem navigio feratur. Quamobrem, usu publico impellente, rex Karolus providis bellorum ducibus consultus, perutile et necessarium censuit Honnofluctum crebra et infesta obsidionis acerbitate ab hostibus eripiendum antequam pelagus turbulentum, sedata hiemali tempestate, Anglicis navigandi in altum afferat securitatem. Et ecce alacres bellatorum principes jussi, algore hiberno contempto et sævientis Boreæ despecta inclementia, decima septima Januarii acerrimo insultu Honnofluctum circumveniunt. Et ex adverso magister Curson, ferox Anglus et pervigil castri custos, primum Gallorum impetum ausu inconsulto temerarie aspernatur. Nam acrius invasoribus occurrens, priusquam trecentorum manus ferocium præsidio insultus fortalitium alta pelagi unda circumdatum, infra

cujus septum naves succursum valent afferre, velut inexpugnabile in omnes tenere et tutari arbitratur. Cæterum ineluctabile tormentorum fulmen elatum ejus animum domat. Mirabile enim! in cæmento[1] et calce compactum a fundamento in propugnacula tremefacit. Horrenda fulgura per incredibilem aerem clausis terrorem mortis exsanguem inferunt. Galli equidem obsessores terræ scissura fossa admodum et muris hostilibus approximant. Postremo cum magister Curson undique mortifere petitus intolerabilem plus quam credibile est Gallorum sentiret obsidionem, ingenti metu ab audacia depressus, Honnofluctum componit; si non Anglici armis invasi in Gallos certa luce campo publico dimicent, Honnofluctum decima octava Februarii Francorum regi daturum jurata fide se astringit, et ad firmiorem securitatem tradit obsides.

163. Interea fortalitium tam munitum facilem et satis proximum portum Anglicis ministrans, Galli, nunquam absque duro conflictu hostes a sua ditione eripi permissuros arbitrantes, locum ad pugnam idoneum præparant. Sed dux de Sombresset, quamquam amissionem Honnofluctus suæ parti admodum perniciosam putaret, attamen obsessis nullum succursum tulit. Nam etsi burgensibus Cadomum liberum et Anglicis destitutum relinqueret, ipsius obedientiam se perditurum æstimabat, et eum redeuntem non recipi arbitrabatur. Et ob hoc præscriptus magister Curson, licet deditionem ægro animo ferret, pacta luce Honnofluctum Gallis relinquit. which surrenders.

164. In obsidione Reginaldus Guillermus de Bourgueignem, Montis-Argi baillivus, colubrinæ fulmine extremum clausit diem; cujus transitum quamplurimi tristi animo tulerunt; nam quamvis rapax vir, tamen acerrimus pro regni tuitione in hostes quamplurima egregia gessit.

[1] *Cæmento*] Scementi. A.B.

Capitulum Vigesimum Secundum.

Qualiter dux Alanconii dira obsidione, hoste in campo publico constanti animo ad conflictum publicum exspectato, a municipio et castro Bellismi ducentos Anglos sua castrensia afferentes expulit. Et qualiter Andreas Trolot[1] *et Jaquelinus Wasquin, duo omnium crudelissimi quos nutrit Normania, pro redemptione Montis-fortis, sui capitanei, decem millia scutorum impendentes et regi Karolo Freneacum fera obsidione circumdatum reddunt.*

Further success of the French.

165. Et dum circa maris littus ista prœlia aguntur, versus meridiem illustris dux Allanconii belligerans, municipium et Bellismi castrum undique obsessum molestat acerbe. Postremo oppidani mole insultus oppressi, ambo duci cedere promittunt, nisi[2] dux ab Anglicis campo publico [non][3] expugnaretur. Et quamquam pauca bellatorum multitudo sibi adesset, dux magnanimus conflictum exspectaturus in campo arma indutus stationem constantem sistit, donec hora pugnæ deditioni inserta foret elapsa. Hæc constantia ingenti audaciæ et honori summo duci ascribitur. Ducentis enim barbaris sub Matthæo Goth belligerantibus cum castrensi peculio abeuntibus, suam Bellismi villam et castrum idem dux lætitans recepit.

166. Diebus enim illis defluentibus, serenissimus rex Karolus in abbatia de Gretain hospes, a quatuor milliaribus fortalitio Honnofluctus vicina, recedens Essiacum petit. Et per suos exercitatissimos bellorum duces Fresneacum dura obsidione molestari jubet; cujus Andreas Trolot et Jaquelinus Wasquin, duo superbissimi et teterrimi omnium prædam sequentium quos sustinet Nordmania, insomnem tutandi curam cum quingentis truculentissi-

---

[1] *Trolot*] Trollot. B.
[2] *Nisi*] Si. B.
[3] *Non*] The insertion of this word is necessary to preserve the sense.

mis satellitibus gerunt. Et dum acies Gallorum ipsos invasuras adesse sentiunt, a tanta furia ebulliente feroces tabescunt animi; et non manu, sed tali deditionis pacto se salvos faciunt, quod cum oppidi restitutione decem auri scutorum millia Gallis impendunt, et eorum capitaneus Montisfortis, magnusque rege Anglico Nordmaniæ thesaurarius in Pontulomaris captus a carceribus extractus liberatur, et ipsi oppidani a compedibus obsidionis eruti vicesima secunda Martii Falesiam et Cadomum tristes abeunt.

INCIPIT LIBER QUARTUS.

CAPITULUM PRIMUM.

De succursu quinque millium pugnatorum ab Anglia transmisso in quodam portu juxta Cæsaris-Burgum appulso. Qualiter Thomas Kyriel succursus director et alii oppidorum Constantini custodes, non obstante ducis de Sombresset mandato, se primo fortalitia a Gallis occupata recuperaturos concludunt. Et qualiter die Veneris ante in Ramis Palmarum dominica Vallonias obsidere[1] *et populum Christi Passionis cultorem infestare et templa deprædari cœpit.*

167. CUM prosperis bellorum successibus incensa Gallorum strenuitas nullo æstivo ardore, nullo frigore hiberno, nulla mortis formidine reprimenda, armis infestissimis coarctaret, ut ad invictissimum regem Karolum se et castra ab ipsis occupata dedant; aut cum Gallis assiduo insultu persistentibus campestre certamen inire coguntur. Verum cum tanta usurpandi aliena cupiditas barbarorum animos alliciat ut nullam, quamquam tenue, Succours arrive from England,

---

[1] *Obsidere*] Obsidione. A.B.

oppidum restaurare absque gravi conflictu vellent, nec eorum vires ad pugnam cum incredibili Gallorum alacritate gerendam suppeterent. Tum Anglici in arcto positi a plaga Northmaniæ superioris Constantinoque fugati, et castris maritimis recepti, necnon oppidorum, maxime Cæsaris-Burgi et Sancti-Salvatoris, custodes in Angliam ad regem nuncios plenius instructos transmittunt attente rogaturos ut, mora posthabita, velut ingens necessitas urgebat, ad Gallorum invasioni occurrendum in Franciam acceleratum militare subsidium delegaret. Paucis enim diebus interjectis, numerosa classe ab omni parte collecta, Thomas Kyriel, in armis expertus miles ac in parte regis vicegerens, quinque millium armatorum ductor, pelagus sulcans renitenti velis Austro ad quemdam portum juxta Cæsaris-Burgum rates Anglicas subduxit. Quorum appulsu comperto, dux de Sombresset, tunc Cadomum tenens, gaudio non mediocri exultans fertur dixisse, ut a fide digno relatum habui; "O Karole! Karole! vos venas nostras acri "venatu constrinxistis, sed nunc vestras acerbiori con- "stringam." Profecto ille dux, Angliæ subsidio fretus,[1] regem Karolum dira obsidione clausum, vel in ipsum campo aperto confligere, in elata mente habuit, quod jactatu temerario successit adversum. Confestim turribus onustis machinas cæteraque usui bellorum accommodata præparat, ut quam primum omnia castra sub Karoli ditione redacta Cadomo vicina armis infestis recuperet, et rem ad istam conficiendam succursum ab Anglia missum curato itinere Cadomum transmeare præcipit.

which besiege Valognes.

168. Cæterum Thomas Kyriel subsidii armorum rector, a baillivo Constantini Anglo persuasus, cæterique capitanei, mandatum ducis non acceptum ferunt.[2] Nam Gallorum munitiones fortalitiorum Sancti-Laudi, Carentonii et Pontis-Ouue patriarum arces, a Constantino in

---

[1] *Fretus*] Freturus. A.B.
[2] *Ferunt*] Originally in A. Acceptum non ferunt.

Belciacum Anglæ genti liberum transitum obstruunt, et eidem tributa exigendi facultatem adimunt. Gallis vero intrusis exactis Constantinum et Belciacum ditioni Anglæ reunita armis, commeatu et stipendio belli usui opulente auxiliari putantur; quæ si adversa dimittantur, non modica Anglicis obsidionibus dispendia sunt allatura. His et aliis persuasionibus[1] ducta, in die Veneris ante in Ramis Palmarum dominica Anglica gens indevota, crudelissima obsidione Vallonias et populum Christi Passionis cultorem super commissis pœnitentiam agentem infestare, templa deprædari et donaria sacra rapere cœpit. Sacrilega vero manus calices ad summum sacramentorum mysterium consecrandum dedicatos frangit, et fragmina eorum minuta in lodices sanguinolentos abscondit, et corporalia pretiosissimi Christi Corporis sepulchrum quidam[2] in usum camisiarum profanat; alius ex sacris linteaminibus vel sceleratum pectus aut caput impium tegit. Inauditum sacrilegium et horrendum in ecclesia de Yvetot perpetratur. Devotissimam crucifixi imaginem, ne infra ejus viscera thesaurus absconderetur, gens ex raptu vivere consueta suspectam habet, et protinus ob insanam rapiendi libidinem statuam Christi in frusta lacerat. Rabies enim Anglica sacri temporis Virginis Nati Passionis tranquillitatem[3] conturbare non formidat. Et dum a commissis secreta confessione recollectis mortalium animæ purgari jubentur, ferro conscientiæ studio vacantem hominum communitatem dispargit; quemdam vinclis astringit, gladio perfodit alium. Omnes enim tanto furore turbati a templis diffugiunt, æternæ salutis ministros relinquunt. Templa sacerdote et populo vacant; hic in antro, ille palude territus latitat. Proprius curatus per vastas solitudines subditum perfugium quærit. In dumis reperto sacra-

[1] *Persuasionibus*] Added between the lines upon revision in A. In the text of B.

[2] *Quidam*] Quidem. A.B.

[3] *Tranquillitatem*] Transquillitatem. A.B.

mentum pœnitentiæ confert; in sacra æde aliena sibi accommodata Eucharistiam profugo ministrat.

Capitulum Secundum.

Qualiter dux de Sombresset ad obsidionem Valoniarum roborandum duo virorum armis præstantium millia mature transmisit. Qualiter ab Anglicis possessoribus egregie, et ab oppidanis mortifere certatum est. Qualiter rex Karolus, intellecta Anglorum invasione, comitem de Claromonte, suum generum, quingentis armorum lanceis in Constantino militantibus succurrendum celeriter transmisit. Qualiter Abel Rouault, succursu a comite de Claromonte et aliis bellorum ducibus non secuto, oppidum Valloniarum diu et strenue defensum Anglicis reddit. Qualiter castro Valloniarum subacto, Anglici Sepis fortalitium se expugnaturos concluserunt, sed mutato consilio utilius in Belciarum acies fore transducendas et cum adjunctione armatorum ducis de Sombresset a fortalitiis Sancti-Laudi et Carentonii Gallos consent expellendos.

The duke of Somerset strengthens the attack upon Valognes.

169. Cum dux de Sombresset certum haberet exercitum uti mandaverat quamprimum Cadomum non accessurum, sed munitiones adversas Gallorum a Constantino propellendas operam militarem daturum, ad obsidionem Valloniarum corroborandum et vires pugnatorum augendas duo virorum armis præstantium millia mature transmisit; quorum magister Ver, comitis Oxonfordiæ germanus, ex Cadomi, Mathæus Goth ex Baiocarum, et Henricus Northbery, ex Viriæ præsidiis assumptorum, ductores erant. Non iste vocatus magister Ver alicujus præclaræ artis professor existit, sed (ut accepi) mos Anglorum inolevit ex præclaro et potenti genere postnatos nominare Magistros; namque forsan aliorum ex

sanguine minori procreatorum in bello magistri et ductores efficiuntur.

170. Exercitus iste non absque maximo vitæ discrimine per vada Sancti-Clementis in Constantinum profectus est; nam tria flumina ex latitudine per duas leucas arenosam planitiem et alveum extendunt,[1] quæ inibi in oceanum merguntur. Haud in istis vadis securus[2] nisi in arctissimo loco transitus patet, nec in dextram nec in lævam, quin arenosa palustris tremula statim absorbeat errantem; declinare fas est. Huic exercitui armati Galli, quorum maxima Carentonii copia erat, facile (velut opinio vulgi fixum tenet) in Constantini septum aditum præpedisset si adversa gessisset arma; et ob hanc rem, et potissime propter secretum colloquium[3] quod Anglici quidam pridie Carentonium transeuntes cum nonnullis majoribus nostris habuere, sinistrum murmur et vehemens factionis suspicio in vulgus decurrit. Exercitus enim in Constantino ductus juxta maris littus iter agens passim omnes populi fortunas diripit. Postquam eo venit, cum aliis obsessoribus junctus; acri insultu, crebro machinarum fulmine et viis subterraneis Vallonias infestat. Et ex adverso Abel Rouault, ex Pictavia oriundus, bello strenuus, castri custos, et sui commilitones virili animo et corpore robusto invasoribus resistunt. Ab utraque parti egregie et ab oppidanis lethifere pugnatum est; nam (ut ab incolis accepi) dura castri repulsio fere quingentos Anglos extinxit.

Although Charles reinforces the French, yet the town surrenders.

171. Rex enim Karolus, calamitate patriæ per communitatis Sancti-Laudi nuncios intellecta, ut furor Anglicus [divina][4] et humana jura sacro tempore turbabat, strenuissimum Clarimontis comitem, suum gene-

---

[1] *Extendunt*] Extendit. A. The word is omitted in B.

[2] *Securus*] Securi. A.B.

[3] *Colloquium*] Originally *consilium* in A.

[4] *Divina*] Supplied to complete the sense.

rum, quingentorum lanceatorum ductorem, ad invasionem Anglorum refrænandam maturare jubet; cui,[1] ut Carentonii accessit, heros de Radiis et de Coitivi, belli navalis dux, cæterique castrorum custodes, et redacta sub regis obedientia patriæ nobilitas, multa in copia armatorum conveniunt. Et quamquam strenuus comes animo juvenili ardesceret hostes ab obsidione armis illatis propulsare, attamen cognita eorum ineluctabili munitione, non inibi expugnandos viri armis experti statuunt. Postremo Abel Rouault ac oppidani, quibus nemo succursurus ivit, eo pacto Anglicis Valloniarum castrum diu oppugnatum cessit, quod Gallica gens belligerans equos, arma et quæcunque etiam bellorum usui comparata liberius apportabunt, et burgenses universorum quieti manebunt possessores. Verum Anglica rapacitas, fraude innata promissorum violatrix, contra deditionis legem ab hominum visu Gallos seorsum repertos a concessis deferri nudare non erubescunt. Castro enim Valloniarum occupato, Anglicis in mentem venit deinceps Sepis-Putei fortalitium expugnandum; cæterum mutato consilio censent utilius exercitum a Constantino in Belciacum fore transducendum, ut armorum residuo ducis de Sombresset freti, a Sancto-Laudo, Carentonio Gallos militantes acrius propellant, qui a patria Constantini in aliam transitum intercipiunt.

---

[1] *Cui*] Qui. A.B.

Capitulum Tertium.

Qualiter comes de Claromonte, itinere hostium et modo acies educendi explorato, a viris prudentissimis consultus variis ex causis in transitum vadorum se hostes non aggressurum deliberatum habuit. Qualiter Priandus de Coytivi, egregiis et validis rationibus in conflictu publico cum hostibus, præsertim in Constantino, non fore decertandum, sed castra copiis armatorum muniri et per turmas hostes debere expugnari persuadet.

172. Denique, ubi egregius comes de Claromonte modum educendi hostium acies et itinera explorare fecit, a viris prudentissimis consultus deliberatum habuit in vadorum transitu hostes aggredi non oportere, cum locus aquosus equestri bello non aptus, imo periculosissimus existit. Tum quamplurimi captivi per Anglos vinclis ducti transitu submergi possent; tum Franciæ connestabularius Constantiis absens conficiendam ad pugnam, ut tam arduum negotium postulat, exspectandus erat. Heros enim de Coitivi, navalis bellorum princeps, hanc sententiam secutus dissuadet cum hoste,[1] potissime in Constantino, fore decertandum. "Fortuna enim anceps "bellorum nobis valde est timenda. Retroactis con-"flictibus major duplo Gallorum potentia nunquam cam-"pestri pugna Anglorum vires superare commemoratur. "Adversi exercitus multo in numero nostros excedunt. "Si pugnæ infortunio hosti succumberent, nedum "Northmaniæ, verum totius regni perditionem infelix "hostium victoria præpararet. Si amplissima Caren-"tonii, Constantiarum et Sancti-Laudi suburbia custo-"dibus armatis destituantur, illa defensoribus evacuata "hostes statim occupabunt. Hac opportunitate hosti "concessa, omnia castra per Britaniæ ducem feliciter "redacta facile in hostium potentiam recasura sunt.

The French deliberate as to the future campaign.

[1] *Cum hoste*] Added above the line in A.; in the text of B.

Nolite, igitur, egregii milites, rem tam ambiguam et reipublicæ perniciosam, cum lethali capitum vestrorum discrimine tentare. Et præsertim in Constantino nullo eventu hostes operiri convenit. Ubicumque hos reperieris nobis equestribus fossato et palude iniquus adversa, et ipsis peditibus munitus prospera locus es allaturus. In Valloniarum et Cæsaris-Burgi Anglicos plenissima armatorum munitio erigatur. Cætera vero castra, ut non hostes intrudantur, vigilanti studio armis tutari oportet; et si a fortalitiis hostes evagari contingat, per cohortes absque gravi nostrorum detrimento poterunt expugnari."

Capitulum Quartum.

Qualiter hæc opinio a vulgo, patriæ nobilibus et a nonnullis egregiis pugnatoribus, ut suspecta cupidine lucri pabulationum captati, diversis rationibus impugnatur. Qualiter edicto publico ne armati hostes invadent prohibetur, et in districtu Pontis-Ouve ad impediendum in hostes transitum custodes apponuntur. Qualiter nobiles et viri optimi mœrore confecti, prævisa futura[1] *patriæ desolatione, senescalum Pictavorum ut velit patriæ labenti succurrere alloquuntur, et qualiter non in Constantino sed in Belciaco hostes esse expugnandos respondet. Intellecta Belciaci itineris angustiarum et districtuum dispositione, comes de Claromonte per curatum Carentonii ad connestabularium literas credentiæ Constantiis scribit, ut in Sanctum-Laudum, deinceps ad pagum Treveriacum, exercitus ductet.*

The French discuss the

173. Hæc sententia non ut patria ab hostibus liberetur, sed ut captato pabulationum lucro perpetuis

---

[1] *Futura*] Futuræ. A.B.

cladibus guerræ subdi contingat, exhortari suspicatur; cui opinio vulgi, nobilium et etiam egregiorum pugilum adversari videtur. Nam aditu difficilis vadorum angustia et progressu periculosa, ruditasque novorum Anglorum armis indisciplinata atque gravi obsidionis labore defessa, Gallis, bello expertis et diu multa rerum opulentia recreatis, hostes insequentibus futuram victoriam pollicetur. Attamen, ne armati hostes invadant, edicto publico vetatur; senescalusque Aquitaniæ et Joachim Rouault, Pontis-Ouve districtus custodes, statuuntur ne in Constantinum cohortes pugnaturæ transitum agant. Patriæ enim nobiles et viri optimi anxio mœrore confecti, prævisa regionis desolatione proxime ventura, Pictavorum senescalum supplices alloquuntur. "Natalibus enim totius Constantini clarioribus ex parte materna traxistis originem; rex, supremus dominus noster, istius strenuissimi principis, sui generi, vestræ fidei et industriæ in publicos hostes regimen commisit. Devoti igitur humi provoluti accuratius requirimus, et vestram probitatem obtestamur, labenti in miseram direptionem patriæ succurrite; juratam regi fidem et illæsum hujus domini honorem servate." At inquit. "Fidelitati vestræ summe gratulor. Nequaquam in Constantino, ubique cursui equorum adverso, cæterum in Belciaco patria bello equestri idonea, sumus hostes aggressuri." Ac illi. "Tum in vadorum exitu ad hostes debellandum vigilantius vos insistere oportet. Si Belciacos districtus semel eveserint, loca nemorosa, Baiocas, Cadomum, cæteraque contraria castra et amplissimum armatorum subsidium recuperare valebunt. Juncta enim cum isto exercitu, præsidiorum potentia, fas nobis non erit tantum inimicorum numerum, utique decem millia, invadere. Si igitur celeritas armatorum hostes virilius aggrediatur, vestræ dextræ totius patriæ salutem; si pusillanimis incuria remisse torpescat, universi ducatus calamitatem ferunt."

questions; the arguments advanced.

Proceedings upon their decision.

174. Concepta enim dispositione, illustris comes de Claromonte per Carentonii curatum, virum in hoc negotio ardentissimum, ad Franciæ connestabularium Constantiarum literas credentiæ dat. Hic nuncius comitis intentionem fideliter aperit, ducem bellorum divertit versus Sepem-Putei profecturum hostibus obviam, quos ibi vulgaris fama detulerat accessuros, ne in Constantinum, verum in Belciacum ad Sanctum-Laudum propere maturans exercitus ductet; et dehinc postera luce sub aurora illustrante ad pagum Treveriacum tendat. Profecto hinc comitis ex parte Carentonii profecturæ, et ex altera connestabularii acies positos in arcto paludum hostes intercludent, a fronte et tergo invasi facile obruentur. Nec districtus angustiarum, nisi per arctam veteris pontis calciatam inter urbem Baiocas et rus Formigniacum, evadere possunt, si non iter dispendiosum versus marinum littus Baiocas tendens capiatur. Ab illo transitu paludum origo incipiens lutuosa et invia loca usque ad Ysiniaca vada dilatat.

175. Hoc salubre consilium Arturus de Britannia, dux bellorum prudentissimus, gratum acceptat; ac impiger Constanciis recessurus, ad Sanctum-Laudum in lucis extremo armatorum cohortes properare imperat. Postero diei ortu, celebrata Missa et religiose audita, equo incedens Treveriacum maturat, hostibus calceatæ veteris pontis transitum intercepturus.

Capitulum Quintum.

Qualiter intellecto hostium per vada transitu, in villa Carentonii et campis subitus clamor ad arma insurgit; protinus publica inhibitio ne aliquis hostes persequi audeat promulgatur. At magis populi clamore ingravescente, fracta inhibitione, confestim quamplurimi exercitati, armis raptis, sine duce et ordine ad vada per turmas ruunt, et ipsis acerrime hostes invadentibus, in fluviorum alveo asperrimum et periculosum certamen agitur, in quo quamplurimi Anglici, quidam cæsi, alii submersi, ceciderunt, et si pauci opem tulissent, hoste triumphato, consummata victoria secuta fuisset. Et ob hoc post reversionem a conflictu, tam armatorum quam populi, furiosus clamor in bellorum ductores invalescit, palam vocitans in rempublicam et regem manifestam[1] *proditionem perpetratam fuisse.*

176. Interea spectator a templi Carentonii arce campana et voce indicat quod Anglici magna Sancti-Clementis vada transeunt; et clamor ingens Carentonii et campestribus villis insurgit, ad arma vulgus, populum et exercitus vehementius excitans. Protinus inhibitio publica sub capitali supplicio interdicit ne quis armatorum hostes prosequatur. At vulgus et populus, velut desperatio furiosa agitabat animos, in clamorem anxium erumpunt: "Aperta et infida traditio nostrum, uxorum, "liberorum personas et quæque nostra perdit." Fracta inhibitione, quidam vir bello acerrimus, Mala-Urtica cognomine, sub Gauffrido de Couvren militaris, decima quarta Aprilis, ac sui armorum fratres rapiunt ferrum.

The inhabitants of Carenton attack the English,

---

[1] *Manifestam*] Magnifestam. A.

Confestimque exercitati sagittarii, bipenniferi et equestres, altero non exspectato, sine duce, absque ordine, per turmas ad vada gressu properato ruunt; nec Pontis-Ouve custodes, ut non seditio mortifera oriatur, præcipitem ruentium[1] cursum impedire audent. Cæterum ipsi capitanei, senescalus Acquitaniæ et Joachim Rouault inter se conquerentes mutuo proferunt: "Omnes isti "absque conductore cum impetu gradientes se perditum "et nos scandalizatum festinant Ipsos sequi nos convenit, non ut in hostes pugnemus, sed ut periclitantes "salvos recolligere possimus."

but are repulsed.

177. Nec mora, furor Gallorum ignitus in posteriorem hostium turmam irrumpit; jaculo, hasta et ferri cuspide Anglorum turbat agmina; quosdam gladio perimit, alios sagitta confodit, multos vadorum naufragio cogit absorberi. Mirum! infra vadorum alveum una pars Gallorum et Anglorum, mortis pericula oblita, pube tenus mersa mutuis gladiis atrociter cædit alteram. Cum Joachim Rouault hinc inde in aquarum naufragio asperrimum bellum geri prospectaret, egregium animum continere non potuit, quin præter propositum se pugnæ admodum periculosæ inferret. Senescalus et Gauffridus de Couuren idem agunt. Intra vada durissimo conflictu plusquam leuca hostium acies prosequuntur. Nec primi Anglici inter duo vada, nec illi citra propter loci iniquitatem invasis opem referre possunt. Non dico si duo millia armatorum, verum si ducenti hastis prævalidi Gallis invasoribus præsidio adessent in vadis, ab hoste triumphato consummatam victoriam reportassent. Et tandem Anglici, prosecutione Gallorum infesta fatigati, unum militare signum in Gallos sine ordine militantes reflectunt. Hoc viso, cum nostri tantum armorum impetum refellere non possunt, subita fuga assumpta saluti consulunt. Sed cum jam mare affluens vada implere

---

[1] *Ruentium*] The copyist of B. has left a blank space for the insertion of this word, which he was apparently unable to read.

properabat, instanti discrimine utraque pars perculsa ad suum littus celeres gerit gressus. Anglici vero a tantis vadorum periculis ac ferocium manibus eruti, Belciaco solo potiti admodum gratulantur. Matthæus Goth dixisse fertur: "Crudelissimis canibus invitis, "transivimus;" et pronus terram adeptam osculatur. Proinde Baiocas petit ut armatorum subsidium adducat, postero die ad suos in Formigniacum pagum reversurus.

178. Interea, ut nihil hostile Anglici formidarent, per campestres villas effunduntur. Ante tamen illustris comes de Claromonte a Carentonio in Brevandi villagium juxta vada duntaxat riparia Tante intermedia, cum paucis profectus fuerat; a quo Gallorum insultum transitumque et Anglorum potentiam prospexit. Ipso enim comite reverso, tam armatorum quam populi furiosus clamor in bellorum ductores invalescit, propatulo vocitans nullo ingenio refelli posset quin in regem, in rempublicam factiosa proditio perpetrata fuerit. Quidam armatorum, Mala-Urtica, doloris impatiens, arma exuit et exuta conculcans humi projecit, attestans nunquam in Franciam se bella gesturum. Alius velut furia exactus in parietem vibrans hastam rupit. Hugo enim Spencier, Anglus quondam Constantini baillivus, hanc sinistram suspicionem vehementius auxerat; nam die anteriore Carentonio iter agens, familiari curialitate a majoribus receptus, Baccho optimo perpotatur. Sententia vulgi est auro dato liberum transitum Angliæ exercitui comparasse; unde tumultus implacabilis magis ac magis ardescens fere in seditionem vertitur.

The French disheartened.

Capitulum Sextum.

Murmure populi et opprobriis comes de Claromonte audacior effectus, cæterique bellorum duces postero die hostes invasuros media nocte concludunt; et statim hoc ad diversos et præcipue ad connestabularium in Sancto-Laudo ut auxilium ferre velit scribunt. Et idem comes cum suis armatis summo mane parva Ysigniaci vada transvehit; et, explorato Formigniaco rure, majori in parte Anglos congregatos ipsos aggredi properat. Et exercitu Gallorum intuitu oculorum conspecto, illico Anglorum principes prudenter in tripartitum quemdam ordinem construunt.

The French resolve to give the English battle,

179. Et cum egregius comes de Claromonte populare murmur indigne suo honori detrahere videret, opprobria ægro animo tulit; et capitis periculo fidem inviolatam quam ad regem gerit vulgo ostendere desiderans, pervigili certamen cum hostibus ineundi cura excitatur. Ipse inflammatus et probris [1] audacior effectus, cæterique bellorum principes postero die se hostes invasuros media nocte concludunt. Hac intempesta hora ad diversos, et præcipue ad Franciæ connestabularium in Sancto-Laudo, scribunt, ut in tam arduo necessitatis articulo auxiliator interesse velit. Magnanimus enim comes summo mane parva Ysigniaci vada navigio transvehit acri et animo æstuanti quærens hostes cum tribus armatorum millibus in Belciacos campos adventat; solerter [2] explorato Formigniaco rure, majori in parte Anglos congregatos citato equitu ipsos ferro aggredi properat.

who prepare to receive them.

180. Et cum hostes furentem exercitum Gallorum in suum concursurum intuitu oculorum præparatum habe-

[1] *Probris*] Probis. A.B. | [2] *Solerter*] Solerte. A.B.

rent, principes (rei militaris non ignari, et firmi adversus inopinata pericula), ad refrænendum eorum impetum providenter bellum instruunt. Profecto in tripartitum gradus ordinem apposite pugnatores collocant; anteriorem docti sagittarii jactu telorum mortiferi, mediam robusti gladiatores gesorum ictu sanguinolenti; armati nobiles lancearum vibramine prævalidi aciem tenent extremam. A tergo quemdam torrentem, hortis diverso arborum genere consitis intermediis, pro aggere constituunt. Quilibet sagittarius in frontem inimicam acutum pallum humi fixum erigit; et gladio repente ad fossarum usum verso, et ungue verrente tellurem concavant, et ante se longe lateque præcipitibus foveis et profundis foraminibus solo altius sauciato, campum equis inadibilem mira hostium astutia efficit.

Capitulum Septimum.

Qualiter Matthæus Goth eleganti persuasione acies Anglicas in Gallos ruituras animat. Qualiter ab utraque parte virtuose mutua clade certatum est.

181. Comperto enim a Gallis Anglicos jam infestari, Mathæus Goth festinanti quadrupede spuma reperso ad suos reversus, pollicito honore captandi spe lucri et obtinendæ victoriæ confidentia barbaricas acies in Gallos ruituras animare cœpit. "Virtus enim vestra, fortissimi "viri, hodierno conflictu quanta sit in hostium pugnam "variis periculis retro probata ostendet. Si virili animo "et corpore robusto adversus istos plus vindictæ calore "quam virtute concitos dimicet, ab hostibus præclaram "victoriam reportabit. Si ignave, veluti pecorum hostes "inhumani versa guttura cruentis mucronibus abscin- "dent. Estote memores ut vestri patres cum paucis "innumeram Gallorum multitudinem vicerunt[1] et nunc

Matthew Gough addresses the English troops.

[1] *Vicerunt*] Vicit. A.B.

"multo plures, si animi vigor insit, istam effrænatam "turbam sine ordine in vos ruentem maximam in "fugam disperget, a qua fugax nullus strictam captio- "nem aut subitam mortem evadere poterit. Nam vada "jam mari cumulata Carentonium fugientibus viam præ- "cludunt. Fusis enim Gallis omnis vobis et posteritati "vestræ comparata animi præstantia perpetua nobili- "tatis insignia consequemini. Ditia Gallorum spolia, "quæ argento auroque præfulgere conspicitis, non me- "diocri sorte vestras fortunas augebunt, quæ vos non "ambigo consecuturos si animi præstantia in conflictu, "veluti fortes proavi, in adversos pedem teneat fixum."

The battle described; the result uncertain.

182. Cum in exordio belli Anglici in ordine compacti magna vi sævientem Gallorum impetum repellunt; nec propter fovearum impedimentum, haud pallorum vallum acies consertas disjungere, nec Galli infesti acri manu in hostes dimicare possunt. Et ecce! Giraudus, arte sua doctus, ut acies hostium militari vigore disjungi non posse videt, regiarum machinarum unus magistrorum binas colubrinas in adversa inimicorum bella apte locat, et inopino tractu tormentorum misso, segregans acierum ordines compositos fulminat. Tametsi bellorum ordines non tamen bellantium animi insimul uniti franguntur. Omnes enim acies ab uno sine conflictu mutuo gravissima plaga vulnerari. Anglici manu cruenta ira ebullienti fremescunt, et a loco munito in unum glomerati maxima vi et impetu furioso Gallorum aciem invadunt. Acrius irrumpentes ferme unius tractus sagittæ architenentium bellum retrogradi cogunt adversum, et colubrinas, repentæ necis instrumenta, non mediocri probitate raptas ad campi clausuram ferunt. Petrus vero de Bresiaco, armis strenuus miles, consilio providus et firmus adversus inconsulta pericula, rure, quod Valloniæ nuncupatur, unam bellorum alam dirigens labentibus opitulaturus, equestres armatos impigre detorquet, qua sagittariorum fugam conspicit. Voce tonanti et aspero verbere in ordine militari disgregatos congregat crucis

minis, fœdæ fugæ opprobriis et prospera[1] belli sorte si valeant ut fortes viri, lapsos fugientium animos reparat. Ab equo celerrimus pedes humi prosiliit, multo jaculorum volatu mortifero, bipenni et crebro lancearum acumine mediam sagittariorum turmam numero septingentorum constructam acerrime impetit. Hanc confertissimam maxima vi et accelerata disjungit, et disjunctos sauciat, cædit et interficit, ac subtractas colubrinas ad Gallorum campum reportat, omnium bellorum hostium in ipsum ruentem cum iræ flamma impetum sufferre non[2] valiturus. Profecto acies Anglorum perpulchre construuntur. Triplices enim ordines, ut solidi civitatis muri, hostium invasionem detrudunt. Tres vero turmæ sagittariorum, qualibet ex septingentis compositæ, duæ bellorum extrema et altera medium tenentes, veluti tres turres firmæ, hostium aggressionem ne frangat prœliorum ordines in præsidio constructæ arcent. Et si Anglici incœpto conflictu præstantes Gallos retrogressos insequi ausi fuissent, sors eorum prœlii casu pernicioso adversabatur.

183. Hoc enim durissimo conflictu sedato, Anglici in sua munitione recollecti diversos bellorum ordines extemplo reparant. Ac Galli, repulsa acriores effecti, dimissis equis, pedestres idem agunt; non omnem aciem recto, sed transverso prœlio divisim turmas hostium impugnant. Hæc equidem[3] Gallorum bello acerrimus de Coitivi, Aquitaniæ senescalus, inter extremam et mediam bellorum aciem suam cohortem conserit. Hæc audacissima intrusio acri manu et hasta acuta admodum conturbans provide ordinata Anglorum bella, postremum ab aliis disjungit; quæ, si composito ordine firma perstitissent, vix aut nunquam expugnata Gallis confligentibus succubuissent. Utraque pars fere trium spatio horarum, una petens aliam et altera refellens invadentem, sub

[1] *Prospera*] Prospere. A.B.
[2] *Non*] Between the lines in A.
[3] *Equidem*] Et quidem. A.B.

ambiguo palmæ exitu varium et atrox certamen agunt. Ventus enim Anglorum fronti adversus sagittarum rigori multum detraxit, et Gallorum jacula agitat penetrabiliora, et pulvere refertus oculorum aciei non leve nocumentum injecit.

Capitulum Octavum.

Qualiter comites Claromontis et Richimundiæ cum tribus armatorum millibus et quingentis[1] *septem millia Anglorum in bello Formigniaco mira victoria expugnaverunt. Qualiter Matthæus Goth Baiocas et magister Ver Cadomum fugiunt.*

The battle of Formigny.

184. Cum strenuissimi comitis de Claromonte exercitus hostibus numero inferior, sed virtute animi præstantior, ingenti sudore tantam belli molem graviter ferret, prope a conflictu declinaturus, ecce! auxiliator, egregius Richemundiæ comes, Franciæ connestabularius et comes de Lavalle, herosque de Loheac, de Sancta-Severa[2] et Britaniæ marescalus, pluresque alii proceres cum tricentis armorum viris et sagittariis belli decreto sibi accommodatis, ordine militari equitant. Et quam primum signa flammantia oculorum imbecillitate non vere distincta conspectu bellorum paulatim insurgunt. Insignia ducis de Sombresset opifera Anglici falso æstimant adesse; et ignavi lætitia instantis calamitatis præsaga excitati vocibus altisonis plausos mente conceptos extra testantur. Sed cum vexilla liliorum splendore coruscantia luminibus intuentium cominus[3] affulgerent, formido et subita mortis imago barbarorum virtutem animi et immanium vigorem membrorum frangit. Et ex doctis rei

---

[1] *Et quingentis*] In the margin of A.

[2] *S. Severa*] In A. the words De Aurivalle here occur, but are cancelled.

[3] *Cominus*] Quominus. A.B.

militaris velut rustici imperiti, et ex ferocibus viris mulieres pavidæ effecti, vallum, fossas et bellorum ordines dimittunt, terrore inconsulto pavefacti a loco munito juxta torrentem retrocedunt, non campestrem conflictum, sed miseram cladem expectaturi. Et continuo equidem turba connestabularii cum Anglorum exercitu juncta, ambo strenui comites Britones a tergo, et cæteri eximii bellatores a fronte, manu valida et præstanti animo hostium acies rumpunt. Bipenni, gladio et hasta robusti Anglici consternuntur, lapsique mucrone guttura resolventi a mangone et plures ab agrestibus, qui visendi pugnæ spectaculum seu spolia consequendi gratia venerant, manu cruenta jugulantur. Fusis enim Anglorum bellis, robusti quingenti sagittarii in hortum sentibus densis circumseptum ut fortes viri invium prosiliunt, ac inexorabili Gallorum ferocitate genu flexo, ut quisque arcum traderet, omnes (nec unus evasit) gladio confodiuntur. Tantæ enim formidine stragis perterriti, Matthæus Goth Baiocas et magister Ver Cadomum, cum lapsum suorum viderent irreparabilem, fugiunt; atque Thomas Kyriel, exercitus princeps, et Henricus de Northbery, et quamplurimi alii sine nomine, utique mille et quingenti, capti carcere pessundantur.

185. Illa dies Anglicis infausta funestam cladem, et prospera Gallis non ab humana sed divina virtute concessam præclaram victoriam attulit. Profecto tria electorum pugilum millia et centum sexties ac septuaginta quatuor efferi Anglici durissimo conflictu cæduntur, et duntaxat Galli duodecim arma sequentes, non claro sed obscuro genere creti, prœlio cecidere. Non igitur infinita Gallorum multitudo longe hoste major Anglorum paucitatem ex insidiis latentibus in occasu prorumpens oppressit. Nam tria vel circa Francorum septem barbarorum millia ordine conserta campo aperto expugnarunt, quorum plusquam mille fuga turpis dira nece seu strictis a vinculis non salvavit. Quis sapiens unquam assentiret quod tria Gallorum millia numerum

Anglorum quatuor millibus superiorem, duntaxat duodenis cæsis, prostravissent, si non armipotens virtus Summi Imperatoris Gallis prœlium gerentibus, tam fero hoste triumphato, incredibilem victoriam contulisset? Dum certaminis campo Franciæ connestabularius concursurus in hostes cominus [1] appropinquaret, adversariorum æstimatione plusquam viginti virorum armis strenuorum millia ductare videtur; attamen cohors pugnatorum ordine ducta quingentos bellatores non excedebat. Hæc tantorum hostium mente concepta repræsentatio militum, ut arbitror, cœlestium, animorum et corporum vires ab integro consternit, eorumque militarem industriam subita et pugnæ usum capit oblivio. Et cum deinceps ab hoste stricto ferro perterrentur, animo turbati bellorum ordines antea recto tramite compositos confundunt, ac manus imbelles, velut truncatæ essent, gerunt; naturaque nulli magis feroces et cruore nutriti absque resistentia, velut pecora in macello, trucidantur. Sunt equidem indigenæ qui dicunt magistrum Ver, cum super belli amissione interrogaretur, duci de Sombresset respondisse: "In belli exor-
" dio nos contigit victoriam consequi. Cæterum quidam
" perversi fures in Constantino nobiscum exeuntes,
" ecclesias deprædati sunt, et propter has templorum
" exspoliationes ad extremum perdidimus conflictum.
" Hoc verum scio; cum actu pugna gereretur, in aere
" quoddam vexillum calicibus albis refertum vidi, et
" vocem ter clamantem Vindictam intellexi; et cum hoc
" prodigium mihi ostenderetur, a bello fugi territus."
Ea res ut vera mihi non est comperta, propterea quod testes satis locupletes hoc a magistro Ver prolata fuisse[2] non me certiorem fecurunt.

---

[1] *Cominus*] Quominus. A. | [2] *Prolata fuisse*] Protulisse. A.B.

Capitulum Nonum.

Qualiter dux Clarenciæ crudeliter invadens Andegaviam a colonis et cæteris rebus agros depopulans, et sacrilegus tempore Christi Passionis divinum cultum turbans, in bello Baugiaco, suo exercitu expugnato, necatus fuit.

186. Absque teste hoc prodigio divina ultio semper acri et accelerato supplicio sacrilegos et pacis ecclesiæ turbatores extorquet. Nec Hebræorum vetus nec gentilium alienum, verum, Anglia, tuæ gentis sacrilegæ et religionis sanctæ contemptricis, in fidei memoriam exempla adduci fas est. Dux enim Clarenciæ, regis Henrici germanus, armis strenuus, sed in hoc flagitio sceleratissimus, maximo principum nobiliumque et sagittariorum exercitu comparato, sacro quadragenario Passionis Christi tempore animarum fidelium tranquillitatem turbans, Andegaviam invadit; raptu, vinclis, ferro colonos ex improviso crudelissime afficit; inerme et devotum vulgus persequens barbaricum furorem in Andegaviæ portas extendit. Universa civitas tanto malo inconsulto territa ad jejunia, eleemosynas et preces devotas conversa est, ut a tam crudi tyranni ferocitate summa Dei benignitas patriam eripiat. Populus agrestis vel captivus aut profugus salubre animarum a vitiis curandarum studium invitus deserit. Absque sacro ministro et divino servitio templa Christi Passionis solemnitate inculta et plebe vacua sola remanent. Ob sanctæ religionis conturbationem Divinæ Majestati, cui solemnis et debita veneratio subtrahitur, et fidelium animabus, quæ sacramentorum salutaris penitentiæ antidoto et supercœlesti Eucharistiæ alimonia turbatæ frustrantur, atrocissima injuria infertur. Eapropter iste funestus sacrilegus, qui animabus criminum labe purgandis divinitus indultam sanctissimi temporis (quo bella ingeri et non repelli a Christianis

Account of the battle of Baugé,

vetantur), immunitatem violare non formidat; tanti facinoris protinus vitæ ab hac luce subtractæ ultimam pœnam solvit.

and of the death of the duke of Clarence.

187. Profecto ubi Scotos, quorum comes de Bouquam conflictus ardens, et Andegavos [quorum][1] heros de Fontanis, vir armis egregius, ductores erant, et quosdam alios diversa natione satos, ut[2] ipsum invadentem justis et licitis armis[3] peterent, dux iste, mente elatus, congregatos intellexit, illico a mensa prandii evulsa prosiliens celerem equum ascendit, ac inconsiderate de armatorum multitudine, quæ maxime[4] erat genere clarorum præsumens, rusticis suis temere spretis, dedignatur hostium concursum operiri; sed Gallos nondum ordine discretos furioso et præcipiti assultu impetit. Hic a fortissimis viris flamma cœlesti animatis constanter receptus, primo aggressu, sabbato, sanctæ Paschæ vigilia, lanceæ vibramine ab equo dejectus, in cœmeterio Baugiciaco humi consternitur. Et illico Karolus Pincerna,[5] fidelissimus miles, supra ducem resupinum sese projecit, hunc a morte præservare arbitrans, ut mutua redemptione compensata ducem Karolum Aureliensem, suum dominum captivum, a carceribus Angliæ liberatum iret. Verum Scotus quidam[6] ferocissimus, cruorem Anglorum effundere sitibundus, ambos, ducem ac militem, uno gladii ictu exactos simul necat. Cæteri vero principes, comites, proceres et nobiles immodico numero interfecti animas exhalant. Comites vero de Hontinton et de Sommerset ejusque filium et quamplurimos claro sanguine natos carceres atri diurna calamitate infestant. Fuga enim non ignominiosa rusticorum sagittariorum qui ex temerario ducis spretu salutem consequuntur, a sorte principis adversa exemit. Tanta enim istius arma,

---

[1] *Quorum*] This word must be added to the text, or we must read Andegavus.

[2] *Ut*] Et. A.B.

[3] *Armis*] Above the line in A.

[4] *Maxime*] B. Maxima. A.

[5] *Pincerna*] Piscerne. A.B.

[6] *Quidam*] Quidem. A.B.

corporis robore et belli industria valere arbitrabantur, quod trans Ligerim invita ferri potentia Aquitanicum littus adipisci in animo elato venit, ut Karolum regem modernum, tunc Delphinum, interceptum irent. Tam effrænati et potentis exercitus, tam audacis et bellorum exercitati ducis terrore pavefacti consiliarii, potiori fuga quam ferro illato rebus afflictis diffidentes, undique arcto ducis circumventum Delphinum salvum facere conclusum habuerunt, quem non hominum industria, verum cœleste Numen a tanto infortunio et ab aliis exemptum semper præservavit.

Capitulum Decimum.

De crudelitate et sacrilegiis Henrici regis Angliæ, et de ejus anxia morte.

188. Quid te tuis sacrilegiis, Henrice, rex immanissime,[1] omnium sacrilegorum princeps, et anxia de morte tua dicam? Non omnia in Deum scelera contexam; sed ad singulare maleficium, exinde ad miserrimum cruentæ vitæ exitum procedam. Accepta enim tui germani et tuorum nobilium strage, infesto (uti duodecim virorum millium) exercitu trans mare collecto, tuorum lapsum reparaturus, regina in Anglia relicta, celerrimo cursu navigio Caleti appulso, in Franciam transfretas, et ne conflictu Baugiaco vires Angliæ consumptæ vulgo credantur, et ob hoc sumpta occasione populus Gallicus Delphino hæsurus a tua ditione declinet, castris eductas tuas acies in tremendo apparatu infra metas præsidiorum Delphini et tuorum barbarorum cogis, et protinus asperrima obsidione Drocas invadis. Et ex adverso dominus Delphinus, ut suæ genti obsessæ ferat opem, quales potest armatos congregat; sed eventum belli

Of the cruelty and irreverence of Henry V. when in France.

[1] *Immanissime*] Immanissimus. A.B.

adversum et inclementissimum tuum furorem verentes, publicum certamen offerre non audent. Ideo auxilio nullo secuto, tibi Henrico, Drocarum oppidum aperitur. Heroem de Tillons suspendi jubes. Tibi comperto trans Ligerim Delphinum copias congregasse, ut tecum dimicare intendat, ex omni parte tuæ ditionis cuneos armatorum Carnoti a civibus honorifice receptus convocas; et extemplo tuum potentissimum exercitum rebus omnibus nisi alimentis Baugenciacum supra Ligerim ductas. Oppidani villam tenue munitam tibi vacuam relinquunt. Turrem vero pontis custodem virilibus armis defendunt, et hanc arcem asperrime impetis, et subacta turre in Delphinum liberum transitum consequeris. Tua enim aggressione intellecta, territæ Delphini acies disperguntur et pallantes, sine ordine, absque imperio, huc illuc dispersæ agros depopulantur.

189 Tum Delphinus in arcto positus, nullis armorum auxiliis fultus, reluctari impotens, tibi aggressori cedere et casum fortunæ adversum evadendo se salvum fieri conclusum habuit. Verum pro Karolo Delphino humanis destituto armis fames acrior bellatrix et ventris fluxus contra tuos exercitus divinitus pugnant. Profecto inhumanitas tuæ guerræ inermes[1] colonos quosdam in carcere fame, alios ferro interemit. Belcia in vasta solitudine redacta, absque fruge inarata squalet.[2] Secus Ligeris ripam et prope fortalicia aliquot vineæ, sed paucæ, coluntur; tui enim Anglici maxima in quantitate cibariorum voraces, extracto Cereris alimento, Augusti fine racemos acerbos deglutiunt. Uvarum cruditate in continuum humorum et sanguinis fluxum intestina resolvuntur. Tum tui barbari exenterati et fame exinanitati in sepibus et per itinera passim moriuntur. Tum a Delphini persecutione, exteriori fame in tuos Anglos triumphanti, te victum cessare et acies nutrimenti in-

---

[1] *Inermes*] Inhermes. A.B. | [2] *Squalet*] Scalet. A.B.

edia languidas trans Secanam retorquere oportuit; et sic divinum subsidium, quod humanum non potest, a tua effera invasione petitum Delphinum, summis periculis versatum, incolumem præservavit. Ac iter agens insultu Rubei-Montis castrum domas, et oppidanos confers patibulo; ac vicesimo primo anno, Octobi mense, Meldas[1] (insignem urbem et bonis patriæ infra recollectis cumulatissimam) ferocissima obsidione acerbe impugnas. At oppidani robore magnæ virtutis tuos durissimos aggressus retrudunt.

190. Galli vero, duplicis fortalicii diurna et nocturna gravissima obsidione contriti, tibi vacuam urbem relinquere, et in Foro, quo populares non habitant, nobiles et armati sese et fortunas non tenues recolligere coguntur. Anglici vero urbem diu intrare in ambiguo tenent; maxime suspicantes ne Galli in templis et aliis abditis occulti hos intromissos per insidias dolis obruere moliantur. Cives enim ab Henrici regis animo hanc suspectionem depellunt. Profecto nihil fraudis, nihil captionis infra latitare asserentes, te ipsum regem et tuos Anglicos introducunt. Extemplo subterraneis cuniculis cum fossoriis et ligonibus in cauda insulæ murorum fundamenta succindere et ligneis trabibus suffossa appodiare facis, quibus igne opposito combustis, mœnia subita ruina dissolventur; et hoc acto insultu, inclusi sub jugo ituri erant, quod oppidanis, eos terrendo, Henrice, ostendis.

Siege and capture of Meaux.

191. Tum Galli periculis mortis involuti ac iniquissima obsidionis infestatione oppressi, et annonæ penuria languentes, nullo succursu opitulanti, Meldis præsul, Sancti Pharonis[2] tunc et modo Sancti Dyonisii abbas, et bastardus de Vaulzderiis,[3] bello asperrimus, armato-

---

[1] *Meldas*] Meldis. A.B.

[2] *Sancti Pharonis*] Sancti Pharrouis. A.B.

[3] *Vaulzderiis*] Vaulzderus. A. Vauz de Rus. B.

rum capitaneus, ad purum tui, Henrice, arbitrium, cæterosque armigeros nobiles se captivos, salva tamen vita, anno vigesimo secundo, Junii quinto, dedunt. Et tu, Henrice, omnium avarissimus, infra Forum prædam esse opulentissimam cognoscens, antequam tui satellites ingrediantur, ne spolia (quæ solus captas habere) rapiant, per certos commissarios trino acervo, uno argentum et aurum, altero ænea cæteraque metalla, in tertio quæque suppelectilia,[1] discrete coadunari, et omnia cumulata absque distributione tuis stipendiariis facta, ac armatos captivos navigio in Angliam transvehi facis, et plus quam trecentas egregias mulieres in puris et nudis, tamen[2] uno habitu eis concesso, non pretioso, retentis in perpetuis carceribus maritis, huc illuc dispersas in exilium transmittis.

Execution of the bastard of Vaurus.

192. Et tu quietus Fori detentor ad prandium in propria mensa bastardum de Vaulzderiis, in armis strenuum, accersiri jussisti, ac inquis: "Tu, bastarde, " nostram in tuam personam vitæ et necis potestatem " non ignoras; arrenunciato Delphino nobis fidem " præsta, et te in nostros hostes fidelia arma gesturum " jura, et multa ac ampliora beneficia et summos ho- " nores a nostra majestate consequeris. Sin autem, " te crudeli et turpissima morte necari faciemus." At inquit bastardus: "Jure belli, potentissime princeps, a " me captivo exigere non debes nisi quod justum sit " pariter et honestum. Nihil iniquius, nihil turpius " miles egregius perpetrare potest quam captato honore " vel lucro, aut mortis formidine, abjurato naturali " et suo supremo principe, hosti fidem præstare. Imo " si quod a me petis tibi voverem, jamque tibi non " præstarem verum, nefando[3] perjurio fidem et honorem " scelestus justi trangressor inficerem. Quamobrem ju-

[1] *Suppelectilia*] Superlectilia. A.
[2] *Tamen*] We should rather read tantum.
[3] *Nefando*] Nephando. A.

" ramentum fidelitati, quam domino meo obnoxius de-" beo, adversum nunquam tibi faciam; et malo[1] pro " fidei observantia injuste mori quam fracta fide per " dedecus vivere. Nulla enim mors quæ pro republica " sumitur miseranda aut turpis censeri potest. Si mihi " vitam eripias, non fidem, non honorem, non gloriam, " mihi adimes."

193. Tum Henricus tunicam militarem exui et nigram, mortis præsagam, [indui] jussit. At bastardus excelso ac constanti animo dixit: "O summe Deus! " Tibi humillimas gratias ago quia in vita mea lugu-" bres mei obitus vestes deferre concedis!" Et tu impius et crudelissimus tortor, bastardi juramentum tibi præstare negantis caput detruncas, et ejus corpus in quadam arbore et quamplurimos alios suspendis, cæterosque oppidanos tetris foveis incarceras.

194. Hoc sanguinolento triumpho potitus, tu sceleratissimus sacrilegus in divinam Majestatem et Ejus sanctos attentans ex sacratissimo beatissimi Fiacri corpore celeberrimum et venerabile templum, multis et quotidianis miraculis decoratum, spoliare audes, et subtractum[2] usque ad maris littus in Angliam transferre conaris. Sed properata cœlestis vindicta tam execrabili conatui infesta non defuit. Profecto ob istud nimis audax et temerarium sacrilegium sententia vulgi indubitata tenet in posterioribus ulcere incurabili percuteris; et ut te gravi morbo acerbe vexari sentis, in sanctum perpetratæ offensæ conscius, reliquias beatissimi Fiacri ablatas in sede propria reponi jubes. Nihilominus implacato divino Numine ulceris flamma irrepens, nulla summorum medicorum arte, nulla expertorum chirurgicorum[3] industria nedum extingui, sed nec parumper mitigari[4] potuit; at magis et magis ignis accensus tui

Henry proposes to remove the relics of S. Fiacre.

[1] *Malo*] Mallo. A.B.

[2] *Subtractum*] Substractum. A.B.

[3] *Chirurgicorum*] Surgicorum. A.B.

[4] *Mitigari*] Mittigari. A.B.

ventris cutem exurit, et corrosa superficie, intestina mox humi fluerent, si non medicus, calida pelle ovina adaptata, tuorum iliorum[1] pondus retineret. Et sic anxietate intolerabili et horrenda morte ab hac luce subtractus[2] miserrime dies ultimos claudis.

His illness and death.

195. Irascerisne, Anglia, me scripsisse tuum regem ob sacrilegium in sanctum commissum morte cruenta turpiter expirasse? Infesta mihi non eris, si nedum Christianæ religionis, verum gentilium et Judæorum exemplis instructa cognoscas quia, deleta per Scipionem Carthagine, quidam Romani avaritia corrupti, aurea veste Apollinem Carthaginensium deum nudaverunt; et ab hoc non veri numinis, sed falsi, sacrilegium Apollo infensus effecit quod manus exspoliantium inter vestis fragmenta, nulla mortalium opera data, truncatæ reperiuntur. Ac propter fœdam Heli filiorum irreligionem, primo conflictu tribus Israelitarum et secundo triginta millibus per Palestinos cæsis, Arca Dei capta et in Adotum urbem delata, in delubro juxta Dagon idolum collocatur, quod a base suo evulsum Arcam pronum adoravit. Unde Palestini gravissima angustia cruciantur, et postremo lethifera dysenteriæ pestis Adotum et universam provinciam ob Arcæ Dei translationem a proprio loco in exterum invasit, et tam funeste quod, autequam e corpore anima naturali morte resolveretur, intestina pestis putredine corrupta ferebantur. Quid mirum ergo, Anglia, si propter sanctissimi Fiacri corporis a proprio sacro templo denudationem in extraneum deferendi, Divina potentia tui regis Henrici scissa et putrefacta viscera extra decidant, antequam consueta morte anima e corporis ergastulo absolvatur? Profecto in fide catholica multa similia habemus, quod sancti suas injurias severius vindicant et ulciscuntur, ut acerrimæ pœnæ formidine territi a sacrilegiis perversi retrahantur;

[1] *Iliorum*] Ylliorum. A.B. | [2] *Subtractus*] Substractus. A.B.

Deum et sanctos vereri, ac conversi summo honore divinum cultum venerari impellantur. Nam, ut ait in Maximo Valerio commentator: "Vidi ego hominem "sanctum Augustinum turpiter blasphemantem, et mox "emissa blasphemia, os et linguam eversa habens mutus fuit."

196. Et cum hoc et altera tuæ mortis causa a fide dignis mihi comperta est, quidam vero spectatæ sanctitatis heremita e partibus Alpium ad te transmissus, summi Judicis auctoritate fretus, tibi strictius injungit ut cum hærede coronæ Franciæ, sepulto truculento discidio, pacem firmam ac veram componeres. At simplicis et sancti viri legationem parvipendens respondes, cum rege Karolo, vero et indubitato regni domino, tractatum fecisse, et cum altero super jure regni pascisci tua conclusa intentio non erat. At inquit hermita: "Talem "pactionem Deus, cordium scrutator, minus approbat." Exinde hermita a tua præsentia recessit. Post injunctione parumper digesta, mandas, dum Corbolii existit ut ad te revertatur et ipsum audies. Ait heremita: "Me "frustra ad Henricum reversurum;" quod in te sententia divina irrevocabilis jamque lata erat. Et cum hic hermita apud Delphinum Bituris venerat, hæc tria divino oraculo consilio prædixit; Henricum Angliæ regem infra certum[1] tempus moriturum; et lecti consortem domini Delphini, hujus rei ignaram, prolem masculinam concepisse, cui post nativitatem casu nomen imponi continget. Nec mora, Henricus ineluctabili morbo confectus vita defungitur; regina modernum Delphinum peperit, qui præter propositum patris regis et patrini, ducis Allaconii, simul altercantium, eventu hoc nomen Ludovicum sortitur.

197. Nullum sacrilegium, Henrice, isto execrabilius unquam perpetrasti quam per cruorem fœda et summa facinora, divina et profana miscendo, falsa sceleratæ

---

[1] *Certum*] An, A., added between the lines.

exhæridationis conjuratione sacram Franciæ coronam usurpare niti et captare, sacro et cœlesti oleo sanguinolentum corpus ungi in regem. Divina enim justitia tecum mitius[1] agit ut te tui sacrilegii pœnitentem ab errato revocaret, dum te per suum nuncium sedulius exhortatur ut a tanta præsumptione desistas, cum vero sceptri[2] Franciæ successore pacem inires; quam, ut nullam in te potestatem Deus haberet, et tuam nefariam[3] intentionem non cognosceret, superbissimus aspernaris. Prospera fortuna tibimet arrogans, et incœpto sacrilegio pessime grassaris, sceleratique tenax propositi quidquid audire metuis, aut odio habes, dedignans respuis, et quæ propter ardentem regni libidinem affectas, rata, firma et vera, hominibusque gratissima simul et Deo arbitraris. Hinc variis erroribus involutus, dum aliqua tuæ dominandi libidini adversum cogitare negligis, monitionem tibi salutarem credere et in Deum et proximum offensum emendare non vis, sed amplioribus flagitiis implicaris dum divinam ultionem obstinato animo minime formidas. Tum ob inobedientiæ scelus Deus tibi infestus, Qui non solum mortalium opera, cæterum mentes, unde ortum sumant antequam fiant, lucide considerat, te, divinæ monitionis contemptorem, per cruorem et nefas[4] alienum imperium usurpantem severius inopinate ulciscitur. O præclara et appetenda per raptum, incendium, sacrilegium, cruorem et scelestam conjurationem quæsita regni possessio, tamdiu duratura quamdiu ferro furenti tutari potest! Hæc ardua quanto cruore copiosiori quærantur,[5] eo ingentiori formidine et discrimine perniciosiori retinentur.[6] Et persepius accidit quod violentus alterius regni usurpator, qualem habet introitum, talem aut detestabiliorem exitum consequitur; et una vitæ interitu hora subtrahitur[7] quod per infaustos dies

[1] *Mitius*] Mittius. A.
[2] *Sceptri*] Ceptri. A.
[3] *Nefariam*] Nephariam. A.
[4] *Nefas*] Nephas. A.B.
[5] *Quærantur*] Quæratur. A.
[6] *Retinentur*] Retinetur. A.
[7] *Subtrahitur*] Substrahitur. A.B

nequiter fuerit congestum. Et hæc Henricus, libidine dominandi cæcus, minus animadvertit.

CAPITULUM UNDECIMUM.

Qualiter comes de Aumalia Anglicos, Andegaviam depopulantes et populum in Dei cultu et sacramentorum receptione tempore sanctæ Quadragesimæ turbantes, in prœlio Gravellæ devicit.

Other instances of English irreverence and sacrilege.

198. IDEM nefas in Christi ecclesiæ tranquillitatem et fidelium animarum salutem comes de Syffort, heros de Pulla, perpetrans, bis iterata omnium fortunarum agrestium rapacitate Andegavos versus Britaniæ fines in Ligerim agros exarsit. Nam miserrimum vulgus, cum sanctæ religionis institutis cordis amaritudine in Deum et proximum commissa plangere juberetur, deserta animarum cura, turbatis animis infestissimum carcerum angorem, omnium bonorum exitium et calamitosam patriæ direptionem plorare urgetur. Dilatatam enim tanti sceleris vindictam iste sacrilegus sanctæ Quadragesimæ violator non effugit. Porro cum raptum omne pecus abigeret et in Northmaniam opulentam arvorum prædam transducare niteretur, strenuissimus comes de Aumallia, consilio et armis optimus, collecto ex Northmania profugorum et patriæ nobilium exercitu, in vastis saltibus Brociniacis, non longe a Gravellæ pago, istum prædonem spoliis agrorum onustum assequitur. Ac magnanimus comes ex una et altera parte baro de Collunciis, bello acerrimus, exercitum Anglorum jamque militari ordine instructum, magna vi aggrediuntur, valida manu sauciant, fundunt, et absque Gallorum strage sceleratissimos sacræ tranquillitatis turbatores copia non modica interimunt. Ex flagitiosissimis satellitibus mille et circiter quingenti stricto gladio confossi a rapina ulteriori subtrahuntur; et ipse sacrilegus prædonum ductor captivus vinclis conjectus man-

cipatur; et coloni a vinculorum tortura soluti, lætitantes ad propria tiguria, et armenta rapta, manibus prædonum erepta, ad caules redeunt.

CAPITULUM DUODECIMUM.

De sacrilega ecclesiæ de Cleriaco exspoliatione, et de succursu Puellæ, et miraculosa obsidionis Anglorum expugnatione, et de inopinata regis Karoli Francæ coronatione.

The English besiege Orleans,

199. ANGLICA gens rapax, gens sacrilega, cum immanibus undenis arcibus illam fide et armis perspicuam urbem, regni conservatricem Aurelianis obsessam [oppugnare][1] tibi gravissimus labor erat, celeberrimum variis et infinitis miraculis illustratum nostræ dominæ virginis Mariæ de Cleriaco templum sacris donariis et pagum profanis[2] deprædari audax fuisti. Exinde omnia infausta tibi, sacrilege, procedunt. Nempe ille truculentus comes Salberiensis, crudæ obsidionis director, e pontis arcis fenestra intus reconditus, splendidam urbis compositionem prospectans, ab ignoto auctore, quamquam quidam aiunt a juvene jactato, plaga, qua percussus occubuit, lethifere sauciatur. Hoc extincto bellorum ductore, obsidentium animi industria et corporis vigor extincti marescunt.

which is relieved by Joan Darc.

200. Ad ultimum strenuissima Puella, viriles animum et habitum (ut belli expeditio sibi divinitus commissa necessario urgebat) induta, re militari, non ab homine, cæterum a Deo imbuta, ad tuam effrænatam protérviam confundendam e cœlo collapsa est. Immanitatem tuarum arcium horrendam, primo illius pontis, si regum potentia, si nationum multitudo in ipsam dimicaret, scuto et lancea inexpugnabilis; deinceps alterius Sancti Lupi,

---

[1] *Oppugnare*] Added to supply the sense, which is here defective.

[2] *Profanis*] Prophanis. A.

inaudito assultu mortalium viribus præstantiori, militantibus Anglicis intus stratis, absque sanguine Gallico funditus evertit. Alii cæterarum custodes, tanta clade inopinata perterriti, suas munitiones non insultu adeundas, fuga turpiter arrepta, victrici Puellæ cedunt. Hæc armipotens, cœlesti subsidio freta, gressu properato incedens, rure Patheaco assecutos medios per hostes ruit ferocissimos. Mirum! velut inepta membra et manus abscissas gererent, corpore robusti et bello exercitatissimi invasi minus reluctantes truncantur, ne alii huc, illuc per sepes et dumos fusi miseranda cæde, ut porci ad macellum expositi, non dico a militibus, verum a rusticis bello inexpertis trucidantur. Hoc prœlio confecto, in prævalidam Gergolii supra Ligerim munitionem, facile cum parva manu ab hostibus tutandam, hæc strenuissima bellatrix insultu aggreditur; in quo barbaros octingentos repertos arcu et gladio ferocissimos, omnes aut cæsos vel captos incredibili et plusquam humana armorum virtute perdomuit. Ante salutarem istius Puellæ succursum, tanta rei adversæ turbatio ac diffidentia a regni tuitione pugnatura in ferocissimos aggressores fidelium, etiam Delphini, animos labefactos depressit, quod urbe subacta, omni spe subsidii destituta, cæteræ civitates et castra, præsertim supra Ligerim constituta, victori hosti cessura erant. Nec alio opportuniore medio, nisi patria deserta domini Delphini salutem conciliarii tanta mali asperitate perplexi opinantur. Verum hæc Puella Sancto Spiritu monita ac divino fervore accensa infortunii lapsum sua præstantissima virtute reparans, per mediam hostium confertissimorum ferocitatem Karolum, tunc Delphinum, cœlesti oleo consecrandum, Remis transduxit; et qui modo nefanda suorum conjuratione a regno exhæredatus velut coronæ hostis, a perfidis impugnatur, nunc providentia divina sacro diademate redimitus, verus et legitimus sceptri hæres magnificum in regem sublimatur.

Capitulum Decimum et Tertium.

De crudelitate comitis de Yrundineto et sacrilegio, et de præclara in ipsum Gallorum victoria, et ejus calamitosa morte.

Sacrilege and cruelty of the earl of Arundel.

201. Sacrilegus insignis, comes de Yrundineto, crudelitate efferata et infausto exitu posteros tyrannos terreat ne colonorum strage, agrorum depopulatione et sacrilegiis in sui exitium cœlestem iram exacerbent. Porro iste truculentissimus comes cum ingenti barbarorum ferocia in Vastino Milliacum ferro, flamma invadit. Populus utriusque sexus ac parvuli, implacabilem ejus furorem formidantes, infra sacram nostræ Dominæ basilicam, et oppidani in castro se conferunt. Mulieres, pueri ac viri ævo imbecilles turrem ascendunt; robusti ad tutelam templi inferius remanent. Hic fera truculentior templum acerbius impugnat, ac populus infra recollectus virilius aggressoribus obsistunt. Barbari, acri retrusione infensi, furiata rabie, ligone templi murum et tectum igne petunt; accensa enim templi superficies in turrem ignitas faces evomit. Ligneam turris acum flamma populante, inclusi quid agant tanto malo involuti nesciunt. Undique incendio circumventi nec deorsum, nec seorsum, absque concremationis periculo ignes evitare possunt. Jamque tectura plumbi in guttis ardentibus resoluta miserrimos compluit et campanarum metallum supra eos liquescit. Inter quos est una pia mater, Nicolai Surdi uxor, quemdam lactentem puerum amplectens, quem cum zona collo alligans a culmine massæ turris lapideæ (circiter cubitorum septuaginta altitudinis) se et tenerum pondus in fossata aquis cumulata projecit. Hæc Dei auxilio freta ignium flammas et undæ submersionem salva cum sarcina evasit. Adhuc vivit pia mater, adhuc vivit dilectus filius. Cæteri a turre præcipitati, quidam ab

integro corpus exuritur, alius membra cassatur; hic media in unda submersus exhalat animam; alter fractis ossibus inutilis a barbaro trucidatur. Horrendum sacrilegium! combusta turris summitas dissoluta partim in foveas, partim supra templi tecta. Trabes enim accensæ supra testudines, et ignium violentia dissolutæ in templi pavimentum corruunt. Quantum cladis illa dies pestifera Milliaco attulerit non est facile scriptis exprimere. Nedum illud sceleratissimum incendium sacram ædem, cæterum universas pagorum amplissimorum domos plusquam numero septingentas conflagravit. Omnes miserrimi incolæ, terrarum cultores, ideo comitis invasioni resisterunt, per ferocem tyrannum funium suspendio adjudicantur; inter quos unus innocentissimus et simplex colonus, ne convicinorum exitium videret, primum suspendi funestum tortorem attentius rogavit, quod a tyranno innodatus laqueo obtinuit. Interim unus damnatorum cuidam Anglico in aure non laboratores sed capitaneum resistentiam fecisse suggerit. Exinde barbarus hoc comiti sanguinolento insinuat. Protinus capitaneum sisti imperat. Postremo audita eorum altercatione ab ulteriori suspendio laboratores absolvit, et sententia correcta, prisonarios fore hos decrevit, et capitaneum laqueo jugulari condemnat.

202. Ab isto nefando sacrilegio nequissimus tyrannus in communitatis hominum Algei et Belciaci stragem, qui Karolum suum regem, barbaris expulsis, introducere nisi fuerant, cladiferam gladii rabiem convertit; quorum cruoris unda per millia corporum cadavera inhumanus madefactam terram inebriavit. Deinceps impiissimus reipublicæ direptor violentissimo et barbariori impetu ab occasu in solis ortum Andegaviam percurrens, a colonis cæsis et conjectis vinclis, et ab omnium pecudum armento radicitus agros depopulatur. A tam cruento reipublicæ exitio revertens, hic, hominum cædis ardentissimus, relatum accepit universam vulgi Caleti communitatem raptis armis contra Angliæ ditionem

surrexisse. Tum iracundus comes furenti animo Deum et Sanctum Georgium attestatur se nunquam velamine superbas cervices cooperturum donec istam hominum communitatem sanguinolento ferro penitus absumpserit. Hoc voto sceleratissimo concitus, novem satellitum ab omni parte collectorum millia ductans, turbulento impetu Rothomagum properat.

203. Interea præstantissimi bellorum duces La Hyre, Ponthus de Santrailles et Rigaudus heros de Fontanis, castrum Patuli-Regis in Anglorum obedientia demolitum, reparare laborant, tricentos umbones cum totidem gesis mortiferis secum adducunt. Et ut La Hyre futuri periculi providens erat, infra fossata dumorum densitate cooperta latentem exitum scisso aggere, longe a porta retro aperire facit, ideo quod fores non obstruunt castri ingressum. Ex transverso quadrigæ insimul connexæ et tabulata implicata aggressoribus officiunt. Præscriptos enim bellorum duces cum quingentis armatis de post triduum Patuli-Regis oppidum fortificare incœpisse comiti in prandio nunciatur; et ex quadam furia commotus a se mensam dapibus oneratam evolvit [et][1] ait: "Isti Arminiachi infra hoc ruinosum oppi-"dum clausura et victualibus invalide munitum non "difficile capi poterunt, propterea quod hi sunt armis "formidolosi. Si capti supplicium patuli luant, sumpta "pœna cæteros perterrebit, ne de cætero infra nostræ "obedientiæ terminos collocare munitiones audeant." Et ob hoc Deo et Sancto Georgio vovet se quietem non sumpturum donec ut fera obsidione inclusos circumdederit, et hos perdomitos laqueis suffocarit,[2] nec uni parcet se facturum jurat. Et ob istius temerarii juramenti executionem, unam funium sarcinam præparari et ballivum Ebroicum Anglum secum ferre præcipit. Hic impiger, ad sui et suorum exitium præceps, equi-

---

[1] *Et*] Added, or we should read, Evolvens ait.

[2] *Suffocarit*] Suffocari. A.B.

tatu furia vindictæ accelerato, post meridiem hora secunda ante Patulum-Regis desudans appulit, et extemplo portæ tricentis plures viros electos bello excubantes collocat. Barbari enim appulsi oppidanis laqueos ostentant, et cruciatum latrunculorum suspendii inferre minantur. Oppidani vero, se cladibus involvi considerantes capitaneis inquiunt; "Vobis et nobis turpissimam mortem conjuratam videmus. Vestra perditione publicam regni tuitionem quamplurimum enervari, verum in nostra haud contiget. Vos ab his periculis eruti alios stipendarios nobis bello præstantiores facile coadunare poteritis; cæterum si nos hanc cladem evadere et vos obrui anceps belli fortuna daret, nunquam tam doctos, nunquam tam strenuos armatorum duces haberemus. Vobis acres equi præsidio adsunt, quibus vectos medios per hostes vos salvari oportet, et nos remansuri, antequam iste truculentissimus sicarius[1] supplicio præparato nos cruciat acerrime nostram necem ulciscemur."

204. At La Hyre, in adversa firmissimus et consultus in opinata pericula, omnium capitaneorum sui ævi princeps, acri ingenio et impigro corpore, cum hilari vultu et imperterrito animo, suos commilitones alloquitur; "Ut vos, fortissimi viri, ingruentibus et summis periculis versatos, mortis formidine impulsi derelictos habeamus, vestra strenue gesta et amplissima in nobis benevolentia non promeruerunt. Si quis honor, si qua belli gloria nobis adest, non ex nostra sed vestra præclara virtute totum procedit. Nam sicut animorum præstantia et invicto corporis robore res arduæ feliciter in adversis gestæ vos viros fortes et fidissimos nobis conjunxerunt, sic instantium periculorum magnitudo nos vestros capitaneos vitæ et necis consortes vobis conjunget.[2] Memores enim pristinæ virtutis, animo fortes et corpore expediti sitis. Nec vos ista

---

[1] *Sicarius*] Siccarius. A. | [2] *Conjunget*] Conjungent. A.B.

"multitudo barbarorum inordinata et furiosa istius superbi comitis aggressio terreat.[1] Vestra fides et præstantissima virtus variis tempestatibus mihi probata persuadet nos hodierno die pulcherrimam, hoc comite triumphato, victoriam consecuturos, si meo consilio, ut alias semper fecistis, obtemperare velitis. Profecto hic comes elatus, furia ductus, immoderate et minus discrete equitans, suis armatis gravissimo itineris pondere oppressis quamplurimum dimicandi vigorem abstulit. Hic præsumptuosus, in sua multitudine confidens, nostras vires cassas et inanes, imo nullas, suarum collatione censet; quamobrem nihil invasionis suspicantes, ut cibo et somno fatigatos hostes se recreant, nunc securi deponunt arma. Ideo mea sententia est ut nos modo ipsos inermes et lassos[2] accerime aggrediamur; et antequam in armis parentur, nostra invadendi celeritas hos incautos ex improviso aggressos obruerit. Alanus de Montieraulier, fortis miles, et Johannes Des Bordes pedestres cum intenta et expedita octoginta virorum cohorte vigiles primi invadent, et universos excubantes manu valida interimere nitentur. Ponthus, Rigaudus de Fontanis et ego, equestres per occultum tramitem exiemus, et horrifero tubarum clangore, arcu, geso et hasta hostes petemus. In hoc loco, fratres fidissimi, diu stare, tum castrum demolitum, tum alimentorum egestas prohibent. Nec cruentus iste comes, qui nostram mortem conjuravit, vos victos ad deditionem accipiet[3] ut vita salva sit, sed gula frangatur. Forsan nos capitanei patibulum, auro soluto, redimere poterimus, sed vos nequaquam. Propterea salutis desperatio et extrema necessitudo, quæ timidos audaces facit ingruenti mortis discrimine, contra nostræ mortis conspiratores invictissima virtute ferro

---

[1] *Aggressio terreat*] Aggressio non terreat. A.B.

[2] *Lassos*] Lapsos. A.B.

[3] *Accipiet*] Non accipiet. A.B.

dimicare cogunt. Mementote, viri fortissimi, si imperterriti vitam et egregium triumphum, si pavefacti dimicemus ignominiosam necem et luctuosum in armis exitum nostris[1] dextris portare. Videte ne inulti vitam perdamus, ne veluti latrunculi patibulo suspensi cruciemur. Vos moneo, vos exhortor, viri fortissimi, si quid industriæ, si quid animositatis nobis adsit, quod hic præsumptuosus comes, qui antequam cum hoste conflixerit sibi temerarie victoriam attribuit, prætensa cuspide nostrorum gladiorum sentiat quod non ut latrunculos, sed ut viros armis instructos aggredi, nec supplicio furum, verum lege militum et jure belli nos captos tractare debebat." Hic ad cœlum oculos erigit, inquiens; "O summe Deus! pone quod tu sis La Hyre et La Hyre sit Deus, in hoc prœlii articulo e cœlo mihi in extremo laboranti opem confer, sicut tu velles in hoc conflictu te adjuvarem."

205. Jubet quod unusquisque alteri confiteatur. In propatulo commilitonibus dolium[2] viri fundo abdicato directum communicat. Alanus de Montieraulier et Johannes Des Bordes, armis strenuissimi, pedestres alacri animo et infatigata manu Anglos excubantes acerbius invadunt; ac pugna præparati vigiles forti et audaci pectore Gallis aggressoribus resistunt Mortifer et incredibilis ab utraque parte crudelissimus conflictus insanit. Ad extremum nostri salute desperati, multiplicatis animorum et corporum viribus, octoginta plusquam tricentos Anglos bello exercitatissimos interimunt. Hæc turba mira fortitudine prostrata Gallorum animos in ampliorem victoriam erigit, et Anglorum mentem perterritam in calamitosam fortunam deprimit.

206. Interea La Hyre, Ponthus et Gauffridus absconso tramite a fortalicio egrediuntur; et dum equestres

---

[1] *Nostris*] Nostis. A. | [2] *Dolium*] Dollium. A.

hostibus appropinquant, terrifico tubarum clangore et furioso equitatu, vibratis lancearum, arcuum, et gesorum cuspide et acumine inconsultos hostes turbant, sauciant et confodiunt. Et tanta Gallorum acerbitas improvisos Anglos opprimit quod, nec repercutiendi invasores, nec conferendi manus ad conflictum licentiam habent. Primo aggressu Ebroici ballivi cohortem quingentorum ab integro necant. Inter spolia laqueorum sarcinam reperiunt. Galli indefesse trepidantes Anglos ad dextram et sinistram inclementi manu perimunt. Cæteri vero sorte prœlii adversa perterriti, armis abjectis, per sepes et nemora se fœda fuga salvare nituntur; verum La Hyre equestris (nullus acrior equitatu) maximo impetu hos fugientes opprimit, et cæsorum cadaveribus fossata cumulat; et usque in portas Gorniaci[1] fugam prosequens itinera cruore rubentia obtegit.

Death of the earl of Arundel.

207. Et dum hostium fugacium prosecutio agitur, Ponthus et Rigaudus contra comitem et ducentos Anglos a tergo quadam sepe clausos acerrime dimicant. Postremo a colubrinæ ictu glande plumbea comes tibiam graviter vulneratus se victum reddit, et captivus Belciaci ductus incarceratur. In hoc miraculoso et conflictu strenuo plusquam mille et sexcenti viri sacrilegi et crudelissimi agrorum et hominum depopulatores obierunt. Et dum hic sacrilegus comes a parva manu se turpiter victum et plusquam quindena virorum in conflictu millia, partim cæsa, partim fœde fugata considerat, suæ sortis impatiens et anxio vulneris dolore ærumnosa morte exspirat.

---

[1] *Gorniaci*] Gormachi. B.

CAPITULUM DECIMUM QUARTUM.

De Anglorum expugnatione et ignominiosa fuga, qui die Martis sancti Paschæ sacratissimum beatissimi Dyonisii templum rebus et sacris donariis exspoliare nitebantur. Et contra sacrilegos et tyrannos invectiva.

208. SACRILEGIUM aliud innectam; exinde ad incœptum rediens, in sacrilegorum exemplis finem imponere libebit. Events before S. Denis.

209. Rumore enim ad Anglos deferente Arturum Britaniæ cum non parva manu armata in Pontisara appulsum, Franciæ connestabularium moliri in urbem Parisiam Sancti-Dyonisii fortalicium refulcire, ob rem sacrilega Anglorum voluntas pagi domos æquare, populum destruere et sanctissimum templum, non humana sed Dei summi pontificis manu dicatum, preciosissimis donariis exspoliare, hujus tanti facinoris incœpti executioni divina severitas vindex celerrimum ferri remedium addit.[1] Porro Thomas de Bellomonte et Thomas Drinc, feroces Anglici, ad tam execrabile flagitium perpetrandum delegati, Parisiis profecturi, sacro jejunii tempore ecclesiam de Mengniaco expilatam incendunt. Deinceps nefarium furorem in sacratissimum beatissimi Dyonisii templum luce Martis sancti Paschæ exercentes, scrinia in nave deposita[2] cassant, et inibi quæque reperta bona rapiunt. Ulterius isti sceleratissimi prædones, ad opulentissimum beatorum martyrum sacrarium deprædandum progredi nituntur.

210. Illa tempestate octoginta latrunculi banniti, absque ducis imperio arma gerentes, quamdam murorum turrem occupant, quorum quatuor Sancto Spiritu impulsi, raptis armis, intellecta templi exspoliatione, ad tutelam

[1] *Addit*] Originally *adit* in A. | [2] *Deposita*] Originally *posita*. A.

sacrarii propere accurrunt. Isti prædones pii in chori aditu ferro ostium defendentes viriliter obsistunt ne perditissimi sacrilegi ad reliquias beatissimorum martyrum immensumque cæterorum donariorum thesaurum exspoliandum accedant. Actu enim sacrilegii flagrante, speculator in una templi turre prædonibus exitii nuncius indicat ex parte Pontisaræ ingentem armatorum turbam versus Sanctum-Dyonisium accelerare. Relicta enim templi deprædatione protinus sacrilegi Gallis obviam exeunt pontis de Labriche transitu, Gallis intercludere armis illatis conantur. Ut Galli primi cursores ad conflictum paratam barbarorum multitudinem, uti mille et ducentos, in pontis custodia pedites conspectu habuerunt, retrogressi, formidine perculsi, cæteros terrentes fugiunt. Tum heroes de Insula et de Moy suorum fœdam fugam aspere increpant, minis, verbere, prædæ et honoris hortatu ad hostes absumendos reverti urgent. In Pontisara ad connestabularium ut celeriter ad opem deferendum mittunt. Pedestres enim Galli bello instructi acerrimo congressu Anglos irrumpunt; ac barbari contra crebro sagittarum volatu et robusta manu pontis introitum tutantur. At Galli indefessi per jacula ruentes densissima, alacri corporum vigore et ferventissima animi magnitudine Anglos pontis defensores obruunt. Transitu vero vi armorum a Gallis superato, non absque magna barbarorum strage, cæteri Anglici huc illuc dispersi versus Parisius fugam arripiunt;[1] Galli alacres equos scandunt.

211. Interea Arthurus Britaniæ sudantibus caballis cum non modica bellatorum cohorte illuc appulit. Equestres Galli fugientium terga ferri acumine fatigant, per turmas diversos interimunt; hic denos, illic quaternos, et in Sancti-Laurentii pago tres occidendo sacrilegos, in Parisius portas et fossata prosequuntur. In hac fœ-

[1] *Arripiunt*] Originally *accipiunt* in A.

dissima fuga octingenti ferro sanctissimorum martyrum injuriarum vindice absumpti[1] sacrilegi corruerunt.

212. Inter captivos unus nomine Brichanteau, Symonis Mohyer, Parisiensis præpositi nepos, crudelissimus gladiator, quemlibet colonum interimere assuetus, a quodam viticola, cæterorum laboratorum necem vindicando, cum ligone, ut porcus, trucidatur. Cæsis fugatisque sacrilegis, connestabularius sacratissimam beatissimi Dyonisii basilicam, ut Deo et sanctis martyribus devotissimas agant gratias, visitatum maturat. Latrunculorum turrem occupantium partem cædunt, partem funibus vinciunt, et duntaxat quatuor, qui a sacrilegorum exspoliatione beatissimorum martyrum sacrarium defenderunt, a vinclis et strage intacti et sua salva bona evadunt.

213. Postremo hoc hodiernum bellum, Anglia, imo prædonicam patriæ direptionem, villa Fulgeris clam intercepta, fractis legum et canonum treugis, sacro Quadragenario jejunio Christi Cruore consecrato, gerere incœpisti. Ac eodem revoluto anno Valloniarum oppidum obsessisti, atque tui funesti grassatores sceleratæ prædæ avidissimi agros depopulantur; sacra vasa et ornamenta Divino mysterio dedicata templis auferunt. Et hoc conflictu secuto, a tuis sacrilegis ubique ignave, remisse, et Forminiaco rure infeliciter certatum est. O bellorum principes! si sacra templa deprædari, si ecclesiarum immunitatem violare, si ferro sæviente agros depopulari vos gladiatores contingat, non felici victoria in hostes potiri, verum severa vindicta vestras personas, vestras acies confundi, ob sceleratissimum nefas exspectate. Porro sancti ac beati Spiritus, in quorum honore basilicæ injuriis affectæ consecrantur, in facinorosos earum deprædatores apud Supremum Judicem vindictam exclamant. Tum ob instantem sanctorum querimoniam et atrocem suæ Sponsæ injuriam ira lacessitus, nedum stricto mor-

Reflections upon the event.

---

[1] *Absumpti*] Assumpti. A.

talium gladio, verum transmisso cœlestium militum exercitu, et sanctæ religionis contemptores acerrime ulciscitur, et agricultorum tyrannide oppressorum acerbissimam vindictam facit. Hæc duo hominum genera, ecclesiastici et coloni, templa et arva, cum rebus perpetua humano et divino jure concessa securitate a bellorum incursionibus lætari institutum est. Et qui altaris ministros injuriose tangit, sacratissimam Christi pupillam attingit, quibus nocumentum Deus illatum nunquam dimittit inultum, et sæpius propter unius sacrilegium, si belli princeps ultimo supplicio ferire negligat, universus deperit exercitus. Et qui imbelles agricolas jugi labore exercitata frugum instrumenta carcere vel cœde in opere rustico vexat, Deum, rerum Patrem, ut universos mortales atrocius lædit, a quibus Christi sacerdotes decimas, pauperum alimoniam, orbis principes annuos census, militum stipendia et omnium fructuum terræ usum humanæ vitæ suffragium, percipiunt.

214. Eapropter tanta publici facinoris atrocitate divina severitas lacessita, de excelso depopulationem agrorum in terram prospiciens, colonorum gemitum exaudit, et ut a tyrannide filios interemptorum solvat et a rusticis destitutam agriculturam reintegret, pestiferum tyrannorum brachium, quod agros depopulatum est, pagos flagravit, innocentium cruorem effudit, et sacra templa donariis exuit, dum dimicare innititur, invisa manu frangit. Hinc jamque cœlesti conflictu prostratos pauci mortales innumeram sacrilegorum multitudinem debellare videntur, atque humana legum sanctio divinitus ore principum promulgata hoc publicum crimen tanto odio prosequitur quod cuilibet mortalium privato agrorum depopulatorem flagitio deprehensum impune occidere permittit. Igitur ut non summus pontifex viri bella gessuri tabe anathematis brachiorum in hostes confligentium nervos inficiat, ærumnosæ mortis formido vos terreat, ne in colonos ad agros depopulandum, ne in clerum ad Dei ecclesiæ

immunitatem violandum et ad sacra templa spoliandum, scelesta predæ cupido manus violentes injicere audeat. Et si non recentibus nostri ævi, saltem antiquis exemplis sacrilegos et divini cultus ac ecclesiæ libertatis turbatores ignominiosa morte semper perituros accipite.

215. Nam cum superbus Nychanor ab Hebræis humiliter rogaretur ut diei Sabbati sanctificationi deferre vellet, ab ipsis cum indignanti arrogantia scicitatur an Ille, qui talem diem venerari imperat, potens esset? Responso enim accepto quod Deus in cœlo summe potens erat, aspernator divinæ Majestatis inquit: "Et "ego supra terram potens sum, qui arma sumi impero." Exinde propter Dei contemptum et divini cultus turbationem a Juda Machabæo turpiter devictus, dextra, quam in Dei templum superbe erexerat, et cervicibus truncatis, infausta morte vitam exterminavit. Atque Balthasar, rex Babiloniæ, Dei contemptor, qui sacrilego ausu in quodam convivio templi vasa vinum hauriens profanavit, a Cyro, rege Persarum, cruento ferro necatur, et propter divinæ religionis contaminationem ad exteros ejus regnum translatum est. Julius[1] enim Cæsar suis commilitonibus ne delubra violarent certo tempore strictius inhibuit, et continuo bini cursu anni in hostes feliciter triumphavit; verum spreta religione, Delphicum templum deprædatus est, et postea adversa bellorum sorte inimicis sæpius succubuit. Ergo, Deicolæ principes, si secundis bellorum successibus lætari et cum amplitudine dominiorum regnare velitis, ad divinum cultum et templorum reparationem, quæ scelerata Henrici guerræ iniquitas destruxit, quamprimum solicitam curam habete.

Instances of the punishment of sacrilege.

216. Profecto Constantinus tantam fervorem, tantam venerationem erga divinum cultum gessit quod, dum ad prœlia proficisci contingeret, quoddam tabernaculum ad

[1] *Julius*] Jullius. A.

ecclesiæ instar constructum ferre, et religionis ministros Divinum servitium celebrantes sese comitari, ac imperialis vexilli loco salutiferæ Crucis signum dextera gerere consuetus erat. Et revelatum divinitus habere meruit ob admirabilem sanctæ Crucis virtutem viribus humanis indomitos hostes superasse. Ac Robertus, rex Francorum, summus musicus et devotissimus Christianæ religionis cultor, cum istud cœleste canticum, "Agnus Dei," chorum tenens in sanctissimi Agniani solemnitate incœperet, angelico subsidio obsessi cujusdam castri muri corruerunt; ac a divini servitii celebratione reversus oppidanos hostes in sua ditione victos recepit. Cyrus enim, Persarum rex, Babilone urbe destructa, Judæos captivitate compeditos, fracto servitutus vinculo, et consecrata divino cultui vasa ad Judæam remisit, ac Templum dejectum reparari mandavit, et propter summam venerationem et virtutum opera, quæ exacta diligentia circa divinum cultum et peculiarem Dei populum ac Templi bellorum vastitate restaurationem gessit, totius Orientis monarchiam obtinuit. Romulus enim, Urbis conditor, primo regiminis anno quamdam Divinam esse Naturam superiorem, quam humana inferior natura honore summo venerari tenetur, animo cognoscens, ad sui imperii conservationem ob ignoti Numinis reverentiam asylum construxit, quod Templum Pacis nominans variis et amplissimis donariis ac singularissimis prærogativis dotavit. Profecto tantæ securitatis asylum esse decrevit, quod omnes scelerati, cujuscumque facinoris rei essent, ad illum fugientes, a nullo retrahi valerent; et insuper hoc asylum miseris succurrens ab omni belli invasione perpetua immunitate quietum teneri consuit. Cur Romani principes, cum de Summo Deo, rerum Patre, veram cognitionem non haberent, ad divinam religionem tantam curam gerebant? Cicero, testis locuples, ait: "Nihil religione præclarius, nempe pontifices "divini cultum bene agendo et religionem ex religione "sapienter interpretando rempublicam conservant, et ob "religionis et ejus ceremoniarum observantiam, hanc "terrarum omnium arcem tenuimus et cæteris rebus "aucti sumus."

217. Hæc sententia sacris exemplis confirmatur. Verum Salomon in regem assumptus, in Ebron descendens, sacrificiis et holocaustis devoto spiritu et solerti studio divinam curam gessit, et propter pietatis culturam summam sapientiam præ cunctis mortalibus divinitus infusam et labore acquisitam habere meruit, et ex pietatis cultu et summæ sapientiæ studio in divitiis, honore et bellorum gloria universos orbis reges sui ævi antecellit. Et cum a divina religione lapsus est in idololatriam, infinitam calamitatem et regnum ejus vastam direptionem absque resistentia passi sunt.

218. Quid plura scriptis inseram? Singulas historias scrutare, et compertum habebis quod ubicumque vera principum religio divinum cultum et sapientiæ studium, veritatis lumen ac justitia inflexum legum vigorem transtulerint, ibi mundanam felicitatem et præclaras secum traxerint potestates. Nec a fide est alienum, ut tantum durationis monarchiæ felices accipiunt, et in excelsum triumphis magnificis regum majestates extolluntur, quantum circa divinum cultum officiose et sapientiæ lumine illustratæ permanent, et æquitatis recto tramite diriguntur. Quis non novit Romanorum majestatem circa religionem et literarum studium solicitam, aliarum gentium victricem, super amplissimi senatus ordinem et sublime legum tribunal residere collocatam, dum orbi terrarum dominabatur? Quibus evulsis, Romanorum mundi gloria corruit potestas.

219. Et quid, principes strenuissimi, de nostro dicemus imperio, quod illibata Catholica religio et divinarum et humanarum literarum studium et justitiæ rigor omnium effecit excellentissimum? Profecto dum sanctitas principum ferventem operam dedit Catholicæ religioni, dum eorum prudentia bonarum artium studium privilegiis dotavit et ab injuriis quietum protexit, ac illibatam

justitiæ observantiam æque cuilibet ministravit, eorum Francorum majestas super æternum orthodoxæ fidei templum et super consecratum totius æquitatis tribunal constituta, Romana triumphis non minus gloriosa, sed Christi fide præstantior, floruit,—regnorum decus, ecclesiæ salus, religionis sacrarium, templorum honor et justitiæ totius profugium. Sed neglecto fidei cultu, deserto sapientiæ studio et fracto legum vigore, nostra respublica retroacta bellorum iniquitate miserrime lacerata, fere ultimum passa est exitium, quam Karoli animi magnitudo parumper respirare fecit. Verum piæ religionis observantia in Deum et bonarum artium studii[1] redintegratio[2] pace conservata, ac strictæ justitiæ severitas in flagitiosos consummatæ, nec alias resuscitabuntur.

CAPITULUM DECIMUM ET QUINTUM.

Qualiter auctor[3] ad consummationem prœlii Forminiaci texendam redit.[4]

Prophecy about the destruction of the English at Valognes.

220. AD sacrilegiam vulgi oppressionem et agrorum direptionem reprimendum disgressus ad incœptum redeo.

221. Quamplurimi ab hospitibus in campestribus villis, qui ad pugnæ discrimen non processerant, et in fuga, itinere et paludibus interfecti sunt. Augures vero Anglorum jampridem (ut quidam litterati asserunt) præsagiere affuturum sanguinem eorum a Gallorum manu fore Valloniis effundendum. Hujus vaticinii tremore soliciti Valloniarum oppidum et Constantini arva ocius[5] fugerunt; et sic tenebrosa augurii obscuritate delusi, ut certa evasis periculis salute potiendi spe ducti, rus Val-

---

[1] *Studii*] Above the line in A.
[2] *Redintegratio*] Reintegratio. A.B.
[3] *Auctor*] Actor. A.B.
[4] *Redit*] Reddit, B., where the Rubrics of the two following chapters are misplaced.
[5] *Ocius*] Occius. A.B.

loniarum, profanum suorum cadaverum sepulcrum, suæ sortis adversæ ignari, adeunt. Nempe evenit illustrem comitem de Claromonte cæterosque bellorum principes Ypepa hospitari et ejus rure acies construi, quod vicini Vallonias appellat. A quo prævalida Gallorum agilitas prorumpens rure Forminiaco, divino auxilio freta, vires Anglorum robustas prostravit. Galli enim victores in conflictus campo pernoctantes cadavera occisorum spoliis nudata quinis[1] speluncis inhumari fecerunt. Multi vero captivi misera avaritia irretiti, licet aurum lodicibus insutum tenerent, a carcere corpora redimere dissimulantes, unus jugulatur, alter cum auro in flumine præcipitatur.

Capitulum Decimum et Sextum.

Qualiter magnanimo Britonum duce atrocissima obsidione urbem Abrincensem infestante, capitanei uxor, habitu muliebri deposito, ducis belli officium usurpat, et demum victa oppidanis sibi inhærentibus, baculo in manu, cunctis fortunis relictis, abeuntibus, duci urbem reddere compellitur.

222. Hoc Forminiaco bello confecto, villam et astrum Viriæ, omnibus rebus munitum, Henricus de Northbery, captivus eorum capitaneus, Gallis triumphantibus in deditionem concessit. Proinde Franciæ connestabularius et comes de Lavalle aliique proceres ad magnanimum Britaniæ ducem Franciscum, acerba obsidione Abrincas molestantem, profecti sunt. Ante indomitum ducis aggressum oppidani, ne hostibus tecta præstarent, suburbanas domos, fortalicii aggere[2] circumsitas flammis consumpserunt. A quadam æde flagrata, in montis

Siege and surrender of Avranches.

[1] *Quinis*] Quinnis. A.B.

[2] *Aggere*] Aggeres. A.B.

ascensu,[1] satis longe a muris constructa, fax in forma trabis ignita, mœnia transiliens, supra quamdam domum juxta sanctissimi Andreæ basilicam lapsa est, quam et contiguas ædes funditus accendit. Universa enim civitas casu inopino conturbata stupet unde incendium ortum sumpsit. Angligenæ vero sinistra suspectione interpretati ad sui proditionem viros ecclesiasticos hoc scelus perpetratum conspirasse astruunt, et in ipsos rapto ferro sævire concitantur, dum quidam Anglus hanc tædam ab extra per aerem, ut muris excubans prospexit, volare testatur, ob rem furia præcipites ab innocentium exitio manus cruentas retraxerunt.

223. Ab uno exempti periculo cives gravius incidunt in aliud. Dux enim magnanimus stricto ferro urbem constringit obsessam; per muros fulminibus dejectos difficilem sibi præparat ingressum. Hanc viam per[2] portas pacto concessam armis mavult sibi aperire. Succursus enim spe destitutus Anglus capitaneus, capta insultu urbe ne oppidani commilitones mactentur et omnes fortunæ in prædam hosti cedant, eminenti calamitati occurrere deditione urbis transacta molitur. Cui effera ejus lecti consortis temeritas, viri audacia superior, obviam insurgit; ac illa inquit, "Angliæ probi-" tati absit quod ex uno latere civitas invia et a " fronte fossis, aggeribus et muris altis inadibilis, ac " quingentis viris bello instructis (nullis in North-" mania magis) defensa, sine duro conflictu hosti red-" datur. Nec tam munita urbs, nisi per pusillanimem " custodientium ignaviam, ab adversariis superanda " venit." Pars armatorum major, conjuge spreto tanquam ignavo, hanc in bello ducem acceptant. Hæc muliebrem pudorem et vestem exuit, et virilem audaciam et habitum induit. Vitta posita, capello effrontem verticem contegit, et sumpto baculo capitanei officium

[1] *Ascensu*] Accensu. A.

[2] *Viam per*] Viam quam per, A., in which *quam* is an interlineation.

usurpat. Lapsos armatorum erigit animos, et ut formidabilis ducis præcepta vigilantius exsequitur, per ecclesiasticorum hospitia et civium domos decurrit. Hos cogit invitos arma capescere, muris et vigiles excubias, ac ubique urbis propugnatores constituit; arcu, balista et colubrina mœnia defendere et hostes infestare imperat.

224. At dux impavidus adverso Marte lacessitus in hostes furit, ac impensius semitas[1] subterraneas effodit; crebrissimis tormentis implacabilibus muros conquatere lapidibusque vi fulminis jaculatis diverso loco evulsos humi ruere facit. Et jam robusti Britones in fossis hospitati feroci virtute mœnia aggredi et valida manu dimicare sæviunt. Exinde territi instantis eversionis formidine cives concussi voce tristi et lugubri vultu ad mulierem effrænatam Anglicosque clamant; "Nunc " temporis nostræ saluti consultum necessitudo ire cogit. " Nullo sexus et ætatis discrimine strage inhumana " periemus universi."

225. Postremo licet ingrati Anglici a duce magnanimo [ad] cædem seu minus ad vincula parati ad compositionem recipi instanter postulant. Quibus in extrema articuli necessitate laborantibus, illa callida et subdola mulier, exuto ferro et armis fraudis indutis, compta et splendida veste corpus elegans et ornatu puellarum molli et elaborato cervices redimita, præter modum formosa, cujus variarum rerum arte se fingens vultus auxerat pulchritudinem, pro urbis compositione, imo hostis interitu, ducem ætate florentem aggreditur. Proh dolor! dux incautus ejus exornatum venustatem intuendo[2] Veneris igne intrinsecus affectu percaluisse, ac ipsa perfida miscendo principem fervore libidinis ardentem lethali veneno intoxicasse[3] vulgo fertur; et quem arma barbarica non potuerunt, fraus muliebris

[1] *Semitas*] Semittas. A.B
[2] *Intuendo*] Tuendo. A.B.
[3] *Intoxicasse*] Intossicasse. A.B.

virus potione strenuissimum ducem perdomuit. Nunquam O principes! mulierum externarum, potissime ex parte hostili transmissarum, legationem seu nuncium accepisse, aut cujuscumque servitio vos deputare contingat. Si mollities fæminea virorum deliciæ, sub quarum mellito sapore venenum latitat, vestras personas tractet, in manu colubris vestra vita ancipite mortis periculo versatur. Judith enim divino mysterio Holofernis caput truncat, et a propria sorore fratricida Magnus Alexander venenatus post tot victorias anxia morte turpiter non honore prœlio expirat.

226. At compositione cum muliere habita, oppidanis baculo uno in dextera, loco lanceæ, subrogato, cunctis, equis cæterisque castrensibus retentis, abire concessit. Post enim hostium expulsionem,[1] eorum hospites et familiarite juncti multas infestationes, multa incommoda perpessi sunt. Profecto lege deditionis hostium spolia æstimata quod sint multo locupletiora, inter victores in prædam conferre decretum est. Idcirco armati importune thesauros apud eos assertos recondi exigunt, nec juris ulla repulsio quin in solidum seu majori in parte improbe petita deferre compelluntur.

Capitulum Decimum et Septimum.

Qualiter oppidani fortalicii Tumbelenæ, infortunio illorum Abrincarum perterriti, ipsum fortalicium nisi fame inexpugnabile duci absque obsidione, salvis castrensibus, concedunt.

Surrender of Tombelaine.

227. Rerum enim egregie gestarum magnitudine non est tam audax, non est tam efferati animi in fortissimo castra constitutus, quin congressu Gallorum operiri tremescat. Nulla armatorum munitio, nullum

[1] *Expulsionem*] Impulsionem. A.B.

oppidum prævalidum, nullæ turres arte et paludibus inviis urbes firmatæ, tormentorum concussioni, sagittariorum impetui, et militum probitati obstare possint, aut deditione seu insultu fortalicia priscis militibus inexpugnabilia, moderna Karoli præstantia expugnantur; quocumque indefessam militum alacritatem fecerit ruere, incredibilis bellorum prosperitas et secundi eventus Karolum prosequuntur. Justis armis humanissime triumphanti oppidani quidam expectaturi calamitatis exactorum ab urbe Arbrincarum consimili tremefacti fortalicium Tumbelenæ, nequaquam nisi famis asperitate superabile, duci clavibus oblatis concedunt. Ut sua apportent castrensia solum paciscuntur. Nam si regum potentia, si nationum multitudo Tumbelene expugnasset, posse subigi ni famis inedia nunquam arbitratus essem. Nam hæc insula a sacro Beatissimi Michaelis Monte duobus milliaribus et totidem a proxima terra distans, triplici clausura munita, gurgite pelagi vasto, rupe præcisa, et ambitu murorum ineluctabili, constructura fulcitur.[1] Tum etsi rupes salo amarissimo circumfundatur, tamen fons aquæ dulcis ab ejus venis perenni[2] fluxu scaturiens emanat. Hic locus amœnissimus contemplationi deditus, Virginis Almæ celebritati consecratur, incolis tutissimum profugium præstaturus.

Capitulum Decimum et Octavum.

Qualiter comites Dunensis et Clarimontis cæterique bellorum duces urbem Baiocarum obsidentes, expulsis centum novies Anglicis bello exercitatissimis, omnibus fortuniis ereptis, solum uno baculo cuilibet concesso, triumpho magnifico regis obedientiæ supposuerunt.

228. Castro enim Viriæ et villa subactis, conspicuus ætate juvenili florens comes de Claromonte ad urbem Siege and surrender of Bayeux.

---

[1] *Fulcitur*] Fulsitur. A.B. | [2] *Perenni*] Perhenni. B.

Baiocarum obsidendam aciem in bello Forminiaco nuperrime victricem detorquet, et ad occiduam plagam Carentonium respicientem in suburbio, multo nobili [comitatu][1] stipatus considet. Et solertissimus comes Dunensis ad solis ortum versus Cadomum, et præclara magnatum procerumque multitudo bellicose instructa, armatorum castra locant. Et ardentissimi ac liberalis animi heros de Monteneo, illustris ducis Allaconii exercitus ductor, atque Petrus Lovain, nec non populosa electorum sagittariorum copia, in partem conventus Fratrum Minorum sese militari ordine conserunt. Ab utroque latere urbs insignis potenti obsidione circumcincta tenetur, ac portis Galli ad arma hostes irritantes omnibus instant; et intus centum novies virorum bello præstantissimorum feroci manu et solerti cura obsessam urbem tutantur. Et ab extra ænea diversa et multa ferrea machina horrifica glandibus saxeis sulphure ignitis muros inquieto fulmine contundunt. Et concussio fulminum inaudita lapidum congeriem compactam decumulat, et labefactam ab imo in summum mœnium constructuram radicitus evertit. Jamque Baiocas insultu posse capi certum est; excita Gallorum alacritas, ingressu ad urbem patefacto, non secus exarsit sævire in hostem quam Gallicus canis, lepore ostenso, ruere in prædam. Verum temperatissimus locumtenens auctoritate regis ex mente progressa subversionem evitare proponens, edicto publico urbem invadi prohibet, ac inquit: "Piisimus rex noster suam "urbem misere depopulari, cæterum plebe et copiis "integram ad suam ditionem reduci certat. Nec cru-"delibus sanguinem (potissime suorum civium) huma-"num, sed justis armis hostes ab hac et aliis urbibus "propulsare quærit." Nec ut venator canes, visa fera, sic dux belli inflammatum omnium ardorem, conspecto

---

[1] *Comitatu*] This, or some similar word, is necessary to supply the sense left imperfect in A. and B.

hoste, coercuit. Quædam armatorum turmæ, non ex principis edicti spretu, verum immoderato fervore accensæ, præcipites fossis illabuntur, et asperrimo conflictu invasores et oppidani ambo valida manu invicem pugnant. Nonnullis inimicorum interfectis et quamplurimis gravissimum sauciatis, a duro certamine paululum quiescunt; viribusque resumptis, Galli alacriores quam ante ferocissimos insultus repetunt. Tum urbis ambiguo direptionis casu versata luctu, terrore et mortis formidine exsanguis facies tabescit. Ab utraque parte atrocius pugnatum est, tametsi incursus ex omni Gallorum principum bellorum jussu vi capta periisset clade miserrima.

229. Et tunc lugubrem exitum animadvertens Matthæus Goth, urbis capitaneus, et centum novies commilitones bello totius Northmaniæ acriores, ne torvo Gallorum insultu cum urbe periclitarentur, calamitosam deditionem acceptant, ut fragili baculo dextræ quorumlibet accommodato, duntaxat vita reservata, omnibus spoliis exuti,[1] pedes ab urbe recedunt, et plusquam tricentæ mulieres absque parvulis viros expulsos comitantur. Et cum Galli bellorum principes tot viros nobiles, tot mulieres præclaras equitatu destitutos [viderent],[2] humanitate moti ipsorum ærumnosæ professioni compatiuntur; et ob singularem nobilitatis favorem quibusdam sortis honestioris quadrupedes concedunt, et ad egregias mulieres parvulosque vehendos quadrigas accommodare faciunt. Hic luctuosus discessus, quamquam hostium, si adesses, ejus ærumna et squalore refertus, internam pietatem prope lacrimas excitasset. Unus genitor infantem cunis vagientem humeris bajulat, aliusque alium paulo validiorem manu conducit. Anglici patres ex patrimoniis profugorum opulente viventes, ac matres indigenæ earumque liberi procreati et nutriti, expulsi

[1] *Exuti*] Exutæ. A.B.
[2] *Viderent*] Added to supply the imperfect sentence.

Northmaniam, ut propriam patriam relinquere mœrore anxio confecti deplorant. In peregrinam Angliæ insulam veluti exsules[1] ituri, ad quam, velut ad natale solum, quo nihil[2] dulcius et avidius petitur, jugiter inflammatum gerunt affectum, in quo belli tecta sævi et materies dissentionis nutritur. O Matthæum Goth! Spoliis agrorum et urbium raptu et tortura exactis tuas fortunas fecisti locupletissimas; an ista afflicti populi oppressione cumulatas armis conservare potes? Quid de tanta præda nunc de Francia fœde expulsus in Angliam defers? Fractis enim corporis robore et animi virtute, armaturam, equos et quæcumque castrensia patriæ direptione extorta victori Karolo, ut vitam a stricto gladio redimas, compulsus cessisti; et raptis omnibus exutus, non eques vibratam lanceam manú, sed tenuem stipitem ad tuos penates pedester portas. Pro sorte gloriæ regni tui extollenda vincula, carceres, vulnera et gravissimas labores noctu diuque tolerasti. Pro tantis rebus angore gestis, tametsi exteriora fortunæ caduca amisisti, saltem summum virtute præmium honorem consecutus es; et labore tot periculis repetito tui principis gratiam et populi Anglici favorem habes, ut beneficiis pro remuneratione elargitis tuæ calamitati condoleant. Tua enim fœda a bello Forminiaco fuga sempiterna ignominiæ sorde tuam famam, tui nominis æstimationem deturpavit. Et quia fugiens prœliorum ordines dissolvisse accusaris (cujus occasione aiunt conflictum exitu sibi adversum et Gallis prosperum fuisse), et ob hoc tuo principi invisus et a populo implacabili furore concito reversus cæde[3] ferocissima necaris. In armis agitur perniciosus tibi, Matthæe, labor fuit, qui egestatem non divitias, qui dedecus non laudem, qui tandem crudele exitium non vitæ securitatem attulit. Exitus vitæ tuæ miserrimus tyrannum semper emori calamitose ostendit.

---

[1] *Exsules*] Insules. A.B.
[2] *Quo nihil*] Quod nichil. A.B.
[3] *Cæde*] Five leaves are here misplaced in B.

Capitulum Decimum et Nonum.

Qualiter comites Dunensis et Clarimontis, urbe Baiocarum subacta, exspectando connestabularium ad obsidendum Cadomi villam in agris suas acies vivere permittunt. Qualiter a castris Briquebeci et Sancti-Salvatoris et Valloniarum hostes expelluntur.

230. Urbe Baiocarum ab hostibus feliciter exhausta,[1] strenui comites Dunensis et de Claromonte ultra Urne flumen exercitus transducunt, venturum Franciæ connestabularium paulisper expectando ut armis potentissimis Cadomum cingant. Campestribus villis turmas commeatu vesci permittunt. Hac[2] temporis mora gens connestabularii strenue belligerans, Briquebecum castrum in Constantino antiquæ nobilitatis, Bertrandorum opulentam casam, sub regis Karoli obedientiam adduxit. Deinceps Valloniarum oppidum regium, totius septi Constantini supremam justitiæ sedem, impugnat; nec diu intolerabili tormentorum fragore obtusum patitur infestari. Porro turbatis rebus diffidens, vicegerens capitanei castri, Thomas Chisual, custos, præstito juramento, regis Francorum in virum fidelem evasit; et sorte rebus adversa exanimati cæteri oppidani de post ablaturi non præsumunt, sed Gallis petitum castrum dedunt. Exinde centum et viginti castrensibus onusti sese in Cæsarisburgum, uti tutum et ultimum refugium, concedunt.

Preparations for the siege of Caen.

231. Et raptim duo marescali Franciæ ad prævalidum castrum Sancti-Salvatoris, paludibus inviis circumclusum, cursu equestri prorumpunt. At ingressu unus scutifer, armis eximius, ex Bituria cretus, Blanchifortis nomine, inconsulto tormenti jactu decidit obrutus. Et

---

[1] *Exhausta*] Exhaustis. A.B. | [2] *Hac*] Ac. A.R.

quamquam ducenti pugnatores experti ad castri protectionem, non insultu nisi fulmine [1] superandum, tamen belli infortunio animis prostrati, corpore, industria, invasoribus obviare non audent. Nihil eruditus militum usus, nihil fossæ præcipites, nihil prævalida mœnia prosunt, ubi formido et pavor animorum virtutem frangit. Et continuo heros de Robessart ex Hannonia cretus, qui nedum capitaneum, verum castri (regis Henrici largitione) se dominum gerebat, ævo antiquo, cæterum magis ignavia confractus, marescalis oppidum tradit, et secum suas gazas apportans cum armatis ad Cæsarisburgum refugit.

Capitalum Vicesimum.

Qualiter maximo [2] armorum apparatu et principum, procerum et nobilium potentia, villa Cadomi, populo et rebus opulenta, undique circumdata, tam acri et forti obsidione a Gallis impetitur quod, muris partim humi dejectis, velut magnanimitas invandentium cupit, insultu subigi poterat. Et qualiter Karolus, rex clementisimus, qui antea obsidionis apparatum et magnificam villæ dispositionem visitaverat, piisima et sanctissima opinione ductus, non vi armorum sed longa obsidione, ne tam potens villa diripiatur, Cadomum subjugandum conclusit.

Caen besieged by Charles in person.

232. Postmodum duo marescali ab uberrimo frugum, volatilium, piscium et pecorum Constantini septo cedentes, in quoddam villagium nominatum Cheux, quatuor milliaribus prope Cadomum, celeri equitatu provehuntur, in quo Franciæ connestabularium, comitem de Lavalle, heroem Destoutevilla, de Loheac, de Sancta-Severa, de

[1] *Fulmine*] Fulminis (?). | [2] *Maximo*] Maximis. A.

Radiis, Jacobum de Luceburgi militem, comitis Sancti-Pauli germanum, senescalum Pictaviæ, quamplurimos alios proceres, et non modicam nobilitatem reperire contigit. Exinde bellorum ordine conserti in suburbio Baiocas tendenti infra monasterium Sancti-Stephani, juxta Cadomi mœnia, castra ponunt. Cum quibus comites de Claromonte, Castrensis, heroes[1] de Monte-Gaugain, de Moy in Belvaco, Robertus de Floques, Ebroicus ballivus, Karolus de La Fayette, miles, et quatuor cum quingentis sagittariorum et bipenniferorum equitum ac duo electorum a plebe architenentium peditum millia junguntur. Illa luce comes Dunensis, magnus regalis domus magister, marescalusque ejus germanus, heros de Aurivalle, de Monteneo, ducis Allaconii exercitus ductor, præpositus Parisiensis, dominus de Bellomonte, ejus frater, et quingenti equestres lanceis pugnaturi, duoque arcu, gladio et bipenni dimicare assuetorum equo incedentium, et sagittariorum tributis exemptorum duo peditum millia, ex altero latere versus Lexovias tentoria et militaria signa erigunt. Nec mora, repente ligneum pontem super flumen Orne, per medium Cadomi labens, magnopere construunt. Hoc quoque instituto infra quadriduum, comites de Augo, Niversensis, heroes de Monteneo, de Beuueillyo et Joachim Rouault, ingentem bellatorum multitudinem per pontem transvehunt, et sese ad aquilonem versus oceanum in abbatiam monialium recipiunt. Ex omni parte obsidione sæva Cadomum circumvallatur. Gallica gens animosa luce obsidionis prima antemurale portæ qua itur Baiocas intolerabili assultu usurpat. At hostes infesti arcus, balistas, colubrinas raptim obtendunt. Jaculis, saxis et glandibus plumbeis Gallos intrusos opprimentes, antemurale desertum relinquere urgent; nam versus villæ muros absque obice apertum existit. Haud illius parietis obstaculum a missilibus vibratis

---

[1] *Heroes*] Heros. B.

infra militantes protegit. Oppidani enim desertum Gallis fortalicium repetere non audent, verum portam lapidibus conjectis obstruunt.

233. Interea strenuissimus rex Karolus Argentaneo cedens, honorificentia principum, procerum, militum armatorumque turba decoratus, die secunda in suburbium de Vaussellis, hora prandii accessit. Ibi cum solerti comite Dunensi cæterisque viris egregiis super impendenti Cadomi oppugnatione varia modesta et multa diserta verba orsus est. Deinde pontem labente meridie transiens, omnem obsidionis apparatum et singulas armatorum munitiones visitat. Ac regio posito et humili habitu induto, cum rege Siciliæ et connestabulario Sancti-Stephani turres ascendit, a quibus universam Cadomi dispositionem prospexit. Atque mente pia tam magnificam et opulentam villam, ne vi capta destrueretur, summo studio præservare secum conclusit, quamquam mens ardens, prædæ libido, bellantium animos ad Cadomum vi diripiendum rapiebat. Tum villam gazis mercatorum ob omni patria recollectis cumulatam, tum thesaurum ducis barbari non tenuem, tum opulenta expulsorum spolia infra recondita norunt. Et deinceps, ne subita hostium irruptio (quorum multitudo ingens Cadomi arcebatur) in regem prorumperet, non in obsidionis septum sed in abbatiam de Ardena, non longe tamen, penates collocat. Rex quidem Siciliæ, duces Calabriæ ejus primogenitus, et Allanconii, comes Sancti-Pauli, duo generosi domini Ferratus et Johannes de Lothoringia germani, et lanceati mille, ac duo sagittariorum equitum millia bipenniferi, ac gladiatores mille, et totidem architenentes a plebe electi pedites, in obsidione magnifico et splendido militari ordine inibi remanserunt. Et cum hoc dominus de Bellavalle et dominus de[1] [ ] inter Sancti Stephani abba-

---

[1] *Dominus de*] A blank space here follows in A., but B. passes on without noticing the omission.

tiam et castrum secus quamdam capellam, cum triginta lanceis et mille cum quingentis francis sagittariis fixam in armis tenent stationem. Galli enim principes summi cum machinis omnium generum[1] Cadomum impugnare acrius nituntur; cum ligonibus et fossoriis alta soli viscera rimantur, et improbo labore robusti Britones viam subterraneam in villam progressurám sibi celeritate mira præparant. Et nedum ipsi sed quamplures alii subtus muros, lapidibus evulsis, circumcavatos sese hospites inserunt, cum hastis ereptis in hostes murorum summitatem tenentes pugnaturi. In tanto enim certamine unius alacritas alterius virtutem ad villam insultu oppugnandam propensius invitat. Solertissimus comes Dunensis munita antemuralia pagi de Vaussellis juxta amnem Ornæ constructa cum ingenti animi magnitudine et nervoso corporis vigore invadi jubet. Haud mora; atrocissimus insultus hinc inde mutuo conflictu certat. Quamplurimi Anglici studiosius intendentes ad improbitatem[2] Gallorum propellendam interficiuntur. Tanto aggressu intolerabili, tanta alacritate indefessa, gravissimum oppressas a pugna ulteriori vires deflectunt, et victi invasoribus antemuralia resignant.

234. Hæc re strenue gesta, erectus Gallorum crescit et hostium lapsus diminuitur animus. Nec solum acres Galli muros transcendere, verum subtus terram penetrare moliuntur. Profecto unusquisque belli princeps infra penates speluncis concavatis secretum et iter obscurum in villam aditum reseraturum sibi aperit. Et potissime cohors Franciæ connestabularii labori assueta muros ante Sancti Stephani abbatiam conjectos suffodiunt, et cujusdam turris in ejusdem monasterii conspectu funditus bases succindunt, et columnis flamma apposita consumptis, ingens mœnium et turris congeries ruina præcipiti collapsa amplum patefecit ingressum. Extra Galli

---

[1] *Generum*] Originally *guerrarum* in A.

[2] *Improbitatem*] Originally in A. *probitandam*.

admodum lætitant et intus tanto malo stupefacti Anglici amarissimo terrore conficiuntur.

Charles forbids the assault of the city.

235. Jamque Gallorum alacritas incensa consequendæ victoriæ et opulentæ prædæ stimulis excitatur manu dimicare in hostem, si rex, supremus princeps, ineundi conflictum laxaret auctoritatem, cui renunciatur insultu facile Cadomum posse subigi. Hoc agi debere sibi non ineleganter persuadetur. At rex piissimus, Divinæ clementiæ imitator, strictius inhibet ne gens martia in villæ tam populosæ lugubre exitium manus cruentas extendat; ac ille inquit, "Si salutare consilium mihi daretur, quo plusquam decem proborum virorum intus existentium millia, qui summa caritate nostram majestatem amplectuntur, a calamitate villa capta irruenti et sua præservari possent, ut non a furore gladii cum hostibus periclitarentur, mea sententia foret Cadomum vi et insultu expugnandum. Villa enim ferro subacta, nullo hostium cum amicis, nullo nocentium cum insontibus, nullo sexus et ætatis discrimine habito, sanguinolenta manu peribunt universi. Mulieres pavidæ, senes inermes et burgenses innocui, velut ferocissima regis Henrici captione inibi omnia scelera ista perpetrata sunt, misera iterata clade necabuntur. Sancta templa cruore humano fœdari, a donariis exspoliari, virgines constuprari, castas violari, nullus efferatum ferri furorem arcebit. Hic alieni rapax et sui effusus gladio prætento omnes domos perstringet. Fortunas enim burgensium[1] raptas cum spoliis inimicorum auferet. Sub nostro armorum imperio ista nefanda facinora perpetrari nolumus, nec cruorem hostium effundere, sed eorum intrusionem a nostro ducatu propulsare affectamus. Longæ enim inedia obsidionis contriti hostes absque nostrorum sanguinis effusione et lugubir bur-

[1] *Burgensium*] Brugensium, A., originally.

"gensium exitio nobis restaurare cogi poterunt." Hæc pii principis sanctissima fuit opinio.

236. Profecto absque gravissimo Gallorum detrimento et irreparabili villæ eversione nunquam vi a barbaris erepta fuisset. Nam acerrimi hostes, Robertus Ver, miles, Henricus Regnefort, Hugo Spencier, Henricus Stendis, Guillermus Courren, Guillermus Logot, Fulco Ethon, Henricus Ludonii, capitanei armis exercitatissimi, sub imperio suo quatuor Anglorum millia habentes, ad villæ protectionem arctius invigilabant; et infra castrum, fortiorum totius Northmaniæ unum,[1] dux de Sombresset, uxor, eorumque liberi in tutissimo profugio residebant. Haud dubium, tanta armatorum copia, aggere et mœnibus validissimis protecta, infra villæ intestina absque maxima invasorum strage debellari non poterat. Et si corda burgensium cum hostibus unita, velut distracta erant, tanta virorum multitudine defensa, non vi verum sola fame superanda villa patebat. Hac enim ingressa, non tamen recuperata fuisset. Vires omnium animo et corpore insimul junctæ loca superiora occupassent; exinde sagittis vico texisse et desuper ingressos saxis et missilibus obruisse contigisset. Sed animi burgensium ab hostibus divisi (ut nunc sunt) si contra vim et ferrum villam tutari nequirent, diffidentia impelleret Anglicos burgenses relinquere indefensos et ad castrum profugere; ac oppidanis in tuto collocatis, uti dum immanis Henrici crudelitas captam villam obruit, victores armati inclementem ferri furorem, qui nulla restringeretur humanitate, ad burgensium cædem et ad eorum fortunarum direptionem exercerent; et villa tam calamitose direpta non facili pugna hostes a castro, ut alias, expellerentur.

237. Hoc amplissimum oppidum, indissolubili calcis et cæmenti compage firmum et situ inexpugnabile, clausuram Silvaneti urbis non minorem continens, Strength of the position.

---

[1] *Unum*] Verum. A.B.

altisque turribus conspicuum supra silicem durissimam construitur. Et infra hujus castri septum sublimis arx quadrata, illa Bituris immanior, in excelsum cacumen custodit, turresque quatuor aliæ paulo minores in arcis angulis fabricatæ eleganti forma circumstant, atque fossæ præcipites et muri compacti huic arci robustæ munitionem non invalidam superaddunt. Belciaci ubertas, segetum fertilis, equorum pabula et optima hominum alimenta huic regio castro ministrat. Fæcunditas Algei intima fluens pinguedine [1] obesas pecudes et redundantes sincere penus propinat. Flumen navigabile fœnum, lignum, cæteraque promiscue necessaria, et mare delicatos omnium generum pisces et diversam vinorum speciem copioso usu Cadomum transvehit. Aer salubris et conspectus pratorum amœnissimus intrinsecum corporibus vigorem et jucundissimam oculis voluptatem conferunt.

Capitulum Vicesimum et Primum.

In hoc capitulo de clementia regis Karoli et crudelitate regis Henrici, et eorum diverso bellorum exitu, agitur.

Comparison between Henry V. and Charles VII.

238. Summa igitur Karoli pietas tam insignem, tam magnificam, tot bonis locupletem villam, ne a ferri inclementia vastaretur, integram præservans, humanitatis præstantia omnium regum principem laude et gloria effert sempiterna, et posteris singulare exemplum literis consecrandum relinquit, ut non promptiores ad delendas urbes et villas diripiendas cruentum gladii ferrum convertant.

239. "O Henricum, infama tua crudelitas ferocissima " obsidione Cadomum subegit, et vi occupato, unum " domi, alterum in templo vicisque infinitos strage mise-

[1] *Pinguedine*] Pinguedinem. A.

randa trucidavit, et viventium corpora cæteraque omnia militum prædam esse decrevit. At immensa Karoli pietas audaciam bellatorum inflammatam a præda et cruoris effusione restrinxit, ne ferro Cadomum aggrediatur, ac reducto vitam omnium a manu sanguinolenta incolumem præservat, et in summam libertatem a durissima servitute ereptam burgenses adduxit, et sua cuique, etiam hostibus, possessa reliquit intacta. O Henricum, tua rapacitas rebus et colonis misere agros depopulatur, et singularis Karoli abstinentia neminem concutit, nullius fortunas attingit; ferum prædonem colonos opprimentem publicæ injuriæ ultorem ferit."

240. Hæc diversa duo bellorum genera a dissimilibus principibus aguntur. Unum belluarum, quod corporis viribus abutens quæcumque aliena ut sua rapit et ferinos ritus cæde humana cruentat. Aliud hominum, quod pro rebus vi usurpatis hoste juste repetendis certat, ut jure belli restauratis cuique domino veteri libere in pace absque injuria frui, et urbes ab hoste ereptas a vero principe in fidem recipi, liceat. Hoc miseris omnibus indulgere poscentibus remitti offensam, quamquam majestatis læsæ reum condonat; illud nemini propitiatur, neminem supplicantem exaudit. Hoc sui effundere cruorem similis abhorret; illud manus impias humano sanguine venis extracto rubricare congaudet. Hoc si obstinata scelerum immanitas clementis continentiam excedere cogat, triste secum condolet severi principis exercere officium; illud reservatam Summo Judici vindictam usurpare non trepidat, et fervente gladio hominem, cœlestem imaginem, ferociter interimere lætatur. Ut igitur beluis feritas non aliter hominibus mansuetudo proprium a feris mortales differre et summo Deo similes facit. Quid inde? supremus Judex et Rex Pater crudelem humanitatis hostem et demum vindictæ ultorem perdit, et clementem humanæ naturæ amicum præmio dotat. Diversum igitur istorum prin-

cipum considerat immensa cœlestis benignitas; regem mansuetum, non Sibi absimilem, bellantem ubique protegit et absque suorum sanguine fuso, hostibus victis magnificum triumphatorem, et urbibus deditis gloriose principari facit. Atque crudelem regem, Dei inimicum, ab excelso regni culmine, omni animi virtute et militari industria destitutum, ad miseriæ infimum prosternit, gravique suorum discrimine ubique ignave pugnantem ab imperio vi usurpato victum propulsat ignominiose.

Capitulum Vicesimum Secundum.

Qualiter et qua deditionis forma, obsidionis acerbitate dux de Sombresset exactus regi Karolo Cadomum tradit. Qualiter comes Dunensis capitaneus, clavibus a connestabulario sibi traditis, castri et villæ Cadomi adeptus est possessionem.

Incidents connected with the surrender of Caen.

241. Ad incœptum redeamus. Cum dux de Sombresset diversa et multa dubio animo volutet, admodum terretur vario rerum eventu confusus. Tum sese, uxorem et liberos crebra obsidionis acerbitate fatigatos vehementius arctari sentit. Tum suos commilitones implacabili metu pavefactos, si cum fero hoste certamen ineant, sterni potius quam occidere paratos animadvertit. Tum ubicumque in Karolum regem pugnatum fortunam Anglicis fuisse commemorat adversum. Tum propter iniquæ belli sortis conturbationem nullum sperat ab Anglia militum subsidium consecuturum, sævis infortunii procellis agitatus, animo labefacto veretur ne ad extremum sua persona, uxoris et liberorum gladio perimantur,[1] aut victi in miseram captivitatem casuri, non mediocrem in prædam hostium decidant, si pertinacibus armis in Karoli regis potentiam resistat. His

[1] *Perimantur*] Perimant. A.

et aliis dux concussus, ut periculis, quibus salus universæ familiæ et fortunarum versatur, impedentibus mature obviet, opulentam Cadomi villam, insigne castrum et magnificam turrem in hanc compositionem adduxit; si postera sancti Johannis Baptistæ luce infra primam Julii proxime lapsuram Francorum regem ejusque armorum potentiam campo non expugnaret, hæc tria famosa fortalicia Karoli potestati dedet. Istam conditionem deditioni inserit, licet certum haberet tempore sibi non succurrendum, ne per suam ignaviam, verum per subsidii armorum subtractionem, ut defectu succurentium, non suo, tam potentem villam, validum castrum et arcem ornatissimam ab Anglicis perdidisse læsæ majestatis reus accusaretur. Et ut composito promisso non frustretur, decem viros ab Anglia, duo milites in Northmania et quatuor burgenses ex Cadomo cretos in vades tradit; eo pacto quod idem dux, lecti consors, sua propago, cæterique Angligenæ cum suis uxoribus liberisque cedentes illæsi, castrensi mobilia, etiam equos, arma, milites,—sagittarii arcus, balistas et loculos secum in Angliam vectura curruum et navium sumptibus propriis accommodata transducent. Immanes enim machinæ et minutæ, præter colubrinas quæ dextera deferri possunt, apud Francorum regem belli institutis parte manebunt. Præterea Anglici creditores singula chirographa et debita viris ecclesiasticis et burgensibus obnoxiis ut cancellata et soluta absque alicujus exactione cedant.

242. Labente igitur Julii prima, ideo quod nullus principum Angliæ subsidio affuit, ballivus Cadomi Anglicus in campis allatas villæ, castri et turris quadratæ Franciæ connestabulario claves concessit; quas extemplo egregio comiti Dunensi, ut capitaneo et gubernatori ex regis auctoritate creato, tradidit. Idem Arturus in armis rure consistit, ut Anglicos recessuros cogat ad mare rectum iter tenere, ne ad prædam in villas campestres evagentur. Dux de Sombresset, heri gubernacula du-

catus feroci imperio regens, cunctorum fortunas et hominum arbitria flectit quo funesta dominantis jubet auctoritas; et hodie ab iniquo regimine expulsus ad pagum Destrehan, marinum portum nocte dormiturus accessit; et non ut imperanti, sed peregrino, nocturnum hospitium satis benigne postulanti, indiginæ fores domorum obversas claudunt, ac famelitico carius empturo viaticum distrahere nolunt. Aspere improperant sceleratissimam tuam gentem Anglicam plusquam sexaginta ædes amplissimas, spoliis vi ablatis, in hoc pago conflagrasse; ei transfreturo in Angliam pelagi et aeris malignitatem et toti Anglorum generi imprecantur. Deformem domorum parietinam ostendentes inquiunt; "In hoc combustionis loco, quem tui perdi-" tissimi incendiarii tibi comparaverunt, tuorum uxoris " et liberorum et tuas cervices[1] reclina, et onustus sarci-" nulas depone. O quam justum judicium si nefandi " incendii artifices in arca combusta qua populare scelus " perpetrarunt, ut severa legum sanctio exuri statuit, " cœlesti fulgore tanti criminis ultore concremaren-" tur! Nec tectorum nec rerum usus, quæ tua gens " iniqua flammis et rapina diluit, tuis satellitibus et " tibi eorum duci immanitatis subsidium nos decet[2] " accommodare." Haud dux nec barbari inhospitati, quamquam æstu et vento maritimis graviter afflicti, nec incœnati fame et siti diurna[3] confecti, vi tecta subire et dominis invitis commeatum usurpare audent; ne salvo conductu fracto, exosa corpora in captivitatem et opulenta spolia in prædam decidant.

243. Comperta enim hostium inedia, quibus populus infensus alimenta ministrare recusat, humanissimus rex Karolus negotiatores ad ducem barbarum victualia deferre et hospitia aperiri jubet. O quam anceps tyran-

---

[1] *Cervices*] Services. A.

[2] *Decet*] Added between the lines in A.

[3] *Diurna*] Diurne. A.B.

norum imperium et subita clade periturum, ni partum amore subactorum firmo retineatur! Heri dux de Sombresset, summa regis auctoritate vectus subjectorum fortunis, ut sæva libido cupit, ad nutum uteris et ingenti formidine sedulo honoris cultu a Northmanis veneraris; hodie imperio iniquo dejectus, commeatum a populo recusatum nec pretio nec vi, quo te labore itineris gravatum recrees, tibi comparare potes. Hodie asperrimo imperio populus te ipsum heri regentis solio sublimatum afficit, et ut in crudeli incendiario adversam sortem imprecatur. Heri excelsa palatia phaleratam tui superbi ducis pompam et mensas splendidis ac variis dapibus onustas vix continere poterant; hodie demissa colonorum casa, ut commeatum et nocturnam quietem discumbiturus sumas, te expulsum recipere dedignatur.

244. Vos[1] principes, qui armorum potentia novo imperio populum subditis, rebus, uxoribus et personis violentiam inferre præcavete. Nulla virtute princeps alterius patriæ domitor multitudinis benevolentiam sibi facilius reconciliat quam ab injuriis irrogandis manus innocuas continere; et e converso, nulla pestis capitalior in novo seu antiquo principe quam avaritia subactorum fortunas quæstui habere, et filiarum mulierumque sua libidine castitatem attentare. Verum qui rebus sibi ereptis aut uxore violata atrocem injuriam accepit, præ se jugiter inclusum anxium fert dolorem, offensusque absconso dolo solicite molitur ut suam contumeliam acerrime ulciscatur. Ob luxuriam in uxore unius nobilis attentatam omnis Siculus et Neapolitanus, non in unius rei flagitiosi, sed universorum mortem conjurans, una nocte omnes Gallos per urbes, castra et campos crudeliter interimerunt; et propter tyrannidis immanitatem Northmani idem votum gerentes ad Anglorum expulsionem, vehementissimo spiritu commoti fuerunt.

---

[1] *Vos*] The passage which here begins, and which includes the whole of this paragraph, is written in A. upon a slip of paper inserted between folios 104 and 105. It is in the hand of the first scribe. It occurs in the text of B.

245. Tyrannorum ergo imperium diurnum esse non potest, quod multis odiosum. Haud amicitia firma, cæterum metus infidus tenore instabili male conservat. Profecto inclementi adversitate vix aut nunquam diu vacare continget, qui infensis subditorum animis regnat. Adversitas enim in tyrannum sæviendi occasionem vulgo ministrat. Ubi occasio exoritur non deerit in multitudine plures, saltem unus, qui insurgendi opportunitatem præsentem non accipiat. Quid inde? Unus insurgens universum populum crudelitate oppressum contra tyrannum facile commovebit. Ac raro exitu optato carere videtur quod cum favore et laude multitudinis attentatur; uti solo Bruto persuadente, universus Romanæ urbis populus Tarquinium regem superbum a majestate regia expulisse non est ignotum.

246. Ab arce sublimi fortuna belli ducem superbum detrudente, mox humilis regis locumtenens, robustis ducentis sagittariis antecedentibus, heraudis et tubicinibus regis intermediis, et a tergo tribus venustis scutiferis vexilla liliorum auro florentia gerentibus, retroque centum egregiis armis coruscantibus, per turrem quadratam et amplissimum castrum Cadomum magnificus intrat; supra quam et villæ portas cœlestis Regis signa honorificentius erigi jussit.

Capitulum Vigesimum Tertium.

Qualiter rex Karolus, splendida principum, procerum et nobilium magnificentia decoratus, Cadomum ingrediens a burgensibus summo honore et a clero summa veneratione, cunctis ingenti lætitia exultantibus, receptus est.

Charles enters Caen.

247. Sexta vero Julii fluenti, rex piissimus splendida principum, procerum et nobilium turba illustratus, ducentis sagittariis et buccinibus regali ornatu armorum insignitis præcedentibus, et retro tergum eximiis centum lanceis acutis militantibus, regis vestigia secuturis,

ab abbatia de Ardena prope Cadomum equo incedens[1] accessit. Cui egregii burgenses hilari et modesta facie, velut ab infesta servitute erepti,[2] cum Dunensi comite obviam exierunt; et impenso humillime (ut tantum decet regem) cultu reverentiæ, claves villæ ejus facultati præsentaverunt, quas grata manu et benigno favore accepit. Et confestim universus clerus, maxima in multitudine, decenti vestimentorum honestate redimitus, villæ claustra egressus, canticis et hymnis exultans colendissimam regiam majestatem venerantur, ac ex pretiosis aulæis et locupletibus tapetis,[3] pannisque vario distinctis colore, vici et compita quibus rex iter agit ornatissimo cœli (seu cortinæ) paratu tenduntur. Ac populus et vulgus mixtum cum parvulis, antea durissima servitute contriti, nunc accepta libertate freti, in novæ jucunditatis voces erumpunt, immensamque Karoli pietatem ab hoste sine sanguinis fluxu et sine præda vulgi rapta ad cœlum extollunt, et velut cœleste Numen et plusquam mortalem summo condignantur honore.

Capitulum Quartum et Vicesimum.

Qualiter Ponthus de Santrailles, armis et fide præstantissimus, sagittariorum unam turmam machinas in Falesiæ obsidionem oppidanos invadentes repellens, maxima vi et acri impetu in Falesiæ valvas fugat. Et qualiter rex Karolus in abbatiam Sancti Andreæ versus Argentaneum se[4] confert, et qualiter principes et bellorum duces maximo armatorum exercitu villam Falesiæ et castrum prævalidum obsident.

248. Illa luce Ponthus de Santrailles, armis et fide præstantissimus scutifer, Bituris ballivus, primus ante Falesiam suam cohortem appulit. Exinde Anglici oppidani francos sagittarios non confertim sed sine ordine

Falaise invested by the French.

[1] *Incedens*] Incidens. A.
[2] *Erepti*] Ereptæ. A.
[3] *Tapetis*] Trapetis. A.
[4] *Se*] Added to the text of A.

diversos incedentes, quorum et regalium machinarum magister Johannes Burelli ductor erat, prospicientes ex improviso ferociter invadunt. Et ut Ponthus strepitum hostilem et tumultum intellexit, equo acri converso ocius prævolat, sagittarios dispersos extreme laborantes in belli ordinem cogit, vehementius hostibus insistat. Ibi virtutem et animi industriam egregie ostendit, maxima vi cædit, inque valvas Falesiæ crudeles fugat hostes. Propter inordinatam sagittariorum profectionem fœda et ignominiosa confusio exercitum surreptis machinis turbasset, si non Ponthus celeratum subsidium tulisset. Tametsi oppidani bello intenti et totius ducatus acriores essent, tamen nostri virilibus armis oppidum Falesiæ, opere et loco munitissimum, et villam circumdant, crebro et acerrime inclusos jaculis contundunt.

249. Octava Julii rex serenissimus Karolus Cadomo equitans infra abbatiam Sancti Andreæ versus Argentaneum, non procul a Falesia, multo principe stipatus consedit. Dux Allaconii versus Parisios Sanctæ Margaretæ hospitium tenet. Comes enim Dunensis Gybrayo sedem ponit, et juxta heros de Foresta, comitis Cenomanensis armatorum ductor, consistit; et duo francorum sagittariorum millia infra quamdam abbatiam subtus Gybrayum hospitantur. Secus ripariam in conspectu dominus Johannes de Lotharingia, heros de Bellavalle et ballivus Bituris collocant castra; et versus Cadomi plagam comes Niversensis, heroes de Culento, magnus regiæ domus tunc temporis magister, de Aurivalle, de Montenio considentes obsessos infestant.

Capitulum Quintum et Vigesimum.

Qualiter rex Karolus ab oppidanis, non expectata obsidionis atrocitate, deditione inita, in sui obedientia Falesiam recipiens, a nonnullis persuasus in contrarium heroem de Talbot a carceribus liberat.

Falaise surrenders upon con-

250. Oppidani vero, licet loci asperitate et armorum industria omnibus rebus se munitos cognoscerent, non

tamen diu obsidionis angustiam ferunt. Nam impensiori studio ad sui capitanei, herois de Talbot, captivi, redemptionem quam ad castri conservationem fixum mentis oculum gerunt. Permaxime enim verentur pertinaci et longa repugnantia regis animum exasperare, ut diurnis obsidionis sumptibus et gravi labore lacessitus capitanei compositionem, et suam, nisi ad iracundi principis arbitrium nolit acceptare. Qua de re, dum regis animus nondum sit infestus, oppidani cum comite Dunensi præscripti herois de Talbot a carceribus liberationem et Falesiæ deditionem ea lege tractant, quod infra vicesimam primam Julii in regis Karoli deditionem Falesiam ab Anglicis vacuam relinquent, et heros de Talbot naturali libertati condonatus a vinclis solvetur, si pendenti mora subsidium ab Anglia non prosequantur. Nonnulli viri, ad futura regni pericula prospicientes, regi persuadent præscriptum heroem de Talbot a captivitate relaxari non debere, et ejus liberationem funestam regni jacturam et perniciem Francorum militum exitialem allaturam. Nam ab exercitato bellorum principe et suis cum dilectione formidoloso, armisque acerrimo, timorem pavidis commilitonibus auferre, et plerumque victis audaciam infundere solet; viribusque corporis et animi reparatis, ex solertis ducis providentia victi, flamma vindictæ accensi, conflictu resurgunt alacriores; et qui ante prœlio superiores fuere, postremo a fugatis victores crudelissimi indomiti expugnare videntur. Nam idem Talbot armis exercitatissimus, bello atrocior et inhumanus cruoris effusor, a suis summe dilectus et formidine valde, si a vinclis ereptus libertati condonetur, collapsas Angliæ vires reparabit, ejusque immana sævitia barbaris natura ferocibus crudelitatem pene extinctam accommodabit; et velut leo, furia et fame exagitatus, comparato innumero exercitu ab Anglia, in Franciam retransfretans, ferocissimus ignominiose Anglorum expulsorum ultor, ferro flamma militiam, populum interimet, agros et urbes incendet. "Rex igitur "clementissime, ad futurum reipublicæ periculum exhor-

dition of Talbot's release from prison.

tatur vestram providentiam summe cavere ne propter crudelis unius liberationem, ejus ferocia pereant universi." Rex piisimus, qui nihil crudi gestis vult immiscere, ait: "Si Talbot armis valens existit, in-" dignissimum esset propter ejus probitatem æternis " carceribus illum detrudi; si crudelis, regem dedecet " potentem solius hominis immanitatem formidare. " Si in regnum tyranni crudelis furorem exercere " nitatur, ad ejus detrusionem belligerantes dabimus " illo ferociores, qui velut canes acres sævum aprum " morsu conterent et a regni finibus victum fugabunt, " aut conflictu publico interficient."

Capitulum Vicesimum et Sextum.

Qualiter Falesia expugnata, heros de Talbot immensis et variis a Karolo beneficiis acceptis, anno jubilæo vir sanguinolentus Romam petit; et sui stipendiarii quingenti et oppidani Dannefrontis, fortissimo castro duci Allaconii restituto, fugati ad Angliam redeunt, salvis omnibus fortunis.

Talbot goes to Rome.

251. Hac luce decreta subsidio armorum campo non comparante, oppidani villam Falesiæ et castrum illustri regi dedunt, et heroem de Talbot, stipulatione certarum rerum interposita, liberum a carceribus relaxat; immensaque et varia rex humanissimus hosti feroci confert beneficia. Et idem heros in sua libertate constitutus, anno jubilæo vir sanguinolentus a Gallia Romam petit; atque sui commilitones quingenti ex sua natione, totius ducatus magis strenui, in Angliam cum fortunis transfretant.

Domfront surrenders.

252. Itaque de tot castris prævalidis, ævo hominis communi mortalium æstimatione inexpugnabilibus, unius labore anni duo famosissima restant inexpugnanda; quorum Cæsarisburgus a tempore Cadomi reducti gravissima obsidione infestatur, et aliud Dannofrons. Falesia dedita, per Karolum de Culento,

magnum regalis domus magistrum, et per dominum de Blainvilla, perque magistrum Johannem Burelli, regiarum machinarum conductorem, pluresque viros egregios cum mille et quingentis francis architenentibus, aggressi primo conflictu terrentur, et Dannofrons, fidelitate renovata, profugum veterem domimum recepit. Exinde octies centum Angligenæ a castro sublimi et amplo dejecti, rebus familiaribus salvis et membris, incolumes ad Angliam in arcta et depressa tuguria redeunt. O severa et anceps fortuna, qualis est tua ipsa felicitas! agrestem bubulcum in atria nobilium opulenta et alta principum palatia voluptate et otio vitam agentem collocasti; et nunc repente casu lubrico ad laborem aratri æstu et labore tolerandum profugas. Nulla calamitas est miserabilior ista, quam in summo honoris culmine divitiis et otio voluptari; et percepta earum dulcedine, ad salum paupertatis præcipitari.

Capitulum Vigesimum et Septimum.

Qualiter clarissimus dux Britonum Franciscus ab hac luce subtractus obiit, et ejus germanus Petrus de Britania religiosissimus et justi amantissimus jus in universum ducatus succedit. Et qualiter comes Richimundiæ et Clarimontis et quamplurimi alii proceres cum maximo armatorum grege et armorum fortitudine Cæsarisburgum, munitissimum castrum, obsident.

253. Illa tempestate clarissimus Britonum dux Franciscus, animi magnitudine, opum copia et armorum excellentia potens, ætate abeunte florens, diem clausit extremum. Cujus transitum dolendum rex piissimus, ejus avunculus, et totius regni nobilitas, fletibus amaris luxit. Cui in ducatu potenti Petrus de Britania, ejus germanus, juris religiosissimus princeps et æqui amantissimus, (ob hoc quod non prolem masculam, licet

Cherbourg besieged.

fœmineam reliquerit,) Britonum institutis successit. Antea, ex invictissimi regis Karoli præcepto, comes providus Richimundiæ, bellorum Franciæ princeps, et comes de Claromonte, de Lavalle, heros Destouteville, de Radiis, navalis belli dux, duo marescali, de Loheac, de Culento, senescalus Pictaviæ, et marescali ducum Britaniæ et Borboniæ, quamplurimi proceres copiosaque nobilium turba et multus manipulorum grex, arcu et bipenni formidolus, ac duo francorum sagittariorum millia, ad Cæsarisburgum obsidendum profecti sunt.

Its position and strength.

254. Hunc pagum opulentissimum a Julio Cæsare, ex saxis maritimis, calce et cæmento nexu indissolubili compactis, supra silicem[1] durissimam in pelagi littore constructum tradit antiquitas, ut in flavos rebelles Britones (nunc Anglicos) præsidium ineluctabile militaret, et a conditore Cæsarisburgus famosum nomen sortitus est. Atque a nostrorum antiquorum descensu amnis Diveta in pelagi sinum labens portum innatum navibus salubrem facit. Infra quem, juxta fluvium, oppidum profundis foveis et solidis mœnibus vallatum erigitur, intra cujus ambitum turris ornatissima, quæ periculo irruenti tutius castro profugium aperit, pari clausura hostes arcet. A fronte villa Cæsarisburgi fabricata inexpugnabile castri, ad quod non est nisi ex parte terræ per eam aditus, condit antemurale, quam Cæsar tanta murorum soliditate et præcipitum concavitate fossarum ad modum cunæ fundi celte constructarum versus planitiem campestrem non æque ex maris latere munivit; quod, velut firmissima cautes, lapidum impenetrabilis congeries fulminum ictus repulsos inconcussa eludit. Bisque naturali die mare fluens amplissima castri, turris et villæ fossata complet, atque refluens portas subtili artificio fossis appensas claudit; atque unda salsata cumulata relinquit. Aqua labente mensura duo molendina fluxu incessanti Cererem in farinam conterunt. Nec a Cæsaris-

---

[1] *Silicem*] Cilicem, A.

burgo condito auditum est mœnia tormentorum ictu dejecta, nec vi, sed fame, fuisse domita.

255. Ille Brito, Bertrandus, belli gloria et triumphorum laude sub ævo omnium militum princeps, Cæsarisburgum obsedit; et novissime a rege vocatus diurnæ obsidionis labore nihil Cæsarisburgo detrahens dimittit inexpugnatum, præsidiaque constituens in Monteburgi arcem armatorum plenissimam extruit, quorum Guillermum Des Bourdes militem ductorem præfecit. In quem oppidani Anglici vehementi impetu irruentes, victum (non modica hinc inde strage secuta) catenis constringunt, munitionemque erectam funditus deprimunt. Et tandem, ut Cæsarisburgus alimentorum subtractione domaretur, Constantini patriam, colonis profugis, regis decreto incultam remanere jubetur. Et demum ædificiis et populo Constantino desolato, post multis diebus injectis rex Karolus morte ultima sceptrum deponens, quamquam militia et opibus potentissimus, ut Cæsarisburgus Navarris refertus duntaxat adversus Northmaniæ dimicaretur, non vi, non fame, verum centum scutorum mille et ampla ducatus de Nemours[1] proprietate Cæsarisburgum ab hostibus redemit. Ille sævus Henricus, immanibus machinis onustus, velut tempestas procellosa valida castra obruens, tandem Cæsarisburgum fulminari jubet. Terrifica loci tormenta quatuor adaptata uno instanti glandibus saxeis sulphure ignitis Cæsarisburgi muros conquatiunt, et tanto rigore inflexibili solida mœnium compago molarium jactum obtrudit quod nedum murorum, sed totius domuum villæ fundamenta tremunt, et impenetrabilis lapidum repercussio licet firmiter clausa ostia et fenestras obseratas reserat. Nec tamen murus fatiscens rimis disjungitur, nec fulmen compage lapidum evolvit. Et demum oppidani Galli sex mensibus exactis, a terræ et maris subsidio frustrati, fame (non vi) oppressi, irruptum Cæsarisburgum vi seu fame ab hostibus in posterum eripi, quamquam cætera

Its previous history.

[1] *De Nemours*] Dannemours. A., and originally Dannofrons.

valida Northmaniæ castra ferro vendicari contingat. Nam compactam ejus murorum massam, velut cautem innatam, nullo fulmine labefactandam antiquis certum fuit, si militum præsidium, si alimentorum copia desit, Anglia bellipotens insulæ finitimæ victualia et arma succurentia mora non dilata navigio in extremis laboranti afferret.

Capitulum Vigesimum Octavum.

Qualiter oppidani, jaculis et colubrinarum glandibus Gallorum invasionem virilius expellentes, duos armis et consilio viros præstantissimos, Priandum de Coitivi et Tudalem Burgensis, Trebis ballivum, interficiunt. Et e contra fulmen cujusdam bombardæ pene divino et subtili ingenio supra quamdam silicem in campo maris arenæ collocatæ primo glandis jaculatu maximam cujusdam turris partem humi dejecit; et inaudita murorum ruina perterriti oppidani, mille armati ferocissimi, sub certo compositionis modo Cæsarisburgum, ab antiquis, nisi Cereris penuria, inexpugnabilem, regi Karolo dedunt.

Progress and issue of the siege.

256. Priscorum strenuitas triumphi præclara mihi non indignetur si varia periculorum experientia et longissimus bellorum usus præstantiori ingenio et acriori celeritate modernam militiam natam et armis nutritam antiqua efficiat superiorem. Nam cum nostri ab utraque parte tormentis et insultu Cæsarisburgum expugnare vellent, diu et multum ante in animi secreto consiliis excogitatis, quibus opportune machinas adaptare possent, ante Cæsarisburgi vultum in arenæ campo (qui de die bina vice fluctibus maris operitur) solidam solo adæquatam silicem reperiunt, supra quam egregia et invisa astutia magister Gyraudus ad fulminandos villæ muros latere pelagi tenue munitos (quod Cæsar non animadvertit), quamdam bombardam apte et forma

sagaci collocat; et ad se co-operiendum, propter hostilium jactum telorum ex doliis in una catenatis mantellum construit. Ac fluctu ruente, os bombardæ amplæ ex corio bovino exuto, circulo ferri superinduto, apposite investit, atque foramen per quod sulphur ignitum intromittitur cera et pice strictius obstruit. Horrenda enim utriusque partis prœlia crebrius insaniunt. Gallis mortem instantem oppidani et obsidentes Anglicis tempestatem incredibilem et invisam villæ ruinam intentant.

257. Ex improviso colubrinæ jactu strenuus miles Priandus de Coitivi, heros de Radiis, navalis Franciæ belli dux, fulminatus interiit; cujus mors miseranda et multis lugubris fuit. Si in egregio milite optimas artes quæras, ipsum quamplurimæ illustrant. Militari providentia in adversis cavendis providum et periculis instantibus expeditum, animique strenuitas adversus præsentia discrimina firmum et constantissimum, atque assiduus bellorum usus laborum patientem ample exornabant. Et quamquam omnia ista præclara in ipso fuere, attamen labes avaritiæ non mediocriter honori et famæ detraxit. Maritimani ducis[1] belli navalis coertioni[2] suppositi durissimum excubiarum vigilum defectu exactorem vocant. Hanc ob rem ejus transitum minus planxerunt. At oppidani in Tudalis Burgensis, scutiferi, Trebis ballivi, occasum sua fulmina iterant, qui magnæ probitatis animi et corporis, tam equestri quam pedestri bello astutiarum guerræ non ignarus, ductor armatorum et custos in hostes villarum solertissimus erat. Et contra tonitrua Gallorum machinarum horrisona ubique fulgure inquieto muros contundunt; coruscantia ætherem ignibus accendunt, obtundunt aures, et nube (ut fumo sulphureo concreta) luminibus subtrahunt lucem, ut ex sulphuris olentia nares inficiuntur. Ex primo fulminis ictu ex maritima silice jactato non parva murorum quantitas dejecta, et

---

[1] *Ducis*] This word is faultily repeated in A.

[2] *Coertioni*] Cohertionis. A.

maxima turris in angulo constructæ pars evulsa, inauditam a sæculo fecit ruinam. Quacumque fronte, sive ruris, sive æquoris, vehementissimas fulminum glandes jaculari libeat, ea concussa mœnia obruuntur. Fracta enim murorum soliditate, in quam firmiter appositam totius salutis spem oppidani figebant, eorum animi tremebundi franguntur. Et quos valitudo Cæsarisburgi, usque quo inexpugnabilis et nunc a captione hostium protegere non potest, propensiori studio, non armis, verum castri deditione, sese a periculis irretitos eximi quærunt. Et quamquam infra Cæsarisburgum, omnium totius ducatus munitissimum, mille Anglici, egregii pugnatores, defensioni adessent, attamen Thomas Gouel, ob spoliorum maris deprædationem ditissimus, in extremo exagitatus, in novam compositionis formam Cæsarisburgum adduxit, quod infra duodecimam Augusti regi Francorum, seu ejus locumtenentibus, villam, castrum et turrim prævalidas se obnoxium fecit redditurum; eo pacto promissioni interposito, ejus filius, certa quantitate pecuniæ Karolo regi et Rothomagi civibus debita obses tentus, obligatione immunis absolveretur. Et (ut conventum erat) secuta præter spem mortalium Cæsarisburgi deditio humanissime Northmaniæ reductioni unius anni et sex dierum revolutione feliciter peractæ ultimam manum imponit.

Conclusion of the narrative.

258. Plusquam triginta erepta valida oppida Northmaniam ab hostibus vita hominis indomabilem tutantur, quamquam ingentem lætitiam, non tamen minorem admirationem, hæc res et omni laude dignissima reductio Northmannis attulit. Omnes enim nedum humana verum virtute divina hanc incredibilem belli expeditionem cursim confectam fuisse putant. Si in armis acrem militum celeritatem extollas, quid velocius citatiori bellorum cursu efferri potest quam sexcenas urbes insignes et unam metropolim, secundam regni, famosam, villasque rebus omnibus munitissimas a ferocissimis

hostibus anni termino eripuisse? Plura quam triginta valida castra Northmaniam brevi indomabilem loco et opibus tutantur, quorum si potentissimus princeps sævi retroacti anno unum armis subjugasset, labor anni unius ferro attritus ejus virtuti honorem immortalem et gloriam comparasset. Quid igitur mirabilius quam gravissimum sex lustrorum laborem jugi anni lapsi militari opera exitu speciocissimo peregisse? Non homo mortalis, cæterum (ut pie credendum) æternus Imperator exercituum Dominus hujus belli celerrimi Princeps, milites vero valida instrumenta fuere. Quid mirum ergo si summus Director belligerantibus justissimis armis mentis et corporis alacritatem infudit? Etsi, ut gratum fuit, manus impigras ad paratissime conficienda pericula direxit, inter divinam et humanam expeditionem refert. Providentia enim absque magno militum dispendio celeri manu et repente ac prudentia mortalium conducta cum ingenti sæpius pugnatum jactura suorum gravi progressu et successive bella peraguntur.

259. Si erga[1] suos pietatem et hostes humanitatem in justo bello quæras, Karolus omnium mitissimus admirabilem ultra mortalem hominem habuit. Nihil molestum, nihil terribile, nihil cruentum agris et urbibus Karolei milites inferunt. Nulla campestris villa, non dicam a grege et armenta, verum nec ab ansere nec suillo[2] expilata queritur. A milite nullus hoste præter gratam receptionem familiari Lare inquietatur. Cum urbes manu militari capi, diripi et sanguine humano cruentari pararentur,[3] clementissimo Karolo ista abominanda perpetrari vetanti[4] vita incolumes auro et argento referre summe gratulantur. Et qui variis et gravissimis scelerati suam majestatem offenderunt, beneficia per hostes intrusis et officia publica concessa reliquit, quæ fide duris observata bene meritis et ejus

[1] *Erga*] Ergo. A.
[2] *Suillo*] Suilo. A.
[3] *Pararentur*] Parentur. A.
[4] *Vetanti*] Utandi. A.

infortunii participantibus jure legitimo collata profugis aufert. Quod fideles beneficiis infidos sibi anteferri gravissimum quererentur, si non immensa Karoli clementia (cujus propter virtutis præstantiam vestigia seculi gaudent) scelerum magnitudinem superans contumacissimos suæ majestati adversarios domaret. In hostes enim truculentissimos, qui, rerum inopia et auctoritate sceptri perfide subtracta, suam personam indigne afflixerunt et invisa tyrannide regnum contrivere, ferri ultionem posthabuit.

LE RECOUVREMENT DE NORMENDIE,

PAR BERRY, HERAULT DU ROY.

1. En lan mil cccc. xlviij., le mois de Mars, prindrent les Anglois deschelle[1] la ville[2] et chastel de Fougieres, scituee et assise[3] en la duchie de Bretaigne a lentree de Normendie, durant les trefves faictes et prinses entre le roy de France, notre souverain seigneur,[4] et le roy Dengleterre. Et estoient les dits Anglois six[5] cens combatans, dont estoit chief et conduisseur[6] ung chevalier Arragonnois, nomme messire Franchois de Sur-

Fougières taken during the truce.

[Translation.]

THE RECOVERY OF NORMANDY,

BY BERRY, THE KING'S HERALD.

1. In the year one thousand four hundred and forty-eight, in the month of March, the English took by escalade and surprise the town and castle of Fougères, situated and placed in the duchy of Bretaigne on the borders of Normandy, during the truce made and taken between the king of France, our sovereign lord, and the king of England. And the said English were six hundred men-at-arms, of whom a knight of Aragon, named Sir François de Su-

[1] *Deschelle*] Deschelle et demblee. B. C. D.
[2] *La ville*] Les villes. B.
[3] *Et assise*] Om. B.
[4] *Notre . . . seigneur*] Om. B. and C.
[5] *Six*] C.; v. B.
[6] *Et conduisseur*] Om. B.

rienne.[1] Ilz pillerent la dicte ville, dont fust domaige, car cestoit une tres puissant et bonne[2] ville, peuplee[3] de notables bourgois et riches[4] marchans; et la trouverent moult dor et davoir.

The proceedings of the king of France.

2. Le roy de France estoit montez a cheval et se partoit de Montis[5] pres[6] de Tours pour aller en sa cite de Bourges;[7] le quel sceut les nouvelles a son partement, et pour ce retourna a Chinon, et par la[8] deliberacion de son grant conseil incontinent envoya en ambassade monsieur de Culant son grant maistre dostel, maistre Guillem Cousinot son conseilleur, et Pierre de Fonteuil[9] son escuier descuirie, devers le duc de Sombreset,[10] alors[11] gouverneur de Normendie pour[12] le roy Dengleterre, luy sommer[13] quil voulsist rendre[14] la

---

rienne, was the chief and leader. They pillaged the said town, which was a pity, for it was a very important and strong town, well peopled with respectable burgesses and other rich merchants; and there they found much money and property.

2. The king of France had mounted his horse and had set out from Montils near the city of Tours to go to his city of Bourges; and having this intelligence at his departure he returned to Chinon in consequence, and by the mature advice of his great council he immediately sent an embassy consisting of M. de Culant, the great master of his household, master Guillem Cousinot, his councillor, and Pierre de Fonteuil, his esquire-equerry, to the duke of Somerset, at that time governor of Normandy for the king of England, to summon and require him to restore and

---

[1] *Surrienne*] Suriene. B.
[2] *Bonne*] Riche. B. D.
[3] *Peuplee*] Bien peuplee. B. C. D.
[4] *Et riches*] Et aultres riches. B.
[5] *Montis*] Motez. C. Mons. D.
[6] *Pres*] Les la ville. B.
[7] *Bourges*] Burges. B.
[8] *La*] La meure. C.
[9] *Fonteuil*] Fontenel. D.
[10] *Sombreset*] Sonbreset. B.
[11] *Alors*] Om. B.
[12] *Pour*] Depar. B.
[13] *Sommer*] Sommer et requerir. B. C. D.
[14] *Rendre*] Rendre et delivrer. B. C. D.

dicte ville et chastel de Fougieres; et avec ce quil fesist reparer, restituer et restablir les deniers, joyaulx, draps, et toutes aultres marchandises et biens meubles qui dedens avoient este prinses et transportes ailleurs.[1] Le quel duc de Sombreset respondit quil desavouoit ceulx qui lavoient prinse, jasoyt ce quil en estoit joyeulx, et ne vouldroit pas que aultrement en fust advenu;[2] et pour ce[3] ne se mesleroit ne entremettroit de leur[4] faire rendre.[5]

Proceedings of the duke of Bretagne.

3. Le duc de Bretaigne[6] lenvoya sommer pareillement par son herault[7] darmes de rendre, ou faire rendre, et reparer la dicte ville de Fougiere,[8] avec tous[9] les dommaiges et interestz, villennies, opprobres, et pilleries, qui y avoient este fais par le dicts Anglois perpetrez et commis.[10]

---

deliver the said town and castle of Fougères, and moreover that he would restore, return, and re-establish the money, jewels, clothes, and all other wares and moveable goods which had been taken within it and removed elsewhere. The said duke of Somerset answered that he disclaimed the persons who had taken it, although he was glad at it, and would not wish that it had happened otherwise; and therefore he would not meddle nor interfere to make them give it back.

3. The duke of Bretaigne (who at that time was named Francis) in like manner sent his herald-at-arms to summon them to surrender and repair (or to cause to be surrendered and repaired) the said town of Fougères, and to make good all the damages, losses, villanies, wrongs, and robberies which had there been done, perpetrated, and committed

---

[1] *Et ... ailleurs*] Om. B.D.

[2] *Et ne ... advenu*] Om. B.D.

[3] *Pour ce*] Pourtant. D.

[4] *Leur*] La. B.

[5] *Et pour ... rendre*] Et pour ce ne sempescheroit point de la rendre. C.

[6] *Bretaigne*] Bretaigne, qui pour lors avoit nom Franczois. C.

[7] *Herault*] Roy. B.C.D.

[8] *Fougiere*] Fougieres. B.C.D.

[9] *Avec tous*] Avec ce reparer tous. C.

[10] *Avec ... commis*] Om. B.D.

Mais le duc de luy mesme[1] fist telle response, et par la forme et maniere[2] quil avoit fait aux dessus dictes[3] ambassadeurs du roy, ainsy que cy dessus est dit.

4. Icelui duc de Bretaigne apres ceste response oye et a lui relaitee[4] par son dit roy darmes, voyant[5] la destruction totalle de sa[6] dicte ville de Fougieres, considerant aussi les innumerables maulx[7] qui en pouvoient advenir en ses places denviron, veullant a iceulx obvier, envoia en ambassade devers le roy de France levesque de Rengnes[8] et le seigneur de Guenemay,[9] son chancellier,[10] pour luy remonstrier et faire scavoir comment les dis Anglois avoient faussement[11] prins la ville et chastel de Fougieres sur les trefves prinses et acceptees[12]

---

by the said English. But the duke of Somerset himself gave this same answer, and in like form and manner as he had done to the aforesaid ambassadors, as is mentioned above.

4. The duke of Bretagne, after he had heard this answer, which was related to him by his said king-at-arms, seeing these things and the total destruction of his said town of Fougères, considering also the innumerable evils and injuries which might hence arise in his fortresses round about, and wishing to prevent the same, he sent as an embassy to the king of France the bishop of Rennes and the lord of Guenemé, his councillor and chancellor, to intimate to him and to let him know how the said English had fraudulently captured the town and castle of Fougères during the truce taken and accepted between the said king

---

[1] *Le duc de luy mesme*] Iceluy duc de Sombreset lui. B.C.D.

[2] *Et par . . . maniere*] Om. B.D.

[3] *Dessus dictes*] Om. B.

[4] *Et a lui relaitee*] Om. B.

[5] *Voyant . . . de sa*] Voiant ces choses en la perdicion de sa. B.

[6] *Totalle*] Voyant la destruction totalle et destruction de sa. A.

[7] *Maulx*] Maulx et inconveniens. B.D.

[8] *Rengnes*] Rennes. C.D.

[9] *Le seigneur de Guenemay*] Le sire de Guemany. B.; Guemene. C Gommenay. D.

[10] *Chancellier*] Consillier et chancelier. D.

[11] *Faussement*] Om. B.D.; furtivement. C.

[12] *Et acceptees*] Om. B.D.

entre les dicts roys de France et cellui Dengleterre, esquelles le duc estoit nommeement comprins[1] et tous ses subges,[2] pays et seignouries. Et veu aussi quil estoit vassal, homme[3] subgest du roy de France, et son nepveu, si luy requeroit luy aidier recouvrer[4] sa dicte ville, ainsy que seigneur est tenus de secourir son vassal.[5]

5. Et apres ce que les ambassadeurs eurent propose èn la forme et maniere qui dessus est dicte,[6] le roy leur respondit que pour ces choses avoit[7] envoye son[8] ambassade a Rouen devers le dit duc de Sombreseth, qui se[9] disoit gouverneur de Normendie; et avec ce pour plus grant seurete pareillement avoit envoye hastivement[10] devers le roy Dangleterre Jehan Havart son

---

of France and the king of England, in which the duke was included by name, and all his subjects, countries, and lordships. And considering also that he was vassal, homager, and subject to the king of France, and was also his nephew, he therefore required him to help and assist him to recover his said town, as the lord is bound to succour his vassal.

5. And after the ambassadors had made their address in the form and manner abovesaid, the king answered them that in consequence of these things he had already sent as his embassy to Rouen to the said duke of Somerset (who styled himself governor of Normandy) the great master of the household already mentioned, and others; and moreover, for greater security, he had in like manner sent with haste to the king of England Jehan Havart, his esquire-carver,

---

[1] *Comprins*] Contenu et comprins. C.

[2] *Subges*] Om. B.D.

[3] *Vassal homme*] Om. B.D.; estoit homme du. C.

[4] *Aider recouvrer*] Aidier et donner comfort a. B.D.

[5] *Ainsy . . . vassal*] Om. C.

[6] *Et apres . . . dicte*] Om. B.D.

[7] *Avoit*] Avoit escripte. C.

[8] *Son*] Ja. B.

[9] *Qui se*] Les dessus dits grant maistre dostel et aultres. B.D.

[10] *Hastivement*] Om. C.

escuier trenchant, pour le sommer de faire rendre la dicte ville de Fougieres, que ses gens avoient prinse;[1] et pour ce falloit attendre la venue diceulx ambassadeurs, et scavoir leur response devant que on en peult aultre chose faire.[2] Mais au cas que ilz ne feroient rendre, restablir, et restituer la dicte ville de Fougieres, le roy luy promittoit le secourir, conforter et aidier[3] a recovrer sa dicte ville de Fougieres.[4]

The answers of the English.

6. Lan mil iiij. c. xlix. apres Pasques, les dessus dictes ambassadeurs, qui estoient allez a Rouen et en Engleterre pour les causes dessus declairees, retournerent.[5]

---

to require him to cause the said town of Fougères, which his subjects had taken, to be given back; and consequently it was necessary to await the arrival of the said ambassadors, and to know their answer, before anything further could be done herein. But in case they would not give up, make good, and restore the said town of Fougères, the king promised to give the duke of Bretaigne, his said nephew, such succour, comfort, and help against the said English, in such wise as that, with the help of God, he would recover his said town of Fougères, and would do this with all his power.

6. In the following year, one thousand iiij.c. xlix., after Easter, the said ambassadors, who had gone to Rouen and into England for the causes above specified, returned from Rouen and England to Chinon to the king of France, who was there; who, after he had heard their answer, sent M.

---

[1] *De... prinse*] Om. B.D.

[2] *Aultre chose faire*] Par aucune maniere besongner en celle matiere. B.D.

[3] *Et aider*] Le duc de Bretaigne, son dit nepveu, alencontre les Anglois, et lui aider a. B.D. Le dit duc de Bretaigne, son nepveu, alencontre des dis Angles en telle maniere que au plaisir de Dieu recouvcroit sa dicte ville de Fougeres. C.

[4] *Fougieres*] Et de tout son povir. *add.* B.D.

[5] *Lan ... retournerent*] B. here reads :—" En lan ensieuvant, mil " iiij.c. xlix. apres Pasques, les dessus " dits ambassadeurs retournerent " de Rouen et Dangleterre a Chinon " devers le roy de France, qui la " estoit. Le quel, apres quil eult " [heubt. D.] oye leur response, en- " voia devers icelui duc de Bretaigne,

7. Et incontinant icellui duc de Bretaigne si manda de toutes pars a ses subgez, bien-veillans, et amis, alyes,[1] quilz lui voulsissent aidier a se vengier des Anglois, et lui aidier[2] a recouvrer sa dicte ville do Fougieres. Et a ceste occasion, en la faveur du dit duc de Bretaigne,[3]

Pont-de-l'Arche taken by the French.

---

the count of Dunois, the lord Pressigny, and others to the said duke of Bretagne, his nephew, to take and receive, for him and in his name, of the said duke of Bretagne and of the other lords of his country, the oath that they would serve the king well and faithfully as long as the war should last, in case he [the king] should take up arms to help and succour him against the said English. And the said duke and all his barons promised to do this; who, for security and the firmer observation of their promises, and the accomplishment of the things abovesaid, gave their writings under seal hereupon to tho said ambassadors of the king of France, which were conveyed to him to the said place of Chinon.

7. And immediately the said duke of Bretagne everywhere sent to all his subjects, well-wishers, friends, and allies, asking them to be so good as help him to avenge himself upon the English, and to help him to recover his said town of Fougères. And upon this occasion, and in favour of the said duke of Bretagne, and to please him,

---

" son nepveu, monseigneur le conte " de Dunois, le seigneur de Pres" signy et aultres, pour prendre et " recepvoir, pour lui et en son non, " du dit duc de Bretaigne et des " barons et aultres seigneurs de ses " pays, le serment comment ils ser" viroient le roy bien et leallement " tant que la guerre dureroit, ou cas " quil se mettroit [meyst. D.], en " armes pour les aidier et secourer " encontre les dits Anglois. Et ainsy " le promirent le dit duc et tous ses " barons. Les quelz, pour sceurite " et plus fermement entretenir leur " promesse, et acomplir les choses " dessus dits, baillerent leurs seelles " de ce aus dits ambassadeurs du " roy de France, lesquelz lui furent " apportes au dit lieu de Chinon."

The same passage, with a few unimportant variations, occurs in C. and D.

[1] *Amis, alyes*] Amis et allies. B.D.

[2] *Lui aider*] Om. B.

[3] *En la . . . Bretaigne*] Pour lui complaire. B.

messire Jehan de Bressay,[1] chevalier du[2] pays Dangou, capitaine de Louviers, Robert de Flocques (dit Floquet), escuier, du pays de Normendie, bailly Devreux, Jacques de Clermont,[3] du pays de Daulphine, et [4] Guillem le Vigars,[5] firent entreprinse de prendre la ville et[6] chastel du Pont-de-Larche, par[7] le moyen dun marchant de Louviers, le quel menoit souvent charroy par le dit Pont-de-Larche pour aller a Rouen, qui est a quatre lieues petites au dessus.[8] Et voyant quil ny avoit gueres[9] de garde a icellui pont, sy vindrent le dit seigneur de Bresay et pluseurs[10] gens de piet en sa compaignie[11] eulx embucher du coste Saint-Oin;[12] et le dit bailly Devreux,[13] atout le iiij. a v. c. combatans,[14]

M. Jehan de Bressay, knight, a native of the country of Anjou, captain of Louviers, Robert de Flocques (called Floquet), esquire, of the country of Normandy, bailly of Evreux, Jacques de Clermont, esquire, of the country of Dauphiné, and lord of Mannay, and Guillem le Vigars, esquire, made the attempt to take the town and castle of Pont-de-l'Arche, on the river Seine, by means of a merchant of Louviers, who often took a cart by the said Pont-de-l'Arche to go to Rouen, which is about four short leagues above it. And observing that there was scarce any guard at this bridge, the said lord de Bressay, and many others on foot in his company, came thither, and hid themselves upon the side of the Port-Saint-Ouen; and the said bailly of Evreux, Robert de Floques, with from 400

---

[1] *Bressay*] Bresay. B.

[2] *Du*] Natif du. D.

[3] *Clermont*] D. adds, Escuyer.

[4] *Et*] B. here adds, Le sire des Mannay,—le seigneur de Manny. D.

[5] *Le Vigars*] De Vigars, escuier. B.C.D.

[6] *La ville et*] Om. B.

[7] *Larche, par*] Larche, sur la riviere de Saine, a quatre lieues pres de Rouen, par. B.D.

[8] *Qui . . . dessus*] Om. B.D.

[9] *Gueres*] Om. C.

[10] *Bresay et pleuseurs*] Bressay et aultres. B.D.

[11] *Ensa compaignie*] Om. B.C.D.

[12] *Coste S. Oin*] Coste devers le Port Saint Ouen. C.D.

[13] *Bailly Devreux*] Robert de Floques. B.D.

[14] *Combatans*] B.C.D. add, A cheval.

au plus pres de la dicte ville dedens le [1] boys du coste de Louviers. Et le dit merchant lui iij^{c}.[2] ce jour, qui fut ou mois de May, le Jeudy devant Lassencon notre Seigneur, alla [3] passer sa charette, ainsy que souvent faisoit,[4] par dedens le dit [5] Pont-de-Larche, faignant de[6] mener denrees [7] a Rouen. Et en passant requist au portier du chastel que lendemain au plus matin lui voulsist faire ouvrir la porte,[8] et il lui donroit bon [9] vin, car il vouloit [10] hastivement retourner au dit Louviers querir de la marchandise. Et ainsy[11] passa icellui marchant tout oultre la ville; et comme a leure de minuit retourna acompaignie de pluseurs [12] de la dite embuche de piet, et se logerent [13] en une hostellerie aux champs

---

to 500 fighting men on horseback, came very near the said town, within the wood, upon the side of Louviers. And the said merchant, with two others, upon a day in the month of May, being the Thursday before the Ascension of our Lord, set out from Louviers, and went to take his cart, as he had often done, through the said town of Pont-de-l'Arche, pretending that he was taking merchandize to Rouen; and in passing he asked the porter of the castle to be so good as to open the gate of the castle for him very early the next morning, and he would give him a good gratuity, for he made him believe that he wished to return speedily to Louviers for some merchandize. And so the merchant passed through the town; and he returned about the hour of midnight, accompanied by many of the said ambuscade on foot; and they lodged at an inn in the

---

[1] *Dedens le*] De devers les. B.C.

[2] *Lui iij.*] Om. B.D.; lui tiers. C.

[3] *Alla*] Se party de Louviers et ala. B.D.

[4] *Faisoit*] Ainsy . . . faisoit. Om. D.

[5] *Dit*] Dite ville. B.

[6] *De*] Le B.D.; om. C.

[7] *Denrees*] Om. B.D.

[8] *La porte*] La porte du chastel. B.D.

[9] *Bon*] Son. B.C.

[10] *Car il vouloit*] Car il lui fist a croire que il vouloit. B.D.

[11] *Querir .... Et ainsy*] Querir denrees; et apres ce passa oultre. Et comme. B.D.

[12] *Pluseurs*] Aucuns. B.C.D.

[13] *Et se logeront*] Se logier. B.D.

joignant du[1] chastel du coste Saint-Oin,[2] et la trouverent[3] la femme au lit toute seulle, (la quelle eust[4] grant frayeur), car[5] son mary estoit allez dehors.[6]

8. Et quant vint au point du jour, le dit marchant alla appeller tout seul le dit portier, le quel luy vint ouvrir[7] la porte du chastel;[8] et incontinent saillirent deux de lostel pour venir au bolvart, dont le dit portier se doubta quant il les apperchut.[9] Mais le dit marchant luy dit quilz estoient de Louviers, et lors[10] luy jetta a terre

---

country, adjoining the castle on the side of Saint-Ouen. They entered into the said inn secretly, where they found the wife in bed alone, (who was exceedingly terrified,) for her husband was absent on his business.

8. And when it drew near daybreak, the said merchant went all alone to call the said porter, who came to open the gate of the castle and the bulwark for him, as he had promised to do the day before; and immediately two persons came out of the inn to come to the bulwark along with the merchant, of whom the said porter was apprehensive when he saw them approach. But the said merchant told them that they were people of Louviers, and then he was content and satisfied. Then the merchant entered with all his wares, leaving the cart upon the bridge, some distance from the bulwark, until such time as he had thrown

---

[1] *Joignant du*] Pres du. B.D.

[2] *Oin*] Ouen. Ilz entrerent secretement ou dit hostel et prindrent la femme dormant, laquelle. C.

[3] *Trouverent*] Trouva. B.D.

[4] *Eust*] Heubt. D.

[5] *Car*] Car . . . dehors. Om. D.

[6] *Dehors*] Dehors, en ses affaires. B.C.

[7] *Vint ouvrir*] La porte, ainsy quil lui avoit le jour devant promis. Et au plus tost saillirent de coste deulx compaignons pour entrer au chastel avec le marchant, dont. B.D.

[8] *Du chastel*] Om B.D. Here C. adds, Et du boulvert.

[9] *Quant il les apperchut*] Om. B. D.

[10] *Et lors*] Et lors entra atout sa charge [charette. D.], ce quil laissa sur le pont [loing du bolewerch. D.] jusques a tant quil eut tire deux Bretons et une placque pour le vin dicellui portier, lesquelz lui jetta a terre. Et en. B.D. Et lors fut asseur et content. Puis lui gitta. C.

pour son vin deux Brettons et une placque; et en se baissant pour les lever et recueillir,[1] le merchant le tua,[2] et laissa sa charette sur le pont-levis du dit bolvart.[3] Ceulx du chastel oyrent le bruit, et en descendit ung[4] en sa chemise,[5] qui cuida lever le pont du dit chastel pour ce quil veoit ia le dit bolvart perdu;[6] mais le dit marchant se hasta daller a luy,[7] et le tua devant quil peult hauchier le pont, dont ce fust pitie,[8] car il estoit ung des plus fors et beau compaignon de son party.[9] Et ainsy fut prins[10] le chastel.[11]

9. Et lors sen allerent au long du pont en la ville, la quelle ilz prindrent; car les gens estoient encore

---

upon the ground for him, for his reward, two Bretons and a placque; and as he was stooping to gather them and to pick them up, the merchant killed him with a dagger, and left his cart upon the drawbridge of the said bulwark. The men of the castle heard the noise, and an Englishman came down in his night-shirt (a handsome fellow, young and brave), who attempted to raise the bridge of the said castle, because he saw that the said bulwark was already lost; but the said merchant hastened to go to him, and killed him before he could raise the bridge, which was a pity [boldly done], for he was one of the bravest and most active young men of his party. And thus the castle was won.

9. And then all the foot soldiers went along the bridge, making great shouts, to enter into the town, which they

---

[1] *Et recueillir*] Om. B.D.

[2] *Tua*] Tua de une dague. B.

[3] *Et laissa . . . bolvart*] Om. B.D.

[4] *Ung*] Ung Anglois. B.D.

[5] *Chemise*] B.D. here add, Bel homme, jone, et fort entre les autres.

[6] *Perdu*] Prins. B.D.

[7] *Daller a luy*] Om. B.

[8] *Dont se fust pitie*] Qui fut hardiment fait au dit marchant. Car il estoit jeune homme, et ung des fors et delivrees de son part. C.

[9] *Devant . . . son party*] Om. B

[10] *Prins*] Conquis. B.

[11] *Le chastel*] Mais le dit marchant lochist; et ainsy fu conquis le chastel. D.

la plus grant part couchies en leurs lis, excepte ung Anglois qui deffendit vaillamment et longuement la porte du pont; mais en la fin il fust tue, et tous les aultres Anglois, qui estoient de cent a six vingts, dont les aucuns furent prisonniers.[1] Et entre les aultres y fust prins le seigneur de Focquenberge,[2] qui daventure y estoit arive la nuit. Quant ceulx de piet furent en la ville,[3] ilz ouvrirent la porte de devers le dit Louviers, par ou entrerent le dit bailly Devreux et le seigneur de Manny, atout les gens de cheval, crians, "Bretaigne, et Saint Yves."[4] Icelle ville est une moult bonne place, ung tresfort chastel, et ung bel pont, assis sur la riviere de Saine.

---

took; for the greater part of the inhabitants were still in their beds, excepting one Englishman, who valiantly and for a long time defended the gate of the bridge, to hinder them from entering; but in the end he was killed and the town taken. Of the English (who amounted from 100 to 120) some were slain and some were made prisoners. Among others the lord of Fauconberg was captured, who chanced to have arrived there that night. When the foot soldiers were masters of the said town, they opened the gate towards Louviers aforesaid, by which the said bailly of Evreux, the lord de Manny, and all the mounted men entered, crying "Bretagne and Saint Yves." This town is a very good fortress, an exceedingly strong castle, and a fine bridge situated upon the river Seine.

---

[1] *Et lors ... prisonniers*] Toulx ceulx de pie passerent la [eus. D.] et vindrent au long du pont, faisans grans cris pour entrer en la ville. Ung Anglois gardoit la porte quilz ny entrassent, et la garda vaillamment et longuement, mais en la fin fut tue et la ville prinse. Et furent la mors et prins vj^{xx} Anglois [de c. a vi^{xx} Angloix. D.] Et entre. B.

[2] *Focquenberge*] Faucanberge. B.C. Faulquenberghe. D.

[3] *En la ville*] De la dicte ville maistres. C.

[4] *Yves*] Saint Yve de Bretaigne. D.

La Prinse de Conac et de Saint-Maigrin.

10. Peu[1] apres ung gentilhomme du pays de Gascongne,[2] nomme Verdin,[3] a ladveü et[4] du consentement du duc de Bretaigne, print deschelle les places de[5] Conac[6] et de Saint-Magrin ou pays de Bordelois,[7] dont estoit pour le roy Dengleterre capitaine et gouverneur[8] ung escuier nomme Mondot[9] de Lansac; le quel fut prins pres du dit lieu de Conac[10] en venant de Bordeaux, car il cuidoit que la place fust encore[11] en lobeissance du roy Dengleterre.

French successes in Gascony.

Le Prinse de Gerberoy.

11. En ce temps le seigneur de Moy,[12] gouverneur du pays de Beauvoisin, prist deschelle la place de Ger-

Gerberoy and Conches taken.

Of the taking of Cognac and Saint-Maigrin.

10. A very short time after this, a gentleman of the country of Gascony, named Verdin, by the approbation, the consent, and goodwill of the duke of Bretagne, took by escalade the strongholds of Cognac and Saint-Maigrin, in the district and upon the borders of the Bordelois, of which the captain and governor, for the king of England, was an esquire named Mondot de Lansac. He was taken near the said place of Cognac as he was coming from Bordeaux; for he believed that the place was still in obedience to the king of England.

Of the taking of Gerberoy.

11. At this time the lord of Moy, governor of the district of the Beauvoisin, took by escalade the stronghold of

---

[1] *Peu*] Tost. C.; Bien petit. D.

[2] *Du pays de Gascogne*] Om. B.

[3] *Verdin*] Ver. B.; Verdun. C.

[4] *A ladveu et*] du a ladveu, du gre, vouloir et consentement. C.

[5] *Les places de*] Om. B.

[6] *Conac*] Conart; B. Conwart. D.

[7] *Magrin... Bordelois*] Magrin au pais et sur les marches de Bordelois. B.D.

[8] *Gouverneur*] Om. B.D.

[9] *Mondot*] Mondet; C. Mando. D.

[10] *Conac*] Conach. D.

[11] *Encore*] Ancoires. B.

[12] *Moy*] Mouy. C.

beroy, au dit pays de Beauvoisin, sur les Anglois; les[1] quelz[2] furent tuez. Et estoient environ xxx., dont estoit capitaine et chief Jehan Harpe, qui estoit ce jour a[3] Gournay.

La Prinse de Conches.

The English demand restitution.

12. Et peu apres fut prinse la ville de Conches par le dit bailly Devreux.

Et quant le dit bailly sceurent les[4] nouvelles, le archevesque de Bordeaux et ceulx de Bordeaux[5] envoierent ung poursievant a Chinon[6] devers le roy de France, le sommer et requirer quil leur fist rendre les places de Conac[7] et Saint-Magrin, et qui leur donnast saufconduit, faignant de venir[8] devers lui, dont de tout

---

Gerberoy from the English. All the English who were within were killed, being about thirty persons in number, the captain and chief of whom was John Harpe, who that day was at Gournay.

Of the taking of Conches.

12. And shortly after this was taken the town of Conches by the said bailly of Evreux.

And when the English heard this intelligence, the archbishop and inhabitants of the city of Bordeaux sent a pursuivant to Chinon to the king of France, calling upon and requiring him to cause to be surrendered to them the fortresses of Conac and Saint-Magrin, and asking him to give them a safe-conduct, pretending that they wished to

---

[1] *Ou dit pays de Beauvoisin*] Om. B.

[2] *Les quelz*] Et la furent tues tous les Anglois qui la estoient, et environ xxx. prisonniers. C. Et la furent ochis tous les Engles qui dedens estoient, jusques au nombre de xxx. personnes, dont. D.

[3] *Ce jour a*] De. B.

[4] *Le dit bailly sceurent les*] Les Anglois sceurent. B.C.D.

[5] *De Bordeaux*] De la cite. B.D. De la ville. C.

[6] *A Chinon*] Om. C.

[7] *Conac*] Conach. D.

[8] *De venir*] Voloir venir. B.C.

on ne fist riens.[1] Et sen alla[2] ainsy le poursievant. Et pareillement envoierent le dit duc de Sombreset et le seigneur de Talbot[3] devers le roy au dit Chinon, maistre Jehan Lenfant[4] et ung aultre Dengleterre pour requerir que on lui[5] rendist les dits[6] places du Pont-del-Arche, de Conches et de Gerberoy. Et le roy leur respondit que silz vouldroient rendre Fougieres au duc[7] de Bretaigne, et restituer les biens que ilz avoient prins dedens, il se feroit fort de leur faire rendre[8] par le dit duc, ou ceulx qui tenoient pour lui, les places quilz demandoient. Sy respondirent iceulx ambassadeurs quilz navoient aucunne puissance de touchier au fait de Fougieres; et pour ce sen retournerent a Rouen devers le duc de Sombreset sans aultre chose faire.

---

come to him, of the whole of which nothing came. And so the pursuivant returned. And in like manner the said duke of Somerset and the lord Talbot sent master Jehan Lenfant, and another person from England, to the king at Chinon, requiring him to surrender to them the said towns and fortresses of Pont-de-l'Arche, Conches, and Gerberoy. And the king answered them that if they would surrender Fougères to his nephew the duke of Bretagne, and restore the goods which they had taken from thence, he would do his best to make the said duke, or the persons who held them for him, surrender the places which they demanded. The ambassadors made answer that they had no power to enter upon the affair of Fougères; and hereupon they returned to Rouen to the duke of Somerset without anything more being done.

---

[1] *Riens*] Compte. C.

[2] *Alla*] Retourna. B.D.

[3] *Talbot*] Talleboth. B.; Thalebot. D.

[4] *Lenfant*] Lenffant. B.

[5] *Lui*] Leur. B.C.D.

[6] *Places*] Villes et places. B.

[7] *Au duc*] A son dit nepveu le duc. B.D.

[8] *Fort de leur faire rendre*] Fort quil leur feroit rendre. C.

Comment le roy declara faire guerre aux Anglois, et pourquoy.

War resolved on by Charles VII.

13. Le roy de France fust deuement[1] informe de la guerre que les Anglois faisoient au royaulme Descosse,[2] le quel estoit compris aux trefves ; et aussi de la guerre quilz faisoient par mer au roy Despaigne, son allye, et qui estoit des dictes trefves ; et pareillement a ses subgestz de la Rochelle, de Dieppe, et dailleurs, puis le commenchement des dictes trefves, et pareillement en pluseurs aultrez lieux[3] continuellement, sans rendre ne reparer choses quilz eussent faictes contre les trefves, ne par terre ne par mer ; combien que pluseurs fois, mesmement pour la dite ville de Fougieres, le roy avoit fait sommer, par ses embassadeurs et ceulx du dit duc de Bretaigne, le roy Dengleterre en son

How the King declared war against the English, and why.

13. The king of France was duly informed of the war which the English made upon the realm of Scotland, which was comprehended in the truce ; and also of the war which they made by sea upon the king of Spain, his ally, who also was in the said truce ; and in like manner upon his subjects of La Rochelle, and Dieppe, and elsewhere, since the beginning of the said truce, and in like manner in many other places continually, without restoring or repairing the things which they had done against the truce, neither by land nor by sea ; although that many times, especially as regards the said town of Fougères, the king, by his own ambassadors and those of the said duke of Bretagne, had caused the king of England to be required (as well in his

---

[1] *Deuement*] C.D.; om. B.; durement. A.

[2] *Descosse*] Descoche. B.D.

[3] *Et pareillement ... lieux*] Om. B.C.D.

pays, et ceulx qui avoient pour luy le gouvernement en Normendie, quilz reparassent, ou feissent reparer, les malefices[1] et dommaiges par eulx et leurs subgestz fais et[2] perpetrez durant les dits trefves; desquelles choses accomplir ilz furent refusans.[3]

14. Et pour ce se delibera le roy en son grant conseil, (voiant ce que dit est, et quil sestoit mis en son debvoir de son coste dentretenir les dits trefves), leur faire guerre par mer et par terre. Car de tant que les trefves avoient dure, ilz venoient[4] de Mante, de Verneil et de Loigny[5] sur les chemins Dorleans[6] et de Paris, desrober et copper les gorges aux gens[7] qui passoient les chemins; et aussy pareillement en faisoient autant les Anglois du Noeuf-Chastel, de Gournay et de Gerberoy sur les chemins de[8] Paris et Damiens; et

---

own realm as in the districts of which he had the government in Normandy), to make good, or to cause to be made good, the injuries and damages committed and perpetrated by them and their subjects during the said truce; which things to do they refused and delayed.

14. Hereupon the king determined in his great council (perceiving the things stated above, and that he was compelled on his part to preserve the truce), to make war upon them by sea and land. For as long as the truce had continued, the English came from Mantes, Verneuil [Vernon], and Loigny upon the roads from Paris and Orleans, robbing and murdering the merchants and the honest people who were travelling along the roads; and in like manner did the English of Neuf-Châtel, Gournay, and Gerberoy upon the roads between Paris and Amiens; and they went

---

[1] *Malefices*] Maulx faitz. C.

[2] *Par eulx ... fais et*] Om. B.

[3] *Refusans*] Refusans et delaians. C.

[4] *Ilz venoient*] Les Anglois venoient. B.

[5] *De Verneil et de Loigny*] De Vernon. C.; De Verneul et de Laigni. D.

[6] *Dorleans*] De Paris et Dorleans. C.

[7] *Aux gens*] Aux marchans et bons. B.C.D.

[8] *De*] Devers. B.; dentre. C.D.

alloient par les maisons de nuit prendre les gentilz-[1] hommes de lobeissance du roy de France en leur lis. Et estoient leurs exploix de copper les gorges a iceulx gentilzhommes durant les dits trefves. Et se faisoient appeller ces malfaiteurs les Faulx-Visaiges; pour ce quilz se desguisoient de habis dissolus[2] et sembuschoient de testes faictes de[3] coulleurs et daultres habillemens, afin que on ne les congnust.

The war begins in Bretagne.

15. Le roy et le duc de Bretaigne, son nepveu, firent leur assamblee de toutes pars. Et vint le duc de Bretaigne atout son armee devant Saint-James-de-Buveron, le quel se rendit, et les Anglois qui dedens estoient se rendirent, leurs corps et leurs biens sauf. Et depuis les dits Anglois saillirent de Fougieres et firent une course sur les gens du dit duc de Bretaigne,

---

by night to their houses in the open country, and took prisoners in their beds the gentlemen who were of the party of the king of France, cut their throats, and murdered them vilely in their beds. And it was their custom to cut the throats of these gentlemen during the said truce. And these malefactors were called the False-Faces, because, when they did these things, they disguised themselves with disorderly and frightful dresses, and head-pieces painted with various colours, and other clothes, so that they should not be known.

15. The king and the duke of Bretagne, his nephew, collected troops from all sides. And the duke of Bretagne, with all his army, came before Saint-James-de-Beuvron, which surrendered, and the English who were within surrendered, their persons and goods being secured to them. Then the said English sallied out of Fougères, and made an attack upon the forces of the said duke of Bretagne,

---

[1] *Nuit prendre les gentils*] Nuyt par le plat pays prendre, copper gorges et murdrir [en leurs litz. D.] villamment les gens et gentilz. B.Ç.

[2] *Ce ... dissolus*] Ce que en faisant ces choses se vestoient. B.D. Dissolus et espoventables, ad fin...B.D.

[3] *Faictes de*] Paintes de diverses. C,

les quelz les rebouterent tellement quil en y eust de cent a six vingts mors que prins.[1]

LA PRINSE DE VERNOIL.

16. EN ce temps,[2] le xviij. jour de Jullet au dit Verneuil taken.

---

who repulsed them so sharply that from a hundred to six score of them were either slain or taken prisoners.

OF THE CAPTURE OF VERNEUIL.

16. At this time a miller of the town of Verneuil, who

---

[1] *Et vint . . . prins*] Et firent les Anglois qui estoient a Fougieres une saillee sur les gens diceluy duc [du duc de Bretaigne. D.], lesquelz les rebouterent si apprement, quilz y furent que mors que prins vj^{xx}. Anglois. B.D.... que mors que prins environ de cent a vi^{xx}Anglois. C.

[2] *En ce temps*] B. and D. read "thus :—En ce temps ung monnier "de la ville de Verneul, qui avoit son "molin contre les murs dicelle ville, "fut batu dun Anglois faisant le "guet, pour ce quil dormoit. Et "de despit ala devers le bailly De- "vreux et lui promist, apres cer- "taines convenches [convenenches. "D.] faictes entre eulx, le bouter "dedens la dicte ville. Sy se assam- "blerent messire Pierre de Bresay, "seneschal de Poitou, le dit bailly "Devreulx, Jaques de Clermont, et "aultres, et chevaucherent tant que "tous einsamble se trouverent, le "xix. jour de Juillet en ceste an, "au point du jour pres des murs de "la dicte ville. Le dit muisnier, qui "faisoit le guet le jour [chelle nuit. "D.] fist descendre les aultres qui "estoient au guet plus matin quelz "navoient acoustume, pour ce quil "estoit Dimanche, et se hastoient "daller a la Messe [pour desjusner "D.] Les Franchois a laide du "muisnier drecherent leurs eschelles "au droit du molin, et entrerent en "la ville sansque nul senapparchut. "Ils estoient dedens vj^{xx} Anglois, "dont les aucuns furent mors et "prins, et les aultres se retrairent "ou chastel a grant haste.

"Et le lendemain le dit muis- "nier osta et tollit une partie de "leaue des fosses du dit chastel ; "le quel fut assailly moult vaillam- "ment et defendu ; mais en la fin "fu prins dassault, ou y eut moult "de belles armes faictes, et par "especial par le dit seneschal. "Et la furent mors et prins pluseurs "Anglois. Les aultres se retrairent "en la Tour Grise en grant haste, "la quelle estoit moult forte et em- "prenable, tant quil y ait dedens "que mengier ; car elle est [estoit. "D.] grosse et haulte, separee et "hors du dit chastel, et tres bien an, environ[1] six heurs devers le matin (a layde dun monnier qui avoit son molin pres des murs de la ville de Vernueil, le quel ung Anglois avoit batu,)[2] fust prinse la dite ville par messire Pierre de Breze, le seneschal de Poitou, le bailly Devreux et Jacques de Clermont.[3] Le dit monnier les mist dedens par son

---

had his mill opposite the walls of this town, was beaten by an Englishman who was going the rounds, because he was asleep on his post. And for revenge he went to the bailly of Evreux, and, after certain treaty made between them, he promised that he would admit him within the said town. Hereupon assembled messire Pierre de Bressay, seneschal of Poitou, the said bailly of Evreux, Jacques de Clermont, and others. They came on horseback, and found themselves on Sunday, 19th July, in this year, at break of day, near the walls of the said town. The said miller (who had been on watch that night) made the others who kept watch with him go down from the wall sooner than usual, because (in order to accomplish his purpose) he made

---

" garnie, et environee de fosses " plaines deaue.

" Ce jour arriva le conte de Dun- " ois nouvellement institue et fait " lieutenant general du roy de " France en ses guerres, acompaig- " nie du sire de Culant [Cullant. D], " grant maistre dostel, de messire " Flourant Dilliers [Florens Dylers. " D.], et de pluseurs aultres che- " valiers et escuiers, gens darmes et " de trait, lesquelz mirent le siege " de tous costes contre la tour. Puis " oirent nouvelles que le sire [mes- " sire Jehan. D.] de Talleboth estoit " venu jusques a Bretouil [Vernoel. " D.] pour aidier et secourer a " icelle tour. Si se partirent tous, " reserve le dit messieur Florent, " qui demoura pour le gouverne- " ment du siege et de la garde de " la dite ville, atout viij.c. [vij.c. " D.] combatans, et chevaucherent " tant quilz acousterent et attaing- " nerent [trouverent. D.] le sire de " Talleboth a pres de Harcourt."

[1] *Juillet...environ*] Juillet, a ung Dimanche environ. C.

[2] *Batu*] Batu en faisant le guet. C.

[3] *Clermont*] Clermont et aultres. Le dit moulnier en avoit fait aller le guet du dessus la muraille, car il leur avoit fait a croire, pour mieux faire son fait, que la Messe estoit sonnee. Ilz estoient de vj. a vij[xx] Anglois, dont lune partie furent mors et prins, et les aultres retrairent au chastel. C., which then proceeds as B., but with some variations.

molin, et estoient dedens de vj. a vij^{xx}. Anglois, dont lune partie furent mors et prins, et laultre partie se retraist du chastel en la grosse tour.

17. Et lendemain le dit monnier monstra les guez aus ditz Franchois pour assaillir le dit chastel, et leur tollut une partie de leaue des fossez. Et lors fust assailly le dit chastel moult rigoreusement, et fort defendu au contraire, mais en la fin fust prins dassault; et la eult de moult belles armes faictes, et par especial par le dit seneschal. Les Anglois qui peurent eschapper se retrairent en la tour nommee la Tour Bisse, la quelle ne fust point prinse pour ce jour, car elle est moult forte, toute advironnee deaue et separee du chastel.

18. Le vj^{e}. jour Daoust ensuivant le roy de France vint a Amboise, pour passer la riviere de Loire,[1] pour

---

them believe that, as it was Sunday, they should hasten to go, the bell having rung for Mass [breakfast]. By the help of the miller the French placed their ladders to the right of the wall, and entered the town without any one noticing them. Six score Englishmen were within, of whom some were slain and taken prisoners, and the others betook themselves in great haste to the keep of the castle.

17. The next day the said miller showed the fordable places to the said Frenchmen to assail the said castle, and drew off and took away part of the water of the ditches of the said castle, which then was attacked and defended very valliantly; but in the end it was taken by assault, in which many fair deeds of arms were done, and especially by the said seneschal. And there many English were killed and taken prisoners, and the rest who could escape withdrew into the tower called the "Tour Grise" in great haste, which was not taken that day. It was exceedingly strong and impregnable, so long as it is provisioned; for it is large and lofty, separate and apart from the said castle, and very well provided and surrounded with ditches full of water.

18. The vj. day of August following the king of France came to Amboise to pass the river Loire, to aid and sup-

---

[1] *Loire*] Laire. A.

aidier et conforter ses gens qui tenoient le siege devant la grosse tour du dit Verneil, et pour mettre sa puissance et armee en son pais de Normendie. Et lendemain [1] de la prinse du dit Verneil arriva monseigneur le conte de Dunoys, que le roy avoit fait nouvellement lieutenant general des ses guerres; en sa compaignie monseigneur de Culant, grant maistre dostel, monseigneur Flourent Dilliers, en sa compaignie pluseurs chevaliers et escuiers, gens darmes et de trait. Et incontinent se partirent les dits seigneurs de Verneil atoult leur puissance, reserve messire Flourent, qui demoura a tenir le siege devant la tour et a la garde de la ville atout viij.c. combatans.

Talbot retires to Harcourt.

19. Le dits seigneurs sceurent sur les champs que le seigneur de Talbot estoit venus jusques a Verneil pour cuidier venir secourir la dicte grosse tour; et pour ce chevaucherent pour le cuidier trouver tout au long du jour. Et a la fin le trouverent pres de Harcourt,

port his people who were carrying on the siege before the keep of Verneuil aforesaid, and to put his forces and army into his country of Normandy. And on the morrow after the taking of the said Verneuil, the said count of Dunois arrived, whom the king had recently appointed the lieutenant-general of his wars, accompanied by M. de Culant, great master of the household, M. Flourent d'Illiers, and many knights and esquires, men-at-arms, and archers. And immediately the said lords set out from Verneuil with all their power, except M. Flourent, who remained to keep the siege before the tower, and to protect the town, with 800 men-at-arms.

19. The said lords speedily knew that lord Talbot had come to Verneuil in the hope of succouring the said keep; and in consequence of this they marched the entire day in expectation of meeting him; and at last they found him

[1] *Et lendemain*] Et le Vendredy ensuivant, viij. jour dicelui mois, se partirent Devreulx le dit conte de Dunois, le grant maistre dostel, ... B.

et furent lun devant laultre. Le dit seigneur de Talbot se fortiffia et ferma de hayes[1] et de charrois, quil avoit amene avec lui pour porter ses vivres et son artillerie,[2] en maniere que on ne povoit aller a luy, ne le grever. Et quant vint sur la nuyt,[3] se retrahit le dit seigneur de Talbot ou chastel de Harcourt en grant haste. Et quant les dits seigneurs qui gouvornoient lost des Franchois veirent le dit seigneur de Talbot retraest, sen allerent eulx et leur bataille a Evreux, voiant quilz ne pooient porter aus dits Anglois aucun domaige.[4] Et la furent fais chivalers, cuidans combatre, le sire de Arbault,[5] sire Jehan de Bar, seigneur de Baugy,[6] Jehan Dolon[7] escuier descurie, et aultres.[8]

---

near Harcourt, and the one was in presence of the other. The said lord Talbot fortified and strengthened himself behind hedges and some waggons which he had brought with him for the conveyance of his provisions and artillery, in such a way that no one could approach him nor harm him. And when it became dark, the said lord Talbot withdrew himself to the castle of Harecourt in great haste. The French lords aforesaid were all that day under arms, intending to attack them. And when the said lords who commanded the French troops saw that the said lord Talbot was retreating, they and their company went to Evreux, perceiving that they could do no harm to the said English. And there were knighted (as the battle was expected) the lord of Arbault, lord Jehan de Bar, the lord de Baugy, Jehan Daulon, esquire of the horse, and others.

---

[1] *Hayes*] Bois. C.

[2] *Et son artillerie*] Om. B.D.

[3] *La nuyt*] La meiltier. A.

[4] *Domaige*] Instead of this sentence D. reads :—"Les dessus dits "seigneurs Franchois furent tout "che jour en bataille, les cuidant "combattre."

[5] *Arbault*] Harbault. B. Halbaut. C. Herlaut. D.

[6] *Baugy*] Blangy. B.D. Bauge. C.

[7] *Dolon*] De Laon. B. Daulon. C. Solon. D.

[8] *Aultres*] Lesquelz seigneurs, quand ilz perchurent que le dit seigneur de Thalebot retrait, sen vinrent a Evreux. D.

20. Le Vendredi, viij. jour Daoust, passerent au Pont-de-Larche messeigneurs les contes Deu et de Saint-Pol, les seigneurs de Saveuse, de Moy en Vermandois, de Roye, de Rambures,[1] et pluseurs aultres seigneurs, chevaliers et escuiers, jusques au nombre de iij. c. lances, et de xiiij. a xv. c. archiers.[2] [3]

Pontaudemer besieged and taken.

21. Et ce jour, ou tot apres, se partirent les dits seigneurs de Dunoys, de Culant, les seigneurs de Blainville et de Breze, et cellui de Moy,[4] le bailly Devreux et plu-

---

20. On Friday, 8th August, there crossed at Pont-de-l'Arche these lords, the counts of Eue and Saint-Pol, the lords of Saveuse, of Moy in Vermandois, of Rais, of Rambures, and many other lords, knights, and esquires, to the number of iij. c. lances, and from xiiij. to xv. c. archers, who rode on the one part and the other until the xij. day.

21. This day, or shortly afterwards, the said lords of Dunoys and Culant, the lords of Blainville, Brezé, and Moy, the bailly of Evreux, and many other lords, knights, and

---

[1] *Rambures*] Saveuses, de Roy, de Moy, de Bambures. D.

[2] *Archiers*] Archiers, qui tant chevaucherent dun coste et daultre tant que le xij. jour. B.D.

[3] *Le Vendredy . . archiers*] Instead of this clause B. and D., have the following paragraph :—" Ce soir le " roy de France tira a [entra en. D.] " Amboise, le vj. jour Daoust en- " suivant, pour passer la riviere de " Loire et mettre ses gens de guerre " en son pays de Normandie, et pour " secourir, conforter et aider ceulx " qui tenoit le siege devant la dicte " [Grosse. C.] tour de Vernoeul. Et " le Vendredy ensuivant, viij. jour " dicelui mois, se partirent Devreulx " le dit conte de Dunois, le grant " maistre dostel, les seigneurs de " Blainville, de Bresay et de Manny, " le dit bailly Devreulx, et pluseurs " chevaliers et escuiers, jusques au " nombre de ij. M. v. C. combatans. " Et daultre couste partirent et " passerent ce jour au Pont de " Larche . . . ."

C. proceeds thus :—" Et le Ven- " dredi ensuvant, viij. jour du dit " moys, passerent au Pont de Larche " les contes Deu, de Saint Pol, les " sires de Saveuze, de Vare, de " Mouy, de Rambures et pluseurs " aultres chevaliers et escuiers jus- " ques au nombre de iij. c. lances, " et de xiiij. a xv. c. archiers. Ce " jour au tost apres..."

[4] *Moy*] Manny. B. Mouy. C.

seurs aultres seigneurs, chevaliers et escuiers,[1] jusques au nombre de deux mille et v. c. combatans, de la dicte cite Devreux, et chevaucherent jusques au Ponteaudemer. Et pareillement ceulx qui partirent du Pont-de-Larche, et la[2] arriverent le xij. jour Daoust, et ordonnerent leurs batailles pour assaillir la dicte ville. Et la ot[3] moult de belles armes faictes dun coste et daultre. Le dit assault fut commenche du coste devers Honnefleu, dela la riviere de Rille, qui passe encontre la dicte ville;[4] le quel fut moult dur et dura longuement. Et la estoient a ce coste les contes Deu et de Saint-Pol; et du coste devers Rouen estoit le conte de Dunoys,

---

esquires, to the number of two thousand five hundred men-at-arms from the said city of Evreux, and marched as far as Pont-Audemer. And in like manner these set out from Pont-de-l'Arche, viz., the counts of Saint-Pol and Rambures, and others, to the number of iij. c. lances, and from xiij. c. to xv. c. archers, and marched from one point and another, so that they arrived there [Pontaudemer] on the xij. day of August, and drew up their forces to attack the said town. And there many fair feats of arms were done on the one side and the other. The said assault was begun on the side towards Honfleur, on the other side of the river Rille, which passes over against the said town; it was exceedingly sharp, and continued for a long time. And there were on that side the counts of Eue and Saint-Pol; and on the side towards Rouen was the count Dunois, lieutenant-

---

[1] *Seigneurs, chevaliers et escuiers*] Om. C.

[2] *Larche, et la*] Larche, les contes de Saint-Pol, Rembures et aultres, jusques au nombre de iij. c. lances, et de xiij. a xv. c. C.

[3] *Ot*] Eult. C.

[4] *Ville*] Ville. Ilz mirent leurs gens en ordonnance, puis assalirent a dicte ville, premierement du coste du dit conte de Saint-Pol, moult vigoureusement et longuement: car les Anglois qui estoient dedens firent bien leur debvoir de la garder. Il y a [Et y heubt. D.] moult de belles ames faictes dun coste et daultre, tant que en la fin fut prinse dassault par le feu que y fut mis de fusees. Et se retrairent. B.D.

lieutenant general. Les Anglois se deffendirent vaillamment, mais[1] a la fin fust prinse la dicte ville par le feu qui y estoit mis. Et lors se retrairent les dits Anglois en une maison forte au boult de la ville, lesquelz estoient iiij. c. et xx.,[2] dont estoit chief[3] Foucques Ethon, et Monfort, le tresorier de Normendie, qui tous ce jour se rendirent prisonniers au dit seigneur conte de Dunoys.[4]

22. En ce jour arriva le roy de France a Vendosme, et le Lundi, xviij. jour, se partit et chevaucha tant quil

---

general. The English defended themselves valiantly, but at the last the said town was taken by the fire which was thrown into it by fusees. And then the English retreated into a strong house at the end of the town, being iiij. c. and xx. [480], of whom Foucques Ethon, and Monfort, the treasurer of Normandy, were the chiefs, all of whom that day surrendered themselves prisoners to the said lord the count of Dunoys.

22. This day the king of France arrived at Vendôme, where he remained until the eighth day; and on Monday the xviij. he departed, and rode as far as Chartres, at

---

[1] *Se deffendirent vaillamment, mais*] Deffendirent la ville vaillamment et longuement, et fut lassault dur, mais...C.

[2] *iiij.c. et xx.*] iiij^{xx}. C.

[3] *Estoit chief*] Estoient chiefz. C.D.

[4] *Dunoys*] B., C., and D., with some variations, read as follows:— Ce jour [et chelle besonge. D.] furent faitz chevalierz les ditz seigneur de Raie [Roye. D.] et de Mouy, le filz de vidamme Damienes et celui des seignieurs de Rambures, et pluseurs aultres du pais de Picardie, jusques au nombre de xxij. [xxxij. D.] Ce jour mesmes arriva le roy de France a Vendosme, ou il fut jusques a le viij. jour [a lendemain xxviij. jour. B. xvij. jour. D.] du dit mois.

Ce pendant le seigneur de Loheac, le mareschal de Bretaigne, messire Geffroy de Courvant [Couvergran. D.] et Joachim Roault, assaillerent Saint Jame de Bouviron si durement que lassault dura depuis ix. heures du matin jusques a la nuit. Et lendemain les Anglois, qui dedens estoient, rendirent la place [leur corps et leurs biens sauves. B.D.]

Le xxij. jour du dit mois arriva le roy a Chartres, et lendemain se rendirent ses prisonniers ceulx......C.D.

vint a Chartres le xxij. jour du dit moys. Et le lendemain se rendirent ceulx de la dicte grosse tour de Vernueil prisonniers du roy, et nestoient que xxx. personnes ; car ung peu devant sen estoient eschappez pluseurs par la deffaulte de [1] ceulx qui faisoient le guet de nuit.[2] Les seigneurs de Prissigny et de Baugy en firent le traictie, car le dit tour estoit imprenable tant quil y eust en dedens que mengier.

23. A la quelle prinse du dit Ponteaudemer furent fais chivalers les dits seigneurs de Moy, les filz du vidame Damiens, celui du seigneur de Rambures, et pluseurs aultres du pays de Picardie, jusques au nombre de vint et deux.

---

which he arrived on the xxij. of the same month. In the mean time the lord of Loheac, the marshal of Bretagne, messire Geoffroy de Courvant, and Joachim Roault, attacked Saint-James-de-Beuvron so sharply that the assault lasted from nine o'clock in the morning till the night. And on the morrow the English who were within surrendered the fortress, their lives and goods being saved. On the xxij. day of the month the king arrived at Chartres ; and on the morrow the persons within the keep of Verneuil surrendered themselves as prisoners to the king, and there were only xxx. persons ; for a little before this many of them escaped by the negligence of those who kept the watch by night. They were much blamed by the heralds, who had warned the said guards that it was necessary for them to keep a vigilant watch. The lords of Pressigny and Baugy, the king's councillors, made the treaty ; for the said town was impregnable as long as it was supplied with provisions.

23. At this capture of Pontaudemer were knighted the said lords of Moy, the son of the vidame of Amiens, the son of the lord of Rambures, and many others of the district of Picardy, to the number of twenty-two.

---

[1] *De*] Du capitaine et de. B.D.

[2] *Le guet de nuit.*] Le guet. Lesquelz furent blasmes des heraulx qui avoient commande au dits gardes que convient quil fust quilz le gardassent bien. B.D.

Liseux.

Lisieux surrenders.

24. Apres ceste prinse[1] du Ponteaudemer incontinent les dis seigneurs qui furent a la prinse se partirent[2] et vindrent devant la cite de Lisieux en moult belle et grant ordonnance.[3] Et quant ceulx de la dicte cite de Lisieux veirent la dicte puissance devant eulx, pour les mettre en lobeissance du roy de France,[4] se rendirent sans cop ferir[5] par le moyen[6] de levesque du lieu. Le quel doubtoit que la ville ne fust prinse dassault et pillie; pour quoy il fist la composition, et[7] se gouverna grandement et honnourablement. Et

---

Lisieux.

24. After the taking of Pontaudemer, immediately the said lords who were at the capture departed, and rode all together in great array, and a multitude of troops of war, and came before the city of Lisieux in very fair and great array, in order to bring it into subjection to the king of France. And when the people of the said city of Lisieux saw the said forces before them, to reduce them into obedience to the king of France, they surrendered without striking a blow, by the advice and counsel of the bishop of the place. He was afraid that the town would be taken by assault, and plundered, and therefore he made the surrender, and conducted himself like a great and honourable man.

---

[1] *Les ... apres ceste prinse*] Et en firent le traictie le seignieur de Precigny et de Baugy [Blangy. B.] conseillers du roy, Apres ceste prinse . . . C., which has transposed the intermediate clause, as likewise B.D.

[2] *Partirent*] Partirent et chevaucherent tous ensamble en grant ordonnance et multitude de gens de guerre. B.D.

[3] *Ordonnance*] Ordonnance, pour la mettre en obeissance du roy de France. C.

[4] *Pour ... France*] Om. C.

[5] *Sans cop ferir*] Om. B.

[6] *Le moyen*] Le amonnestement et conseil. B.

[7] *Et*] Qui. B.

se rendirent pluseurs menues[1] places alentour du dit Lisieux.

25. Le Merquedi, xxvj. jour du mois Daoust, vint[2] le roy de France au giste au Chastel-Noeuf en Thimieres,[3] et se partit de sa cite de Chartres a moult belle compaignie.

MANTE SUR SAINE.

26. CE jour meisme se rendirent aus dictes seigneurs les contes de Dunoys, Deu, de Saint-Pol, et a ceulx de leurs compaignies, qui estoient de cincq a six mille combatans, la ville de Mante sur Saine.[4] Et sen allerent les Anglois dedens Rouen atout leur chevalx et hernas,[5] les quelles estoient de vij. a viij^{xx}.[6] combatans, dont

Mantes surrenders.

And many small places in the neighbourhood of Lisieux aforesaid surrendered.

25. On Wednesday, xxvj. August, being the day after the festival of S. Louis, the king of France slept at Chateauneuf in the Thimerais, and set out from his city of Chartres with an exceedingly fair retinue.

MANTES UPON THE SEINE.

26. On the same day the town of Mantes upon the Seine surrendered to the said lords, the counts of Dunois, Eu, Saint-Pol, and their companies, who were from five to six thousand men at arms. And the English within Rouen went away, with all their horses, harness, and goods, being from seven to eight score [700 to 800] fighting men, (of whom the

---

[1] *Menues*] Petites. C. Om. D.

[2] *Le Merquedi ... vint*] Landemain de la Saint Loys ala. C. Puis se partirent de Chartres le lendemain de S. Loys, le roy de France, et ala au giste. B.D.

[3] *Thimieres*] Thimeres. B. Thumieres. D.

[4] *Saine*] Somme. D.

[5] *Hernas*] Biens. D.

[6] *vij. a viij^{xx}.*] vij. a viij. c. C.

estoit chief et capitaine ung nomme Saincte-Barbe.[1] Et ce jour[2] entra a Vernueil en moult grant estat et belle compaignie le roy de France; le quel fut moult honnourablement receu et a grant joye de ceulx de la ville, qui furent audevant de lui aux champs atout les processions, faisans les feus et criant "Noel" parmi la ville.

Loigny surrenders.

27. Le roy estant au dit Verneil, se rendit le chastel de Longny[3] par ung escuier de Normendie, nomme le sire de Saincte-Marie, capitaine du dit chastel pour messire Franchois de Surienne, dit Larragonnois, seigneur de la dicte place, qui avoit mariee sa fille au dit escuier.[4] Icelui escuier bouta les Franchois dedens par le dongon, sans le sceu des gens de guerre qui estoient en[5] la basse court,[6] jusques au nombre de ij. c. combatans,

---

chief and captain was a person named Sainte-Barbe,) and proceeded to Rouen, their lives and goods being saved. And this day [on the morrow] the king of France entered into Verneuil in very great state, and with a splendid retinue, who was most honourably and with great joy received by the inhabitants, who met him in the country with processions, making fires, and crying "Noel" throughout the town.

27. The king being at Verneuil aforesaid, the castle of Loigny was surrendered by means of an esquire of Normandy, named the lord of Sainte-Marie, captain of the said castle for François de Surienne, surnamed l'Aragonnois, the lord of the said place, who had given his daughter [his wife's sister] in marriage to the said esquire. This esquire introduced the French by the keep, without the knowledge of the soldiers who were lodged in the lower court by the said messire François de Surienne, to the number of two hundred fighting men, in order to protect the said castle

---

[1] *Saincte-Barbe*] Sainte-Barbe; lesquelles sen alerent a Rouen, leur corps et biens saufs. B.C.

[2] *Et ce jour*] Landemain. B.C.D.

[3] *Longny*] Loigny. B.D.

[4] *Mariee ... escuier*] Marie au dit escuier le seur de sa femme. C.

[5] *En*] Logez en. B.C.D.

[6] *Court*] Court par le dit messire Franchois de Surienne. B.

pour garder le dit chastel pour messire Franchois de Surienne. Les quelz, quant ilz appercheurent les Franchois, ilz se cuiderent[1] mettre a deffence; mais pour ce quilz estoient trop febles, furent esbahis et furent prins prisonniers eulx, leurs biens, chevaulx et hernas dedens la basse court.[2] Le dit seneschal de Poitou avoit fait ceste emprinse, combien quil ny fut pas en personne. La femme du dit messire Franchois estoit au dit chastel en personne,[3] la quelle sen alla atout ses biens.[4]

VERNON.

28. LE Joeudi, xxvij. jour du moys Daoust, fust mis le siege devant Vernon sur Saine par les seigneurs de Dunoys, Deu, de Saint-Pol et daultres de leur compaignie. Ceste dicte ville est une moult belle et forte Vernon surrenders.

---

for messire François de Surienne. They, when they saw the French, thought to defend themselves; but because they were not strong enough, they were afraid, and were forcibly taken prisoners, with their goods, horses, and harness, within the lower court, where they remained prisoners at the king's pleasure. The said seneschal of Poitou had undertaken this exploit, although he was not there in person. The wife of the said messire François was in the said castle in person, who departed with all her goods, ill pleased with her son-in-law.

VERNON.

28. On Thursday, the twenty-seventh of August, Vernon upon the Seine was besieged by the lords Dunois, Eu, and Saint-Pol, and others of their company. This said town is a

---

[1] *Cuiderent*] Vindrent. C.

[2] *Esbahis...court*] Prins par force dedens leur basse court et demourerent prisonniers a la volunte du roy. B.C.D. Et furent leurs chevaulx et aultres biens tous prins et ravis. D.

[3] *En personne*] Om. B.D.

[4] *Biens*] Biens, malcontente de son gendre. B.

place, car il y a ung pont et chastel fort nomme Vernonnet, et ung aultre tres fort dedens la ville, dont[1] estoit capitaine le filz du conte Dormont Dirlande, qui avoit en sa compaignie xxj^{xx}.[2] combatans.[3] Les quelz composerent a rendre la dicte place le lendemain[4] ou cas que les Anglois ne seroient les plus fors,[5] dedens[6] le Samedi ensuivant, heure de prime.[7] Mais ilz ne furent point secourus, pour ce que les aultres Anglois nosoyent laissier[8] Rouen. Et pour ce rendirent la dicte ville aus dictes seigneurs Franchois et sen allerent,

---

very beautiful and strong place, for there is there a bridge, and a strong castle named Vernonnet, [for there are two strong castles, one in the town, another upon the bridge, named Vernonnet,—there is a strong castle in it, and another little one upon the bridge, named Vernonnet,—for there was in this town (and it was there still in my time) a castle, and another little one upon the bridge, named Vernonet], and another, exceedingly strong, within the town, the captain of which was the son of the earl of Ormond of Ireland, who had in his company twenty-one score [twelve score] English men-at-arms. They treated for the surrender of the place upon the morrow, [on the Saturday following, at the hour of prime,] in case the English were not the stronger by the Saturday following at the hour of prime. But they were not relieved, because the other English did not dare to leave Rouen. And therefore they surrendered the said town to the said French lords, and departed, their persons and their

---

[1] *Car il y a ... dont*] Car il y a deulx fors chasteaux, lun en la ville et laultre sur le pont, nomme Vernonnet ; dont...C. Il y a ung fort chastel en icelle, et ung aultre petit sur le pont, nomme Vernonnet, dont estoit capitaine le filz. B. Car en chelle ville y avoit (et a encore de mon temps) ung chastel et ung aultre petit sur le pont, nomme Vernoet, dont . . . D.

[2] *xxj^{xx}.*] Doubtful in A. xij^{xx}. B.C.D.

[3] *Combatans*] Combatans Anglois. C.

[4] *Le lendemain*] Dedens le Samedy enssieuvant, heure de prime, ou cas. B.D.

[5] *Fors*] Fors a ce jour. B.D.

[6] *Dedens*] Om. C.

[7] *Heure de prime*] Om. C.

[8] *Laissier*] Desemparer. C.

leurs corps et leurs biens saufz; et demourerent ceulx de la ville tous paisibles [1] sans riens perdre.

GOURNAY RENDU.

29. PEU apres se rendit la place [2] de Gournay par le capitaine du dit lieu, nomme Guillem Couren, [3] Anglois Dengleterre, aux contes Deu et de Saint-Pol par certain traictier et appointement fait entre eulx. Gournay surrenders.

LENTREE DU ROY A EVREUX ET A LOUVIERS.

30. EN ce temps [4] se partit le roy de France de la ville de Vernueil, et vint grandement acompaignie en sa cite Devreux, ou il fust receu grandement des habitans de la dicte cite en criant "Noel," pareillement que on avoit fait au dit Vernueil; [5] et la coucha une nuit Progress of Charles.

---

goods being safe; and the inhabitants of the town continued all peaceable, without losing anything.

GOURNAY SURRENDERED.

29. Shortly after this the stronghold of Gournay was surrendered by the captain of the said place, named William Couren, (an Englishman from England,) to the counts of Eu and Saint-Pol by a certain treaty and surrender made between them.

THE ENTRY OF THE KING INTO EVREUX AND LOUVIERS.

30. At this time the king of France set out from the town of Verneuil, and came with a great retinue into his city of Evreux, where he was nobly received by the inhabitants of the said city, crying "Noel," and the streets were hung in like manner as they had been at Verneuil aforesaid; and

---

[1] *Tous paisibles*] Om. C.
[2] *Place*] Ville. C.D.
[3] *Couren*] Corouan. C. Carrenech. D.
[4] *En ce temps*] Om. B. Puis. D.
[5] *Pareillement ... Vernueil*] Les rues tendues pareillement comme a Vernoeul. B.D

seullement. Et lendemain partit pour aller en la ville de Louviers, ou il fust[1] receu a grant joye.

Essay.

Essay taken.

31. En ce temps[2] les Anglois de la garnison de la ville et chastel Dessay allerent peschier au poisson a ung estanc assez loings[3] dela dite ville. Et vint a la notisse[4] du duc Dallenchon,[5] le quel y alla[6] et les print, et au plustot les mena devant[7] la dite ville Dessay, la quelle ilz firent rendre au duc Dallenchon.

La Prinse de Labbaie de Fecamp.

Fécamp taken.

32. Durant ce temps ceulx de la garnison de Dieppe[8] pour le roy de France sceurent quil y avoit peu[9] Dan-

---

there he slept only one night. And on the morrow he departed to go to the town of Louviers, where he was in like manner received with great joy.

Essay.

31. At this time [Shortly afterwards] the Englishmen of the garrison of the town and castle of Essay went to fish in a pond at some distance from the said town. This having come to the knowledge of the duke of Alençon, he went thither secretly, and took them prisoners, and led them as speedily as possible before the said town of Essay, which they caused to be surrendered to the duke of Alençon.

Of the taking of the Abbey of Fecamp.

32. During this time the garrison of Dieppe, who held with the king of France, having ascertained that there were few

---

[1] *Fust*] Fut semblablement. B.D.

[2] *En ce temps*] Tost apres les. C.

[3] *Loings*] Pres. B.

[4] *Notisse*] Congnoissance. C.D.

[5] *Dallenchon*] Dalenczon. C.

[6] *Alla*] Ala secretement. B.D.

[7] *Devant*] Et de la endroit les mena tout incontinent devant. D.

[8] *De Dieppe*] Om. B.

[9] *Peu . . . . Fescamp*] Ne scay quans Angloix en petit nombre a la garde de Fescamp. D.

glois en[1] labbaye de Fescamp,[2] qui est port de mer. Sy y allerent secretement et la prindrent. Et tantost apres arriva au dit port de Fescamp[3] une nef,[4] en la quelle avoit iiij^{xx}. xvij.[5] Anglois, qui venoient pour cuidier[6] estre en garnison en la dicte abbaye, cuidans quelle fust en leurs obeissance. Les Franchois laisserent les dits Anglois descendre, et les prindrent tous prisonniers.

Harecourt rendu.

33. Et en ceste saison les dits seigneurs de Dunois et aultrez de sa compaignie mirent le siege devant le chastel de Harcourt, qui est bel et fort,[7] et y firent de grans aproches, esquelles fut tue ung de ceulx de la garnison de Louviers, vaillant homme,[8] dun canon. Et

The castle of Harcourt surrenders.

English to guard the abbey of Fécamp, which is a port of the sea. So they went thither secretly, and took it. And immediately afterwards there arrived at the said abbey of Fécamp, a ship from England, in which were ninety-seven [eighty] Englishmen, who came thinking to garrison the said abbey, believing that it was in their possession. The French permitted the said English to land, and took them all prisoners.

Harcourt surrendered.

33. And at this time the said lords of Dunois and the others in their company laid siege to the castle of Harcourt, which is fair and strongly walled, to which they made great approaches, in which a brave Frenchman of the garrison of Louviers was killed by a cannon. And one of the English

---

[1] *En*] A garder. B.C.

[2] *Fescamp*] Fescan. B.

[3] *Au ... Fescamp*] Om. B.C.D.

[4] *Nef*] Nef qui venoit Dangleterre. B.C.D.

[5] *iiij^{xx}. xvij.*] iiij^{xx}. D.

[6] *Venoient pour cuidier*] Debvoient. C. Venoient ancoires. B.

[7] *Fort*] Fort a murailles. C.

[8] *Homme*] Homme Franchois. B.D.

ung des Anglois fust tue sur le portail de la basse court dun canon[1] aussi. Les dits Anglois[2] se tindrent lespasse de xv. jours, qui estoient de vj. a vij^{xx}., dont estoit le capitainne et bailly[3] messire Richart Forgneval.[4] Le quel pour ce temps estoit deshonnoure, et fut pendu[5] a la porte du dit Louviers. Les Franchois qui devant estoient, firent assortir[6] les cannons;[7] et du premier cop percherent tout oultre les murs de la dite basse court, et alors ilz[8] composerent a rendre le dit chastel ou cas quilz ne seroient les plus fors en champ a[9] ung jour dit. Mais ilz ne si trouverent point.[10] Et pour ce rendirent le dit chastel le v. jour de Septembre[11]

was also slain before the gate of the lower court by a cannon [culverin]. The said English who were within held out for the space of fifteen days, being from six to seven score, of whom the captain (who was also bailiff of the said place of Harcourt) was messire Richard Forgneval. He was at this time dishonoured and hung by the heels at the gate of Louviers aforesaid. The French, who were before the town, caused the cannons and bombards to be planted and to fire; and at the first shot they pierced right through the walls of the said lower court, and then the said English became afraid, and agreed to surrender the said castle, unless they were the stronger in the field on a day specified. But they received no succour. And therefore they surrendered the said castle (which they had held for fifteen days) on the fifth day of

[1] *Canon*] Couleverine. B.C.D.

[2] *Anglois*] Anglois estoient dedens de vj. a vij^{xx}., dont. B.D.

[3] *Et bailly*] Bailly du dit lieu de Harcourt, nomme. B.D. Om. C.

[4] *Forgneval*] Forgnegal. C. Forgnegual. B. Soignegal. D.

[5] *Pendu*] Pendu par les peidx. D.

[6] *Assortir*] Asseir et jetter les canons. B.D.

[7] *Cannons*] Canons et bombardes. C.

[8] *Ilz*] Les dits Anglois se doubterent et se. B.D.

[9] *Seroient … champ a*] Seroient secourus a. B.

[10] *Point*] Point de secours. B.

[11] *Septembre … et sen*] Septembre; le quel ilz avoient tenu lespace de xv. jours, et sen. D.

au dit an,[1] et sen allerent, leurs corps et leurs biens saufz.[2]

Le Chatel de Chambrers.

35. Et le xv.[3] jour du dit mois de Septembre ensuivant fust[4] assegie le chastel de Cambrais[5] par messeigneurs les contes, lieutenant general du roy de France,[6] icelui de Clermont et de Nevers, le seigneur[7] Dorval,[8] celui Surrender of the castle of Chambrois.

September in the said year, and departed, their lives and property being saved.

The town of Neufchâtel de Nycourt [taken] by assault, and the castle by surrender.

34. The said counts of Eu and Saint-Pol before this time laid siege, upon the eighth day of September, to the town and castle of Neufchâtel de Nycourt; they took the town by assault, and presently afterwards the castle surrendered by capitulation.

Of the Castle of Chambrers.

35. And on the fifteenth [eighteenth, twenty-eighth] day of the said month of September following, the castle of Chambrois was besieged by these lords and counts, the lieutenant-general of the king of France [Dunois], Clermont

---

[1] *Le v. jour ... an*] Om. C.

[2] *Saufz*] C. here adds the following passage :—

"La ville du Neuf-Chastel de "Nycourt [prins] dassault et le "chastel par composition.

34. "Les dites contes Deu et de "Saint-Pol devant ce temps tenoient "le siege des le viij. jour de Septembre devant la ville et chastel de "Neuf-Chastel de Nycourt; lesquelz "prindrent la ville dassault, et tost "apres se rendit le chastel par composition."

[3] *xv.*] xviij. B.D.

[4] *Et le ... fust*] En ce mois le xxviij. jour fut. C.

[5] *Cambrais*] Cambrois. C. Chambrais. B.D.

[6] *Lieutenant ... France*] De Dunois. B.C.

[7] *Seigneur*] Sire. C.

[8] *Dorval*] Darval. B.

de Culant,[1] grant maistre dostel, le seigneur de Blainville, maistre des arbalestiers,[2] les seigneurs de Bueil, de Gaucourt, avec plusieurs aultrez chevaliers et escuiers, lesquelz ilz firent grant debvoir, combien quilz ny furent gueres. Car le dit monseigneur de Clermont fist la composicion ; et sen allerent[3] les dits Anglois, leurs corps et leurs biens saufz ; les quelz estoient ij. c. combatans. Et lors se rendirent la ville et chastel de Noefz-Chastel en Tinieres[4] aus dits seigneurs, les contes Deu et de Saint-Pol, qui y avoient mis le siege des le viij^{e}. jour du dit mois de Septembre.[5] Et durant ce temps prindrent la dite ville dassault.[6]

---

and Nevers, the lords of Orval, Culant, the great master of the household, the lord of Blainville, the master of the cross-bowmen, the lords of Bueil and Gaucort, Brezé, the baillies of Berry and Evreux, with many other knights and esquires, who did their duty well, although they were there only a little time. For the said lord of Clermont made the treaty of surrender, and the said English departed, their lives and goods being saved ; they were two hundred men-at-arms. And then the town and castle of Neufchâtel in Thimerais [of Nycourt] surrendered to the said lords, the counts of Eu and Saint-Pol, who had besieged it from the eighth day of the said month of September. And during this time they took the said town by assault.

---

[1] *Culant*] Cullant. C.

[2] *Maistre des arbalestiers*] Om. C.

[3] *Gaucourt . . . allerent*] Gaucourt, de Breze [Bressay, les baillis de Berry et Devreux, et pluiseurs. D.] et aultres, lesquelz y firent tous grandement leur devoirs tellement que tost apres sen allerent Gaucort et de Bressay, les baillifz de Berry et Devreulx, lesquelz y firent. B.D.

[4] *Tinieres*] De Nicourt. B.D.

[5] *De Septembre*] Om. B.D.

[6] *Et lors ... dassault*] Transposed in C.

LA PRINSE DE LA ROCHE-GUYON.

36. Cependant ung Anglois de Galles,[1] capitaine de la Roche-Guyon, pour ce que sa femme estoit de France, parente de messire Denis de Chailly, et avoit de belles terres au party des Franchois,[2] par ladvertissement, introduccion[3] et admonestement de sa dicte femme, se fist Franchois, parmi ce quil devoit avoir les terres de sa femme.[4] Et rendit la dicte Roche-Guyon, qui est imprenable et tres bien assise sur la riviere de Saine. Roche-Guyon surrenders.

LARRIVE DU DUC DE BRETAIGNE EN NORMANDIE.

37. En ceste saison le duc de Bretaigne, acompaigne du conte de Richemont, son oncle,[5] du conte de Laval, du The duke of Bretagne arrives in Normandy.

OF THE TAKING OF ROCHE-GUYON.

36. In the mean time an Englishman of Wales, named John Edouart, captain of Roche-Guyon, by the advice, procurement and direction of his wife, (because she was a Frenchwoman, a relation of messire Denis de Chailly, and had fair lands on the side of the French,) became a Frenchman, on condition that he should retain his wife's lands. And he surrendered the said Roche-Guyon, which is impregnable, and well situated upon the river Seine.

OF THE ARRIVAL OF THE DUKE OF BRETAGNE IN NORMANDY.

37. At this time, Francis duke of Bretagne, accompanied by his uncle Arthur, count of Richmont, constable

---

[1] *Galles*] Galles, nomme Jehan Edouart. B.C. Edouward. D.

[2] *Et avoit ... Franchois*] Laquelle. B.

[3] *Introduction*] Priere. B. Om. C.

[4] *Femme*] Femme estans en lobeissance des dits Franchois. B.D.

[5] *Le duc ... son oncle*] Franczois duc de Bretaigne acompaigne de son oncle Artur connestable de France. C.

seigneur de Loheacq,[1] mareschal de France, du seigneur de Raix[2] et de Cotivy, admiral de France, du seigneur de Montauban,[3] mareschal de Bretaigne, et pluseurs autres chevaliers et escuiers, jusques au nombre de six mil combatans, a comprendre[4] iij. c. lanches et les archiers des gens du roy de France, (dont estoient conduisseurs le dit seigneur de Loheacq,[5] Joachim Rohault,[6] et messire Jeffroy de Couvren,)[7] entra en la Basse Normendie. Et au partir de sa duchie de Bretaigne laissa son frere, Pierre de Bretaigne, sur les marches de Bretaigne[8] es parties de Fougieres et Avrences[9] [10] pour la garde du pays atout iij. c.[11] lances.

---

of France, the count of Laval, the lord of Lohéac, marshal of France, the lord of Raix and Coetivy, admiral of France, the lord of Montauban, marshal of Bretagne, and many other knights and esquires, to the number of six thousand men-at-arms, including three hundred lances and the archers of the military of the king of France, (of whom the leaders were the said lord of Lohéac, Joachim Rohault, and messire Jeffroy de Couvren,) entered into Lower Normandy. And when he set out from his duchy of Bretagne he left his brother, Pierre of Bretagne, upon the borders of Bretagne, in the parts of Fougères and Avranches, for the protection of the country with three hundred [400] lances.

---

[1] *Loheacq*] Loiach. B. Loheac. C. Om. D.

[2] *Raix*] Rez. B. Res. C. Om. D.

[3] *Montauban*] C. Monteban. A. Montoben. B.

[4] *A comprendre*] A comprenant. C.

[5] *Loheacq*] Loiach. B. Loheac. C.

[6] *Rohault*] Rouault. C.

[7] *Couvren*] Couurant. C. Couuren. B.

[8] *Et au Bretaigne*] An interlineation in C.

[9] *Marches ... Avrenches*] Marches de Fougieres et Lavrancheеs. B.D.

[10] *Et Avrences*] Om. C.

[11] *iij.c.*] iiij.c. C.

DE LA PRINSE DE COUSTANCES.

38. Le dit duc chevaucha jusques devant la cite de Coustances, atout son armee,[1] et la mist le siege. Et les Anglois,[2] voiant le multitude du[3] peuple qui estoit devant eulx, se[4] rendirent le iij. jour du dit mois de Septembre, et sen allerent, leurs corps et leurs biens saufz, dont estoit capitaine messire Guillem Poictou. Coutances taken.

ALENCZON RENDU AU DUC DALENCZON.

39. En ce temps le duc Dallencon[5] a ung point du jour par le moien, ayde et consentement de ancuns bourgois, Alençon surrenders.

OF THE TAKING OF COUTANCE.

38. The said duke rode until he came before the city of Coutances, with all his army, and laid siege to it. And the English who were within, perceiving the multitude of the people before them, surrendered on the second day following. And their captain was Stephen Montfort. From thence the said duke came to lay siege to Saint-Lo, which in like manner surrendered on the seventeenth day of September. There were two hundred English, of whom the captain was messire William Poictou, who departed, their lives and property being saved.

ALENÇON SURRENDERED TO THE DUKE OF ALENÇON.

39. At this time the duke of Alençon one day at dawn, by the means, aid and consent of certain burgesses, residents

---

[1] *Atout son armee*] Om. B.D.

[2] *Anglois*] Anglois dedens. B.C.D.

[3] *Multitude du*] Om. B.D.

[4] *Se*] A. here defective at the turning of a leaf. Eulx, se rendirent le segond jour ensuivant. Et en estoit capitaine Estienne Montfort.

De la sen vint le dit duc mettre son siege devant Saint Lo [Loup. B.] lequel se rendit pareillement le xvij. jour de Septembre. Ilz estoient ij.c. Anglois, dont estoit capitaine missire Guillem Poictou [Poitou B.] lesquelz sen allerent, leurs corps et biens saufs. B.C.D.

[5] *Dallencon*] Dalenczon. C.

manans et habitans, print la ville de Allencon. Et sen fuirent[1] les Anglois et retrairent dedens le chastel, le quel incontinent fust assegie, et en la fin rendu au dit duc Dallencon, lequel avoit viij^{xx}. lanches en sa compaignie.[2]

LA PRINSE DE MAULEON EN GUIENNE.

Mauleon besieged and surrenders.

40. Ce mois de Septembre[3] le conte de Foix grandement acompaigne des contes et barons[4] de son pays, (cestassavoir des contes de Comminge et Destrac, du viconte[5] de Lautrac son frere, et de pluseurs aultrez seigneurs, barons, chevaliers et escuiers de son pays de Foix,[6] de Comminge,[7] de Bigore et de Bierne,) jusques au nombre de cinq a six cens lances[8] et dix mille[9] arbalestiers,

---

and inhabitants, took the town of Alençon. And the English fled and retreated within the castle, which immediately was besieged, and at last was surrendered to the said duke of Alençon, who had eight score lances in his company.

OF THE CAPTURE OF MAULEON IN GUIENNE.

40. This month of September the count of Foix, with a great company of counts and barons of his country, (namely, the counts of Comminge and Estrac, the viscount of Lautrac his brother, and many other lords, barons, knights and esquires of his county of Foix, Comminge, Bigorre and Bearn,) to the number of from five to six hundred lances and ten thousand [11,000] cross-bowmen, set out

---

[1] *Sen fuirent*] Om. B.C.

[2] *Compaignie*] Lequel . . . compaignie. Om. D.

[3] *De Septembre*] Om. B.C.D.

[4] *Barons*] Barons, chevaliers et escuiers des pais de Foix, Destrac, de Bigorre et de Bierne.

[5] *Viconte*] Conte. B.D.

[6] *Foix*] Foues. B. Fois. D.

[7] *Comminge*] Comminge et Lessac. B.D.

[8] *De . . . lances*] De vj. c. lanches. D.

[9] *Dix mille*] xj. M. D.

se partit[1] de son pais de Bierne. Et chevaucha acompaigne ainsy jusques devant la ville et chastel de Mauleon de Solle, qui est au pays de Basques, le plus fort chastel de la duchie de Guienne, et mist le seige[2] devant la dite ville, laquelle se rendit incontinent par composition, pour ce que iceulx de dedens doubtoient estre prins dassault. Le chastel est marveilleusement fort,[3] assis sur une grande et haulte montaigne,[4] et pour ce ne se rendit point.[5] Mais le dit seigneur de Fois sceut quil y avoit peu de vivres dedens, pour ce lasseiga de toutes pars.

Comment le roy de Navarre cuida lever le dit siege.

41. Le roy de Navarre sceust ces nouvelles, le quel ne fust par contens, pour ce que le dit conte de Fois avoit

---

from his country of Bearn. And thus accompanied he rode through the country of the Basques till he came before the castle of Mauleon de Solle, which is in the country of the Basques, the strongest castle in the duchy of Guyenne, and he besieged the said town, which surrendered immediately by treaty, because they who were within were afraid of being taken by assault. The castle is wonderfully strong [high], being situated upon a great and high mountain [rock], and therefore it did not surrender. But the said lord of Foix knew that few provisions were within, and therefore he besieged it on all sides.

How the king of Navarre thought to raise the said siege.

41. The king of Navarre heard these news, wherewith he was not pleased, because the said count of Foix had

---

[1] *Se partit*] Et se partit. A.

[2] *Chevaucha . . . siege*] Chevacha parmy le pais de Basques jusques devant la ville de Manleon de Solle, ou il mist la siege. B.D.

[3] *Fort*] Hault. C.D.

[4] *Montaigne*] Roche. C.D.

[5] *Et pour ... point*] Om. C.D.

espouse sa fille, dont il avoit belle lignie.[1] Et fist son mandement de toutes pars pour lever le siege du dit chastel que tenoit le dit seigneur de Fois, son gendre,[2] et vint, acompaignie de[3] Arragonnois, Anglois, Gascons et Navarrois jusque au nombre de vj. M. combatans,[4] a deux lieues pres du dit chastel, cuidant lever le siege. Mais quant il sceut la puissance et fortiffication de ceulx qui tenoient le siege, il fist reculer et retraire ses[5] gens. Et lors envoia ses messaigiers devers le dit conte de Fois, son gendre,[6] pour parlementer a luy; lequel[7] lui envoia seurte, et vint[8] a petit compaignie atout sa seurte a ung quart de lieue pres du dit siege. Et lors il dit au dit conte de Fois que, veu laliance,[9] et

married his daughter, by whom he had a fair progeny. And he issued his commands on all sides for the raising of the siege of the said castle, which was being carried on by the said lord of Foix, his son-in-law; and he came, accompanied by Aragonese, English, Gascons and Navarrese, to the number of six thousand men-at-arms, within two leagues of the said castle, intending to raise the siege. But when he knew the power of the besiegers, and their position, he caused his troops to fall back and return. And then he sent his messengers to the said count of Foix, his son-in-law, asking him to confer with him; who sent him a safe-conduct to come. And the said king came with a small company with this safe-conduct, to within a quarter of a league of the said siege. And then he said to the said count of Foix that, considering their alliance (he having married the king's daughter, by

---

[1] *Le quel ... lignie*] Om. C.D.
[2] *Du ... gendre*] Om. C.
[3] *De*] De vj.M. combatans.
[4] *Au nombre ... combatans*] Om. C.
[5] *Ses*] Ces. C.
[6] *Son gendre*] Om. C.D.
[7] *Lequel*] Lequel conte de Foix. C.
[8] *Seurte, et vint*] Seurte de venir. Si vint le dit roy. C.D.
[9] *Laliance*] Quil avoit sa fille espousee, dont il avoit belle lignee, attendu aussi lasmite qui. C.

lamistie qui devoit estre entre eulx, il se donnoit grant merveille comment il avoit assegie la dite place sur sa saulve garde, veu que son connestable en avoit la garde depar luy et en estoit capitaine pour le roy Dengleterre, au quel il avoit promis le garder seurement et sauvement encontre tous.

42. Le dit conte de Fois[1] respondit quil estoit lieutenant general du roy de France, son subgest et son parent, et par son commandement, comme son lieutenant general es pays dentre la Geronde et les mons Espirans,[2] avoit mis le siege a la dicte place,[3] et pour ce[4] le metteroit en lobeissance du roy de France sil nestoit combatu et vaincu, ne pour nulle riens ne sen leveroit. Mais en toutes choses qui lui seroient possiblez, reserve contre le roy de France, ses subges, amis et alyes, il

---

whom he had a fair issue) considering also the friendship which ought to be between them, he was much astonished that the count should besiege the said fort, which was under his, [the king's] protection, considering that his constable had the keeping thereof under him, and was the captain thereof for the king of England, to whom he had promised that he would keep it surely and safely against all men.

42. The said count of Foix, his son-in-law, answered him that he was the lieutenant-general of the king of France, his subject and his relation, and by his commandment, as his lieutenant-general of the country between the Gironde [Guienne] and the Pyrenees, he had laid siege to the said fortress, and that therefore he would reduce it into subjection to the king of France unless he were attacked and defeated, and for nothing less would he discharge himself thereof, as long as he was the subject of the king of France. But in all things possible for him, provided they were not contrary to the king of France, his

---

[1] *Fois*] Foix son gendre lui. C.

[2] *Espirans*] Es parties dentre Guienne et les monsEspiraulx. C.D.

[3] *Place*] Chastel. C.

[4] *Ce*] Ce jamais ne se leveroit pour homme sil nestoit combatu et vaincu jusques ad ce quil fust en obeissance du roy de France. C.

aideroit et conforteroit le dit roy de Navarre, pere de sa femme, et aultrement non. Et ainsi sen retourna le dit roy de Navarre en son ost, et dela [1] en son pays. Et quant ceulx du chastel veirent quilz ne pourroient estre secourus, veu la necessite quilz avoient, rendirent au dit seigneur de Fois le chastel de Moleon.

Comment le seigneur de Luce se fist Franchois.

The lord of Lussé joins the French.

43. Et tantost apres la dicte reddition vint le seigneur de Luce [2] acompaignie de vj. C. combatans, [3] le quel est homme du roy de France a cause du dit chastel de Moleon; et pour ce vint faire homaige en la main du dit conte de Fois, comme lieutenant du roy, [4] et portoit lui et toutes ses gens en venant faire hommaige le Croix Rouge. Mais incontinent le serement fait, sen retourne-

---

subjects, friends and allies, he would aid and support the said king of Navarre, his wife's father, and not otherwise. And so the said king of Navarre returned to his army, and thence to his country. And when the people within the castle saw that they could not be relieved, considering the necessity in which they were placed, they surrendered the castle of Mauleon to the said lord of Foix.

How the lord of Lussé became a Frenchman.

43. And forthwith after the said surrender came the lord of Lussé, accompanied by six hundred [score] men-at-arms, he being a vassal of the king of France in consequence of the said castle of Mauleon; and on that account he came to do homage, in the hands of the said count of Foix, as the king's lieutenant, and he and all his people when they came to do homage wore the Red Cross. But as soon as they had taken the oath they returned to their houses,

---

[1] *Dela*] Om. C.

[2] *Luce*] Luces. D.

[3] *vj. c. combatans*] vj^{xx}. combatans portans les croix rouges.

[4] *Comme ... roy*] Om. C.

rent en leurs maisons, portans la Croix Blanche, dont leurs femmes et leurs enfans estoient moult esbahis. Et peu apres sen retournerent le dit conte de Foix et ses gens en leurs pays.

La Prinse de Ymes.

44. En ce temps, le xxj. jour de Septembre, messeigneurs[1] les contes de Dunois, de Clermont, et de Nevers, et pluseurs aultres de leur compaignie, cy devant nommez,[2] mirent le siege devant le chastel de Diennes.[3] Le quel rendirent les Anglois qui estoient dedens, et sen allerent, leur corps et leurs biens saufz. **Exmes surrenders.**

Argenten ville et chastel.

45. Et dela sen allerent les dits seigneurs Franchois devant la ville et chastel Dargenton,[4] ou ilz mistrent **Argentan surrenders.**

wearing the White Cross, at which their wives and children were much afraid. And shortly afterwards the said count of Foix and his people returned to their country.

Of the taking of Exmes.

44. At this time, on the twenty-first day of September, the lords counts of Dunois, Clermont, and Nevers, and many others of their company already named, laid siege to the castle of Exmes. The English who were within surrendered it and departed, their lives and goods being saved.

Of the town and castle of Argentan.

45. And from thence the said French lords went before the town and castle of Argentan, to which they laid

---

[1] *Messeigneurs*] Mes diz seigneurs. C.

[2] *Cy devant nommez*] Om. C.D.

[3] *Diennes*] Ymes. C. Dieure. D.

[4] *Dargenton*] Dargenten. C D.

le siege. Et lors les Anglois dedens parlementerent; et [quand][1] les bourgois et aultres habitans virent que les dits Anglois estoient avisez a parlementer, et quilz avoient volente deulz tenir contre la puissance des Franchois, ceulx de la dicte ville appellerent aucuns des dits Franchois de lautre coste dont on parlementoit, et demanderent ung[2] estandart, baniere, ou aultre ensaigne, et leur dirent que la ou ilz metteroient la dicte ensaigne ils venissent, et ilz les[3] metteroient en la dicte ville; et ainsy le firent. Et quant les Anglois les aperchurent entrer, ilz se retrairent au chastel. Et de ceste heure tira une bombarde du dit siege des Franchois contre le chastel, et y fist ung trou assez[4] pour passer une charette. Et quant les Franchois veirent le mur ainsy abbatu, assaillerent le dit chastel hastivement et

---

siege. And then the English who were within negotiated; and when the burgesses and the other inhabitants saw that the said English pretended to treat, but that they purposed to hold out against the power of the French, the inhabitants of the said town called some of the said Frenchmen on the side opposite to that at which they were talking, and asked a standard, banner or other ensign of the said Frenchmen, and told them that they might come in safety to the place where they would fix the said ensign, and that they would let them into the said town, and so they did. And when the English saw them come in they retreated into the castle. And at this time a çannon was fired from the French besiegers against the castle, and it made therein a hole in the wall sufficiently large for a cart to pass through. And when the French saw that the wall was thus broken, they hastily assailed

---

[1] *Quand*] Supplied from D.

[2] *Ung*] Aux dis Francois ung. C.

[3] *Venissent et ilz les*] Venissent seurement, et par la les.

[4] *Assez*] Assex grant en la muraille. C.

y entrerent, et le prindrent par le dit trou. Et lors les dits Anglois se retrairent[1] dedens le dongon, le quel au plustot ilz rendirent de paour destre prins dassault, et sen allerent, ung baston au poing tant seulement.

46. En ceste saison estoit le roy de France a Louviers, et estoient en sa compaignie le roy de Sezille, lequel estoit novlement[2] venu devers lui, et lui avoit on fait grant chiere et grandement fust receu. Et la aussi estoit le conte du Maine, son frere, le viconte de Limoges, le conte de Chartres,[3] le cadet de Lebret, le seigneur de Traisnel, chancellier de France, le seigneur de Cullant, grant maistre dostel, le conte de Tancarville,[4] le mareschal de France, le seigneur de Gaucourt, Ferry, monseigneur de Lorraine, Jehan, monseigneur son frere, les sires de Blainville, de Pressegny, Jehan, monseigneur

the said castle and entered there, and took it by the said breach. And then the said English retreated in great haste within the keep, which they immediately surrendered for fear of being taken by assault, and departed, having only a staff in their hands.

46. At this time the king of France was at Louviers, and the king of Sicily was in his company, who had newly come to him, and great cheer had been made for him and he had been well received. And there was also there the count of Maine, his brother, the viscount of Limoges, the count of Castres, [Chastres, the viscount of Lomaigne,] the younger d'Albret, the lord of Trainel, chancellor of France, the lord of Culant, great master of the household, the count of Tancarville and of Dammartin, the marshal of France, the lord of Gaucourt, Ferry, lord of Lorraine, the lord Jehan his brother, the lords of [Montgaçon,] Blainville, the lord of Pressigny, [Gaucourt,] the lord

[1] *Retrairent*] Retrairent a grant haste. C.

[2] *Novlement*] De nouvel. C.

[3] *Chartres*] Castres, le viconte de Lemaigne. C.D.

[4] *Tancarville*] Tancarville et de Dampmartin, le mareschal de la Faiette, et plusieurs. D.

son frere, le seigneur de Prulli, et de la Vession, le conte de Dampmartin, les sires de Chailli, de Montat, et de Ham en Champaigne, messire Throde de Valpergue, le sire Daigreville, messire Loys Rochette, messire Robinet Destampes, et pluseurs[1] aultrez chevaliers et escuiers, jusques au nombre de ij. c.[2] lances et les archiers, sans[3] larmee et compaignie du dit duc de Bretaigne, celle de monseigneur de Dunois et de monseigneur de Clermont,[4] celles des contes Deu et de Saint-Pol, et sans celle du duc Dallenchon.

Château-Gaillard besieged.

47. Le roy de France[5] fist mettre le siege devant le chastel de Gaillart, qui est ung moult fort chastel imprenable, assis sur une roche, que nulz engins ne le

his brother, the lord of Prully and De la Vession, [Bessier, Byionne, Beauvoir, Villeguien,] the count of Dammartin, the lords of Chailli, Montat, and of Ham in Champagne, [Malicorne], messire Théodore de Valpergue, [messire Jehan du Signe,] the lord of Aigreville, messire Loys Rochette [Rochelle,] messire Robinet Destampes and many other knights and esquires, to the number of two hundred [2,000] lances and the archers, without including the army and the company of the said duke of Bretagne, that of the lord of Dunois and the lord of Clermont, and those of the counts of Eu and Saint-Pol, and without that of the duke of Alençon.

47. The king of France caused Château-Gaillard to be besieged, which is an exceedingly strong castle, and impregnable so long as it is provisioned, situated upon

---

[1] *France . . . pluseurs*] France, le conte de Dampmartin, Ferri. C. Frere, le sires de Montgacon, de Blainville, de Gaucourt, de Precigny, de Prulli, de la Bessier, de Byionne, de Beauvoir, de Villeguien, de Chailli, de Han en Compagne, Daigneville, du Montet, de Valicorant, missire Theaude de Valpargue, messire Jehan du Signe, missire Loys Rochelle, missire Robinet Descampes et pluseurs ... C.

[2] *ij.c.*] ij.M. C.

[3] *Sans*] Sans comprendre. C.

[4] *Clermont*] Clermont, et sans celle des contes Deu, et de Saint-Pol. Si fist mettre le siege. D.

[5] *Le roy de France*] Om. C.

peult grever, sur la riviere de Sainne.[1] Et y fust mis par le seneschal de Poitou messire Philippe de Cullant, mareschal de Jaloignes, messire Jehan de Bresay, et par messire Denis de Chailli et aultres, et y fust le roy present. Et environ deux ou trois jours devant[2] fust faicte et traictee la composition de la ville et chastel de Gissors par le dit seneschal de Poitou, et ung escuier descurie du roy nomme Paviot,[3] et ung aultre nomme Pierre de Courcelles,[4] parent de la femme du capitaine du dit Gisors, nommez Richart Malbery,[5] la quelle avoit de belles terres en France, et ainsy traicterent de rendre la place a ung jour, pourveu que le dit Malbery raveroit deux[6] de ses enfans, qui avoient este prins a Pontheau,[7] et que sa dicte femme joiroit[8] de ses

---

a rock, which no engines can harm, upon the river Seine. And the siege was undertaken by the seneschal of Poitou, messire Philippe de Culant, the marshal of Jalognes, messire Jehan de Bressay, messire Denis de Chailli, and there the king was present. And about two or three days before this, the surrender of the town and castle of Gisors was made and treated by the said seneschal of Poitou and an esquire of the king's stables named Paviot [Peugot,] and another person called Peirre de Courcelles, a relative of the wife of the captain of Gisors aforesaid, who was named Richard Malbery, knight, she having valuable lands in France; and thus they agreed to surrender the fortress upon a certain day, provided the said Malbery should have back two of his children, who had been taken prisoners at Pontheau [Pontaudemer,] and

---

[1] *Imprenable ... Sainne*] Imprenable, tant quil y ait dedens que menger. C. La fleuve de Saine. C.

[2] *Jours devant*] Jours apres. C.

[3] *Paviot*] Peugot. C.

[4] *Et ung ... Courcelles*] Om. C.D.

[5] *Malbery*] Malberi, chevalier. C.

[6] *France ... deux*] France. Le dit Malberi, chevalier, se rendit Franczois et rendit la dicte place, parmy ce que on lui rendit et delivra deux. C.

[7] *Pontheau*] Ponteaudemer. C.

[8] *Joiroit*] Jousaoit. C.

terres, et il se renderoit Franchois. Et ainsy le firent ilz.[1]

Preparations for the siege of Rouen.

48. Le mois Doctobre ensuivant ou dit an, le roy de France manda aux contes de Dunois et aultrez seigneurs de sa compaignie, qui avoient mis Argentain[2] en son obeissance, et pareillement aux contes Deu et de Saint-Pol, et ceulx de la[3] compaignie, quilz venissent tous devers lui atout leurs gens, pour ce quil vouloit mettre la cite de Rouen en son obeissance. Sy vindrent hastivement a son mandement,[4] et chevaucherent tant que les compaignies du seigneur[5] de Dunois se assamblerent[6] en la compaignie du Noef-Bourg,[7] et ceulx des dits contes Deu et de Saint-Pol se assemblerent pres de Rouen de laultre coste.

49. Si partit tost apres le roy de France de sa ville de Louviers, acompaignie du roy de Sezille et aultres de

that his wife should enjoy her lands; and then that he would become a Frenchman. And so they did.

48. In the month of October following, in the said year, the king of France sent a message to the count of Dunois and the other lords of his company, who had reduced Argentan in subjection to him, and in like manner to the counts of Eu and Saint-Pol and the soldiers of their company, requiring them all to come to him with their troops, because he was desirous of bringing the city of Rouen into subjection to him. They came with haste at his command, and rode until the companies of the lord of Dunois joined the company at Neufbourg, and those of the said counts of Eu and Saint-Pol met near Rouen on the other side.

49. Presently afterwards the king of France set out from his town of Louviers, accompanied by the king of

[1] *Et ... ilz*] Om. C.
[2] *Argentain*] Argenten. C.
[3] *La*] Leur. B.C.
[4] *A son mandement*] Om. C.
[5] *Seigneur*] Conte. C.
[6] *Assemblerent*] Trouva. C.
[7] *Noef bourg*] Vernog. B. Here C. agrees with A.

vant nommez, et vint[1] au Pont-de-Larche, ou ceulx de la ville vindrent au devant de lui faisant grant joye.[2] Et la fist passer tous ses gens darmes pour les envoier devant la dite cite de Rouen, dont estoit conduisseur le dit conte de Dunois, lieutenant general. Et lors envoia sommer ceulx de la ville et cite de Rouen par ses heraulx, quilz lui rendissent et missent en son obeissance sa dicte cite. Mais les Anglois, qui dedens estoient, ne vauldrent souffrir que les heraulx baillassent leur sommacion, ains leur respondirent quilz retournassent en grant haste. Et si firent ilz, car ilz furent en grant dangier et peril de mort.

50. Le roy sceust la maniere que les Anglois avoient tenue a ses heraulx, si envoia la seconde fois daultres pour les sommer, comme devant. Mais les[3] dits Anglois — The English refuse to surrender.

Sicily and the other persons named before, and came to Pont-de-l'Arche, where the townspeople came to meet him, making great joy at his arrival. And there he reviewed all his troops, that he might send them before the said city of Rouen, their leader being the said count of Dunois, the lieutenant-general. And then he sent to summon the town and city of Rouen by his heralds to surrender it to him and place the said city under his authority. But the English, who were within, would not permit the heralds to deliver their citation, but gave them for answer that they should return in great haste. And so they did, for they were in great danger and peril of death.

50. When the king was informed of the manner in which the English had behaved to his heralds, he sent the second time others to summon them as before. But the said Eng-

[1] *Vint*] Chevaucha jusques. B. Chevaucherent jusques. C.

[2] *Joye*] Joye de son advenement. Et lors envoia. ... B.C.

[3] *Le roy . . . mais les*] Le roy sceut la maniere que les Anglois avoient tenue a ses diz heraulx ; si fist passer tous ses gens darmes au dit Pont de Larche, dont estoient conduiseurs le dit conte de Dunois, qui les mena devant la dicte cite de Rouen, ou ilz furent trois jours en grant puissance. Il fust ung vil [ort. D.] temps et plueveux iceulx jours,

ne vouldrent souffrir quilz approchassent la dicte cite, ne quilz parlassent au peuple. Et pour ce sen retournerent comme les aultres.[1] Et quant le roy le sceust, il envoia le dit conte de Dunois atout sa puissance et larmee devant la dicte cite de Rouen, ou ilz furent trois jours entiers. Et la furent faictes de belles armes, tant dung coste que daultre, aux saillies, et ceulx de dedens et de dehors. Et fust prins a leure un escuier, nomme le bastart Sorbiere ; car son cheval chout soubz lui, pour ce que tous les trois jours il fist ung pesant temps de pluye, qui fist moult dennuy aux Franchois qui estoient aux champs.

---

lish would not permit them to come near the said city, nor to speak to the people. In consequence of this they returned like the others. And when the king was informed of this, he sent the said count of Dunois with all his power and the army before the said city of Rouen, where they were three whole days. The weather was miserable, and it rained those three days, whereby the soldiers who were there suffered much. And this notwithstanding there were many fair feats of arms done, as well on the one side as the other, by sallies, by those within and without. And there was taken prisoner at this time an esquire of France, named the bastard Sorbiere ; for his horse fell under him, because during all these three days it rained heavily, which much distressed the French who were in the open fields.

---

dont les gens de guerre qui la estoient eurent [heubrent. D.] moult a souffrir. Et ce non obstant, y firent ceulx dedens de grans saillies, ou il eut de moult belles armes faictes. Et y fut prins ung escuier Francoiz, nomme le bastart Soribier, par son cheval qui cheit soubz lui.

Les diz seigneurs se mettrent en bataille devant la dicte cite, et les envoierent sommer la seconde foiz, par les diz heraulx. Mais les . . . C.D.

[1] *Les aultres . . . nouvelles*] Les premieres. Et lors le dit conte de Dunois, voians que nul de la dicte cite ne feroit semblant ne maniere de vouloir rendre la dicte ville, considerant aussi le temps et saison qui restoit sur lyver, sen retourna ce teirs jour au giste au Pont deLarche, et les gens darmes par les villages autour dicelui pont. Pou apres vindrent nouvelles. C.D.

51. Et le dit seigneur, voiant le temps qui estoit sur liver, se mist en bataille devant la dicte cite, cuidant que on la deust rendre, et que on le deust mettre dedens. Et quant il vist que nul ne faisoit samblant, sen retourna au giste au dit Pont-de-Larche, et les gens darmes par les vilaiges alentour du dit pont.

52. Et tantot apres vindrent les nouvelles au roy de France au dit Pont-de-Larche que certaines gens de la dicte ville de Rouen se metteroient sus [1] la muraille de la dicte ville dedens deux tours, et la garderoient ung pan de mur en maniere que les Franchois pourroient parler a eulx, et parla [2] entrer dedens [3] la dicte ville. Si y fust ordonne pour aller [4] avec larmee dessus dicte pour entreprendre ceste besongne. Et incontinent se partirent les dits rois de France et de Sezille, et chevaucherent avec [5] la dicte armee, la quelle fust mise

The French inhabitants attempt to deliver the town,

---

51. And the said lord, perceiving that the winter was near at hand, put himself in array before the said city, thinking that it would surrender, and that he would be admitted therein. And when he saw that there was no appearance of this, he returned to sleep at the said Pont-de-l'Arche, and the troops were placed in the villages in the neighbourhood of the same bridge.

52. Speedily afterwards came information to the king of France at Pont-de-l'Arche aforesaid, that certain of the inhabitants of the said city of Rouen would place themselves upon the walls of the said city between two towers, and would guard a piece of the wall in such a way that the French could speak to them, and by that way enter into the said town. So the said count of Dunois was appointed to go thither with the army aforesaid, to attempt this affair. And immediately the said kings of France and Sicily set out and marched with [after] the said army,

---

[1] *Sus*] Sur. C.D.
[2] *Parler ... parla*] Om. C.D.
[3] *Dedens*] Parla en. C.
[4] *Y fust ... aller*] Ordonne le dit conte de Dunois pour y aller. C.
[5] *Avec*] Apres. C.

et divisee en deux batailles, dont lune fust entre les Chartreux et la dicte ville de Rouen. Et la estoient le dis seigneurs, le conte de Dunois, lieutenant general, les contes Deu, de Clermont, de Saint-Pol, de Nevers, le seneschal de Poitou, le bailly Devreux, et plusieurs chevaliers et escuiers, qui descendirent tous a piet, pour ce que ung homme de la dicte cite leur vint dire quil estoit temps dentrer et que chacun fist son debvoir. Lautre bataille fust pres de la porte Beauvoisine,[1] qui ne fust point a piet, si non les archiers seulement, qui ne bougerent de leur places. Et la estoient le seigneur de Culant, grant maistre dostel, les seigneurs Dorval, de Blainville, de Bueil, le seigneur de Jaloignes,[2] mareschal de France, et plusieurs aultres seigneurs. Ceulx de la dicte bataille des Chartroux mirent les eschelles au piet du mur de ce coste entre les dits deux tours

---

which was arranged and separated into two divisions, of which one was between the Carthusians and the said city of Rouen. And there were the said lords, the count of Dunois, lieutenant-general, the counts of Eu, Clermont, Saint-Pol, and Nevers, the seneschal of Poitou, the bailly of Evreux, and many knights and esquires, all of whom dismounted from their horses, because a certain man of the said city came to tell them that it was time to enter, and that every man should do his duty. The other division was near the Porte-Beauvoisine, near the Justice [Court]; they were not on foot, saving the archers only, who did not stir from their places. And there were the lord of Culant, great master of the household, the lords of Orval, Blainville and Bueil, the lord of Jalognes, marshal of France, any many other lords. They of the said division of the Chartreux placed the ladders at the foot of the wall on the side between the two towers to ascend the wall. And

---

[1] *Beauvoisine*] Beauvoisine, pres Justice. C.D.

[2] *Jaloignes*] Jaloingnes. C.D.

pour monter contre le mur. Et la furent [1] fais chevaliers le seigneur Daigreville, maistre Guillem Cousinot, Jacques de la Riviere, bailly de Nivernois, Robert de Harreviller,[2] et plusieurs aultrez, lesquelz firent grandement leur devoir et montrerent contremont la dicte muraille, quant [3] le sire de Tallebot,[4] qui estoit sur le mur, vint atout sa baniere et grant effort de gens [5] darmes et de trait avec les Anglois [6] pour rebouter les Franchois qui estoient ja [7] montes sur le dit mur, lesquelz se combatirent moult vaillamment. Mais a la fin fallut que ilz guerpissent le champ et laissassent la dicte muraille, car ilz estoient encore peu de Franchois montez.[8] Le seigneur de Thalebot et ceulx de sa compaignie chergerent [9] tellement sur les dits Franchois,

---

there were made knights Charles de la Faiette, the lord of Aigreville, master Guillem Cousinot, Jacques de la Riviere, bailly of the Nivernois, Robert de Harreviller, and many others, and all did their duty nobly, on the one side as well as the other. For some of them had already ascended the said wall, when the lord Talbot, who was upon the wall, came with his banner and a great power of men-at-arms and archers with the English to drive back the French, some of whom had already mounted upon the wall, who fought very bravely. But in the end they were constrained to abandon the field, and they left the said wall, for as yet too few of the French had mounted it. Lord Talbot and the men of his company made such a charge upon the said

---

[1] *Ceulx ... Et la furent*] Et lors ceulx du coste dentre les deulx dessus dictes drescerent leurs eschelles pour monter contremont de le mur. La furent faiz chevalliers Charles de la Faiette, le sire Daigreville, maistre Guillem Cousinot, Jacques de la Riviere...C.D.

[2] *Harreviller*] Harevuillier. C.

[3] *Firent ... Quant*] Firent tous dun coste et daultre grandement leur debvoir. Car ilz estoient ja montez aucuns sur la muraille quant. C.

[4] *Tallebot*] Talbot. C.; Thalebot. D.'

[5] *Effort de gens*] Frison Danglois, gens. C.

[6] *Avec les Anglois*] Om. C.

[7] *Ja*] Partie. C.

[8] *Peu de ... montez*] Trop peu montez sur le dit mur. C.

[9] *Chergerent*] Chargerent. C.

qui furent maistres de la muraille; et la[1] furent que mors que prins de l. a lx. personnes, tant de Franchois que de ceulx de la ville qui leur aiderent. Les ungs saillerent es fossez du hault[2] des dits tours tant quilz se tuerent, et les aultrez eschapperent.

but without success.

53. Et cependant arriverent les dits rois de France et de Sezille a Darnestal; les quelz, quant ilz vierent la chose ainsy aller, et que la puissance de la dicte cite nestoient[3] pas bien joings ne unis avec ceulx de la dicte ville[4] qui estoient mis es tours, sen retournirent ce jour, qui estoit le Jeudi, xvj. jour[5] Doctobre, au dit Pont-de-Larche; et les gens de guerre et toute la puissance sen vint logier par les villaiges sur la riviere de Sainne.[6]

54. Le lendemain ceulx de la dicte cite de Rouen, pour la grant paour et fraeur quilz avoient eu du dit assault,

---

French, who were masters of the whole wall and of the said towers, that there were slain there and taken prisoners from fifty to sixty persons, as well Frenchmen as of the towns-people who helped them. Some of them leaped into the ditches from the top of the said towers, so that they were killed, and the others escaped.

53. And in the mean time the kings of France and Sicily arrived at Darnetal; who, when they saw how the matter was proceeding, and that the power of the said city had not been well joined to or united with the power of the said city who were sent to the towers, they returned that day, which was Thursday, the sixteenth day of October, to the said Pont-de-l'Arche; and the soldiers of the entire force went to lodge among the villages upon the river Seine.

54. On the morrow the inhabitants of the said city of Rouen, out of the great fear and terror which they had of

---

[1] *De ... et la*] De toute la muraille et des dictes tours, et la ... C.

[2] *Hault*] Hault au bas. C.

[3] *Nestoient*] Nestoit. C.

[4] *Ceulx ... ville*] Les aultres. C.

[5] *Le Jeudi, xvj. jour*] xvj. du mois. C.

[6] *Sainne*] Saine. C.

(doubtans que la ville ne fust prinse dassault, et par ce pilliee et desolee, et aussi pour eviter leffusion de sang qui pouvoit advenir par la prinse dicelle cite,) ilz envoierent lofficial du dit lieu et aultres au dit Pont-de-Larche devers le roy de France, pour avoir de luy ung sauf conduit pour aucuns des plus notables gens deglise, bourgois,[1] marchans et aultres de la dicte cite, lesquelz vouloient venir devers le roy de France, ou les seigneurs de son grant conseil, pour trouver a[2] faire aulcun bon traictier et appointement. Et leur fust octroye et delivre le dit sauf conduit. Et ce jour la, a la seurette du dit roy de France, vindrent atout leur saufconduit[3] larchevesque du dit lieu et plusieurs aultres. Et pour le duc de Sombreseth[4] certains chevaliers et escuiers au Port-Saint-Oing,[5] a une lieue pres du dit Pont-de-Larche;

---

the said assault, (being apprehensive that the city would be taken by assault, and consequently pillaged and ruined, and also to avoid the shedding of blood, which would happen upon the taking of this city,) sent the official of the said place and others to the said Pont-de-l'Arche to the king of France, to procure from him a safe-conduct for certain of the most respectable of the churchmen, nobles, burgesses, and others of the said city, who wished to come to the king of France, or the lords of his great council, to find how some good treaty and arrangement might be made. And the said safe-conduct was given and delivered to them. And upon the same day, upon the security of the said king of France, the archbishop of the same place and many others came with their safe-conduct for the towns-people. And for the duke of Somerset came certain knights and esquires to Port-Saint-Ouen, within a league of the said

---

[1] *Bourgois*] Nobles, bourgeoys. C.

[2] *A*] Et. C.

[3] *Saufconduit*] Saufconduit pour ceulx de la dicte ville. C.

[4] *Sombreseth*] Sonbresset. C.; Sombreset. D.

[5] *Oing*] Ouen. C.; Oain. D.

et la trouverent, pour le roy de France, le conte de Dunois, le chancellier de France, le seneschal de Poitou, messire Guillem Cousinot, et plusieurs aultres. Lesquelz parlementerent si longuement les ungs aux aultres, que le dit archevesque et ceulx de la dicte cite furent dacors et contens de rendre et mettre Rouen en lobeissance du roy de France, parmy ce que ceulx de la[1] dicte ville qui vouldroient demourer, demourroient atout leurs biens, sans riens perdre, et qui sen vouldroit aller sen iroit. Et ainsy se partirent les dits Anglois et Franchois, les ungs au dit Pont-de-Larche et les aultres au dit Rouen, pour faire leur response aux Anglois et ceulx de la ville. Mais pour ce quilz arriverent tart et de nuit, ne peulent faire leur response jusques a lendemain, qui fut le Samedi ensuivant, xviij. jour du dit mois Doctobre. Et pour au plus matin venir, larchevesque,

Pont-de-l'Arche, where they found, on the part of the king of France, the count of Dunois, the chancellor of France, the seneschal of Poitou, messire Guillem Cousinot, and many others. They conferred so long the one with the other, that the said archbishop and the people of the said city were agreed and satisfied to surrender Rouen, and to do their duty by placing it in obedience to the king of France, provided that the inhabitants of the said town who wished to remain, might remain with their goods, without losing anything, and that they who wished to go away might go away. And thus the said English and the French parted the one from the other, the one to Pont-de-l'Arche and the others to Rouen aforesaid, to make their answer to the English and the townsfolk. But because they arrived late and at night they could not make their answer till the morrow, which was on the following Saturday, the xviij. day of the said month of October. And in order to arrive early in the morning, the

[1] *France . . . de la*] France, et en premierement en faire leur debvoir parmy ce que ceulx de la. C.

et ceulx qui avoient este avec lui au dit Port-Saint-Oing,[1] sen vindrent[2] en la maison de la dicte cite pour relater devant le peuple lapointement et les parolles quilz avoient eulx avec le gens du roy de France.

55. Lesquelles parolles et appointement furent agreables[3] a ceulx de la dicte ville et desplaisant aux Anglais; lesquelz (quant ilz veirent et aperchurent la volente et grant desir que le peuple avoit au roy de France) sy se partirent malcontens de la maison[4] de la ville, et sen allerent mettre[5] en armes et sen retournerent au palais aux portaux de la dicte ville, sur le chastel, et sur le pont.[6] Adonc ceulx de la dicte cite congnurent[7] la contenance des dits Anglois, et se doubterent; et pour ce se mirent en armes pareillement, et firent grant guet et grant garde tout ce jour

archbishop and the persons who had been with him at Port-Saint-Ouen aforesaid, came to the town-house of the said city to relate before the people the arrangement and the conference which they had had with the followers of the king of France.

55. These words and the surrender were very acceptable to the inhabitants of the said town and unpleasant to the English, who (when they saw and perceived the inclination and great desire which the people had towards the king of France) departed in displeasure from the town-house, and all of them went to arm themselves and returned to the palace at the gates of the said town, to the castle and to the bridge. Then the inhabitants of the said city observed the bearing of the said English, and became alarmed; and consequently put themselves in arms likewise, and kept a strict watch and a strong guard all that day,

[1] *Oing*] Ouen. C.

[2] *Sen vindrent*] Om. C.

[3] *Agreables*] Tres agreables. C.

[4] *La maison*] Lostel. C.

[5] *Et sen allerent mettre*] Et se mirent tous.

[6] *Palais . . . le pont*] Palais au pont sur les portaulx et au chastel. C.

[7] *Cognurent*] Apperceurent. C.

le[1] Samedi, et semblablement la nuit, contre les dits Anglois. Et lors envoierent bien hastivement[2] ung homme au dit Pont-de-Larche, le quel y arriva au point du jour, pour faire sçavoir au dit roy de France quil les venist hastivement secourir,[3] et ilz le metteroient dedens la cite.

The French army co-operates.

56. Au matin le Dimence,[4] xix. jour du dit mois Doctobre, ceulx de la dicte cite, qui tous estoient en armes, se esmurent contre les dits Anglois tres aprement.[5] Et lors quant ilz sceurent que cestoit a bon assient, guerpirent et laisserent les murs et portaux de la dicte ville, et se retraitent tous ensamble es dis palais, pont, et chastel.

57. Et a ceste heure le dit conte de Dunoys, le seneschal de Poitou, le bailly Devreux, et pluseurs aultrez, qui estoient logies pres de la dicte ville, monterent hastive-

---

being Saturday, and the night in like manner, against the said English. And then they sent a man with much speed to Pont-de-l'Arche aforesaid, who arrived there at break of day, to let the king of France know that he should come in haste to succour them, and that they would bring him within the city.

56. On Sunday morning, the nineteenth day of the said month of October, the inhabitants of the said city, all of whom were under arms, moved very resolutely against the said English. And when they knew that this was done with entire unanimity, they dispersed, and left the walls and gates of the said city, and retreated all together into the said palace, bridge, and castle.

57. At this time the said count of Dunois, the seneschal of Poitou, the bailly of Evreux, and many others, who were lodged near the said town, mounted hastily on horseback,

---

[1] *Le*] De. C.

[2] *Bien hastivement*] Icelle nuyt. C.

[3] *Secourir*] Secourir ceulx de la dicte ville. C.

[4] *Le Dimence*] Om. C.

[5] *Aprement*] Asprement. C.

ment a cheval pour secourir les dicts habitans dicelle cite alencontre les dis Anglois. Et la le dit bailly[1] fu frappe dun cheval de sa compaignie, lequel luy rompit la jambe, pour ce quil navoit eu loisir de prendre son harnois. Et fut raporte du dit Pont-de-Larche pour guerir; et eult le gouvernement et garde de ses gens le seigneur[2] de Manny.

58. Le roy de France partit tot apres du dit Pont-de-Larche, grandement acompaignie de ses gens darmes et de trait, pour tirer[3] en la dicte ville de Rouen, et fist chergier son artillerie pour assailir Sainte-Katherine, que les dis Anglois tenoient. Mais cependant, le dit conte de Dunois les fist sommer,[4] et quant ilz veirent la ville contre eulx et sceurent le roy venir, se rendirent; et leur fut baille ung herault[5] pour les conduire et faire passer

to assist the said inhabitants of that city against the said English. And the said bailly of Evreux was struck by one of the horses of his company, which broke his leg, because he had not time to put on his armour. And he was carried back to Pont-de-l'Arche aforesaid to be cured; and the lord de Manny had the direction and command of his troops.

58. The king of France set out shortly after from Pont-de-l'Arche aforesaid, attended by a great company of his men-at-arms and archers, to enter into the said city of Rouen, and he directed his artillery to assail Sainte-Katherine, which the said English held. But in the meantime the said count of Dunois summoned them to surrender the said place, and when they saw that the town was against them, and knew that the king had come, they surrendered; and one of the king's heralds was assigned to them to escort them and to conduct them to the said Port-Saint-Ouen

[1] *Bailly*] Bailli Devreux. C.
[2] *Seigneur*] Sire. C.
[3] *Tirer*] Entrer. C.
[4] *Sommer*] Sommer de rendre le dit lieu. C.
[5] *Ung herault*] Herault du roy. C.

ou dit Port-Saint-Oing.[1] Et en eulx allant, trouverent le roy, le quel leur dit que ilz ne presissent riens sans payer ; et ilz lui respondirent quilz navoient de quoy payer. Et lors le roy leur donna cent frans, et estoient vj^{xx}. Anglois. Le roy les laissa, et se vint logier celle nuit au dit lieu Saincte-Katherine.

59. Les dis seigneurs de Dunois et aultres gens de guerre estoient a la Porte-Martinville, et la vindrent devers eulx les gens deglise, les nobles, bourgois, marchans et habitans de la dicte cite, leur aporter les clefz ; en disant au dit seigneur de Dunois et aultres[2] que leur pleusist bouter dedens la dicte ville a si grant puissance qui leur plaisoit ; le quel seigneur de Dunois[3] leur respondit que a leur volente. Et apres pluseurs parolles dictes entre eulx pour le bien de la ville, y entra[4] Pierre de Breze, seneschal de Poithou, atout cent

---

[Pont-de-l'Arche]. And as they were on the way they met the king, who charged them to take nothing without paying for it ; and they answered him that they had no money wherewith to pay. And then the king gave them a hundred francs ; and there were six-score English. The king left them, and came to lodge that night at the said place of Sainte-Katherine.

59. The said lords of Dunois and other soldiers were at the Porte-Martinville, and there came to them the ecclesiastics, the nobles, burgesses, merchants, and inhabitants of the said city, to carry them the keys, asking the said lord of Dunois and others to be pleased to enter the said town with as much a force as they liked ; the said lord of Dunois answered him that he would do as they pleased. And after many words spoken between them for the good of the town, Pierre de Brézé, seneschal of Poitou, was the first who entered therein, with a hundred lances and the

---

[1] *Port Saint Oing*] Pont de Larche. C.

[2] *Et aultres*] Om. C.

[3] *Seigneur de Dunois*] Om. C

[4] *Entra*] Entra premier messire. C.

lances, et les archiers des gens Robert de Floques, bailly Devreux, et cent lances, et les archiers du seigneur de Dunois; et les aultres batailles sen allerent ce soir logier aux villaiges dentour la dicte ville.

60. Cestoit moult belle chose a veoir les gens des dits[1] deux rois de France et de Sezille, et les seigneurs, barons, chevaliers, et escuiers de leur compaignie. Et ce jour meismes au soir rendirent les dits Anglois le dit pont, et fust baille a garder au seigneur de Harenville. Et lendemain furent ouvertes les portes de la dicte cite, et y entra tout homme qui y vouloit entrer.

Comme le duc de Sombresset alla parler au roy de France.

61. Le duc de Sombreseth,[2] qui estoit au dit palais, voiant la puissance du roy de France, requist quil parlast a lui, dont le roy fut content. Et se partit du dit palais[3] Somerset attempts to negotiate,

archers of the soldiers of Robert de Floques, bailly of Evreux, and a hundred lances and the archers of the lord of Dunois; and the other baillies went that evening to lodge in the villages round about the said city.

60. It was a very beautiful spectacle to see the troops of the said two kings of France and Sicily, and the lords, barons, knights, and esquires of their company. And on the same day at evening the said English surrendered the said bridge [of Rouen], and it was given to the lord of Harenville to keep. And on the morrow the gates of the said city were opened, and every one who wished to enter therein entered.

How the duke of Somerset went to speak with the king of France.

61 The duke of Somerset, who was at the said palace, seeing the power of the king of France, asked to speak with him, which the king granted. And he set out from

[1] *Gens des dits*] Om. C.
[2] *Sombreseth*] Sonbresset. C.
[3] *Palais*] Palais le ve jour ensuivant. C.

acompaignie de pluseurs gens et des heraulx[1] du roy, lesquelz le convoierent, et vint[2] a Saincte-Katherine du Mont de Rouen devers le roy de France,[3] ou il estoit en[4] son grant conseil, ou estoit le roy de Sezille, le conte de Humaine[5] et aultrez seigneurs de son sang.[6] Le duc de Sombreseth, apres la salutation et reverence faicte au dit roy de France, ly requist qui[7] lui pleust que lui, le sire de Thalebot,[8] et aultres Anglois, sen peussent aller seurement et joissant de labollition, ainsy que ceulx de la dicte ville de Rouen lavoient faictc et ordonne par ceulx de son grant conseil.[9]

La responce du roy.

but ineffectually. 62. Le roy de France lui respondit que la requeste nestoit pas raisonnable, et quil nen feroit riens; car

---

the palace [on the fifth day following], accompanied by many people, and the king's heralds, who escorted him, and he rode in this manner until he came to the king of France, where he was in his great council, where was the king of Sicily, the count of Maine, and other lords of his blood, the patriarch of Antioch, the archbishop of Rouen, and many other prelates. The duke of Somerset, after salutation and reverence made to the said king of France, asked him to be pleased that he, the lord Talbot, and other English, might go in safety, availing themselves of the pardon, as those of the said city of Rouen had done and appointed by the members of his great council.

The king's answer.

62. The king of France answered him that the request was unreasonable, and that he would not grant it; because they

---

[1] *Des heraulx*] De chevaulx. C.

[2] *Et vint*] Et chevaucha en ceste maniere jusques.

[3] *Devers . . . de France*] Om. C.

[4] *En*] Et. C.

[5] *De Humaine*] Du Maine, et pluseurs. C.

[6] *Sang*] Sang, le patriarche Dantioche, larcevesque de Rouen et pluseurs aultres prelaz. C.D.

[7] *Qui*] Quil. C.

[8] *Thalebot*] Talbot. C.

[9] *Par . . . conseil*] Et acceptu. C.

ilz navoient[1] point voulu tenir le traictie, appointement, ne abollicion faicte par ceulx de la dicte ville de Rouen. Car ilz navoient point rendu le dit palais, chastel et pont du dit Rouen quant la dicte ville fust rendue; et pour ce, avant[2] quilz se partissent du dit palais, ilz lui renderoient Honnefleu, Harfleu, et les aultres places de Caulx.[3] Et sur ce point[4] print congie le dit duc du roy, et sen retourna au dit palais, regardant parmi les rues tout le monde portant la Croix Blance, dont il ne fust gueres joyeulx. Et fut convoye par messeigneurs les contes de Clermont et cellui Deu.

63. Tost apres le roy ordonna mettre le siege devant le dit palais du coste devers les champs; et la furent

---

would not observe the treaty, surrender nor pardon made by the inhabitants of the said city of Rouen. For they had not surrendered the said palace, castle, and bridge of Rouen aforesaid, when the said city was surrendered, but had held them, and still were holding them, against his forces, his will, and his pleasure. Nor would he consent that the inhabitants of Rouen should surrender to him his city, but had injured him and resisted to the utmost of his power. And for the causes above said, before they should depart from the said palace, they should surrender to him Honfleur, Harfleur, and the other places in the Caux, which were in the hands of the king of England. And with these words the said duke took his departure from the king, and returned to the said palace, noticing throughout the streets how every one was wearing the White Cross, with which he was scantily pleased. And he was escorted by the lords the counts of Clermont and Eu.

63. Immediately afterwards the king commanded that the said palace should be besieged on the side towards the

---

[1] *Ilz navoient*] Il navoit. C.

[2] *Faicte . . . et pour ce avant*] Le dit palais ne chastel, mais les avoit tenus et encore tenoit contre sa puissance, son gre et volente; ne navoit voulu consentir que ceulx de Rouen luy rendissent sa ville, mais y avoit nuy et resiste a son povair. Et pour ces causes devant quil...C.

[3] *Caulx*] Caux, estains es mains du roy Dangleterre. C

[4] *Ce point*] Ces paroles. C.

grant compaignie de gens darmes et de trait. Et y fist de grans trenches, tant aux champs comme a la ville ;[1] et furent assises bombardes et canons de toutes pars, tant devant la porte du palais pour aller en la ville comme en celle des champs.[2]

and surrenders upon certain conditions.

64. Et lors le dit duc de Sombreseth, voiant les dictes aproches,[3] et considerant les vivres qui estoient au palais, dont il y avoit peu,[4] et aussi quil ne povoit estre secouru, requist a parlementer aux gens du roy de France. Et a ceste fin luy furent faictes trefves, lesquelles furent prolongees par lespace de xij. jours, de jour en jour, pour ce que les dits Anglois ne vouloient consentir de laissier en hostaige le dit sire de Thallebot.[5] Et parlementerent si longuement le dit seigneur de Du-

---

fields ; and there was there a great company of men-at-arms and archers. And great trenches were made there round about the said palace, as well in the fields as in the town, and bombards and cannon were laid on all sides, as well before the gate of the palace leading into the city, as before that leading into the country, [as towards the river, and in like manner before it.]

64. And then the said duke of Somerset, seeing the said approaches, was much alarmed, considering that he had few provisions in the said palace, and that much people was against him, and that he could not be aided. Whereupon he requested to confer with the people of the king of France, and for this cause a truce was made, which was extended for the space of twelve days, from day to day, because the said English would not consent to leave the said lord of Talbot in hostage. And the said lord of Dunois and the

---

[1] *Tant . . . ville*] Tant autour dicelui palais, tant aux champs que en la ville. C.

[2] *Palais . . . champs*] Palais, que comme sur la riviere, et pareillement devant celle. C.

[3] *Aproches*] Approches il fut moult esbahi, voiant quil y avoit peu vivre ou dit palais et beaucoup gens au contraire. C.

[4] *Peu*] Om. C.

[5] *Thallebot*] Talbot. C.

nois et ceulx du grant conseil du roy avec les dits Anglois que a la fin appointerent, et furent tous daccord que le duc de Sombreseth, gouvernant pour le roy Dengleterre, sa femme, enfans, et tous les aultrez Anglois des dis palais et chastel, sen yroient ou bon leur sambleroit en leur party, leurs corps et leurs biens saufz, sauf et reserve grosse artillerie et les prisonniers. Parmi ce quilz payeroient au roy cinoquante mil escus, et aussi payeroient tout ce quilz devoient bien et loyalement a ceulx de la dicte ville, bourgois, marchans, et aultres. Et avec ce feroit rendre le dit gouvernant les places Darques, le Caudebecq,[1] de Montrevillier, de Lillebonne, de Tancarville, et de Honnefleu. Et pour la seurete de ce, bailleroit[2] son selle et lettres patentes; et demourroit en hostaige jusques a ce que les dits places fussent rendues, et les L. M. escus payes, le dit

---

members of the great council of the king conferred so long with the said English, that at the last they came to terms, and all were agreed that the duke of Somerset, governor for the king of England, his wife and children, and all the other English of the said palace and castle, should go where it should seem good to them on their part, their lives and goods being preserved, save and except the heavy artillery and the prisoners. Provided that they should pay to the king fifty thousand crowns, and likewise pay all their debts, well and honourably, to the inhabitants of the said town, burgesses, merchants, and others. And moreover, that the said governor should cause the strongholds of Arques, Caudebec, Montivilliers, Lillebonne, Tancarville, and Honfleur, to be surrendered. And as security for the same, that the said governor should give his sealed writing and letters patent; and that the said lord Talbot should remain as hostage until the said fortresses were surrendered and the fifty thousand crowns

---

[1] *Caudebecq*] Caudebec. C.

[2] *Bailleroit*] Bailleroit le dit gouvernant. C

seigneur de Tallebot.[1] Et avec ce, pour les deniers deubz[2] a ceulx de la ville, demourroient en hostaige les filz du conte Dormont Dirlande, le seigneur de Beiguegin,[3] le filz du sire de [Ros, le filz de][4] la duchesse de Sombreseth, et le filz de Thomas Gouel,[5] capitaine de Chierbourch. Et ainsy fut fait. Et adonc furent delivres les dis hostaiges au roy de France et a ses commis. Et ainsi sen alla le duc de Sombreseth et aultrez Anglois a Harfleu, et de la a Quen.[6] Et furent ordonnez et commis par le dit duc, pour rendre les dits places, messire Thomas Her[7] et Foucques Ethon, lesquelz firent mettre les dits places en lobeissance du roy de France, reserve Honnefleu, dont estoit capitainne ung nomme maistre Courson.[8] Et pour ce demoura prisonnier le dit sire de Thalleboth.[9]

---

paid. And moreover, for the sums in which they were indebted to the townspeople, there should remain in hostage the sons of the earl of Ormond of Ireland, the lord of Bergavenny, the son of the lord of [Ros, being the son of] the duchess of Somerset, and the son of Thomas Gouel, captain of Cherbourg. And so it was done. And then the said hostages were delivered to the king of France and his commissioners. And thus the duke of Somerset and the other English went to Harfleur, and thence to Caen. And then there were appointed and commissioned by the said duke, to deliver the said fortresses, messire Thomas Hou and Foucques Ethon, who placed the said forts in the power of the king of France, with the exception of Honfleur, of which the captain was one named master Courson, who would not surrender it. Consequently the said lord of Talbot continued prisoner.

---

[1] *Le dit seigneur de Tallebot*] Le sire de Talbot. C.

[2] *Deubz*] Deuz. C.

[3] *Beigueigin*] Berguenay. C.

[4] *Ros, le filz de*] Supplied from C.

[5] *Gouel*] Geuel. C.

[6] *Quen*] Caen. C.

[7] *Her*] Hou. C.

[8] *Courson*] Courson, qui ne la voulut rendre. C.

[9] *Thalleboth*] Talbot. C.

65. Le roy de France, acompaignie[1] du roy de Sezille et des aultres seigneurs de son sang dessus nommez, fist sa feste de Toussains en grant joye au dit lieu de Saincte-Katherine. Et le Lundi ensuivant, x^e. jour de Novembre, veille de Saint-Martin diver, se partit de la pour entrer en sa cite de Rouen, acompaigne des seigneurs dessus dis[2] en moult grans et riches habillemens. Les ung couvertz eulx et leurs chevaulx de draps dor et de velour, les aultrez de bordure[3] dorfaverie, de draps de damas et de satin, en maintes guises et manieres, les ungs a grant Croix Blances, et les aultres aultrement. Entre lesquelz, apres le roy, estoient en pluseurs et grans[4] habillemins, les contes de Nevers et de Saint-Pol. Icellui conte de Saint-Pol estoit arme tout[5] au blanc, sur ung bon cheval couvert[6] de satin noir semez

Description of the entry of Charles into Rouen.

---

65. The king of France, accompanied by the king of Sicily and the other lords of his blood above named, kept the feast of All Saints with great joy at the said place of Saint-Katherine. And on the following Monday, being the tenth day of November, on the vigil of Saint Martin's in winter, he departed thence to enter into his city of Rouen, accompanied by the king of Sicily and the other lords above mentioned, in very grand and rich dresses. Some were covered, they and their horses, with cloth of gold and velvet; others with embroidered goldsmiths' work, with cloths of damask and satin, with many devices and in various fashions; some with great White Crosses, and others otherwise. Among whom, after the king, were, dressed in various and grand dresses, the counts of Nevers and Saint-Pol. The count of Saint-Pol was completely armed in full armour, upon a good horse, covered with black satin embroidered with gold work. After

---

[1] *Acompaigne*] Om. C.

[2] *Des seigneurs dessus dis*] Du roy de Secille, et aultres seigneurs ci apres nommez. C.

[3] *Bordure*] Brodures. C.

[4] *Grans*] Grans estaz et. C.

[5] *Tout*] De toutes pieces monte. C.

[6] *Bon cheval couvert*] Grante destrier herneschi. C.

dorfaverie. Et apres lui trois[1] pages, vestus et leur chevaulx[2] harnechies de mesme comme leur dit seigneur; lun portoit une lance couverte de velour vermeil, laultre de fin or et richement ouvre.[3] Et apres eulx estoit le palefernier monte, vestu et harnechie comme les dis paiges; et menoit ung grant destrier tout couvert de drap dor jusques aux pies.

Le dit conte de Nevers avoit huyt[4] gentilz hommes couvers[5] de satin vermeil a grans Croix Blances.

Le roy de France.

66. Le roy de France estoit monte tout arme blanc[6] sur ung coursier couvers jusques aux piez de velour dasur, seme de fleurs des lys dor de brodure; en sa teste

---

him came his three pages; they being dressed and their horses caparisoned in the same way as their said master; one carried a lance covered with crimson velvet, the other carried one covered with cloth of gold, and the third had an "armel" upon his head, all of fine gold, very richly wrought. And after them was the palfrey-keeper, mounted, clothed and armed like the said pages, and he led a great war-horse entirely covered with cloth of gold down to the feet.

The said count of Nevers had eight [twelve] gentlemen after him, covered, they and their horses, with red satin and great White Crosses.

The king of France.

66. The king of France was armed at all points, upon a courser covered to the feet with blue velvet, semé with fleur-de-lys embroidered in gold; upon his head a bonnet of

---

[1] *Trois*] Ses. C.

[2] *Leur chevaulx*] Om. C.

[3] *Laultre . . . ouvre*] Laultre une qui estoit couverte de drap dor, et laultre ung armel en sa teste, tout de fin or bien richement ouvre. C.

[4] *Huyt*] xij. C.

[5] *Hommes couvers*] Hommes apres lui, leurs chevaulx. C.

[6] *Monte...blanc*] Arme de toutes pieces monte sur ung. C.

ung chappel[1] de velour vermeil; et avoit au boult une houppe de filz dor. Et apres luy ses pages, portans ses harnas de teste,[2] couvers de fin or de diverses fachons dorfaverie et plumes dotrices de pluseurs couleurs.

LE ROY DE SECILLE ET LE CONTE DU MAINE.

67. A sa destre estoit le roy de Sezille, et a sa senestre le conte du Mainne, son frere, arme blanc, et leurs chevaulx couvers de velours paraulx[3] a Croix Blances semees de houppes de fil dor, et les[4] paiges tout pareillement.

LE CONTE DE CLERMONT.

68. Apres venoit le conte de Clermont et aultres seigneurs de France, chacun selonc son degre, moult richement habillies.

---

red velvet, having at the end a tassel of gold thread. After him came his pages, clothed in crimson; their sleeves entirely covered with white goldsmith's work, who carried his helmet, covered with fine gold of many patterns of goldsmith's work, and ostrich plumes of many colours.

THE KING OF SICILY AND THE COUNT OF MAINE.

On his right was the king of Sicily, and on his left the count of Maine, his brother, armed entirely, their horses covered with rich and uniform coverings, with White Crosses strewn with tassels of gold thread, and their pages entirely the same.

THE COUNT OF CLERMONT.

68. After came the count of Clermont and other lords of France, each according to his degree, very richly dressed.

---

[1] *Chappel*] Chappeau. C.

[2] *Et apres ... teste*] Apres lui ses pages, vestuz de vermoil, leurs manches toutes couvertes dorfaverie blanche, lesquelz portoient ses harnays de teste. C.

[3] *Chevaulx ... paraulx*] Chevaulx richement couvers de couvertures pareilles. C.

[4] *Les*] Leurs. C.

69. Apres estoit le seigneur[1] de Culant, grant maistre dostel, sur ung coursier[2] arme noblement de toutes pieches, en son col ung escharpe de fin or, pendant jusques sus[3] la cruppe de son cheval; et ses paiges devant lui. Le quel estoit gouverneur de la bataille, ou avoit vj. c. lanches, et en chacune ung penoncel de satin vermeil a ung soleil dor. Les dis pages du roy de France, lesquelz estoient vestus de vermeil, les manches toutes couvertes dorfaverie blance.[4] Derriere le dit grant maistre estoit ung escuier, qui portoit lestandart du roy de France, lequel estoit de satin cramoisy seme de solaux dor; et au plus pres[5] estoient les dits vj. c. lances.[6]

70. Ung peu devant avoit ung escuier[7] monte sur ung grant destrier, qui portoit le penon, lequel estoit

---

69. After came the lord of Culant, great master of the household, upon a courser richly covered, armed nobly at all points, and upon his neck a chain of fine gold hanging down to the crupper of his horse, and his pages before him. He was the leader of the advance-guard, wherein he had five hundred lances, and on each a penoncel of crimson satin with a sun of gold. The said pages of the king of France were dressed in crimson, their sleeves entirely covered with white jeweller's work. Behind the said great master was an esquire, who carried the standard of the king of France, which was of crimson satin strewn with suns of gold; and close by were the said six hundred lances, and on each a penoncel, as is said above.

70. A little before was an esquire, mounted upon a great war-horse, who carried the pennon, which was of blue, with

---

[1] *Seigneur*] Sire. C.

[2] *Coursier*] Coursier couvert richement. C.

[3] *Sus*] Sur. C.

[4] *Les dis … blance*] Om. C.

[5] *Et au plus pres*] Et apres lui joignant. C.

[6] *Lances*] Lances, et en chacune ung pennoncel, comme dessus est dit. C.

[7] *Ung escuyer*] Lescuier tranchant du roy. C.

dasur a trois fleurs de lis dor de bordure, brodees de gros perles.

71. Et devant le roy de France estoit Poton de Saincte-Raille,[1] bailly de Berry et grant escuier descurie, monte sur ung grant destrier couvert de velour dasur a grans affices[2] dargent dorees, arme tout a blanc. Le quel portoit en escharpe la grant espee de parement, dont le pommeau et la croix estoient dor, et la chainture et la gaisne dicelle couvertes de fleurs de lis dor, la bloncque, le mordant, et la voitrolle de meisme.[3]

72. Et devant[4] lui estoit Pierre de Fontenil, escuier descurie, monte, harnechie et pareillement arme comme laultre,[5] en sa teste ung chappel pointu devant de velour vermeil, fourre derminne; le quel portoit en es-

---

three fleurs-de-lys of gold, with a border, embroidered with great pearls.

71. And before the king of France was Poton de Saincte-Raille, bailly of Berry, and chief esquire of the stables, mounted upon a great war-horse covered with blue velvet with great loops of silver gilt, armed entirely. He carried in a baldrick the great sword of state, of which the pommel and the cross were of gold, and the buckle and its tongue, the belt and the chape of the scabbard were covered with fleurs-de-lys of gold, and the girdle and the said scabbard were covered with blue velvet sprinkled with fleurs-de-lys of gold; the blade, the buckle, and the "voitrolle" of the same.

72. And before him was Pierre de Fontenil, esquire of the stables, mounted, equipped, and in like manner armed as the other; upon his head a hat pointed in front of red velvet,

---

[1] *Saincte-Raille*] Santrailles. C.

[2] *Affices*] Affiches. C.

[3] *Dont ... meisme*] Dont la croix, plommeau, la boucle et mordant et la boutereille de la gaisne dor, et la sainture et la dicte gaisne estoient couvertes de veloux asure semees de fleurs de lis dor. C.

[4] *Devant*] Au plus pres de. C.

[5] *Laultre*] Le dit grant escuier. C.

charpe ung mantel descarlatte pourpre, fourre dermines.

73. Et devant luy estoit messire Guillem Jouvenel, dit Des Ursins,[1] seigneur de Trainel,[2] chancelleir de France, vestu en habit royal, et de robbe et de chapperon fourrez et ung[3] mantle descarlatte ; et devant lui une haquenee blance couverte de fleurs de lis dor[4] de brodure sur velour asur pareil du[5] roy. Et dessus la dicte couverture ung petit coffret couvert[6] de vellour dasur, seme de fleurs de lis de fin or, ou quel estoient les grans sceaulx du roy de France ; la quelle haquenee menoit ung varlet[7] en sa main.

74. Devant ce[8] estoient ix. trompettes atout[9] les baniers de leurs seigneurs, qui sonnoient les ungs apres les aultrez ; et entre eulx et le dit chancellier estoient

---

furred with ermine ; who carried in a baldrick a mantel of scarlet-purple, furred with ermines.

73. And before him was messire Guillem Jouvenel, named Des Ursius, knight, lord of Trainel, chancellor of France, clothed in the royal livery, with a furred robe and hat, and over it a mantel of scarlet, and before him was a white hackney covered with fleurs-de-lys of gold, broidered upon blue velvet, like that of the king. And upon the said coverture was a little coffer of blue velvet, strewn with fleurs-de-lys of pure gold, in which were the great seals of the king of France ; the said hackney was led by the hand of a servant on foot.

74. Before the said hackney were nine trumpeters with the banners of their lords, who blew the one after the other ; and between them and the said chancellor were many

---

[1] *Ursins*] Ursins, chevalier. C.
[2] *Trainel*] Traisnel. C.
[3] *Et ung*] Et pardessus ung. C.
[4] *Dor*] Om. C.
[5] *Du*] De celui du. C.
[6] *Et...couvert*] Et dessus sa dicte haquenee avoit ung petit coffret couvert. C.
[7] *Varlet*] Varlet a pie. C.
[8] *Devant ce*] Joignant la dicte hacquenee. C.
[9] *Atout*] Avecques. C.

pluseurs heraulx et poursieuants du roy et aultres seigneurs qui la estoient, richement habilles et vestus de leurs costes darmes.

75. Et devant[1] estoient les archiers du roy de France, vestus tous de jacquettes, semees dorfaverie, de couleur rouge, blanc et vert. Ceulx du roy de Sezille, du conte du Main, et de pluseurs aultres seigneurs qui la estoient, jusques au nombre de vj. C. archiers, bien montes, tous ayans[2] briugandines et jacquettes de[3] pluseurs et diverses fachons,[4] dessus harnas de jambes, et toutes leurs espees et dagues et harnois de coste couvers et garnis dargent. Et les gouvernoit le seigneur de Prully, le seigneur de Clere,[5] et messire Theode[6] de Vallepergue et pluseurs[7] aultrez, qui tous avoient leurs chevaulx couvers de satin de diverses manieres et[8] coulleurs.

---

heralds and pursuivants of the king and the other lords who were there, richly clad in their coats of arms.

75. And before them, in the first rank, were the archers of the king of France, all clad in jackets covered with gold embroidery, of the colour of red, white and green. Those of the king of Sicily, the count du Maine, and many other lords who were there, to the number of six hundred archers, well mounted, all armed in brigandines and jackets of many and different patterns, over their armour to their legs, and all their swords and daggers and side arms were covered and ornamented with silver. And their leaders were the lord de Prully, the lord de Cleremont, messire Théodore de Valpergue, and many others, all of whom had their horses covered with satin of various patterns and colours.

---

[1] *Et devant*] Tous les premieres. C.

[2] *Tous ayans*] Et armez de. C.

[3] *De*] Dessus, de. C.

[4] *Fachons*] Couleurs et faczons et harnois de jambes couvers ou garnis dargent. C.

[5] *Clere*] Cleremont. C.

[6] *Theode*] Theaude. C.

[7] *Pluseurs*] Om. C.

[8] *Manieres et*] Om. C.

76. Le roy de France chevaucha en celle ordonnance, et du coste des Chartreux par la Porte-Beauvoisine entra en sa dicte cite. Et la fut fait chevalier ung jofne enfant, filz du seigneur de Pressigny, aaige de xij. a xiij. ans, ou environ, par le seneschal de Poitou.[1] Au devant du roy vindrent a cheval aux champs larchevesque de la dicte cite, acompaignie de pluseurs evesques, abbes et aultrez gens deglese, constituez en dignites, lesquelz lui feirent la reverence moult humillement,[2] et puis sen retournerent.

77. Apres vindrent les dits seigneurs de Dunois, lieutenant general,[3] monte sur ung[4] cheval, tout couvert de velour vermeil, a une[5] Croix Blance, vestu dune jacquette pareille fouree de martes sebeline;[6] en[7] sa teste ung chappel de velour noir, et une espee a son coste, garnie dor et de pierres[8] prisie a xx. M. escus; et le

76. The king of France rode in this order, and entered into his said city, on the side of the Carthusians, by the Porte-Beauvoisine. And there a youth, the son of the lord of Précigny, aged twelve or thirteen years, or thereabouts, was knighted by the seneschal of Poitou. To meet the king there came on horseback into the fields the archbishop of the said city, accompanied by many bishops, abbots, and other churchmen, arranged according to their rank, who made their reverence to him very humbly, and then returned.

77. Afterwards came the said lords of Dunois, the lieutenant-general, mounted upon a great horse, entirely covered with red velvet, with a great White Cross, clothed with a jacket likewise furred with sable martins, upon his head a cap of black velvet, and a sword at his side, garnished with gold and precious stones, valued at twenty thousand

[1] *Et la...Poitou*] Om. C.
[2] *Humillement*] Humblement. C.
[3] *Lieutenant general*] Om. C.
[4] *Ung*] Ung grant. C.
[5] *Une*] Une grant. C.
[6] *Martes sebeline*] Martres sebelines. C.
[7] *En*] Sur. C.
[8] *Pierres*] Pierreries. C.

seneschal de Poitou, et Jacques Cuer,[1] argentier, montez[2] et vestus et couvers comme le dit seigneur de Dunois.

78. Puis vindrent les bourgois de la dicte ville et cite de Rouen en grant nombre et multitude,[3] vestus de bleu et chaperon rouge, atoutes les clefz de la dicte cite; lesquelz feirent la reverence au roy de France, en lui remonstrant pluseurs choses en bel et doulx langaige, et lui presenterent les dictes clefz de sa cite. Il les recheust[4] benignement, et les bailla au dit seneschal, qui en fut capitaine;[5] et presenta les dits bourgois messire Guillem Cousinot, nouvel bailly de la dicte cite, le quel estoit vestus de velour noir,[6] et son cheval harnechie pareil a grans affiches dargent dorees.

79. Puis vindrent les gens deglise revestus des chappes en grant[7] multitude, tant seculiers comme regulliers,[8]

---

crowns; and the seneschal of Poitou and Jacques Cuer, banker, mounted upon war-horses, and dressed and covered like the said lord of Dunois.

78. Then came the burgesses of the said town and city of Rouen in great number and multitude, clothed in blue with red hats, with the keys of the said city, who made reverence to the king of France, and talked much with him in fair and pleasant language, and presented to him the said keys of his city. He received them graciously, and gave them to the said seneschal of Poitou, who was made captain of the said city; and messire Guillem Cousinot, the new bailly of the said city, (who was clothed in black [blue] velvet, and his horse caparisoned in like manner, with great loops of silver gilt,) presented the said burgesses.

79. Then came the churchmen dressed in their copes, in great numbers, as well seculars as regulars, carrying the

---

[1] *Cuer*] Cueur. C.

[2] *Montez*] Montez sur destriers. C.

[3] *Et multitude*] Om. C.

[4] *Recheust*] Receult. C.

[5] *Seneschal, qui en fut capitaine*] Seneschal de Poictou, qui fut fait cappitaine de la dicte ville. C.

[6] *Noir*] Bleu. C.

[7] *Grant*] Moult grant. C.

[8] *Comme regulliers*] Que religieux. C.

portans les relicques et aultez joyaulx[1] chantans, *Te Deum laudamus.*

80. Et ainsy le roy entrant en sa ville, lui mirent quatre des notables,[2] ung chiel[3] sur sa teste, jusques a la grant eglise. Le bolvart de la dicte porte et lentree et tours dicelle, estoient tendus de drapz a la livree du roy, et ses armes ou millieu. Et par ou il passoit, estoient les rues tendues et couvertes a ciel moult richement, toutes plaines de peuple criant "Noel."

81. Et par les carfours y avoit personnaiges; et entre les aultres avoit une fontaine aux armes dicelle ville, qui soubz figure de Agnus Dei estoit jettant[4] bruvaige par les[5] cornes et ailleurs, et avoit[6] ung tigre, et les petis[7]

---

relics and other precious things with the cross, saying *Te Deum laudamus.*

80. And thus as the king entered into his city, four of the chief men of the said city conducted him to the cathedral, a canopy being over his head. The boulevard of the said Porte-Beauvoisine, and the gate and the towers of the same were hung with cloth of the king's livery, having his arms in the middle. And wherever he passed, the streets were hung and covered with a canopy very richly, all full of people crying "Noel."

81. And where the streets met were devices; and among the others there was a fountain with the arms of the said city, which, under the figure of an Agnus Dei, ran drink by its horns, and in another place there was a tiger and

---

[1] *Joyaulx*] Joyaux, avecques la croix. C.

[2] *Notables*] Notables de la dicte ville. C.

[3] *Et ainsy . . . chiel*] Et ainsi entra le roy en sa dicte cite par la dicte Beauvoisine. Et fut la fait chivalier par le dit seneschal de Poictou ung jeune enfant de xij. a xiij. ans daage, fils du seigneur de Precigny. Ceulx de la dicte cite firent porter ung ciel ... C.

[4] *Soubz...jettant*] Sont les Agnes Dei gettant. C.

[5] *Les*] Ses. B.

[6] *Et ailleurs, et avoit*] Ailleurs avoit. C.

[7] *Petis*] Peus. B.C.

qui se miroient en mirois.[1] Et pres de Notre-Dame avoit ung cerf-volant, moult bien fait, en son col une couronne, qui se agenoulla par misterie quant le roy passa par la pour aller a la dicte eglise. Et la endroit a veoir ces besongnes estoit le seigneur de Thalebot[2] et les aultrez[3] estans avec la femme du dit conte de Dunois.

82. Le roy descendit a la grant eglise, ou il fust receu par le dit archevesque et ceulx de leglise, revestus noblement, et la fist son oroison; et puis sen alla en lostel larchevesque ou il fust loges, et chacun en son logis. Ceulx de la dicte ville firent grant feste icelle nuit, et firent faire les feux par toute la cite jusques au Vendredi ensuivant.

83. Et lendemain firent procession generalle et solennelle, ou fut le dit archevesque, et garderent la journee

---

its whelps, who looked at themselves in mirrors. And near Notre-Dame there was a "cerf-volant," exceedingly well made, having a crown on his neck, which knelt, by machinery, when the king passed by to go to the said church. And near this place to see these things was the lord Talbot and the other English, who were with the wife of the said count of Dunois.

82. The king dismounted at the cathedral, where he was received by the said archbishop and the members of the church, nobly robed, and there he made his prayer; and then he went to the archbishop's residence, where he was lodged, and every one went home. The inhabitants of the said city made a great feast that night, and made bonfires throughout the whole city until the Friday following.

83. On the morrow a general and public procession, at which was the said archbishop, and they kept it as a

---

[1] *Mirois*] Mirouer. C.

[2] *Le seigneur de Thalebot*] Dit sire de Talbot. C.

[3] *Aultres*] Aultres Anglois. C.

de toutes oeuvres terriennes ; et pareillement Mecredi et Joeudi ensieuans les tables estoient mises et vin, [et][1] viandes parmi les rues a tous venans. Ilz firent de grans dons au roy et a ses officiers et a ses heraux, et a pluseurs[2] qui la estoient. Et proposerent devant le roy de France les gens deglise, et apres les bourgois et aultres gens de la dicte ville, en lui remonstrant quil ne laissast point pour liver a poursieurre[3] et faire guerre a ses ennemis les Anglois ; car par le moyen des villes quilz tenoient encores en Normendie, pouvoient faire beaucop de maulx[4] au pais, et lui offrirent aidier de corps et de chevanche.[5]

84. Le roy estoit en sa chaiere couverte de riche drap dor[6] en la salle du dit archevesque, le quel les oit longuement ;[7] et fist son chancellier la responce tellement quilz furent tous contens.

---

festival, refraining from all earthly labours; and in like manner, on the Wednesday and Thursday following, the tables were laid with wine and meat through the streets for all comers. They gave great gifts to the king and his officers, and his heralds and pursuivants, who were there. And the churchmen, and after them the burgesses and the other inhabitants of the said town, made a speech before the said king of France, requesting him not to desist from pursuing and making war upon his enemies the English; for by means of the towns which they still held in Normandy they could do enormous mischief to the country; and they offered to help him with their money and substance.

84. The king was seated in his chair, covered with rich cloth of gold, in the said archbishop's hall; he heard them fully and willingly; and he made such an answer by his chancellor that they all were satisfied.

---

[1] *Et*] Supplied from C.

[2] *A pluseurs*] Poursuivans. C.

[3] *A poursieurre*] A poursuir. C.

[4] *Maulx*] Maulx enormes. C.

[5] *Chevanche*] Chevance. C.

[6] *Dor*] Dor, assise. C.

[7] *Longuement*] Longuement et volentieres. C.

La Prinse de Gauray et aultres places en Normandie, par Franczois, Duc de Bretaigne.

85. Peu devant print le duc de Bretaigne Gavray, Thorigny,[1] Valongnes, Reneville, le Pont-Doue, le Haie-du-Puis,[2] et pluseurs aultres places ou pays de Normendie la Basse et ou pays de Constantin. Et si prist les villes et chastel de Fougieres, ou il avoit tenu le siege ung mois ou environ; et y furent faicte telles approches et tellement furent batus de bombardes[3] quilz estoient prestz a assaillir. Et lors se rendirent,[4] leurs chevaulx et leurs harnois saufz, et ung petit pacquet[5] seulement devant eulx; et en estoit capitaine le dit messire Franchois de Surienne, dit Arragonnois, en sa compaigne

Successes of the duke of Britagne in Normandy.

Of the Capture of Gavray and other Places in Normandy, by François, Duke of Bretagne.

85. Shortly before this the duke of Bretagne took Gavray, Thorigny, Valognes, Renneville, Pont-d'Oue, Haye-des-Puits, and many other places in Lower Normandy, and in the country of the Côtentin. He took also the town and castle of Fougères, which he besieged a month or thereabouts; and such approaches were made there, and the wall was in such wise battered by cannon and bombards, that they were ready to make the assault. And then the English who were within surrendered, their horses and armour being saved, with a little bundle only before them; and the said messire François de Surienne, called Aragonnois, was its

---

[1] *Thorigny*] Devigne. C.

[2] *Puis*] Puy. C.

[3] *Batus de bombardes*] Tellement batue la muraille de canons et bombardes. C.

[4] *Rendirent*] Rendirent les Anglois qui dedens estoient. C.

[5] *Pacquet*] Fardelet. C.

de iiij. a v. c. Anglois.[1] Le dit duc de Bretaigne avoit en sa compaignie des seigneurs dessus nommez [et] viij. M. combatans, lesquelz sen retournerent tous apres la prinse en leurs maisons pour cause de la mortalite qui estoit frappe en lost, laquelle fist morir grant compaignee de gens, et entres les aultres le filz du viconte de Rouen,[2] qui fut grant dommaige.

Château-Gaillard surrenders.

86. Et en ce temps se rendit le dit [chastel][3] de Gaillart, ou fut le siege par lespace de cincq sepmaines; et en allerent, leurs corps et leurs biens saufz, a Harfleu, et estoient environ six vings combatans.

Harfleur taken.

87. Le roy de France se parti de sa cite de Rouen, arme dunes bringandines, et dessus une jacquette de drap dor, acompaigne du roy de Sezille et des aultres seigneurs de son sang en grans estas, et par especial le dit conte

---

captain, and in his company were from four to five hundred Englishmen. The said messire François afterwards changed and became a Frenchman. The said duke of Bretaigne had in his company the lords above named, with eight hundred men-at-arms, all of whom returned after the capture to their houses, on account of the mortality by which the army had been attacked, which had been fatal to a great number of people, and among others to the son of the vicomte of Rouen [Rohan], which was a great pity.

86. And at this time the said castle of Guillard, which had been besieged for the space of five weeks, surrendered; and they went from thence, their lives and their goods saved, to Harfleur, and they were about six score fighting-men.

87. The king of France set out from his city of Rouen, armed in a brigandine, and over it a jacket of cloth of gold, accompanied by the king of Sicily and other lords of his blood, in great state, and especially by the count of

---

[1] *Anglois*] Anglois. Le dit messire Franczois se convertit depuis et se fist Franczois. C.

[2] *Rouen*] Rohan. C.

[3] *Chastel*] Omitted in A., but supplied from B.C.

de Saint-Pol, le quel avoit a son cheval ung chanffrain prisie xxx. M. escus.[1] Et chevaucha le dit roy de France[2] jusques a la ville de Montievillier, a demie lieue du dit Harfleu, car[3] il fust logie avec les seigneurs dessus dits. Et lors fist mettre le siege devant[4] par les dits contes de Dunois, Deu, de Clermont et de Nevers, le dit seigneur de Culant,[5] grant maistre dostel,[6] de Blainville, maistre des arblalestiers, et pluseurs aultres; lesquelz feirent grandement leur devoir. Et y eurent moult grandement a souffrir, tant pour les gellees[7] et aultres froidures, comme pour la mer, qui estoit en[8] leurs logis par fois[9] en aucun lieux Et aussi, pour ce que au tour de la dite ville[10] navoit maison ne arbres

---

Saint-Pol, who had upon his horse a headpiece valued at thirty thousand crowns of gold. And the said king of France rode until he came to the town of Montivillier, within half a league of Harfleur aforesaid, where he was lodged with the lords abovesaid. And then he laid siege to the said town of Harfleur by the said counts of Dunois, Eu, Clermont, and Nevers, the said lord de Culant, the great master of the Household, the lord of Orval, the lord of Jalognes, marshal of France, the sire de Blainville, the master of the crossbow-men, and many others, who did their duty well. And there they had very much to suffer, as well from the frosts, rains, and other cold, as from the sea, which in some places often came into their quarters. And also, because in the neighbourhood of the said town

---

[1] *Escus*] Escus dor, C.

[2] *France*] France par ses journees. C.

[3] *Car*] Ou. C.

[4] *Devant*] Devant la dicte ville de Harfleu. C.

[5] *Culant*] Cullant. C.

[6] *Dostel*] Dostel, le seigneur Dorval, celui de Jalongues mareschal de France, le sire de Blaenville, et pluseurs aultres. C

[7] *Gellees*] Gelees, pluies et. C.

[8] *En*] Souvent en. C.

[9] *Par fois*] Om. C.

[10] *Ville*] Ville de Harfleu. C.

de quoy on se peust herbegier, pour ce leur fallut faire leur logis en terre, couvers[1] de paille et de jenestres.[2] Et ce non obstant, ilz firent de si grans aproches de trenchis et de fossez, et si battirent tellement la muraille de canons et bombardes, que les dits Anglois, qui estoient mil et v. c.,[3] rendirent la dicte ville de Harfleu au roy de France, et sen allerent, leurs [corps][4] et leurs biens saufz, les ungs en Engleterre et les aultres en Normendie.

88. Si se partit le roy du dit lieu de Montrevillier apres la dicte prinse, qui fut environ le iij. jour[5] de Janvier, et sen retourna a une abbaye nomme Jumieges, a cincq lieues au dessoubz de Rouen sur la riviere[6] de Sainne.

of Harfleur there was neither house nor trees wherein it was possible to shelter one's self, it was consequently necessary for them to make their quarters in the earth, covered with straw and gorse. And this notwithstanding, they made such great approaches by trenches and ditches, and so battered the walls with cannon and bombards, that the said English, who were fifteen hundred fighting-men strong, surrendered the said town of Harfleur to the king of France, and departed, their lives and goods saved, some into England, and the others into Normandy.

88. The king departed from the said place of Montivillier after its said capture, which was about the third [fifth] day of January, and went to an abbey named Jumiéges, five leagues below Rouen, on the river Seine.

---

[1] *Terre, couvers*] Terre et eulx couvrir. C.

[2] *Jenestres*] Genestres. C.

[3] *Mil et v.c.*] xv.c. combatans. C.

[4] *Corps*] B.C. ; omitted in A.

[5] *Environ le iij. jour*] le v. jour. C.

[6] *Riviere*] Fleuve. C.

LE SIEGE DEVANT GUISANT EN GUIENNE.

89. EN ce temps le conte de Foix fist grosse armee, et fist mettre le siege par le seigneur[1] de Lautrec, son frere, et le bastart de Foix, devant le chastel Guisent,[2] qui est moult fourt, a quatre lieues pres de Bayonnes. Et quant les Anglois le sceurent, se assamblerent jusques au nombre de v. M.[3] combatans, dont estoient chief le connestable de Navarre, le maire de Bayonne, George Soliton et pluseurs[4] aultrez; lesquelz se mirent en vasceaux et vindrent par une riviere, qui passe par le dit Baionne, a descendre pres du dit chastel. Et quant ceulx qui tenoient le dit siege le sceurent,[5] se partirent secretement, et vindrent au devant des dits Anglois, sur les quelz ilz ferirent[6] si aprement et si durement

Successes in Gascony.

THE SIEGE BEFORE GUISANT IN GUIENNE.

89. At this time the count of Foix raised a great army, and through the lord of Lautrec, his brother, and the bastard of Foix, he laid siege to the castle of Guisant, which is a very strong place, within four leagues of Bayonne. And when the English knew it, they assembled to the number of five thousand [three thousand] fighting-men, of whom were chiefs the constable of Navarre, the mayor of Bayonne, George Soliton, and many others; who embarked in vessels, and came by a river which passes by the said Bayonne, meaning to land near the said castle. And when the besiegers knew this, and heard intelligence of it, they set out secretly and met the said English, whom they attacked and charged so fiercely and so powerfully that they de-

[1] *Seigneur*] Sire. C.
[2] *Guisent*] Guisant. C.
[3] *vm.*] Trois mille. C.
[4] *Pluseurs*] Om. C.
[5] *Le sceurent*] En oirent nouvelles. C.
[6] *Sur . . . ferirent*] Lesquelz ils encontrerent et chargerent. C.

que les desconfirent et mirent en fuitte jusques la ou estoient leurs navirez. Et la furent que mors que prins xij. c. Anglois.

90. Et quant le dit Solliton[1] vist ceste destrousse, doubtant quil ne peusist[2] recouvrer les dits navires, passa parmi le siege et se bouta dedens le boulvart atout lx. lanches; et depuis voiant quil ne povoit[3] estre secourus, se partit de nuit atout ses gens, cuidant retourner au dit Bayonne. Le dit bastart de Fois le sceust, et le poursuit tellement que le dit George Solliton[4] fust prins, et la plus part de ses gens. Et le lendemain se rendit le dit chastel, et bien xv. ou xvj. places[5] entre la mer et Bayonne. Et apres che[6] sen retournerent les gens du dit conte de Foix en leur pais.

---

feated them, and drove them to the place where their boats were. And there twelve hundred of the English were either killed or taken prisoners.

90. And when the said Solliton saw this defeat, being apprehensive that he could not recover the said boats, he passed through the siege, and got within the bulwark with sixty lances; and afterwards, perceiving that he could not be succoured, he departed by night with his troops, hoping to return to the said Bayonne. The said bastard of Foix knowing this, pursued him so that the said George Solliton was taken, and the greater part of his soldiers. And on the morrow the said castle surrendered, and fully fifteen or sixteen little places between the sea and Bayonne. And after this the troops of the said count de Foix returned into their country.

---

[1] *Solliton*] Soliton. C.
[2] *Peusist*] Peust. C.
[3] *Povoit*] Peult. C.
[4] *Solliton*] Soliton. C.
[5] *Places*] Petites places. C.
[6] *Che*] Ce. C.

LE SIEGE DE HONFLEU.

91. ET pendant que le roy de France estsit en la dicte abbaye de Jumieges, le xviij.[1] jour de Janvier, fust mis le siege a Honnefleu par les dits seigneurs de Dunois et les seigneurs dessus nommez de sa compaignie. Lesquels feirent grans approches sur les dits Anglois, qui estoient de trois a quatre cens, dont estoit capitaine le dit Courson,[2] tant de minnes comme de bombardes et de gens,[3] tellement quilz se composerent a rendre la place aux Franchois le xviij. jour de Fevrier prochain ensieuant, ou cas que ilz ne seroient combatus. Et pour combatre fut fait et ordonne le champs; mais les dis Anglois ny vindrent point, pour ce quilz nestoient pas assez fors, se il ne leur venoit aultre secours Dengleterre. Et pour ce sen allerent les dits Anglois, Honfleur besieged.

OF THE SIEGE OF HONFLEUR.

91. During the time when the said king of France was in the said abbey of Jumièges, on the eighteenth [seventeenth] day of January, siege was laid to Honfleur by the said lords of Dunois and the lords above named of his company. They made great approaches towards the said English, who were from three to four hundred, of whom the said master Courson was captain, as well by mines as by bombards and flying engines, so that they agreed to surrender the place to the French on the eighteenth day of February next following, in case they were not attacked. And the battle-field was fixed and appointed; but the English did not come there, because they were not sufficiently strong, unless some other succour came to them from England. Consequently the said English departed, their lives

---

[1] *xviij.*] xvij. C.
[2] *Courson*] Maistre Courson. C.
[3] *Et de gens*] Et engines volans. C.

leurs corps et leurs biens saufz, en Engleterre par mer.[1]

Le siege de Belesme.

Bellême surrenders.

92. Et ce pendant le duc Dallenchon mist le siege devant la ville et chastel de Belesme, tellement que les Anglois feirent la composition de rendre la dicte [ville][2] ou cas que les Franchois ne seroient combatus. Le dit seigneur Dallenchon se gouverna haultement et honourablement, et tint la dicte journee a peu de gens, lui et le dit seigneur[3] de Saintraille, jusques a ce que leure fust passe. Mais les dits Anglois ny furent point; et

---

and their goods being saved, into England by sea. [But the English did not come there, because the governor durst not leave the town of Caen, and they were not sufficiently strong, unless they received succour. Consequently they surrendered the said town, and went into England, their lives and their goods being saved. And at this siege Regnault Guillaume, a Burgundian, the bailly of Montargis, was killed by a cannon.]

Of the siege of Bellême.

92. In the mean time the duke of Alençon laid siege to the town and castle of Bellême, in such sort that the English made an agreement to surrender the said town, in case the French were not fought with. The said lord of Alençon conducted himself nobly and honourably, and he and the said lord of Saintraille waited for the attack with a small force until the time was passed. But the said English were not there, and consequently they surrendered the

---

[1] *Pour ce quilz ... mer*] Pour ce que le gouvernant nosoit desemparer la ville de Caen, et avecques nestoient pas assez fors si il ne venoit secours. Et pour ce rendirent le dicte ville et sen alerent en Angleterre, leurs corps et biens saufs. Et a celui siege fut tue dun canon Regnauld Guillaume un Bourguignon, bailly de Montargis. C.

[2] *Ville*] Supplied from C.

[3] *Et le dit seigneur*] Et Poton. C.

pour ce rendirent la dicte ville, et sen allerent, leurs corps et leurs biens saufz; les quelz estoient ij. C. combatans, et en estoit capitainne Mathieugo.[1]

La composition de Fresnay.

93. Ce temps durant le roy estoit logies en une abbaye nommee Gretan, a deux lieues du dit Honnefleu; le quel se partit et alla a Bernay, et a Essay, et dela a Allenchon,[2] et envoia ses gens mettre le siege devant Fresnay. Et quant les Anglois, qui estoient dedens,[3] (lesquelz estoient de iiij. a v. C. Anglois et Normans,[4]) dont estoit capitaine et gouverneur Andre Troslot et Jancquemart Vacquier,[5] sceurant le vray, rendirent la dicte ville,[6] parmi ce quilz sen yroient, leurs corps et leurs biens saufz, et parmy ce quilz en bailleroient Fresnay surrenders.

---

said town and departed, their lives and goods saved; they were two hundred fighting-men, and their captain was Matthew Gough, knight.

The Surrender of Frênay.

93. During this time the king was lodged in an abbey named Grestain, two leagues from the said Honfleur; who set out and went to Bernay and Essay, and thence to Alençon, and he sent his troops to lay siege to Frênay. And when the English who were within, (who were from four to five hundred English and Normans,) whose captain and leader were Andre Troslot and Jancquemart Vacquier, knew the truth, they surrendered the said town on the twenty-second day of March, without striking a blow, provided they might depart, their lives and goods being saved,

---

[1] *Mathieugo*] Messire Mathieu Go, chevalier. C.

[2] *Allenchon*] Alenczon. C.

[3] *Qui estoient dedens*] Om. C.

[4] *Normans*] Om. C.

[5] *Andre .... Vacquier*] Andre Trolot et Jennequin Vasquer. C.

[6] *Ville*] Place le xxij. jour de Mars sans coup ferir. C.

x. M. escus[1] ilz devoient ravoir leur capitaine Monfort, qui avoit este prins au Ponteau-de-Mer. Et ainsy sen allerent le xxij. jour de Mars a Faloize et a Ken.[2]

De la journee de Formigny.

The battle of Formigny.

94. En ceste saison descenderent a Chierebourg iij. M. Anglois Dengleterre, dont estoit conduisseurs messire Thomas Quiriel.[3] Ils chevaucherent par leurs journees jusques aux faulxborus de Valoignes,[4] ou ilz mirent le siege; dont estoit garde pour le roy de France ung escuier de Poitou, nommez Abel Rohault, lequel la tint bien longuement. Mais a la fin la rendit, et se partit atout ses compaignons, biens, chevaux et harnois.

95. Les Franchois se assemblerent de toutes pars, pour cuider[5] lever le dit siege, et les Anglois aussy pareille-

---

and that they should recover their captain Monfort, who had been taken prisoner at Pontaudemer, provided they paid ten thousand crowns [salus]. And thus they departed on the twenty-second day of March to Faloise and to Caen.

Of the Battle of Formigny.

94. At this time three thousand English of England disembarked at Cherbourg, of whom the leader was messire Thomas Quiriel, knight. They marched by journeys until they came to the suburbs of Valognes, to which they laid siege; the governor of whom for the king of France was an esquire of Poitou, named Abel Rohault, who held it a considerable time. But in the end he surrendered it, and left it with his companions, their goods, horses, and armour.

95. The French assembled from all sides, thinking to raise the siege, and the English in like manner collected

---

[1] *Escus*] Salus. C.
[2] *Ken*] Caen. C.
[3] *Quiriel*] Kyriel, chevalier. C.
[4] *Valoignes*] Valongnes. C.
[5] *Pour cuider*] Cuidans. C.

ment leurs garnisons pour tenir le dit siege et les champs, atout v. ou vj. C. combatans de la ville de Ken, dont estoit conduisseur[1] messire Robert Ver,' et de la ville de Baieux viij. C. combatans, dont estoit conduisseur Matago,[2] et de la ville de Vire[3] iiij. ou v. C.[4] combatans, dont estoit conduisseur messire Henry Morbery.[5] Et estoient[6] tant es dessus dictes comme en ceulx qui estoient nouvealx venus Dengleterre a cincq ou six mil combatans.

96. Les dits Anglois se deslogerent et partirent tous ensemble, et se passerent les guez. Les dits Franchois qui estoient assamblez le sceurent, et les poursuirent,[6] et chevaucherent fort pour les trouver, et

---

their garrisons to continue the said siege, and to keep the country. Five or six hundred fighting-men set out from the town of Caen, of whom the leader was messire Robert Ver, and from the city of Bayeux eight hundred fighting-men, of whom the leader was Matthew Gough, knight, and from the town of Vire four or five hundred [from four to six hundred] fighting-men, whose leader was messire Henry Morbery [Norbri]. The persons above-mentioned, and they who had newly arrived from England, amounted to from five to six thousand combatants.

96. In the following year, one thousand four hundred and fifty, after Easter, the said English disencamped, and set out altogether, and passed the fords of St. Clement. The said French who had assembled were aware of this, and pursued them, and rode hard to find them, and at the last

---

[1] *Siege ... conduisseur*] Siege et tenoient les champs. Et quant les Anglois le sceurent, se assemblerent pareillement pour tenir les champs. Ilz partirent de Caen de v. a vj.c. combatans, dont estoit chief ... C.

[2] *Matago*] Mathieu Go, chivalier. C.

[3] *Vire*] B.C. Viri. A.

[4] *iiij. ou v.c.*] iiij. a vj.c. C.

[5] *Morbery*] Norbri. C.

[6] *Et estoient . . . les poursiurent*] Lesquelz se trouverent avecques ceulx qui estoient venus Dangleterre, et la furent de v. a vj.M. combatans Anglois.

Lan ensuivant mil iiij.c. cinquante, apres Pasques, dealogerent les dessus en la fin les trouverent messire Joffroy Couveron[1] et Joachin Rohault, lesquelz, le xiiij. jour du mois Davril, qui fust lan mil iiij. c. et cincquante,[2] et firent scavoir au conte de Clermont, au dit seneschal de Poitou et aultrez qui les queroient dung coste, et pareillement le manderent au connestable de France, qui estoit a Saint-Lou, comment les dis Anglois avoient passez les dits guez pour aller vers Baieux et vers Ken, et que ja avaient frappe sur leur arriere garde et en avoient tuez pluseurs.

97. En lan dessus dit mil iiij. c. et cincquante, le x. jour du dit mois Davril, les dis contes de Clermont, de Chartres,[3] le seneschal de Poitou, le seigneur de Monga-

---

messire Joffrey Couvran and Joachim Rohault found them on the fourteenth day of the month of April, which was in the year one thousand four hundred and fifty, and charged their rear guard, of which they killed many. Then they let the count of Clermont know this, and the seneschal of Poitou, and others, who were seeking them on one side, and in like manner they sent to tell the constable of France, who was at Saint-Lo, how the English had passed the said fords on their march to Bayeux and Caen, and that they had already attacked their rear guard, and had killed many of them.

97. In the said year one thousand four hundred and fifty, on the tenth day of the said month of April, the said counts of Clermont, Castres, the seneschal of Poitou, the

---

diz Anglois et passerent tous ensemble les guez Saint-Clement. Les ditz Franczois, qui ainsi sestoient assemblez, les sceurent et les poursuivent. C.

[1] *Joffery Couveron*] Geoffroy de Couvrant. C.

[2] *Qui fust ... cincquante*] Ou dit an apres Pasques, et chargeroient sur leur ariere garde, des quelz ils tuerent pluseurs. Puis le firent savoir au conte de Clermont, au seneschal de Poictou, et aultres qui les querroient dun coste. C.

[3] *Baieux ... Chastres*] Bayeulx. Apres ces nouvelles se partit le dit conte de Clermont et celui de Castres. C.

coin,[1] celui de Raix admiral de France, le seneschal de Bourbonnois, le seigneur de Moy, celui de Mannil, messire Jeffroy de Couuren, Joachin Rohault, Oliver et Robert Congray, attaingnirent les dits Anglois en ung champ pres dung villaige nomme Formigny, entre Carentan et Baieux.[2]

98. Et quant les dits Anglois les veirent et apercheurent, se mirent en bataille, et manderent bien hastivement le dit Matagot,[3] le quel sestoit parti deulx le matin póur sen aller a Baieux, et incontinent retourna. Et la furent Franchois et Anglois lung devant laultre par lespasse de trois heures en escarmuchant. Et ce pendant feirent iceulx Anglois grans trous et fossez de leurs dagues et espees devant iceulx, affin que les

lord of Mongacon, the lord of Raix, admiral of France, the seneschal of the Bourbonnois, the lord of Moy, the lord of Mannil, [Morey de Manny, Oliver de Bron, Robert Conigtam,] messire Jeffroy de Couvren, Joachim Rohault, Oliver and Robert Congray, rode so hard that on the fifteenth of April they came up with the said English in a field near a village named Formigny,, between Carentan [Triviers] and Bayeux.

98. And when the said English saw and perceived them, they put themselves in order of battle, and sent very hastily for the said Matthew Gough, who had left them that morning to go to Bayeux, and he immediately returned. And then the French and the English were the one in presence of the other for the space of three hours, skirmishing. And in the mean time the English made large holes and trenches with their daggers and swords before them, in order that

---

[1] *Mongacoin*] Montgacon. C.

[2] *Moy ... Baieux*] Morey de Manny, Olivier de Bron et Robert Conneigtam, lesquelz chevaucherent hastivement tant que le xv. jour Dapuril il. aconsuerent les diz Angloicz en ung champ pres dun village nomme Formigny, entre Estrivieres et Bayeulx.

[3] *Matagot*] Mathieu Go. C.

dits Franchois et leurs chevaulx trebuchassent se ilz venoient contre eulx. Et a ung grant[1] trait darc derriere eulx avoient[2] une petite riviere[3] et grant foison [de][4] jardins plaines de divers arbres, comme pommiers, poiries, ourmers[5] et aultres; et sestoient mis en ce lieu a fin que on ne peult venir a eulx par derriere.

99. Et ce pendant arriverent[6] a eulx le seigneur de Richemont, connestable de France, le seigneur de Laval, cellui de Loheac, mareschal de France, le seigneur Dorval, le mareschal de Bretaigne, le seigneur de Saincte-Sevre,[7] et pluseurs aultrez, jusques au nombre de iij. c. lanches et les archiers. Et quant les dits Anglois les veirent venir, laisserent[8] le champ et vindrent

---

the French and their horses should stumble if they attacked them. And at the distance of a long bowshot behind the English there was a little river between them, with a great abundance of gardens full of various trees, as apples, pears, elms, and other trees; and they encamped in this place because they could not be attacked in the rear.

99. And in the mean time the lord of Richmond, constable of France, the lord of Laval, the lord of Loheac, marshal of France, the lord of Orval, the marshal of Bretaigne, the lord of Saint-Severe, and many others set out from Triviers, where they had slept that night, and joined them, to the number of three hundred lances, and the archers. And when the said English saw them come, they left the field, and the troops marched and came to the river to place

---

[1] *Grant*] Om. C.

[2] *Eulx avoient*] Les ditz Anglois avoit. C.

[3] *Riviere*] Riviere entre deulx. C.

[4] *De*] Om. A.

[5] *Ourmers*] Om. C.

[6] *Arriverent*] Partirent Destrivieres, ou ilz avoient couche celui soir, les contes de Richemont. C.

[7] *Sevre*] Seuere.

[8] *Archiers . . laisserent*] Archiers. Lesquelz chevaucherent hastivement jusques a ung moulin-a-vent au dessus du dit Formigny, la se mirent en bataille a la veue des diz Anglois. Lesquelz quant ils les virent laisserent. C.

sur la riviere pour la mettre a leur dos ;[1] car ilz doubterent la compaignie du connestable, le quel avoit couchie ce soir a ung villaige nommez Estrivieres, et sestoit mis en bataille a la venue des dis Anglois a ung molin-a-vent au dessus du dit Formigny. Et lors marcherent les batailles[1] des dits seigneurs de Clermont et de sa compaignie, en la quelle avoit de cincq a six cens lanches et les archiers, et chergerent sur les dits Anglois,[2] et pareillement ceulx du dit connestable, lesquelz passerent la dicte riviere sur le grant[3] chemin du dit Formigny pres du dit villaige, a ung gue et a ung[4] petit pont de pierre.[5] Et la se combatterent aus[6] dits Anglois dun coste et daultre moult vaillamment, tant que en la fin les desconfirent autour dicelle riviere.

100. Et y furent mors, par le raport des herauIx qui la estoient, de prestres et de bonnes gens qui les

---

it behind them ; for they were afraid of the constable's company, who had slept that night at a village named Triviers, and had put himself in order of battle upon the arrival of the said English at a windmill above the said Formigny. And then marched the troops of the said lord of Clermont and his company, in which were from five to six hundred lances and the archers, and they charged the said English, as did also those of the said constable, who crossed the said river by the high road to the said Formigny, near the said village, by a ford and a little bridge of stone. And there they attacked the said English on both sides very bravely, so that in the end they discomfited them close by the said river.

100. And there there were killed, by the report of the heralds who were there, and of the priests and good people

---

[1] *Dos . . . batailles*] Dos, et lors marcherent les batailles. C.

[2] *Et chergerent . . . Anglois*] Om. C.

[3] *Grant*] Om. C.

[4] *Gue et a ung*] Om. C.

[5] *Pierre*] B.C.: A. reads "pie."

[6] *Et la se . . . aus*] Puis assaillerent les. C.

enterrerent, iij. M. vij. C. lxxiiij. Anglois.[1] Le dit Matagot[2] sen fuit, et sen alla au dit Baieux, et aussy fist le dit messire Robert Ver, qui sen alla a Ken;[3] et ne morurent a ce jour des dits Franchois que cincq ou six. Ilz sy[4] gouvernerent tres grandement, car ilz nestoient en tout, par le raport des heraulx qui la estoient, que de v. a vj. M.[5] Et pour ce dient les saiges que le grace de Dieu fust cause de la victore des dits Franchois, et de ceulx qui furent soubz le standart du dit seigneur[6] de Clermont. Le dit seigneur sy gouverna moult haultement et noblement ce jour; et aussy fist le seigneur de Mongacon, et ceulx

---

who buried them, three thousand seven hundred and seventy-four English. And there were taken prisoners the said messire Thomas Kyriel, messire Henry Norbery, the said Jennequin Vasquier, and many others, to the number of fourteen hundred. The said Matthew Gough fled and went to the said Bayeux, and the like did the said messire Robert Ver, who went to Caen. The said English were buried in fourteen trenches. On this day only five or six of the said French were slain. They behaved themselves exceedingly well, for they were not in all, by the report of the heralds who were there, from five to six thousand [three thousand fighting-men, and the said English were from five to six thousand]. And therefore wise men say that the grace of God was the cause of the victory of the said French, and of those who were under the standard of the said lord of Clermont. The said governor carried himself most honourably and nobly that day; and so did the lord of Mongacon,

---

[1] *Anglois*] Anglois. Et y furent prins le dit messire Thomas Kyriel, messire Henry Norberi, le dit Jennequin Vasquier et pluseurs aultres, jusques au nombre de xiiij.c. C.

[2] *Matagot*] Mathieu Go. C.

[3] *Ken*] Caen. Les diz Anglois furent enterrez en xiiij. fosses. C.

[4] *Sy*] Se. C.

[5] *v. a vj.M.*] iij.M. combatans, et les dis Anglois estoient de a v. a vj.M. C.

[6] *Seigneur*] Conte. C.

du dit connestable, le seigneur de Saint-Sevre,[1] et par especial le dit seneschal de Poitou ; car les dits Anglois chergerent sur les Franchois ses gens et sur ceulx du bailly Devreux, qui gouvernoit le dit seigneur de Manny, tellement quilz gaignerent du coste ou ilz estoit en batailles deux coulleverines. Et a ceste[2] recontre y morurent bien ij. c. Anglois. Et ainsy eurent les Franchois la victoire et leur demoura le champ. Et la furent fais chevaliers le filz du conte de Chastres,[3] le filz du conte de la Marche, le filz du conte de Boulongne et Dauvergne, le seigneur de Vauvert, le filz du conte

---

and the troops of the said constable, the lord of Saint-Severe, and especially the said seneschal of Poitou. For the said English charged very severely the French who were in his company, and also the troops of the bailly of Evreux, who were led by the lord of Manny, so much so that they took from them, on the side on which they were drawn up in line of battle, two culverines. Then the said seneschal dismounted from horseback, and caused his soldiers to dismount, and charged the said English with such steadiness and impetuosity that they drove back one of the extremities of their line its whole length, and recovered the two said culverines. In this struggle there were killed fully two hundred English. And so the French had the victory, and remained in possession of the field. And there were made knights the son of the count of Chastres, the son of the count of La Marche, the son of the count of Boulogne and Auvergne, the lord Vauvert, the son of the

---

[1] *Sevre*] Seuere.

[2] *Car le dis . . . Et a ceste*] Car les diz Anglois se chargerent tres fort sur les gens du bailly Devreux, que le sire de Manny gouvernoit, tellement quilz gainnerent, du coste ou ilz estoient en bataille, deulx coulevurines sur eulx. Lors le dit seneschal descendit a pie et fist descendre ses gens, et chargerent si durement et aspremement sur les diz Anglois que les rebouterent par ung des boutz de leur bataille de la longuer dicelle, et gaigna les deulx dictes coulevrines. Et a ceste... C.

[3] *Chastres*] Castres. B.C.

Vilars, le dit seigneur de Saint-Sevre, le seigneur de Chalenton, et pluseurs aultres seigneurs.[1]

VIRE RENDU PAR COMPOSICION.

Surrender of Vire.

101. Apres ceste disconfiture se partirent les dits Franchois tous ensamble, et allerent mettre le siege devant la ville de Vire, ou estoient de iij. a iiij. C. Anglois, le quel ny[2] fust guere. Car le dit messire Henry Morbery,[3] qui en estoit capitaine, en fist la composition, lui estant prisonnier. Et sen allerent les dits Anglois a Ken,[4] leurs corps et leurs biens saufz.

AVRENCHES PRINS PAR LA DUC DE BRETAIGNE.

Avranches and Tombeleine taken.

102. Et de la se partirent le dit connestable de France, le seigneur de Laval et aultrez qui estoient en leurs com-

---

count of Villars, the said lord of Saint-Severe, the lord of Chalenton, and many other lords.

VIRE SURRENDERED BY TREATY.

101. After this discomfiture the said French departed all together, and went and laid siege to the town of Vire, where there were three or four hundred English. Here it could scarce be called a siege; for the said messire Henry Morbery [Norbery], who was its captain, surrendered it, he being prisoner. And the said English departed to Caen, their lives and goods being saved.

AVRANCHES TAKEN BY THE DUKE OF BRETAGNE.

102. And the said constable of France set out from thence, with the lord of Laval and others who who were in his

---

[1] *Marche . . . aultres seigneurs*] Marche, Godeffroy de Boulongne, filz du conte de Boulongne, de le sire de Vauvert, filz du conte de Villars, le dit sire de Saincte-Severe, le sire de Chanteson, et pluseurs aultres. C.

[2] *Quel ny*] Quel siege ne. C.

[3] *Morbery*] Norbery. C.

[4] *Ken*] Caen. C.

paignies,[1] pour le duc de Bretaigne, et sen allerent devers lui de la a Avrences,[2] ou ilz mirent le siege ; le quel tint le dit duc en sa personne lespace de trois sepmainnes. Et cependant fust tellement battue la dicte ville dengines quilz[3] ce rendirent, et sen allerent, ung baston au poing, et estoient de trois et quatre cens,[4] dont estoit capitainne ung nomme Lampet. Et pareillement se rendit la place de Tumbelaine,[5] qui est une[6] forte place [et][7] imprenable, tant que ceulx dedens ayent que mengier. Car elle est assise sur une roche[8] en la mer pres du Mont-Saint-Michel. Et ainsy sen allerent les dits Anglois de dedens a Chierbouch,[9] qui estoient de iiij^{xx}. a cent.

---

company, to go to the duke of Bretagne, and they went to meet him at Avranches, to which they laid siege, which was carried on by the said duke personally for the space of three weeks. And during this time the said town was so battered by engines that the English surrendered and departed, each carrying a stick in his hand, and they were from three to four hundred [from four to five hundred]. A person named Lampet was their captain. And in like manner surrendered the fortress of Tombelaine, which is an exceedingly strong place, and impregnable so long as the persons within it have provisions. For it is situated upon a rock in the sea, near Mont-Saint-Michel. And the said English departed also from within it to go to Cherbourg, being from fourscore to one hundred.

---

[1] *Leurs compaignies*] Sa compaignie. C.

[2] *Avrences*] Avrenches. C.

[3] *Quilz*] Que les Anglois. C.

[4] *De trois et quartre cens*] De iiij. a v. c. C.

[5] *Tumbelaine*] Tonbellaine. C.

[6] *Une*] Tres. C.

[7] *Et*] Added from C.

[8] *Roche*] Roc. C.

[9] *Chierbouch*] Chierbourg. C.

LE SIEGE DE BAYEULX.

Siege and surrender of Bayeux.

103. Tost apres la prinse de Vire se partirent les dits contes et leur compaignie, qui avoient estez a la prinse[1] de la dicte ville, environ le iij[e] jour du mois de May, et allerent mettre le siege devant la cite de Baieux,[2] et se logerent es faulzbourgs devers Ken.[3] Et vindrent logier les contes de Dunois, lieutenant general, cellui de Nevers et Deu, et le seigneur de Culant, grant maistre dostel, le seigneur de Jaloignes,[4] son frere, le seigneur Dorval, le seigneur de Bueil,[5] et pluseurs aultrez seigneurs,[6] chevaliers et escuiers. Et es faulxbourgs devers les Cordelliers[7] le seigneur de Montenay, conduisseur des gens du duc Dallenchon,[8] Pierre de Louvain,[9] Robert Connigam,[10] et aultrez, avec certain

---

THE SIEGE OF BAYEUX.

103. Shortly after the taking of Vire, the said counts of Clermont, Castres, and others, who had been in their company at the capture of the said town, set out about the third day of the month of May, and went to lay siege before the city of Bayeux, and lodged in the suburbs towards Caen. And these came to lodge; the counts of Dunois, lieutenant-general, the counts of Nevers and Eu, and the lord of Culant, great master of the household, the lord of Jalognes, his brother, the lord of Orval, the lord of Bueil, and many other lords, knights, and esquires. And in the suburbs towards the Cordeliers came to lodge the lord of Montenay, the leader of the troops of the duke of Alencon, Pierre de Louvain, Robert Connigam, and others, who were there with a certain

---

[1] *Contes ... le prinse*] Contes de Clermont, de Castres et aultres, qui avoient este en leur compaignie a la prinse. C.

[2] *Baieux*] Bayeulx. C.

[3] *Ken*] Caen. C.

[4] *Jaloignes*] Jalongues. C.

[5] *Le seigneur de Bueil*] Om. C.

[6] *Seigneurs*] Om. C

[7] *Cordelliers*] Les Cordeliers vindrent logier. C.

[8] *Dallenchon*] Dalenczon. C.

[9] *Pierre de Louvain*] Pierres Louvain. C.

[10] *Robert Connigam*] Robert Cornergain. C.

nombre de frans archiers, y furent. Le dit siege fust clos;[1] et fut la dicte ville fort battue de bombardes par lespace de xv. jours, et fort opresse de miners,[2] tellement quelle estoit preste a assaillir. Mais le roy de France et les seigneurs dessus dits avoient pitie de la destruction de la dicte cite, et ne le voulurent consentir. Neantmains sans leur congie,[3] ne sans aucunne ordonnance, de lardeur[4] que avoient les gens de guerre de gaigner, ilz lassaillirent deux fois en ung jour par ung seul coste. Et la se gouvernerent grandement dung coste et daultre, tant de dehors que de dedens; et en y eult de mors de toutz les deux parties de traict et de coulleverenes. Mais en la fin ny firent riens; et se ilz leussent assaillie par lordonnance des capitaines qui leussent bien sceu faire, sans remede elle eust[5] este prinse dassault, car ilz ne lassailirent que par ung coste.

---

number of free archers. The said town was enclosed on all sides, and the said town was severely battered by cannon for the space of fifteen days, and was so oppressed by mines and trenches that it was ready to be assailed. But the king of France and the lords abovesaid had pity for the destruction of the said city, and would not consent to it. Nevertheless, without their leave and knowledge, and without any order, the troops, out of their great ardour to gain possession of it, assaulted it twice on one day on one side only. And there the soldiers, on one side as well as the other, as well those without as those within, conducted themselves nobly; and men were killed on both the two sides by arrows and culverins. But in the end they did nothing; and if they had assaulted it by the direction of the captains, (as they ought to have done,) who well knew how they ought to have proceeded, doubtless it would have been taken by assault, for they stormed it only on one side.

---

[1] *Clos*] Clos de toutes costes. C.

[2] *De miners*] De mines et tranches. C.

[3] *Sans leur congie*] Sans leur sceu ne leur congie. C.

[4] *De lardeur*] De la grant ardour. C.

[5] *Qui . . . elle eust*] Ainsi quilz devoient faire, sans dobte elle eust. C.

104. Le dit Mathieugot[1] fust fort espovente des dis assaulz, car il y eult tuez de vaillans gens Anglois. Et pour ce parlementa avec le dit conte de Dunois et aultrez seigneurs Franchois, et rendit la dicte cite et sen alla, lui et Janequin Vacquier,[2] ung baston en leur poing seulement, a Chierbourch,[3] et semblablement les gens de guerre qui furent de la duche de Noremendie de leur parti. Les dits seigneurs Franchois[4] leur laisserent pour lonneur de gentilesse partie de leurs chevaulx pour porter les damoiselles et aultrez gentilz femmes, et des charettes a porter les femmes des dis Anglois, qui sen allerent avec leurs maris, lesquelles il faisoit piteux veoir. Car il partit de la dite cite de trois a quatre cens femmes, sans les enfans, dont il y avoit grant nombre. Les unes portoient leurs enfans en

---

104. The said Matthew Gough was very much afraid of the said assaults; for many brave men on the English side were killed. Consequently he treated with the said count of Dunois and the other French lords, and surrendered the said city, and departed, he and Jannequin Vacquier, having a stick only in their hands, to Cherbourg, and in like manner the soldiers who were of the duchy of Normandy of their party. They were nine hundred English, the bravest and the best soldiers who were of the duchy of Normandy of their party. The said French lords, for the honour of courtesy, lent them some of their horses to carry the ladies and the other gentlewomen, and carts to convey the women of the said English, who went with their husbands, a thing pitiful to behold. For there set out from the said city from three to four hundred women, exclusive of children, of whom there was a great number. Some carried the smallest of the

---

[1] *Mathieugot*] Mathieu Go. C.

[2] *Janequin Vacquier*] Jannecquin Vasquier. C.

[3] *Chierbourch*] Chierbourg. C.

[4] *Et semblablement ... Franchois*] Et semblablement les aultres gens de guerre, qui estoient nombres ix.c. Anglois, des plus vaillans et de plus gens de guerre qui fussent en la duchie de Normandie de leur parti. Les dis seigneurs Franczois.

leurs bras les plus petis, les moyens sur leur povre col et les grandelez en leurs mains;[1] qui estoit tres grant pitie; et ainsy sen allerent les dits Anglois et leurs femmes a Chierbourch.

La prinse de Briquebec par le connestable.

105. Et apres la reddicion dessus dit, se parti le conte de Dunois de Baieux atout son ost, et passa la rivere Dorne; et pareillement le conte de Clermont et sa compaignie, et mennerent leur gens vivre sur le pays,[2] en attendant la venue de monseigneur le cônnestable de France[3] et sa compaignie, les quelz ce pendant prindrent Bricquebec, et mirent le siege devant Valoignes.[4] Et tost apres se rendit Franchois[5] le lieutenant du capitaine de la place, le quel fist rendre la ville et le

Bricquebec taken and Valognes besieged.

---

children in their arms [in cradles], the next on their poor backs, and the bigger ones they led by the hand. It was a very miserable sight. And thus the said English and their wives went to Cherbourg.

Of the taking of Bricquebec by the constable.

104. After the surrender mentioned above, the count of Dunois set out from Bayeux with his army, and passed the river Orne; and in like manner the count of Clermont and his company, and sent their troops to live upon the country, awaiting the arrival of my lord the constable of France and his company, who, in the meantime, had taken Bricquebec, and had laid siege to Valognes. And shortly after this the lieutenant of the place turned Frenchman, who surrendered

---

[1] *Portoient . . . mains*] Portoient les petis en berceaulx, les moiens portoient sur leur povres corps, et les grans menoient en leurs mains. C.

[2] *Le pays*] Les champs. C.

[3] *De France*] Om. C.

[4] *Valoignes*] Valongnes. C.

[5] *Franchois*] Franczois. C.

chastel; et senallerent vj^{xx}. Anglois qui estoient dedens, leurs corps et leurs biens saufz,[1] a Chierbourch.

LE SIEGE DE SAINT-SAULVEUR LE VICONTE.

Saint-Sauveur le Vicomte surrenders.

150. Et ce pendant les mareschaux de France et de Bretaigne mirent le siege devant Saint-Sauveur[2] le Viconte, qui est une moult belle place et des plus fortes de Normendie, et se conduirent[3] si vaillamment que en peu de[4] temps mirent ceulx dedens en grant necessite.[5] Et la fust tue,[6] de la partie des Franchois,[7] ung vaillant escuier du pays de Berry, nomme Jehan de Blanchefort. Et tost apres le seigneur de Robesart, natif de Haynault, qui en estoit seigneur et capitaine,

---

the town and the castle; and six-score English who were within departed to Cherbourg, their lives and goods being saved.

OF THE SIEGE OF SAINT-SAUVEUR LE VICOMTE.

105. In the mean time the marshals of France and of Bretagne laid siege to Saint-Sauveur le Vicomte, which is an exceedingly beautiful place, and one of the strongest in Normandy, and behaved so bravely, as well by feats of arms as otherwise, that within a short time they reduced those who were within to great necessity, and distressed them greatly by ditches and approaches. And there was killed by an arrow on the side of the French, a brave squire of the country of Berry, named Jehan de Blanchefort, which was a pity. And shortly afterwards the lord of Robesart, a native of Hainault, who was its lord and captain, surren-

---

[1] *Leurs corps . . . saufz*] Om. C.
[2] *Sauveur*] Saulveur. C.
[3] *Se conduirent*] Ilz firent. C.
[4] *Que en peu de*] Tant de faiz darmes que aultrement, que en bien peu de. C.
[5] *Necessite*] Necessite, et les oppresserent fort de fossez et daprochement. C.
[6] *Tue*] Tue dun trait. C.
[7] *De la partie des Franchois*] Om. C.

rendit la place sans cops de canons, et sen alla atout deux cens combatans quil avoit a Chierbourch, saufz leurs corps et leurs biens, et eurent viij. jours de widenge.[1]

DU SIEGE DE CAEN.

106. Et durant ce terme se partirent les dits Franchois de devant Saint-Sauveur[2] le Viconte, atout les hostaiges du dit lieu, et chevaucherent tant quilz arriverent a xij. lieues pres de Ken,[3] en ung villaige nomme Keux,[4] ou estoient logies[5] le connestable de France, Preparations for the siege of Caen.

---

dered the fortress without a cannon or other engine being used; for the whole of the artillery remained charged at Bayeux to be conveyed to Caen. And he went away with two hundred men-at-arms whom he had to Cherbourg, their lives and goods being saved; and they had eight days allowed them to remove their property.

OF THE SIEGE OF CAEN.

106. And during this time the said French set out from before Saint-Sauveur le Vicomte, with the hostages of the said place, and they rode until they arrived within two [twelve] leagues of Caen, to a village named Cheux, where were lodged the constable of France, the count of Laval,

---

[1] *Blanchfort . . . widenge*] Blanchefort, dont fut dammage. Ilz estoient ij. c. combatans, dont estoit cappitaine le sire de Robessart, les quelz rendirent la dicte place sans coup de canon ne daultre engin ferir. Car toute lartillerie entierement estoit demouree chargee a Bayeulx pour mener a Caen. Puis eurent viij. jours de vuidange, et sen alerent a Chierbourg, leurs corps et biens saufs. C.

[2] *Sauveur*] Saulveur. C.

[3] *xij. . . . Ken*] Deux lieues de Caen. C.

[4] *Keux*] Cheux. C.

[5] *Logies*] Logez le dit connestable de France, le conte de Laval, le sire de Rays et de Coetivi, admiral de France, le sire de Loheac, mareschal de France, le sire de Montauban, mareschal de Bretaigne, Jacques monseigneur de Saint-Pol, le sire Destouteville, le sire de Saincte-Severe, le sire de Boussac et celui de Malestroit et pluseurs aultres chevaliers et escuiers, lesquelz partirent tous ensemble atout leur compagnie du dit lieu de Cheux et sen alerent du coste devers Bayeulx

le seigneur de Raix, admiral de Franche, le seigneur Destouteville et aultrez; lesquelz se partirent du dit lieu, le v. jour de Juing, atoute leur compaignie, ou estoient avec les dessus nommez le conte de Laval, le seigneur de Loheach, mareschal de France, le seigneur de Montauben, mareschal de Bretaigne, le seneschal de Poitou et messire Jacques de Luxembourg, frere du dit seneschal de Poitou, le conte de Saint-Pol, le seigneur de Saint-Sevre et de Loussac, le seigneur de Maltrait, et pluseurs aultres seigneurs, chevaliers et escuiers. Et ce jour sassamblerent et partirent de Verneul le conte de Clermont et cellui de Chastres, le seigneur de Montgacon, celui de Moy en Beauvoisin, Robert de Flocques, bailly Devreux,

---

the lord of Raix and of Coetivi, admiral of France, the lord of Loheac, marshal of France, the lord of Montauban, marshal of Bretaigne, the seneschal of Poitou, and messire Jacques de Luxemburg, brother of the said seneschal of Poitou, Jacques, lord of Saint-Pol, the lord of Estouteville, the lord of Saint-Severe, the lord of Boussac, the lord of Malestroit, and many others, knights and esquires; who set out all together with their company from the said place of Cheux, and went on the side towards Bayeux to lodge in the suburbs of the said town of Caen, in the abbey of Saint-Stephen, near the walls of the said town. And this day assembled and set out from Verneuil, which was the fifth of June, the counts of Clermont and Castres, the lords of Montgacon and Moy in Beauvoisin, Robert de Flocques, the bailly of Evreux,

---

logier aus faulxbourgs de la dicte ville de Caen en labbaie de Saint-Estienne pres des murs de la dicte ville. Et aussi se partirent ce jour, qui fut v. de Juing, les contes de Clermont et de Castres, les sieurs de Montgacon et de Moi en Beauvoisin, le dit bailli Devreux, messire Geffroy de Courvant, messire Charles de la Faiette, et pluseurs aultres chevaliers et escuiers, gens darmes et de trait, jusques au nombre de xij. c. lances et de iiij. M. archiers, v. c. frans archiers a pie (blank space in C.) ou ilz avoient este logez et sen alerent loger.

A celui mesmes jour.... C.

messire Jeffroy de Couuren, messire Charles de la Faiette, et pluseurs aultres chevaliers et escuiers, gens darmes et de traict, jusques au nombre de xij. C. lanches, de iiij. mil v. C. archiers et guisarmiers et coustrilliers a cheval, de ij. M. frans archiers. Lesquelz dessus nommez tout du lez devers Baieux sen allerent logier ensemble es faulzbours de Ken dedens labbeye de Saint-Estienne, pres de la muraille de la dicte ville.

107. Et ce jour mesmes le seigneur de Dunois, le grant maistre dostel, le seigneur Dorval, le seigneur de Jaloignes,[1] mareschal de France, le seigneur de Montenay, gouverneur des gens du duc Dallencon,[2] le seigneur[3] Divry, provost de Paris, le seigneur de Beaumont son [frere],[4] et daultres chevaliers pluseurs, jusques au nombre de v. C. lanches, guisermiers, et ij. M. frans archiers a piet et deux mil archiers a che-

---

messire Geffroy de Courvant, messire Charles de la Faiette, and many other knights and esquires, men-at-arms, and archers, to the number of twelve hundred lances and four thousand archers, five hundred free archers on foot [four thousand five hundred archers and billmen and grooms on horseback, and two thousand free archers]. All these abovenamed from the part towards Bayeux went to lodge together in the outskirts of Caen within the abbey of Saint-Stephen, near the wall of the said town.

107. This same day the lord of Dunois, the great master of the household, the lord of Orval, the lord of Jalognes, marshal of France, the lord of Montenay, the leader of the troops of the duke of Alençon, the lord of Ivry, provost of Paris, the lord of Beaumont, his brother, and many other knights, to the number of five hundred lances and billmen and two thousand free archers on foot and two thousand

---

[1] *Jaloignies*] Jaloingnes. C.
[2] *Dallencon*] Dalenczon. C.
[3] *Seigneur*] Baron. C.
[4] *Frere*] Supplied from C.

val, se partirent de demie lieue de Ken et sen allerent logier aux faulzbours de la dicte ville, nommee Vauselle, du coste de devers Paris.[1] Et ainsy fust assegie la dicte ville de tout coste. Et sy fust fait ung pont par les dits Franchois au dessus de la ville pour passer la riviere. Et le iiij. jour ensuivant passerent[2] les contes de Nevers et Deu, le seigneur de Bueil et de Montenay, et Joachim Rohault,[3] a grant compaignie de gens, et allerent logier en une abbaye de dames, nommee La Trinite, et est es faulzbourgs du coste vers la mer.

Charles joins the siege.

108. Et adonc le roy de France se partit Dargenten, acompaignie du roy de Sezille, des ducs de Calabre,[4] et Dallenchon, des contes Dhumaine,[5] de Saint-Pol, de Dancarville,[6] du viconte de Limoge,[7] de Ferry,

---

archers on horseback, set out from within half a league from Caen and went to lodge in the suburbs of the said town, named Vaucelles, on the side towards Paris. And thus the said city was besieged on every side. And there was made there a bridge by the said Frenchmen above the town to cross the river. And on the fourth day following there passed by it the counts of Nevers and Eu, the lord of Bueil and of Montenay, and Joachim Rohault, with a great body of troops, and they went to lodge in an abbey of nuns, named The Trinity, which is in the suburbs towards the sea.

108. And then the king of France set out from Argentan, accompanied by the king of Sicily, the dukes of Calabria, his son, and of Alençon, the counts of Maine, of Saint-Pol and Tancarville, the viscount of Limoges [Lomaigne] of

---

[1] *Jusques . . . Paris*] Jusques au nombre de v.c. lances, ij.m. archiers, v.c. guisarmers et coustilliers a cheval, atout ij.m. francz archiers a pie, lesquelz sen alerent logier es fourbourgs de Vaucelles du cote devers Paris. C.

[2] *Passerent*] Par dessus icelu passerent. C.

[3] *Rohault*] Renauld. C.

[4] *Calabre*] Calabre son filz. C.

[5] *Dhumaine*] Du Maine. C.

[6] *Dancarville*] Tanquarville. C.

[7] *Limoge*] Lomagne. C.

et Jehan [1] de Lorraine, du chancellier de France, des seigneurs de Blainville et de Pruly, des baillis de Berry et de Lyon, avec pluseurs aultres chevaliers et escuiers, jusques au nombre de v. c. lanches et les archiers, et alla couchier a Saint-Pierre sur Dyve, et lendemain a Argenten, et lendemain au disner alla logier aux faulzbours de Vaucelles. Et incontinent apres disner se partit et passa la dicte riviere, et sen alla [2] logier en une abbaye nommee Ardanne,[3] a demie lieue pres,[4] ou il fut durant le siege, si non une nuit ou il fust logies en passant en faulzbours de la [5] dicte Trinite, ou demoura le roy de Sezille et le duc de

---

Ferry, my lord of Lorraine, and Jehan de Lorraine, his brother, chancellor of France, by the baron of Traisnel, chancellor of France, by the lords of Blainville, Pruly, and Vellequier, by the bailly of Berry and Lyons, with many other knights and esquires, to the number of five hundred lances and the archers, and went to sleep at Saint-Pierre sur Dive, and on the next day at Argentan, and on the following day at dinner time he went to lodge in the suburbs of Vaucelles. And immediately after dinner he set out and crossed the said river at the said bridge, and went to lodge in an abbey named Ardenne, within half a league, where he remained during the siege, with the exception of one night when he was lodged, in passing, in the suburbs of the said Trinity, where abode the king of Sicily and the duke of

---

[1] *Et Jehan . . . Dyve*] Monseigneur de Loraine, de Jehan monseigneur de Lorraine son frere, du baron de Traisnel, chancelier de France, des sires de Blainville et de Vellequier, des bailli de Berri et de Lion et pluseurs aultres chevaliers et escuiers, gens darmes et de trait, jusques au nombre de v. a vj. c. lances, et les archiers, et sen ala couchier a Saint-Pierre sur Dyve. C.

[2] *Argenten . . . alla*] Argentes, et de la sen ala disner aux ditz faulx bourgs de Vaucelles. Puis sen partit apres diner, et passa audessus de la dicte ville la riviere au dit pont, et sen ala. C.

[3] *Ardanne*] Audame. C

[4] *A demi . . . pres*] Om. C.

[5] *Logiez . . . de la*] Logie en la. C.

Calabre son filz, le duc Dallenchon[1] et le dit conte de Saint-Pol, les ditz Ferry, monseigneur de Lorraine, et son frere, atout mille lances et ij. C. archiers[2] a cheval, M. guisarmiers et coustilliers[3] et ij. mil frans archiers a piet, dont les pluseurs estoient logies par les villaiges dentour.[4] En une[5] chapelle, entre le chastel et labbeye du dit Saint-Estienne,[6] furent logies le seigneur de Beauvoir les[7] Bourbonnois, atout XXX. lanches et mil et v. C. frans archiers.

Progress of the siege.

109. Et a larrivee des Franchois le premier jour gaignerent dassault[8] le bolvart de la porte qui va a Baieux, ou il y eult de belles armes faites. Mais depuis[9] desemparerent, pour ce quil estoit ouvert du coste de devers

---

Calabria, his son, the duke of Alençon and the said count of Saint-Pol, the said Ferry, lord of Lorraine, and his brother, with a thousand lances and two hundred [thousand] archers on horseback, one thousand billmen and grooms, and two thousand free archers on foot, many of whom were lodged in the neighbouring villages [between the castle and the abbey of Saint-Stephen]. In a little chapel, between the castle and the abbey of Saint-Stephen aforesaid, were lodged the lord of Beauvoir in Bourbonnois, with thirty lances and one thousand five hundred free archers.

109. On the first day that the French laid siege, as soon as they arrived they attacked the bulwark near the gate leading to Bayeux, and took it by assault. Many fair deeds of arms were done there. But afterwards they abandoned it, because it was open on the side towards the wall of the

---

[1] *Dallenchon*] Alenczon. C.

[2] *ij. C. archiers*] ij. M. archiers.

[3] *Coustilliers*] Coustilliers a cheval. C.

[4] *Dentour*] Alentour entre le chastel et labbaie Saint Estienne. C.

[5] *Une*] Une petite. C.

[6] *Entre . . . Estienne*] Om. C.

[7] *Les*] En. C.

[8] *Et a . . . dassault*] Le premier jour que les diz Franczois mistrent le siege, au plus tost quilz ils arriverent, ilz assaillerent le boulevert les de la porte qui va a Bayeulx, et la prindrent dassault. C.

[9] *Depuis*] Depuis le. C.

la muraille de la dicte ville, et pareillement demoura desemparee des Anglois, pour ce que les Franchois minerent la dicte porte.

110. Tost apres la venue du roy de France le dit conte de Dunois, lieutenant general, fist assailir les bollvars de la dite ville vers[1] Vaucelles Ilz se tindrent longuement, et si se deffendirent vaillamment et dedens et dehors; mais en la fin furent prins, et la furent mors et prins grant foison Danglois. A chacun des dis sieges avoit minnes, qui aloyent jusques dedens les fossez de la dite ville. Les gens darmes du dit connestable minerent la tour et la muraille de devant le dit Saint-Estienne tellement que la dicte tour et muraille tumberent a terre en telle maniere que par la povient les Franchois de dehors[2] combattre les Anglois main a main. Et quant les dits Anglois se veirent si fort approchier de

---

said town, and in like manner it remained unoccupied by the English, because the French had mined the said gate.

110. Shortly after the arrival of the king of France the said count of Dunois, the lieutenant-general, caused the bulwark of the said city towards Vaucelles to be attacked. It is upon the river Orne, near the wall of the said town. They continued at it for a long time, and it was defended valiantly both from within and without; but at last it was taken, and there were slain there and taken a large number of English. Mines were used at each of the said sieges, which penetrated even to the ditches of the said town. The soldiers of the said constable mined the tower and the wall before the said Saint-Stephen, so that the said tower and wall fell to the ground in such a way that the French who were outside [the free archers] could fight with the English hand to hand. And when the said English saw that they

---

[1] *La dite ville vers*] Boulevers de Vaucelles, qui estoient sur la riviere Dorne pres de la muraille de la dicte ville. C.

[2] *Les Franchois de dehors*] Les Francz archiers. C.

toutes pars tout a lenviron de la dicte ville, doubtant destre prins dassault, demanderent et requirent traictier.

The town surrenders, but the castle holds out.

111. Le roy de France[1] en regardant la grant pitie que ce eust este de destruire une telle ville, de violer et piller les eglises et les gens dicelle, et pour eschiver leffusion de sang des hommes, femmes et enfans, qui eussent este tuez dedens, se consentit, voulu et octroya que on print la dicte ville par composition; combien que a la verite sil lui eult pleu il leust prinse dassault sans nul remede. Et si eust eu le chastel et le dongon, mais non pas si tot.[2] Car le dit chastel est ung des plus fors de Normendie, assis sur ung roc, garny de bolvars de pierre moult dure, hault et grant. Et se y a [ung][3] dongon tresfort, assis sur roche,[4] fermez

---

were so closely approached on all sides around the said town, fearing that they would be taken by assault, they asked and required to treat.

111. The king of France, having God before his eyes, and considering what a great misery it would be were such a town destroyed, if churches and churchmen should be violated and pillaged,—to avoid also the shedding of the blood of men, women and children, who would have been murdered within it,—consented thereto, and willed and granted that the said town should be taken by agreement; although in truth if he had pleased he could have taken it by assault without any remedy. And so he might have taken the castle and the keep, but not so speedily. For the said castle is one of the strongest in Normandy, situated upon a rock, provided with bulwarks of stone exceedingly hard, high and large. There is there a very strong keep, placed upon a rock, surrounded by

---

[1] *France*] France, mettant. Dieu devers lui. C.

[2] *Et si . . . tot*] Mais il neust pas prins le chastel ne le donjon si tost. C.

[3] *Ung*] Supplied from C.

[4] *Roche*] Roc. C.

de beaux fossez et profons,[1] le quel est fait[2] duune large[3] tour quarree, de la fachon de celle de Londres, ou de celle Damboize, se elle estoit entiere, combien quelle est[4] plus grande, et est advironnee de[5] quatre grosses tours massives depuis le piet des fossez jusques[6] au hault a legal de la terre, les quelles sont moult haultes; et est tout le dit dongon ferme de moult fortes tours, et contient le dit chastel autant que la ville de Corbueil, ou que celle de Montferrant en Auvergne.

112. Ou quel estoit dedens le duc de Sombreseth,[6] soy disant gouverneur de Normendie, sa femme et ses enfans, et en la dicte ville avoit iij. M. Anglois Dangleterre, dont estoit conduisseur messire Robert Ver,[7] frere du conte Sinefort,[8] messire Henry Reddefort,[9] messire Ex-

beautiful and deep ditches, which consists of a large and high square tower, in form like that of London or that of Amboise, if it were entire, although it is larger still, and it is flanked all round by four great massive towers from the foot of the ditches as high as the level of the ground, which are exceedingly lofty; and the whole of the said keep is guarded by very beautiful towers, and the said castle encloses as much as the town of Corbueil, or that of Montferrant in Auvergne.

112. Within this castle was the duke of Somerset, who styled himself governor of Normandy, his wife and children, and in the said town were three thousand English of England, the leader of whom for the said duke of Somerset was messire Robert Ver, brother of the earl Sinefort [of Oxford], messire Henry Reddefort [Audeffort],

[1] *Profons*] Parfons. C.
[2] *Fait*] Fourni. C.
[3] *Large*] Large et haulte. C.
[4] *Est*] Soit encore. C.
[5] *De*] Tout entour de. C.
[6] *Jusques . . . Sombreseth*] Jusques a leagal de Montferrant en Auvergne. Dedens lequel estoit le duc de Sonbresset. C.
[7] *Conduisseur . . . Ver*] Conduiseur pour le dit duc de Sonbresset, Robert Ver.
[8] *Sinefort*] De Suefort. C.
[9] *Reddefort*] Et Audeffort. C.

pansser,[1] Henry Standi,[2] Guillem Couuren,[3] Guillem Lognot, Foucques Ethon, Henry Loys, et pluseurs aultrez, lesquelz composerent et promirent aux Franchois rendre et mettre la dicte ville[4] es mains et obeissance du roy de France dedens le primier jour de Juillet, ou cas quilz ne combateroient le roy et sa puissance dedens ce jour; parmi ce que le dit duc de Sombreth,[5] sa femme et ses enfans, et tous les Anglois qui sen vouldroient aller, sen yroient atout leurs femmes, enfans, chevaulx, harnois et aultres biens meubles. Et pour porter les dits biens on leur bailleroit[6] charroy et vaisseaulx pour mener[7] en Engleterre, et non ailleurs; pourveu que les dits Anglois laisseroient tous prisonniers, et les delivreroient et quitteroient tous scelez et tous ceulx de la dicte ville qui leur devoient, gens deglise,

---

messire Spencer, Henry Standish, William Couuren, William Lognot, Foucques Ethon, Henry Loys, and many others, who agreed and promised the French to surrender and to place the said town, castle, and keep in the hands and authority of the king of France by the first day of July, in case they did not attack the king and his forces by that day; provided that the said duke of Somerset, his wife and his children, and all the English who wished to go, might depart with their wives, children, horses, armour, and their other moveable goods. And to carry the said goods there were delivered to them (at their own charges) conveyances and vessels to convey them and their goods into England, and not elsewhere; provided that the said English should leave behind them all prisoners, and should deliver up and acquit all bonds, and pay to all the inhabitants of the said town all that they owed them,

---

[1] *Expanssor*] Expansier. C.

[2] *Standi*] Standis. C.

[3] *Couuren*] Coruen. C.

[4] *Ville*] Ville, chastel et donjon. C.

[5] *Sombreth*] Sonbresset. C.

[6] *Baillerit*] Bailleroit a leurs despens et delivreroit. C.

[7] *Mener*] Mener eulx et leur biens. C.

bourgois et aultrez, sans riens leur en faire payer, et sans quilz leur ostassent riens du leur au partir; et si laisseroient toute artillerie, grosse et menue, reserve ars, arbalestres, et coullevrinnes a[1] main. Et pour entertenir les choses dessus dits sans faillir, baillerent xviij. ostagies, cest assavoir, xij. de la ville de[2] Londres, Engles Dengleterre, deux chevaliers de Normendie, et quatre bourgois de la ville.

113. Et apres le dit traitie fait, lendemain du jour Saint-Jehan Baptiste, pour le roy de France, le dit conte de Dunois, le seneschal de Poitou et sire Jehan Bureau, tresorier de France, et pour[3] les Anglois fut la messire Jehan Heriton, bailly de Ken,[4] et Foucques Ethon et Robert Gaiges; et pour la dicte ville Ytasse Cammet,[5] lieutenant du[6] bailly, et labbe de Saint-Estienne de Ken.[7] Et pour ce que au dit premier jour de Juillet The castle and keep surrender.

churchmen, burgesses, and others, without causing them to pay anything, and without taking anything from them of theirs at their departure; and so they left all the artillery, great and small, except bows, cross-bows, and hand-guns. And for the fulfilling of the things above said without fail, they surrendered eighteen hostages, that is to say, twelve of the city of London, English of England, two knights of Normandy, and four burgesses of the town.

113. And afterwards the said treaty was made, on the morrow of Saint John the Baptist, for the king of France by the said count of Dunois, the seneschal of Poitou, the lord Jehan Bureau, treasurer of France, and on the side of the English there was there, John Heriton [Richard Harington], bailly of Caen, Foucques Ethon and Robert Gaiges; and for the said town Eustace Cammet [Canperet], lieutenant of the said bailly, and the abbot of Saint-Stephen of Caen. And since on the said first day of July they

[1] *A*] En. C.
[2] *De la ville de*] Om. C.
[3] *Pour*] Depar. C.
[4] *Jehan . . . Ken*] Richart Harinton, bailli de Caen. C.
[5] *Ytasse Cammet*] Eustache Canperet. C.
[6] *Du*] Du dit. C.
[7] *Ken*] Caen. C.

ne furent point secourus, les Engles rendirent la dicte ville; et apporta les clefz du dit dongon, chastel et ville le bailly dessus dit, qui saillit par la porte dicellui dongon, et lors les bailla au dit connestable de France,[1] en la presence du conte de Dunois, lieutenant general, au quel incontinent le dit connestable les livra, comme capitaine et gouverneur de la dicte ville et chastel pour le roy; et demoura aux champs pour faire widier[2] les dits Anglois et leur faire tenir leur chemin droit a Carentain.[3]

114. Et au plus tot le dit conte du Dunois, acompaigne du dit mareschal de Chaloignes,[4] et devant lui ij. C. archiers a piet, et a plus pres de lui le trompette et herauls du roy de Franche devant, et apres lui au plus pres iij. escuiers descurie,[5] qui portoient les banieres du

---

were not succoured, the English surrendered the said town, and the bailly abovesaid carried the keys of the said keep, castle, and town, who came out by the gate of the said keep, and then delivered them to the constable of France, in the presence of the earl of Dunois, lieutenant-general, to whom the said constable immediately gave them up, as being captain and governor of the said town and castle for the king; and he remained in the country to cause the removal of the said English, and to make them keep the direct road to Carentan [Etréham, which is a seaport, three leagues from the said town].

114. And immediately the said count of Dunois, accompanied by the said marshal of Jalognes, preceded by two hundred archers on foot, and close by him the trumpeter and the heralds of the king of France before him, and after him, close by, three esquires of the royal horse, who car-

---

[1] *Ville . . . France*] Ville celui jour. Et en porta les clefs, par le danjon le dit bailli, qui les mist en la main du connestable de France. C.

[2] *Widier*] Viuder. C.

[3] *Carentain*] Relstrechau (?) qui est port de mer, a trois lieues de la dicte ville. C.

[4] *Chaloignes*] Jalongnes. C.

[5] *Descurie*] Descurie du roy. C.

roy de France,[1] et apres les dits banieres cent hommes darmes a piet, entra par le dit dongon en la dicte ville.[2]

115. Le vj. jour ensievant ou dit mois de Juillet[3] se partit le roy de France de la ville et[4] abbaye Dardanne pour entrier en sa dicte ville de Ken.[5] Et estoient en sa compaignie le dit roy de Sezille, le duc de Calabre son filz, le duc Dallenchon,[6] les contes du Maine, de Dunois, de Nevers, Deu, de Saint-Pol et de Tancarville, les mareschaulx de Loheac et de Jaloignes,[7] le seigneurs de Raix[8] et de Coitivy, admiral de France,[9] et pluseurs aultres grans seigneurs, chevaliers et escuiers. Et avoit ij. c. archiers devant lui, et derriere cent lanches. Charles enters Caen.

---

ried the banners of the king of France, and after the said banners a hundred men-at-arms upon foot, entered by the said keep into the said town. And he caused the said banners to be placed upon the said keep and upon the gates of the said town.

115. On the sixth [eighth] day following of the said month of July the king of France set out from the said abbey of Ardenne to enter into his said town of Caen. And there were in his company the said king of Sicily, the duke of Calabria, his son, the duke of Alençon, the counts of Maine, Dunois, Nevers, Eu, Saint-Pol and Tancarville, the marshals of Loheac and Jaloignes, the lords of Raix and Coitivy, admiral of France, the lord of Villequier, and many other great lords, knights, and esquires. And he had two hundred archers before him, and behind him one hundred lances.

---

[1] *Du roy de France*] Om. C.

[2] *Donjon . . . ville*] Danjon dedens la dicte ville. Et fist mettre les dictes bannieres sur la dit danjon et sur les portes de la dicte ville. C.

[3] *Le vj. . . . Juillet*] Le viij. jour du dit mois ensuivant. C.

[4] *Ville et*] Dicte. C.

[5] *Ken*] Caen. C.

[6] *Dallenchon*] Dalenczon. C.

[7] *Jaloignes*] Jalongnes. C.

[8] *Raix*] Rays. C.

[9] *France*] France, le sire de Villequier, et. C.

116. Les bourgois de la dicte ville et grant multitude daultres gens vindrent aux champs dehors la dicte ville avec le dit conte de Dunois au devant du roy, lui presenter les clefz et luy faire la reverence, le quel les receut benignement. Et pareillement y vindrent les gens deglise, revestus,[1] a grant procession, ainsy quil est acoustume de faire. Et ainsy entra en la dicte ville, et a lentree porterent le chief[2] sur lui quatre gentilz hommes, chevaliers et escuiers de[3] la dicte ville. Les rues de la dicte ville[4] estoient toutes couvertes et tendues a chiel,[5] et grant multitude de peuple criant "Noel."

LE SIEGE DE FALAISE.

Siege of Falaise.

117. CE jour fust mis le siege[6] devant Faloize, et y fust primier le bailly de Berry, nomme Pothon de Saint-

---

116. The burgesses of the said town and a great multitude of other people came into the fields outside the said town with the said count of Dunois to meet the king, to present the keys to him and do him reverence, and he received them kindly. And in like manner there came there the ecclesiastics, revested, in a great procession, as it is customary to do. And so he entered into the said town, and as he entered the canopy was carried over him by four gentlemen, knights and esquires of the said town. The streets of the said town where he passed were entirely covered and hung with canopies, and there was a great multitude of the people crying "Noel."

OF THE SIEGE OF FALAISE.

117. This day the siege of Falaise was begun on all sides, and the first person who was there was the bailly of

---

[1] *Revestus*] Om. C.

[2] *Le chief*] Ung ciel. C.

[3] *De*] Demourans en. C.

[4] *Rues . . . ville*] Rues par ou il passoit. C.

[5] *Chiel*] Ciel. C.

[6] *Siege*] siege de tous costes devant Falaise. C.

raille;[1] et le Joeudi y[2] arriva sire Jehan Bureau, tresorier de France, avec lartillerie et les frans archiers. Ceulx de la dicte place saillirent dessus et les assaillirent tres aprement; mais ilz furent reboutez jusques aux portes de la dicte ville. Et se gouverna tres grandement le dit bailly et le dit tresorier, car le dit bailly vint au secours de la dicte artillerie.

118. Le roy se partit le viij. jour de la dicte ville de Ken,[3] et alla au giste au ung villaige nomme Saint-Salucque;[4] et le lendemain sen vint logier devers Argentin a une lieue pres du dit Faloize,[5] en une abbaye nommee Saint-Amire.[6] Et la furent logies avec lui le roy de Sezille, et le duc de Calabre, son filz,[7] les contes Dhumainne,[8] de Saint Pol et de Tancarville, le

---

Berry, named Pothon de Saintraille; and on the Thursday after arrived there sire Jehan Bureau, treasurer of France, with the artillery and the free archers. The inhabitants of the said place sallied out and attacked them very boldly; but they were driven back to the gates of the said town. And the said bailly and the said treasurer behaved themselves very well, for the said bailly came for the management of the said artillery.

118. The king set out on the eighth day from the said town of Caen, and slept at a village named Saint-Salucque [Saint-Severin], and on the next day he went to lodge on the side towards Argentan, within a league of the said Faloise, in an abbey named Saint-Amire [Saint-André]. And there were lodged with him the king of Sicily and the duke of Calabria, his son, the counts of Maine, Saint-Pol and Tancarville, the viscount of Limoge

---

[1] *Saintraille*] Santrailles. C.
[2] *Et le Joeudi y*] Puis y. C.
[3] *Ken*] Caen. C.
[4] *Salucque*] Severin. C.
[5] *Logier . . . Faloize*] Logier pres du dit lieu de Falaise du coste devers Argenten. C.
[6] *Amire*] Andre. C.
[7] *Son filz*] Om. C.
[8] *Dhumainne*] Du Maine. C.

viconte de Limoge,[1] et pluseurs aultrez. Et le duc Dallenchon fut logie a Saincte-Marguerite, a demie lieue pres de la dicte abbaye du coste devers Paris. En ung lieu on dit le Guibray fut logie le dit conte de Dunois. De devers Mainne,[2] au droit de la porte, pres du chastel, furent logies le seigneur de Beauvau, celui de Beauvois, Jehan monseigneur de Lorraine, et le dit bailly de Berry. De laultre coste, devers Ken,[3] furent logies les contes de Nevers et Deu, le seigneur de Culant, grant maistre dostel, le seigneur Dorval, celui de Blainville, cellui de Montenay, et pluseurs aultrez. Et en une abbaye au dessubz de Guibray estoient logies ij. M. frans archiers; et pres du dit seigneur de Dunois estoit logies le seigneur de la Forest, gouverneur de gens du conte Dhumaine.[4]

[Limaigne and Ferri, the lord of Lorraine], and many others. And the duke of Alençon was lodged at Sainte-Marguerite, within half a league of the same abbey on the side towards Paris. And in a place called Guibray was lodged the said count of Dunois. Towards Maine, on the right of the gate, near the castle, were lodged the lord of Beauvau, the lord of Beauvois, John lord of Lorraine, and the said bailly of Berry. On the other side towards Caen were lodged the counts of Nevers and Eu, the lord of Culant, great master of the household, the lord of Orval, the lord of Blainville, the lord of Montenay, and many others. And in an abbey beneath Guibray were lodged two thousand free archers; and near the said lord of Dunois was lodged the lord De La Forest, leader of the troops of the count of Maine.

---

[1] *Limoge*] Limaigne et Ferri, monseigneur de Loraine. C.

[2] *Mainne*] Le Maine. C.

[3] *Ken*] Caen. C.

[4] *Dhumaine*] De conte du Main. C.

LE SIEGE DE CHIERBOURG.

119. EN ce temps le dit connestable de France et le conte de Clermont, en leurs compaignies le conte de Laval, le seigneur de Loheac, mareschal de France,[1] son frere, le seigneurs de Raix[2] et de Cotevy, admiral de France, le seigneur de Mongacon, le mareschal de Jaloignes,[3] le seneschal de Poitou, le seigneur de Montauben,[4] le seigneur de Touteville,[5] le seneschal de Bourbon,[6] le seigneur de Moy en Beauvoisis,[7] messire Jeffroy de Couvren,[8] Pierre Louvain, Robert Comgant,[9] les gens du seigneur de Saint-Seure, et deux mil frans archiers, mistrent le siege devant Cheirbourg.[10] Cherbourg besieged.

OF THE SIEGE OF CHERBOURG.

119. At this time the said constable of France and the count of Clermont, accompanied by the count of Laval, the lord of Loheac, marshal of France, his brother, the lords of Raix and Cotevy, admiral of France, the lord of Montgacon, the marshal of Jalognes, the seneschal of Poitou, the lord of Montauben, marshal of Bretaigne, the lord d'Estouteville, the seneschal of Bourbon, the lord of Moy in the Beauvoisis, messire Jeffroy de Couvren, Pierre Louvaine, Robert Comgant [Comergant], the soldiers of the lord of Saint-Severe, and two thousand free archers, laid siege to Cherbourg, which is the strongest place in Normandy, situated upon the sea, where they were for a long time.

---

[1] *Mareschal de France*] Om. C.
[2] *Raix*] Rays. C.
[3] *Jaloignes*] Jalongnes. C.
[4] *Montauben*] Montauban, mareschal de Bretaigne. C.
[5] *De Toutevile*] Destouteville. C.
[6] *Bourbon*] Bourbonnois. C.
[7] *Moy en Beauvoisis*] Mouy. C.
[8] *Jeffroy de Couvren*] Geffroy de Couurant. C.
[9] *Comgant*] Comergant. C.
[10] *Chierbourg*] Chierbourg, qui est la plus forte place de Normandie, assise sur la mer ; lesquelz y furent longuement. C.

Falaise capitulates.

120. Et le xj. jour de Juillet feirent les dits Anglois de Faloize[1] le traitie avec le conte de Dunois par commandement et ordonnance du roy, que ou cas quilz ne seroient secourus dedens le xxj. jour du dit mois, ilz renderoient la dicte ville et chastel de Faloize,[2] et le laisseroient en lobeissance du roy de France; pourveu que leur maistre, seigneur, et capitaine de la dicte place, pour le roy Dengleterre, le seigneur de Thallebot,[3] (lequel estoit prisonnier du roy de France[4] au chastel de Dreux,) seroit delivre en sa liberte et francise, avec aultrez certaines promesses que le dit seigneur de Thallebot[5] debvoit faire au roy, seroit delivre.[6] Et delivreroient les dits Anglois au dit jour la dite place de Faloize.[7] Et furent faictes trefves ce dit jour dune part et daultre jusques au jour de

---

120. And on the eleventh day of July the said English of Falaise made the treaty with the count of Dunois, by the commandment and direction of the king, viz., that in case they should not be succoured by the twenty-first day of the said month, they would surrender the said town and castle of Falaise, and would leave it in the possession of the king of France; provided that their master, the lord and captain of the said place for the king of England, lord Talbot (who was prisoner to the king of France in the castle of Dreux), should be delivered to his liberty and freedom, with other certain promises, which the said lord Talbot should make to the king. And the said English upon the said day delivered the said place of Falaise. And upon the same day a truce was made upon the one part and the other until the day of

---

[1] *De Faloize*] Om. C.
[2] *Faloize*] Falaise. C.
[3] *Thallebot*] Talbot. C.
[4] *Du roy de France*] Om. C.
[5] *Thallebot*] Talbot. C.
[6] *Seroit delivre*] Om. C.
[7] *Faloize*] Falaise. C

la rendicion. Et pour la dicte rendicion baillerent xij. ostaiges.

LE SIEGE DE DOMFRONT.

121. LE xiij.[1] jour de Juillet fust mis le siege devant la ville et chastel de Denfront[2] par messire Charles de Culant, grant maistre dostel, le seigneur de Blainville et pluseurs aultrez chevaliers et escuiers. Et gouvernoit lartillerie sire Jehan Bureau, tresorier de France, et trois mil et cincq cens[3] frans archiers. Domfront besieged.

122. Et le Mardi,[4] xxj. jour du mois dessus dit, se rendirent la ville et chastel de Faloize. Et sen allerent les Anglois qui dedens estoient, leurs corps et leurs biens saufz, en Engleterre, qui estoient trois mil et v. c.[5] combatans, les plus vaillans gens et mieulx en point qui fussent en la duchie de Normendie des gens de Falaise surrenders.

---

surrender. And for the said surrender they delivered twelve hostages.

OF THE SIEGE OF DOMFRONT.

121. On the thirteenth [seventeenth] day of July siege was laid to the town and castle of Domfront by lord Charles de Culant, great master of the household, the lord of Blainville, and many other knights and esquires. And sire Jehan Bureau, treasurer of France, commanded the artillery, and three thousand five hundred [fifteen hundred] free archers.

122. And on the Tuesday [Wednesday], the twenty-first day of the said month, the town and castle of Falaise surrendered. And the English who were within departed, their lives and goods being spared, into England, they being three thousand [one thousand] five hundred fighting-men, the most valiant troops and the best appointed soldiers of their nation within the duchy of Normandy. And their

---

[1] *xiij.*] xvij. C.
[2] *Denfront*] Donfront. C.
[3] *Trois mil et cincq cens.*] xv. c. C.
[4] *Mardi*] Mercredi. C.
[5] *Trois mil et v.* c.] Mil et cinq cens. C.

leur nation. Et en estoient conduisseurs Andre Troflot[1] et Thomas Ethon, soubz le dit seigneur de Thallebot. le quel en estoit seigneur de la dicte place de Faloize[2] du don du roy Dengleterre. Et fut rendue la place par la maniere cy dessus escripte.[3] Et demoura capitaine du dit Faloize pour le roy Pothon de Saint-Raille,[4] grant escuier descurie du roy et bailly de Bourges.[5]

LA DECES DU DIT FRANCZOIS DE BRETAIGNE, QUI FUT LE xxviij. JOUR DE JUILLET, LAN MIL iiij. C. L. EN LOSTEL DE PLAISANCE PRES VENNES.[6]

Death of François duke of Bretagne.

123. EN ce temps morust de maladie messire Franchois[7] duc de Bretaigne, nepveu et homme[8] du roy de

---

leaders were Andre Troflot [Troslot] and Thomas Ethon, under the said lord Talbot, who was lord of the said fort of Falaise by the gift of the king of England. And the place was surrendered in the manner above written. And Pothon de Saintrailles continued captain of the said Falaise for the king; he was great esquire of the king's horse, and bailly of Bourges [Berry].

OF THE DEATH OF THE SAID FRANCIS OF BRETAGNE, WHICH HAPPENED ON THE TWENTY-EIGHTH DAY OF JULY, IN THE YEAR ONE THOUSAND FOUR HUNDRED AND FIFTY, IN THE HÔTEL DE PLAISANCE, NEAR VANNES.

123. At this time died by disease lord François duke of Bretagne, nephew and vassal of the king of France, son

---

[1] *Troflot*] Troslot. C.

[2] *De la . . . Faloize*] Om. C.

[3] *La maniere cy dessus escripte*] La composition et maniere dessus dicte. C.

[4] *Saint Raille*] Santrailles. C.

[5] *Bourges*] Berri. C.

[6] *La . . . Vennes*] This title is taken from C.

[7] *Franchois*] Franczois. C.

[8] *Et homme*] Om. C.

France,[1] dont fut moult grant dommaige. Car il estoit notable prince et josne homme et vaillant.[2]

DONFRONT RENDU PAR COMPOSITION.

124. Le ij. jour Daoust ensuivant se rendirent la ville et chastel de Denfrong;[3] et sen allerent les Anglois qui dedens estoient, lesquelz estoient nombrez de vij. a viij. c.[4]

Domfront surrenders.

LA COMPOSITION DE CHIERBOURG.

125. Le siege estant devant Chierbourc se gouvernerent grandement et honnourablement les Franchois qui devant estoient, les quelz y[5] feirent de grans approches,

Cherbourg capitulates.

---

of Johanne, his eldest sister; which was a very great misfortune. For he was a noble prince, and still a young man, brave and wise.

DOMFRONT IS SURRENDERED BY TREATY.

124. On the second day of August following, the town and castle of Domfront surrendered; and the English who were within it departed, who were of the number of from seven to eight hundred, their lives and goods being saved.

OF THE SURRENDER OF CHERBOURG.

125. During the siege of Cherbourg the French who were before it conducted themselves bravely and honourably; they made great approaches towards it, and battered

---

[1] *France*] France, filz de Johanne, sa seur aisnee. C.

[2] *Vaillant*] Vaillant de son corps, et encore jeune homme et sage. C.

[3] *Denfrong*] Donfront. C.

[4] *viij. c.*] viij. c., leurs corps et bien saufs. C.

[5] *Estoient. les quelz y*] Estoient et y firent vaillamment leur debvoir. Car ilz. C.

et feirent battre la dicte ville de canons et bombardes moult merveilleusement, et le plus soutiuement[1] que oncques homme veist; et y eult trois bombardes[2] et ung canon. Et la fust tue messire Pierre de Cotivi,[3] admiral de France, que fust ung tres grant exces et grief[4] dommaige. Car il estoit ung des vaillans chevaliers et bien renommez qui fust au royaume de France, et si estoit de bon aaige et competent. Et pareillement y fust tuez Tudual le Bourgois, escuier, bailly de Troies, qui estoit vaillant homme de son corps a piet et a cheval, et bien congnoissant la subtilite[5] de la guerre.

126. Il y eult de moult belles armes faictes devant la dicte ville de Chierebourch, tellement que Thomas Gouel, Anglois Dengleterre, rendit la dicte place,[6] dont il estoit capitaine, qui est la plus forte place de la duchie de Normendie,[7] parmy que on lui delivreroit ung sien filz,

---

the said town with cannons and bombards right marvellously, and as skilfully as was ever seen. And there burst there three bombards and one cannon. And there was killed messire Pierre [Prignet] de Cotivi, admiral of France, which was a very great and heavy loss. For he was one of the most valiant knights, and the most renowned, within the kingdom of France, and he was of good age and able. And there was also slain there Tudual le Bourgois, esquire, bailly of Troyes, who was a valiant man in action, both on foot and on horseback, and well understood the art of war.

126. Many good exploits of arms were done before the said town of Cherbourg, so much so that Thomas Gouel, an Englishman of England, surrendered the said town and castle, of which he was captain, which is the strongest place in the duchy of Normandy, provided that his son

---

[1] *Soutiuement*] Subtillement. C.

[2] *Bombardes*] Bombardes rompues. C.

[3] *Pierre de Cotivi*] Prignet de Coetivi, chevalier, seigneur de Rays, etc. C.

[4] *Exces et grief*] Excessif et grant dommage. C.

[5] *Subtilite*] So C.; salle A.

[6] *Place*] ville et chastel. C.

[7] *Qui . . . Normendie*] Om. C.

le quel estoit ostagier pour sa part de largent qui estoit deu au roy de France et a ceulx de Rouen pour la composition qui avoit este faicte par le dit conte de Sombreseth,[1] gouverneur de Normendie, lui estant au dit Rouen. Le dit Thomas Gouel, deliverant son filz franc et quitte, rendit le chastel et ville de Chierbourch,[2] le xij. jour du mois Daoust ou dit an mil iiij. c. et cincquante. Et sen allerent les dis Anglois qui dedens estoient en Engleterre[3] par mer, lesquelz estoient mil bons[4] combatans. Et en fut fait capitaine depar le roy de France apres la mort du seigneur de Cotivi,[5] le seigneur de Bueil, atout iiij^{xx}. lanches et les archiers, le quel avoit este fait[6] admiral de Franche

---

were delivered to him, he being a hostage for his part of the money due to the king of France and the inhabitants of Rouen for the convention that had been made by the said earl of Somerset, governor of Normandy, when he was in Rouen aforesaid. The said Thomas Gouel, his son being given up to him free and discharged, surrendered the castle and town of Cherbourg on the twelfth day of the month of August, in the said year one thousand four hundred and fifty. And the said English who were within went by sea into England, their lives and goods being saved, they being one thousand good fighting-men. And the lord de Bueil was made captain of it for the king of France, after the death of the lord of Raix and Coetivi, (who in his lifetime was captain of Granville; and after his death its captain was Jehan, lord of Lorraine, with fifty lances,) with fourscore lances and the archers, who had been created admiral of France.

---

[1] *Par le . . . Sombreseth*] Le duc de Sombresset. C.

[2] *Chierbourch*] Chierbourg icelui Thomas Gouel. C.

[3] *Engleterre*] Angleterre, leurs corps et biens saufs. C.

[4] *Bons*] Om. C.

[5] *Cotivi*] Apres la mort du dit sire de Rays et de Coetivi, qui en son vivant estoit cappitaine de Grantville, dont fut capitaine apres sa mort Jehan monseigneur de Lorraine, atout cinquante lances. C.

[6] *Fait*] Fait de nouvel.

Conclusion.

General summary of the narrative.

127. Et ainsy fut toute la duchie de Normendie conquise, et toutes les cites, villes et chasteaux dicelle mise[1] en lobeissance du roy de France en ung an et vj. jours; qui est une moult grant marveille. Et pert bien que notre Seigneur Dieu[2] y ostendit sa grace, car jamais si graut pays ne fust conquis en si peu de temps, ne a mains doccision de peuple, ne a mains de dommaige, qui est une grant vertu, honneur et loenge au roy de France, aux princes et aux seigneurs dessus nommez, qui lont acompaigne au commenchement[3] de la dicte duche recouvrez.[4] Et Dieu tout primierement qui y monstra ses miracles,[5] et le temps qui le devoit ainsy, car ce fust lannee du grant pardon general de Romme, que on appelle lan de Jubilee.

The Conclusion.

127. And thus the whole duchy of Normandy was conquered, and all the cities, towns, and castles thereof brought in subjection to the king of France within one year and six days; which is a very wonderful thing. And it plainly appears that our Lord God therein manifested His grace, for never was so large a country conquered in so short a time, nor with the loss of so few people, nor with less injury, which is a great merit, honour and praise to the king of France, to the princes and lords above named, who accompanied him from the beginning of the recovery of the said duchy. And principally and chiefly glory, thanks, and praise to God, who therein exhibited His marvels, and also the time in which it occurred, for it was the year of the general pardon of Rome, which is called the year of Jubilee.

---

[1] *Mise*] Mises. C.

[2] *Dieu*] Om. C.

[3] *Commenchement*] Recouvrement. C.

[4] *Recouvrez*] Om. C.

[5] *Et Dieu . . . miracles*] En principal et primierement gloire, grace et louenge a Dieu, que y a moustre ses merveilles. C.

128. Ce dit pays de Normendie a six journees de long et quatre de large, et y a six eveschies et ung archevesque;[1] et cent villes,[2] que villes que chasteaux, sans ceulx qui ont estes abatus et desmolus par la guerre.

LORDONNANCE DU ROY ET SON PARLEMENT DE NORMENDIE.

[129. Apres ce fait ordonna le roy vj. c. lances et les archiers, lesquelz il laissa ou dit duchie pour la garde dicelui. Et envoia les aultres gens de guerre en Guienne. Puis se partit pour y aler; et suiva en sa cite de Tours ou mois de Septembre prochain ensuivant.[3]] The troops proceed to Guienne.

130. Qui vouldroit faire mencion de tous les vaillans hommes et des vaillances qui ont este faites durant le

---

128. The said country of Normandy is six days' journeys long and four in breadth; it has six bishopricks and one archbishop, that is to say, Séez, Avranches, Coutances, Bayeux, Lisieux, Evreux, and Rouen which is an archbishoprick; and there are also one hundred fortresses, as well towns as castles, exclusive of those which have been overthrown and demolished by the war.

THE ORDINANCE OF THE KING AND HIS PARLIAMENT FOR NORMANDY.

[129. After this was done the king appointed six hundred lances and the archers, whom he left in the said duchy for its protection. And he sent the other troops into Guienne. Afterwards he set out to go there, and he followed them to his city of Tours in the month of September next following.]

130. If one wished to make mention of all the valliant men and of the valliant actions during the recovery of the

---

[1] *Archevesque*] Arceveschie; cest assavoir, Sees, Avrenches, Coustances, Bayeulx, Lisieux, Evreux, et Rouen, qui est arceveschie, et y a aussi. C.

[2] *Villes*] Places. C.

[3] *Apres . . . ensuivant*] This passage is derived from C.

recouvrement de ceste dicte duche de Normendie, seroit trop longue chose a escripre. Mais neantmains fault il aucunnement faire memoire pour ceulx qui ou temps advenir porroient veoir et lire la fachon et maniere de la recouvrance dicelle duche.

The king's troops.

131. Premierement, le roy de France avoit mis a son armee et a sa guerre si bonne ordonnance[1] en ses gens darmes que cestoit une belle chose. Cest assavoir, il fist mettre tous ses gens darmes et de traict en bons et seurs habillemens; les hommes darmes montez chacun de trois chevaulx, pour lui, son paige et son varlet; tous armez de cuirasses, harnas de jambes, sallades et espees, toutes[2] garnies dargent, et lanches, qui portoient les paiges de chacun. Le dit varlet estoit armez de[3] brigandines, jacques ou haubergon et hache ou guisarme. Et chacun des dits hommes darmes pour lanche,[4] deux

---

said duchy of Normandy, the matter would be too long to write. Nevertheless, it is fitting to make some mention of them, for the sake of those persons who in the time to come may see and read the mode and manner of the recovery of the said duchy.

131. In the first place the king of France had brought his army and troops into such good order in regard to his men-at-arms that it was an excellent thing. That is to say, all his men-at-arms and archers were well and safely clad; the men-at-arms were provided each with three horses, one for himself, one for his page, and one for his servant; all were armed in cuirasses and armour for the legs, they had helmets and swords, all garnished with silver, and lances, which the pages of each carried. The said servants was armed with a helmet, brigandine, jack or haubergon, and an ax or bill. And each of the said men at arms had for his lance two mounted archers,

---

[1] *Ordonnance*] Ordre. C.
[2] *Toutes*] Om. C.
[3] *De*] De salade. C.
[4] *Lanche*] Sa lance. C.

archiers a cheval, armez le plus de brigandines, de harnois de jambe et sallade, dont pluseurs estoient garnies dargent; et du mains[1] avoient tous jacques ou bons haubergons. Et estoient tous les dits gens darmes et de trait a piet[2] payes et gaiges tous les mois, sans quilz osassent,[3] durant la dicte guerre de Normendie, prendre nulles gens prisonniers ne renchonner cheval ne aultre beste, quelle que elle fust, poze ores que les dits gens fussent en lobeissance des dits Anglois, ne les vivres[4] en quelques lieux[5] que ce fust, sans payer, si non sur les dits Anglois et des gens tenant leur parti, qui estoient trouvez faisant guerre,[6] lesquelz ilz pouvoient prendre licitement, et leur estoit permis, et non aultrement.

132. La dicte guerre durant se gouverna grandement, vaillamment, et honnourablement[7] le dit monseigneur le **Chief personages in the war.**

---

armed for the most part with brigandines, armour for the legs, and helmet, many of which were ornamented with silver; and at the least all of them had jacks or good haubergons. And all the said men at arms and the archers on foot were paid and had their wages once a month; besides which they were allowed, during the said war of Normandy, to take prisoners, and to ransom horses or any other cattle whatsoever, provided that at the time the said persons were on the side of the said English. But they might not take victuals of any kind without paying for them, in any place whatsoever, excepting from the English aforesaid and those persons who were on their side, who were found making war and in arms. These they might lawfully take prisoners, and this they were permitted to do, and not otherwise.

132. During the said war the following personages conducted themselves with dignity, bravery, and honour, viz.,

---

[1] *Mains*] Moins. C.

[2] *A piet*] Om. C.

[3] *Osassent*] Aient este se osses ne si hardiz. C.

[4] *En . . . ne les vivres*] Demourans en. C.; ne mesmement les vivres sans paier. C.

[5] *Lieux*] Maniere. C.

[6] *Guerre*] Guerre et en armes. C.

[7] *Et honourablement*] Om. C.

conte de Dunois, lieutenant general du roy. Si feirent pareillement les contes de Clermont, de Nevers, Deu, de Chastres [1] et de Saint-Pol; le seigneur de Culant, grant maistre dostel, le seigneur Dorval, le seigneur de Blainville, le seigneur Destouteville, le mareschal de Jaloignes,[2] le seneschal de Poitou, Jehan monseigneur de Lorraine, le seigneur de Beauvau, le seigneur de Bueil, le seigneur de Beauvois, le seigneur de Moy en Beauvoisin,[3] Pothon seigneur de Saintraille,[4] bailly de Berry, Robert de Flocqes, dit Flocquet, bailly Devreux, Pierre Louvain, et Robert Conigam,[5] et pluseurs aultres grans seigneurs, chevaliers et escuiers, qui tous grandement et notablement[6] se gouvernerent, a grans travaulx, misaises,[7] paines et perilz de leurs corps.

Artillery. 133. Pareillement la provision que le roy avoit mise

---

the said lord the count of Dunois, the king's lieutenant-general; and so did likewise the counts of Clermont, Nevers, Eu, Chastres, and Saint-Pol; the lord of Culant, grand master of the household, the lord of Orval, the lord of Blainville, the lord d'Estouteville, the marshal of Jalognes, the seneschal of Poitou, Jehan lord of Lorraine, the lord of Beauvau, the lord of Bueil, the lord of Beauvois, the lord of Moy in the Beauvoisin, Pothon lord of Saintraille, the bailly of Berry, Robert de Flocques, surnamed Flocquet, bailly of Evreux, Pierre Louvain, and Robert Conigam, [Comergan], and many other great lords, knights, and esquires, all of whom conducted themselves with credit and renown, to their great personal labour, danger, inconvenience, and peril.

133. In like manner [great was] the provision which

---

[1] *Chastres*] Castres. C.

[2] *Jaloignes*] Jalongnes. C.

[3] *En Beauvoisin*] Om. C.

[4] *Pothon seigneur de Saintraille*] Poton de Santrailles. C.

[5] *Conigam*] Comergan. C.

[6] *Notablement*] Honourablement. C.

[7] *Travaulx, misaises*] Travaulx, dangiers, mesaiges. C.

au fait de son artillerie, pour le fait de sa guerre, il y avoit si grant nombre de grosses bombardes, de gros canons, veuglaires, de serpentines, de crapaudeaux,[1] de ribaudequines et de coulleverines, que nest memoire de homme qui voye jamais a roy Christien si grant artillerie, ne si bien garnie de poudres, manteaulx, et de toutes aultrez choses pour approchier et prendre chasteaulx et villes, grant foison [de][2] charroy a les mener, et meneurs, lesquelz estoient payes de jour en jour. Et si furent gouverneurs et les conduisseurs,[3] dicelle artillerie sire Jehan Bureau, tresorier de France,[4] et Jaspart Bureau, son frere, maistre de la dicte artillerie; lesquelz durant la dicte guerre eurent de grans perilz et paines. Cestoit marveillouse[5] chose a veoir les bolvars, les aprochemens, fossez, trenchis et minnes que les dits faisoient faire devant tous les chasteaux et villes qui furent assegies durant icelle

the king had made with reference to his artillery in the business of the war; he had such a great number of large bombards, large cannon, fowlers, serpentines, "crapaudines," ribaudequines and culverins, that no one can remember any Christian king ever having such great artillery, nor of one so well furnished with powder, shields, and all other necessaries for approaching and taking castles and towns, a large supply of carriages for conveying them, and miners, who were paid from day to day. And of this artillery the leaders and managers were sir Jehan Bureau, treasurer of France, and Jaspart Bureau, his brother, master of the said artillery, who during the said war underwent great perils and pains. It was a wonderful thing to see the bulwarks, approaches, ditches, trenches, and mines which these said persons made before all the castles and towns which were besieged

[1] *Crapaudeaux*] Crapaudines. C.
[2] *De*] Supplied from C.
[3] *Les conduisseurs*] Om. C.
[4] *Tresorier de France*] Om. C.
[5] *Marveillouse*] C.; A. reads "marveille."

guerre. Car en verite, il ny avoit place[1] qui neust este prinse dassault par vaillance et soutieute[2] des gens de guerre qui estoient la. Mais tousjours les dits places, quant elles estoient approchees et prestes a prendre et a assaillir, le roy de sa benignite vouloit que on les presist par composition, pour eviter a leffusion du sang et a la destruction du pays et du peuple qui estoit enclos es dictes fortresses.

Clemency of Charles.

Conquest of Lower Normandy.

134. A la conqueste de la Basse Normendie, dont estoit chief[3] le dit duc de Bretaigne, traveillerent et penerent grandement icellui duc, tant quil vescuit, en especial le conte de Richemont[4] son oncle, connestable de France, et le dit feu Pierre de Cotivi, que Dieu absoille, et tous aultres qui a la dicte conqueste trespasserent, le quel en son vivant estoit seigneur de Raix,[5] de Cotivi, et admiral de France. Ilz traveillerent aussi moult le

---

during this war. For in truth there was no place which surrendered which could not have been taken by assault by the valour and skill of the troops who were there. But always when the said places were approached and ready to be taken and assaulted, the king out of his benignity wished that they should be taken by surrender, so as to avoid the shedding of blood and the destruction of the country and the people who were enclosed within the said fortresses.

134. At the conquest of Lower Normandy, (at which the duke of Bretagne was the chief,) the said duke, as long as he lived, laboured and wrought greatly, and especially the count of Richmont, his uncle, constable of France, and the said late Pierre de Cotivi, whom God pardon! (and all others who died in the said conquest) who, in his lifetime was lord of Raix, of Cotivi, and admiral of France. These also laboured much; the count of Laval, the lord

---

[1] *Place*] Place rendue. C.
[2] *Soutieute*] Subtillite. C.
[3] *Chief*] Chief en son vivant. C.
[4] *Richemont*] Clermont, le connestable de France, oncle du dit duc, le dit Prigent de Cotivi. C.
[5] *Raix*] Rays. C.

conte de Laval, le seigneur de Loheac, mareschal de France, le seigneur de Montauben, mareschal de Bretaigne, messire Geffroy de Couuren,[1] Jamet de Tilly,[2] bailly de Vermendois. Et sy fist le dit Tudual le Bourgois, tant quil vesquit, et lors estoit bailly de Troies, pour entretenir le fait[3] de la guerre, tant sur le fait de la justice que sur le fait des finanches. Et pour conseiller loyalment lentretenement des gens darmes et recouvrement de la dit ducie, sy gouvernerent et labourerent grandement le seigneur de Traisnel, chancellier de France, le seigneur de Gaucourt, le bailly de Lyon, sire Jacques Cuer,[4] conseilleur du roy, le quel fist et trouva les manieres et soutilletez a luy possibles davoir finances et argent toutes pars[5] pour entretenir la dicte armee et soudoyer les gens de guerre, dont il fallut sans nombre. Et aussy feirent sire Jehan

---

of Loheac, marshal of France, the lord of Montauben, marshal of Bretagne, messire Geffroy de Couuren [Couurant], Jamet de Tilly, bailly of Vermendois. And so also did Tudual le Bourgois, as long as he was alive, who at that time was bailly of Troyes, in order to support the business and the charge of the war, as well in the matter of justice as in that of the finances. And in giving faithful counsel in the support of the men-at-arms and in the recovery of the said duchy, these persons carried themselves well and laboured greatly, namely, the lord of Trainel, chancellor of France, the lord of Gaucourt, the bailly of Lyons, sir Jacques Cueur, the king's councillor, who provided and discovered such ways and means as he best could for the provision of finances and money from all quarters for the support of the said army and for paying the soldiers, of which a countless number was necessary.

---

[1] *Couuren*] Couurant. C.
[2] *Tilly*] Tillay. C.
[3] *Fait*] Fait et charge. C.
[4] *Cuer*] Cueur. C.
[5] *Toutes pars*] De toutes pais. C.

Hardouin et messire Jehan de Bar, a qui fut grant honneur, et a tous les aultres qui y eurent paine et travail. Ausquelz[1] Dieu doint Paradis se ilz sont mors, et aux vivans se en vie en y a longuement vivre. AMEN.

CHY FINE LE LIVRE DU RECOUVREMENT DE LA DUCHE DE NORMENDIE, ET DUNE PARTIE DE GUYENNE, FAIT[2] PAR BERRY, HERAULT DU ROY, NOTRE SEIGNEUR, ESLEU A ROY DARMES DES FRANCHOIS.

And the like did sire Jehan Hardouin and messire Jehan de Bar, who had great honour, and all the others who therein took great pains and labour. To them may God, of his pleasure, grant a long life, a happy death, and the joys of Paradise.

HERE ENDS THE BOOK OF THE RECOVERY OF THE DUCHY OF NORMANDY, AND OF A PART OF GUIENNE, MADE AND COMPILED BY BERRY, THE HERALD OF THE KING, OUR LORD, ELECTED TO BE KING-AT-ARMS OF THE FRENCH.

---

[1] *Ausquelz*] Ausquelz Dieu doint, par son plaisir, longuement vivre et bien mourir. AMEN. C.

[2] *Fait*] Fait et compille. C.

NEGOTIATIONS

BETWEEN THE

AMBASSADORS OF FRANCE AND ENGLAND

A.D. M.CCCC.XLIX.

NEGOTIATIONS BETWEEN THE AMBASSADORS OF FRANCE AND ENGLAND IN A.D. 1449.

A.D. 1449. June 20.

ACTE DELIVRE PAR DEUX NOTAIRES AU SIRE DE CULANT ET A GUILLAUME COUSINOT, AMBASSADEURS DE FRANCE, DE CE QUI SE PASSA ENTRE EUX ET LES AMBASSADEURS DANGLETERRE, AU PORT S. OUEN LE XX. JUIN, M.CCCC.XLIX.

The French ambassadors are provided with powers from Charles VII.

In nomine Domini, Amen. Per hoc præsens publicum instrumentum cunctis pateat evidenter et sit notum quod anno ejusdem Domini m.cccc.xlix., die vero xv. mensis Junii, Indictione xii., pontificatus sanctissimi in Christo patris et domini nostri, domini Nicolai divina providentia Papæ V. anno tertio, in nostrum notariorum publicorum et testium infrascriptorum præsentia, præpotens et magnificus dominus Carolus, dominus de Culant, miles, cambellanus, et generosus ac venerandæ circumspectionis vir, magister Guillelmus Cousinot, præsidens Delphinatus, consiliarii, ambassiatores, et commissiarii serenissimi et Christianissimi principis Karoli, Dei gratia Francorum regis, auctoritateque et potestate ipsius quoad infrascripta peragenda muniti, prout in litteris ipsius domini nostri regis plenius continetur, quarum quidem litterarum tenor sequitur:—

POUVOIR DONNE PAR LE ROY CHARLES VII. A SES AMBASSADEURS.

Charles, par la grace de Dieu, roy de France, a tous ceux qui ces presentes lettres verront, salut.

[TRANSLATION.]

POWER GRANTED BY KING CHARLES VII. TO HIS AMBASSADORS.

Charles, by the grace of God, king of France, to all persons who shall see these present letters, greeting.

A.D. 1449. June 28.

Savoir faisons que, pour le desir que avons au bien de paix, principalement pour honneur et reverence de Dieu notre Createur, et les biens qui puent ensuir de ladite matiere, eviter aussi leffusion du sang humain Chrestien, et autres inconveniens qui souventes fois adviennent de guerre, ensemble que serions bien joyeux que les matieres se peussent bien entretenir et conduire en tous termes raisonnables et honnorables, tant en ce qui touche le fait des treves, que les autres appointemens fais entre nous et nostre beau nepveu Dangleterre; confians des sens, prudence, loyaulte, prudhommie, bonne diligence et experience de nos amez et feaulx conseillers, le sire de Culant, notre chambellan, et maistre Guillaume Cousinot, maistre des requestes de notre hostel, iceux avons fais, ordonnez, commis, et deputez, faisons, ordonnons, commettons, et deputons par ces presentes, nos certains ambaxeurs, comissaires, et messaigiers especiaux, pour aller et eux representer a Evreux, Louviers, et par tout ailleurs ou bon leur semblera, soit en nostre parti et obeissance, ou en celle de nostre dit nepveu, et ilec besogner a une fois ou plusieurs, sur toutes les choses mouvans et deppendans du fait

---

[Translation.]

We make known to you that, for the desire which we have for the blessing of peace, chiefly out of honour and reverence for God our Creator, andthe advantages which may follow from the said matter, to avoid also the shedding of the blood of Christian men and the other mischiefs which oftentimes arise from war, besides that we should be exceedingly joyful if matters could be so well managed and conducted in all terms reasonable and honourable, as well in matters touching the affair of the truce as the other arrangements made between us and our good nephew of England; confiding in the good sense, prudence, honour, honesty, good diligence, and experience of our beloved and faithful councillors, the lord of Culant, our chamberlain, and master Guillaume Cousinot, master of requests of our household, we have made, appointed, commissioned, and deputed them, and do make, appoint, commission, and depute them by these presents to be our assured ambassadors, commissioners, and especial messengers, to go and present themselves at Evreux, Louviers, and all other places where they shall think good, whether within the parts holding with us and in obedience to us, or in those of our said nephew, and there to take in charge for once, or oftener, all the matters proceeding from and dependent upon the business of the said desdites matieres; et leur avons en outre donne et donnons pouvoir, auctorite, et mandement especial, de et sur toutes les choses dessusdites, et tous cas advenus depuis le commencement desdites treves, dune part et dautre, et toutes autres choses mouvans et deppendans de ladite matiere appointer, decider, transiger, pacifier, accorder, composer, conclure, et determiner, ainsi que bon leur semblera et quils verront estre plus expedient et convenable au bien des matieres, et sur toutes lesdites choses et autres quelconques mouvans et deppendans dicelles faire telles requestes, sommations, offres, et protestations des delinquans, punitions, et requisitions, selon lexigence des cas et la teneur des treves; et aux parties querellans et complaignans adjudications et autres appointemens, soient par voye daccord, jugement, ou autrement, qui leur sembleront estre raisonnables, et autres appartenances; et lesquelles choses qui ainsi par les dessusdits seront faites, accordees, appointees, decidees, transigees, pacifiees, composees, conclues, determinees, requises, sommees, offertes, et protestees touchant les choses dessusdites et chacune dicelles, nous voulons estre valables et avoir sortir leur plain effet, sans que dicelles, en chose ou pourroit cheoir appellation, puisse estre

A.D. 1449. June 28.

[TRANSLATION.]

matters. And we have, moreover, given them, and do give them, power, authority, and especial command to arrange, decide, transact, pacify, agree, compound, conclude, and determine in and upon all the matters abovesaid, and on all cases which have arisen since the beginning of the said truce, on the one part or the other, and all things moving and depending upon the said matter, as to them shall seem good, and as they shall see to be most expedient and convenient for the good of affairs; and in all the said matters and others whatsoever moving and depending upon the same, to make such requests, demands, offers, and protestations concerning delinquents, punishments, and requisitions, according to the exigency of the case and the tenor of the truce, and adjudications and other arrangements to the parties appealing and complaining (whether it be by way of accord, judgment, or otherwise), as to them shall seem reasonable, and other things thereunto belonging. And it is our pleasure that the things which by the abovesaid persons shall be thus done, agreed to, decided, transacted, pacified, arranged, concluded, determined, required, cited, offered, and protested touching the things abovesaid, and each of them, shall be valid, and shall obtain their full effect, so that no matter in the same in which an appeal might

A.D. 1449. June 28. appelle ne reclame en aucune maniere; promettans en outre toutes icelles choses dessus declarees avoir agreables et les confermer, ratiffier et approuver par nos lettres patentes, toutes et quantes fois que requis en serons.

Si donnons en mandement a noz amez et feaux conseillers, les gens tenans nostre parlement, aux conservateurs desdites treves de nostre part, et a tous nos autres justiciers et officiers, ou a leurs lieutenans, et a chacun deux si comme a lui appartiendra, que tout ce que par nos dits conseillers, ambaxeurs, et commissaires aura este fait, appoinctie, ordonne, sentencie, accorde, et enconvenancie touchant les choses dessusdites, ils gardent, entretiennent, et observent, et facent garder, entretenir, et observer de point en point; et a iceux nos commissaires et a leurs dits appointemens, ordonnances, sentences, accords, et convenances obeir par tous ceux, et ainsi quil appartiendra, sans aucunement aller ou venir, ne souffrir estre fait, alle ou venu a lencontre; ainçois se aucune chose estoit faite au contraire le facent incontinent reparer et mettre au premier estat et deu.

En tesmoing de ce nous avons fait mettre nostre seel a ces presentes.

[Translation.]

lie shall there be any manner of appeal or challenge; promising, moreover, to agree to and confirm, ratify and approve by our letters patent all these things above declared as often as we shall be required so to do.

Wherefore we give it in commandment to our beloved and faithful councillors, the members of our parliament, the conservators of the said truce upon our part, and to all our other justices and officers, or their lieutenants, and to each of them as to him shall belong, that they keep, preserve, and observe, and cause to be kept, preserved, and observed from point to point, everything that by our said councillors, ambassadors, and commissioners shall have been arranged, appointed, adjudged, granted, and covenanted touching the things abovesaid; and that they obey in all these points our said commissioners and their said arrangements, ordonnances, sentences, grants, and covenants, and as it is fitting they should; without in any wise opposing or gainsaying them, or permitting them to be opposed or gainsaid. But if anything be done in opposition, they shall cause it immediately to be repaired and restored to its first and proper condition.

In witness whereof we have caused our seal to be affixed to these presents.

Donne a Razille, le xxvii. jour de Mai, lan de grace m.cccc.xlix., et de nostre regne le xxvii. A.D. 1449. June 28.

Sic signatum super plicam.

Par le roy, les sires de Fayette, de Pressigny, et de Blainville, et plusieurs autres presens.

E. Chevalier.

Dated at Razillé, the xxvii. day of May, in the year of grace m.cccc.xlix., and in the xxvii. year of our reign.

By the king, the lords of Fayette, Pressigny, and Blainville, and many other persons being present.

E. Chevalier.

In villa de Locoveris, Ebroicensis diocesis, se præsentaverunt, dixeruntque et nobis notariis asseruerunt, quod insequendo contenta in certis litteris missoriis per præfatum serenissimum principem regem Franciæ domino duci de Somerset, locum tenenti generali citra mare illustrissimi ac potentissimi principis Henrici, Dei gratia Angliæ regis, transmissis; quarum quidem litterarum dicti domini ambassiatores et commissarii nobis notariis copiam ostenderunt et tradiderunt, asserentes esse veram copiam ipsarum litterarum, sub hac forma:— They come to Louviers,

Lettres de Charles VII. au Duc de Sommerset.

Charles, par la grace de Dieu roy de France.

Haut et puissant, tres chier cousin, nous avons receu les lettres que par maistre Guillaume Cousinot et Pierre de Fontevil, nos conseillers et ambaxeurs escriptes nous avez; et aussi celles que maistre Jehan Lenfant et Jehan Hannefort, chevalier, conseillers de nostre beau nepveu Dangleterre et vos ambaxeurs, nous ont presentees de par vous; ensemble oy where they produced the letters of Charles VII. to the duke of Somerset.

[Translation.]

Letters of Charles VII. to the Duke of Sommerset.

Charles, by the grace of God king of France.

High and powerful, and my very dear cousin. We have received the letters which you have written to us by master Guillaume Cousinot and Pierre de Fontevil, our councillors and ambassadors; and also those which master Jehan l'Enfant and Jehan Hannefort, knight, the councillors of our fair nephew of England, and your ambassadors, have been presented to us upon

A.D. 1449. June 28.

ce que par iceux vos ambaxeurs nous a este dit et expose de vostre part; ausquelles choses leur avons fait reponse, que toujours vouldrions tout debvoir estre fait de nostre part; ne, comme povez avoir cogneu, nest aucun inconvenient en nostre defaut advenu ou faut des treves. Mais besogner presentement ez autres attemptaz, et laissier le fait de Fougieres derriere, qui est si grant et si enorme et si directement contre la teneur desdites treves, est chose bien clere que ce feroit petitement pourveu en lentretenement dicelles.

Vous cognoissez le cas tel quil est, et les inconveniens qui par faute de reparacion en puent ensuivir; vous etes celui qui avez la charge et lieutenance-generale de par notre beau nepveu Dangleterre deca la mer, et a qui on doibt avoir recours, et etes tenu de donner provision quand tel cas adviennent, et ainsi nous a-t-il este fait scavoir de bouche et par escript par deux fois par nostre dit nepveu. Vous scavez ce que la treve porte, et cognoissez ce qui est a faire par raison touchant ladite matiere. Vos dits ambaxeurs nous ont dit que vous avez entier vouloir et bon au bien de paix et a lentre-

[TRANSLATION.]

your part; at the same time we have given heed to what has been said and shown to us upon your part by your said ambassadors; in which matters we have given our answer to them:—that it was always our wish fully to discharge our duty on our side, nor (as you must have known) has any infringement happened or occurred in the matter of the truce by fault of us. But, to confine ourselves at present to the other attacks, and to leave the affair of Fougières out of the question (which is so great, so enormous, and so directly contrary to the letter of the said truce), it is a matter perfectly clear that very scanty provision is made for the preservation of the same.

How the matter stands you know well, and the mischief which by neglect of reparation may ensue therefrom; you are he who had the charge and the office of lieutenant-general on the part of our good nephew of England on this side of the sea, and to whom reference ought to be made, and thereto you are bound to give heed when such cases shall arise, and thus much we have been given to understand, verbally and by writing, upon two occasions by our said nephew. You know what the truce says, and you know what reason requires should be done touching the said matter. Your said ambassadors have told us that you have an entire good-will for the blessing of tenement desdites treves. Nostre entencion est de envoier bref aucuns des gens de nostre conseil a Louviers ou a Evreux. Ils verront quel debvoir et quelle reparacion auront este fais par effet touchant ladite matiere, et faite de votre part ce quil appartient; de la nostre sera tellement fait, au plaisir de Dieu, que chacun pourra cognoistre que nous avons entier et bon vouloir au bien de paix et a lentretenement des dites treves. A.D. 1449. June 28.

Donne a Razille, le xiii. jour de Mai. Signe dessoubz, Charles.

Et avoit escript dessus: A hault et puissant, nostre tres chier et puissant cousin, le duc de Sommerset.

[TRANSLATION.]

peace and the preservation of the said truce. Our intention is speedily to send some of the members of our council to Louviers or Evreux. They will see what effort and what reparation have been already done touching the said matter and deed upon your part, as is due; upon our part we shall so act, with God's permission, that every one shall know that we have a real good will for the blessing of peace and the preservation of the said truce.

Dated at Razillé, xiii. May.

To the high and powerful, our very dear cousin, the duke of Somerset.

A herald sent to the duke of Somerset.

Ipsi idem domini ambassiatores et commissarii in dicta villa de Locoveriis venerant, illucque nomine dicti Francorum regis, sui principis, se repræsentabant prompti et parati de sua parte adimplere contenta in litteris præscriptis; proviso quod ita factum sit ex parte dicti domini ducis de Somerset nomine quo supra. Et ut de his rebus dictus dominus dux de Somerset notitiam haberet, post præinsertarum litterarum ostentionem prædicti domini ambassiatores et commissarii statim tradiderunt cuidam heraldo armorum, nuncupato Mayne, ibidem præsenti, quasdam litteras ex parte ipsorum dicto domino duci de Somerset dirigendas; quas quidem litteras dictus heraldus recepit, et de ipsis præfato domino de Somerset in societate duorum prosequentium, videlicet Villebon et Nogent, portandas, in nostrum notariorum et testium subscriptorum præsentia onus suscepit. Quarum quidem litterarum tenor sequitur:—

A.D. 1449. June 28.

LETTRE DES AMBASSADEURS FRANCOIS AU DUC DE SOMMERSET.

with this letter.

Hault et puissant prince, tres redoubte seigneur, nous nous recommandons a votre bonne grace tant humblement que nous pouvons.

En ensuivant ce que le roy, notre souverain seigneur, vous escrivit derrainement par Mayne le herault, au partement de maistre Jehan Lenfant et messire Jehan Hanneford, vos ambaxeurs, qui estoient venus devers lui, nous sommes venus en ceste ville de Louviers, prests de faire et accomplir, pour la part du roi, nostre dit seigneur, le contenu ez dites lettres; pourveu que de la vostre soit fait le semblable.

Si vous plaise, haut et puissant prince, tres-redoubte seigneur, nous faire scavoir par ledit Mayne, porteur de cestes, lequel envoyons devers vous pour ceste cause, vostre vouloir et entencion touchant ladite matiere; et nous prions le Benoit Fils de Dieu quil vous ait en sa saincte et benoiste garde.

Escript audit lieu de Louviers, ce Dimence, xv. de Juing.

Et in margine inferiori pro subscriptione: Vos humbles, le sire de Culant et G. Cousinot, ambaxeurs et commissaires du

---

[TRANSLATION.]

THE LETTER OF THE FRENCH AMBASSADORS TO THE DUKE OF SOMERSET.

High and powerful prince, our very dread lord, we recommend ourselves to your good grace as humbly as we can.

In the accomplishment of what the king our sovereign lord has written to you of late by Mayne the herald, at the departure of master Jehan l'Enfant and messire Jehan Hanneford, your ambassadors, who had come to him, we have arrived at this town of Louviers, ready to perform and accomplish, on the part of the king our said lord what is contained in the said letters, provided that upon your part the same be done in like manner.

Wherefore may it please you, high and powerful prince, very dread lord, to let us know by the said Mayne, the bearer of the presents, whom we send to you for this cause, your will and intention touching the said matter; and we pray the blessed Son of God to have you in His holy and blessed keeping.

Written at the said place of Louviers, this Sunday, xv. June.

Your humble servants, the lord of Culant and G. Cousinot,

roy de France nostre souverain seigneur, estants de present a Louviers. A.D. 1449. June 28.

Subscriptio autem dictarum litterarum talis est: A haut et puissant prince et tres-redoubte seigneur, monseigneur le duc de Somercet, lieutenant-general et gouverneur deça la mer pour la part du tres-haut, tres-puissant, et excellent prince le nepveu Dangleterre du roy, nostre souverain seigneur.

[TRANSLATION.]

ambassadors and commissioners of the king of France our sovereign lord at this time being at Louviers.

To the high and powerful prince and the very dread lord, my lord the duke of Somerset, lieutenant-general and governor on this side of the sea upon the part of the most high, most powerful, and excellent prince, the nephew of England of the king, our sovereign lord.

Acta fuerunt hæc in villa de Locoveris, in domo habitationis nobilis viri domini Johannis de Bressay, militis, capitanei dicti loci, sub anno, die, mense, indictione, et pontificatu prædictis; præsentibus ad hæc nobilibus viris Jacobo de Clermont, Petro le Boutillier, scutiferis, et Roberto le Gras, vicecomite Ebroicensi, testibus ad præmissa vocatis specialiter et rogatis.

The herald's report of his proceedings.

Anno vero, mense, indictione, et pontificatu prædictis, die xvi. dicti mensis Junii post horam vesperarum, præfatus Mayne le herault coram dictis dominis ambassiatoribus et commissariis comparuit, et eisdem retulit quod die præterita, xv. dictæ mensis, ab hac villa de Locoveris, cum duobus prosequentibus armorum prædictis (videlicet, Villebon et Nogent), recessit, et de sero Rothomagum applicuit, et die hodierna de mane litteras dictorum dominorum ambassiatorum et commissariorum domino duci de Somerset, in præsentia domini episcopi Abrincensis et cujusdam alterius episcopi, cujus nomen ignorabat, ac plurium aliorum nobilium virorum, præsentavit. Qui quidem dominus dux de Somerset easdem litteras recepit, aperuit, et perlegit; et ipsis perlectis ad partem se traxit cum nonnullis suis consiliariis, dicendo dicto Mayne quod modicum se traheret ad partem. Et post aliquod spatium temporis magister Johannes Lenfant, ejusdem domini ducis consiliarius, prout viget fama, venit ad dictum Mayne, et sibi dixit quod iret ad hospitium suum, et quod statim referret sibi respon-

A.D. 1449. June 28. sionem litterarum suarum. Qui quidem magister Johannes Lenfant postmodum venit ad hospitium dicti Mayne, et eidem tradidit litteras clausas sigillo rubeo desuper sigillatas, dictis dominis ambassiatoribus et commissariis dirigendas. Qui quidem Mayne ipsas litteras eisdem ambassiatoribus et commissariis in præsentia nostrum notariorum et testium subscriptorum præsentavit et tradidit. Quas quidem litteras dicti domini ambassiatores et commissarii receperunt, aperuerunt et legerunt, petentes a nobis notariis copiam dictarum litterarum eis per nos fieri et præsentibus inseri. Quarum quidem litterarum tenor sequitur :—

Reponse du Duc de Sommerset.

The answer of the duke of Somerset.

Le duc de Somerset, lieutenant-general et gouverneur de France et Normandie.

Tres-chiers et bons amis, nous avons receu lettres que par Mayne le herault, porteur de cestes, envoyez nous avez, escriptes le jour de hier a Louviers, contenant en effet, que ensuivant ce que tres-haut et tres-puissant prince, loncle du roi, mon souverain seigneur, nous escrivy derrainement par ledit Mayne au partement de maistre Jehan Lenfant et messire Jehan Hanneford, conceillers de mondit seigneur le roy, qui estoient allez depar nous pardevers le dit prince oncle, vous estes venus au dit lieu de Louviers, prests de faire et accomplir de la part du dit prince oncle le contenu ezdites lettres, pourveu que de la nostre soit fait le semblable;

[Translation.]

The Answer of the Duke of Somerset.

The duke of Somerset, lieutenant-general and governor of France and Normandy.

Very dear and good friends, we have received the letters which you have sent to us by Mayne the herald, the bearer of these presents, written yesterday at Louviers, to the effect that for the accomplishment of what the most high and powerful prince, the uncle of the king, my sovereign lord, had written to us of late by the said Mayne at the departure of master Jehan l'Enfant and messire Jehan Hanneford, councillors of my said lord the king, who had gone, upon our part, to the said prince uncle, you have arrived at the said place of Louviers, ready to perform and accomplish, upon the part of the said prince uncle, that which is contained in the said letters, provided that upon ours the like was done;

requerans que par ledit Mayne, que avez envoye devers nous pour la cause, vous facions scavoir nostre vouloir et entention touchant ladite matiere. A.D. 1449. June 28.

Tres-chiers et bons amis, au regard de vostre venue en ces marches, nous sommes bien contens. Mais vous scavez que depuis la date des lettres dudit prince oncle et lexpedition de nos dits ambaxeurs, est entrevenu lattemptat et prinse du Pont-de-Larche, auquel lieu eussions peu envoier de present aucunes gens pour communiquer et besoigner avec vous, ainsi que scavez que lestoit le lieu prins et accepte de la part de mon dit seigneur le roy, et par le dit prince oncle consenti, pour la convencion du traitie de paix dentre les deux princes. Et non pourtant, nous sommes contens de ordonner gens; cest assavoir, lesdits maistre Jehan Lenfant et messire Jehan Hanneford, pour communiquer et besogner avec vous et iceux envoier a Ellebeuf; et lors pourez ensemble dun commun assentement eslire et accepter lieu pour communiquer et besogner ez matieres qui seront ouvertes, si nous vueilliez certifier de vostre voulente sur ce. Tres-chiers et bons amis, nostre Seigneur vous ait en sa sainte garde.

[Translation.]

requiring that by the said Mayne, whom you have sent to us for this cause, we would let you know our will and intention touching the said matter.

Very dear and good friends, with regard to your coming into these marches, we are well pleased. But you know that since the date of the letters of the said prince uncle, and the despatch of our said ambassadors, the assault and capture of Pont-de-l'Arche has intervened, to which place we might send certain of our people at this time to communicate and treat with you, since you know that it was the place taken and accepted upon the part of my said lord the king, and agreed upon by the said prince uncle, for agreeing upon the treaty of peace between the two princes. And nevertheless we are willing to appoint certain persons, that is to say, the said master Jehan l'Enfant and messire Jehan Hanneford, to communicate and to discuss with you, and to send them to Elbœuf; and there you can together, with one common assent, chose and accept a place to communicate and discuss the matters which are opened. Wherefore we pray you to let us know your pleasure herein. Very dear and good friends, our Lord have you in His holy keeping.

A.D. 1449. June 28. Escript a Rouen, ce Lundi, xvi. jour de Juing. Ainsi signe, Somerset E. Au bas, J. Drosay.

Et en la superscription de dessus y avoit: A nos tres-chiers et bons amis, le sire de Culant et maistre Guillaume Cousinot, conseillers, ambaxadeurs, et commissaires de tres-haut et tres-puissant prince, loncle de France du roy, nostre souverain seigneur.

[TRANSLATION.]

Written at Rouen, this Monday, xvj. of June. Thus signed, Somerset, E. And below, J. Drosay.

To our very dear and good friends, the lord de Culant and master Guillaume Cousinot, councillors, ambassadors, and commissioners of the most high and very powerful prince, the uncle of France of the king, our most sovereign lord.

Acta fuerunt hæc in villa de Locoveris, videlicet, in vico ante domum habitationis domini Johannis de Bressay, militis, præsentibus nobilibus viris, Jacobo de Cleremont, Petro le Boutillier, scutiferis, necnon Roberto Breteau et Maturino Brisson, testibus ad præmissa vocatis et rogatis.

Proceedings of the French ambassadors hereupon.

Item, anno, mense, indictione, et pontificatu prædictis, die vero xvii. dicti mensis Junii, dicti domini ambassiatores et commissarii dixerunt et exposuerunt cuidam heraldo Anglico, cognominato Somerset, qualiter ipsi die hesterna receperant litteras domini ducis de Somerset narrativas litterarum per ipsos dominos ambassiatores et commissarios eidem domino duci per dictum Mayne le herault ultimate transmissarum et præsentatarum; cui quidem Somerset le herault dicti domini ambassiatores et commissarii tradiderunt litteras clausas dicto domino duci de Somerset ex parte ipsorum dominorum ambassiatorum et commissariorum dirigendas; eidem Somerset le herault exponendo in Gallico tenorem dictarum litterarum in effectu. Dicendo ulterius, quod pro responso prædictarum litterarum habendo mittebant cum ipso Somerset Villebon, prosequutorem armorum, versus dictum dominum ducem. Qui quidem Somerset heraldus dictas litteras recepit, et ipsas portandi onus in se sumpsit. Quarum litterarum, prius per nos notarios inspectarum et lectarum, tenor sequitur:—

Reponse des Ambassadeurs.

A.D. 1449. June 28.

The letter of the French ambassadors to the duke of Somerset.

Haut et puissant prince, tres-redoubte seigneur, nous nous recommendons a vostre bonne grace tant humblement que nous povons.

Nous avons receu les lettres que par Mayne le herault envoiees nous avez, escriptes a Rouen le jour de hier, xvi. de Juin, narratives de celles que par ledit Mayne vous avions envoyees, et en outre contenant que estiez bien content de nostre venue en ces marches; mais comme nous scavions depuis la date des lettres du roy, nostre souverain seigneur, a vous envoiees par ledit Mayne, dont est fait mention en nos dites premieres lettres, est entrevenu lattemptat et prinse du Pont-de-Larche, auquel lieu eussiez peu envoier de present aucunes gens pour communiquer ez besongnes avec nous, ainsi que scavions que cestoit le lieu prins et accepte de la part de tres hault et tres puissant et excellent prince le nepveu Dangleterre du roy, nostre dit souverain seigneur, et par icellui nostre souverain seigneur consenti pour la convencion du traictie de paix dentre iceux princes; et non pourtant estiez content de ordonner gens, cest assavoir,

---

[Translation.]

The Answer of the Ambassadors.

High and powerful prince, very dread lord, we recommend ourselves to your good grace as humbly as we can.

We have received the letters which you have sent us by Mayne the herald, written at Rouen, yesterday, xvj. June, reciting those which we had sent you by the said Mayne, and containing in addition that you were glad that we had come to these marches; but as we were aware that since the date of the letters of the said king, our sovereign lord, sent to you by the said Mayne (of which mention is made in our said first letters), the attack and capture of Pont-de-l'Arche has occurred, to which place you intended to have sent at this time some persons to communicate in the matter with us, since we knew that it was the place accepted and agreed upon on the part of the most high and most powerful and excellent prince, the nephew of England of the king, our said sovereign lord, and agreed to by our said sovereign lord for the meeting for treating upon peace between the two princes; that nevertheless you were willing to send certain persons there, that is

A.D. 1449. June 28. maistre Jehan Lenfant et messire Jehan Hanneford, conseillers de nostre dit prince, pour communiquer et besogner avec nous, et iceux envoier a Ellebœuf, et la pourrions ensemble dun commun assentement eslire et accepter lieu pour communiquer et besogner ez matieres qui y seroient ouvertes, et que sur ce vous vueillions certifier de nostre voulente.

Haut et puissant prince, tres-redoubte seigneur, au regard de ce que estes bien content de nostre venue en ces marches, nous vous en mercions; et aussi nous voudrions nous toujours emploier au bien de la chose publique, et serions bien joyeux que tout se conduisit bien. Quant a la prinse du Pont-de-Larche, et aussi de ce que dites que le roy, nostre dit souverain seigneur, avoit consenti que ce fust le lieu pour la part de vostre dit prince pour la convencion du traictie de paix entre iceux princes, le roy, nostre dit souverain seigneur, vous a sur ce fait assez ample reponse par les lettres quil vous a escriptes par Suffolk le herault, responsives a celles que ledit Suffolk lui avoit apportees de par vous, par quoy de present nous passons de y faire autre reponse. Mais en tant que vos dites lettres contiennent que nous scavons bien que ledit lieu du Pont-de-Larche estoit

---

[Translation.]

to say, master Jehan l'Enfant and messire Jehan Hanneford, councillors of our said prince, to communicate and treat with us, and to send them to Ellebœuf, and there we might together by one common assent chose and accept a place to communicate and treat in the matters which should be there opened; and that therefore it was your wish that we should certify you of our will.

High and powerful prince, most redoubted lord, in regard to your being well pleased at our coming into these marches, hereof we thank you; and in like manner would we always employ ourselves for the advantage of the public good, and very glad should we be if all end well. As to the capture of Pont-de-l'Arche, and also to your assertion that the king, our said sovereign lord, had consented that this should be the place chosen on the part of your said prince for meeting respecting a treaty of peace between those princes, the king, our said sovereign lord, has made hereto a sufficiently ample answer by the letters which he has written to you by Suffolk the herald, in answer to those which the said Suffolk conveyed to him from yourself. Wherefore at this time we refrain from making any other answer thereto. But inasmuch as you say in your said letters that we know well that the said prins et accepte de la part de vostre prince, et par le roy, nostredit souverain seigneur, consenti pour la convencion du traictie de paix, etc., en parlant sous correction et en tout honneur, nous ne somnes pas memoratifs qui ainsi ait este fait, ne nous trouvasmes jamais en lieu la ou la chose fust accordee ne consentie pour la part du roy, nostre dit souverain seigneur. A.D. 1449. June 28.

Touchant la venue desdits maistre Jehan Lenfant et messire Jehan de Hanneford audit lieu de Elbeuf pour communiquer et besongner avec nous, et aussi pour eslire et accepter le lieu dun commun assentement pour communiquer et besongner ez matieres qui seront ouvertes audit lieu de Ellebeuf, vous scavez, haut et puissant prince, tres-redoubte seigneur, comme le roy nostre souverain seigneur, par les lettres dont dessus est faite mencion, que Mayne le herault vous porta, disoit que son entencion estoit de envoier aucuns des gens de son conseil en ceste ville de Louviers, ou a Evreux, qui verroient quel debvoir et quelle reparation auroient este fais par effect du cas de Fougieres; ne nestoit pas dit que ce feust pour communiquer sur ces matieres, et mettre la chose en contens ou en debat, qui est clere et decidee par article de treve, comme de ce avez bien cog-

---

[TRANSLATION.]

place of Pont-de-l'Arche had been taken and accepted upon the part of your prince, and agreed to by the king, our said sovereign lord, for a meeting for the discussion of the peace, &c., speaking hereof under correction and in all honour, we do not remember that such was the case, nor were we ever present when the matter was agreed nor consented to on the part of the king, our said sovereign lord.

Touching the coming of the said master Jehan l'Enfant and messire Jehan de Hanneford to the said place of Elbœuf to communicate and confer with us, and also to select and accept a place by a common consent to communicate and discuss in the matters which shall be opened at the said place of Elbœuf, you know, high and powerful prince, most redoubted lord, that the king, our sovereign lord (by the letters of which mention is made above, which Mayne the herald brought you), said that it was his intention to send some of the members of his council to this town of Louviers, or to Evreux, who would see what due reparation ought to be made in consequence of the affair of Fougières; this was not said as if to discuss these matters, or to put the affair into controversy or dispute, it being clear and decided by an article in the truce, as hereof

A.D. 1449. June 28. noissance. Et en nous ayant icellui nostre souverain seigneur envoiez par deca, veu mesmes loffre que vous avons faite par nos autres lettres que le dit Mayne vous a portees, a quoi la reponse contenue ez vostres, considere ce que lesdites lettres que Mayne vous porta, et aussi celles que paravant il vous avoit presentees de par le roy, nostredit souverain seigneur, dont dessus est parle, contenoient, ne semblent pas bien soy y adapter ne estre suffisant assez. Peut Dieu et tout le monde cognoistre que icellui nostre souverain seignenr se est loyaulment acquitte et mis en tout debvoir de ce quil vous avoit escript.

Mais neantmoins, pour toujours mettre Dieu plus avant de la part du dit roy, nostredit souverain seigneur, nous sommes contens se lesdits Lenfant et Hanneford, ou autres de vostre part, peuvent venir a labbaye de Bonport, qui est lieu deglise, et bien convenable pour telles matieres, voir encore au Port-Saint-Ouen, Jeudi, a deux heures apres midi, nous trouver audit jour et lieu a ladite heure, et oirons tres voluntiers ce quils nous vouldront dire; et serions bien joyeulx que tout se portast bien; ne au roy, nostre dit souverain seigneur, ne a tenu ne ne tendra.

[Translation.]

you have a full knowledge. Since our said sovereign lord has herein sent us hither, considering also the offer which we have made you by our other letters conveyed to you by the said Mayne, the answer to which is contained in yours, considering what was contained in the said letters which Mayne has carried to you, and also those which he had previously presented to you from the king, our said sovereign lord, which have been already mentioned, they do nor seem to answer thereto nor to be a sufficient reply. Let God and all the world know that our said sovereign lord is honourably acquitted and has done his entire duty in what he has written to you.

Nevertheless, for the greater honour of God upon the part of the said king, our said sovereign lord, we are content if the said l'Enfant and Hanneford, or others upon your part, will come to the abbey of Bonport (which is a sacred place, and well adapted for such matters), or, again, at the Port-Saint-Ouen, upon Thursday, at two o'clock in the afternoon, to meet us at the said day and hour at the same place, and we will hear very willingly what they wish to say to us, and very glad shall we be if all passes well; nor has it been the fault of the king, our sovereign lord, nor shall it be.

Haut et puissant prince, tres-redoubte seigneur, plaise a vous faire scavoir vostre bonne vouloir et entencion sur ce, ensemble sil est chose a vous agreable que convenablement faire puissons, pour nous y emploier de tres-bon cueur au plaisir de nostre Seigneur, lequel nous prions quil vous ait en sa sainte et benoiste garde. A.D. 1449. June 28.

Escript a Louviers, le xvii. de Juin.

Et in margine inferiori, pro subscriptione: Vos tres-humbles le sire de Culant et Guillaume Cousinot, ambaxeurs et commissaires du roy de France, nostre souverain seigneur, estans de present a Louviers.

Supersubscriptio autem dictarum litterarum talis est: A haut et puissant prince, tres-redoubte seigneur, monsieur le duc de Somerset, lieutenant-general et gouverneur deca la mer pour la part de tres-haut, tres-puissant, et excellent prince, le nepveu Dangleterre du roy, nostre souverain seigneur.

[Translation.]

High and powerful prince, most dread lord, may it please you to let us know your good-will and intention in this matter, as also if there be anything agreeable to you which we can fittingly do, in order that we may employ ourselves therein, which we will do most willingly, with our Lord's permission, Whom we pray to keep you in His holy and blessed keeping.

Written at Louviers, xvii. June. Your most humble, the sire of Coulant, and G. Cousinot, ambassadors and commissioners of the king of France, our sovereign lord, they being at this time at Louviers.

To the high and powerful prince, the most dread lord, my lord the duke of Somerset, lieutenant-general and governor on this side the sea upon the part of the most high, most powerful, and excellent prince, the nephew of England of the king, our sovereign lord.

Acta fuerunt hæc in villa de Locoveris, in domo habitationis nobilis viri domini Johannis de Bressay, militis, videlicet, in camera dicti domini præsidentis, anno, die, mense, indictione, et pontificatu prædictis, præsentibus ad hæc Petro le Boutillier, scutifero, et Mayne le herault, testibus ad hoc vocatis.

A.D. 1449. June 28.

Villebon's narrative of his proceedings.

Anno, mense, indictione, et pontificatu prædictis, die xix. mensis Junii prædicti post meridiem, in præsentia nostrum notariorum et testium subscriptorum coram dictis dominis consiliariis, ambassiatoribus, et commissariis personaliter comparuit Villebon, prosequens armorum; qui retulit quod post præsentationem litterarum altera die Somerset heraldo Anglico traditarum domino duci de Somerset a parte dictorum dominorum ambassiatorum et commissariorum emanatarum, magister Johannes Lenfant ipsi Villebon prosequenti armorum notificavit quod idem Dominus dux de Somerset miserat ipsum magistrum Johannem Lenfant ad dandum dicto Villebon responsum hujusmodi litterarum. Et hac de causa die hesterna post prandium idem magister Johannes Lenfant mandavit pro dicto Villebon; qui quidem Villebon domum dicti Lenfant ilico adivit; et tunc idem magister Johannes Lenfant quasdam litteras dictis dominis ambassiatoribus et commissariis dirigendas tradidit, quas quidem litteras idem Villebon dictis dominis ambassiatoribus et commissariis in nostrum notariorum publicorum et testium subscriptorum præsentia tradidit, quibus per dictos dominos ambaxiatores et commissarios receptis et perlectis, easdem litteras notariis ad copiandum et transcribendum tradiderunt. Quarum quidem litterarum tenor sequitur:—

Lettre de Jehan Lenfant aux Ambassadeurs Francois au nom le Duc de Sommerset.

Lenfant's letter to the French ambassadors.

Tres-honnoures seigneurs, je me recommande a vous tant comme je puis; et vous plaise scavoir que apres ce que mon tres-redoubte seigneur, monsieur le gouvernant, a veu le contenu es lettres que escriptes lui avez par Sommerset le herault, contenant, entre aultres choses, que vous estiez contens de convenir et communiquer demain a deux heures apres midy

---

[Translation.]

Letter of Jehan l'Enfant to the French Ambassadors in the name of the Duke of Somerset.

Most honoured lords, I recommend myself to you as best I can; and may it please you to know that after my most dread lord, my lord the governor, had seen the contents of the letters which you have written to him by Somerset the herald, containing, among other things, that you would be willing to meet and confer together to-morrow at two o'clock at the a labbaye de Bonport, ou au Port-Saint-Ouen, avec tels quil plairoit a mondit seigneur y ordonner; il ma charge et commande vous escripre que Vandredy prochain entre huit et neuf heures du matin il envoiera audit Port-Saint-Ouen aucuns gens dont je croy que je feray lun. Si vous plaise y estre, car (Dieu aidant) vous y trouverez gens de par mon dit seigneur le gouvernant sans aucune faulte. Nostre Seigneur vous ait en sa saincte garde, qui vous doint bonne vie et longue. A.D. 1449. June 28.

Escript a Rouen, ce Merquedi, xviii. jour de Juing.

Subscriptio: Le tout vostre,
JEHAN LENFANT.

Superscriptio: A tres-honnoures seigneurs, monseigneur de Culant et monsieur le president de Daulphine.

[TRANSLATION.]

abbey of Bonport, or at the Port-Saint-Ouen, with such persons as it should please my said lord to appoint there;—he has charged and commanded me to write to you that on Friday next, between eight and nine o'clock in the morning, he will send to the said Port-Saint-Ouen certain persons, of whom I believe that I shall be one. May it please you to be there, for (with God's help) you will find there some personages on the part of my said lord the governor, without any fail. Our Lord have you in His holy keeping, Who give you good life and long.

Written at Rouen, this Wednesday, xviij. June.

Yours entirely,
JEHAN L'ENFANT.

To the right honourable lords, my lord of Culant and my lord the president of Dauphiné.

Dictis dominis consiliariis, ambaxiatoribus, et commissariis, pro responsione ad hujusmodi præinsertas litteras dicentibus, in nostrum notariorum et testium subscriptorum præsentia, verba in effectu sequentia:— Declaration made by the French ambassadors.

DECLARATION DES AMBASSADEURS FRANÇOIS.

Nostre entencion nest point pour allee ne assemblee que facions avec les Anglois audit lieu du Port-Saint-Ouen dentrer

A.D. 1449. June 28. en aucune communication pour faire contentieux le fait de Fougieres, ne le mettre en debat ou en question, ne les matieres cleres et decidees par articles de treves; mais comme bienvueillans des matieres et questions, bien joyeulx que tout se conduisist et portast bien. Aussi pour toujours mettre Dieu de la part du roy, et que chacun congnoisse que tout devoir procede de son coste, nous sommes prests et appareilles pour partir presentement et aller en la ville du Pont-de-Larche au giste, pour et affin que demain a leure contenue ez lettres devant dites nous soions au lieu du Pont Saint-Ouen, pour entretenement et effet des lettres dessus incorporees que derrainement avons envoiees a monsieur le duc de Sommerset par Sommercet le herault.

[Translation.]

The Declaration of the Ambassadors of France.

Our intention is not at the meeting or conference which we shall have with the English at the said place of Port-Saint-Ouen to enter into any communication which shall make the affair at Fougières a matter of dispute, or to put it in debate or question, nor the matters which are clear and decided by the articles of the truce; but as well-wishers to the matters and questions, being very happy if all be conducted and managed well. Also, in order that we should always have God on the king's part, and that every one should know that he, upon his side, does the utmost of his duty, we are ready and prepared to set out now and to go to the town of Pont-de-l'Arche to sleep, in order and for the purpose that to-morrow at the time mentioned in the letters beforesaid we should be at the place of Port-Saint-Ouen, for the preservation and purpose of the letters above incorporated, which of late we have sent to my lord the duke of Somerset by Somerset the herald.

Acta fuerunt hæc in villa de Locoveris, in domo habitationis domini Johannis de Bressay, militis, videlicet, in camera dicti domini præsidentis, anno, mense, die, indictione, et pontificatu prædictis, præsentibus ad hoc præfato domino Johanne de Bressay, milite, Roberto de Floques, scutifero, Baillivo Ebroicensi, Mayne le herault, et Maturino Brisson, testibus ad præmissa vocatis et specialiter rogatis.

CONFERENCE DU PORT S. OUEN.

A.D. 1449. June 28.

Conference at Pont-Saint-Ouen.

Anno, mense, indictione, et pontificatu prædictis, die vero xx. dicti mensis Junii, convenientibus et congregatis insimul in loco prædicto de Portu-Sancti-Audoeni, Rothomagensis diœcesis, præfatis dominis consiliariis, ambaxiatoribus, et commissariis dicti serenissimi principis, domini regis Franciæ ex una, et magistro Johanne Lenfant, præsidente scaccarii Rothomagensis, Thoma de Saincte-Barbe, Baillivo de Medunta, et magistro Johanne Cousin, ambassiatoribus et commissariis, ut asserebant, illustrissimi principis domini Henrici regis Angliæ, partibus, ex altera, in nostrorum notariorum et testium subscriptorum præsentia, ex parte dictorum ambaxiatorum et commissariorum dicti regis Angliæ eleganter fuit per organum dicti magistri Johannis Lenfant propositum.

DISCOURS DE JEHAN LENFANT.

Address of Jehan Lenfant.

Qualiter treugæ ab initio initæ fuerunt inter præfatos reges Franciæ et Angliæ sub spe pacis inter eos faciendæ et componendæ, et quod credebat ipsos principes semper habuisse bonam voluntatem ad prædictam materiam, et ut deducerentur ad finem optatum, piumque esset si nunc dicta materia caderet in rupturum, de qua ruptura possent oriri tanta inconvenientia; et quod dictus rex Angliæ et dictus dominus dux de Sommerset, locum tenens ipsius regis Angliæ et gubernans pro eo citra mare in partibus Franciæ et Normanniæ, habuerunt semper bonam voluntatem ad dictam materiam pacis, ad manutenentiam treugarum prædictarum; et quod in ultimo recessu a Rothomago dicti domini præsidentis Delphinatus et domini du Fontevil, ambaxiatorum et commissariorum dicti regis Franciæ ad præsentiam dicti domini ducis pro materia prædicta destinatorum, idem dux de Sommerset dictum magistrum Johannem Lenfant et dominum Joannem Hanneford, Anglicum, versus regem Franciæ pro materia prædicta transmiserat; et sciebant ipsi domini commissarii Francigeni quæ ibidem prædictis ambaxiatoribus Angligenis dicta fuerant pro expeditione ipsorum; et quod post plures altercationes quæ habitæ fuerant in materia attemptatorum, et tam de facto de Fougieres quam de aliis attemptatis, dictum fuit ipsis ambaxiatoribus Angligenis, et etiam scriptum domino duci de Sommerset, quod pro materia prædicta dictus rex Franciæ mitteret suos ambaxiatores Ebroicis, vel in Locoveris, qui visuri essent quæ reparatio et quod debitum facta essent pro parte dicti ducis de Sommerset in materia prædicta; videratque idem dominus dux litteras quas iidem domini commissarii Franci-

A.D. 1449. June 28,

geni ipsi domino duci post adventum in locis prædictis transmiserant, super quibus eis dederat responsum per litteras, ut ipsi sciebant; super quo responso pariter prædicti domini commissarii Francigeni iterato eidem domino duci alias litteras scripserant, pro responsione quarum, jussu ipsius domini ducis de Sommerset, idem magister Johannis Lenfant eisdem ambaxiatoribus Francigenis scripserat, sicut ipsi viderant; et imitando contenta in dictis litteris, ipsi tres ambaxiatores Angligeni superius nuncupati ad præfatum locum de Portu-Sancti-Audoeni applicuerant, datumque erat eis in mandatis ex parte ipsius domini ducis de Sommerset, dictis dominis ambaxiatoribus Francigenis explicare quod causa adventus ipsorum dominorum ambaxiatorum Anglicorum ad dictum locum de Portu-Sancti-Audoeni, in quo in hora designata dicti domini ambaxiatores debebant interesse, erat ad sciendum si dicti ambaxiatores Francigeni habebant voluntatem ad negotiandum et operandum in omnibus attemptatis et materiis trangentibus factum treugarum, et si habebant potestatem sufficientem ad hoc; et casu quod haberent prædictas voluntatem et potestatem, quod captaretur locus in quo possent convenire ad invicem aliqui de parte ipsorum, majoris status quam essent ipsi tres domini ambaxiatores Angligeni, una cum præscriptis dominis ambaxiatoribus Francigenis, ad latius et plenius communicandum in materia prædicta. Quibus sic prolatis per dictum magistrum Johannem Lenfant, ipsisque sub brevibus resumptis per dictos dominos ambaxiatores Francigenos, fuit in effectu per organum dicti domini præsidentis Delphinatus nomine dictorum ambaxiatorum Francigenorum dictum;—

Reponse de Guillaume Cousinot.

Cousinot's answer.

Quod verum erat treugas prædictas jam a longo tempore inter prædictos reges factas fuisse sub spe pacis inter ipsos fiendæ et ineundæ, et quod per dictum regem Franciæ non stetit nec tenuit quin dicta materia pervenerit ad bonam conclusionem; nam etsi jamque princeps posuerit se in debito et perquisiverat media licita pro pace habenda, potest quilibet cognoscere quod dictus rex Franciæ pro sua parte id bene fecit. Et quamquam a pluribus fuerit sibi memoratum et demonstratum quod treugæ prædictæ multis modis erant sibi nocivæ, nihilominus ob reverentiam Creatoris nostri, ad evitandum etiam effusionem sanguinis Christiani, pro bonis etiam speratis evenire in dicta materia pacis, evitandisque scandalis et inconvenientibus de facto guerræ procedere solitis, ad dictas treugas et earum prorogationem per certa tempora benigne se inclinavit et condescendit, de suique parte semper voluit et ordinavit quod bene observarentur et custodirentur absque infractione, sub confidentia quod ita fieri deberet de parte ipsius regis Angliæ. A.D. 1449. June 28.

Verumtamen est omnibus notum quomodo gentes et subditi dicti regis Angliæ plura attemptata et excessus contra dictas treugas fecerunt, fueruntque semper aggressores. Nam et ubi nulla erat mentio excessuum et attemptatorum, gentes armigeræ de loco et munitione Vernolii, sub obedientia, regimine, et de soldatu dicti regis Angliæ, venerunt insidiare itinera in obedientia dicti regis Franciæ, ut in nemore de Torso, in silva Aurelianensi, in bosco Sancti Martini, et in pluribus aliis locis; ibidemque deprædaverunt mercatores per viam transeuntes, commiserunt homicidia, et perpetraverunt plura alia mala. Et licet plures querimoniæ factæ fuerint gentibus consilii dicti regis Angliæ, qui habebant regimen et administrationem pro sua parte citra mare, de prædictis delictis, eisque ostensum fuerit, (per processus et depositiones aliquorum prædictorum malefactorum captorum et punitorum per justitiam propter sua demerita,) qui erant alii sui complices et fautores, nulla tamen de ipsis complicibus et fautoribus punitio facta est, unde pullularunt mala et augmentati sunt malefactores. Pariter etiam commissa fuerunt alia plurima homicidia et delicta per gentes obedientiæ dicti regis Angliæ, sicut dicitur de persona Roberti d'Oo, viri generosæ indolis et a prole baronum extracti, capti et occisi in suo fortalitio in obedientia dicti regis Franciæ, fuitque suum fortalitium captum et deprædatum, sicut tempore guerræ. Et similiter plura alia homicidia et delicta in diversis partibus obedientiæ dicti regis Franciæ facta fuerunt, quæ ad longum recitare nimis prolixum esset, sed tempore et loco, ac dum opus erit, latius declarabuntur. De quibus omnibus quamquam plures notitiæ pervenerint ad aures conservatorum aut deputatorum pro parte dicti regis Angliæ, nulla tamen reparatio facta esset, nec provisio data.

Et nedum habuerunt hæc locum super terram sed etiam supra mare; nam et primo Bremenses deprædarunt mercatores Francigenos supra mare, et habuerunt retractum, consilium, auxilium, et favorem in Angliæ; nec de hoc potuit haberi aliqua reparatio. Subsequenter gentes nationis Anglicanæ acceperunt naves et mercantias de villa de Dieppe, de villa de Rupella, de pluribusque aliis locis obedientiæ dicti regis Franciæ, ascendentes ad maximam summam pecuniarum. Et licet per informationes factas in Anglia jussu et auctoritate dicti regis Angliæ, saltem in pluribus, clare fuerit ostensum qui erant malefactores qui prædicta delicta commiserant,

A.D. 1449. June 28. attamen nulla restitutio damnorum nec punitio malefactorum factæ fuerunt.

Sed et ulterius semper augmentando excessus et attemptata ab eventu dicti domini ducis de Somerset citra mare; locus Sancti Jacobi de Bevron, situatus in marcheria fronteriarum, et qui est prætensus de obedientia dicti regis Franciæ, fuit noviter emparatus et fortificatus; fuerunt etiam duo fortalitia noviter constructa et ædificata in loco de Mortaing, qui pariter est locus fronteriarum. Et quamquam de prædictis plures requisitiones et sommationes factæ fuerint, tam ipsi domino duci de Sommerset quam in omnibus conventionibus tentis et factis inter mutuos ambaxiatores et commissarios prædictorum regum, idque notificatum fuerit dicto regi Angliæ, ut ipse provideret, et quod sperabat quod talis provisio per dictum dominum ducem in prædictis daretur, quod dictus rex Franciæ deberet contentari; nihilominus nulla in prædictis data est provisio. Sed mala malis accumulando, exposito ipsi regi Franciæ per Thomam de Louraille et magistrum Johannem Cousin, ambaxiatores dicti domini ducis de Sommerset, quod si omnia loca et omnes civitates, villæ, et castra dicti regis Franciæ essent aperta, habebant in mandatis a dicto domino duce ipsi regi Franciæ dicere quod poterat se tenere certum et securum, durantibus prædictis treugis, quod nulla caperentur per subditos obedientiæ dicti regis Angliæ; quasi post lapsum quinque aut sex dierum post prolationem dictorum verborum, dominus Franciscus Larragonois, miles, de obedientia dicti regis Angliæ, suus consiliarius et pensionarius, de suoque ordine seu insignio de la Garetiere, suus vassalus, et habens regimen et administrationem villarum, castrorum, et gentium sub dicto rege Angliæ, cepit, una cum suis complicibus, subditis et obedientibus dicti regis Angliæ, castrum et villam de Fougieres, subditam et obedientem dicto regi Franciæ, in sua treuga comprehensam, ipsumque locum detinuit et occupavit, detinetque et occupat; homines ipsius loci incarcerando, et ab eis finantiam exigendo, sicut tempore guerræ, bonaque eorum mobilia et immobilia capiendo, deprædando, detinendo, et sibi appropriando; appatizamenta in patria Britanniæ, subdita et obediente dicto regi Franciæ, in suaque treuga nominatim comprehensa, petendo et levando; cursas in prædicta patria faciendo, homines apprisonando, et ignem in pluribus locis ponendo, omniaque tempore guerræ consueta faciendo, in visu, scitu, et auditu dictorum regis Angliæ et ducis de Sommerset, et nullam reparationem de præmissis faciendo, nec signum aut apparentiam effectualiter demonstrando quod casus prædictus eis displiceret, vellentque cum effectu remedium apponere. Immo (ut omnibus notum est), bona deprædata in dicto loco de Fougieres et in pluribus aliis locis Britanniæ, prisionariique et animalia capta tam per dictum dominum Franciscum Larragonois et suos complices, quam per alios Anglicos de munitionibus Davranches, de Tombelaine, et de certis aliis locis et castris obedientiæ dicti regis Angliæ, adducta et apportata fuerunt in patria Normanniæ, sub obedientia ipsius regis Angliæ, ibidemque recepta, butinata, et divisa inter ipsos Anglicos, quemadmodum solitum est fieri tempore guerræ; omneque consilium, auxilium et juvamen data fuerunt ipsi Larragonois et suis complicibus existentibus in loca de Fougieres, tam in gentibus, victualibus, artilleriis, quam omnibus aliis modis possibilibus per gentes obedientiæ dicti regis Angliæ. Quæ omnia clare demonstrant quod omnia ibidem facta per dictum Larragonois procedunt de consensu, saltem tacito, attenta permissione et gratificatione prædictis, quæ comparantur mandato dicti domini ducis de Sommerset, maxime cum hæc omnia facta sint per gentes quæ sunt sub suis gubernamento, regimine, et administratione, poteratque providere, et habuit tempus conveniens ad id faciendum, et tamen nihil fecit, nec aliquod signum velle facere ostendit, quamquam ipse sciat tenorem treugarum et quid in hac parte fieri debet. A.D. 1449. June 28.

Et nunc redeundo ad materiam subjectam: licet pluribus magnatibus et proceribus regni videretur, attentis præmissis, et etiam requestis factis per dominum ducem Brittaniæ, subditum et obedientem dicti regis Franciæ, in suasque treugas nominatim comprehensum cum tota patria sua habitantibusque in ea, videlicet, ut consideratis forfactis per Anglicos contra subditos Brittaniæ, defectu reparationis et provisionis decentis pro parte ipsorum Anglicorum, placeret dicto regi Franciæ se declarare et movere guerram apertam contra ipsos Anglicos, nihilominus hoc minime commotus est; sed ad plus se ponendum in suo debito, et ut Deus et universus populus cognosceret bonam voluntatem quam habebat ad factum pacis, et ut materiæ possent deduci ad bonam conclusionem, se condescendit mittere aliquos de suo magno consilio ad prædicta loca de Ebroicis, vel Locoveris, qui visuri essent quale debitum et qualis reparatio effectualiter facta essent de prædicto casu de Fougieres aliisque forfactis prædictis. Sciebat enim dictus dominus dux de Sommerset quid continebant treugæ, et quid in hac parte fiendum esset; facto ex sui parte id quod decebat, pro parte dicti regis Franciæ fieret omne debitum. Et imitando prædicta miserat prædictus rex Franciæ prædictos dominos de Culant et præsidentem, suos consiliarios et ambaxiatores, ad prædicta loca de Ebroicis et de Locoveris ad videndum quæ acta essent

A.D. 1449. June 28. in rebus superius dictis; qui domini ambaxiatores Francigeni, ut dicebant, nihil adhuc viderant, nec ad notitiam ipsorum perventum erat, de dicta reparatione effectuali forfactorum præscriptorum. Et sic omnibus clare notescere poterat quod dictus rex Franciæ bene compleverat et se acquitaverat de his quæ scripserat dicto domino duci de Sommerset per Mayne le herault in recessu magistri Johannis Lenfant et domini Johannis Hanneford, superius nominatorum, a præsentia dicti regis Franciæ, et de his quæ dicta fuerant verbo tenus ipsis Lenfant et Hanneford ex parte dicti regis Franciæ in recessu eorum ab eo, nec pro quacunque re possibili evenire opus aliquod rationabiliter poterat sibi impingi seu imputari.

Verum tamen, ut liquidius quilibet cognoscat quod pro parte regis Franciæ non stat quin omnia bene se habeant, et evitentur omnia scandala, declaraverunt ipsi domini ambaxiatores Francigeni, quod si plane et libere ac recto pede dictus dux de Sommerset, vel ambaxiatores et commissarii dicti regis Angliæ vellent ambulare in materia prædicta, pro parte ipsius regis Franciæ pariter sciret et ipsis ambaxiatoribus Angligenis, tunc dixerunt præfati ambaxiatores Francigeni talia verba in effectu: "Vos scitis casum commissum in loco de Fougieres "prænominato, et alia forfacta tam in Britannia quam in "aliis locis obedientiæ prædicti regis Franciæ; scitis etiam "quid continent treugæ et quid fieri debet in hac parte. Id "quod clarum est et decisum per articulum treugarum non "debet poni in controversia seu debato, nec opus est captare "aliam conventionem pro litigando seu communicando in ista "materia et facere contentiosum illud quod clarum est; quia "si ita fuerit, nunquam haberetur finis, et crescerent mala in "dies. Sed vobis offerimus quod impleatis id quod portant "et continent treugæ, et pertinet ad manutenentiam ipsarum. "et pro parte dicti regis Franciæ, supremi domini nostri, "nos habemus bonam voluntatem et bonam potestatem, et "faciemus omne debitum et id quod juris erit;"—exhibitionem tunc faciendo de dicta eorum potestate, quæ, ut nobis constitit, erat juxta tenorem insertionis ejusdem superius.

Replique de Jean Lenfant.

Lenfant's reply. Ad quæ quidem verba præfatus magister Johannes Lenfant, post communicationem habitam cum suis coambaxiatoribus, dixit talia verba in effectu:—

Recitare omnia forfacta ab utraque parte ab initio treugarum huc usque esset valde prolongum et prolixum. Vos, domini ambaxiatores Francigeni, dicitis nos esse aggressores, et nos dicimus contrarium. Si omnia hunc disceptarentur, esset nimis tædiosum. Nos fuimus primi dolentis pro certis excessibus in patria Normaniæ Bassæ per illos de Grantville et de Mont-Saint-Michel commissis. Sed quidquid sit, referimus nos ad veritatem. Vos dixistis quod dominus dux de Sommerset non bene fecit debitum suum pro reparatione hujus casus de Fougieres. Sibi videtur quod fecit id quod facere debebat; quia statim quod habuit notitiam hujus casus, ipse scripsit prædicto regi Angliæ. Scripsit etiam dicto domino Francisco Larragonnois, ut sibi notificaret ob quam causam hoc fecerat. Scripsit etiam dicto regi Franciæ quod casus sibi displicebat, nec eum advocabat, et quod propter hoc nollet commovere guerram; quia idem dominus dux, ignorans in ista materia an procedebat a dicto rege Angliæ, vel a quo, quamquam ipse haberet ab ipso rege Angliæ ita amplam potestatem sicut unquam habuit alius locumtenens vel gubernans pro eo citra mare, nihilominus, attentis malis et inconvenientibus quæ possunt procedere de dicto casu de Fougieres, absque ampliori et ulteriori informatione beneplaciti voluntatis dicti regis Angliæ non debebat aliud facere, nec in hoc debebat sibi aliquod onus imponi.

A.D. 1449. June 28.

Replique de Cousinot.

Cousinot's reply.

Quibus verbis dixit idem dominus præsidens Delphinatus, nomine quo supra, quod prædictæ excusationes modicæ erant; quia treuga est lex quæ dat formam secundum quam gentes debent se regulare. Treuga non posuit quod quum tales casus evenerint, debeat procedi ad reparationem per viam scripturarum, sed debent loca capta restitui, et omnia reponi in statu in quo erant ad captionem, prout ex tenore ipsius constat; de qua tunc dicti ambaxiatores Francigeni obtulerant facere exhibitionem, petentes ut pro parte Anglicana observaretur tenor treugæ, et fieret id quod decet ad manutenentiam treugarum; et pro parte ipsius regis Franciæ offerebant facere omne debitum et id quod rationabiliter fieri decebat.

Et quoad alias rationes inductas per dictum Lenfant; primo, in quantum concernit scripta transmissa per dictum dominum ducem de Sommerset ad regem Angliæ pro materia prædicta, dicebat idem dominus præsidens Delphinatus, quod alias diversis vicibus idem rex Franciæ prædictus transmiserat versus regem Angliæ pro facto attemptatorum; et per duas litteras signatas manu ipsius regis Angliæ mandatum fuerat ipso regi Franciæ, quod dicto domino duci de Sommerset per dictum regem Angliæ per expressum mandatum fuerat ut ipse effectualiter provideret ipsis attemptatis; et quod ipse dominus dux taliter faceret quod prædictus rex Angliæ sperabat prædictum regem Franciæ debere contentari. Et ideo clarum erat quod

A.D. 1449. June 28. non erat sufficiens provisio dicto facto de Fougieres mittere versus dictum regem Angliæ ad sciendum quid in hac parte fieri debebat; quia jam sciebat idem dominus dux quid in hac parte rationabiliter erat fiendum. Præterea, si factum erat jussu regis Angliæ, clarum erat quod ipse rex Angliæ fregerat treugam; si non erat factum suo mandato, non poterat idem dominus dux importare onus manutenendi dictam treugam; quare, etc.

Quoad litteras transmissas per dictum dominum ducem ad dictum dominum Franciscum Larragonnois, clarum est quod illa non est forma manutenendi treugas, sed debebat idem dominus dux viriliter compellere dictum dominum Franciscum ad restituendum dictum locum de Fougieres, et debebat facere reponi in statu in quo erat ante captionem ipsius; in quo loco capta fuerunt bona usque ad valorem et extimationem duorum millelionum, Gallice *deux millions d'or*, seu viginti centum mille scuta auri, ut fama communis refert; sine aliis damnis a captione illius loci in patria Britanniæ, tam in ignibus positis quam in aliis deprædationibus factis, ad summam (prout communiter dicitur), sex seu septem mille aureorum ascendentibus, non compræhensis in his maritimis damnis; de qua re idem dominus dux de Sommerset nihil fecit; quare, etc.

In quantum vero concernit litteras transmissas prædicto regi Franciæ per dictum dominum ducem de Sommerset, illæ litteræ videntur modicum proficere pro excusatione dicti domini ducis de Sommerset; immo videntur sibi ipsi contraire, quia continent quod casus prædictus de Fougieres non est de ordinatione seu præcepto dicti domini ducis de Sommerset, nec ipsum advocat; et tamen rogat dictum regem Franciæ ut ipse non det auxilium, consilium, aut favorem dicto domino duci Britanniæ, et inhibeat gentibus suis ne se adhæreant ipsi domino duci Britanniæ, quamquam, ut omnibus notum est, ipse dominus dux Britanniæ sit consanguineus proximus dicti regis Franciæ, suus vassallus, subditus, obediens, et nominatim comprehensus in sua treuga; quæ bene denotant quod, posito quod per expressum idem dominus dux de Sommerset non advocat dictum dominum Franciscum Larragonnois, tacite tamen advocat, attento favore quem sibi præstat, et requesta prædicta per eum dicto regi Franciæ facta.

Præterea dicit idem dominus dux in suis præfatis litteris, quod non intendit quod propter dictum casum de Fougieres debeat suscitari guerra, rogando dictum regem Franciæ ut nolit se amovere nec guerram facere; et tamen (ut quilibet potest cognoscere), ipsi Anglici faciunt guerram, et tenent omnes modos assuetos tempore guerrarum in visu, scitu, et auditu dicti domini ducis de Sommerset, nullam reparationem seu provisionem in dicto casu facientis seu dantis, nec facere offerentis; quare, etc. A.D. 1449. June 28.

Et ad id quod dicebat dictus magister Johannes Lenfant, quod, quamquam prædictus dominus dux de Sommerset habebat ita amplam potestatem a rege Angliæ, etc., sicut unquam habuit alius locum tenens citra mare, etc., attamen, attentis inconvenientibus et malis possibilibus evenire de captione dicti loci de Fougieres, non videtur decens quod dominus dux de Sommerset deberet aliud facere absque ampliori informatione voluntatis et beneplaciti dicti regis Angliæ in hac parte, etc.,—dixit tunc idem dominus præsidens Dalphinatus, quod plures mirabantur de dicta potestate dicti domini ducis de Sommerset et ad quid deserviebat; nam et similia verba in effectu habuerat de dicta potestate dictus magister Johannes Lenfant in ultima ambaxiata in qua ipse fuit versus dictum regem Franciæ; et tamen per rationem tactam per ipsum magistrum Johannem Lenfant, adveniente simili casu, sicut est ille de Fougieres, non haberet idem dominus dux de Sommerset potestatem ipsum reparandi absque ampliori informatione beneplaciti et voluntatis regis Angliæ prædicti. Et ideo dum ipse magister Johannes Lenfant tunc requisivit quod dictus rex Franciæ traderet securitatem pro omnibus locis obedientiæ prædicti regis Angliæ, et quod ipse dominus dux de Sommerset offerebat dare similem securitatem pro locis quæ nude et simpliciter erant dicti regis Franciæ, fuit sibi responsum quod, attenta potestate dicta dicti domini ducis de Sommerset, de nullo potuisset profecisse illa securitas, saltem ipsi regi Franciæ. Et ulterius fuit sibi et dicto Hanneford dictum, quod si dictus rex Franciæ hoc faceret, videretur quod ipse vellet relinquere et desemparare omnes suos subditos, quod non bene decens esset, et haberet dictus dominus dux Britanniæ bene causam querelandi, pariter etiam et dominus dux Burgundiæ, et rex Scotiæ, qui nunc tres de novo sunt confœderati, nominatimque compræhensi in treuga pro parte dicti regis Franciæ. Similiter etiam alii duces, comites, et magnates regni, et præcipue illi qui sunt consanguinei proximi, vassalli, et alligati ipsius ducis Britanniæ. Et ideo expresse fuit tunc temporis magistro Johanni Lenfant et domino Johanni Hanneford, ambaxiatoribus, etc., declaratum quod dictus rex Franciæ non defenderet neque prohiberet suis subditis seu vassallis quin servirent dictum dominum ducem Britanniæ, nec daret securitatem prædictam, nisi prius reparatione dicti casus de Fougieres facta. Ad quæ illa tunc dixit idem magister Johannes Lenfant: "Necesse est ergo vobis custodire loca et "placeas vestras;" et sibi responsum fuit: "Vos estis boni "et prudentes, et bene scitis custodire placeas et loca vestra;

A.D. 1449. June 28. "custodite bene, et nos" (illi videlicet, qui loquebantur pro dicto rege Franciæ) "adhibebimus pœnam bene custodiendi "nostras melius quam factum fuit ad Fougieres."

Verumtamen redeundo ad propositum primum; dixit idem dominus præsidens Dalphinatus, quod si idem dominus dux habebat voluntatem bonam manutenendi et servandi dictas treugas, sciebat quid continebant treugæ, et quid fieri deberet in facto dicti casus de Fougieres et aliorum forfactorum superius declaratorum; faceret idem dominus dux de Sommerset id quod decet ad manutenentiam treugarum, et pro parte dicti regis Franciæ fieret omne debitum.

Jean l'Enfant.

L'Enfant's answer to Cousinot.

Ad quæ dixit dominus magister Johannes Lenfant nomine quo supra, quod illa verba quæ dixit de potestate dicti domini ducis de Sommerset, dum erat in ambaxiata prædicta, bono animo dixit, et quod debeat capi in bono sensu; et accipiendo sicut ipse intelligebat, non intendebat aliquid diminuere de potestate dicti domini ducis, nec quod deberet fieri aliqua difficultas, quum ipse haberet omnimodam potestatem; sed attentis litteris sibi scriptis per dictum dominum Franciscum Larragonnois pro justificatione dicti casus de Fougieres, et quod ipse se submittebat ordinationi et judicio dicti regis Angliæ, et propter alia inconvenientia quæ de hac re potuissent evenire, videbatur quod dictus dominus dux de Sommerset non debebat aliter facere, et quod si aliter fecisset, potuisset importasse magnum onus; et quod bono zelo et bona intentione protulit illa verba, et non aliter.

Pariter etiam quoad illa verba per ipsum prolata in ambaxiata prædicta, videlicet, quod viso responso sibi et dicto Hanneford facto super petitione securitatis, etc., necesse erat illis de parte sua bene custodire loca et placeas suas, etc., non intelligebat illa verba in malo sensu, nec dicebat ad dissidentiam, et ut inde eveniret ruptura; quia mallet nunquam fuisse natum quam esse latorem seu portitorem talium novorum; sed duntaxat dixit illa verba in bona intentione et pro bono materiarum.

In quantum vero concernit reparationem dicti casus de Fougieres, non erat res quæ ita subito posset fieri, et quod necesse erat dare aliquam formam ipsi actui; quæ forma commode dari non possit sine aliqua communicatione; petendo illa de causa ut acceptaretur aliquis locus ad ampliorem communicationem inter mutuos ambaxiatores dictorum regum, et quod de parte dicti regis Angliæ sperabat gentes majoris status in dicta conventione interesse; et etiam bene docens erat, attenta arduitate materiæ, et consideratis etiam personagiis existentibus de parte ipsius regis Angliæ. A.D. 1449. June 28.

G. Cousinot.

Quibus sic prolatis, dictus dominus præsidens Delphinatus, nomine et qualitate quibus supra, dixit ambaxiatoribus Angligenis quod de potestate dicti domini ducis ipsi ambaxiatores Francigeni non dissidebant; sed si ita sit quod haberet tantam potestatem, et ut credebant ipsi ambaxiatores Francigeni quod ita erat, tanto minus debebat ipse dominus dux de Sommerset recusare nec differre reparationem prædictam, nec timere ipsam facere, cum illud tangat honorem regis Angliæ, sui principis, cui rei bene poterat providere. Et quoad verba prædicta prolata per dictum magistrum Johannem Lenfant (videlicet; quod necesse erat, viso responso sibi dato in ambaxiata superius dicta, etc., custodire loca et placeas obedientiæ eorum, etc.), bene credebant ipsi domini ambaxiatores Francigeni quod verba illa non dixerat in mala intentione, nec etiam sibi in hoc onus dare volebant. Quo vero ad conventionem captandam pro communicatione habenda super reparatione dicti loci de Fougieres, non erat opus id facere, cum sit clarum et decisum per articulum treugarum quid in hac parte fieri debet, nec aliud restat, si dictus dominus dux vult manutenere treugas, nisi sit dicere: "Juxta tenorem treugarum "talis reparatio est fienda facienda in facto de Fougieres; "videlicet, restituere dictum locum de Fougieres et omnia "damna ibidem facta, et reponere omnia in statu in quo "erant tempore captionis ejusdem, punire etiam malifac-"tores qui dictum casum commiserunt; et sic realiter et "effectualiter volo facere, et de facto faciam." Quo facto, fiet pro parte dicti regis Franciæ omne debitum. Cousinot's rejoinder.

Verumtamen ut non possit dici quod stet pro parte dicti regis Franciæ, supremi domini nostri, quin omnia bene se habeant, et habeatur bona conclusio in dicta materia, dixit tunc idem dominus præsidens Delphinatus pro ipso et dicto domino de Culant, quamquam, ut quilibet clare potest cognoscere, dictus supremus dominus noster rex bene adimpleverit ea quæ scripserat dicto domino duci de Sommerset per Mayne le herault, in litteris de quibus superius habetur mentio, et legitimo se acquitaverit, et tanquam liberum et quitum honorifice de hac re ipsum reputemus, nihilominus nos sumus contenti expectare de novis vestris in Locoveris super materia prædicta usque ad diem Lunæ vel Martis proximos; quo pendente tempore, poteritis adire dictum dominum ducem de Sommerset et sibi prædicta referre, et nobis notificabit suam bonam voluntatem; et nos (qui sumus benevoli materiæ pacis in omnibus

A.D. 1449. June 28. licitis et honestis) vellemus manus porrigere adjutrices ut omnia bene se haberent in præfata materia et apponi posset bona conclusio, quia scimus dictum supremum dominum nostrum regem in hâc parte semper habuisse bonam voluntatem, nec per eum stetit, nec stabit, quin omnia bene se habeant.

JEHAN L'ENFANT.

L'Enfant again speaks,

Ad quæ omnia dictus magister Johannes Lenfant tunc dixit quod dicta referret dicto domino duci de Sommerset, et super his advideret idem dominus dux ad suum bonum placitum; sed quoad locum captandum pro ampliori communicatione pro materia prædicta, ut ipsi domini ambaxiatores Francigeni sciebant, si casus qui evenit au Pont-de-l'Arche (qui locus fuerat de novo captus per gentes obedientiæ regis Franciæ) non evenisset, erat locus ubi communiter illi de parte dicti regis Angliæ assueti erant venire, et tunc captabatur locus medius inter dictum locum du Pont-de-l'Arche et Locumveris. Cum ergo dictus locus du Pont-de-l'Arche, ut ipsimet ambaxiatores Francigeni sciebant, erat locus acceptatus pro parte regis Angliæ et de consensu dicti regis Franciæ, ubi ambaxiatores regis Angliæ debebant se reddere duodecima die mensis Maii ultimate præterita, pro conventione tenenda in materia pacis, sicut et pariter illi de parte dicti regis Franciæ debent se reddere in Locoveris die prædicta, et pro materia antedicta; hacque de causa illuc venerant dominus de Faucomberge, miles Anglicus; ratio suadebat ut dictus locus du Pont-de-l'Arche deberet ipsis Anglicis restitui et dictus dominus de Faucomberge liberari; et sic sperabat ipse magister Johannes Lenfant quod ipsi domini commissarii Francigeni facerent; ideo ipsos rogavit ut ita vellent facere. Et si ita fieret, ille locus esset bene decens et conveniens ut ambaxiatores prædicti regis Angliæ ibi se redderent, et posset advisari locus medius inter dictum et Locumveris pro communicatione prædicta habenda.

G. COUSINOT.

and is answered by Cousinot.

Quibus sic dictis per dictum magistrum Johannem Lenfant, idem dominus præsidens Delphinatus tunc dixit; quod in quantum concernit acceptationem illius loci du Pont-de-l'Arche pro parte dicti regis Angliæ et de consensu dicti regis Franciæ ad xv. diem mensis Maii prædicti pro conventione tenenda in materia pacis, etc., plures mirantur de illis verbis et in quo fundamentum possint habere, quia non invenietur, nec per litteras aut alias debite demonstrari poterit, quod dictus rex Franciæ, nec aliquis alius pro eo sufficienti potestate munitus, prædictum locum du Pont-de-l'Arche pro materia prædicta consentierit, nec quod de hac causa pro parte sua fuerit acceptatus Locusveris, adeo ut ambaxiatores sui debuissent se illuc reddere xv. die præscripta; et ignorat dictus rex Franciæ et aliæ gentes suæ unde istud procedit; nec etiam denotat potestas data ambaxiatoribus ipsius regis Angliæ pro materia pacis (de qua potestate dictus dominus dux de Sommerset misit unum Vidisse, seu copiam signatam, dicto regi Franciæ), quod aliqua conventio teneri deberet in loco Pontis-archæ et in Locoveris, nec quod ambaxiatores dictorum regum deberent se reddere in dictis locis xv. die præscripta pro materia antedicta; sed continebat dicta potestas quod pro dicta materia pacis debebant dicti ambaxiatores Angligeni ire versus regem Franciæ. Quare, etc.

A.D. 1449. June 28.

Quo vero ad restitutionem illius loci du Pont-de-l'Archo et deliberationem dicti domini de Faucomberge, dixit tunc idem dominus præsidens Delphinatus, quod, (ut quilibet scit, et ita se habet rei veritas,) casus de Fougieres fuit primo commissus, et fuerunt gentes obedientiæ dicti regis Angliæ primi aggressores et causa principalis unde insurgunt omnia alia inconvenientia; et ideo antequam ipse magister Johannes Lenfant, vel alius de parte sua, deberet admitti ad requestam prædictam, videlicet, ut restitutio et deliberatio prædictæ fierent, deberet prius reparari ille casus de Fougieres; videlicet, in restitutione loci et in eo statu in quo omnia erant tempore captionis ejusdem; et etiam punire malefactores, cum ipsi sint aggressores et inchoatores omnium malorum, ut supra dictum est. Nec simile potest dici de gentibus obedientiæ dicti regis Franciæ, quia longa est differentia inter aggressorem et eum qui se defendit, seu illum qui pro negligentia seu defectu justitiæ pro parte illius qui debet providere et non providet, vindicat injuriam sibi illatam, sicut in casu præsenti; et adimpletis promissis pro parte dicti regis Angliæ, fiet omne debitum de parte dicti regis Franciæ.

Conclusion.

Conclusion of the conference.

Finaliter, post plura verba inter ipsos dominos ambaxiatores et commissarios utrorumque regum habita et prolocuta in materia antedicta, devenerunt dicti ambaxiatores et commissarii ad conclusionem sequentem; videlicet, quod dicti ambaxiatores Angligeni revertentur Rothomagum versus dictum dominum ducem de Somerset, et sibi referrent promissa; et dicti domini ambaxiatores Francigeni revertentur Locoveris pro expectando de novis dicti domini ducis de Somerset super materiis præscriptis. Et ulterius dixit magister Johannes Lenfant, quod sperabat dictum dominum ducem de Somerset mittere aliquos ambaxiatores et commissarios pro parte dicti

A.D. 1449. June 28. regis Angliæ in loco de Andely circa diem Lunæ vel Martis sequentis, qui possent notificare adventum suum prædictis dominis ambaxiatoribus et commissariis Francigenis existentibus in Locoveris, et posset tunc captari locus medius ubi possent convenire; et dicti domini ambaxiatores et commissarii Francigeni sibi dixerunt quod ibi, (videlicet, in Locoveris,) expectarent de novis suis modo et forma per ipsos dictis usque ad dies præscriptos. Et eo modo discesserunt ab invicem.

Actum in dicto Portu Sancti Audoeni, Rothomagensis diœcesis, in quadam domo, sub anno, die, mense, indictione, et pontificatu prædictis; præsentibus ad hæc Petro le Boutillier, le Bourc de Cornillen, scutiferis; Mayne le Herault et Maturino Brisson, testibus ad præmissa vocatis et rogatis.

Verum quia ego, Johannes Textoris, presbyter Ebroicensis diœcesis, publicus apostolica et imperiali auctoritatibus, curiæque episcopalis Ebroicensis notarius juratus, præinsertas litteras missorias vidi et tenui, deindeque conventioni et congregationi dictorum dominorum ambassiatorum utrorumque regum Franciæ et Angliæ in loco de Portu Sancti Audoeni, Rothomagensis diœcesis, cæterisque omnibus et singulis supradictis, dum sic, ut supra dicitur, per dictos dominos ambassiatores hinc inde ibidem loquerentur, dicerentur, protestarentur, et fierent, una cum notario subscripto et testibus infradictis præsens fui, eaque sic fieri vidi et audivi. Ideo huic præsenti publico instrumento decem folia pergamenti ab utroque latere scripta contenenti, qualibet pagina continente xlij. lineas, signum meum apposui consuetum, in fidem et testimonium præmissorum requisitus.

Et ego Robertus Fromondi, presbyter parochialis ecclesiæ d'Yncarville curatus, Ebroicensis diœcesis, auctoritate imperiali notarius publicus, quia hujusmodi præinsertas litteras missorias vidi et tenui, deindeque conventioni et congregationi dictorum dominorum ambaxiatorum utrorumque regum Franciæ et Angliæ in loco et Portu Sancti Audoeni, Rothomagensis diœcesis, cæterisque omnibus et singulis suprascriptis, dum sic, ut supra scribuntur, per dictos dominos ambaxiatores hinc inde ibidem loquerentur, protestarentur, et fierent, una cum notario suprascripto et testibus infrascriptis, præsens personaliter fui, eaque sic fieri vidi et audivi. Ideo huic præsenti publico instrumento decem folia pergameni ab utroque latere scripta continente, qualibet pagina xlij. lineas, signum nomenque mea apposui consueta et solita, rogatus et requisitus, in fidem et testimonium præmissorum.

Second Acte delivre aux Ambassadeurs de France de ce qui se passa entreux et les Ambassadeurs Anglois, tant a Venables qua Louviers et Bonport, depuis le xxv. Juin jusquau iv. Juillet, m.cccc.xlix.

In nomine Domini. Amen. Tenore hujus præsentis publici instrumenti cunctis pateat evidenter et sit notum quod anno ejusdem Domini m.cccc.xlix., indictione xij. mensis vero Junii die Mercurii, xxv., pontificatus sanctissimi in Christo patris et domini nostri domini Nicolai divina providentia papæ V., anno tertio, in nostrum, notariorum publicorum et testium infrascriptorum præsentia, personaliter comparuerunt ambaxiatores, oratores, seu commissarii serenissimorum et illustrissimorum principum et regum Karoli avunculi Franciæ, et Henrici nepotis Angliæ; videlicet, pro parte serenissimi et illustrissimi principis avunculi, præpotens et magnificus dominus Carolus, dominus de Culant, miles, consiliarius et cambellanus, et generosus vir magister Guillelmus Cousinot, præsidens Delphinatus, pariter consiliarius et magister requestarum ipsius principis avunculi; et pro parte prælibati serenissimi principis nepotis Angliæ, egregii viri Osberne Mundeford, armiger, thesaurarius generalis Normanniæ, et dominus Johannes Lenfant, legum doctor, consiliarius, et magister requestarum ipsius principis nepotis, in ecclesia parochiali de Venabulis, Ebroicensis diœcesis, in qua ipsi domini ambaxiatores, inter se, seorsum et separatim, aliquas secretas collocationes habuerunt. Quibus finitis, inde assensu communi recesserunt et ad villam de Locoveris venerunt, ubi diebus Jovis et Veneris immediate sequentibus, tam de mane quam post meridiem, in aula domus signatæ ad intersignium Mutonis, de materiis sibi commissis invicem, juxta potestates et commissiones a suis principibus sub eorum magnis sigillis (prout prima facie apparebat) eis datas, de quibus tunc mutuo inter se fidem et exhibitionem fecerunt et ipsas perlegerunt, diu communicaverunt et tractaverunt, factis prius hinc inde nonnullis protestationibus, videlicet, pro parte ambaxiatorum dicti principis nepotis, quod cum omni honestate et reverentia ipsorum dominorum principum et aliorum quorumcumque procedere intendebant, nihilque dicere aut facere quod in dedecus ipsorum verteret; et quod, si quid indiscrete aut minus sapienter ex arrupto aut alias obloqui contingeret, id pro non dicto haberi aut ab aliis dominis ambaxiatoribus suppleri volebant, et cum protestatione addendi, minuendi, aut plenius declarandi in dictis et propositis suis; ac etiam cum protestatione quod si contingeret ipsos ambaxiatores recedere sine aliquali conclusione inter ipsos firmata, non ligarent nec affer-

A.D. 1449. June 25–29.

The conference resumed.

A.D. 1449. June 25–29.

rent alicui partium præjudicium dicta, oblata, aut prolocuta hinc inde, quin immo remanerent, quoad jura ipsorum dominorum principum, in statu quo erant ante præsentem conventionem, et ex parte dominorum ambaxiatorum principis avunculi sub forma latius contenta in articulis per ipsos traditis inferius insertis.

Quibus protestationibus hinc inde factis, tandem ad invicem convenerunt dicti domini ambaxiatores utriusque partis pro resolutione materiarum inter ipsos tractatarum et communicatarum, ad tollendum difficultates quæ potuissent intervenisse ad redigendum in scriptis omnia per eos dicta et prolata propter multiplicationem verborum, quod dicti ambaxiatores præfati principis nepotis sua dicta, petita et oblata in scriptis traderent; quibus traditis, ipsi ambaxiatores principis avunculi etiam in scriptis responsum suum eis darent et traderent; quod ita hinc inde factum fuit, videlicet, die Sabbati xxviij. dicti mensis Junii, pro parte dictorum ambaxiatorum dicti principis nepotis, traditus fuit unus quaternus continens cum prooemio xxi. articulos, et die Dominica inde sequenti, pro parte dictorum ambaxiatorum dicti principis avunculi, quidam alius quaternus continens octo folia scripta et xxxix. articulos; quorum quaternorum tenores inferius de verbo ad verbum sequuntur.

Et primo sequitur tenor quaterni per ambaxiatores dicti principis nepotis traditi.

Premier Ecrit des Ambassadeurs Anglois.

The first paper presented by the English ambassadors.

I. Ensuit la response que font et donnent Osborne Mundeford, escuyer, tresorier general de Normendie, et maistre Jehan Lenfant, conseiller et maistre des requestes de lostel du roy de France et Dangleterre, nostre souverain seigneur, envoiez de present en ambaxade pour et au nom dicellui

---

[Translation.]

The first Writing of the English Ambassadors.

I. Here follows the answer made and given by Osborne Mundeford, esq., treasurer-general of Normandy, and master Jehan l'Enfant, councillor and master of requests of the household of the king of France and England, our sovereign lord, sent at this time in embassy for and in the name of the said seigneur, par tres hault et puissant prince, monsieur le duc de Somerset, lieutenant general et gouverneur par deca la mer pour le roy, nostre dit seigneur, pour communiquer, besongner, et appoincter sur le bon entretenement des treves, leurs circumstances et deppendances, avec honorez seigneurs le sire de Culant, conseiller, et maistre Guillaume Cousinot, pareillement conseiller et maistre des requestes de lostel de tres hault, tres excellent, et tres puissant prince, loncle de France du roy, nostre dit seigneur, envoiez de par icellui prince oncle ez marches de par deca pour les choses dessus dites.

A.D. 1449. June 25–29.

II. Et premierement ad ce que dient lesdits sires de Culant et Cousinot, que ils sont venus pardeca depar leur dit prince pour veoir quel debvoir et quele reparacion ont este fais par effet touchant la prinse de Fougieres par messire Francois Larragonnois, chevalier, consilier du roy, nostre dit seigneur, de son ordre de la Jarretiere, son pensionaire, vassal, et ayant charge et gouvernement de places et de gens soubz lui, et par plusieurs autres subjets et obeissans du roy, nostre dit seigneur, et qui sont soubz la lieutenance, charge, et gouvernement de mondit sieur, le gouvernant. Laquele place de

[TRANSLATION.]

lord by the most high and powerful prince, my lord the duke of Somerset, lieutenant-general and governor on this side the sea for the king, our said lord, to communicate, discuss, and arrange upon the good preservation of the truce, its circumstances and dependances, with the honourable lords, the lord of Culant, councillor, and master Guillaume Cousinot, also councillor and master of requests of the household of the most high, most excellent, and most powerful prince, the uncle of France of the king, our said lord, sent by the said prince uncle to the marches on this side the sea for the things abovesaid.

II. And firstly; in reply to what the said lords of Culant and Cousinot say that they have come hither upon the part of their said prince to ascertain what due reparation has been actually done touching the taking of Fougières by messire François l'Arragonnois, knight, councillor of the king, our said lord, of his order of the garter, his pensioner and vassal, and one who has the charge of fortresses and troops under him, and by many other subjects of and people in subjection to the king, our said sovereign lord, and who are under the lieutenancy, charge, and government of said lord the governor; which fortress of Fougières belongs to my

A.D. 1449. June 25-29. Fougieres appartient a monsieur le duc de Bretaigne, lequel est subjet et obeissant du dit prince oncle; comprins nommement, lui, ses pays, seigneuries et sujets, en sa treve.

III. Item, que mon dit sieur le gouvernant a cogneu et cognoit le cas tel quil est, larticle des treves de ce faisant mencion, et les inconveniens qui par deffault de reparacion sen povoient ensuir; quil est cellui qui a la charge et la lieutenance generale par deca la mer pour le roy, nostre dit seigneur, et a qui on doit avoir recours; et quil estoit, et est, tenu de donner provision quant tels cas adviennent, et que ainsi leur a fait scavoir le roy, nostre dit seigneur, par bouche et par escript, etc.

Respondent les dessusdits Mundeford et Lenfant, pour et en nom de mondit sieur le gouvernant; que mondit sieur le gouvernant a fait le debvoir quil povoit et devoit faire, et na fait chose dont il doye avoir reprise.

Premierement, car ladite prise na este faite de lui ne par lui; mais a este faite sens son consentement et contre sa volonte, et en sa desplaisance. Et tantost apres le cas advenu il envoya devers ledit messire Francois, et lui escrivy tres asprement, et non pas en le remerciant du fait quil

---

[Translation.]

lord the duke of Bretagne, who is subject to the said prince uncle, and in obedience to him, comprehended by name, himself, his countries, lordships and subjects, in his truce.

III. Item, that my said lord the governor has known, and knows, the case as it stands, the article of the truce thereof making mention, and the mischief which from default of reparation might thence arise, since he it is who has the charge and the lieutenancy-general on this side the sea for the king, our said lord, and to whom reference ought to be made, and who was, and is, bound to give heed thereto, when such cases arise; and that thus the king, our said lord, has intimated to them by mouth and by writing, etc.

To this the said Mundeford and l'Enfant answer for and in the name of my said lord the governor, that my said lord the governor has done his duty as far as he could and ought to do, and has done nothing for which he ought to be blamed:—

Firstly, because the said capture was not done by him nor through him; but it was done without his consent and contrary to his will and against his wish; and immediately after the event occurred he sent a message to the said messire François, and wrote to him very sharply, and did not thank him for the avoit fait, mais en le blasment, et en le chargeant tresfort, et quil porteroit son fait bon ou mal, et en respondroit, tant pour lui que pour les gens. A.D. 1449. June 25–29.

IV. Item, que ledit messire Francois respondit quil estoit tres-couroucie et marry quil deust avoir fait chose qui feust au deplaisir de mondit sieur, et dont il ne feust de lui porte ou soustenu; mais toutesfois ce quil avoit fait, il avoit fait pour plusieurs causes justes et raisonnables, quil declareroit en temps et en lieu; et quant mondit sieur le gouvernant les scauroit, il ne seroit pas mal content de lui, dont il faisoit juge le roy, son souverain seigneur, et tous autres princes neutres et indifferens, lui premierement ouy. Laquele response et la copie des lettres dudit messire Francois, mot apres mot, mondit sieur envoya en Angleterre devers le roy, nostre dit seigneur.

V. Item, et avec ce escrivit ledit messire Francois, quil avoit fait crier et deffendre sur peine de la hart, que nuls des gens de sa compagnie ne feust si hardy de faire aucune oppression sur les lieux, places, et subgets dudit prince oncle, mais entretenissent et regardassent les treves, ainsi que ou-

[Translation.]

deed which he had done, but he blamed him for it and laid it to his charge very strongly, and that he should bear the consequences of what he had done, be they good or bad, and should answer for the same, as well for himself as for his followers.

IV. Item, that the said messire François answered that he was very angry and hurt at having done anything which might be unpleasant to my said lord, and in which he had neither his approval nor support; nevertheless what he did he had done for many just and reasonable causes, which he would declare at fitting time and place, and that when my said lord the governor should know them, he would not be displeased with him. And hereof he made the king, his sovereign lord, and all other neutral and indifferent princes the judges, they first having heard him. Which answer, and the copy of the letters of the said messire François, word by word, my said lord sent into England to the king, our said lord.

V. Item, and besides this, the said messire François wrote that he had caused it be proclaimed and forbidden, upon pain of the halter, that no one of his company should be so bold as to commit any injury upon the places, fortresses, and subjects of the said prince uncle, but should preserve and keep

A.D. 1449. June 25–29.

paravant. Veue laquele chose, et la response dudit messire Francois, par laquele il ne declaroit pas a mondit sieur le gouvernant les causes quil avoient meu de ce faire, et aussi que mondit sieur avoit clere cognoissance des infinis maulx commis par les Bretons, tant par mer que par terre, par especial par mer sur les subgez du roy, notredit seigneur, tant en Angleterre comme en Normendie, en quoy ils ont fait dommage de trois millions dor et plus, ainsi que on dit; et avec ce ja soit ce que mondit sieur de Bretaine eust este par plusieurs fois requis de y mettre provision, neantmoins lesdits Bretons ont continue leurs prises et destrousses sur la mer en fourme de guerre ouverte contre le roy, nostredit seigneur, ses pays, seigneuries, et subgets; ont pris sur la coste Dangleterre gens prisonniers, et mis a raencon, boutez les feux en aucuns lieux Dangleterre, le tout ouparavant de la prise du dit Fougieres; et pour y donner provision, eussent este ces matieres traictiees ou parlement Dangleterre par devant ladite prise;—pour ces causes, et aussi que la matiere est grande et pesante, et touche grandement lonneur des deux princes, par plusieurs raisons qui ont este recitees bien au

---

[Translation,]

the truce, as heretofore. Considering this, and the answer of the said messire François, in which he did not declare to my said lord the governor the causes which had moved him to do this, and also that my said lord had full information of the infinite mischiefs committed by the Bretons, as well by sea as by land, and specially by sea, upon the subjects of the king, our said lord, as well in England as in Normandy, in which they have committed damages to the extent of three millions of gold and more, as is said; and moreover, although my said lord of Bretaigne had been often required to make provision for the same, yet the said Bretons have still continued their captures and robberies upon the sea in form of open war against the king, our said lord, his countries, lordships, and subjects; have taken his people prisoners upon the coast of England, and put them to ransom; have raised fires in some places in England, and all these before the taking of the said Fougières; to meet which proceedings these matters have been discussed in the parliament of England before the said capture; for these causes, and also because the matter is great and important, and touches nearly the honour of the two princes, for many reasons which have been stated at conlong audit sire de Culant et Cousinot, mondit sieur le Gouvernant fut raisonnablement meu denvoier ladite matiere devers le roy, nostredit seigneur, pour en ordonner a son bon plaisir, ou en faire scavoir sa volonte a mondit sieur le Gouvernant; autrement il est a presumer que mondit sieur le Gouvernant en eust peu avoir reprise du roy, que ne devroit pas vouloir ledit prince oncle. A.D. 1449. June 25–29.

VI. Item, et ce nonobstant, mondit sieur le Gouvernant fist assez-tost apres ladite prise de Fougieres, crier et deffendre publiquement, sur peine de la hart, que nulles gens de garnisons des places du roy, nostredit seigneur, nallassent devers ledit messire Francois, mais se tenissent paisibles en leurs garnisons, sans faire ancunes courses au pays de Bretaigne.

VII. Item, la prise dudit Fougieres fut, comme lon dit, le xxiij. ou xxiv. jour du mois de Mars darrain passe, et pour ce que mondit sieur le gouvernant eust cognoissance qui ledit prince oncle envoieroit en icellui temps par divers lui une ambaxade, cest assavoir, le dit Cousinot et Pierre de Fontevil, escuyer, lesquieux furent devers mondit sieur a Rouen, quinze jours apres ladite prise, cest assavoir, le Lundi vij. jour

---

[TRANSLATION.]

siderable length to the said sire de Culant and to Cousinot, my said lord the governor was reasonably induced to send the said matter before the king, our said lord, that he might make arrangements thereupon according to his good pleasure, or to intimate his pleasure therein to my said lord the governor; otherwise it may be presumed that my said lord the governor might therein have been rebuked by the king, which would have been against the wish of the said prince uncle.

VI. Item, and this notwithstanding, my said lord the governor, immediately after the said taking of Fougières, caused it to be proclaimed and forbidden publicly, upon pain of the halter, that no troops in garrisons within the fortresses of the king, our said lord, should go to the said messire François, but should keep themselves peaceably within their garrisons, without making any inroads upon the country of Bretagne.

VII. Item, the capture of Fougières aforesaid, was, as is reported, on the twenty-third or twenty-fourth day of the month of March last past; and because my said lord the governor had information that the said prince uncle would send, at that time, an embassy to him, that is to say, the said Cousinot and Pierre de Fontevil, esquire, who were with my said lord at Rouen fifteen days after the said capture, that is to say, upon Monday, the seventh of April, then next

A.D. 1449. June 25–29. Davril, deslors ensuivant, mon dit sieur presupposoit on cas ou ledit prince oncle eust voulu faire complaincte dudit cas et en requerir la reparacion, que les dits ambaxadeurs en eussent ouvert la matiere devers lui. Mais jasoit ce que ladite prise fust notoire audit prince oncle au partement des dits ambaxadeurs, toutes voies iceulx ambaxadeurs nen firent pardevers mondit sieur une seule parole, plaincte, requeste, ou sommation, par quoy mondit sieur ne povoit ou devoit raisonnablement penser ou deviner quel estoit lintention dudit prince oncle touchant ladite matiere; mesmement que ouparavant en autres matieres ledit prince oncle avoit bien use de requeste de sommation, et mondit sieur donne raisonnable response. Et se lesdits ambaxadeurs en eussent fait plaincte a mondit sieur le gouvernant en la frescheur de la matiere, mondit sieur leur en eust donne response raisonnable, et leur eust fait declaration des choses dessusdites, et sur ce eussent peu prendre ensemble aucune bonne conclusion.

VIII. Item, furent lesdits ambaxadeurs devers mondit sieur depuis le vij. jour Davril jusques au Mardi dapres *Quasimodo*, qui fut le xxij. jour dudit mois Davril, sauf quatre ou cinq jours

---

[TRANSLATION.]

following, my said lord presupposed, in case that the said prince uncle intended to complain of the said occurrence, and require reparation for the same, that the said ambassadors would have opened the subject to him. But although the said capture was notorious to the said prince uncle at the setting out of the said ambassadors, yet these ambassadors did not mention a single word about it to my said lord, nor did they make any complaint, request, or demand; wherefore my said lord could not, nor ought he reasonably, think or divine what was the intention of the said prince uncle touching the said matter; especially since previously in other matters the said prince uncle had oftentimes made a request by demand, and my said lord had given a reasonable answer. And if the said ambassadors had made complaint to my said lord the governor when the matter was recent, my said lord would therein have given a reasonable answer, and would have given them an explanation of the things above mentioned; and thereupon they might have taken conjointly some good conclusion.

VIII. Item, the said ambassadors were with my said lord from the seventh day of April until the Tuesday after *Quasimodo*, which was the twenty-second day of the said month of April (with des festes de Pasques, que ils retournerent en ceste ville de Louviers, sans ce que ils feissent a mondit sieur aucune mencion dudit Fougieres. Mais ce temps pendant, et lesdits ambaxadeurs estans a Rouen, advint que aucun des capitaines et soldoyers dudit prince oncle, (entre lesquieulx estoit Floquet, son bailly Devreux, et conservateur des treves pour sa part, Jaques de Cleremont, et autres,) se efforcerent de prendre la ville de Mante et plusieurs autres places de lobeissance du roy, nostredit seigneur, dont mondit sieur se donna grant merveille, et non sans cause, dont telles choses pouvient proceder.

A.D. 1449. June 25–29.

IX. Item, et pource que lesdits ambaxadeurs navoient pas besoigne entierement a leur plaisir sur les matieres pour lesquelles ils estoient venus devers mondit seigneur le gouvernant, mondit seigneur fut meu denvoier incontinens avec et en la compagnie desdits ambaxadeurs certaine autre ambaxade devers ledit prince oncle; cest assavoir, messire Jehan Hanneford, chevalier, et ledit Lenfant, qui furent devers ledit prince oncle le premier jour de Mai ensuivant; auquel prince fut, entre autres choses, remonstre lendemain, qui estoit Vendredi, second jour de May, que lesdites entreprises nes-

---

[TRANSLATION.]

the exception of four or five days of the festival of Easter, when they returned into this town of Louviers), without making any mention of the said Fougières to my said lord. But during this time, the said ambassadors being at Rouen, it happened that certain of the captains and soldiers of the said prince uncle, among whom was Floquet, his bailey of Evreux and guardian of the truce on his side, Jaques de Clermont, and others, attempted to take the town of Mantes and many other places in obedience to the king, our sovereign lord, at which my said lord exceedingly wondered, and not without reason, whence such proceedings could arise.

IX. Item, and because the said ambassadors did not succeed entirely to their pleasure in the matters for which they had come to my said lord the governor, my said lord was induced to send immediately, and in the company of the said ambassadors, a certain other embassy to the said prince uncle; that is to say, messire Jehan Hanneford, knight, and the said l'Enfant, who were with the said prince uncle the first day of May following, to which prince, among other things, it was shown on the following day, which was Friday, the second day of May, that the said proceedings were not to be borne,

A.D. 1449. June 25–29. toient pas a tolerer, mais estoient contre les treves et un commencement de guerre sans signification ou sommacion vallable, ou a qui il appartenoit; et lui fut requis et supplie a tres-grant instance, veu que lesdits Floquet et aultres estoient ses subgets et vassaulx, que incontinent et sans attendre le retour diceulx ambaxadeurs, leur voulsist mander et commander que ils se desistassent de faire telles entreprises, comme desraisonnables et contre lesdites treves; quoy ledit prince oncle fist respondre que desdites entreprises il estoit desplaisant, et que elles nestoient pas faictes de lui, ne par lui, ne par son sceu ou consentement, et ne les advouoit pas.

X. Item, et pource que le dit prince oncle fist lors mencion de ladite prise de Fougieres, et comme il lui sembloit que mondit sieur le gouvernant en deust avoir fait faire reparacion, etc., lui fut respondu par lesdits Hannefort et Lenfant, pour la part de mondit sieur, et pour sa discharge, selon leurs instructions, que veu la grandeur de la matiere, pour les causes que lors furent declarees audit prince oncle, et par especial pour les prises et destrousses que faisoient lesdits Britons, et la guerre quils avoient ouverte contre le royaume Dangleterre, et

---

[Translation.]

but were contrary to the truce, and a beginning of the war without notice, or due or fitting citation; and he was required and asked with very great urgency, considering that the said Floquet and others were his subjects and vassals, that forthwith and without waiting for the return of the said ambassadors, he would order and command them to desist from undertaking such enterprises as being unreasonable and contrary to the said truce. To this the said prince uncle answered that the said exploits were against his will, and that they were not done for him, nor by him, nor by his knowledge nor consent, and that he did not acknowledge them.

X. Item, and because the said prince uncle then made mention of the said capture of Fougières, and as it appeared to him that my said lord the governor ought to have caused restitution, etc. thereof to have been made, answer was made to him by the said Hannefort and l'Enfant upon the part of my said lord and in his discharge, according to their instructions, that considering the greatness of the matter, for the causes which then were declared to the said prince uncle, and especially in consequence of the captures and robberies committed by the said Bretons, and the war which they had commenced against the kingdom of England, and also that aussi que ladite matiere estoit grande et pesante et de grant consequence, et touchoit grandement et bien avant lonneur des deux princes, mondit sieur le gouvernant ne se oseroit bonnement mesler ne entremettre dudit cas, sans premierement avoir sur ce le bon plaisir du roy; en suppliant et requerant tres-instamment audit prince oncle, quil lui pleust envoier pour ladite matiere en Dangleterre devers le roy; et tout ce que le roy manderoit et commanderoit a mondit seigneur le gouvernant il laccompliroit entierement. Et ou cas quil ne plairoit audit prince oncle ainsi le faire, et ce estoit son bon plaisir signifier a mondit seigneur le gouvernant ce qui lui plairoit touchant celle matiere, mondit seigneur prendroit la diligence denvoier pour la cause devers le roy, selon le plaisir duquel il se gouverneroit et feroit entierement ce qui lui feroit mande et enjoint.

A.D. 1449. June 25–29.

XI. Item, et pour monstrer clerement audit prince oncle que cestoit la voulente et entencion de mondit seigneur le gouvernant de garder et entretenir le treves, et pourveoir a son povoir que aucune entreprise ne feust faite sur les places de lobeissance dudit oncle, offrirent lesdits ambaxadeurs pour et au nom de mondit seigneur le gouvernant, et selon

---

[Translation.]

the said matter was great and weighty and of much consequence, and touched greatly and widely the honour of the two princes, my said lord the governor did not well venture to meddle nor interfere in the said affair without first having herein ascertained the good pleasure of the king; herein supplicating and requiring most urgently the said prince uncle that he would be pleased to send upon the said matter into England to the king, and all that the king ordered and commanded my said lord the governor he would do entirely. And in case it did not please the said prince uncle so to do, and if it were his good pleasure to signify to my said lord the governor what pleased him in this matter, my said lord would do his diligence to send to the king in this matter, according to whose pleasure he would guide himself, and would do entirely what should be commanded and enjoined him.

XI. Item, and to show clearly to the said prince uncle that it was the wish and intention of my said lord the governor to keep and preserve the truce, and to do his utmost that no enterprise should be attempted upon the places in obedience to the said uncle, the said ambassadors offered, for and in the name of my said lord the governor, and according to their

A.D. 1449. June 25–29. larticle de leurs instructions de ce faisant mencion, ou cas que aucune entreprise se feroit sur les places dicellui oncle par aucuns des gens ou soldoyers estans par deca soubz le gouvernement de mondit seigneur, que avec la provision mise par le treves, il en sa propre personne se obligeroit et prometteroit faire reparer et remettre la chose en premier estat, et a ses propres cousts et despens; pourveu que pareillement ainsi feust fait et promis de la part dicellui oncle; et de lobliger a ce avoient puissance lesdits ambaxadeurs, etc., qui estoit bien clere demonstration de la voulente que avoit mondit seigneur ou bien de paix et en lentretenement des treves; et neantmoins ladite offre ne fut pas receue par ledit prince oncle.

XII. Item, advint que durant lambaxade desdits Hanneford et Lenfant, cest assavoir, quinze jours apres la proposition et demonstrance dudit oncle par lesdits ambaxadeurs faicte, et quils lavoient averti et fait complaincte des entreprises que desja sestoient efforciez faire lesdits Floquet, Cleremont, et autres, en lui priant que ils se desistassent de faire telles entreprises, ainsi que dessus est dit; neantmoins les dessusdits Flocquet et Cleremont en leurs personnes, et autres, prin-

---

[Translation.]

instructions thereof making mention, in case any enterprise should be made upon the places belonging to the said uncle by any of the people or soldiers being on this side the sea, under the government of my said lord, that, according to the provisions made by the truce, he, in his proper person, would oblige himself and would promise to make reparation thereof, and to restore the matter into its original condition, and at his own proper costs and expenses; provided that in like manner this same were done and promised upon the part of the said uncle, and that the said ambassadors had power to bind him to do so, etc., which was a very clear proof of the desire which my said lord had for the keeping of the peace and the preservation of the truce; and nevertheless the said offer was not accepted by the said prince uncle.

XII. Item, it happened that during the embassy of the said Hanneford and l'Enfant, that is to say, fifteen days after the proposition and declaration of the said uncle made by the said ambassadors, and after they had made known and complained of the attempts which the said Floquet, Clermont, and others had already made, praying him to be pleased to command them by name to cease to make such enterprises, as is mentioned above, nevertheless the aforesaid Floquet and Clermont perdrent par emblee et traison le chastel et ville du Pont-de-Larche, qui estoit lieu prins, accepte et consenti de par ledit prince oncle pour la convencion de la paix, pour laquelle convencion tenir au quinzieme jour du mois de May derrain passe avoit este prins ledit lieu du Pont-de-Larche pour la part du roy, nostredit seigneur, et le lieu de Louviers pour lautre part; et dedens icelle ville fut prins monseigneur Faucomberge, lun des ambaxadeurs et commis par ladite convention, (et lequel en la compagnie de messire Thomas Hoo, chevalier, Chancelier de France, et monsieur labbe de Clocestre, tous ambaxadeurs et commis pour estre a ladite convencion,) estoit alle audit lieu du Pont-de-Larche a icellui quinzieme jour de May; et lendemain, qui fut le siezieme jour dudit mois, fut ladite prise dicelle ville et dudit seigneur de Faucomberge, lequel, apres le partement desdits ambaxadeurs, (pource quil nestoit venu aucunes personnes de la part dudit oncle,) estoit demoure jusques a lendemain, surattendant sil vendroit aucune personne de la partie dudit prince oncle. A.D. 1449. June 25-29.

XIII. Item, apres ont este prises les villes et chastel de Conches et de Gerberay: toutes lesquelles entreprises, et en

---

[Translation.]

sonally, and other persons, took by surprise and treason the castle and town of Pont-de-l'Arche, which was a place taken, accepted and agreed to upon the part of the said prince uncle for the meeting for the peace, the said place of Pont-de-l'Arche having been accepted on the part of the king, our said lord, in which to hold a meeting upon the fifteenth day of the month of May last past, and the place of Louviers for the other side; and within this town was captured monseigneur Faucomberge, one of the ambassadors and commissioners for the said convention, and who (in the company of messire Thomas Hoo, knight, chancellor of France, and of monsieur the abbot of Gloucester, both being ambassadors and commissioners for the said meeting), had gone to the same place of Pont-de-l'Arche on the same fifteenth day of May, and on the morrow (being the sixteenth day of the same month) was the capture of the said town and of the said lord of Faucomberge, who, after the departure of the said ambassadors (because certain persons upon the part of the said uncle had not arrived), had remained until the morrow, waiting to see whether any person would come upon the part of the said prince uncle.

XIII. Item, after this were taken the towns and castles of Conches and Gerberay: all which enterprises, and especially

A.D. 1449. June 25–29.

especial celle du Pont-de-Larche et de mondit sieur de Faucomberge, sont si tres cleres et evidentes contre la teneur des treves, que plus ne peuent estre; et de lautre coste ny puet avoir aucune couleur de les soustenir.

XIV. Item, et par les choses dessusdites, et autres plusieurs a declarer en temps et lieu, appert clerement que mondit seigneur le gouvernant a fait tel devoir touchant ledit Fougieres quil povoit et devoit, et ny a chose dont on lui puisse donner reprise; car (ainsi que dit est), depuis ladite prise de Fougieres jusques a present a tousjours eu ambaxades, tant dudit prince oncle devers mondit seigneur le gouvernant, que de mondit seigneur le gouvernant devers ledit prince oncle; durant lesquelles ambaxades ladite matiere eust peu prendre aucune conclusion raisonnable, se elle eust este ouverte; ne a mondit seigneur neust peu faire autre debvoir, veus lesdites entreprises sur les places du roy, nostredit seigneur, qui commencerent ledit xxj. jour Davril darrain passe, et ont continue jusques a present et mesmement depuis trois ou quatre jours, lesdits sires de Coulant et Cousinot estans en cette ville de

---

[Translation.]

that of Pont-de-l'Arche and of the said lord of Faucomberge, are so exceedingly clear and evident against the terms of the truce, that none can be more so; and on the other side they cannot be sustained by any pretence.

XIV. Item, and by the things abovesaid, and others to be declared at the fitting time and place, it appears clearly that my said lord the governor has done his duty touching the said Fougieres as far as he could and ought, and there is no room for reprisals herein; for, as has been said, since the said taking of Fougieres until the present time, there have always been ambassadors, as well those of the said prince uncle with my said lord the governor, as those of my said lord the governor with the said prince uncle; during which embassies this said matter might have arrived at some reasonable conclusion, had it been opened; nor is it the fault of my said lord, as has been stated. Nor, on the other hand, could my said lord otherwise do his duty, considering the enterprises made upon the places belonging to our said lord the king, which begun upon the twenty-first day of April last past, and hence continued until the present time, and especially within the last three or four days, while the lords of Coulant and Cousinot have been in this town of Louviers, the said captains

Louviers, lesdits capitaines dicellui oncle ont fait entreprise sur la place de Harecourt, et se vantent de en faire dautres de jour en jour. A.D. 1449. June 25–29.

XV. Item, est bien a noter que les ambaxadeurs du roy, nostre dit seigneur, qui vindrent pardeca pour traictier et prendre les derraines treves avec ledit prince oncle, ou ses commis et depetuz, jasoit quils eussent toute puissance, ne voulurent pas entreprendre ou decider se mondit sieur le duc de Bretaigne estoit sugiet dudit prince oncle ou non, mais soustenoient le contraire. Et pour ceste cause fut compris nommement ledit duc de Bretaigne ez treves du roy, nostre dit seigneur, comme son subget; par quoy nul ne se doit esmerveiller se mondit seigneur le gouvernant na pas voulu, ou veult, entreprendre de foy la declaration de ladite matiere, mais la voulu remettre au roy, nostre dit seigneur.

XVI. Item, et pose tout au large que mondit seigneur le gouvernant eust este consentant dudit fait de Fougieres, ou quil eust este en deffault de y donner reparacion, ce que non, ainsi que dit est; toutesfois, selon bonne raison et selon que lonneur qui doit estre entre princes, ne devoit pourtant ledit prince

---

[Translation.]

of the said uncle have made an attack upon the fortress of Harecourt, and boast that they will do the like towards the others from day to day.

XV. Item, it is particularly to be observed that the ambassadors of the king, our said lord, who came to this side the sea to treat of and conclude the last truce with the said prince uncle, or his commissioners and deputies, although they had full power so to do, would not take in hand nor decide whether my said lord the duke of Bretagne were the subject of the said prince uncle, or not; but they sustained the contrary. And for this reason the said duke of Bretagne was comprehended by name in the truce of the king, our said lord, as his subject. Wherefore no one need wonder if my said lord the governor has not been pleased, and is not pleased, to take upon himself the declaration of the said matter, but has thought fit to remit it to the king, our said lord.

XVI. Item, and admitting to the fullest that my said lord the governor had been consenting to the affair of Fougières aforesaid, or that he had been in the wrong in giving reparation for the same, (which however is not the case, as has been stated); nevertheless, according to good reason and according to the honour which ought to be between princes,

A.D. 1449. June 25–29.

oncle avoir meu guerre sans premierement avoir signifie le cas au roy, nostredit seigneur en Angleterre, et requis reparacion, entre lequel et ledit prince oncle tant seulement ont este prises lesdites treves, et non entre aultres. Et vault bien lonneur du roy, nostredit seigneur, et la bonne amour que ou disait estre dudit prince oncle au roy, nostredit seigneur, davoir attendu que on lui eust signifie le cas, sans soy estre ainsi haste et le prendre a pie leve. Car se de la part dudit prince oncle et le greigneur prince qui fust apres lui, qui fust son lieutenant-general, eust fait une entreprise contre les treves, non pourtant on ne devroit pas dire les treves rompues, ne mouvoir guerre, jusques ad ce que ledit prince oncle, qui est souverain, leust advoue ou desadvoue, et quil eust este discute sil avoit cause de ce faire ou non. Mais ou cas present, sans oir partie, on a fait jugement, non pas sur cil que on dit estre malfaicteur, mais sur la personne du roy, nostredit seigneur, qui de ce est pur et innocent, et a len pris ses places teles et si privilegies comme dit est, et la

---

[Translation.]

still the said uncle ought not to have begun the war without having previously signified the matter to the king, our said lord, in England, and demanded reparation, between whom and the said prince uncle only the said truce was made, and not between others; and the honour of the king, our said lord, and the good love which, as it was reported, the said prince uncle had towards the king, our said lord, should have been a sufficient reason why the matter should have been signified to him without being thus hurried on and taken up on the sudden. For if, upon the part of the said prince uncle, and the prince next in dignity after him, which was his lieutenant-general, an enterprise had been taken in hand contrary to the truce, one ought not to affirm that on this account the truce was broken, nor to begin the war, until the said prince uncle, who is the sovereign, had either avowed it or disavowed it, and until it had been discussed whether he had cause so to do, or not. But in the present case, without hearing the party [accused], judgment has been pronounced, not upon the person who is charged with being the evildoer, but upon the person of the king, our said lord, who in this matter is pure and innocent, and his fortresses (such and so privileged, as has been said) have been taken from him, as well as the person personne de mondit sieur de Faucomberge ; que semble chose bien estrange et contre droit et raison. A.D. 1449. June 25–29.

XVII. Et par les choses dessusdites, et plusieurs aultres a declarer en temps et lieu, appert clerement que touchant ledit fait de Fougieres on ne peut donner a mondit seigneur aucune charge ou reprise, en quelque maniere que ce soit; mais au contraire, a tort et sans cause ont este faictes lesdites prises des chastel et ville du Pont-de-Larche, de monsieur de Faucomberge, commissaire et ambaxadeur pour le traictie de la paix, des places de Conches et Gerberay, des biens et personnes estans dedens, et mesmes de la personne de messire Symon Morhier, chevalier, et plusieurs autres detenus a Diepe de paravant de ladite prise de Fougieres, et tous autres prisonniers, en quelques lieux quils soient; dont lesdits Hanneford et Lenfant requierent reparacion selon la teneur des treves, et sur toutes choses la delivrance du mondit sieur de Faucomberge, qui estoit, et est, personne privilegiee comme ambaxadeur pour son prince, en telle matiere comme pour le bien de paix; mesmement que ledit prince oncle a este requis par mondit seigneur le gouvernant de faire reparer ladite

[TRANSLATION.]

of my said lord of Faucomberge; which appears to be a very strange thing and contrary to right and reason.

XVII. And by the things abovesaid and many others to be declared at the fitting time and place, it appears clearly that as touching the said business of Fougières, no accusation or blame can be laid to the charge of my said lord in any manner whatsoever; but on the contrary, the said captures of the castle and town of Pont-de-l'Arche and of my lord of Faucomberge, the commissioner and ambassador for the treaty of the peace, of the places of Conches and Gerberay, of the goods and persons who were therein, and especially of the person of messire Symon Morhier, knight, and of many others, prisoners at Dieppe, before the said capture of Fougières, and all other prisoners, in what place soever they are, have been done wrongfully and without cause, of which the said Hanneford and l'Enfant require reparation according to the tenor of the truce, and especially the delivery of my said lord of Faucomberge who was and is a principal person, being an ambassador for his prince, in such manner, as well as for the advantage of the peace; especially as the said prince uncle has been required by my said lord the governor to make

A.D. 1449. June 25–29. prise du Pont-de-Larche, et aussi faire delivrer ledit de Faucomberge.

XVIII. Item, semblablement requierent la delivrance de messire Gilles de Bretaigne, qui est homme lige et subget du roy, nostredit seigneur.

XIX. Item, lesdits Mundefort et Lenfant somment et requierent lesdits sires de Culant et de Cousinot de dire et declarer se la prise dudit monsieur de Faucomberge et desdites villes du Pont-de-Larche, Conches, et Gerberay, sont faictes du gre, sceu et consentement dudit prince oncle ou non, et si les advoue ou non, ou se elles sont faites de par ledit duc de Bretaigne ou non;, afin que mondit seigneur le gouvernant sache a qui il a a besongner et que (ce mestier est) il le puisse signifier au roy, nostredit seigneur, pour et a tel fin quil appartiendra.

XX. Item, et pour monstrer clerement que mondit seigneur le gouvernant a voulu, et veult, faire en ladite matiere, et en toutes autres, tout ce qui lui est honourablement possible selon les termes de raison, lesdits Mundeford et Lenfant offrent, pour et au nom de mondit seigneur le Gouvernant, que (res-

---

[Translation.]

reparation for the said taking of Pont-de-l'Arche, and also to deliver the said Faucomberg.

XVIII. Item, in like manner they require the deliverance of messire Gilles of Bretaigne, who is liegeman and subject of the king, our said lord.

XIX. Item, the said Mundefort and l'Enfant summon and require the said lords of Culant and Cousinot to say and declare whether the capture of the said lord of Faucomberge and the said towns of Pont-de-l'Arche, Conches, and Gerberay have been done with the approval, knowledge, and consent of the said prince uncle, or not; and whether he avouches it, or not; or whether they were done by the said duke of Bretagne, or not; in order that my said lord the governor may know with whom he has to deal, and that, if it be necessary, he may signify it to the king, our said lord, for the purpose and end which should be necessary.

XX. Item, and in order to show clearly that my said lord the governor has wished, and wishes, to do in the said matter, and in all others, all that is possible for him to do with honour according to the terms of reason, the said Mundeford and l'Enfant offer, for and in the name of my said lord the governor, titucion prealablement faite de la personne de monsieur de Faucomberge, ambassadeur de son prince, ainsi que dit est, des places au Pont-de-Larche, Conches, et Gerberay, et tous prisonniers, en quelques lieux quils soient, comme choses commises sans cause et sans raison, ne sans aulcune couleur vallable; mais sont cleres attemptas contre la teneur des treves, et si cleres que plus ne puent estre), mondit seigneur mettra ou fera mettre en ses mains, ou de ses commis et deputez, la dite place de Fougieres, et en fera vuidier le dit messire Francois; et ou cas quil ne vouldroit obeir, mon dit seigneur y procedera a force darmes. Et ce fait, et la dite place mise ez mains de mon dit seigneur le gouvernant, en sera appoinctie au surplus ainsi quil plaira aux deux princes y ordonner, soit par eulx ou leurs commis et deputez sur ce. A.D. 1449. June 25–29.

Et au regart de la restitution des biens estans dedans la dite place de Fougieres, et aultres dommaiges et interests venus a celle cause, et aussi des pertes et dommages commis par les Bretons, tant par terre que par mer sur les subgets du roy, nostre dit seigneur, ce pourra estre appoinctie en Angleterre, ou quant les ambaxadeurs Dangleterre seront venus par

---

[Translation.]

that if restitution be previously made of the person of my lord of Faucomberge, the ambassador of his prince, as has been said, of the places of Pont-de-l'Arche, Conches, and Gerberay, and all prisoners, in what places soever they may be, being things committed without cause and without reason, and without any due pretence, but are plain infringements of the terms of the truce, and so clear that none can be clearer, my said lord will place, or cause to be placed, in his hands, or in the hands of his commissioners and deputies, the said place of Fougières, and will cause the said messire François to vacate the same, and in case he will not obey, my said lord will proceed therein by force of arms. And this being done, and the said place being given into the hands of my said lord the governor, such further arrangement shall thereupon be made as it may please the said two princes to appoint, either by themselves or by their commissioners and deputies therein.

And as regards the restitution of the goods which are within the said place of Fougières, and the other damages and losses which have occurred from this cause, and also for the losses and damages committed by the Bretons, as well by land as by sea, upon the subjects of the king, our said lord, an arrangement can be made therein in England, or when the ambassa-

A.D. 1449. June 25–29.

deca. Sans ce toutes fois que, pour le contenu en ceste present offre, le dit prince oncle puisse pretendre aulcun tiltre de la subjection et obeissance du dit de Bretaigne, en quoi mon dit seigneur le gouvernant nentend proceder en aucune maniere sans la voulente du roy, nostre dit seigneur, mais seulement pour parvenir au bien de paix et fuir a greigneurs inconveniens. Et en tant quil touche les pertes, dommages, et interets venus a loccasion des prises dudit Pont-de-Larche, Conches, et Gerberay, appartenans au roy, nostredit seigneur, et prises par les gens et soldoyers dudit prince oncle, en sera ordonne et appoinctie en la prochaine convencion, ou autrement, ainsi quil plaira aux deux princes; sauf toujours et excepte la personne de mon dit sieur de Faucomberge, qui sera mise incontinent a plaine delivrance, et aussi tous les corps des autres prisonniers, en quelque lieu quils soient.

XXI. Item, et se les dits sires de Culant et Cousinot ne veulent accepter loffre dessusdite, font les dessusdits Mundeford et Lenfant une autre offre; en protestant expressement, comme dessus, que ce ne porte aucun prejudice pour la part du roy, nostredit seigneur, en tant que touche la declaracion

---

[Translation.]

dors of England are come here. Provided, however, that by the contents of this present offer the said prince uncle shall advance no title to the subjection and obedience of the said duke of Bretagne, in which my said lord the governor does not intend to proceed in any way without the pleasure of the king, our said lord; but only in order to arrive at the blessing of peace, and to avoid greater disadvantages. And as regards the losses, damages, and mischiefs which have occurred in consequence of the taking of the said Pont-de-l'Arche, Conches, and Gerberay, which belong to the king, our said lord, and which have been taken by the subjects and soldiers of the said prince uncle, an arrangement and agreement shall therein be made in the next meeting, or otherwise, as it shall please the two princes; save always and except the person of my said lord of Faucomberge, who shall at once be set at entire liberty, and also all the other prisoners, in what place soever they may be.

XXI. Item, and if the said lords of Culant and Cousinot will not accept the offer abovesaid, the aforesaid Mundeford and l'Enfant make another offer; protesting expressly, as above, that this do not lead to any prejudice upon the part of the king, our said lord, as touching the declaration of the subjecde la subjection et obeissance de mondit seigneur de Bretaigne, sil ne vient de la voulente du roy, nostredit seigneur; mais seulement pour appaisier les matieres, et sans prejudice, comme dit est. Et est loffre tele; que la delivrance faite de mon dit seigneur de Faucomberge, et de tous les corps des aultres prisonniers, en quelque lieu quils soient, tant dune part que dautre, soit pris un certain jour convenable, pendant lequel mon dit seigneur le gouvernant fera diligence denvoyer devers le dit messire Francois, et mettra, ou fera mettre, la dite place de Fougieres en ses mains, ou de ses commis et deputez, avec les biens qui pourront estre trouvez, et hors des mains dicellui messire Francois; et pareillement sera fait de la part dicellui prince oncle au regard desdits places du Pont-de-Larche, Conches, et Gerberay, avec les biens; cest assavoir, quelles seront mises hors des mains de ceulx qui les ont prises et les detiennent de present, et mises en autres mains, soit de conservateurs generaulx des treves pour le parti dudit prince oncle, ou desdits sires de Culant et Cousinot, ou de tels autres comme il plaira au dit prince oncle ordonner; durant et pendant lequel temps toutes entreprises

A.D. 1449. June 25-29.

[Translation.]

tion and obedience of my said lord of Bretagne, if ii does not accord with the pleasure of the king, our said lord; but only to quiet matters, and without prejudice, as is said. And the offer is this;—that delivery having been made of my said lord of Faucomberg, and all the bodies of the other prisoners, in what place soever they are, as well upon the one part as the other, a certain convenient day should be fixed, during which my said lord the governor will do his diligence to send to the said messire François, and will place, or cause to be placed, the said fortress of Fougières in his hands, or in the hands of his commissioners and deputies, together with the goods which could be found, and out of the hands of the said messire François; and in like manner it should be done upon the part of the said prince uncle in regard to the said places of Pont-de-l'Arche, Conches, and Gerberay, with the goods; that is to say, that they shall be taken out of the hands of the persons who have possessed themselves of them, and detain them at present, and given into other hands, whether they be the keepers general of the truce upon the side of the said prince uncle, or the said lords of Culant and Cousinot, or such others as it shall please the said prince uncle to appoint; during which time all attempts and assaults, as well upon the one

A.D. 1449. June 25-29. et voyes de fait, tant dun parti que dautre, cesseront du tout, et tant sur villes, chasteaulx, forteresses, que personnes et biens quelsconques, et sans proceder a faire de fait quelsconques fortificacions ou ramparemens des dites places nouvellement prises. Et se dedens icellui temps est obei tant de part que dautre a delivrer les dites places, ainsi que dessus est dit, lors sera pris et accepte certain jour pour convenir plus amplement et besongner sur la restitucion dicelles places et biens de part et dautre. Et ou cas que le dit messire Francois ne vouldroit obeir a la voulente de mon dit seigneur le gouvernant en celle partie, mon dit seigneur procedera contre lui a force darmes, en tiele maniere que, Dieu aydant, il en viendra au-dessus; pourveu aussi que de la part dudit oncle soit fait pareillement au regart des places du Pont-de-Larche, Conches, et Gerberay. Et quant toutes les places seront mises hors des mains de ceulx qui les tiennent et occupent, sera pris jour pour plus avant besongner ez dites matieres, ainsi que de raison sera, et selon la teneur des treves.

XXII. Item, et ou cas que lesdits sires de Culant et Cousinot ne seront contens de ce que dit est, les dits Mundeford

---

[Translation.]

side as the other, shall entirely cease, as well as regards towns, castles, and fortresses, as persons and goods of every kind, and without proceeding to the actual making of any kind of fortifications or ramparts of the said places recently taken. And if within the said time it is agreed, as well upon the one side as the other, to deliver the places aforesaid, as is said above, then a certain day shall be fixed and accepted to meet for fuller discussion upon the restitution of the places and goods aforesaid upon the one part and the other. And in the event of the said messire François not consenting to obey the pleasure of my said lord the governor in this respect, my said lord shall proceed against him by force of arms in such manner as, by God's help, he will get the upper hand; provided also that upon the part of the said uncle it will be done in the like manner in regard to the places of Pont-de-l'Arche, Conches, and Gerberay. And when all the places shall have been taken out of the hands of the persons who hold and occupy them, a day shall be fixed for giving further attention to the said matters, as is reasonable, and according to the terms of the truce.

XXII. Item, and in case the said lords of Culant and Cousinot are not content with what has been stated, the said Munet Lenfant les somment et requierent de faire la delivrance de la personne de mondit sieur de Faucomberge et des places dessusdites; et au surplus les prient et requierent quils vueillent declarer leur finale intencion et voulente touchant les dites matieres, pour surtout en faire rapport et certifier mon dit seigneur le gouvernant, afin que au surplus il en ordonne a son bon plaisir, ainsi que verra appartenir. A.D. 1449. June 25–29.

[Translation.]

deford and l'Enfant summon and require them to make delivery of the person of my said lord of Faucomberg and of the places abovesaid; and besides this, pray and require them to be pleased to declare their final intention and will touching the said matters, that thereupon they may make a report and certificate to my said lord the governor, in order that he would make further provision therein at his good pleasure, as he shall think expedient.

Traditum anno Domini M.CCCC.XLIX, die XXVIII. mensis Junii, sub protestatione addendi, etc., et sub aliis protestationibus alias factis; præsentibus Petro Boutillier, Anthonio Riout, Johanne Go, Roberto Breteau, Maturino Brisson, Willelmo Waler, et Roberto Rokesby, testibus ad hoc vocatis. Date.

Sic signatum: Socius, Barneville.

Item, sequitur tenor quaterni per ambaxiatores dicti principis avunculi traditi.

Response des Ambassadeurs de France au premier Escrit des Anglois.

Charles, seigneur de Culant, conseiller et chambellan, et Guillaume Cousinot, aussi conseiller et maistre des requeste The answer presented by the French ambassadors.

[Translation.]

The Answer of the Ambassadors of France to the First Writing of the English.

Charles, lord of Culant, councillor and chamberlain, and Guillaume Cousinot, also councillor and master of requests of the

A.D. 1449. June 25–29.

de lostel du roy de France, nostre souverain seigneur et ses ambaxeurs et commissaires en ceste partie, soubz les protestacions ci dessoubz declarees respondent aux articles baillees par Osborne Mundeford, escuier, et maistre Jehan Lenfant, conseillers, ambaxeurs, et commissaires de tres haut, tres puissant et excellent prince le neveu Dangleterre du roy, nostre dit seigneur, en la fourme et maniere qui ensuit:—

Premierement, au regard des dites protestations protestent les dits ambaxeurs de France que, pour quelconque chose qui par eux ait este, soit ou puisse estre dite ou demenee des matieres dont ils ont en parole avec les ambaxeurs de la part Dangleterre, touchant le fait de leur charge ou commission, ils nentendent que ce soit pour aucunement injurier aucuns des princes de qui a, ou aura este, parole; ne pour vouloir prejudicier a leur honneur; mais seulement pour la verite des matieres, et entant quil puet servir a leur cas; requerant que en ce sens et entendement y soit pris, et non autrement.

Protestent en outre les dessusdits ambaxeurs de France, que pour quelconque parole quils ayent eu, ayent, ou puissent avoir, avecques les dits ambaxeurs Dangleterre, touchant leur charge et commission, ils nentendent en riens faire conten-

---

[Translation.]

household of the king of France, our sovereign lord, and his ambassadors and commissioners on this part, under the protestations above declared, answer the articles delivered by Osborne Mundeford, esquire, and master Jehan l'Enfant, councillors, the ambassadors and commissioners of the most high, most powerful and excellent prince, the nephew of England of the king, our said lord, in the form and manner following:—

In the first place, in regard to the said protestations, the said ambassadors of France protest that they do not intend by anything that they have said, or that may be said or discussed by them in the matters about which they have had conference with the ambassadors on the part of England touching the business of their charge or commission, in any way to injure any of the princes who have been or shall be mentioned, nor do they wish to prejudice their honour, but only for the truth of the matters, and as will serve their purpose; requiring that it may be taken in this sense and meaning, and not otherwise.

The aforesaid ambassadors of France moreover protest that by any conversation which they have had, have, or may have with the said ambassadors of England, touching the charge and commission, they do not intend in anything to call in dispute cieux la prise de Fougeres faite par messire Francois Larragonnois, chevalier, de lobeissance du dit prince nepveu, ne aussi le fait de monseigneur le duc de Bretaigne, ses pays, seigneuries, et les habitans dicelles, ne les autres choses cleres et decidees par article de treve; ne mettre en debat se ledit lieu de Fougieres, le dit monseigneur de Bretaigne, ses pays, seigneuries et les habitans dicelles sont de lobeissance dudit roy de France, leur souverain seigneurs, ou non; aincois,—comme raison veult et verite le donne, et que de toute ancienncte est accoustume de faire,—reputent iceux ambaxeurs de France les dits monseigneur de Bretaigne et le lieu de Fougieres, et les pays, seigneuries et subgects de mon dit seigneur de Bretaigne, la vraye obeissance et les vrays subgects du roy de France, leur dit souverain seigneur, et comme tels ont este et sont nommement compris en la treve du dit roy de France, et soubz le grant seel dudit prince nepveu tels declares, et par ce doivent joir selon raison du benefice de la treve. A.D. 1449. June 25–29.

Item, protestent les dits ambaxeurs de France, que pour quelconque chose qui par eux ait este, soit, ou puisse estre

[Translation.]

the taking of Fougières by messire François l'Arragonnois, knight, who is in the obedience of the said prince nephew, or the affairs of the duke of Bretagne, his country and lordships and the inhabitants of the same, nor the other things which are clear and decided by any article of the truce; nor to raise the question whether this said place of Fougières, the said monseigneur of Bretagne, his country and lordships, and the inhabitants of the same, are in obedience to the said king of France, their sovereign lord, or not; but, as reason would, and truth affirms, and all antiquity has been accustomed to do, they, the said ambassadors of France, hold that the said monseigneur of Bretagne, the place of Fougières, and the country, lordships, and subjects of my said lord of Bretagne, are in true obedience and the true subjects of the king of France, their said sovereign lord, and as such have been and are included by name in the truce of the said king of France, and under the great seal of the said prince nephew declared to be such, and ought therefore to enjoy, as is reasonable, the benefit of the truce.

Item, the said ambassadors of France protest, that for anything that by them has been or might be said openly or by

A.D. 1449. June 25–29. dit, ouverte ou offerte au demene des matieres de leur dite charge ou commission, se avant leur departement davec les dits ambaxeurs Dangleterre conclusion finale ny est prise, ils se tiennent entant quil pourroit prejudicier audit roy de France, leur souverain seigneur, comme non dit, ouvert, offert et advenu, sans ce quil soit loisible audit prince nepveu, ne a autre quelconque pour lui, icelles choses dites, ouvertes ou offertes, povoir accepter ou temps advenir, ne eulx en aider en lencontre ou prejudice dudit roy de France, ne autre quelconque de sa part en aucune maniere.

Protestent avec ce les dits ambaxeurs de France que, jacoit ce que ledit prince nepveu ait nomme ledit seigneur de Faucomberge en la commission ou les dits Mundeford et Lenfant sont nommez, comme son ambaxeur et commissaire, toutefois leur entencion nest point que ledit de Faucomberge besogne avec iceux ambaxeurs de France en la qualite dessusdite, et au regard et termes ez quels les choses sont de present; ne que a ceste cause puisse estre prejudiciee a la prise et detencion de la personne du dit sieur de Faucomberge, gardez en ce terme de raison; ne que en loccasion dessusdite ledit prince nepveu, le-

---

[Translation.]

implication in the management of the business of the said charge or commission, if before their departure from the aforesaid ambassadors of England no final arrangement has been made, they do not intend to prejudice the said king of France, their sovereign lord, but that it shall be as if it were not said, opened, offered, or accomplished, so that it shall not be lawful for the said prince nephew, nor for any other for him, when these things have been said, opened, or offered, to be able to accept them in time to come, nor to avail themselves thereof, in opposition to or in prejudice of the said king of France, nor any other person whomsoever on his part in any manner.

The said ambassadors of France further protest, that although the said prince nephew has named the said lord of Faucomberg in the commission in which the said Mundeford and l'Enfant are named, as his ambassador and commissioner, yet their intention is not that the said Faucomberg should treat with the said ambassadors of France in the quality abovesaid, and in regard to the terms in which the matters stand at present; nor that for this cause any prejudice should arise as to the capture and detention of the person of the said lord of Faucomberge, keeping reason in the matter; nor that by the said occasion the said prince nephew, the said Faucomberge, or any other person dit Faucomberge, ne autre quelconque de leur part et obeissance, puisse faire autre requeste, ne pretendre, ou reclamer autre chose ou fait de la delivrance du dit sire de Faucomberge, quils faisoient auparavant de ladite commission. Et qui aultrement le vouldroit faire, dez a present le rejettent les dits ambaxeurs de France; et declarent que leur entention de besogner est en la forme et maniere dessusdite, et non autrement. A.D. 1449. June 25–29.

Item, font aussi les dits ambaxeurs de France les protestations generales et accoustumees; cest assavoir, de adjouster, corriger, changer, ou muer ez choses cy-apres declarees, ainsi quil leur plaira et bon leur semblera, jusqua la fin et conclusion dicelles.

Item, et presupposees lesquelles protestations, ensemble le contenu les articles dessusdites baillez par lesdits ambaxeurs de la part Dangleterre, lesquelles articles lesdits ambaxeurs de France tiennent ici pour repetees, dient iceux ambaxeurs de France que depuis les treves prises entre le roy de France, leur souverain seigneur, et son dit nepveu Dangleterre, et contre et au prejudice dicelles, les gens et subgets de lobeissance dudit prince nepveu ont commis sur les subgets et

---

[TRANSLATION.]

upon their part or party, may make any other request, nor take or demand anything besides in the matter of the deliverance of the said lord of Faucomberge than what they did before the said commission. And if any one would do otherwise, the said ambassadors of France reject it from the present time, and declare that it is their intention to treat according to the form and manner abovesaid, and not otherwise.

Item, the said ambassadors of France have also made the general and usual protestations; that is to say, to add to, correct, change, or alter the things hereafter declared as it shall please them and they shall see good, until the end and conclusion of the same.

Item, and the said protestations being presupposed, together with the contents of the articles abovesaid, delivered by the said ambassadors upon the part of England, which articles the said ambassadors of France consider as here repeated, the said ambassadors of France affirm that since the truce entered into between the king of France, their sovereign lord, and his said nephew of England, and against and in prejudice to the same, the people and subjects under obedience to the said prince nephew have committed upon the subjects of the said king of

A.D. 1449. June 25–29.

obeissens du dit roy de France plusieurs attemptats, excez, crimes et delis, tant en murtres, pilleries, roberies, esguetemens de chemins, sacrileges, ravissement de femmes, boutemens de feu, ranconnement de gens, exactions de deniers, batures et mutilacions de personnes, et tant par mer comme par terre; remparemens de places en marche de frontiere, qui estoient desemparees auparavant les treves, fortifications de autres ez dites marches, qui james navoient este fortes, que autrement en plusieurs et maintes manieres.

Item, et que combien que plusieurs convencions et assemblees aient este tenues entre les ambaxeurs et commissaires des dits deux prince oncle et nepveu touchant lesdites matieres, et que de la part du roy de France on se soit toujours mise en tout debvoir et offert de faire tout ce quil appartenoit selon la teneur des treves, ainsi quil est tout notaire, et que quant vendra a declarer les cas particuliers en temps et en lieu, il sera deuement monstre et justifie; neanmoins de la part du dit prince nepveu na este sur ce fait aucun devoir, au moins tel quil appartenoit, mesmement ou fait de remparement de Saint Jame de Beuvron et des deux nouvelles forteresses qui ont este faites a Mortain par les subjets et obeissans du dit

[Translation.]

France, and upon these in obedience to him, many attemptates, excesses, crimes, and offences, as well in murder, plundering, robbery, highway robbery, sacrilege, ravishing of women, fire raising, putting people to ransom, exaction of money, beating and maiming of persons, as well by sea as by land, the occupation of fortresses upon the limits of the frontier, which had been dismantled before the truce, the fortifications of others upon the said borders, which never had been fortified, as otherwise in many and various ways.

Item, and that, although many conventions and meetings have been held between the ambassadors and commissioners of the said two princes, the uncle and nephew, touching the said matters, and that upon the part of the king of France every effort had been made and offered to do all that was fitting, according to the tenor of the truce, as is perfectly notorious, and when the fitting time and place shall come for the declaration of the particular cases, it shall be duly shown and proved; nevertheless, upon the part of the said prince nephew nothing has been done herein, at least nothing that was fitting, especially in regard to the dismantling of S. James de Beuvron and the other two new fortresses which have been made at Mortaing by the subjects and obediencers of the said prince nepveu; lesquels lieux sont situez et assis en marche de frontiere; et par consequent sont les dits emparemens et fortifications directement contre la teneur des dits treves et decidez par article dicelles, sans quil soit besoin dautre cognoissance de cause. Ne pour quelque notification que de la part du dit roy de France en ait este faicte en Angleterre audit prince nepveu sommacion ou requeste a hault et puissant prince le duc de Somerset, son lieutenant general et representant sa personne deca la mer, ne pareillement aux commissaires dicellui prince nepveu, ne aux conservateurs de son parti, na peu sur ce estre obtenue desdits prince neveu, son lieutenant general, commissaires et conservateurs, aucune effectuelle provision, ne en ce de leur part estre aucunement entretenu la treve; aincois par difficulte de donner provision aux choses dessusdites et en faire la reparation tele quelle appartenoit, qui sont les occasions et exemplaires a ceux qui ont voulente de faire mal, de plus hardiment entreprendre et executer leur mauvaise voulente, ou autrement soubz quel adveu, ou par quele ordonnance, commandement ou permission, Dieu le sache et la verite, messire Francois Larragonnois,

A.D. 1449. June 25–29.

[Translation.]

prince nephew; which places are situated and located on the line of the frontier, and consequently the said erections and fortifications are directly contrary to the tenor of the said truce, and are settled by an article in the same, unless it were necessary that there were another inquiry into the cases. Nor for any notification which has been made in England upon the part of the said king of France to the said prince nephew, or summons or request to the high and powerful prince the duke of Somerset, his lieutenant-general, and the representative of his person on this side of the sea, nor in like manner to the commissioners of the said prince nephew, nor to the conservators upon his side, has it been possible to obtain herein from the said prince nephew, his lieutenant-general, or the commissioners and conservators, any effectual provision; nor has there upon their part been any observance of the truce. But from want of giving heed to the things abovesaid, and making such reparation as was due, which are occasions and precedents, for such as desire to offend, the more boldly to take in hand and execute their wicked designs, or otherwise, under what protection, or by what appointment, commandment, or permission, God and the Truth know, messire François l'Arragonnois, knight of the Order of the Garter,

A.D. 1449. June 25-29. chevalier de lordre de la Jarretiere, (qui de si grant anciennete est lo vray ordre des roys Dangleterre, et en sont chiefs,) conseiller et pensionnaire dudit prince nepveu, son vassal, ayant charge de gens darmes et de places de par ledit prince nepveu, et soubz le gouvernement et lieutenance du dit haut et puissant prince, duc de Somerset, accompaigne de grande quantite de gens de guerre, subgets, obeissans, et de la solde du dit prince nepveu, est venu prendre le chastel et ville de Fougiere, apanage de France, et de present appartenant a monsieur de Bretaigne, subjet et obeissant, et pareillement le dit lieu de Fougieres et les habitans du dit roy de France, leur dit souverain seigneur, et nommement comprins en sa treve, et en icellui lieu ont les dits messire Francois et iceulx de sa dite compaignie tue et meurdry gens, violees les eglises, et commis tous sacrileges, ravy femmes, prins prisonniers, pille, robe, prins et applique a eulx tout ce quils y ont pu trouver, et fait leurs butins, ainsi quil est accoustume de faire en temps de guerre.

Item, et non contens de ce, ont detenu et occupe, et encores detiennent et occupent, iceux Francois Larragonnois

---

[Translation.]

(which for its great antiquity is the chief order of the kings of England, and whereof they are the head,) being a councillor and pensioner of the said prince nephew, his vassal, having charge of the troops and fortresses upon the part of the said prince nephew, and under the governance and lieutenancy of the high and powerful prince the duke of Somerset, accompanied by a great number of men of war, the subjects, obediencers, and persons in the pay of the said prince nephew, came to take the castle and town of Fougères, being an appanage of France, and at this time belonging to monseigneur of Bretagne, a subject and obediencer, as was also the said place of Fougères and the inhabitants, of the said king of France, their sovereign lord, and included by name within the said truce; and in that same place the said messire François and the persons of his said company have killed and murdered men, violated churches, committed every kind of sacrilege, ravished women, taken prisoners, pillaged, robbed, taken, and appropriated to themselves all that they could find there, and made it their booty, as is wont to be done in time of war.

Item, and not content therewith, the said François l'Arragonnois and his accomplices have kept and occupied, and still et ses complices, les dits chastel et ville de Fougieres, et dicellui lieu ont couru en plusieurs autres parties du pays de Bretaigne, tue et murdry gens, prins et amene personnes et mis a rancons, boute feux, amene et emporte tout ce quils ont trouve et quils ont peu amener et emporter, appatiche le pais susdis et portez seigneurs des terres des gentilshommes ou dit pais, et ainsi que en temps de guerre len a accoustume faire en pays de conqueste, generalement ont faict au dit pais de Bretaigne, subget et obeissant du dit roy de France, ainsi que dessus est dit, tous explois acoustumez de faire en temps et pays de guerre. Pareillement, les gens de guerre des garnisons d'Avranches, Tombelaine, et de certains autres lieux de lobeissance du dit prince nepveu, et soubz la charge, lieutenance, et gouvernement du dit hault et puissant prince, duc de Somerset, ont couru a Landal en Dolays, et en plusieurs autres lieux du dit pays de Bretaigne, et fait tous exploits de guerre ainsi que dessus. Lesquelles choses demonstrent clerement que de la part du dit prince nepveu, ne du dit haut et puissant prince, duc de Sommerset, son lieutenant- A.D. 1449. June 25–29.

[Translation.]

do keep and occupy, the said castle and town of Fougères, and from this place have overrun many other parts of the country of Bretagne, killed and murdered people, taken them prisoners, carried them off and put them to ransom, raised fires, driven away and carried off all that they found and which they could drive away and carry off, levied contributions, carried off the masters from the lands of the gentlemen of the said country, and generally have dealt with the said country of Bretagne, which is subject and obedient to the said king of France, as in time of war is usually done in a conquered country, as is aforesaid, acting in every way as is usually done in time of war in a hostile country. In like manner the soldiers of the garrisons of Avranches, Tombelaine, and certain other places in obedience to the said prince nephew, and under the charge, lieutenancy, and governance of the said high and powerful prince the duke of Somerset, have penetrated as far as Landaul in Dolays, and to many other places of the said country of Bretaigne, and conducted themselves as in time of war, as is abovesaid. These things clearly show that neither upon the part of the said prince nephew, nor of the said high and powerful prince, the duke of Somerset, his lieutenant-general and the repre-

A.D. 1449. June 25–29. general et representant sa personne deca la mer, ne des autres de lobeissance du dit prince nepveu, les dites treves nont pas este bien gardees ne entretenues, aincois ont este enfraintes, et plusieurs attemptas et excez fais et commis alencontre et ou prejudice dicelles, en diverses en maintes manieres.

Item, et ne puet pas dire haut et puissant prince, duc de Somerset, que les choses dessus dites ne soient venues a sa notice et connoissance; car il scet les convencions qui ont este tenues touchant les dites matieres jusques au dit cas de Fougieres entre les ambaxadeurs et commissaires des dits deux prinses oncle et nepveu, et tout ce que y a este fait; et en a eu clere cognoissance; et mesmement en tant quil touche le dit Saint Jame de Beuvron, scet bien les requestes et sommacions qui a sa propre personne en ont este faites de bouche et par escrit. Et quant au dit cas de Fougieres, lui mesme en a escript au dit roy de France tantost apres le dit cas advenu, lequel sur ce lui a fait response par lettre, en lexposant, entrautres choses, quil y donnast la provision telle quil appartenoit. Pareillement aussi cest une chose si notoire, quelle nest pas seulement devulguee pour le royaume de

---

[Translation.]

sentative of his person on this side of the sea, nor of the other persons who are under the obedience of the said prince nephew, has the said truce been well kept and observed, but it has been broken, and many attemptates and excesses have been done and committed against and in prejudice to the same in diverse and many ways.

Item, and the high and powerful prince, the duke of Somerset, cannot say that the things abovesaid have not come to his notice and knowledge, for he knows the meetings which have been held touching the said matters until the said case of Fougères between the ambassadors and commissioners of the said two princes, the uncle and the nephew, and all that has therein been done, and thereof he has had clear knowledge; and especially in all that concerns the said Saint James de Beuvron he knows well the requests and citations which have been made to himself personally, both verbally and by writing. And as to the said case of Fougères, he himself has written about it to the said king of France immediately after the event occurred, who thereupon sent him a letter in reply, informing him, among other things, that he would do what was fitting therein. Moreover, it is a thing so notorious that it is not only well known through-

France, ne en Angleterre, mais en plusieurs autres parties de la Chrestiente; toutefois, non obstant ces choses de la part dicellui haut et puissant prince, duc de Somerset, ne autre quelconque pour et au nom du dit prince nepveu, na sur ce este donne aucune provision au moins convenable, ne fait reparacion, ainsi que selon la teneur de la treve faire se debvoit. A.D. 1449. June 25–29.

Item, et considerees lesquelles choses, et le debvoir en quoi le dit roy de France sestoit mis de sa part, et le deffault de droit et debvoir non fait, procedans de la part du dit prince nepveu, de son dit lieutenant, ou de ceux qui avoient charge depar lui en cette partie, est clere a cognoistre que le dit roy de France nest point tenu de plus entretenir la treve, se bon ne lui semble; et nest aucun qui ez termes de raison lui en puisse jamais donner ou imputer aucune charge. Mais neantmoins pour monstre le bon vouloir quil a au bien de paix, et ad ce que par le moyen de lentretenement des treves len puisse parvenir a la desiree conclusion de ladite matiere, principalement pour honneur et reverence de Dieu, nostre Createur, qui commanda paix entre les hommes de bonne vou-

---

[Translation.]

out the realm of France, but in England, and also in many other parts of Christendom; yet, notwithstanding these things, no arrangement in any way befitting the case has herein been made, either upon the part of this high and powerful prince the duke of Somerset, nor any other person whomsoever, for and in the name of the said prince nephew, nor has any reparation been made, as according to the tenor of the truce ought to have been done.

Item, these things being considered, and also the effort made by the said king of France upon his part, and the default of justice and duty, in which the prince nephew has failed upon his part, as also have his said lieutenant and those persons who have charge under him in this part, it is clearly to be perceived that the said king of France is not bound further to observe the truce, if he does not think fit so to do; and there is no one who can reasonably place or lay anything to his charge. Yet still further to evince the good will that he has towards the blessing of peace, and that by means of the preservation of the truce he may arrive at the desired conclusion of the said matter, principally for the honour and reverence of God our Creator, Who commanded peace among

A.D. 1449. June 25-29. lente, eviter leffusion du sang humain Christien, pour les biens aussi que len espere advenir de la dite matiere de paix, et obvier aux inconveniens qui puent advenir de guerre, les dits ambaxeurs de la part de France, pour et au nom du roy de France, leur souverain seigneur, offrent aux dits ambaxeurs du dit prince nepveu, que se promptement les dits ambaxeurs du dit prince nepveu, ou le dit haut et puissant prince, duc de Somerset, veulent en entretenant les dites treves faire restituer et delivrer le dit lieu de Fougieres au dit monseigneur de Bretaigne, subget et obeissant du dit roy de France, leur souverain seigneur, ensemble les biens qui estoient dedens ou temps de la prinse, ou la valeur et extimacion diceux selon la commune renommee, et punicion de ceux qui ont fait le delit, ainsi que raison veut et que la treve le porte, demolicion aussi des dites places de Saint James de Beuvron et de Mortaing, et restitution des autres biens, pertes, et dommages que ceulx de lobeissance du dit roy de France, de faire tel debvoir et telle reparation de la part du dit roy de France de tout ce

[TRANSLATION.]

men of good will, to avoid the spilling of the blood of Christian men, for the advantages also which it may be hoped would arise from the said matter of the peace, and to obviate the mischiefs which might arise from the war, the said ambassadors upon the part of France, for and in the name of the king of France, their sovereign lord, offer the said ambassadors of the said prince nephew that if forthwith the said ambassadors of the said prince nephew, or the said high and powerful prince the duke of Somerset, are willing, for the preservation of the said truce, to cause to be restored the said place of Fougières to the said lord of Bretagne, the subject and obediencer of the said king of France, their sovereign lord, together with the goods which were therein at the time of the capture, or the value and estimate of the same according to common report, and will punish the persons who have committed the offence as reason requires to be done and the truce provides, the said places of Saint James de Beuvron and Mortain being demolished, the other goods being restored, the losses and damages which the obediencers of the said prince nephew, as far as the said goods are concerned, have inflicted, made, and done in regard to the losses and damages as well in Bretagne as elsewhere in the obedience of the said king of France,—to do what is right and to make restitution upon the part of the said king of France of all that the said que les dits ambaxeurs Dangleterre vouldront requerir, que par raison, selon la teneur des dits treves faire se doit; et en outre, pour ce que les dits ambaxeurs de la part Dangleterre dient quil faut aucun delay ou trait de temps pour si grans matieres executer, offrent les dits ambaxeurs de la part de France, pour et ou nom que dessus, ja soit ce quil y ait en temps competent assez depuis les attemptas, excez, et cas dessusdits, dedens lequel de la part du dit prince nepveu on eust bien peu donner provision et faire faire la reparacion qui eust voulu; que ce nonobstant, en baillant bonne seurte dostaiges, gages, ou places, jusques a la valeur des biens pris ou dit lieu de Fougieres, selon la commune renommee, qui est de deux millions dor et plus;—de prendre et accepter jour competent dedens lequel les places prises de part et autre, et les gens pris soient rendus et restituez, et que a icellui jour soit veu se les dites pertes et dommages faites audit lieu de Fougieres montent a plus grande ou a mendre somme que de ce que dessus est dit, et sil est trouve quil y ait mendre somme, il en sera autant deffalque, et aussi sil y a plus grande A.D. 1449. June 25–29.

[TRANSLATION.]

ambassadors of England could reasonably require, and which ought to be done according to the import of the said truce. And moreover, since the said ambassadors upon the part of England affirm that there ought to be some delay or interval of time for the execution of matters so important, the said ambassadors offer upon the part of France, for and in the name (as above), although there has been a sufficient period since the attemptates, excesses and events abovesaid, within which upon the part of the said prince nephew it would have been very easy to have given attention and caused the reparation to be made which is desired; yet this notwithstanding, upon the giving of good security by hostages, pledges, or places, to the value of the goods which were taken at the said place of Fougières, according to the common report, which amounts to two millions of gold and more;—to take and accept a convenient day by which the places taken upon the one side and the other and the people who have been taken prisoners shall be given up and restored, and that upon this day it shall be ascertained whether the said losses and damages inflicted at the said place of Fougières amount to a greater or a less sum than what is mentioned above, and if it be found to be a smaller sum, so much shall be deducted from it, and also if it be a

A.D. 1449. June 25–29. somme, le pardessus sera fourny, et au demourant des pertes et dommages dune part et dautre sera fait raison aux parties sur tout ce dont ils enseigneront et moustreront deuement.

Et au cas que de la part des dits ambaxeurs Dangleterre la dite offre seroit refusee, les dits ambaxeurs de France appellent Dieu et la verite a tesmoings du devoir en quoy le dit roy de France se mest de sa part, et que de quelconque chose advenue, ou quil puisse advenir, touchant les choses dessusdites, nulle charge ne luy eu puet estre donnee ne imputee.

Item, et quant aux choses contenues ez articles dessusdits, est tout cler quil ny a riens qui doye ne puisse, au mains en termes de raison, impugner ne empescher que les offres dessusdites ne soient justes et raisonnables; ne que on les doye, ou puisse, par droit refuser ne denier.

Item, et premierement au regard du i. et ii. Articles, faisant mention des causes de la venue des dits ambaxeurs de France ez marches de par deca, dient les dits ambaxeurs de France que, ensuivant les lettres que le dit roy de France envoya par Mayne le herault au dit haut et puissant prince, duc

---

[Translation.]

greater sum the deficiency shall be supplied; and as for the remainder of the losses and damages upon the one part and the other, justice shall be done to the parties as to all matters of which they shall give notice and due information.

And in case that upon the part of the said ambassadors of England the said offer should be refused, the said ambassadors of France appeal to God and the truth as witnesses that the said king of France wishes to do what is right upon his part, and that no charge should be laid or imputed to him if anything happens or might happen touching the things abovesaid.

Item, and as to the things contained in the articles abovesaid, it is perfectly clear that there is nothing which ought or can, at least reasonably, impugn or prevent the aforesaid offers from being just and reasonable, or by which any one ought or could cause them to be refused or denied.

Item, and in this first place, as regards the i. and ii. Articles, which make mention of the causes of the coming of the said ambassadors of France into the marches here, the said ambassadors of France say that according to the letters which the said king of France sent by Mayne the herald to de Somerset, au partement du dit Lenfant et de messire Jehan Hanneford, qui estoient venus vers le roy de France en ambaxade de par le dit de Somerset, et pour les causes contenues ez dites lettres, et aussi en celles que les dits ambaxeurs de France escrivirent au dit haut et puissant prince, duc de Somerset, apres ce quils fuerent arrivez en ceste ville de Louviers, iceux ambaxeurs de France sont principalement venus par deca, et au contenu desquelles ils le rapportent. A.D. 1449. June 25–29.

Item, et au regard du tiers, iv. et v. Articles, faisant mencion des excusacions pretendues par le dit hault et puissant prince, duc de Somerset, davoir fait le debvoir quil pouvoit et debvoit faire touchant le fait de la prinse de Fougieres, etc., dient les dits ambaxeurs de France, en parlant soubz correction et en toute reverence, que les dites excusacions sont bien petitement fondees. Car suppose que ladite prise neut este faite de son seu ne de son consentement, et que toutesfois aucunes gens pourroient avoir grant soupcon au contraire, attendu le contenu ez lettres que le dit de Somerset escrivit audit roy de France touchant la dite matiere; cest assavoir quil avoit eu cognoissance ouparavant la dite prise de Fou-

---

[TRANSLATION.]

the said high and powerful prince the duke of Somerset, at the departure of the said l'Enfant and messire Jehan Hanneford, who had come from the king of France in an embassy to the said Somerset, and for the causes contained in the said letters, and also in those which the said ambassadors of France wrote to the said high and powerful prince the duke of Somerset after they had arrived in this town of Louviers, the said ambassadors of France are chiefly come hither, to the contents of which they refer themselves.

Item, and as regard to the iii., iv., and v. Articles, which mention the excuses pretended by the high and powerful prince the duke of Somerset, that he had done the most that he could or ought to do touching the business of the capture of Fougères, etc.,—the said ambassadors of France say, speaking under correction and with all reverence, that the said excuses have very little foundation. For supposing that the said capture was not made by his knowledge nor with his consent, and that although some people might well suspect the contrary, considering the contents of the letters which the said Somerset wrote to the said king of France touching the said matter, namely, that he was aware, before the said capture of

A.D. 1449. June 25–29. gieres, que le dit Larragonnois sestoit tire ez basses marches, en entencion, comme len disoit, de faire aucune entreprise; a quoi, comme il est tout notoire, le dit haut et puissant duc de Somerset eust bien peu obvier sil eust voulu; considere que cellui Larragonnois estoit soubz sa charge, lieutenance, et gouvernement; dont il na riens fait; joint avec ce la deposition daucuns Anglois et de la garnison du dit lieu de Fougeres, prins au lieu de Saint Aubin du Cormier, qui dient expressement que la dite prinse avoit este faicte du consentement du dit hault et puissant duc de Somerset, ainsi que mon dit seigneur de Bretaigne a escript au roy, et que en temps et lieu, Dieu aidant, il se monstrera; toutesfois ne suffit-il pas pour faire debvoir, de seulement avoir escript au dit Francois Larragonnois, la dite prinse de Fougeres estre a la desplaisance du dit haut et puissant prince, duc de Somerset, et quil en emporteroit son bien ou son mal, etc.

Item, mais pour faire debvoir et garder la teneur de la treve, debvoit incontinent le dit haut et puissant duc de Somerset en toute diligence, contraindre, et y deust-il ores avoir este

---

[Translation.]

Fougères, that the said Arragonnois had advanced towards the lower boundaries, intending, as it was reported, to make some attempt; which, as it is perfectly notorious, the said high and powerful duke of Somerset might easily have prevented had he so pleased, considering that the said Arragonnois was under his charge, lieutenancy, and government; in which he had done nothing; joined with this, the deposition of certain Englishmen, and of the garrison of the said place of Fougères, taken at the place of Saint Aubin du Cormier, who say expressly that the said capture had been made with the consent of the said high and powerful duke of Somerset, as my said lord of Bretaigne has written to the king, and which at due time and place he will prove, by God's help;—yet it was not enough, for the discharge of his duty, to do nothing more than write to the said François l'Arragonnois that the said capture of Fougères was displeasing to the said high and powerful prince the duke of Somerset, and that it concerned him for good or for ill, etc.

Item, but if his wish were to have done his duty and to have kept the provisions of the truce, the said high and powerful duke of Somerset ought immediately and with all diligence to have compelled (and he ought to have been there at this time en sa propre personne, le dit Larragonnois et ceux qui estoient dedens la dite place de Fougeres, a icelle vuider et incontinent la rendre et restituer es mains et soubz la seigneurie et obeissance ou elle estoit ouparavant de la dite prise, ensemble les biens qui estoient dedens, et tout reparer et remettre en lestat quel estoit auparavant de la dite prise, et avec ce punir les delinquens ainsi que ou cas appartenoit. De toutes lesquelles choses na riens este fait. Aincois, comme il est notoire, les biens prins au dit lieu de Fougeres par le dit Francois et ses complices ont este admenez ou pays de Normendie, en lobeissance du dit prince nepveu et soubz le gouvernement et lieutenance du dit haut et puissant duc de Somerset, au veu et au soeu de ceux qui lont voulu voir et cognoistre; et sans ce que de la part du dit haut et puissant duc de Somerset, ne des autres officiers du dit prince nepveu, aucune provision ait este sur ce donnee, ne quils ayent demoustre un tout seul signe effectuel, que la chose leur eu depleust; lesquelles choses monstrent clerement que cest bien petit debvoir fait ou fait de la reparacion du dit excez, et que le dit haut et puissant duc de Somerset na pas fait ce quil debvoit et pouvoit

A.D. 1449. June 25-29.

[Translation.]

personally) the said Arragonnois and the people within the said place of Fougères to have vacated it, and forthwith to have surrendered and restored it into the hands and under the lordship and obedience under which it was before the said capture, together with the goods that are within it, and to repair and put it back into the condition in which it was before the said capture; and moreover to punish the delinquents as the case required. In all which things nothing has been done; but, as it is notorious, the goods taken at the said Fougères by the said François and his accomplices have been conveyed into the country of Normandy, into the obedience of the said prince nephew, and under the government and lieutenancy of the said high and powerful duke of Somerset, in the sight and to the knowledge of such persons as chose to see and know the same. Nor has any provision been herein given upon the part of the high and powerful duke of Somerset, nor of the other officers of the said prince nephew, nor have they exhibited one single effectual proof that the thing was displeasing to them; which things show clearly that very little has been done in the matter of repairing the said excesses, and that the said high and powerful duke of Somerset has not done what he ought

A.D. 1449. June 25–29.

bien faire. Ains en parlant en termes de droit, puisque le dit haut et puissant duc de Somerset povoit bien donner provision aux choses dessus dites, mesmement a la reparacion, et le devoit et avoit la charge de le faire, et ne la pas fait; dient les drois que cest bailler taisible consentement, et quil en est tenu.

Item, et ne vaut a dire que le dit Francois Larragonnois a escrit au dit haut et puissant duc de Somerset, que ce que icellui Larragonnois avoit fait a Fougeres, cestoit pour plusieurs justes et raisonnables causes quil declareroit en temps et lieu, sans les autrement speciffier, et quil en faisoit juge le dit prince nepveu et tous autres princes neutres et indifferens, luy premierement ouy, etc. Car il est tout cler a tout bon entendement que le dit Larragonnois de soy ne puet avoir juste cause davoir fait le dit cas de Fougieres. Chacun scet que les treves sont des deux princes oncle et nepveu, et ny a nul des subgez des dits princes a qui il loyse de soy interpreter les dites treves, ne porter dommage lun des subgez de lun des princes aux subgez de lautre prince, se ce nest par lordon-

[TRANSLATION.]

and easily might have done. But, speaking according to law, since the high and powerful duke of Somerset might easily have made an arrangement in the matters abovesaid, especially as regards the reparation, and ought to have done so, and had it in charge so to do, and has not done it; the laws say that this is giving an underhand consent, and that thereby he becomes compromised.

Item, and it is useless to affirm that the said François l'Arragonnois has written to the said high and powerful duke of Somerset that what the said Arragonnois did at Fougères he did for many just and reasonable causes, which he would declare at the fitting time and place, without specifying them otherwise, and that he would make the said prince nephew the judge of the same, and all other neutral and indifferent princes, he being first heard, etc.,—for it is perfectly clear to every person of common sense that the said Arragonnois could not of himself have just cause to have executed the said matter of Fougères. Every one knows that the truce is between the two princes, the uncle and the nephew, and there are none of the subjects of the said princes to whom it is lawful to interpret the said truce for himself, nor that one of the subjects of one of these princes may inflict injury upon the subjects of the other prince if this be not by the appointment or permission nance ou congie de son dit prince, ou de ceulx qui ont le charge de par lui en ceste partie, et sil y a aucun qui fasse le contraire, il est infracteur de treve. Il faut donc dire de necessite que le dit Larragonnois, qui est de lobeissance du dit prince nepveu, en aiant fait le dit cas de Fougieres, qui est ou grant mal et prejudice des sugets du dit roy de France, nommement compris en sa treve, est infracteur de treve, sinon quil eust eu congie de son prince de ce faire, ce qui seroit a beaucoup de gens difficile a croire; car aultrement fauldroit dire que le dit prince nepveu de lui mesme eust rompu les dites treves. Se ainsi doncques est que le dit Arragonnois soit infracteur de treve, il est tout cler quil ne povoit avoir juste cause davoir fait ce quil a fait; et par consequent puent chascun cognoistre que lexcusation du dit hault et puissant duc de Somerset pretendue en cette partie est de nul fondement.

A.D. 1449. June 25–29.

Item, de quant au cri que le dit Larragonnois avoit fait faire que nul des gens de sa compaignie ne feissent aucune oppression sur les subgez, lieux, et places du dit roy de France, etc., cest une chose a quoy il ne fait gueres de response; car desja il avoit fait contre son cry, en prenant le dit lieu de

---

[Translation.]

of his said prince, or of those who have the charge from him in this matter; and if any one does the contrary, he infringes the truce. Necessity, therefore, compels us to say that the said Arragonnois, who is under the obedience of the said prince nephew, in acting as he did in the said matter of Fougères, which is to the great evil and prejudice of the subjects of the said king of France, who are included by name in his truce, has broken the truce, unless he has had the permission of the king so to do, which many people would find difficult to believe, for otherwise it would be necessary to say that the said prince nephew had himself broken the said truce. Thus then, if the said Arragonnois is himself the breaker of the truce, it is most clear that he could not have just cause for having done what he has done, and consequently every one may know that the pretended excuse of the said high and powerful duke of Somerset in this matter has no foundation.

Item, as to the statement that the said Arragonnois has caused to be made, that none of the persons of his company have done any injury to the subjects, places, or fortresses of the said king of France, etc., it is a matter scarce worth the answering, for already he has acted contrary to his statement,

A.D. 1449. June 25–29. Fougieres, et depuis a toujours continue de mal en pis. *Quare, etc.*

Item, et au regard des dommaiges que ledit hault et puissant duc de Somerset dit avoir este fais en Angleterre, et aussi sur les subgez du dit prince nepveu en Normendie, par les subjes de Bretaigne, dont monseigneur de Bretaigne a este plusieurs fois requis de y mettre provision, ce que na este fait, etc. La verite est que avant que jamais les Bretons portassent aucuns dommaiges aux subges du dit prince nepveu, ceulx de la part dicellui prince nepveu avoient fait et porte grans domages, tant par mer que par terre, aux subges de Bretaigne, et a laquelle cause mon dit seigneur de Bretaigne a par plusieurs fois envoye devers le dit roi de France, luy supplier et requerir, comme a son souverain et soubz la treve auquel il estoit compris, quil lui pleust ces choses faire remonstrer au dit prince nepveu, et le requerir quil les voulsist faire reparer, ainsi que raison est et que la treve le porte.

Item, et desquelles matieres a par plusieurs fois este parle aux ambaxeurs du dit prince nepveu, cest assavoir au Prive Seel Dangleterre et au sire Daudelay, qui estoient a Tours

---

[Translation.]

having taken the said place of Fougères, and since then he has always been going on from bad to worse. *Quare, etc.*

Item, and as regards the damages which the said high and powerful duke of Somerset says have been committed in England, and also upon the subjects of the said prince nephew in Normandy by the subjects of Bretagne, about which my lord of Bretagne has several times been required to make provision, which has not been done, etc., the truth is that before ever the Bretons inflicted any damage upon the subjects of the said prince nephew, those who were on the side of the said prince nephew had done and inflicted great damages, as well by sea as by land, upon the subjects of Bretagne, in consequence of which my said lord of Bretagne has many times sent to the said king of France, asking and requiring him as his sovereign, and as under the truce in which he was included, that he would be pleased to mention these things to the said prince nephew, and require him to be pleased to cause them to be repaired as is reasonable and as the truce demands.

Item, and these matters have frequently been spoken of by the ambassadors of the said prince nephew, that is to say, to the Privy Seal of England and to the lord Audley, who were en la saison dyver m.cccc.xlvj. Pareillement en fut parle a Rouen en la presence des dits ambaxeurs et du conseil du dit prince nepveu estant au dit lieu. En outre en fut parle en Angleterre, quant messieurs de Dunoys, de Pressigny, le dit Cousinot et autres y furent m.cccc.xlvij., et telement que certain appointement fut adoncques prins pour besogner en ladite matiere a certain jour et lieu en ce royaume. A.D. 1449. June 25–29.

Item, et ensuivant lequel appointement, et les autres subsequens touchant le fait de la reparation des exces et attemptas, mon dit seigneur de Bretaigne, ez conventions qui ont este tenues a Louviers, le Pont de l'Arche, Rouen, et le Val de Rueil, a toujours envoye ses gens et ambaxeurs garnis de lettres, informations, et justifications des pertes et dommages que ceux de la part d'Angleterre leur avoient fais et portez, requerant que due reparacion leur fust faite, et offrans de faire toute reparacion de ce que on leur vouldroit demander; a quoy par les commissaires et ambaxeurs du dit prince nepveu na aucunement este attendu, ainsi que ces choses sont notoires et manifestes, et que en temps et en lieu elles se prouveront et monstreront deuement.

[Translation.]

at Tours in the winter of the year m.cccc.xlvj. Also, mention was made of it at Rouen in the presence of the said ambassadors and of the council of the said prince nephew who were at the said place. Besides, it was spoken of in England, when my lords of Dunois and Pressigny, the said Cousinot, and others, were there in the year, m.cccc.xlvij. and in such sort that a certain arrangement was then made to attend to the said matter at a certain day and place in this kingdom.

Item, and that in consequence of this arrangement, and others which followed it touching the matter of the reparation of the excesses and attemptates, my said lord of Bretagne has always sent his people and ambassadors to the meetings held at Louviers, Pont de l'Arche, Rouen, and Val de Rueil, provided with letters, informations, and justifications of the losses and damages which the partizans of England have done and inflicted upon them, requiring that due reparation should therein be made them, and offering to make every reparation which might be demanded of them; to which the commissioners and ambassadors of the said prince nephew gave no heed whatever. These things are notorious and manifest, as at the fitting time and place they will properly prove and demonstrate.

A.D. 1449. June 25–29.

Item, et pour ce appert clerement que se appointement na sur ce este prins touchant les choses dessus dites, et que aucuns inconveniens en soient ensuis a ceux de la part Dangleterre, dont toutefois il nappert point, ce nest point en la deffaulte du roy de France, ne de mondit seigneur de Bretaigne, ne neust pas cause suffisant par quoy les gens du parlement Dangleterre deussent faire ou traiter aucune chose ou prejudice du dit roy de France ne de sa treve, ne que ledit haut et puissant duc de Somerset deust a ceste cause differer a avoir fait la reparation du dit cas de Fougieres.

Item, et quant a ce que les dits ambaxeurs Dangleterre dient que la dite matiere de Fougieres est grande et de grande consequence pour les raisons par eux recitees bien au long aus dits ambaxeurs de France, et que a ceste cause il estoit bien raisonnable que le dit haut et puissant duc de Somerset lenvoyast devers le dit prince nepveu pour en ordonner a son bon plaisir et en mander sa voulente; dient les dits ambaxeurs de France, quils nont ouy causes ne raisons, considere la teneur des dites treves, pour quoy on deust envoyer en Angleterre et differer a ceste cause la reparacion du

---

[Translation.]

Item, and hereby it appears clearly that if no arrangement had herein been made touching the matters abovesaid, and any mischief had thereupon followed to the persons who sided with England, which however nowhere appears, this is not the fault of the king of France, nor of my said lord of Bretagne, nor is it a sufficient cause why the members of the parliament of England should do or discuss anything to the prejudice of the said king of France nor of his truce, nor that the said high and powerful duke of Somerset should for this reason delay making reparation for the said affair of Fougères.

Item, and as to what the said ambassadors of England say, that the said matter of Fougeres is so great and of such great consequence, for the reasons by them stated at considerable length to the said ambassadors of France, and that for this cause it was very reasonable that the said high and powerful duke of Somerset should send to the said prince nephew to make arrangements therein according to his good pleasure, and to ascertain his wishes; the said ambassadors of France say that they have heard no causes nor reasons, the import of the said truce being considered, why it was necessary to send into England, and to delay for this reason the reparation dit cas de Fougieres; et aussi (comme chacun scet) le dit prince nepveu nest pas juge du dit roy de France, pour ordonner de ses choses au bon plaisir du dit prince nepveu. *Quare, etc.* A.D. 1449. June 25–29.

Item, et au vj. Article, faisant mencion du cry et deffense que le dit haut et puissant duc de Somerset fist faire, que nul des garnisons des places de Normandie nallassent devers le dit Larragonnois, mais se tenissent paisibles sans faire aucunes courses en Bretaigne, etc.; — beaucoup de gens se merveillent de quoy pouvoit servir le cry; car le dit haut et puissant duc de Somerset dit, et fait dire par ses gens et ambaxeurs, quil est bien obei de ceulx de lobeissance de son prince deca la mer et en ceste confiance avec lui; et toutesfois, nonobstant le cry dessusdit, depuis la dite prinse de Fougieres, presque de toutes les garnisons de Normendie de lobeissance du dit prince neveu il est alle gens au dit lieu de Fougieres qui ont fait guerre au dit pays de Bretaigne, et semblablement ceux Davranches, Tombelaine, et dailleurs, ont couru ou dit pays de Bretaigne, ainsi que dessus est touche; par quoy nest homme qui bonnement sceust entendre a quoy

---

[Translation.]

of the said matter of Fougères. And also, as everyone knows, the said prince nephew is not the judge of the said king of France, so as to make arrangements respecting his affairs at the good pleasure of the said prince nephew. *Quare, etc.*

Item, and as regards the vj. Article, which makes mention of the proclamation and announcement which the high and powerful duke of Somerset caused to be made, forbidding the garrisons of the fortresses in Normandy from going to the said Arragonnois, but should keep themselves quiet, without making any inroads into Bretagne, etc.,—many wonder of what use that proclamation could be; for the said high and powerful duke of Somerset said, and caused it to be said by his people and ambassadors, that the persons on this side of the sea who are under the authority of his prince are very obedient to him, and have dependence upon him. Yet, notwithstanding this proclamation aforesaid, since the said capture of Fougères, from almost all the garrisons of Normandy who are obedient to the said prince nephew persons have gone to the said fortress of Fougères, who have made war upon the said country of Bretagne; and in like manner those of Avranches, Tombelaine, and elsewhere have attacked the said country of

A.D. 1449. June 25–29. profite ce dit cry, ne quelle excusation le dit haut et puissant duc de Somerset puet pretendre a ceste cause. *Quare, etc.*

Item, et quant aux vij., viij., et ix. Articles, faisant mention du temps que le dit lieu de Fougieres fut pris, et des ambaxeurs envoyez tant de par le dit roy de France devers le dit haut et puissant duc de Somerset, que par le dit de Somerset devers le dit roy de France, et que les ambaxeurs du dit roy de France, cest assavoir, le dit Cousinot et Pierre de Fontevil, jasoit ce que avant le partement diceux ambaxeurs de devers le roy de France, lentreprise de Fougieres fust toute notoire, toutesfois iceulx ambaxeurs, quant ils furent devers le dit haut et puissant duc de Somerset, ils ne lui firent oncques une toute seule parole de la dite matiere de Fougieres, et ne povoit ou devoit penser ne deviner le dit de Somerset quelle entention le dit roy de France avoit touchant la dite matiere; —dient les dits ambaxeurs de France que quant les dessusdits ambaxeurs, qui furent envoyes devers le dit haut et puissant duc de Somerset a linstigation et promotion de Thomas de Loraille et maistre Jehan Cousin, ses ambaxeurs, qui estoient

---

[Translation.]

Bretagne, as before has been mentioned; wherefore no one can well understand for what purpose this proclamation was made, nor what excuse the said high and powerful duke of Somerset can pretend on this account. *Quare, etc.*

Item, and as to the vij., viij., and ix. Articles, which make mention of the time when the said place of Fougères was taken and ambassadors sent as well by the said king of France to the said high and powerful duke of Somerset, as by the said Somerset to the said king of France, and that the ambassadors of the said king of France, that is to say, the said Cousinot and Pierre de Fontevil, although before the departure of the said ambassadors to the king of France the enterprise of Fougères was perfectly notorious, yet these ambassadors, when they were with the said high and powerful duke of Somerset, did not speak one single word concerning the said matter of Fougères to him, and that the said Somerset could not and ought not think or guess what was the intention of the said king of France touching the said matter; — to this the said ambassadors of France say that when the said ambassadors, who were sent to the said high and powerful duke of Somerset at the instigation and motion of Thomas de Loraille and master Jehan Cousin, his ambasvenus devers le dit roy de France, furent despeschez, ils nestoient encore venu ou temps de leurs despechement nulles certaines nouvelles du dit fait de Fougieres, au mains que len sceust au vray qui estoit chief de la dite entreprise, ne par quelle maniere, ne comment elle avoit este faite, ne navoit mon dit seigneur de Bretaigne encores envoye devers le roy pour ceste cause; par quoy est cler que lon neust sceu au temps de lors que requerre; mais depuis par les lettres que le dit roy de France escrivit au dit duc de Somerset il peust assez cognoistre le vouloir et entencion du dit roy de France touchant la dite matiere, ainsi que de dessus est touche plus au long. Et pose ores que jamais le dit roy de France nen eust fait parole, si nest ce pas excusation suffisante pour dire que a ceste cause le dit hault et puissant duc de Somerset ne deust avoir fait reparacion au dit cas; car il scet ce que la treve porte, et comment len se doit gouverner quant tels cas adviennent, et si ne dit pas la treve que on len deust requerir. *Quare, etc.* A.D. 1449. June 25–29.

Item, et en tant quil touche lentreprise que les dits ambaxeurs dient avoir este faite a Mante et autres places de lobeissance du dit prince neveu par le baillif Devreux, Jacques

---

[TRANSLATION.]

sadors, who had come to the said king of France, were despatched, no certain news of the affair of Fougères had as yet arrived at the time of their despatch, at least it was not known for truth who was the chief of the said enterprise, nor in what way nor how it had been done, nor had my said lord of Bretagne as yet sent to the king on this account; by which it is evident that at that time what was requisite was not known; but afterwards, by the letters which the said king of France wrote to the said Somerset, he could sufficiently know the pleasure and intention of the said king of France touching the said matter, as is before touched upon more fully. But now admitting that the said king of France had never mentioned it, that is no sufficient excuse for saying that for this reason the said high and powerful duke of Somerset ought not to have made reparation in the said matter; for he knows what is stated in the truce, and how he ought to conduct himself when such events occur, even if the truce does not specify what ought to be done therein. *Quare, etc.*

Item, and in regard to what concerns the enterprise which the said ambassadors say has been done at Mantes and the other places in obedience to the said prince nephew by

A.D. 1449. June 25–29.

de Cleremont, et autres; dient les dits ambaxeurs de France que les dites entreprises nont point este faites par lordonnance ne commandement du dit roy de France; et en ceste maniere le fist-il dire au dit Lenfant et Hanneford quant ils furent devers luy; mais comme ad ce il leur fut dit, et que autrefois a este escrit au dit haut et puissant duc de Somerset, monsieur de Bretaigne a de grans parens, amis, et serviteurs, et sil met paine de donner provision a loutrage qui lui a este fait et a icellui faire reparer et quil y emploie tous ses amis et serviteurs, veu mesmement le denee de droit et devoir non fait procedans de la part du dit haut et puissant duc de Somerset, on ne sen doit pas merveiller. Et pour ce se aucuns de ses serviteurs ou amis ont fait aucunes entreprises sur le dit Mante et ailleurs on ne sen doit pas donner merveilles, car il y a bien grant cause et couleur; mais outre le dit cas de Fougieres avoir voulu prendre la ville et cite de Xainctes, Taillebourg, Dosnis, Auberoche, Montegnac le Conte, Chasteau-gontier, la Ferte-bernard, Dreux, et autres places en lobeissance du dit roy de France, lesquelles choses ont este entreprises par ceulx de la part Dangleterre, et paravant la

---

[Translation.]

the bailly of Evreux, Jacques de Clermont, and others;—the said ambassadors of France state that the said enterprises were not made by the appointment or commandment of the said king of France, and so much he caused to be stated to the said l'Enfant and Hanneford when they were with him, but the terms in which this was stated by him have already been written to the said high and powerful duke of Somerset. My lord of Bretagne has powerful relations, friends, and retainers, and he has taken pains to give heed to the outrage which has been done to him, and to make reparation for the same, and has employed therein all his friends and servitors, having especial regard to the refusal of law and justice upon the part of the said high and powerful duke of Somerset, at which no one need be surprised. Therefore, if any of his servitors or friends have made any attempts upon the said Mantes, or elsewhere, it can be no great wonder, for there was great cause and reason for it. For, besides the said matter of Fougères, they had attempted to take the town and city of Saintes, Taillebourg, Dosnis, Auberoche, Montegnac Le Conte, Chasteau-Gontier, La Ferté-Bernard, Dreux, and other places in the obedience of the said king of France; which things have been taken in hand by those of the English prise du Pont de l'Arche et des autres places de lobeissance du dit prince neveu, et partie dicelles cuide estre executees auparavant de la dite prise, et dont aucuns des coupables ont este pris et punis par justice, cest bien chose ou il y a bien mendre couleur et de quoy on se doit donner bien plus grans merveilles. *Quare, etc.* A.D. 1449. June 25–29.

Item, et quant aux x. et xj. Articles, faisans mencion des responses que les ambaxeurs du dit haut et puissant duc de Somerset dessus nommez, cest assavoir, les dits Lenfant et Hanneford, firent au roi de France quant il leur fut parle du dit cas de Fougieres, en allegant par eux plusieurs causes et raisons pour monstrer que le dit hault et puissant duc de Somerset ne povoit toucher a la dite matiere de Fougieres sans premierement scavoir du vouloir et entention du dit prince neveu sur ce; et pareillement des offres que iceulx ambaxeurs firent au dit roy de France par le dit de Somerset, que se aucune entreprise estoit faite par ceux du party Anglois sur les places du dit roy de France de faire tout reparer a ses propres cousts et despens et soy obligier en sa propre personne,

[TRANSLATION.]

party, and before the capture of Pont de l'Arche and the other places of the obedience of the said prince nephew, and he believes that part of the same have been done before the said capture; and that any of the offenders have been taken and punished by justice is a matter of which there is very little appearance. All these things are a subject of very great surprise. *Quare, etc.*

Item, and as to the x. and xj. Articles, which mention the answers which the ambassadors of the said high and powerful duke of Somerset above-named, that is to say, the said l'Enfant and Hanneford, made to the king of France when the said matter of Fougères was mentioned to them, they having alleged many causes and reasons to show that the said high and powerful duke of Somerset could not meddle with the said matter of Fougères without having previously known the pleasure and intention of the said prince nephew therein, and in like manner the offers which the said ambassadors made to the said king of France from the said Somerset, that if any enterprise were attempted by the party of England upon the fortresses of the said king of France, he would make full amends at his own cost and expense, and bind himself personally in addition to

A.D. 1449. June 25–29.

oultre lobligation des treves; pourveu que de la part du dit roy de France fust fait le semblable, ce quil ne veult recevoir ni accepter;—dient les dits ambaxeurs de France quils vouldroient bien que les dits ambaxeurs de la part Dangleterre eussent subjoinct la reponse qui adonc leur fut faicte, pour les oster de paine de plus avant y respondre. Toutes voyes pour en brief reciter les reponses qui a leure de lors leur furent faites, et lesquelles les dits ambaxeurs de France employent en la response des dits x. et xj. Articles; la verite si est en tant quelle touche le premier point, que veu la teneur de la treve qui decide expressement comment on se doit gouverner quant tels cas adviennent comme cellui de Fougieres, et quelle ne dit point que a ceste cause on doye envoyer en Angleterre, ce neust este que peine perdue de y envoyer, et nestoit point la requeste raisonable, joint les inconveniens qui pendant le dit temps par faute de provision eussent peu ensuir, et aussi que autres fois, quant le dit roy de France a envoye devers le dit prince neveu pour les matieres touchant le fait des treves, le dit prince neveu lui a plusieurs fois mande de bouche, et par deux fois escrit, quil avoit baille charge de cette matiere au

---

[Translation.]

the obligation of the truce, provided that upon the part of the said king of France the like were done, which he would neither receive nor accept;—the said ambassadors of France say that they heartily wish that the said ambassadors on the part of England had subjoined the answer which was then made them, so as to prevent them from having the trouble of answering at greater length. Nevertheless, to repeat shortly the answers which were at that time made to them, and which the said ambassadors of France employ in answering the said x. and xj. Articles; the truth is this, as far as the former article is concerned, that, considering the tenor of the truce, which expressly provides as to the steps which ought to be taken when such incidents occur as that of Fougères, and that it does not say that any application should be made to England, it would only be trouble thrown away to send thither, and the request was unreasonable, considering the dangers which have arisen in the mean time by want of arrangements being made; and also that previously, when the said king of France had sent to the said prince nephew upon matters touching the business of the truce, the said prince nephew had frequently sent him a verbal message and twice written to him to the effect that he had

dit hault et puissant duc de Somerset, et quil luy avoit mande A.D. 1449.
et commande expressement qui lui donnast provision quant les June 25–29.
cas y escherroient; et quil esperoit quil y feroit tellement par luy, pourveu que le dit roy de France en devroit estre content. *Quare, etc.*

Item, et au regard des offres, il est tout cler que elles estoient bien petitement fondees en raison; car le delit avoit este commis par eux a Fougieres, et pouvoient bien reparer le cas, et ne le vouloient reparer, et neanmoins demandoient seurte pour les autres places, demourant le dit cas de Fougieres sans aucune reparation; qui est une chose que chascun peut clerement cognostre qui nest pas de raison. Dautre part, par le propos diceux ambaxeurs Dangleterre prins en leur prejudice, le dit haut et puissant duc de Somerset ne se oseroit mesler du dit cas de Fougieres, sans premierement scavoir le vouloir du dit prince neveu sur ce; il faut donc dire que se un semblable cas que cellui de Fougieres advenoit, aussi peu y oseroit-il toucher. Il est donc cler que la dite seurte neust de riens servi. Avecques ce, les dit Lenfant et Hanneford ne

---

[TRANSLATION.]

given charge in this matter to the said high and powerful duke of Somerset, and that he had expressly enjoined and commanded him to provide for the case should it arise, and that he hoped that he would make such arrangements therein as that the said king of France ought to be satisfied. *Quare, etc.*

Item, and as regards the offers, it is perfectly clear that they had a very slight foundation in reason, for the offence had been committed by them at Fougères, and the matter might easily have been repaired, but they would make no reparation, and yet they demanded security for the other places, while the said case of Fougères continued without any reparation, which is unreasonable, as everyone must clearly perceive. On the other hand, if the speech of the said ambassadors of England be taken to their prejudice, that the said high and powerful duke of Somerset did not dare to interfere in the case of Fougères without first knowing the pleasure of the said prince nephew thereupon; we must admit that if another case similar to that of Fougères should occur, neither would he venture to meddle with it. It is obvious that the said security has been of no service. Besides this, the said l'Enfant and Hanneford did not speak of any places save those be-

A.D. 1449. June 25–29. parlerent que des places, mesmement du dit roy de France; et si le dit roi de France eust accepte la dite offre, il eust convenu quil eust abandonne tous ses sugez, qui nestoit pas requeste raisonable ne honourable, par quoy appert clerement que la dite offre nestoit point a recevoir; et pour ce apres les paroles proferees par le dit Lenfant, quant il vit que lon ne vouloit point accepter les dites offres, cest assavoir, quil convenoit donc que chascun gardast ses places, lui fut incontinent dit et au dit Hanneford, et attendu mesmement la requeste que faisoit au dit roi de France mon dit seigneur de Bretaigne, touchant la dit matiere, le quel il est tenu de garder, soutenir, et porter en son bon droit; quils gardassent bien leurs places, et que len mettroit paine de la part du dit roy de France de bien garder les siennes, et mieux que navoit este Fougieres; et cela fut la vraye response en sustance qui fut faite aus dits Lenfant et Hanneford aux choses dessus dites, laquelle les dits ambaxeurs de la part de France employent en la response des dessus dits x. et xj. Articles, ainsi que dessus est dit.

Item, et au regard des xij. et xiij. Articles, faisant mencion

[Translation.]

longing to the said king of France; and if the said king of France had accepted the said offer, it is admitted that he must have abandoned all his subjects, which was a request neither reasonable nor honourable; by which it clearly appears that the said offer could not be accepted. Wherefore, after these words had been spoken by the said l'Enfant, when he saw that the said offers would not be accepted, that is to say, that it was fitting that each party should take care of its own fortresses, he and the said Hanneford were immediately informed (especial attention being given to the request which my said lord of Bretagne made to the said king of France touching the said matter, whom he is bound to keep, support, and continue in his just rights) that they should look well to their garrisons, and that the party of the king of France would take care to guard their own, and better than Fougères had been. And this was the true answer which was made to the said l'Enfant and Hanneford as to the above matters, and which the said ambassadors upon the part of France employ in their answer to the said x. and xi. Articles, as is abovesaid.

Item, and with regard to the xij. and xiij. Articles making

de la prise du Pont de l'Arche, de Conches, et de Gerberay, etc.;—dient les dits ambaxeurs de France, que la chose na este faite par lordonnance ne commandement du dit roi de France; mais veu loutrage qui a este fait a mon dit seigneur de Bretaigne a la dite prise de Fougieres, sans lui avoir fait aucune reparacion, ce nest pas de merveilles sil a employe ses serviteurs a aucunement se revancher, pour trouver maniere de donner provision a linjure qui lui a este faite; et est la dite chose beaucoup mieux coloree que la dite prise de Fougieres. Et quant ad ce que dient les dits ambaxeurs de la part Dangleterre, que les dites choses sont contre les treves; dient les dites ambaxeurs de la part de France que se les dites choses sont contre les treves, encore y est plus le dit fait de Fougieres; car ceux de la part Dangleterre, en faisant le dit fait de Fougieres, ont commencie, et sont cause, avec la faute de provision sur ce donner par le dit hault et puissant duc de Somerset, dont toutes les aultres choses sont ensuyes; et ne devoient jamais en raison les dits ambaxeurs Dangleterre parler des dits matieres; attendu mesmement quils sont aggresseurs, comme

A.D. 1449. June 25–29.

[TRANSLATION.]

mention of the capture of Pont de l'Arche, Conches, and Gerberay, &c., the said ambassadors of France say that this matter was not done by the appointment nor order of the said king of France; but considering the outrage committed upon my said lord of Bretagne by the said capture of Fougères, without any reparation being made to him, it is not to be wondered if his servants have employed themselves in some way avenging the same, so as to find the means of making compensation for the injury done to him, and the said business bears a much better aspect than does that of the capture of Fougères. And as regarding what the said ambassadors upon the part of England say, that the said proceedings are contrary to the truce, the said ambassadors upon the part of France, say that if the said things are contrary to the truce, the said proceedings at Fougères are still more so; for the English party in acting as they did at Fougères commenced it and were its cause, as was also the want of attention which should have been given to the matter by the said high and powerful duke of Somerset, whence followed all these other matters. And the said ambassadors of England ought never to have spoken, by reason, of the said affairs, especially considering that they themselves are the aggressors, as is abovesaid, until

A.D. 1449. June 25–29. dessus est dit, jusque ad ce que premierement ils eussent repare le dit fait de Fougieres.

Item, ad ce que dient les dits ambaxeurs Dangleterre, que le dit lieu du Pont de l'Arche et la ville de Louviers estoient consentis par le dit roi de France pour tenir la convention touchant la matiere de la paix au xv. jour de May derrain passe; dient les dits ambaxeurs de la part de France, que cela ne fera ja trouve en verite, ne aussi ne le denote pas le povoir qui a este envoye aux ambaxeurs qui devoient besogner en la dite matiere pour la part du dit prince neveu, du quel haut et puissant duc de Somerset a envoye un Vidimus au dit roy de France; aincois contient expressement le dit povoir que les dits ambaxeurs devoient aller devers le dit roy de France pour la dite matiere, sans ce que en icellui soit fait mencion du dit Pont de l'Arche, ne du dit xv. jour de May. *Quare, etc.*

Item, et au xiv. Article, faisant mencion que le dit haut et puissant duc le Somerset a fait tel devoir touchant le dit Fougieres, quil povoit et devoit faire, et ny a chose dont lon luy puisse donner reprise, etc.;—dient les dits ambaxeurs de la part de France, en parlant soubz correction et en toute reve-

---

[Translation.]

they had in the first place repaired their said proceedings at Fougères.

Item, as to what the said ambassadors of England state that the said place of Pont de l'Arche and the town of Louviers were approved by the said king of France in which to hold the meeting touching the matter of the peace on the xv. day of May last past; the said ambassadors upon the part of France say that this will scarcely be found to be true, nor is this shown by the powers sent to the ambassadors who were to take in hand the said matter upon the part of the said prince nephew, of which the high and powerful duke of Somerset has sent a Vidimus to the said king of France. But the said powers contain expressly that the said ambassadors ought to go to the said king of France upon the said matter, without any mention therein being made of the said Pont de l'Arche, nor of the said xv. day of May. *Quare, etc.*

Item, and as to the xix. Article, which mentions that the said high and powerful duke of Somerset has done all that he could or ought to do touching Fougères aforesaid, and that there is nothing in which he ought to be blamed, etc., the said ambassadors upon the part of France say, speaking under corrence, quils nont veu ne cognu chose en quoy len peust dire que le dit hault et puissant duc de Somerset ait fait le devoir quil povoit et estoit tenu de faire touchant le dit fait de Fougieres, ne que en ce, considere les choses dessusdites, il ait entretenu la treve ainsi quil apparteneit; ne pareillement au fait de Saint James de Beuvron, ne de Mortaing. Et au regard de lentreprise de Harecourt, employent en ce les dits ambaxeurs de la part de France que ce dessus est dit ou fait des autres entreprises. *Quare, etc.* A.D. 1449. June 25–29.

Au xv. Article, faisant mencion de mon dit seigneur de Bretaigne, dient les dits ambaxeurs de France, quils nont point sceu que jamais il est este question se monseigneur de Bretaigne estoit subges du dit roy de France, ou non, ne aussi nen fut-il oncques mestier; car le dit prince nepveu, par les lettres patentes, la declare estre subget du dit roy de France, et en divers appointemens fais entre iceux princes oncle et nepveu; et pour ce il est cler que en cela ne falloit point de contens ne debat. Avecques ce il est tout notoire que les seigneurs qui de tout temps ont este en Bretaigne, soient

---

[TRANSLATION.]

rection and with all reverence, that they have not seen or known of a matter in which it could be said that the said high and powerful duke of Somerset has done his duty as he ought to have done, and might and was bound to have done, touching the said affair of Fougères; nor, if we consider the things abovesaid, has he herein kept the truce as he was bound to do, nor (in like manner) as to the matter of Saint James de Beuvron, nor of Mortain. And as regards the enterprise of Harecourt, the said ambassadors upon the part of France use herein the same statements as they have employed in respect to the other enterprises. *Quare, etc.*

As to the xv. Article, which makes mention of my said lord of Bretagne, the said ambassadors of France state that they were not aware that it had ever been questioned whether my lord of Bretagne was the subject of the said king of France, or not; nor indeed was there ever the need to do so; for the said prince nephew by his letters patent has declared that he is the subject of the said king of France, in various arrangements made between the two princes, the uncle and the nephew; and therefore it is obvious that herein there ought to be no contention nor debate. Moreover it is perfectly notorious that the lords who have been in Bretagne from the earliest times,

A.D. 1449. June 25–29. comtes ou ducs, ont toujours este hommes liges des roys de France, et leur en fait le serment de feaulte, et mesmement des derrains temps le duc de Bretaigne, ayeul de monseigneur de Bretaigne qui a present est, fit hommage lige au roy de France, Charles le Quint; feu monseigneur de Bretaigne (que Dieu absoille!) fit hommage lige au roy Charles derrain trespasse; mon dit seigneur de Bretaigne, qui a present est, a fait hommage lige au dit roy de France qui est en present; et avec ce sans difficulte mon dit seigneur de Bretaigne resortit en la cour de parlement a Paris; et tous autres signes dobeissance et subjection font ez dits monseigneur de Bretaigne et ses pais envers le dit roy de France. *Quare, etc.*

Au xvj. Article dient les dits ambaxeurs de la part de France quils se donnent grant merveille sur quoy les dits ambaxeurs de la part Dangleterre ont peu prendre leur fondement du dit Article; car ils touchent lonneur du dit roy de France et ne parlent pas de celui du dit prince neveu; des subgez de la part Dangleterre ont este fais tant dexcez, sans de ce povoir obtenir aucune reparacion, ne que de la part du dit prince neveu, qui devoit commettre gens en tant quil le touchoit,

[TRANSLATION.]

whether counts or dukes, have always been liegemen of the kings of France, and have made them the oath of fealty, especially in these latter times, when the duke of Bretagne, the grandfather of the present lord of Bretagne, did liege homage to the king of France, Charles the Fifth; the late lord of Bretagne (whom God pardon!) did liege homage to king Charles the last deceased; my said present lord of Bretagne did liege homage to the said present king of France. Moreover my said lord of Bretagne appealed to the high court of parliament at Paris, and the said lord of Bretagne and his country exhibited all other signs of obedience and subjection towards the said king of France. *Quare, etc.*

To the xvj. Article the said ambassadors upon the part of France say that they are greatly surprised at that which the said ambassadors upon the part of England have made the basis of the said article, for they touch the honour of the said king of France, and do not speak of that of the said prince nephew, that some of the subjects upon the part of England have sustained many injuries without being able to obtain any reparation herein, nor that upon the part of the said prince nephew, who should have appointed commissioners for whatever pour lentretenement des dites treves, ayent este entretenues ainsi quil appartenoit. Et quant a ce que les dits ambaxeurs de la part Dangleterre dient que le dit roy de France fait guerre au dit prince neveu sans le lui notifier; iceux ambaxeurs appliquent au dit roy de France ce quils deussent appliquer au dit prince neveu; car le dit prince neveu, ou au moins ses gens, de son ordre, de son grand conseil, de la pension, soulde, et retenue, tenant terre de luy, ayans charge de places et de gens soubz lui, sont venus prendre la dite place de Fougieres et fait guerre ouverte en Bretaigne, qui est de lobeissance du dit roy de France, sans ce que cellui roy de France feist guerre ne demandast aucune chose au dit prince neveu, ne a ses subgez. Il est donc bien cler qui a commencie la guerre et dont la chose procede; ne pour un tel pays que le duchie de Normendie; le dit roy de France ne vouldroit avoir este commenceur dung tel cas; en quoy appert bien clerement la response au dit Article. A.D. 1449. June 25–29.

Au xvij. Article dient les dits ambaxeurs de France que en tant quil touche les justifications pretendues du dit haut et puissant duc de Somerset et des prises du Pont de

---

[TRANSLATION.]

affected himself for the preservation of the said truce, which ought to have been preserved as was fitting. And as regards what the said ambassadors upon the part of England say, that the said king of France made war upon the said prince nephew without giving him notice of the same, these ambassadors apply to the said king of France what they should have applied to the said prince nephew. For the said prince nephew, or at least his soldiers, being knights of his order, of his great council, pensioned by him, of his pay and retinue, holding lands from him, having charge of fortresses and troops under him, have come to take the said place of Fougères, and to make open war in Bretagne, which is in obedience to the said king of France, without the said king of France making war, or any claim, upon the said prince nephew or any of his subjects. It is very obvious then who begun the war, and who continued it. Not even for such a country as Normandy would the king of France have commenced such a thing; and in this clearly appears the answer to the said Article.

To the xvij. Article the said ambassadors of France say that as far as it regards the pretended justification of the high and powerful duke of Somerset, and the capture of Pont

A.D. 1449. June 25–29.

l'Arche, Conches, et Gerberay, par ce que dessus est dit, il est ad ce assez suffisament respondu; ne y a chose qui empesche ne impugne que les offres dessus declarees que font les dits ambaxeurs de France ne soient justes et raisonnables, et que en termes de raison on ne les doit ne peut refuser ne denier; et par le moyen des quelles est aussi suffisament respondu a la prise des dits de Faucomberge, Morhier, et autres; et pareillement aux autres requestes contenues audit article.

Au xviij. Article, faisant mencion de la delivrance de messire Gilles de Bretaigne, dient les dits ambaxeurs de France que le dit roy de France, leur souverain, a toujours desire la bonne union entre mon dit seigneur de Bretaigne et le dit messire Gilles, qui sont ses neveuz et subgez, et estoit la chose en tres bons termes avant le dit cas de Fougieres advenu; et la chose reparee, ainsi quil appartient, en continuant le bon vouloir que le dit roy de France, leur dit souverain seigneur, a toujours eu a ses dits nepveuz, et a la bonne union dentre eux deux, ils croyent fermement que leur dit prince semploiera tresvoulontiers au bien des dites parties.

[Translation.]

de l'Arche, Conches, and Gerberay, sufficient answer has already been given hereto by what has been advanced above. Nor is there anything to hinder and prevent the offers already stated, which have been made by the said ambassadors of France, from being just and reasonable, nor why they should or ought to be refused or rejected according to the dictates of reason; and by reason of the same a sufficient answer is given to the capture of the said Faucomberge, Morhier, and others, as likewise to the other requests contained in the said article.

To the xviij. Article, which mentions the deliverance of messire Gilles de Bretagne, the said ambassadors of France say that the said king of France, their sovereign, has always desired that there should be a good understanding between my said lord of Bretaigne and the said messire Gilles, they being his nephews and subjects, and the matters were in a very good position before the said matter of Fougères occurred. And when this business has been settled as it ought to be, the said king of France, their sovereign lord, continuing the good will which he has always had towards his said nephews and for a good union between them, they believe firmly that their said prince will devote himself most willingly to the good of the aforesaid parties.

Au xix. Article, dient les dits ambaxeurs de la part de France, que les treves sont des deux princes, oncle et neveu, et que se aucune infraction est entrevenue ez dites treves la chose a commence de la part du dit prince neveu, tant ou fait de Saint James de Beuvron, de Mortaing, que de Fougieres, qui sont directement contre le teneur des dites treves et decidees par articles dicelles, sans ce quil soit besoing dautre cognoissance de cause, et en quoy de la part du dit prince neveu na este fait aucune reparation ; ne pareillement ez autres choses, qui gisent en cognoissance de cause, soit fait de la part du dit prince neveu ce quil appartient a lentretenement de la treve ; il, ou ceux de son obeissance, sont les premiers aggresseurs, cest raison quils commencent les premiers. Et sil y a aucun des subgez du dit roy de France qui ait fait aucune chose quil ne doye contre la teneur des dites treves, il y sera pourveu ainsi quil appartiendra en raison, selon la teneur dicelles. A.D. 1449. June 25–29.

Aux xx. et xxi. Articles, contenant les offres que les dits ambaxeurs de la part Dangleterre font touchant les maticres

---

[Translation.]

As to the xix. Article, the aforesaid ambassadors upon the part of France say that the truce is between two princes, the uncle and the nephew, and that if there has occurred any infraction of the said truce, it was begun upon the side of the said prince nephew, as well in the matter of Saint James de Beuvron and Mortain as of Fougères, which is directly contrary to the tenor of the said truce, and decided by the articles of the same, without it being necessary to have further knowledge of the cause, and for which no reparation has been made upon the part of the said prince nephew; nor in like manner has the said prince nephew done upon his part what he was bound to do for the continuance of the truce in the other matters, which consist in the knowledge of the cause; he or the persons under obedience to him are the first aggressors, wherefore it is reasonable that they should make the beginning. And if there be any of the subjects of the said king of France who has done anything that he ought not to have done contrary to the tenor of the said truce, provision shall be made for the same as shall be reasonably fitting, according to the tenor of the same.

As to the xx. and xxj. Articles, containing the offers which the said ambassadors upon the part of England make touching

A.D. 1449. June 25–29. dessus dites; dient les dits ambaxeurs de la part de France quelles ne sont pas raisonnables ne recevables.

Premierement, elles ne sont pas raisonnables; car raison veult que les premiers aggresseurs reparent les premiers, et toutesfois les dites offres contiennent le contraire.

Secondement, elles ne sont pas selon la teneur des treves, et par consequent non recevables. Mais soit fait de la part du dit prince neveu ce que larticle de la treve porte ez choses dessus dites, et de la part du dit roy de France sera fait ce quil appartiendra. Et encore pour se mettre en plus grant devoir, sont contens les dits ambaxeurs de France dentretenir les offres quils font par dessus par la forme et maniere devant dite.

Item, et quant au xxij. et derrain Article, dient les dits ambaxeurs de France que par ce que dessus est dit, il est a ce souffisament respondu. Et au regard de la declaration que les dits ambaxeurs Dangleterre requierent que les dits ambaxeurs de France leur facent touchant leur finale entencion et voulente ez matieres dessusdites, dient les dits ambaxeurs

[Translation.]

the matters abovesaid, the said ambassadors upon the part of France state that they are neither reasonable nor such as can be received.

In the first place, they are not reasonable, for reason requires that they who make the first aggression should make the first reparation; yet the said offers contain the contrary.

In the second place, they are not according to the tenor of the truce, and consequently cannot be received. But let the side of the said prince nephew do what the article of the truce requires in the matters abovesaid, and then the party of the said king of France will do what is fitting. And yet, to put themselves in a still better position, the said ambassadors of France are content to observe the offers which they have already made in the manner and form already specified.

Item, and as concerns the xxij. and last Article, the said ambassadors of France state that, as is abovesaid, sufficient answer has been made. And as regards the declaration which the said ambassadors of England require the said ambassadors of France to make to them touching their final intention and pleasure in the matters abovesaid, the said ambassadors de France que leur entention final est que par eux cogneu que de la part du dit haut et puissant duc de Somerset soit accompli le contenu en larticle de la treve, et fait ce que appartient a lentretenement dicelle, de la part du roy de France sera fait tout devoir, et tellement que Dieu et tout le monde cognoistra que a son deffault nul inconvenient ny adviendra. Et pour moustrer que le vouloir du dit roy de France, leur souverain seigneur, est tel, ont iceulx ambaxeurs fait les offres dessusdites ; ez quelles persistent soubz les protestations dessus declarees. A.D. 1449. June 25–29.

[Translation.]

of France affirm that their final intention is that, when they know that upon the part of the said high and powerful duke of Somerset the contents of the article of the truce shall be accomplished, and that which relates to the continuance of the same shall be performed, everything shall be done upon the part of the king of France which he ought to do, and all the world shall know that no mischief shall happen herein by his fault. And to prove that the intention of the king, their sovereign lord, is such, these said ambassadors have made the above offers, by which they will abide under the protestations abovesaid.

Præscripti Articuli fuerunt per dictos dominos ambassiatores regis Franciæ ambassiatoribus regis Angliæ traditi anno Domini M.CCCC.XLIX., die penultima Junii, in ecclesia Beatæ Mariæ de Locoveris, præsentibus ad hæc Petro le Bouteillier, armigero, Mayne le Herault, Roberto Rokesby, Johanne Go, Anglicis; Maturino Brisson, Roberto Breteau, necnon discretis viris dominis, Socio Votees et Johanne Barneville, presbyteris, notariis publicis, testibus ad præmissa vocatis.

Subsequenter sequitur tenor secundi quaterni traditi per modum replicæ per dictos ambaxiatores principis nepotis præfatis ambaxiatoribus principis avunculi, continentis xj. Articulos.

A.D. 1449. June 30.

The answer of the English ambassadors.

Second Ecrit des Ambassadeurs Anglois.

Ensuit la response que donnent Osberne Mundeford, escuyer, et maistre Jehan Lenfant, ambassadeurs, etc., a certaines articles responsives bailliees par honorez seigneurs Charles sire de Culant, consilier et chambellan, et maistre Guillaume Cousinot, aussi consilier et maistre des requestes, etc., contre certains autres articles que avoient baillies les dits Mundeford et Lenfant; le tou soubz les protestacions autrefois par eulx faites, etc.

I. Et premierement, en tant que les dits articles bailliez par iceulx sire de Culant et maistre Guillaume Cusinot donnent aucune charge que les treves nayent este bien entretenues de la part du roy de France et Dangleterre, nostre souverain seigneur, ne de treshault et puissant prince monseigneur le duc de Somerset, depuis sa venue par deca la mer; dient les dits Mundeford et Lenfant, reverence a tous gardee, que tant en general que en particulier les treves ont este gardees et entretenues de la part du roy, nostre dit seigneur, ainsi quil a este bonnement possible. Et sil y a eu des attemptas,

---

[Translation.]

The second Writing of the English Ambassadors.

Here follows the answer made by Osberne Mundeford, esquire, and master Jehan l'Enfant, ambassadors, etc., to certain articles given in answer by the honourable lords Charles lord de Culant, councillor and chamberlain, and master Guillaume Cousinot, also councillor and master of requests, etc., against certain other articles which the said Mundeford and l'Enfant have given; the whole under the protestations formerly made by them, etc.

And in the first place; in regard to this that the said articles delivered by the said sire de Culant and master Guillaume Cousinot make any charge that the truce has not been well kept by the part of the king of France and England, our sovereign lord, nor on that of the most high and powerful prince my lord the duke of Somerset, since his arrival on this side of the sea; the said Mundeford and l'Enfant say, with all reverence, that, both generally and particularly, the truce has been as well kept and observed upon the part of the king, our said lord, as it was at all possible to do. And if there have

comme il est comme impossible autrement, veue la nature A.D. 1449.
des hommes, qui est incline a delinquer, toute voies pour un June 30.
attemptat qui a este commis de la part du roy, nostre dit seigneur, il y en a eu plus sans comparaison de la part du prince oncle, et le premiers et plus grans, tant en multres, pilleries, roberies, guettemens de chemins, sacrileges, ravissemens de femmes, boutemens de feux, raençonnemens de gens sans nombre, bateures et mutilacions inhumaines sans nombre, et tant par mer comme par terre, exactions torcionnieres sur les denrees et marchandises allantes et devalantes par les rivieres, qui est contre les treves et le bien publique, remparement de places sur les frontieres, fortifications dautres, prises de villes et chasteaux, non pas dune mais de plusieurs, prises des ambaxadeurs, comme monseigneur de Faucomberge, de consiliers et officiers du roy, nostre dit seigneur, et en grant nombre; et qui vouldroit descendre es particularitez et faire esgualė comparoison de lun a lautre, on trouvera que de la part du dit prince oncle a eu, et encores a, trop plus de cas et attemptas contre les treves, que de la part du roy, nostredit seigneur.

[Translation.]

been any attemptates, as it was impossible that it should be otherwise, considering that men are naturally inclined to do what is wrong, yet for one attemptate that has been committed upon the part of the king, our said lord, there have been incomparably more on the part of the prince uncle, and the first and the greatest, as well by murders, robberies, highway robberies, sacrileges, ravishing of women, fire-raisings, putting of people to ransom without number, inhuman batteries and mutilations without number, as well by sea as by land, extortionate exactions upon goods and merchandize, in ascending and descending rivers, which is contrary to the truce and also to the general good, the strengthening of places upon the frontiers, the fortification of others, the taking of towns and castles, not one but many, the capture of ambassadors, as my lord of Faucomberge, of councillors and officers of the king, our said lord, in great numbers; and if one would come to particulars and make a fair comparison of the one with the other, it would be found that upon the part of the said prince uncle there have been, and still are, many more violences and attemptates contrary to the truce than upon the part of the king, our said lord.

A.D. 1449. June 30.

II. Item, la prise de messire Gilles de Bretaigne par les gens du dit prince oncle.

III. Item, toutes quantes fois quil a este besoing denvoyer commissaires et quil a este requis de la part du dit prince oncle, ont este commis et deputez commissaires de la part du roy, nostredit seigneur; et en toutes les convencions et assemblees qui ont est tenues pour lentretenement des dites treves, les commis et deputez a ce de par le roy, nostredit seigneur, se sont tousjours mis en tout devoir, aussi bien et mieulx, reverence gardee, que les commis et deputez du dit prince oncle; et sera deuement monstre en temps et lieu, sans ce que on en puisse donner aucune charge pour la part du roy, nostre dit seigneur.

IV. Item, et en tant que lesdits sire de Culant et Cousinot font mencion de Saint James de Beuvron et de places de Mortaing; dient le dits Mundeford et Lenfant que ces matiers et autres ont este autrefois traictiees bien au long en la presence du dit prince et ailleurs; et de la part de mon dit seigneur le Gouvernant ont este faictes et donnees responses et offres raisonnables et acceptables, selon les termes de

---

[Translation.]

Item, the capture of messire Gilles of Bretaigne by the subjects of the said prince uncle.

Item, in every instance in which it has been necessary to send commissioners, and as often as this has been required upon the part of the said prince uncle, commissioners upon the part of the king, our said lord, have been appointed and deputed; and in all the meetings and assemblies which have been held for the preservation of the said truce, the commissioners and deputies upon the part of the king, our said lord, have always done their best endeavour as well and better, speaking with reverence, than the commissioners and deputies of the said prince uncle; and this shall be duly proved at the fitting time and place; without it being possible to advance any charge against the part of the king, our said lord.

Item, since the said lords of Culant and Cousinot make mention of Saint James de Beuvron and of the places of Mortain, the said Mundeford and l'Enfant say that these matters and others have been already treated at length in the presence of the said prince and elsewhere; and upon the part of my said lord the Governor answers and offers which are reasonable and ought to be accepted have been made, according to the raison et de justice, et selon la teneur des treves, ja soit ce que de la part du dit prince oncle ont este fais les premiers remparemens. A.D. 1449. June 30.

V. Item, et en tant quest le fait de Fougiere, qui semble, soubz correction, la cause seule et principale de la venue par deca des dits sire de Culant et de Cousinot, pour veoir, comme ils dient, quel devoir aurait fait par effet mon dit seigneur le Gouvernent touchant la reparacion du dit cas de Fougieres, ainsi que les lettres du dit prince oncle le contiennent, dient les dits Mundeford et Lenfant que a ceste fin tendent presque tous les premiers articles par eux bailliez, aus quels ils se rapportent, et les entendent pour repris et repetez en cest endroit, et par iceulx, qui sont tous veritables, appert clerement le devoir en quoy sest peu mettre mon dit seigneur le Gouvernant touchant le dit fait de Fougieres, et en ca na aucun reprise ou charge au fait de mon dit seigneur le Gouvernant, ainsi quil est cler a veoir par les dits articles.

VI. Item, en tant quest loffre que font les dits sire de Culant et Cusinot ou xij. Article de leur cayer, dient les dits Mundeford et Lenfant, reverence tousjours gardee, que icelle offre, ez

---

[Translation.]

terms of reason and justice, and according to the tenor of the truce, although upon the part of the said prince uncle the first fortifications were made.

V. Item, and as regards the affair of Fougères, which appears, under correction, to be the sole and principal cause of the coming of the said lords of Culant and Cousinot, to see, as they say, what effectual proceedings have been taken by my said lord the Governor, touching the reparation of the said matter of Fougères, as the letters of the said prince uncle contain; the said Mundeford and l'Enfant say, that to this end tend almost all the first articles delivered by them, to which they refer themselves, and they consider them as renewed and repeated in this place; and by them (and they are all true) appears clearly the course that my said lord the Governor ought to adopt touching the said matter of Fougères, and therein there is no fault or blame laid to the charge of my said lord the Governor, as may clearly be seen by the said articles.

VI. Item, in regard to the offer made by the said lords of Culant and Cousinot in the xii. Article of their paper, the said Mundeford and l'Enfant say, respect being always observed,

A.D. 1449. June 30. termes es quels elle est, nest recevable, ne juste, ne raisonnable, ainsi quil appert par le contenu des autres articles bailliez par les dits Mundefort et Lenfant, et par autres raisons quils ont declarees de bouche bien au long aus dits sire de Culant et Cousinot; et aussi tout le monde, qui cognoistroit la verite des matieres qui est contenue ez articles dessusdits Mundefort et Lenfant, jugeroit sans autres raisons que selon bonne raison et equite la dite offre nest pas recevable ne acceptable, car esgalite ny est pas gardee, comme il appert par linspection dicelle offre; mais au contraire, les offres faites par les dites Mundeford et Lenfant, en leurs premiers articles sont justes et raisonnables, es quelles ils persistent. Et dabondant offrent, pour et au nom de mon dit seigneur le Gouvernant, que veu le contenu en iceulx articles qui sont veritables, tout ce qui sera possible a mon dit seigneur faire licitement et honorablement sans reprise, il est et sera tousjours prest de laccomplir sans dissimulation aucune, moyennant que ainsi soit fait de la part du dit prince oncle. Et en tant que les dits sire de Culant et de Cousinot requierent que de la part du roy, nostredit seigneur, soit faite la premiere reparacion,

---

[Translation.]

that this offer cannot be received in the terms in which it now stands, nor is it just nor reasonable, as appears by the contents of the other articles delivered by the said Mundefort and l'Enfant, and by other reasons which they have declared by mouth at length to the said lord of Culant and Cousinot; and so every one who knows the truth of the matters contained in the articles of the said Mundefort and l'Enfant would judge without other reasons, that according to right reason and equity, the said offer could not be received nor accepted, for equality has not been observed therein, as appears by the inspection of the said offer; but on the contrary, the offers made by the said Mundefort and l'Enfant in their first articles are just and reasonable, and by these they abide. And further they offer for and in the name of my said lord the Governor that, considering the contents of the said articles, which are true, all that shall be possible for my said lord to do lawfully and honorably without censure, he is and will be always ready to accomplish without any dissimulation, provided that the like be done upon the part of the said prince uncle. And inasmuch as the said lord of Culant and Cousinot require that upon the part of the king, our said lord, the first reparation should comme premiers attempteurs, reverence gardee, ne sera pas trouve quils soient les premiers attempteurs. Et en tant quest la subjection, obeissance, et hommaige quils maintiennent de mon dit seigneur de Bretaigne envers le dit prince oncle, etc., dient les dits Mundefort et Lenfant que du dit hommaige ils ne scevent riens; et se le dit duc de Bretaigne lavoit fait depuis les treves, ce ne devroit pourtant prejudicier au droit du roy, nostredit seigneur. Et toutesfois ils se rapportent de ceste matiere au roy, nostre dit seigneur; et neantmoins offrent les dits Mundefort et Lenfant besongner ez matieres ou il faut reparacion les uns quant les autres en gardant esgualite, comme raison le donnera.

A.D. 1449. June 30.

VII. Item, les dits Mundefort et Lenfant repetent et persistent en leurs dits premiers articles, comme veritables, justes, raisonnables et honnorables, et ez sommacions et requestes contenues en iceulx, et par especial touchant la delivrance monseigneur de Faucomberge, qui estoit et est ambaxadeur et personne privilegiee, se aucune le doit estre, la reparacion et restitucion des chastel et ville du Pont de l'Arche, de Conches et Gerberay, avec les gens et biens prins dedens, dommages et interests, la delivrance aussi de messire Simon Morhier,

---

[Translation.]

be made, as the first aggressors, due reverence observed, it will not be found that they are the first aggressors. And as regards the subjection, obeissance, and homage which my said lord of Bretagne maintains towards the said prince uncle, etc., the said Mundefort and l'Enfant say that they know nothing of the said homage; and if the said duke of Bretagne has made it since the truce, still this ought not to prejudice the right of the king, our said lord. Nevertheless, while they refer themselves in this matter to the king, our said lord, still the said Mundefort and l'Enfant offer to attend to the matters in which reparation ought to be made, of whatever kind they be, equality being preserved, as reason requires.

VII. Item, the said Mundeford and l'Enfant repeat and reaffirm their said first articles, as true, just, reasonable, and honorable, as are also the summons and requests contained in the same, and in especial touching the deliverance of my lord of Faucomberge, who was and is an ambassador and privileged person, if any one ought to be such, the reparation and restoration of the castle and town of Pont de l'Arche, of Conches and Gerberay, with the persons and goods taken therein, the damages and losses, the deliverance also of messire Simon Morhier,

A.D. 1449. June 30. chevallier, consilier du roy, nostre dit seigneur, et de plusieurs autres gens et officiers dicellui seigneur, detenus a Dieppe ouparavant de la prise du dit Fougieres et sans aucune cause raisonnable.

VIII. Item, la delivrance de messire Gilles de Bretaigne, qui fut pris pareillement long temps devant la dite prise de Fougieres.

IX. Item, les dits Mundefort et Lenfant requierent et somment, comme devant, les dits sire de Culant et Cousinot, de dire et declarer plainement et clerement se la prise de mon dit seigneur de Faucomberge et les dites villes du Pont de l'Arche, Conches, et Gerberay sont faites de gre et consentement du dit prince oncle, ou non, et sil les advoue ou non; afin que mon dit seigneur le Gouvernant sache a qui le roy, nostre dit seigneur, et lui ont a besongner, et que (se mestier est) il en puisse signifier la verite au roy pour a telle fin quil appartiendra.

X. Item, les dits Mundefort et Lenfant baillent de present ces presens articles, par fourme de response aux articles bailliez par lesdits sire de Culant et Cousinot, joingt avec ce les premiers articles bailliez par iceulx Mundefort et Lenfant, ainsi

[TRANSLATION.]

knight, councillor of the king, our said lord, and of many other persons and officers of the said lord, taken prisoners at Dieppe before the capture of Fougères aforesaid, and without any reasonable cause.

VIII. Item, the deliverance of messire Gilles of Bretagne, who was also taken prisoner a long time before the capture of Fougères aforesaid.

IX. Item, the said Mundefort and l'Enfant require and cite, as before, the said lord de Culant and Cousinot to say and declare plainly and clearly whether the capture of my said lord of Faucomberge, and of the said towns of Pont de l'Arche, Conches, and Gerberay was made with the approval and consent of the said prince uncle, or not; and whether he avows them, or not; in order that my said lord the Governor may know with whom the king, our sovereign lord, and himself have to deal, and that (if it be necessary), he may signify the truth thereof to the king, to act therein as is fitting.

X. Item, the said Mundeford and l'Enfant at this present time offer these present articles in form of answers to the articles delivered by the said sire de Culant and Cousinot, the first articles which were presented by the said Mundeford

que dit est, et sauf a eux, ou a autres a ce commis et deputez A.D. 1449.
de la part du roy, nostre sire, a donner plus ample et plus June 30.
particuliere response a un chascun des articles des dits sire de Culant et Cousinot, et par ordre darticle en article, quant mestier seroit et le cas le requerroit, avec les protestacions premieres dites.

XI. Item, et pour ce que les articles bailliez par les dits sire de Culant et Cousinot contiennent plusieurs choses grandes et pesantes, et qui touchent la personne de mon dit seigneur le Gouvernant, offrent et sont contens les dits Mundefort et Lenfant, daler en leurs personnes devers mon dit seigneur, pour lui remonstrer au long le contenu ez dits articles; et ce fait, sera fait scavoir au surplus aus dits sire de Culant et Cousinot le bon vouloir et plaisir de mon dit seigneur le gouvernant dedens Vendredi pour tout le jour, du plus tard, au lieu de Port Saint Ouen, le Pont Saint Pierre, ou Dandely, au chois des dits ambaxadeurs; pendant lequel temps requierent les dits Mundefort et Lenfant que toutes entreprises et voyes de fait soient deffendues, tant dune part que dautre.

[TRANSLATION.]

and l'Enfant being joined thereto, as is said; and reserving to themselves, or others commissioned or deputed thereto upon the part of the king, our lord, to give a fuller and more particular answer to each of the articles of the said sire de Culant and Cousinot, and in order, article by article, when it shall be necessary and the case shall require it.

XI. Item, and because the articles delivered by the said sire de Culant and Cousinot contain many great and weighty articles, and which concern my said lord the Governor personally, the said Mundefort and l'Enfant offer and are willing to go personally to my said lord to state to him at full the contents of the said articles; and having done this, they will further intimate to the said sire de Culant and Cousinot the good will and pleasure of my said lord the Governor by some time upon Friday at the latest, either at Port-Saint-Ouen, Pont-Saint-Pierre, or Andely, at the choice of the said ambassadors; during which time the said Mundefort and l'Enfant require that all enterprises and violent proceedings should be forbidden, as well upon the one part as the other.

Præsens responsio seu repliqua fuit tradita pro parte dominorum ambaxiatorum serenissimi et illustrissimi principis ne-

A.D. 1449. June 30. potis Angliæ ambassiatoribus serenissimi et illustrissimi principis avunculi Franciæ et recepta, seu pro tradita et recepta habita, sub protestatione facta per dictos ambaxiatores principis avunculi, dicendi et respondendi, si eis videatur expediens, in proxima congregatione. Et convenerunt insimul ipsi domini ambaxiatores, quod ipsi ambaxiatores principis avunculi in hac villa de Locoveris expectabunt usque ad diem Jovis proxime venturum inclusive, et per totam ipsam diem, ipsos ambaxiatores principis Angliæ, qui interim se transferent ad illustrissimum principem dominum Gubernantem, pro communicando plenius cum eo, et responsum ipsius domini Gubernantis super materiis hinc inde tractis referent.

Actum die Lunæ, ultima mensis Junii, anno Domini m.cccc.xlix. in Ecclesia Beatæ Mariæ de Locoveris, in Capella Sancti Georgii, præsentibus ad hæc cum ambaxiatoribus Petro Bouteillier, Roberto Breteau; Meyne, Somerset, Mortaing, Heraulx; Martino Brisson, et Nicolao le Grant, cum aliis.

Sic signatum, Barneville et Socius.

Sequitur tenor alterius quaterni pariter traditi per modum duplicæ per prædictos ambaxiatoribus principis nepotis, continentis xi. articulos.

Reponse des Ambassadeurs de France au second Ecrit des Anglois.

A.D. 1449. July 2.

The reply of the French ambassadors.

Le sire de Culant et maistre Guillaume Cousinot, consiliers et ambaxadeurs du roy de France, leur souverain seigneur, et ses commissaires en ceste partie, aux articles bailliez par maniere de replique par Osberne Mundefort, escuier, et maistre

---

[Translation.]

The Answers of the Ambassadors of France to the second Writing of the English.

The sire of Culant and master Guillaume Cousinot, councillors and ambassadors of the king of France, their sovereign lord, and his commissioners on this part, to the articles delivered in manner of reply by Osberne Mundeford, esquire,

Jehan Lenfant, docteur en loys, consiliers, ambaxadeurs et commissaires de tres-haut, tres-puissant et excellent prince, le nepveu Dangleterre du dit roy de France, a certains articles que les dits ambaxadeurs de France avoient bailliez aus dits ambaxadeurs Dangleterre par fourme de response a autres articles paravant bailliez par iceulx ambaxadeurs Dangleterre aus dits ambaxadeurs de France. A.D. 1449. July 2.

Dient et respondent iceulx ambaxadeurs de France, soubz les protestacions contenues et declarees en leurs dits premiers articles, et les quels ils tiennent ici pour repetes, en la fourme et maniere qui ensuit :—

Au premier Article, faisant mencion de plusieurs attemptas que les dits ambaxadeurs Dangleterre dient avoir este commis durant les treves par les gens de lobeissance du dit roy de France;—dient les dits ambaxadeurs, que cestoit un article general, excepte en tant quil touche la personne de monseigneur de Faucomberge; lequel article general, sans autre specification, nest point responsif; et quand il vouldra particulariser, il y sera bien et deuement respondu. Mais la prise de Fougieres, et ce qui a este fait a Saint James de Beuvron

---

[Translation.]

and master Jehan l'Enfant, doctor of laws, councillors, ambassadors, and commissioners of the most high, very powerful, and excellent prince, the nephew of England of the said king of France, to certain articles which the said ambassadors of France have given to the said ambassadors of England by form of answer to the other articles previously delivered by the said ambassadors of England to the said ambassadors of France.

The said ambassadors of France say and answer, under the protestations contained and declared in their said first articles, and which they consider here as repeated, in the form and manner following:—

To the First Article making mention of many attemptates which the said ambassadors of England say have been committed during the truce by persons under the obedience of the said king of France, the said ambassadors say that it was a general article, excepting in as much as it touches the person of my lord of Faucomberge; which general article, without further specification, is no answer. And when they specify particulars, they shall therein be well and duly answered. But as to the taking of Fougères and what has been done at Saint James de Beuvron and at Mortain, these are not

A.D. 1449. July 2.

et a Mortaing, ne sont pas articles generaux, ainczois sont cleres infractions de treves, decidees par articles dicelles, attendu la denee de droit et devoir non fait en ceste partie par ceulx de la part Dangleterre, qui y estoient tenus et le devoient faire. Et quant aux autres excez et attemptas particuliers qui ont este commis au prejudice des treves, Dieu scet qui en est le commenceur, soit par terre ou par mer, et de quel part en y a le plus. La verite en a peu estre congneue ez convencions qui ont este entre les ambaxadeurs et commissaires des deux princes oncle et nepveu, et na pas tenu de la part du dit prince oncle que tous bons appointemens ny aient este trouvez, et si est len mis en tous les devoirs que len puet fere en tel cas; ainsi que deuement il sera monstre et justifiee quant temps et lieu sera. Par quoy est cler que nulle charge ne peut estre donnee en ceste partie au dit roy de France, mais procede tout le deffault de la part Dangleterre. Et quant a la prise du dit monseigneur de Faucomberge, on lui puet baillier tel nom que len veult de ambaxadeur ou autre; mais quil ait este pris en faisant son ambaxade, au moins envers le dit roy de France, ne dont il fust apparu

---

[TRANSLATION.]

general articles, but they are clear infractions of the truce, decided by specific articles, regard being had to the denial of law and justice in this matter done by the party of England, who were thereto bound, and ought to do it. And as to the other private excesses and attemptates which have been committed to the prejudice of the truce, God knows who begun them, whether by land or sea, and where there were the most of them. The truth hereof might be known at the meetings which have been between the ambassadors and the commissioners of the two princes, the uncle and the nephew, and it is not obligatory upon the part of the said prince uncle that all good arrangements should have been made therein, and whether all has been done that could be done in such a case, as will be duly proved and established at fitting time and place; whereby it is clear that no charge can be brought in this matter against the said king of France, but all the failure proceeds upon the part of England. And as to the capture of the said lord of Faucomberge, he may be styled ambassador, or any other name they please; but that he was taken while acting as an ambassador, at least to the king of France, or that he was going towards him in the character quil allast devers lui par fourme dambassade, il na point este sceu, ne no sera trouve. *Quare, etc.* A.D. 1449. July 2.

Au ij. Article, faisant mencion de la prise de messire Gilles de Bretaigne, dient et respondent les dits ambaxadeurs de France, que en ce ne puet estre dit ne juge avoir aucun attemptat; car la verite si est que le dit messire Gilles est natif du dit pays de Bretaigne, subget et obeissant du dit roy de France, et longtemps paravant les treves, et ou temps dicelles, estoit demourant ou dit pays de Bretaigne, et y avoit son partage, son appanage, son domicile, et tout son fait, comme subget du dit pays et du dit roy de France, estant cler que sil delinquoit en aucune maniere, il estoit justiciable et devoit subir la jurisdiction du dit roy de France et de mondit seigneur de Bretaigne. Et pour ce sil a este pris par justice et pour ses demerites, a cause de certains grans et enormes cas quil avoit commis contre mon dit seigneur de Bretaigne, et avec ce (comme dient aucuns) contre le dit roy de France, qui est le juge au monde qui jamais peust ne deust dire que ce fust attemptat? Il est tout cler que nul. *Quare, etc.*

[Translation.]

of an ambassador, is neither a thing known, nor will it be found to be the case. *Quare, etc.*

To the Second Article, mentioning the capture of messire Gilles de Bretaigne, the said ambassadors of France say and answer that herein no attemptate can be said to have been committed; for the truth is that the said messire Gilles is a native of the said country of Bretagne, a subject of and obedient to the said king of France, and long before the truce, and at the time of the same, he was dwelling in the said country of Bretagne, and there had his partition, his appanage, his domicile, and all his affairs, as subject of the said country and of the said king of France; being fully aware that if he offended in any way, he was open to justice and was liable to the jurisdiction of the said king of France and of my said lord of Bretagne. And if he were seized by justice and for his offences, in consequence of certain great and enormous offences which he has committed against my said lord of Bretagne, and besides this (as some say) against the king of France, what judge in the world would or ought to say that this was an aggression? It is clear that it is none. *Quare, etc.*

A.D. 1449. July 2.

Au iii. Article, faisant mencion des convencions qui on este tenues pour le fait des attemptats, etc.;—dient et respondent les dits ambaxadeurs de France, quil est bien vray que plusieurs convencions ont este tenues entre les ambaxadeurs et commissaires des deux princes touchant le fait des attemplats; mais que de la part du dit prince nepveu, en parlant tousjours en toute reverence, ait este fait ce quil appartenoit en lentretenement des treves, dient iceulx ambaxadeurs de France que en plusieurs poins le contraire sera bien monstre, et mesme appert bien clerement quil est ainsi par les emparemens de Saint James de Beuvron et de Mortaing, qui sont si directement contre la teneur des treves et decidees par article dicelles, et si ont este fais auparavant les dites convencions, et toutesfois on nen a peu obtenir aucune provision, ne pareillement de touts les autres attemptats dont on a fait plainte et doleance es dites convencions, et de quoy lon monstroit les informacions et justifications toutes cleres. *Quare, etc.*

Au iv. Article, faisant mencion de Saint James de Beuvron et Mortaing, dient les dits ambaxadeurs de France, quil est

[TRANSLATION.]

To the Third Article, mentioning the meetings that have been held in the matter of the attemptates, etc., the said ambassadors of France say and answer that it is very true that many meetings have been held between the ambassadors and commissioners of the two princes touching the matter of the attemptates; but if it be said that upon the part of the said prince nephew (speaking always with all reverence) there has been done what ought to have been done for the preservation of the truce, then the said ambassadors of France say that in many points the contrary has been fully shown, and that the same is so appears very clearly by the seizure of Saint James de Beuvron and of Mortain, which make so directly against the tenor of the truce, and are decided by an article of the same, and these have been done before the said conferences. And nevertheless it has been impossible to obtain any provision for the same, nor for all the other attemptates whereof complaints and lamentations have been made at the said meetings, and respecting which the clearest informations and proofs have been produced. *Quare, etc.*

To the Fourth Article, making mention of Saint James de Beuvron and Mortain, the said ambassadors of France say

vrai que la dite matiere a este traitiee en la presence du A.D. 1449.
dit roy de France, leur souverain seigneur, et en plusieurs July 2.
autres lieux et convencions; mais que jamais ait este fait ad ce offres ne responses raisonnables, il ne sera ja trouve, et appert clerement; car combien que les dits attemptats soient si directement contre la teneur des dites treves et decidez par article dicelles, si sont ils tousjours demeurez en nature, ne pour quelconque sommacion ou requeste qui en ait este faite a ceulx de la part Dangletere, aucune provision ny a este donnee, ne reparacion sur ce faite. Et quand on vouldra dire que les premiers emparemens sont venus par ceulx de la part du dit roy de France, et que len particularizera, il y sera tellement respondu que Dieu et tout le monde le cognoistra que en raison il ny doit ne ne puet emporter charge.

Au v. Article, faisant mencion des causes de la venue des dits ambaxadeurs de France ez marches de par deca, et aussi du devoir que hault et puissant prince, le duc de Somercet, a fait touchant le fait de Fougieres, etc.;—dient et respondent les dits ambaxadeurs de la part de France, quil est vrai quils sont venus par deca pour veoir quel devoir et quelle

---

[TRANSLATION.]

that it is true that the said matter has been discussed in the presence of the said king of France, their sovereign lord, and in many other places and meetings; but it will never be proved (and this appears clearly) that any offers or reasonable answers have herein been made. For although the said attemptates are so directly contrary to the tenor of the said truce and are decidedly an article in the same, they have always remained in their natural condition; nor has any arrangement been made herein, nor reparation given for the same, for any summons or request whatsoever made to the English party. And when they are pleased to say that the first seizures come from the partizans of the said king of France, if the particulars are given therein, such answer will therein be made as God and all the world shall know that reasonably no blame can or ought to be charged herein.

To the Fifth Article, which mentions the causes of the arrival of the said ambassadors of France in these marches and also of the effort which the high and powerful prince the duke of Somerset has made in the matter of Fougères, etc.; — the said ambassadors upon the part of France say and answer that it is true that they have come hither to see

A.D. 1449. July 2. reparacion avoient este faits par effet par le dit hault et puissant duc de Somercet au dit fait de Fougieres; et que, fait de sa part en cela et ez autres choses touchant lentretenement des treves ce quil appartient de la part du dit roy de France, leur souverain seigneur, seroit fait tout devoir; des quieulx devoir toutesvoyes et reparacion qui devoient proceder de la part du dit hault et puissant duc de Somercet, iceulx ambaxadeurs ne se sont apperceus en quelque maniere que ce soit, au moins ainsi quil appartenoit, et que selon la teneur des treves faire se devoit. Aincois (en parlant soubz correction et en toute reverence) il y a des fautes, de denees, et de droit et devoirs non fais beaucoup; comme plus a plain est declare ez autres articles bailliez par les dits ambaxadeurs de France; lesquelles choses ils emploient en cest present article a la response du dit cinquiesme article.

Au vi. Article, faisant mencion des offres faites par les dits ambaxadeurs de France aus dits ambaxadeurs Dangleterre, et pareillement de celles que les dits Dangleterre ont faites au dits ambaxadeurs de France, dient et respondent les dits

---

[Translation.]

what has been done and what actual atonement has been made by the said high and powerful duke of Somerset in the said matter of Fougères; and when he upon his part has done herein and in the other matters touching the preservation of the truce all that he is bound to do, then upon the part of the said king of France, their sovereign lord, everything that is befitting shall be done. Nevertheless the said ambassadors have discovered no token whatsoever of the said due reparation which ought to have been made upon the part of the said high and powerful duke of Somerset, at least nothing which was fitting, and as it ought to have been done, according to the tenor of the truce; but (speaking under correction and with all reverence), there have been abundance of defaults and denials, and a want of law and justice, as is more fully declared in the other articles delivered by the said ambassadors of France, which they employ in this present article of their answers to said Fifth Article.

To the Sixth Article, which mentions the offers made by the said ambassadors of France to the said ambassadors of England, and in like manner of those which the said ambassadors of England made to the said ambassadors of France, ambaxadeurs de France, que en tant quil touche celles quils ont bailliees, elles sont justes et raisonnables; car elles sont selon la teneur des treves, et y sont raison et esgalite gardees, ainsi que par inspection dicelles puet plus a plain apparoir. Et en termes de raison, se ceulx de la part Dangleterre veulent entretenir les treves, ils ne les puent ne ne doivent denyer. Mais au contraire, celles qui sont bailliees de la part Dangleterre sont injustes et desraisonnables, et ny est en rien la teneur des treves gardee; comme plus a plain est deduit et declare ez autres articles bailliez par lesdits ambaxadeurs de France, que iceulx ambaxadeurs emploient a la response du dit sixieme article; et pareillement employent le contenu ez dits autres articles, en ce que touche est au dit sixieme article du fait de mon dit seigneur de Bretaigne. A.D. 1449. July 2.

Au vii. Article, faisant mencion de la persistance des dits ambaxadeurs en leurs premiers articles, sommacions, et requestes, etc.;—dient et respondent les dits ambaxadeurs de France, que aussi ils persistent ez responses et offres quils ont sur ce faites aus dits ambaxadeurs Dangleterre ez autres articles

---

[TRANSLATION.]

the said ambassadors of France say and answer that in so far as it touches those which they have delivered, they are just and reasonable, for they are according to the tenor of the truce, and therein reason and fairness are observed, as by the examination of the same may more fully appear. And according to the terms of reason, if the English party desire to keep the truce they cannot and ought not to refuse them. But on the contrary, those which are presented by the English party are unjust and unreasonable, and the import of the truce is in no respect preserved therein, as is more fully deduced and declared in the other articles delivered by the said ambassadors of France, which these said ambassadors employ in their answer to the said Sixth Article, and in like manner employ the contents in the said other articles, in the matter touched on in the said Sixth Article in the matter of my said lord of Bretagne.

To the Seventh Article, which mentions that the said ambassadors stand firm upon their former articles, summonses, and requests, etc., the said ambassadors of France say and answer that they also stand upon the answers and offers which they have thereupon made to the said ambassadors of England to the other articles which they have delivered them in answer

A.D. 1449. July 2. quils leur ont bailliez par les dits ambaxadeurs Dangleterre; et employent le contenu ez dits articles et tout ce quils ont dit devant touchant ceste matiere a la response de ce dit septieme Article.

Au viii. Article, faisant mencion de messire Gilles de Bretaigne, etc.;—employent les dits ambaxadeurs de la part de France ce que dit est dessus; et pareillement ce que est contenu en leurs premiers articles touchant cette matiere, poure faire response au dit huitieme Article.

Au ix. Article respondent les dits ambaxadeurs de France en la fourme et maniere quils ont fait en leurs premiers articles touchant la dite matiere.

Au x. Article dient et respondent le dits ambaxadeurs de France que ce que de present ils baillent, joingt avecques ce les premiers articles par eulx bailliez aus dits ambaxadeurs Dangleterre, responsifs a ceulx que les dits de la part Dangleterre leur avoient bailli, iceulx ambaxadeurs de France lemployent a response de tous les articles, tant premiers que seconds bailliez de la part Dangleterre; sauf a eulx, ou a autres commis et deputez de la part du dit roy de France, leur souve-

---

[Translation.]

to those which have been given them by the said ambassadors of England; and they use the contents of the said articles, and all that they have said before touching this matter in the answer to this said Seventh Article.

To the Eighth Article, mentioning messire Gilles de Bretagne, etc., the said ambassadors upon the part of France employ the matter stated above, and also what is contained in their former articles touching this matter, in order to answer this Eighth Article.

To the Ninth Article, the said ambassadors of France answer in the form and manner in which they have done in their former articles the said matter.

To the Tenth Article, the said ambassadors of France say and reply that they, the said ambassadors of France, employ as an answer to all the articles, as well the former as the second delivered upon the part of England, that which at present they offer, taken in connexion with the former articles by them delivered to the said ambassadors of England, in answer to those which they, upon the part of England, delivered to them; reserving to themselves, or the other commissioners and deputies upon the part of the said king of France, their sovereign lord, rain seigneur, a donner plus ample et plus particuliere response a un chacun des articles dessus dits quant mestier sera, le cas le requerra, et bon leur semblera, et aussi soubz les protestacions contenues ez dits premiers articles de ceulx ambaxadeurs de France. A.D. 1449. July 2.

Au xi. et derrain Article, faisant mencion de lalee des dits de la part Dangleterre devers hault et puissant prince, le duc de Somerset, a Rouen, pour lui monstrer plus au long le contenu ez dits articles bailliez par les dits ambaxadeurs de France, et savoir sur ce son bon plaisir et voulente, lequel iceulx ambaxadeurs Dangleterre feront savoir et notifier aus dits ambaxadeurs de France ez jour et lieu contenus au dit article;—dient et respondent les dits ambaxadeurs de France, que en entretenant ce qui a este appointe entreulx et les dits ambaxadeurs de le part Dangleterre, cest assavoir, que dedans Jeudi prochain pour tout le jour, les dits ambaxadeurs de la part Dangleterre doivent faire savoir la response final du dit monseigneur de Somerset touchant les choses dessus dites aus dits ambaxadeurs de France en ceste ville de Louviers, iceulx ambaxadeurs sont contens dattendre jusques au dit jour la dite

---

[Translation.]

to give a more ample and a more particular answer to each of the articles abovesaid, when it shall be necessary, when the case shall require it, and they shall think good; and also under the protestations contained in the said first articles of the said ambassadors of France.

To the Eleventh and last Article, making mention of the mission of the said persons upon the part of England to the high and powerful prince, the duke of Somerset, at Rouen, to tell him at greater length of the contents of the said articles presented by the said ambassadors of France, and to know therein his good pleasure and wish, which the said ambassadors of England would intimate and notify to the said ambassadors of France on the day and at the place contained in the said article;—the said ambassadors of France say and reply that in observing the arrangements made between them and the said ambassadors upon the part of England, (that is to say, that upon Thursday next, during some part of the day, the said ambassadors on the English side will intimate the final answer of the said lord of Somerset touching the things aforesaid to the said ambassadors of France in this town of Louviers,) the said ambassadors are content to wait for the said answer until the

A.D. 1449. July 2. response au lieu dessus dit. Et quant a faire cesser les voies de fait dune part et dautre, dont est fait mencion au dit article;—dient et respondent les dits ambaxadeurs de la part de France que les voyes de fait nont pas commence de leur part, mais scet chacun comme les dits de la part Dangleterre ont ouvert la guerre ou dit pays de Bretaigne, subget et obeissant du dit roy de France; et le quel pais est bien loing et fort distant de la dite ville de Louviers; et quand vendroit a faire appointement de faire cesser les voyes de fait, il le faudroit faire par tout, ce qui ne se pourroit pas bien faire en si peu de temps comme le Lundi, que furent baillies les dits articles de la part Dangleterre, jusques au Jeudy ensuivant, que on devoit donner la dite final response. Mais fait de la part du dit hault et puissant duc de Sommerset, ce quil appartenoit a lentretenement de la treve, tant sur ses dites voies de fait que autrement seroit bien appoincte, ne de la part du dit roy de France ne tendroit; combien que ne semble pas que ceulx de la part Dangleterre aient ce vouloir, ou que les chiefs de leur part aient puissance de donner sur ce provision; car la nuit en-

---

[Translation.]

said day at the place aforesaid. And as regards the cessation of all acts of violence upon the one side and the other, of which mention is made in the said article, the said ambassadors upon the part of France say and answer that these acts of violence did not begin upon their side; but every one knows how the said partizans of England commenced the war in the said country of Bretagne, which is in subjection and obedience to the said king of France, which country is very remote and far distant from the said town of Louviers. And when one comes to make an arrangement for the cessation of acts of violence, it should be made for their total cessation, which could not easily be done in such a short time as from the Monday, when the said articles were delivered upon the part of the English, until the Thursday following, when the said final answer is to be made. But when the said high and powerful duke of Somerset has done upon his part what he ought to do for the preservation of the truce, a good agreement should be made as well regarding the said acts of violence as otherwise, nor would there be any difficulty herein upon the part of the said king of France, although it does not appear as if the English party wished this, or that the leaders of their side had power to make provision herein; for on the night following the suivant du Lundi que les dits articles furent bailliez, messire Richard Fregneval, chambellan du dit hault et puissant duc de Sommerset, et le principal de son hostel, et le plus prochain de la personne, et son bailly de Harecourt, accompaigne de grant nombre Danglois, sest efforce de prendre le chastel de Neufbourg, subget et obeissant du dit roy de France. Et quant il en a failly, a cause de la bonne garde qui y estoit, il a mis le feu en la dite ville de Neufbourg, et brule plusieurs maisons, tue les gens de lobeissance du dit roy de France, les autres pris et emmenes prisonniers avecques leurs chevaulx et autres biens, et pris et emmene avecques eulx ce quils ont peu, et fait tous exploits accoustumes a faire en guerre. *Quare, etc.*

A.D. 1449. July 2.

[TRANSLATION.]

Monday that the said articles were delivered, messire Richard Frogneval, the chamberlain of the said high and powerful duke of Somerset, and the chief of his household, the nearest to his person, and his bailly of Harecourt, accompanied by a great number of English, attempted to take the castle of Neufbourg, which is subject and obedient to the said king of France; and when he failed therein, in consequence of the good watch which was there kept, he set fire to the town of Neufbourg aforesaid, and burnt many houses, killed persons who were in the obedience of the said king of France, took others and carried them off prisoners with their horses and other goods, and took and carried off with them whatever they could, and acted in all ways as is done in time of war. *Quare, etc.*

Præsens responsio seu duplicata fuit per dominos ambaxiatores et commissarios serenissimi et Christianissimi principis regis Franciæ nobis notariis, in præsentia testium subscriptorum tradita in Locoveris pro tradendo dominis ambaxiatoribus et commissariis illustrissimi principis regis Angliæ anno Domini M.CCCC.XLIX., die secunda Julii, præsentibus honorabilibus viris Johanne le Clerc, Reginaldo de Gisors, et Johanne Caym, testibus ad hoc vocatis. Tradita in Abbatia de Bonoportu per nos notarios magistro Johanni Lenfant, ambaxiatori et commissario regis Angliæ, præsente magistro Johanne Cousin in sua comitiva, anno Domini M.CCCC.XLIX., die tertia Julii, præsentibus Johanne Fretel, domino de Espoinville, Mayne le Herault, Maturino Brisson, testibus ad hoc vocatis.

A.D. 1449. July 2.

CONFERENCE DE BONPORT.

The conference at Bonport.

Post cujus quidem responsionis, seu duplicæ, traditionem, illico præfatus magister Johannes Lenfant dicto magistro Johanni Cousin secum existenti in effectu retulit qualiter die Lunæ ultimate præterita Osberne Mundeford, armiger, superius nominatus, et ipse magister Johannes Lenfant, ambaxiatores et commissarii prædicti principis nepotis, certos articulos per modum replicæ dominis ambaxiatoribus et commissariis prælibati principis avunculi receperant, cum protestatione de dicendo contra dictos articulos, si aliquid dicere vellent; et quod tunc dictum fuit et accordatum inter ipsos ambaxiatores, quod dicti ambaxiatores principis nepotis adirent illustrem et potentem principem dominum ducem de Sommerset, locum tenentem generalem et vires gerentem dicti principis nepotis in partibus istis, et sibi ostenderent ea quæ ex parte dictorum ambaxiatorum principis avunculi sibi dicta et in scriptis data fuerant, pro consilio habendo, et ad sciendum suum bonum placitum in prædictis, si quid insuper sciendum esset; quod et ita ex parte ipsorum factum extiterat; mandaveratque ipse magister Johannes Lenfant, prædictis dominis ambaxiatoribus principis avunculi, quod pro responso eis dando super præmissis placeret ipsis venire et interesse dicta die Jovis, circa horam nonam in mane, in loco prædicto de Bonoportu, ubi tunc interesset cum aliis commissariis dicti principis nepotis quos placeret dicto domino duci illuc transmittere; et quod insequendo præmissa, ipse et dictus magister Johannes Cousin hac de causa illuc accesserant, convenientibusque et congregatis in dicto loco de Bonoportu die præscripta dictis dominis Carolo de Culant, et magistro Guillaume Cousinot, præsidente Delphinatus, ambaxiatoribus et commissariis dicti principis avunculi ex una, et dictis magistris Johanne Lenfant et Johanne Cousin, se dicentibus ambaxiatores et commissarii dicti principis nepotis, partibus ex altera; idem magister Johannes Lenfant, resumptis oblationibus et certis aliis punctis contentis in articulis per ipsos ambaxiatores hinc inde in scriptis traditis, fecit certos oblationes pro parte principis nepotis ipsis ambaxiatoribus principis avunculi; quas quidem oblationes verbo tenus protulit, et postmodum in scriptis tradere obtulit.

Quibus quidem oblationibus, sicut prædicitur, verbo tenus prolatis et in scriptis tradere oblatis, dictus dominus præsidens Delphinatus petiit eidem magistro Johanni Lenfant utrum ipse et dictus magister Johannes Cousin habebant potestatem sufficientem dictas oblationes faciendi; et si potestatem habebant, quod eam ostenderent; et ipsa visa, si sufficiens erat, ipsi domini ambaxiatores principis avunculi ad dictas oblationes responderent prout decens esset, et taliter quod quilibet posset cognoscere quod pro parte dicti principis avunculi se ponerent in omni deverio. Dicto magistro Johanne Lenfant respondente, quod bonam potestatem cum præfato Osberne Mundeford habebat, et ipsam in villa de Locoveris, in domo ad intersignium Mutonis ipse et prædictus Osberne eisdem dominis ambaxiatoribus principis avunculi ostenderant, qui quidem Mundeford certis aliis occupationibus præpeditus illuc non poterat venire; et hac de causa dictam potestatem non attulerat secum, credens quod non esset necesse, et quod in hoc non fieret difficultas. A.D. 1449. July 2.

Cui quidem magistro Johanni Lenfant dictus dominus præsidens Delphinatus respondit quod in vanum laborarent cum hominibus nullam potestatem habentibus; dicto domino magistro Johanni Lenfant tunc requirente quatenus dicti domini ambaxiatores principis avunculi vellent expectare usque ad crastinum hora octava de mane, et quod in dicta abbatia de Bonoportu rediret infra dictam horam munitus bona potestate, etc.

Cui quidem requestæ dicti domini ambaxiatores principis avunculi responderunt, quod quamquam dies et locus præscripti designati essent ad finale responsum pro parte prælibatorium ambaxiatorum principis nepotis habendum super materiis inter ipsos tractatis et communicatis, et quod viso defectu procedente ex parte dictorum ambaxiatorum principis nepotis, ipsi ambaxiatores principis avunculi licite poterant recedere; nihilominus ad ostendendum bonam voluntatem quam dictus princeps avunculus, eorum magister, et ipsi habebant ad bonum materiæ, et ut omnia bene se haberent, et ad semper se ponendum in majore deverio, prædictæ requestæ annuebant.

Acta fuerunt hæc in præfata abbatia de Bonoportu, anno, die, mense, indictione, et pontificatu prædictis, præsentibus ad hoc venerabili patre domino abbate dicti loci de Bonoportu, Mayne le Herault, Roberto Brescau, Maturino Brisson, nec non dominis Socio Votes et Johanne Barneville, presbyteris, notariis publicis, testibus ad præmissa vocatis.

Adveniente vero die Veneris quarta dicti mensis Julii, anno, indictione, et pontificatu prædictis, circa horam nonam de mane comparuerunt in dicto loco de Bonoportu dicti dominus de Culant et dominus præsidens Delphinatus, ambaxiatores et commissarii principis avunculi ex una, et dictus magister Johannes Lenfant, Thomas de Sainte Barbe, armiger, baillivus de Medunta, et magister Johannes Cousin, ambaxiatores et commissarii dicti principis nepotis, prout de commissione eorum sub magno sigillo dicti principis nepotis (ut prima A.D. 1449. July 4. Offers of the English ambassadors.

A.D. 1449. July 4. facie apparebat), constitit, exhibitionem fecerunt, partibus ex altera. Qua commissione perlecta, dictus magister Johannes Lenfant oblationes quas die præterita fecerat iterato resumpsit et fecit, in scriptisque dictis dominis ambaxiatoribus principis avunculi tradidit, quarum quidem oblationum tenor sequitur.

Offres des Anglois.

Pour donner soultre a la derraine et finale offre des ambassadeurs du prince oncle, de present estant par deca, touchant le cas de Fougieres et la prinse des places de lobeissance du roy, nostre sire, par aucun des gens et souldoyers du dit prince oncle, laquelle offre est telle en effet, que en baillant de la part du roy, nostre dit seigneur, bonne seurte dostages, gages, et places jusques a la valeur des biens prins au dit lieu de Fougieres, selon la commune renommee, qui est de deux millions dor et plus, les dits ambassadeurs sont contens de prendre et accepter jour competent, dedens lequel les places prises dune part et dautre, et les gens prins, soient rendus et restitues, et a icellui jour soit veu se les dites pertes et dommages faictes au dit lieu de Fougieres montent a plus grande ou moindre somme que ce que dessus est dit; et sil est trouve

---

[Translation.]

The Offers of the English.

In order to meet the last and final offer of the ambassadors of the prince uncle, who are at present here, touching the matter of Fougères and the capture of the places which are in obedience to the king, our lord, by any of the people and pensioners of the said prince uncle, which offer in effect is this, that good security being given upon the part of the king, our said lord, in hostages, pledges, or places, to the value of the goods taken at the said place of Fougères, according to common repute, which amounts to two millions of gold and more, the said ambassadors are willing to appoint and accept a fitting day by which the places taken upon the one part and the other, and the persons captured, shall be surrendered and restored; and that upon this day it shall be ascertained whether the said losses and damages sustained at the said place of Fougères amounted to a greater or a less sum than what is specified above, and if it be found to be a less sum, quil y est moindre somme, il en sera autant defalque, et sil y a plus grant somme, le pardessus sera fourny; et ou demourant, des pertes et dommages dune part et dautre sera fait raison aux parties sur tout ce dont ils enseigneront et monstreront deuement. Semble, soubz correction, que la dite offre ne soit pas raisonnable ne acceptable. A.D. 1449. July 4.

Premierement, car il nest pas vraiesemblable que en une si petite ville comme est Fougieres eust biens de tele valeur; car a un grant besoing a peine fineroit le royaume de France de si grande somme.

Item, en la dite offre nest faite aucune mencion des prinses et destrousses commises par les Bretons, tant par mer que par terre, et par especial par mer, sur les subgez du roy, nostre dit seigneur, tant en Angleterre comme en Normandie, en quoy ils ont fait dommage de plus grande somme sans comparaison que ne se monte la value des biens qui estoient dedans Fougieres.

Item, nest faite mencion en la dite offre de ce que les dits Bretons ont continue, et continuent, leurs dites prinses et destrousses sur la mer en fourme de guerre ouverte contre le roy, nostre dit seigneur, ses pays, seigneuries, et subgets; quils ont

---

[Translation.]

so much shall be deducted, and if it be a greater sum the excess shall be supplied; and moreover that as to the losses and damages upon the one side and the other, what is reasonable shall be done to the parties in all matters of which they have given due intimation and notice.

It appears, under correction, that the said offer is not reasonable, nor can it be accepted. In the first place, because it is not probable that in such a little town as Fougères could possibly have been goods of such value, for at a great strait the kingdom of France could scarce have raised such a large sum.

Item, in the said offer no mention is made of the captures and robberies committed by the Bretons, as well by sea as by land, and especially by sea, upon the subjects of the king, our said lord, as well in England as in Normandy, in which they have committed damages to an amount incomparably greater than the value of the goods which were within Fougères amounts to.

Item, no mention is made in the said offer of the fact that the said Bretons have continued, and continue, their said captures and robberies as if it were open war against the king, our said lord, his countries, lordships, and subjects, that they

A.D. 1449. July 4. prins sur la coste Dangleterre gens prisonniers et mis a reanczon, boute les feux en aucuns lieux Dangleterre, le tout ou paravant la prinse de Fougieres; en quoy (soubz correction) est aussi bien, ou mieulx, a pourveoir, comme au dit fait de Fougieres; car greigneurs inconveniens sont adveuns, et encore pourroient advenir, contre le bien publique et le fait de la marchandise commune, a cause des dites entreprinses sur la mer, que de la dite prinse de Fougieres.

Item, et aussi par la dite offre les dits ambassadeurs ne font aucune distinction entre ce que touche monseigneur le duc de Bretaigne, et ce que toucheroit le dit prince oncle, ja soit ce quil y est tres-grant difference pour plusieurs raisons qui ont este allegues aux dits ambaxadeurs; par lesquelles raisons la provision des cas touchant mon dit seigneur de Bretaigne devroit venir et proceder de la personne du roy, nostredit seigneur, et non pas de la personne de mon dit seigneur le Gouvernant tant seulement.

Item, parceque dit est et aussi que les dits ambassadeurs demandent ostages, gages, ou places de la part du roy, nostre dit seigneur, et quils noffrent rien de la leur, appert que en la dite offre esgualite nest pas gardee; et par les choses dessus

---

[Translation.]

have taken prisoners upon the English side and put them to ransom, that they have set fire to some places in England, and all this previously to the capture of Fougères. For which, under correction, there is as much, or more, to be settled than there is in the said matter of Fougères; for greater dangers have arisen, and still might arise, to the public good and the interests of general commerce in consequence of these said enterprises at sea than by the said capture of Fougères.

Item, and moreover by the said offers the said ambassadors make no distinction between what concerns my lord the duke of Bretagne and what would affect the said prince uncle, although there is a very great difference for many reasons which have been stated to the said ambassadors; by which reasons the provision of the case touching my said lord of Bretagne ought to come and proceed from the person of the king, our said lord, and not from the person of my said lord the Governor only.

Item, since it is said and also because the said ambassadors demand hostages, pledges, or places upon the part of the king, our said lord, and they offer nothing of their own, it appears that in the said offer equality is not regarded; and by these dites et autres plusieurs appert clerement que la dite offre nest pas juste, raisonnable, ne acceptable, en parlant toutes voyes en toute honneur et reverence, et les protestacions, etc. A.D. 1449. July 4.

Mais ce non obstant, pour monstrer le bon vouloir que monseigneur le Gouvernant a tousjours eu, et encores a, a toutes voyes paisibles et amiables, ja soit ce que les autres offres faites aus dits sire de Culant et Cousinot de la part de mon dit seigneur semblent estre justes et raisonnables; neantmoins, pour soy mettre en toute devoir tant et si avant que bonnement luy est possible, honneur gardee, offre mon dit seigneur dabondant, soubs les protestacions ci-apres declarees, que certain jour convenable soit pris et accepte dedans lequel la dite place de Fougieres sera baillee et delivree ez mains de mon dit seigneur le Gouvernant, ou ses commis et depputez, les places du Pont de l'Arche, Conches, et Gerberay, et toutes les personnes des prisonniers, tant dune part que dautre, en quelque lieu quils soient. Et en tant quest la personne de monseigneur de Faucomberge, ambassadeur, etc., elle sera dez a present mise a plaine delivrance, ainsi que raison est. En seurplus, de toutes les autres choses, tant de restitucion des biens, dom-

---

[Translation.]

things abovesaid and by many others it appears clearly that the said offer is not just, reasonable, nor to be accepted, speaking always with all honour and the protestations, etc.

But this notwithstanding, to show the good will which my lord the Governor has always had and still has towards all peaceable and friendly ways, although the said offers made to the said sire de Culant and Cousinot upon the part of my said lord appear to be just and reasonable, yet, that he may do all in his power in such a way and so far as it is possible for him to do, with regard to his honour, my said lord further offers, under the protestations hereafter declared, that if a certain fitting day be taken and accepted, by which the said place of Fougères shall be given and delivered into the hands of my said lord the Governor, or his commissioners and deputies, the places of Pont de l'Arche, Conches, and Gerberay, and all the persons of the prisoners, as well upon the one part as the other, in what place soever they be. And as regards the person of my lord of Faucomberg, the ambassador, etc., he shall be from the present time set at full liberty, as is reasonable; and as to all other things, as well the restitution of

A.D. 1449. July 4.

mages et interests, et autres circumstances et dependances de cas dessus dits, en sera ordonne et appoinctie par aucuns vaillans commissaires qui a ce seront commis et depputes, tant dun coste que dautre, seront baillees presentement bonnes lettres obligatoires. Et est cette presente offre soubz tele protestacion que par le contenu en icelle, ne lexecucion qui sen ensuivroit, ne soit aucunement derogue ou prejudicie au droit du roy, nostre dit seigneur, en tant quest la subjection et obeissance de mon dit seigneur de Bretaigne plus que paravant; et sans par ce present appoinctement deroguer aucunement a aucuns appoinctemens, saucuns en estoient ja, ou seroient fait, touchant les dites matieres par le roy, nostre dit seigneur, en Angleterre; attendu mesmement que mon dit seigneur le Gouvernant a certaine congnoissance que de la part du dit prince oncle a este envoye devers le roy en Angleterre certaine ambassade, par quoy saucun appoinctement estoit, ou seroit, prins en Angleterre, mon dit seigneur nentend aucunement deroguer ou prejudicier.

Et ou cas que le roy, nostre dit seigneur, nauroit agreable ce present appoinctement, ne ce qui sen seroit ensuy, toutes

---

[TRANSLATION.]

goods, damages, and injuries, and other things connected with and dependent upon the matter abovesaid, that these shall be arranged and settled by certain fitting commissioners thereto appointed and deputed as well upon the one side as the other, there shall be given at the present time good letters obligatory. This present offer is made under this protestation, that neither shall the contents of the same, nor the execution following thereupon, in any way derogate from or prejudice the right of the king, our said lord, in anything that affects the subjection and obedience of my said lord of Bretagne more than it was before. Nor shall the present arrangement derogate in any way from the other arrangements, if already there be any such, or which may be, touching the said matters by the king, our said lord, in England; considering especially that my said lord the Governor has certain knowledge that upon the part of the said prince uncle there has been sent to the king into England a certain embassy, by which if any agreement has been or should be made in England, my said lord does not mean in any way to derogate from it or to prejudice it.

And in case the king, our sovereign lord, does not approve of this present arrangement, nor what would depend upon the les dites places seront remises en lestat quo devant et ainsi quils sont de present, tant dune part que dautre, et de ce seront bailliees bonnes et loyales seuretes. Et de requerir mon dit seigneur de faire plus avant quil nest contenu en ceste presente offre, ne seroit chose raisonnable ne honnorable a requerir; car par ceste offre et autre choses dessus dites il sest mis et met grandement en son devoir. Et de la part de mon dit seigneur le Gouvernant est employe en ces presens articles tout ce qui est contenu ez premiers et ez seconds articles autreffois baillies par Osberne Mundeford et maistre Jehan Lenfant aus dits ambassadeurs, avec la protestacion de adjouster et augmenter en temps et en lieu sur le contenu en tous les dits articles. Et que se aucun final appoinctement nest prins accordablement entre eux, tout ce qui a este offert demeure nul et de nul effet, sans ce quil porte prejudice pour le tems advenir au roy, nostre dit seigneur, ne que on le puisse traire a aucune consequence avec les autres protestacions, etc. A.D. 1449. July 4.

Et en tant que sont les derrains articles baillies par les dits ambassadeurs de la part du dit prince oncle, le dit Lenfant,

---

[TRANSLATION.]

same, all the said places shall be restored into the condition in which they were before, and as they are at this present time, as well upon the one part as the other, and for this there shall be given good and lawful sureties. And to require my said lord to advance further than what is contained in this present offer would be neither an honourable nor a reasonable thing to ask; for by this offer and by the other things abovesaid he has done and is doing his duty to the utmost. And upon the part of my said lord the governor there is employed in these present Articles all that is contained in the first and second articles formerly presented by Osberne Mundeford and master John l'Enfant to the said ambassadors, along with the protestation to add to and augment them at the time and place according to what is contained in all the said articles. And if no final arrangement be made by agreement between them, all that has been offered shall continue as null and of no effect without prejudicing the king, our said lord, for the time to come, nor may it be adduced into any consequence; along with the other protestations, etc.

And inasmuch as the last Articles are delivered by the said ambassadors upon the part of the said prince uncle, the said

A.D. 1449. July 4. Thomas de Sainte-Barbe, et maistre Jehan Cousin, clerc et auditeur en la chambre des comtes a Rouen pour le roy, nostre dit seigneur, dient pour response aus dits articles, quils sont assez respondus par les dits premiers et seconds articles baillies par le dit Mundeford et Lenfant, et meme par ces presens articles; en protestant tousjours, comme dessus.

[Translation.]

l'Enfant, Thomas de Sainte-Barbe, and master Jehan Cousin, clerk and auditor in the chamber of accounts at Rouen for the king, our said lord, say in answer to the said articles that they are sufficiently replied to by the said first and second articles delivered by the said Mundeford and l'Enfant, and also by the said present articles; protesting always as above.

Oblationes et alia in istis duobus foliis papyri contensa et contenta traditi fuerunt cum protestationibus, etc., dictis ambaxiatoribus principis avunculi per tres ambaxiatores principis nepotis proxime nominatos in quadam camera abbatiæ de Bonoportu, Ebroicensis diœcesis, die iv. mensis Julii, anno Domini m.cccc.xlix., præsentibus Roberto Breteau, Maturino Brisson, et Mayne le Herault, nec non Johanne de Varembras, Radulpho de Rossel, et Johanne Boult, cum aliis. Sic signatum, Socius, Barneville.

Quibus oblationibus per dictos dominos ambaxiatores principis avunculi receptis, visis et perlectis, ipsi domini ambaxiatores prædicti principis avunculi tradiderunt dictis dominis ambaxiatoribus principis nepotis pro responsione ad prædictas oblationes, sub protestationibus quibus supra, scedulam quæ sequitur.

Offre des Francois.

Offers of the French ambassadors. Le sire de Culant et messire Guillaume Cousinot, conseillers et ambaxadeurs du roy de France, leur souverain seigneur, a loffre fait par maistre Jehan Lenfant, docteur en

---

[Translation.]

The Offers of the French.

The sire de Culant and master Guillem Cousinot, councillors and ambassadors of the king of France, their sovereign lord, in answer to the offer made by master Jehan l'Enfant, loix, Thomas de Sainte-Barbe, escuyer, bailly de Mantes, et maistre Jehan Cousin, auditeur en la chambre des comptes de Rouen, ambassadeurs et commissaires de la part de treshault, trespuissant et excellent prince, le nepveu Dangleterre du dit roy de France, laquelle est ci dessus escripte et inseree, commencant: "Pour monstrer le bon vouloir."—Dient et respondent les dits ambaxadeurs de France que la dite offre nest juste ne raisonnable, et par consequent non acceptable, pour trois causes.

A.D. 1449. July 4.

Premierement, car les dits ambaxadeurs de la part Dangleterre font protestacion expresse que pour quelque delivrance quils facent des chastel et ville de Fougieres es mains de monseigneur de Bretaigne, ils nentendent que aucunement soit derogue ou prejudicie au dit droit de tres hault et puissant prince nepveu, en tant quest la subgection et obeissance de mon dit seigneur de Bretaigne plus que paravant. En quoy sembleroit par ce moyen que taisiblement on reputast mon dit seigneur de Bretaigne estre contencieux entre les deux princes oncle et nepveu touchant la subgecion et obeissance dicellui monseigneur de Bretaigne, et que a ceste cause le dit prince nepveu peust reclamer aucun droit sur le dit

---

[Translation.]

doctor of laws, Thomas de Sainte-Barbe, esquire, bailly of Mantes, and master Jehan Cousin, auditor in the chamber of accounts at Rouen, ambassadors and commissioners upon the part of the most high, very powerful, and excellent prince, the nephew of England of the said king of France, which is written and inserted above, beginning, "To declare the "goodwill, etc.;"—the said ambassadors of France say and answer that the said answer is neither just nor reasonable, and consequently not to be accepted, for three causes.

Firstly, because the said ambassadors upon the part of England make express protestation that by any delivery which they may make of the castle and town of Fougères into the hands of my lord of Bretagne, they do not mean to make any kind of derogation or prejudice to the said right of the most high and powerful prince nephew, in anything connected with the subjection and obedience of my said lord of Bretagne, otherwise than it was before. By which it appears that by this indirect means my said lord of Bretagne is made to appear open to dispute between the two princes, the uncle and the nephew, touching the subjection and obedience of the said lord of Bretagne, and that for this cause the said prince nephew may

A.D. 1449. July 4. monseigneur de Bretaigne a cause de la dite subgection et obeissance, qui ne feroit pas chose raisonnable ne acceptable par les dits ambassadeurs de France. Car (comme par plusieurs fois a este dit et plus a plain declare et specifie ez premiers et seconds articles par les dits ambassadeurs de France aus dits ambassadeurs de la part Dangleterre) le dit monseigneur de Bretaigne est vray subget et obeissant du dit roy de France, et pour tel estoit tenu et repute auparavant que les dites treves furent faites, au temps dicelles, et depuis, et mesmement par les lettres patentes du dit prince nepveu et de ses ambassadeurs et commissaires. Doncques puis quil est tel en faisant la protestation dessus dite par les dits de la part Dangleterre, il est cler que en ce faisant ils ne entretiennent pas la treve qui porte que quand un tel cas que cellui de Fougieres adviendroit, que la chose doit estre mise ez mains et soubz la seigneurie et obeissance quelle estoit auparavant le cas advenu; en quoy ils mettent difficulte par le moyen de la dite protestacion, et par consequent offre non raisonnable, et *sic* non acceptable.

Secondement; car les dits ambaxadeurs Dangleterre font

[TRANSLATION.]

claim some right over the said lord of Bretagne in consequence of the said subjection and submission, which would not be a thing either reasonable nor acceptable to the said ambassadors of France; for, as it has been frequently said and declared more fully, and specified in the First and Second Articles by the said ambassadors of France to the said ambassadors of England, the said monseigneur of Bretagne is the true subject and obediencer of the said king of France, and as such was considered and reputed before the said truce was made, at the time of the same, and since; and especially by the letters patent of the said prince nephew and his ambassadors and commissioners. Things standing thus at the making of the protestation aforesaid by the persons on the side of England, it is clear that in so doing they do not observe the truce, which provides hat when such a case occurs as that of Fougères, the matter should be placed in the hands and under the lordship and obedience in which it was before the case occurred, which they would find it difficult to do in consequence of the said protestation, and consequently the offer is not reasonable, *et sic*, not to be accepted.

Secondly; for that the said ambassadors of England make

protestacion que se aucun appoinctement estoit faict en Dangleterre par le dit prince nepveu touchant la dite matiere avec ceulx de lambassade de France qui vont maintenant devers luy, le dit appoinctement seroit tenu, et non pas cellui qui les dits ambassadeurs Dangleterre feroient de present. Et avec ce que ou cas que le dit prince nepveu nauroit agreable loffre dessusdite, ne ce que sen feroit ensuy, toutes les dites places, tant dun party que dautre, seront remisses en lestat que devant, et ainsi quils sont de present; et par consequent faut dire que le dit appoinctement ne seroit pas certain, mais que ce seroit une chose mise au bon plaisir du dit prince nepveu, qui ne seroit pas selon la teneur de la treve. Car la treve ne porte pas quant un tel cas advient, que la chose doye estre mise a la voulente de lun des deux princes, aincois doit estre reparee selon la teneur des dites treves. A.D. 1449. July 4.

Item, mais que pour plus eclaircir cette matiere; est vray que Havart, qui va presentement en Dangleterre devers le dit prince nepveu, qui est cellui dont fait mencion la dite offre, na aucune charge de faire quelque appoinctement avec le dit prince nepveu, ne autre, touchant la dite matiere; et

---

[Translation.]

protest that if any arrangement were made in England by the said prince nephew touching the said matter with those of the embassy of France who at this present time are going to him, the said arrangement should be kept, and not that which the said ambassadors of England would make at present. And moreover, that in case the said prince nephew were not pleased with the abovesaid offer, nor with what should follow thereupon, all the said places, as well upon the one part as the other, should be reduced into the state in which they were before, and also as they are at present; and consequently it must be said that the said arrangement would not be certain, but that it would be a matter left to the good pleasure of the said prince nephew, which would not be according to the import of the truce; for the truce does not provide, when such a case occurs, that the matter should be left to the pleasure of one of the two princes, but that reparation should be made according to the tenor of the said truce.

Item, but, in order more fully to elucidate this matter, it is true that Havart, who is going at this present time into England to the said prince nephew, he being the person mentioned in the said offer, has no charge to make any arrangement with the said prince nephew, nor any other person,

A.D. 1449. July 4. pour ce fauldroit dire quil conviendroit au dit prince nepveu faire lappoinctement tout seul, qui nest pas chose raisonnable, ou prejudice du dit roy de France, et par consequent non acceptable. *Quare, etc.*

Tiercement, en la dite offre les dites ambaxadeurs de la part Dangleterre veulent remettre la restitucion des biens du dit Fougieres avec la recompense quils demandent des pertes et dommages quils dient avoir este portes par les Bretons sur ceux de lobeissance Dangleterre; laquelle chose, se ainsi estoit faite, ne seroit pas selon la teneur de la treve. Car la dite treve porte expressement que quand un tel cas comme cellui de Fougieres advient, que len doit faire restituer toutes les choses prises ez mains et sous la seigneurie et obeissance, et en la maniere quils estoient ouparavant la dite prise. Auparavant la dite prise les dits biens estoient ez mains des habitants du dit lieu; il est donc cler que qui ne leur restitueroit les dits biens aveoques la dite place, ce ne seroit pas entretenir la dite treve. Ergo, offre non raisonnable, et par consequence non acceptable.

Item, mais pour moustrer par autre raison que la dite offre

[Translation.]

touching the said matter, and consequently it must be said that the said prince nephew would singly make the arrangement, which is an unreasonable thing, to the prejudice of the said king of France, and consequently not to be accepted. *Quare, etc.*

In the third place, in the said offer of the said ambassadors upon the part of England they wish to make the restitution of the goods of Fougères aforesaid an offset to the repayment which they demand for the losses and damages which they affirm have been inflicted by the Bretons upon the persons who are in obedience to England. This, if it were done, would not be according to the tenor of the truce; for the said truce states expressly that when such a case occurs as that of Fougères, then everything taken ought to be restored into the hands, and under the lordship and obedience, and in the manner that they were before the said capture. Before this said capture the said goods were in the hands of the inhabitants of the said place; it is perfectly clear, therefore, that if the said goods are not restored to the said place, this would not be to keep the truce. *Ergo*, the offer is not reasonable, and consequently not to be accepted.

Item, but to prove by another reason that the said offer in

en la dite qualite ne seroit pas raisonnable, est vray que dez le moys Daoust derrain passe les gens et ambaxadeurs de monseigneur de Bretaigne requistrent reparacion en la convencion qui se tenoit a Louviers entre les ambaxadeurs et commissaires des dits deux princes, oncle et nepveu de France et Dangleterre, des pertes et dommaiges que ceulx de la part Dangleterre avoient fais et portes aux gens et subges de mon dit seigneur de Bretaigne depuis les treves; desquelles pertes et dommaiges iceulx ambaxadeurs de Bretaigne justifierent par informacions jusqua la somme de sept cent trente-deux mille escus; de laquelle somme, ne de tous les aultres dommaiges que ceulx de la part Dangleterre ont depuis portes aus dits Bretons tant par mer comme par terre, qui montent, sans le dit cas de Fougieres, a grandes et comme inestimables sommes, aucune reparacion na este faite de la part Dangleterre. Ores puet donc estre maintenant clerement regarde se cest chose raisonnable que a la relacion daucunes gens qui dient que les Bretons ont fait des dommaiges a ceulx de la part Dangleterre, sans autrement le moustrer ni justifier, ne sans aucune reparacion des maux et dommaiges fais et portes par ceulx de la part

A.D. 1449. July 4.

[TRANSLATION.]

the said form would not be reasonable, it is true that since the month of August last past the inhabitants and ambassadors of monseigneur of Bretagne have required reparation, from the meeting which was held at Louviers between the ambassadors and commissioners of the said two princes, the uncle and nephew of France and England, for the losses and damages which the partisans of England had committed and inflicted upon the people and subjects of my said lord of Bretagne since the truce, which losses and damages the said ambassadors of Bretagne declare by information to amount to the sum of seven hundred and thirty-two thousand crowns; of which sum, nor of any of the other damages which the persons of the English side have since inflicted upon the said Bretons, as well by sea as by land, which amount, without including the said affair of Fougères, to large and nearly inestimable sums, no reparation has been made upon the part of England. So then we may now clearly understand whether it be reasonable that upon the report of certain persons, who affirm that the Bretons have committed some damages upon the partisans of the English, without otherwise proving or establishing the same, nor without any reparation being made of the injuries and damages committed and

A.D. 1449. July 4. Dangleterre aus dits de Bretaigne, dont il est deuement apparu (comme dit est), et du surplus en apperra quant temps et lieu sera, une chose si clere comme le dit fait de Fougieres, qui est decide par article de treve, et qui touche tant de povres gens qui de present sont comme en mendicite, doye estre differee contre la teneur de la treve, et estre mise en contens et debat. Il est tout cler que non; et par consequent, nest pas chose acceptable.

Item, mais ce non obstant, et ja soit ce que veu les denees de droit procedans de la dite part Dangleterre ou fait de Saint James de Beuvron et de Mortaing, faultes et devoir non fait touchant le dit cas de Fougieres, et les autres choses faites et commises par ceulx de lobeissance de la dite part Dangleterre a lencontre et ou prejudice des dites treves, soit cler, notoire, et manifeste que icelles treves nont pas este bien entretenues ne gardees de la dite part Dangleterre, aincois enfraintes en pluseurs et maintes manieres, et que a ceste cause le dit roy de France ne soit point tenu dicelles entretenir ne garder, se bonne luy semble; attendu mesmement que les dits de la part Dangleterre sont les commenceurs et premiers

---

[Translation.]

perpetrated by those on the side of England upon the people of Bretagne, of which due proof has appeared, as has been said, and of which, moreover, further evidence shall be produced at the fitting time and place, an affair so clear as that of Fougères, which is decided by an article of the truce, and which affects so many poor people who at this time are, as it were, in beggary, ought to be weighed against the import of the truce, and put in contention and debate. It is obvious that it ought not; and consequently the matter cannot be accepted.

But notwithstanding this, and although, considering the denial of justice proceeding upon the said part of England in the matter of Saint James de Beuvron and Mortain, the failure and neglect of justice touching the said case of Fougères, and other things done and committed upon the persons under obedience to the said party of England in opposition to and prejudice of the said truce, it is clear, notorious, and manifest that the said truce has not been well kept nor observed upon the said part of England, but broken in various and many ways; and that for this cause the said king of France is not bound to keep nor observe it, if he thinks fit; considering especially that the said partizans of England are the beginners

aggresseurs, et ne sont a recevoir daucune chose demander A.D. 1449. July 4.
jusques a ce que premier ils ayent repare; neantmoins, pour tousjours mettre Dieu plus avant de la part du dit roy de France, et chacun cognoisse le devoir en quoy il se veut mettre, offrent les dits ambaxadeurs et commissaires dessus dits pour et ou nom de luy, que se dedans le xxv. jour de ce present mois de Juillet, hault et puissant le duc de Sommerset dessus nomme, lieutenant-general, etc., veult, en entretenant les dites treves, faire rendre et restituer reaulment et de fait le chastel et ville du dit lieu de Fougieres ez mains de mon dit seigneur de Bretaigne soubz la seigneurie et obeissance du dit roy de France, ensemble les biens qui estoient dedans au temps de la prise du dit lieu, qui est la maniere que la dite restitucion et reparacion se doit faire selon le teneur des dites treves, le dit roy de France dedens douze jours apres la dite restitucion fera bailler et delivrer a ceulx de la part Dangleterre le chastel et ville du Pont de l'Arche, le chastel et ville de Conches, Gerberay, et les biens qui ont este pris dedans, en la maniere que contiennent les dites treves, ou la valeur dioeux selon la commune extimacion et renommee, ensemble

---

[TRANSLATION.]

and first aggressors, and cannot be admitted to make any demand until they have first made reparation; yet, that the said king of France may always give due regard to God, and that every one may know how desirous he is to do his duty in every respect, the said ambassadors and commissioners aforesaid offer for him and in his name, that if by the xxv. day of this present month of July, the high and powerful duke of Somerset abovenamed, the lieutenant-general, etc., for the preservation of the said truce, shall cause to be restored really and actually the castle and town of the said place of Fougères into the hands of my said lord of Bretagne, under the lordship and obedience of the said king of France, together with the goods which were within it at the time of the taking of the said place, this being the way in which the said restitution and reparation ought to be done according to the tenor of the said truce, the said king of France, within twelve days after the said restitution, shall cause to be given and delivered to the persons on the side of England the castle and town of Pont de l'Arche, the castle and town of Conches and Gerberay, and the goods which have been taken within them, in the manner contained in the said truce, or the value of the same, according to common reckoning and report,

A.D. 1449. July 4. monseigneur de Faucomberge, ne plustost, ne aultrement, ne se puet il bonnement faire, attendu la distance du dit lieu de Fougieres, et aultres lieux dessus dits. Et aussi est la chose bien raisonnable; car, comme dit est dessus, les dits de la part Dangleterre sont les premiers aggresseurs. Et que quinze jours apres la dite delivrance des dites places du Pont de l'Arche, Conches, et Gerberay, et les biens des dites places au temps de la prinse dicelles et du dit monsieur de Faucomberge semblablement soient desemparees les places qui ont este nouvellement emparees et fortifiees tant de part que dautre en marche de frontiere depuis les dites treves, ez quelles navoient aucune fortificacion ne estoient tenues pour fortes au temps que les dites treves furent faites. Et en oultre, que a icellui xv. jour, que escherra le xxi. Aoust prochain venant, soient entrepris autre lieu et jour, ez quels oy les plaintes dune part et dautre sur tous les autres exces et attemptas commis durant les treves et ou prejudice dicelles, tant par mer comme par terre, et veu les justifications, informacions, et autres enseignemens que les parties vouldront produire a verifier leur fait, soit fait raison aus dites parties ainsi quil appartiendra.

[Translation.]

along with my lord of Faucomberg. Nor can this easily be done sooner nor otherwise, considering the distance from the said place of Fougères and the other places abovesaid. And also the offer is very reasonable; for, as has been said above, the English party are the first aggressors. And fifteen days after the said deliverance of the said places of Pont de l'Arche, Conches, and Gerberay, the goods in the said places at the time of their capture, and the said lord of Faucomberge, in like manner the places which have been recently strengthened and fortified shall be dismantled, as well upon the one part as upon the other, on the boundary of the frontier, since the said truce, in which there was no fortification, and which were not considered as strongholds at the time when the said truce was made. And moreover, that by this xvth day, which will fall upon the xxj. day of August next coming, another day and place shall be appointed at which shall be heard the complaints upon the one side and the other upon all the other excesses and attemptates committed during the truce and in prejudice of it, as well by sea as by land; and the proofs, informations, and other evidences which the parties think fit to produce in verification of their proceedings shall be inspected, and justice shall be done to the aforesaid parties as is fitting.

Et pour ce que peutestre pourroit avoir difficulte sur lextimacion des biens qui ont este prins au dit Fougieres, et pareillement aussi pourroient faire difficulte ceulx de le part Dangleterre quelle seurete ils auroient que len leur bailleroit et delivreroit les dites places de Pont-de-l'Arche, Conches, Gerberay, et le dit monsieur de Faucomberge, dedans le jour dessus dit, apres ce quils auroient fait la dite restitucion de Fougieres et des biens estans au dit lieu ouparavant la prise de le dite place, seront encore contens les dits ambassadeurs de France, pour eviter rompture dappoinctement, que a iceulx ambaxadeurs de France soit baillie pour seurete des dits biens, gaiges, hostaiges, ou places a la valeur ou extimacion diceulx biens, selon la commune renommee, qui est de deux millions dor, jusques a ce que plus particulierement la verite en soit seue. Parmi ce aussi que se les dits biens montoient a plus grant somme, le pardessus sera fourni et restitue par eux de la part Dangleterre; et si moins ya, il leur en fera de tant defalque; et aussi que la restitucion de la dite place de Fougieres faite, et la dite seurete baillee en la maniere devant dite, iceulx ambaxadeurs de France bailleront incontinent ou quant et avant la dite restitucion, bons gages ou hostages aus

A.D. 1449. July 4.

[Translation.]

And since there may possibly be some difficulty as to the valuation of the goods seized in Fougères aforesaid, and since also some difficulty might arise upon the part of the English as to the security which they should have for the delivery and surrender to them of the said places of Pont-de-l'Arche, Conches, and Gerberay, and of the said lord of Faucomberg, by the day appointed, after they have made restitution of Fougères and the goods which were within the same place before the capture of the said place, the said ambassadors of France would be further willing, to avoid the rupture of the agreement, that to these ambassadors of France should be delivered, as security for the said goods, pledges, hostages, or places to the value or calculation of the said goods, according to the common report, which is two millions of gold, until the truth thereof should be more particularly known. Provided also, that if the said goods amount to a much larger sum, the excess shall be furnished and provided by the English party, if it be less, so much shall be deducted; and also that the restitution of the said place of Fougères having been made and the said security given in the manner before specified, the said ambassadors of France shall immediately give, or at or before the said restitution, good pledges or hostages upon the part

A.D. 1449. July 4. dits de la part Dangleterre, de leur faire bailler et delivrer realment et de fait les dites places du Pont-de-l'Arche, Conches, et Gerberay, et les biens qui estoient dedans au temps de la prinse dicelles, en la maniere dessus dite, ensemble le dit monsieur de Faucomberge, au jour dessus dit, et que semblables seurtes aussi soient baillees au dit jour dune part et dautre pour le desemparement des places nouvellement emparees et fortifiees depuis les treves ez marches des frontieres au jour et en la maniere que dessus est dit.

Et ou cas que les dits ambaxadeurs Dangleterre ne vouldront accepter les dites offres, les dits ambaxadeurs de France appellent Dieu et la verite a tesmoing du devoir en quoy le roy de France sest mis de sa part, et que a lui na tenu que les treves ne sont bien entretenues ; et que les choses dessus dites considerees de tout ce que est advenu, ou pourroit advenir, en lencontre et au prejudice diceulx de la part Dangleterre, il en est et doit estre honorablement descharge.

[Translation.]

of England, that they would cause to be given up and delivered really and actually the said places of Pont-de-l'Arche, Conches, and Gerberay, and the goods which were within them at the time of the taking of the same in the manner abovesaid, together with the said lord of Faucomberge, on the day abovesaid; and that in like manner sureties should be also given at the said day upon both sides for the dismantling of the places lately strengthened and fortified since the truce in the borders of the frontiers, at the day and in the manner abovesaid.

And in case that the said ambassadors of England refuse to accept the said offers, the said ambassadors of France appeal to God and the truth as witness of the anxiety of the king of France to do his utmost upon his part, and that it is no fault of his that the truce is not well observed; and that when the things abovesaid are considered, he is, and ought to be, honourably acquitted of all that has happened, or that may happen, contrary to or in prejudice of the party of England.

CONCLUSION.

RESPONSIONES, oblationes, et alia superius scriptæ et scripta, cum protestationibus alias factis et in scriptis traditis per dictos dominos ambaxiatores principis avunculi in quadam camera abbatiæ de Bonoportu die iv. mensis Julii, anno Domini M.CCCC.XLIX. præsentibus reverendo patre domino abbate monasterii dicti loci de Bonoportu, Maturino Brisson, Roberto Breteau, Mayne le Herault, Johanne de Varembras, Radulfo de Rosel, et Johanne Boult, nec non dominis Socio Votes et Johanne Barnevelle, presbyteris, notariis in curia Rothomagensi, juratis, testibus ad præmissa vocatis. Qua quidem scedula perlecta in præsentia dictorum ambaxiatorum principis nepotis, quod non habebant potestatem ulterius dicendi aut faciendi quam continebatur in ultimis oblationibus super hoc per ipsos factis; prædicta tamen referrent dicto domino duci de Sommerset, ut super hoc adviderct ad suum bonum placitum. Quibus verbis dixerunt dicti domini ambaxiatores principis avunculi quod de relatione facienda vel non facienda dicto domino duci de Sommerset de præmissis, se referebant ipsis dominis ambaxiatoribus principis nepotis; sed consideratis oblationibus per ipsos dominos ambaxiatores principis avunculi factis pro parte eorum principis, bene videbatur eis quod in omni ratione, jure, et deverio se posuerant; et quod de quacumque re quæ contingere posset occasione præmissorum, tenebant et reputabant dictum principem avunculum honorifice solutum, deoneratum, et liberatum; verumtamen ipse erat magister et dominus, et poterat de omnibus tangentibus ipsum facere ad suum libitum; si aliter vellet facere se referebant ei; et de quibus contentaretur, ipsi etiam contentarentur. Et his dictis, decesserunt ab invicem. De et super quibus præmissis omnibus et singulis dicti domini ambaxiatores et commissarii præfati serenissimi et Christianissimi principis regis Franciæ petierunt a nobis, notariis publicis subscriptis, sibi fieri publicum instrumentum, seu publica instrumenta, unum vel plura.

A.D. 1449. July 4.

Conclusion.

Acta fuerunt hæc anno, mensibus, diebus, indictione, pontificatu, et testibus præsentibus quibus supra.

Verum quia ego Johannes Textoris, presbyter Ebroicensis diœcesis, publicus Apostolica et Imperiali auctoritate, curiæque episcopalis Ebroicensis notarius juratus, congregatione et conventioni prædictorum dominorum ambaxiatorum utrorumque regum Franciæ et Angliæ, eorumdemque dictis propositis, allegatis, responsionibus, et protestationibus hinc inde factis et in scriptis traditis, cæterisque omnibus et singulis supradictis, una cum notario subscripto et testibus infrascriptis,

A.D. 1449. July 4. præsens fui, eademque sic fieri vidi et audivi, et in notam cepi. Ideo huic præsenti publico instrumento, viginti unum folia pergameni ab utroque latere scripta continenti, qualibet pagina xlij. lineas continente, signum meum apposui consuetum requisitus, in fidem et testimonium omnium et singulorum præmissorum.

J. TEXTORIS.

Et ergo Robertus Fromondi, presbyter, ecclesiæ de Yncarville curatus Ebroicensis, diœcesis, auctoritate Imperiali notarius publicus, quia hujusmodi congregationi et conventioni prædictorum dominorum ambaxiatorum utrorumque regum Franciæ et Angliæ, eorumdemque dictis, propositis, allegatis, responsionibus, et protestationibus hinc inde factis et in scriptis traditis, cæterisque omnibus et singulis suprascriptis, una cum notario suprascripto et testibus infrascriptis, præsens personaliter fui, eademque sic fieri vidi et audivi et in notam cepi. Ideo huic præsenti publico instrumento xxj. folia pergameni ab utroque latere scripta continenti, qualibet pagina xlij. lineas continente, signum nomenque mea consueta et solita apposui, rogatus et requisitus, in fidem et testimonium præmissorum. R. FROMONDI.

Universis præsentes litteras inspecturis, officialis Ebroicensis, salutem in Domino.

Notum facimus quod signa et subscriptiones apposita et scripta litteris, seu quaterno pergameni, quibus præsentes nostræ litteræ annectuntur, sunt signa et subscriptiones venerabilium virorum dominorum Johannis Textoris, Apostolica, et Roberti Fromondi, presbyterorum Ebroicensis diœcesis, Imperiali auctoritatibus notariorum publicorum, quibus utuntur in confectionibus instrumentorum, prout ex relatione et testimonio ipsorum et plurium aliorum fide dignorum nobis constitit.

Datum Ebroicis sub sigillo magno curiæ nostræ, anno Domini M.CCCC.XLIX., die sabbati post festum sancti Benedicti.

J. BACHELER.

INDEX.

INDEX.

A.

B.

C.

D.

E.

F.

G.

H.

I.

J.

K.

L.

M.

N.

O.

P.

R.

S.

T.

U.

V.

W.

X.

Y.

CPSIA information can be obtained
at www.ICGtesting.com
Printed in the USA
LVHW040358110522
718423LV00001B/155

9 783375 001308